호박색 밤

NUIT-D'AMBRE
by Sylvie Germain

Nuits-
d'ambre

Sylvie Germain

호박색 밤

실비 제르맹 장편소설

이창실 옮김

문학동네

일러두기

1. 원주라고 밝히지 않은 주석은 모두 옮긴이주다.
2. 본문 중 고딕체는 원서에서 이탤릭체나 대문자로 강조한 부분이다.
3. 본문 중 성서 인용은 공동번역을 참고했다.

그레구아르에게

차례

Nuits-d'ambre

이 문 뒤에서 무슨 일이 벌어지고 있는가?

한 책의 책장이 넘겨지고 있다.

이 책의 줄거리는 무엇인가?

어떤 절규에 대한 인식.

에드몽 자베스

그리고 야곱은 혼자 뒤떨어져 있었다.

그런데 어떤 분이 나타나 동이 트기까지 그와 씨름을 했다.

……

야곱이 말했다. "당신의 이름이 무엇인지 가르쳐주십시오."

그분은 "내 이름은 무엇 때문에 물어보느냐?" 하고는, 야곱에게 복을 빌어주었다.

야곱은 "내가 여기서 하느님을 대면하고도 목숨을 건졌구나" 하면서 그곳 이름을 브니엘*이라 불렀다.

「창세기」 32장 25절, 30~32절

---

* 브니엘의 프랑스어식 표기는 페니엘(Péniel)이다.

—아니다, 책은 다시 덮이지 않았다. 책은 완성될 수도, 침묵할 수도 없었다. 그러나 전쟁은, 끝없이 되풀이되는 전쟁은 사람들의 말문을, 일체의 말문을 막아버렸다. 전쟁은 무수한 존재들의 이름과 몸과 목소리를 재로 만들어버린 참이었다. 전쟁은 이 암살자들의 시대에 군림한 수많은 사람들의 영혼을 무無로 돌렸다.

책은 재와 피 속에서 뒤척였다. 잠자는 사람이 땀에 젖어 엉클어진 꿈속에서 몸을 뒤척이듯이.

책은 낮고 무겁게 드리운 하늘 아래 짓눌린 황량한 세상에서 다시 일어섰다. 너무도 난폭하게 그곳에 던져져 더이상 알아볼 수 없게 된 땅에서 한 부상자가 일어서듯이.

망각과 침묵 속으로 떨어진 이름들의 책—절규가 되어버린 이름들의 책. 숨가쁜 절규.

—망각과 침묵을 간신히 모면한 이름들의 책. 산산조각이 난 밤의 책. 매 페이지, 매 발자국, 매 단어마다 또 한번 방황을 시작했던 책. 땅에 맞서서, 하늘에 맞서서.

책은 다시 덮이지 않았다. 갈가리 찢긴 기억으로 허리를 졸라 맨 자, 어깨 위에 다른 이들의 짐을 짊어질 자의 걸음걸이로 매 페이지마다 다시 떠났다. 책은 언제나 그러했듯, 고집 센 자의 걸음걸이로 또 한번 출발했다. 밤을 거슬러 떠났다.

"9월의 어느 저녁, 어머니의 절규로 그의 어린 시절을 점령했던 밤은 연년세세 그의 삶을 가로지르며 다시는 그를 떠나지 않았다—장차 이어질 이야기에 자신의 이름을 선포하면서."

—그를 엄습한 밤, 그의 살 속에 접목되어 뿌리를 내리고 전투를 개시한 절규. 그것들은 이미 무한히 더 먼 과거에서 온 것들이었다.

그의 조상들이 살아온 원양遠洋의 밤. 그 밤 속에서 그의 족속들은 대대손손 일어나 이름을 취했으며, 사랑하고 투쟁했다. 절규했다. 그런 다음 침묵했고, 새로운 이름을 부여받았다.

그들이 침묵하고 새 이름을 부여받은 건 오직 자신들의 절규와 이름의 묘한 반향을 더 잘 보존하기 위해서였다.

그의 조상들이 내지른 원양의 절규가 시간의 밑바닥으로부터 수백 개의 메아리가 되어 일제히 다시 떠올랐다.

—절규와 밤이 그를 유년기에서 떼어놓고, 혈통에서 돌려세웠으며, 고독으로 후려쳤다. 하지만 그렇게 함으로써 그를 혈족 모두와 돌이킬 수 없이 하나되게 했다.

밤과 절규가 뒤섞인 입들, 기억과 망각으로 상처 입은 입들.

시간을 초월한 상처가 세상의 출현을 관장했고, 바람과 불로 책장이 넘어가는 거대한 육肉의 책처럼 세상의 역사를 열었다.

세상조차 초월한 상처. 빛과 난폭함으로 쓰인 거대한 천체들의 책과도 같은 별밤을 찢어놓은 상처.

마지막 말, 마지막 이름, 마지막 절규에 이르지 못한 채 끊임없이 쓰이는 거대한 책.

끊임없이 지워지고 거꾸로 다시 쓰이지만 최초의 말, 최초의 이름, 최초의 절규에 결코 도달하지 못하는 거대한 책.

이렇게 책은 그 책장들을 펄럭이고 단어들을 퍼뜨리며 영원히 지속된다. 그리고 밤은 그 성운들을 내보이고 별들을 질주시키며 영원히 지속된다.

샤를빅토르 페니엘. 모두 '호박색 밤 불의 바람'이라 부르게 될 그가 이제 글 속으로, 글의 열정 속으로 들어왔다. 모든 페이지가 그렇듯이 천사에게 읽히도록, 글이 지워질 때까지 읽히도록 운명지어진 페이지들로. 종이가 찢길 때까지 읽히고, 처음으로 다시 돌아가 읽히게끔 운명지어진 페이지들로.

Nuit des arbres

나무들의 밤

나무들의 밤

1

정말이지 끔찍했다. 사람들이 아들의 시신을 날라 왔을 때 터져나온 어머니의 절규. 그녀의 맏아들이었다. 비와 완벽한 나신裸身의 날 잉태된 젊은 시절의 아이. 적이 그들의 땅을 점령하고 아버지를 아주 먼 곳에 붙들어두었던 시기에 기다림의 북을 두드렸던 아이. 그녀의 젖을 먹고 자랐으며, 혼자인 그녀 곁에서 오랫동안 잠들고 뛰어놀고 성장한 아이. 전쟁이 창궐하던 지역에 희망과 기쁨을 가져다주었던 어린 동반자. 그녀의 맏아들, 살 중의 살, 형상화된 그녀의 사랑. '작은 북'이었다.

온몸으로 내지른, 정말이지 끔찍한 절규였다. 세상 밑바닥에서 솟아올라 하늘 끝까지 날아오르는 듯싶은 절규. 시간의 반대

편 끝에서 들려온 절규. 미친 여자의 절규. 동물이 되어버린, 사물이자 자연의 요소가 되어버린 여자의 절규였다.

아버지가 왔다. 그는 비에 젖어 빳빳이 굳은 아들의 시신을 보았다. 고개를 숙이고 문지방에 선 세 사냥꾼이 팔에 가로누운 시신을 받쳐 안고 있었다. 사냥 복장을 한 세 남자의 팔은 피투성이였고 장화에는 진흙이 덕지덕지했다. 그들의 사냥 망태기는 비어 있었고, 바깥의 개들은 비 내리는 풀밭 위에 던져진 사냥총 곁에서 낑낑댔다. 아이의 시신을 들고 선 그들의 모습이 어찌나 당혹스럽고 불편해 보이던지 금세라도 시신을 떨어뜨릴 것만 같았다.

그 순간 그는 아내의 몸이 뒤틀리더니 외마디 소리와 함께 휘청대는 것을 보았다. 그는 아내를 향해 달려가 팔을 붙들었다. 그러고는 난폭하게 그녀를 품에 안았다. 아들의 죽음에서 그녀를 떼어놓으려는 듯, 살아 있는 남자의 몸으로 그녀를 안았다. 그러나 그녀는 포옹을 뿌리치고 아이를 향해 달려갔다. 너무도 거칠게 아이의 시신에 달려드는 바람에 세 사냥꾼이 미처 대처할 틈도 없었다. 그녀는 아들을 품에 안은 채 곧장 빗속으로 달려나갔다.

사냥꾼들이 문안으로 들어서기도 전에 그녀는 사라지고 없었다. 이번에는 그들이 빗속을 뚫고 안마당과 도로와 들판으로 그녀를 찾아 헤맸지만 허사였다. 그녀는 완전히 자취를 감추어버렸다. 마치 9월의 하늘이 퍼붓는 억수 같은 잿빛 빗물 속에 용해되어버린 것 같았다. 그러자 바티스트, '그녀에게 미친 놈'은 길 한복판 돌밭에 무릎을 꿇고 주저앉아 울었다.

그러는 동안 둘째 아들 샤를빅토르는 집 문간에 꼼짝 않고 혼자 남아 있었다. 갑자기 다섯 살의 나이가 백 년보다도 무겁게 느껴졌다. 그는 버림받은 채로 완전히 혼자였다. 배신당한 채로.

정말이지 한순간에 모두에게서 배신당한 참이었다. 형은 죽었고, 어머니는 미쳤고, 아버지는 울고 있었다. 그러니까 그를 걱정해주는 이는 아무도 없단 말인가? 그는 반항하듯 일어서서 그들 모두에게 외쳤다. 소외당한 아이의 마음속 가장 깊은 곳에서 터져나오는 외침이었다. "당신들이 미워!"

사흘 동안 무리를 지은 남자들이 개들을 데리고 폴린과 아이를 찾아 헤맸다. '황금의 밤 늑대 낯짝', 죽음으로부터 거부당한 그가 수색을 지휘했다. 그는 그 어느 때보다 크고 건장한 모습이었다. 반짝이는 두 눈과 사랑의 행위를 할 때처럼 항시 드러나 보이는 뾰족한 치아, 헝클어진 머리털이 영락없는 늑대의 낯짝이었다.

사흘째 되던 날 저녁, '사랑 구멍' 숲 한복판에서 그들을 찾아냈다. 그녀는 여자라기보다 늑대 혹은 여우의 모습으로 어마어마하게 큰 소나무 줄기에 웅크리고 기대앉아 있었다. 낮은 나뭇가지들이 드리운 청록색 그림자에 감싸인 채, 끈적끈적한 청보랏빛 아들의 시신을 배 위에 꼭 껴안고 있었다. 음산한 바람에 배가 잔뜩 부풀어오른 아이의 시신 썩는 냄새가 이끼와 썩은 밤송이들 틈에서 자라는 고사리와 버섯과 시큼한 딸기 냄새와 함께 묘하게 뒤섞여 있었다. 푸른 나무그늘 속 폴린의 눈은 깨진 규석의 차분한 광채를 발했다.

누더기가 되어버린 그녀는 몹시 더러운 모습이었다. 머리카락이 노란 지의류地衣類처럼 얼굴에 달라붙었고, 나무껍질 색이 되어버린 피부에, 입술도 갈라져 있었다. 마치 소나무와 한몸이 되어 그 줄기 속에 녹아들고 뿌리에 친친 감긴 것 같았다. 나무의 포위에서 그녀를 떼어놓아야 했다. 그녀는 말이 없었다. 주변의 숲 전체가 똑같이 침묵했다. 발정난 사슴들이 거칠게 헐떡이며 첫 교미를 준비하는 시각이었다. 발정과 교전의 부르짖음이 마치 나무들에서 솟아나는 것처럼 들렸다. 아이를 쟁취해 그에게 불멸을 부여하고자 나무들이 모두 땅에서 빠져나오는 모습을, 잔가지를 휘두르며 싸울 준비가 된 수비대처럼 걷기 시작하는 모습을 보려고 숲 전체가 기다리는 것 같았다. 얼마 안 가 사슴들의 요란한 울음소리가 불가사의한 힘으로 사방 멀리까지 가득 울려퍼졌다. 이 고장 사람들이 여태 한 번도 들어본 적 없는, 몹시 거칠고 울림이 풍부한 소리였다. 일찍이 나무들이 이만큼 사람들을 놀라게 하고 겁을 주었던 적도 없었다.

그사이 그는 집에서 울고 있었다. 그녀에게 미친 놈이 우는 건 아들 때문이 아니었다. 그가 부르는 이름은 장바티스트가 아니었다. 오직 그녀, 그녀의 이름뿐이었다. 어린 샤를빅토르는 아버지가 우는 소리를 자기 방에서 듣고 있었다. 벽을 사이에 두고 들려오는 이 울음소리는 바다의 끝없는 포효와도 흡사했다. 그러자 그의 내면에서 미친 어머니와 연약하기 짝이 없는 아버지, 죽은 형에 대한 증오가 솟는 것이 느껴졌다.

더러운 누더기 뭉치 같은 폴린을 사람들이 농장으로 다시 데려왔다. 그들은 밤사이 장바티스트의 관에 못을 박았는데, 썩은 시신 냄새가 외양간의 가축들마저 불안하게 만들었다. 아이의 냄새는 밀폐된 널을 빠져나와 온 집안에 퍼졌다. 벽과 세간과 커튼과 옷가지, 이 모든 것이 악취를 기억에 새겼다. 전쟁의 함성을 내지르던 나무들의 기이한 울음소리처럼, 냄새가 밤을 가득 채웠다.

상처 입고 쫓기는 늙은 짐승 같은 아내를 본 순간 그녀에게 미친 놈은 뒷걸음을 치지도, 무슨 말을 하지도 않았다. 그는 그녀에게 다가가 미소를 지었다. 다정함과 고통이 뒤섞인 미소였다. 아내의 더러워진 몸, 남루하고 역겨운 몸을 그는 살아 있는 남자의 몸으로 힘껏 품에 안았다. 그러곤 어린아이를 어르듯 그녀를 조용히 흔들어 달랬다.

샤를빅토르는 손가락이 아플 만큼, 손바닥에 손톱자국이 날 만큼 두 주먹을 꽉 쥐었다. 형의 냄새가 어머니의 옷과 피부와 머리카락에, 입술과 시선에까지 배어 그는 속이 울렁이고 구토가 났다. 심장까지 함께 토해낼 것 같았다. 그 자신의 어린 시절마저도.

마틸드가 시신을 염하는 동안 그녀에게 미친 놈은 아내를 맡았다. 그는 찢어진 그녀의 옷을 천천히 벗겨 알몸이 되게 했다. 눈물이 날 만큼 당혹스러운, 새로운 나신이었다. 그는 아내의 무감각한 몸을 한참 동안 씻기고, 가시덤불과 돌에 스쳐 생긴 무릎과 팔의 상처를 치료하고, 머리를 감겼다. 진흙과 피와 시신의 냄새로 더럽혀진 몸을 모두 씻기고서 그녀를 눕힌 뒤 자신도 그 곁에 누웠다. 어둠 속에서 눈물이 다시 하염없이 흘렀다.

샤를빅토르는 벽 너머 또 한차례 들려오는 바다의 끝없는 포효에 귀를 기울였다. 반대편 벽 너머에서 잔가지를 서로 부딪는 나무들의 함성이 밤새도록 들려왔다. 자신도 아버지처럼 울게 될까봐, 울부짖게 될까봐 그는 주먹을 꽉 쥐었다. 그러니까 그를 걱정해줄 이는 아무도 없단 말인가? 그는 정신을 잃을 만큼 그들을, 그들 모두를 미워했다. 이윽고 자리에서 일어난 그는 형의 빈 침대로 다가가서는 그 위에 올라가 이불을 걷어낸 다음 시트에 오줌을 갈겼다. 형을 위해 흘릴 눈물이라고는 그게 전부였다.

그녀에게 미친 놈은 장바티스트의 관이 놓인 아래층으로 내려가지 않았다. 밤새 아들의 시신을 지키러 가지도 않았다. 시신을 지키며 밤을 새우는 사람은 아무도 없었다. 냄새 때문에 누구도 가까이 다가갈 엄두를 내지 못했다. 오직 나무들만이 끝없이 이어지는 노래로 시신을 지켰다.

그녀에게 미친 놈은 아내 곁에 남아 그녀의 어수선한 잠을 지켰다. 그녀의 손을 잡아주고, 이마를 짚어보고, 그녀의 입에서 새어나오는 신음을 살아 있는 남자의 입술로 덮었다. 그리고 그녀의 머리카락 속에 얼굴을 파묻고 울었다. 마치 아내의 더러워진 몸과 슬픔과 피를 자신의 눈물로, 살아 있는 남자의 눈물로 씻어내려는 것처럼.

아침이 되어 관을 묘지로 옮겨야 할 순간이 닥쳤을 때, 그녀에게 미친 놈은 아내가 누워 있는 방을 떠나 장례 행렬을 따라가기 위해 무진 애를 써야 했다. 샤를빅토르는 혼자서 옷을 입었다. 예전 같았으면 어머니가 그를 씻기고, 입히고, 모든 일을 도맡아 했을 터였다. 그 예전이란 바로 며칠 전을 의미했다. 그리고 그 예전이란 영원히 지나가버린 시간이었다. 그는 주먹을 쥐고 입을 다문 채 문간에 꼿꼿이 서서 아버지를 기다렸다. 그녀에게 미친 놈은 마치 낯선 사람을 보듯 그를 바라보았다. 아무렇게나 옷을 입고 말없이 뻣뻣하게 선 이 어린 소년을 그는 고통스러운 눈길로 한참 동안 바라보았다. 아이에게 말을 걸어 무언가 이야기하고 아이를 품에 안고 싶었지만 더이상의 말도 몸짓도 불가능했다. 사냥꾼들이 집 문간에 나타난 이후로 그는 오직 아내만을 위해 존재했다. 샤를빅토르는 아예 잊고 있었다. 죽은 아이 생각도 하지 않았다. 이 죽음이 초래한 일체의 공포와 절망은 어머니의 몫이 되어 그녀를 무너뜨리고 지쳐 나가떨어지게 했다. 그는 오로지 그녀가 받는 고통 때문에 고통받았고, 그녀의 아픔 때문에 아팠으며, 그녀 때문에, 그녀를 위해서만 울었다. 그녀가 몸을 비틀고 휘청대며 절규로 화하는 모습을 본 이후로 세상이 희미한 안개 속으로 물러나 그는 타인들에게로 가는 길을 더이상 찾을 수 없었다. 그 스스로가 원치 않는 일이기도 했다. 그의 욕구는 오직 그녀에게 전적으로 동여매어져 있었다. 그 밖의 사람들은 안중에 없었다. 그에게 혈육이란 오직 그녀뿐이었다.

아이가 고통받고 있다는 것, 그 모든 것이 아이가 감당하기에는 너무 큰 짐이라는 것은 그도 감지했다. 하지만 그조차 자신과는 상관없는 일처럼 여겨졌으니, 안간힘을 써야 간신히 느낄 수 있었다.

정말 그랬다. 다른 사람들을 위한 어떤 말도 몸짓도 그에게는 남아 있지 않았다. 아들에 대해서도 마찬가지였다. 죽은 아들을 위해서조차 흘릴 눈물이 없었다. 아내에게 모든 것을 주었기 때문이었다. 오직 아내에게, 언제나 더 많은 것을 줄 터였다. 그는 더이상 자유롭지 못했다. 살아 있는 이 남자의 몸은 위층 침실에 누워 있는 여자에게 고스란히 바쳐져 있었다.

이제 그녀야말로 그의 아이이며 어린 딸이요 유일한 사랑이었다. 그러자 갑자기 소리를 질러대고 싶었다. 샤를빅토르에게 썩 꺼지라고 소리치고 싶었다. 아내와 단둘이 남아 있게 해달라고 외치고 싶었다. 단 하나뿐인 그의 아이와 남아 있게 해달라고.

아버지의 일그러진 얼굴 앞에서 샤를빅토르는 단지 이렇게 말했다. "지금 떠나야 해요. 다들 기다리고 있어요. 비가 와요." 그러고서 그는 들뜬 분노를 감추며 생각했다. '비가 올 테면 오라지! 하늘도 형한테 오줌을 갈기는 거야! 고소해!' 그의 말대로 영구차 주변에서는 사람들이 큼직한 검정 우산을 비스듬히 받쳐든 채 발을 구르며 기다리고 있었다. 황금의 밤 늑대 낯짝, 타데와 어린 치펠레, 농장 심부름꾼 니케즈, 그리고 마틸드와 몇몇 다른 사람들이 거기 있었다.

세차게 내리치는 빗발을 뚫고 영구차가 천천히 앞으로 나아갔다. 그들은 진흙탕이 되어 쓸모가 없어진 샛길을 피해서 갔다. 지난 전쟁으로 오래된 몽르루아 묘지가 파괴된 이후 새 묘지가 개방되었는데, 이 묘지는 성당 울타리를 벗어나 마을 어귀 대로변에 자리하고 있었다. 죽은 자들은 끊임없이 산 자들로부터 멀리 밀려나고 있었다. 한때 신에게 버림받은 자들을 수용소로 추방했듯이, 이제 사람들은 높은 콘크리트 담으로 둘러싸인 이 들판 한구석으로 죽은 자들을 추방했다. 집들과 산 자들과 교회로부터 멀리 떨어진 곳으로. 그러나 이 새 묘지는 아직 비어 있었다. 지난 전쟁 때 너무 많은 사람이 죽어 옛 묘지 맨 안쪽에 서둘러 임시 공동 묘혈을 만들어 시신을 매장해야 했었고, 그후로는 이 마을에서 단 한 번의 장례식도 치러지지 않은 터였다. 전쟁의 재앙으로부터 살아남은 이들은 굳건히 버텼다. 마치 자신들의 수명을 두 배로 늘림으로써 총기나 폭탄이나 산탄에 맞아 제명을 채우지 못한 채 산산조각이 되어버린 그 모든 생명들의 원한을 씻으려는 것 같았다.

장례 행렬이 마침내 다다른 곳은 넓고 황량한 들판이었다. 차에서 관을 꺼냈을 때는 북쪽과 동쪽을 향한 담벼락 모퉁이에 인부들이 묘혈을 막 파놓은 참이었다. 장바티스트가 이 묘지에 맨 처음 묻히는 사람이었다. 그는 척후병이자 창시자인 셈이었다. 콘크리트블록으로 경계가 표시된 이 커다란 직사각형의 새 공동 묘지에 처음으로 안치되는 묘한 임무가 여덟 살짜리 어린 소년에게 주어진 것이다. 동생인 샤를빅토르가 전후에 태어난 첫 아이였다면 그는 전후의 첫 사망자였다. 작은 북은 앞으로 죽음을 맞게 될 모든 이들에게 자신의 유년을 봉헌물로 바치고 있었다. 그는 이렇게 마지막으로 선구자의 임무를 완수했다.

그들 모두는 부자연스럽고 어색한 모습으로 축축한 묘혈 주위에 모여 서 있었다.

느닷없이 그녀가 나타난 건 그 순간이었다.

마치 아들이 여전히 그녀를 부른다는 듯이. 잠의 밑바닥에 있던 그녀는 사람들이 구덩이를 파는 소리를 들었다. 아들을 매장할 구덩이였다. 잠 속에서 그녀는 느꼈다—사람들이 구덩이를 파고 있었다. 땅속에, 그녀의 뱃속에 구덩이를 파고 있었다. 그들이 그녀의 내장과 심장을 파들어갔다. 어머니인 자신의 몸을, 생살을 파들어갔다. 순간 그녀는 소스라치듯 놀라 잠에서 깨어났다. 온몸이 땀에 젖어 있었고, 활짝 열린 두 손은 허공과 침묵을 휘저었다. 그녀는 자리에서 일어나 서둘러 옷을 입고 단숨에 새 묘지까지 뛰어갔다.

그녀가 왔다. 들판을 대각선으로 가로지르며 숨가쁘게 달려왔다. 늙고 얼이 빠진 얼굴에서 절단된 규석과도 같은 두 눈이 광채를 발하고 있었다.

그들은 그녀가 맨머리에 비를 맞으며 달려오는 것을 보았다. 발에 신도 신겨져 있지 않았다. 그녀는 무덤 맨 가장자리까지 곧장 달려왔다. 그녀에게 미친 놈이 팔을 잡으려 했지만 그녀가 뿌리쳤다. 그녀는 밧줄로 관을 내리는 네 남자를 미친 암캐의 시선으로 뚫어지게 바라보았다.

그녀는 보았다. 길쭉한 검은 상자가 좌우로 흔들리며 구덩이 속으로 서서히 내려가고 있었다. 너무도 작고 좁은 상자였다. 이처럼 가느다란 상자 속에 아들의 몸이 들어갈 수 있단 말인가? 사람들이 아이의 시신을 어떻게 한 것일까? 도무지 이해가 가지 않았다.

아무도 말이 없었다. 구덩이 속에 내려진 관의 나무 뚜껑을 두드리는 시끄러운 빗소리와 폴린의 가쁜 숨소리만 들려왔다. 누군가 첫 삽을 떠 흙을 구덩이 속으로 던졌다. 마치 그녀의 입속과 뱃속에 흙을 던져넣는 것 같았다. 아이의 어머니인 그녀를 산 채로 매장하는 것 같았다. 그러는 동안 비가 끝없이 관뚜껑을 두드려댔다. 둥둥거리는 최후의 북소리처럼.

그녀에게 미친 놈은 아내의 몸이 또 한번 뒤틀리며 휘청거리는 것을 보았다. 제지할 틈도 없이 그녀는 구덩이 속으로 몸을 던졌다. 몸을 덮는 것은 흙이 아니었다. 어머니인 그녀의 몸이 아들의 몸을 덮었다. 관 위에 흙이 떨어지는 희미한 소리에 화답해 더 무겁고 둔탁한 몸의 소리가 들려왔다.

웅성임과 소란이 일었다. 타데는 샤를빅토르를 묘혈에서 멀리 떨어진 곳으로 데려갔다. 그녀에게 미친 놈이 밧줄을 가지고 구덩이 속으로 내려가 폴린을 어깨에 둘러메고 올라왔다. 그녀는 정신을 잃은 채였다. 빗물이 그의 몸속으로 들어와 흐르는 것이 느껴졌다. 비가 그의 안에서 목놓아 울고 있었다. 대체 어디까지 내려가야 아내를 되찾아 그에게로, 살아 있는 남자의 사랑으로 다시 데려올 수 있단 말인가? 그는 그날을, 그 놀라운 날을 떠올렸다. 일찍이 폴린이 그를 깊은 구렁 속으로 데려갔던 날. 빗물이 흐르던 풀밭에서 자신을 그에게 내어주던 날이었다. 완전한 나신의 그날을 떠올리자 현기증이 일었다. 미친 듯한 사랑을 나누었던 아름다운 날. 그런데 갑자기 무슨 일이 일어난 걸까? 어쩌다가 예전의 기쁨 대신 슬픔이 들어서게 된 걸까? 욕망으로 넋이 빠졌던 그 사랑이 이제 와서 어쩌다가 오로지 두려움에 떨게 된 걸까? 그때와 똑같은 비가, 어둡고 희미한 울림을 전하는 거대한 북처럼 지금도 내리고 있는데 말이다.

그 순간 또다른 아우성이 들려왔다. 장례에 참석한 이들의 웅성임보다 훨씬 깊은 울림을 내는 소리였다. 이 소리는 묘지의 큰

크리트 담장 너머에서 들려오고 있었다. 아주 먼 곳에서 나는 소리, 사랑 구멍 숲에서부터 올라오는 소리였다. 밤사이 들려온 어떤 소리보다 더 거친 절규였다. 기이한 외침, 승리자의 울부짖음이었다. 나무들의 긴 전투가 막 끝난 참이었다.

장례 행렬이 묘역을 벗어나는 동안 그들은 보았다. 튼튼한 가지에 무성한 잎이 달린 작달막한 나무, 잿빛 나무껍질에 줄기가 셋으로 갈라진 나무 한 그루가 언덕을 내려오는 모습이었다. 마치 거인이 걷듯, 나무가 걸어내려오고 있었다. 나무는 들판과 풀밭을 가로질러 대로로 곧장 내려서서 묘지까지 왔다. 그런 다음 넓고 황량한 묘역을 통과해 이제 막 메워진 묘혈로 다가갔다. 거기서 나무는 멈춰 섰다. 바로 그곳에, 나무는 작은 흙더미로 서둘러 메운 부드러운 땅속에 다시 자리잡기 위해 뿌리를 내렸다. 천년 묵은 주목朱木이었다. 가지마다 반짝이는 새빨간 장과가 가득 열려 있었다. "네 아이는 구원받았어." 묘를 덮은 나무를 가리키며 타데가 바티스트에게 말했다. "아이가 운이 좋구나." 황금의 밤 늑대 낯짝이 말을 받았다. "이건 암나무니까 말이다. 나무가 아이에게 부드러운 그늘을 만들어주고 평화를 줄 거야. 난 자식을 많이 잃었지만 나무의 보살핌을 받는 아이는 없어. 내 아내들도 마찬가지고. 더이상 아무것도 남지 않았지. 흙이 주는 사랑—그걸 그들에게 전해주러 온 나무는 하나도 없었어." 그러나 그녀에게 미친 놈은 오직 폴린 생각뿐이었다. 샤를빅토르는 그 자리에서 다짐하듯 생각했다. '난 나무들을 증오해!'

샤를빅토르는 치펠레와 클로모와 함께 한동안 삼촌인 타데 곁에 머물게 되었다. 예전에 '두 형제'가 살던, 농장 한쪽에 자리한 별채였다. 타데는 그곳 건물들을 넓히고 수리해서 예전에 수용소에서 같이 지내던 동료의 두 아이를 데리고 살았다. 그들은 이제 그의 자식이 되어 있었다. 그는 아이들에게 고개를 들어 타인의 얼굴과 시선에 과감히 맞서도록, 그들 자신의 젊음과 삶에 활기를 되찾도록 가르쳤다. 그래도 두 아이는 여전히 말이 없고 언제나 낯선 느낌을 주었다. 전처럼 온종일 둘이 손을 잡고 다니지는 않았어도 늘 둘만의 세계에 칩거해 있었다. 지하실 깊숙한 곳에서 너무 오래 머물렀던지라 어둠과 침묵에 맛을 들이게 된 것 같았다.

두 아이의 내면에 간직된 어둠이 타데를 깊은 동요에 빠뜨렸다. 그들 마음에 자리한 이 짙은 어둠은 타데가 책과 망원경을 통해 끊임없이 의문을 던져온 밤하늘의 신비만큼이나 그를 매료했다. 특히 치펠레와 마주할 때 그는 더 큰 동요를 느꼈으며 이따금 어렴풋한 공포에 사로잡히기까지 했다. 치펠레 안에 깃든 어둠의 신비는 세월이 흐르며 아름다움으로 화했다. 유년기에서 벗어난 소녀는 부드러운 곡선을 지닌 맵시 있는 여인의 몸으로 성숙해갔다. 치펠레의 몸이 변화하며 무르익어감에 따라 타데의 시선과 영혼도 그 소용돌이 속으로 함께 실려들어가 서서히 감탄과 놀라움으로, 급기야 욕망으로 기울어졌다.

그는 치펠레를 딸처럼 대했지만 그래도 진짜 자기 딸은 아니라는 생각이 종종 그의 마음을 엄습했다. 치펠레의 아버지라 하기에는 그가 너무 젊은 것도 사실이었다. 두 사람의 나이 차가 고작 열 살에 불과했으니 말이다. 그러나 그가 소녀를 건드릴 수 없는 건 결코 나이 때문이 아님을 그는 분명히 느끼고 있었다. 그와는 상관없는 극도의 수치스러움이, 딱히 정의할 수 없는 완강한 무언가가 있었다. 그는 이 욕망의 정체를 헤아리기를 거부한 채 솟구치는 사랑의 감정과 끊임없이 싸웠다. 미리부터 진 싸움임을 알았기에 자기 자신과 더 치열하게 맞섰다. 결국 그 자신도 형제인 그녀에게 미친 놈과 같은 기질을 지닌 터였다. 하나의 대상에 고스란히 바쳐진, 절대적인 사랑을 지향하는 마음. 단 하나의 욕망을 단숨에 탄생시킨 이를 지키기 위해서라면 어떤 기다림이나 고통이나 슬픔도 감내할 준비가 되어 있는, 개밀처럼 단단히 뿌리를 내린 고집스러운 마음이었다.

샤를빅토르는 클로모와 한방을 쓰기를 마다했다. 그는 혼자이기를, 철저히 혼자이기를 바랐다. 그의 가족이 그를 던져넣고 잊어버린 이 고독의 끝까지 가야 했다. 끝까지, 아니, 할 수만 있다면 그 너머로까지.

그는 여전히 이해할 수 없었다. 며칠 전까지만 해도 어머니는 아직 어머니였다. 형과 그를 똑같이 사랑하는 어머니, 모든 일을 도맡아 처리하는 너무나 상냥하고 좋은 어머니, 그를 씻기고 입히고 먹이며 밤이면 그의 침대 곁에 머물던 어머니였다. 며칠 전만 해도 그는 말 그대로 어린 소년이었다. 모두가 그렇게 여겼고 그렇게 그를 사랑했다. 그런데 순식간에 어머니가 꺾이고 무너졌다. 이제 사람들은 그녀를 아이처럼 다루고 보살폈다. 그는 아버지도 함께 잃어야 했다. 아버지는 더이상 아들의 아버지가 아니었으며 오직 아내의 아버지였다.

어머니도 더이상 어머니가 아니라 아버지의 아이였다. 아니, 어머니는 아직 어머니였다. 다만 그의 어머니는 아니었다. 그녀는 죽은 아들의 미친 어머니였다. 오직 그 아들만의 어머니였다. 어머니의 사랑은 한쪽으로 기울어 더이상 공평하지 않았다. 어머니의 사랑은 구덩이 속에 괴어 썩고 있었다.

죽은 아들. 그의 형제. 형. 이 형은 샤를빅토르가 계집아이로 태어나지 않은 걸 용서하지 않았었다. 땋은 금발머리에 아몬드 모양의 낙엽빛 눈을 한 계집아이를 형은 몹시 원했었다. 그 계집

아이를 찾으러 형이 땅 밑으로 들어간 건 아니었을까? '갈 테면 가라지.' 샤를빅토르는 호주머니 깊숙이 넣은 두 주먹을 꽉 쥐고 되뇌었다. '꿰져버려라, 어머니도 함께!'

형이며 맏이인 장바티스트. 어머니가 애정을 듬뿍 담아 작은 북이라 부르던 아들. '망할 놈의 작은 북!' 샤를빅토르는 생각했다. '북은 죽은 자들한테나 가서 두드리고 우리는 가만 좀 놓아두라고!' 묘지에서 노파들은 그에게 말했었다. "가엾은 녀석. 불쌍한 형을 위해 기도하거라!" 칙칙한 살냄새와 먼지가 풀풀 나는 모직물 냄새를 풍기는 노파들, 검게 썩은 이빨리 사이로 힘없이 새어나오는 목소리에 늘 눈이 젖어 있는 그들 역시 그는 증오했다. 결단코 형을 위해 기도하지는 않을 것이었다. '기도라고? 웃기시네! 난 오줌이나 갈길 테다. 죽어 자빠진 그 더러운 아가리에 대고!' 그는 분노를 누르지 못한 채 고집스레 생각했다. 할망구들은 입에 쩍쩍 들러붙는 기도나 지껄여대면서 좋아하면 그만이었지만, 그에게는 해야 할 더 나은 일이 있었다. 모든 배신자들 위에 오줌을 갈기는 일. 형, 어머니, 아버지, 이들을 모두 한데 몰아넣으리라. 한 구덩이에 몰아넣으리라. 똥구덩이에. 그는 더이상 그들을 구별할 수 없었다. 죽음과 광기를, 눈물과 절규와 침묵을 구별할 수 없었다. 하! 아버지라니! 어린 그를 거들떠보지도 않고 눈물만 흘리던 아주 나쁜 인간! 벽 너머로 끝없이 출렁이는 파도 소리를 내던 아버지. 윙윙대는 겨울바람 소리를 내던 아버지.

어머니의 두 눈에 깃든 깨진 규석의 광채. 아버지의 눈앞을 가리는 눈물. 형의 텅 빈 눈을 메운 흙과 어둠. 그를 외면하는 시선들. 배신자의 시선들. 아무러면 어때. 샤를빅토르는 결심했다. 그는 자신을 향한 시선을, 뒈진 개들의 처량한 눈을 한 저 세 사람의 시선을 능가하는 시선을 스스로 만들어낼 것이었다. '난 똥구멍으로 볼 테다!' 그는 이렇게 다짐하며 제삼의 눈을 상상해냈다. 그가 입은 바지 깊숙이 숨은, 마술적이고 의기양양한 눈을.

아버지 역시 혼란에 빠져 있었다. 그 역시 공허에, 생각조차 할 수 없는 무언가에 부딪힌 터였다. 도무지 죽은 아들을 생각할 수 없었다. 아주 먼 곳, 너무도 먼 곳에서 두 아이를 바라보는 느낌이었다. 둘 중 누가 죽고 누가 살아 있는지조차 알 수 없었다. 사냥꾼들의 손에 죽은 아들의 시신, 비와 피에 젖은 그 시신도 보는 둥 마는 둥 했었다. 그가 본 것, 지금도 보고 있는 것은 그녀, 폴린이었다. 절규가 뚫고 지나가며 뒤틀고 흔들어놓은 그녀의 몸이었다.

그는 폴린 곁에 남아 몸을 맞대고 누웠다. 살아 있는 남자의 열기와 온몸의 무게를 실어 그녀에게 전했다.

어머니는 오랫동안 침실을 떠나지 않고 자리와 침묵을 지켰다. 두 눈을 감은 채, 움직이지도 말을 하지도 않았다. 고인 물처럼 가만히 누워 있었다.

움직이지 말 것. 말하지 말 것. 자기 안의 생명을 느끼지 말 것. 고통의 맥박만 뛰는 이 생명을 느끼지 말 것. 생각하지 말 것.

죽음을 느끼지 않도록, 꼼짝 않고 죽은 척할 것.

그리고 그는 그녀만 돌보았다. 그녀를 씻기고 먹였다.

그러는 그녀도 밤에는 간혹 잠에서 깨어 얼굴에 식은땀을 흘리며 소리쳤다. "장바티스트, 내 아가!" 그녀는 시트 속에서 몸부림치며 나가려고 기를 썼다. 묘지로 달려가 흙 위에 몸을 누이고 아이를 덮어주려 했다. "그애가 추워하는 게 느껴져. 나를 부르고 있어. 내가 필요한 거야. 땅속에서 혼자 몹시 추워해. 가서 그애 몸을 덥혀줘야지. 그앨 위로해줘야지……" 커다란 감시견 같은 그녀의 남편은 이런 고통의 발작에 대비해 언제나 보초를 서고 있다가 매번 그녀를 품안에 힘껏 부둥켜안고 보이지 않는 아들과 맞서 싸워야 했다. 그는 살아 있는 남자의 입으로 폴린의 입에서 새어나오는 절규를 덮었다. 그녀의 몸을 더욱 단단히 소유하기 위해, 죽은 아들을 쫓아내고 먼 곳으로 추방하기 위해, 그는 그녀와 사랑을 나누었다. 그러나 아내의 새로운 나신을 안으며 그가 느끼는 희열은 전과 다른 것이었다. 눈물로 이루어진 불행한 희열이었다. 이 눈물로 그는 아내를 다시 임신시켰다.

어머니의 병, 아버지도 함께 지치게 만드는 이 죽음에서 비롯한 원인 불명의 병이 지속되는 내내 샤를빅토르는 타데의 집에 머물렀다. 그러나 그는 삼촌의 애정을 마다했을 뿐 아니라 치펠레와 클로모의 호의도 거절했다. 그곳에서 그는 행동거지가 이상하고 눈매가 사나운 야만인처럼 지냈다. 그는 감상적인 태도를 혐오했으며 모두를, 모든 것을 경멸했다. 일체의 애정 표시에 구역질을 냈다. '저들의 감정이란 게 무언지 난 알아. 아무짝에도 쓸모없는 하찮은 거짓말! 어른들의 심술궂은 놀이에 불과하지. 하나같이 바보 천치에다 비열한 인간들뿐이야. 사랑하는 척하다가 나중에 더 쉽게 내버리거든. 하지만 날 속여먹지는 못할걸.' 게다가 삼촌은 아버지를 빼닮은 사람이었다. 삼촌이 배신자 아버지를 그토록 닮았다는 게 화가 났다. 한편 클로모에 대해서는, 아름다운 치펠레가 정성을 다해 돌보는 대상이 그라는 사실에 질투가 나 죽을 지경이었다. 치펠레는 어째서 자신은 모르는 언어로 남동생에게 이야기를 들려주고 연가를 불러준단 말인가? 그로선 이해할 수 없는 이 언어와 슬프고도 아름다운 곡조들에 질투심이 일었다. '마녀 같은 치펠레, 대체 어디서 그런 말과 곡조를 배웠다지?' 그는 생각했다. '두 마리 쥐새끼처럼 동생과 함께 수년을 살았던 그 지하실 깊숙한 곳에서 배운 게 틀림없어. 땅 밑에서 그렇게 오래 살면서. 시체처럼 말이지. 그렇다면 저것들도 죽은 자들이군! 치펠레는 죽은 자들의 언어를 말하고 노래하는 거야. 장바티스스트 편에 서서 내게 대항하는 거야. 저들이 미워.'

이렇게 그는 주변에 상상의 적들을 만들어내고 스스로를 모두로부터 저주받은 자, 사랑받지 못하는 자라 믿으려 애썼다. 자신은 눈 덮인 벌판 한복판의 얼음 속에서 산 채로 잡힌 도마뱀보다 세상에서 더 외로운 존재였다. 이 모두는 어머니의 미친 듯한 절규와 아버지의 오열을, 두 사람이 그에게서 등을 돌렸다는 사실을 잊을 수 없기 때문이었다. 숲속에서 형을 쓰러뜨린 사냥꾼들의 총알이 가족의 다른 일원들에게까지 튄 것이 틀림없었다. 그는 이따금 생각에 잠기곤 했다. '그렇다손 쳐도 저 멍청한 세 사냥꾼은 형을 무어라 착각하고 방아쇠를 당긴 걸까? 오소리나 여우? 아니면 까마귀나 오리? 어쩌면 새끼 멧돼지나 새끼 곰으로 착각했는지도 모르지. 어이가 없어. 고작 잡년의 새끼에 불과한데! 고작 그걸 갖고! 그러고서 그들은 형을 족제비로 만들었지. 온몸이 새파란 못생긴 족제비로.'

그는 분노와 증오 속에 들어박혀 나올 줄 몰랐으며, 자신의 고독한 영토에 경계선을 그어 타인의 접근을 막았다. 이런 영토를 더 쉽사리 확보하기 위해 그는 가장 황량한 장소와 미개한 구석들을 찾기 시작했다. 그리고 감탄할 만한 곳들을 찾아냈다.

그는 원시적인 고독을 누릴 수 있는 완벽한 장소 세 곳을 선택해 자신의 왕국으로 삼고는 스스로를 왕자로 선포했다. '프랭스트레살에트레메샹'*. 이것이 그가 자기 땅의 경계를 정하고 배신당한 아이의 통치권을 수립하고자 스스로 부여한 이름이었다. 버림받았으나 반항과 분노로 구원받은 아이였다.

그가 찾아낸 첫번째 장소이자 가장 넓은 장소는 사랑 구멍 숲 건너편 언덕 아래쪽 강가에 자리한 오래된 공장이었다. 지난 전쟁 때 폭격을 당한 이후로 공장과 큰 창고들은 녹과 정적과 물이 장악한 폐허가 되어 있었다. 습기로 부식된 철과 냉기와 산패한 기름 냄새가 대기를 꽉 채웠다. 그는 이 냄새들이 좋았다. 특히 비릿한 피 맛이 나는 철의 냄새를 좋아했다. 골조가 반쯤 내려앉은 철근 들보들에는 박쥐들이 무리를 지어 대롱대롱 매달려 있었다. 구역질이 날 만큼 반들거리는 날개와 날카로운 울음소리를 지닌 이 사나운 짐승이 그는 조금도 무섭지 않았다. 그는 이 박쥐들을 '나의 작고 예쁜, 역겨운 여왕님들'이라 부르며 찌

---

* 프랑스어로 '아주 더럽고 심술궂은 왕자'라는 뜻.

부러진 궁륭 밑에서 큰 소리로 괴상한 명령을 내렸다. "안녕, 내 역겨운 애인들!" 울림이 좋은 텅 빈 건물 안으로 들어서기 무섭게 그는 이렇게 외치곤 했다. "모두들 잘 잤니? 이제 잠에서 깨어날 시간이다. 이 고장 모든 바보들의 피를 빨러 갈 시간이야. 그러니 어서 일어나거라. 속임수의 천재들, 대머리 암쥐들, 밤의 우아한 추녀들아. 안 그러면 발과 날개를 모두 뽑아놓을 테다!" 그는 천장을 향해 목을 길게 빼고서 그들에게 욕설과 협박과 회유가 뒤섞인 장광설을 늘어놓았다. 그가 내지르는 소리는 구석구석 숨어 있던 들고양이들과 사방에서 우글대는 작은 짐승들을 쫓아버리는 효과밖에 내질 못했다. 그들이 도망치고 나면 그는 '자신의 금속 백성'을 찬찬히 살폈다. 더이상 사용되지 않는 큰 기계들, 비와 범람한 강물이 새어들어 고인 물 속에서 부식되어가는 물체들과 장비들이었다. "너희, 사물들아!" 그는 쇠막대로 두드리며 외쳤다. "너희도 잠에서 깨어나거라! 빙글빙글 돌고, 뛰어오르고, 내 앞에서 소란을 좀 피워보렴! 사물들아, 무장을 하고 앞으로 나아가 나무들의 껍질을 모두 벗겨놓거라. 움직이고, 소리치고, 부수어라! 무기를 들어라, 사물들아!" 그는 녹이 슬어 오렌지색이 된 검고 끈적끈적한 물에서 첨벙대거나 거기서 썩어가는 녹슨 물건들을 끄집어내며, 혹은 못이나 돌을 던져 아직 남아 있는 창유리 조각들을 마저 깨뜨리며 즐거워했다. 끈적끈적한 물이 찰랑이는 소리와 잠에서 깨어난 박쥐들의 날갯짓 소리만 어렴풋이 들리는 공간, 정적이 방울방울 배어나오는 이 공간에 대고 그는 목이 쉬도록 외쳤다. 종종 자신도 모르는 말이나 존재하지도 않는 말을 고래고래 내질러대곤 했다. 돌멩이를 던지듯 몇 시간이고 그렇게 소리를 질렀다. 언어 자체가 의미를 몽땅 잃고 목이 쉬어버릴 때까지. 현기증이 날 때까지.

이 무렵 그에게 말은 사물과 동일한 것이 되었다. 부피와 질감을 지닌 이 금속성 물체들은 더이상 의미를 지니지 않았으나 정확히 과녁을 맞혔다. 절대적인 침묵이라는 과녁, 어머니의 절규와 아버지의 오열과 형의 악취에 맞서는 과녁이었다. "크아아우……! 어머니, 좀 들어봐, 나도 고함을 지를 수 있다고! 당신보다 더 크고 더 멀리까지 들리도록 소리칠 수 있다고. 크아아아우…… 그리고 아버지, 설사하는 암탉처럼 훌쩍대는 당신도 들어. 크아우우 으르릉……! 형, 파란 방귀로 불룩해진 배를 하고 나자빠진 응석받이 형도 내 말 들어. 쉬이 쉬이이이잇! 크아 크아우 크아아아……! 세 사람 모두, 당신들의 뼈를 분지르고 이를 부서뜨릴 이 고아의 목소리, 우레 같은 근사한 목소리를 들어보라고!" 텅 빈 공간 속에서 그의 절규는 산산조각이 나 울려퍼졌다. 그는 메아리가 되어 돌아오는 자신의 목소리에 귀기울였다가 더 큰 소리로 그에 화답했다. "누가 말하는 거지? 누가 감히 대꾸하는 거지? 천사들, 그대들인가? 그대들은 무얼 원하지?" 그는 이렇게 몇 시간이고 메아리 천사들과 황당한 대화를 나눌 수 있었다.

하지만 곧 그는 새로운 영토들을 정복하러 떠났다. 그는 지난 전쟁이 남기고 간 놀라운 흔적들을 끊임없이 발견했으니, 그중 하나가 공장 위쪽에 드리운 숲 깊숙한 곳에 자리한 거대한 엄폐호였다. 쐐기풀과 가시덤불, 고사리류가 무성한 넓은 오물처리장에 불과한 이 엄폐호에는 녹 대신 부패가 가득했다. 샤를빅토르 역시 그곳에선 썩은 공기에 걸맞은 언어를 만들어냈다. 암울한 소리와 끈적끈적한 억양을 지닌 무정형의 단어들로 이루어진 언어였다. 그는 이 단어들을 침처럼 흘리며 벽에, 형의 얼굴에 뱉었다. 가는 곳마다 형이 그를 따라다녔으며, 어디를 가나 형과 전투를 다시 벌여야 했다. 그러나 그곳은 울림이 없어 어떤 소리를 내뱉어도 곰팡내 가득한 갑갑한 공기 속에서 금세 사라졌다. 따라서 그는 소리를 질러대기보다는 그저 알아들을 수 없는 말을 꽥꽥대거나 헐떡였다. 자신이 쉴새없이 고안해내고 혀와 목구멍에서 끄집어내는 이 모든 음향을 통해 샤를빅토르는 땀과 진흙과 억압으로 이루어진 묘한 감정을 몸속에, 심장 속에 느꼈다. 공장의 대형 창고들에서는 텅 빈 공간과 찬 공기 속에서 울리는 고함소리를 통해 근육과 신경과 힘줄이 극도로 긴장되는 경험을 했다면, 미지근하고 역한 공기로 가득한 이 엄폐호에서는 살갗이 한없이 물렁물렁하고 끈적끈적해지는 느낌이었다. 그러면 심장이 목구멍으로 올라와 고동치며 혀 위에서 녹아내리고 농익은 과일처럼 이에 닿아 으깨어지는 듯했다.

역사와 인간들로부터 버림받고 식물의 망각 속으로 묻혀버린 이 콘크리트 소굴을 뒤지던 그는 레일이 깔린 좁은 지하통로를 발견했다. 그곳에는 더이상 사용되지 않는 낡은 궤도차 한 대가 정차해 있었다. 그는 이제 이 광차鑛車를 복구하고 레일에 널린 쓰레기와 돌멩이를 치우느라 눈코 뜰 새 없었다. 땅 깊숙이 나 있는 이 터널을 따라 한참을 나아가자 숲 한복판에 이르렀다. 그렇게 레일은 나무들 사이를 구불구불 지나다 갑자기 덤불 속으로 사라졌다. 철로는 개흙이 가득한 늪에서 느닷없이 끊겨 있었다. 이 작은 늪 주변에 이르러 레일의 끝부분이 뒤틀리고 갑자기 잘려나간 점으로 미루어, 전쟁이 끝날 무렵 폭격을 당한 것이 분명했다.

샤를빅토르는 이 궤도차를 그의 전쟁과 영광의 전차로 삼았다. "나도 형처럼 지하 깊숙이 내려간다! 형은, 그 푸른 족제비는 꼼짝 않고 썩어가며 마른가지처럼 뼈들을 바스락대도록 내버려둬야지. 하지만 난 유람을 하고, 땅속을 달리며, 땅의 내장 속에서 강철 태양처럼 구르는 거야!" 그는 전차의 키를 잡고 경쾌하고도 노기등등하게 날카로운 소리를 내질렀다. 주목의 뿌리 밑 널빤지들 사이에 못박힌 형, 그 푸르스름한 시신을 겁주기 위해. 그는 삐걱대는 바퀴가 달린 이 낡은 궤도차를 '매혹적인 궁둥이와 작은 황금 발을 가진 나의 발라딘*'이라 부르며 바람이 불어도 꺼지지 않는 전등을 달아주었다.

한참 동안이나 그는 이 기발한 짐승 위에 올라타 지하의 미로를 산책하고, 전등불 하나에 의지해 내장 같은 어두컴컴한 길들을 질주했다. 그는 이렇게 땅속 어둠과 추위 속에서 고독한 기마騎馬를 즐겼다. 축축한 어둠과 침묵에 싸인 이 거대한 뱃속에서 죽은 자들에 맞서 욕설과 협박을 해댔다. 심지어 나무뿌리들을 향해서도 비난을 퍼부었다. 형의 편에 섰던, 용서받지 못할 반역자들이었으니까. 할 수만 있다면 그들 모두를 잘라내고 싶었다.

도끼로, 칼로, 뿌리란 뿌리는 모두 잘라내고 싶었다. 잘게 잘린 근육처럼 모든 나무뿌리들로 하여금 피를 흘리게 하고 싶었다. 모든 나무가 가지들이 부딪는 큰 굉음을 내면서 그가 지나가는 길목에 무너져내렸으면! 숲 전체가 나무 한 그루도 서 있지 않은 광막한 전쟁터가 되었으면! 재앙의 터, 복수의 터가 되어버렸으면!

---

* 프랑스어로 '발라딘'은 '발레리나' 혹은 '떠돌이 광대'라는 뜻.

궤도차 앞에 달린 전등이 덜그럭거리며 좌우로 흔들렸다. 샛노란 빛이 동그랗게 튀어오를 때마다 어둠의 흙탕물이 사방으로 튀었다. 그는 이 빛의 동그라미들이 내벽을 따라 춤추며 어둠 속에서 조각난 물건들을 끄집어내는 것을 보며 좋아했다. 부서진 무기 조각이나 녹슨 철모, 사람의 뼛조각 들이었다. "어이, 죽은 자들아!" 그는 전등을 이리저리 움직이며 소리쳤다. "잠에서 깨어나라. 내가 지나간다! 잘 보거라. 내가 어떻게 빛을 만들고, 반짝이는 오줌의 멋진 원들과 진짜 별똥별들을 만드는지를! 어이, 죽은 자들아! 내가 명하노니, 보거라! 국왕은 나다! 대열을 지키며 얌전히 있어라. 차렷! 영광스러운 국왕께서 너희의 시궁창을 지나가신다. 조심해라, 오래전에 썩은 시체의 무리야. 너희 모두를 내가 엄중히 감시하고 있노라! 너희, 나무들도 마찬가지다. 내 무시무시한 눈이 모두 보고 있다. 내 똥구멍으로, 인정사정없는 그 눈이 너희를 흘겨본다!"

그는 만사를 이 세번째 눈으로 보았다. 항문에 달린 눈, 마법의 사나운 눈으로. 특히 그는 존재하지 않는 것을 보았다. 그리고 이 무자비한 항문의 눈에만 보이는 상상의 적들과 싸우느라 기진맥진했다.

그곳 말고도 그는 또다른 장소를 찾아냈다. 그의 세번째 눈이 내뿜는 광적인 시선과 정확히 일치하는 장소였다. 그가 차지한 영역들 중 가장 누추하고 가장 비좁은 곳이었으며, 그 때문에 가장 장엄한 곳이기도 했다. 흔들거리는 판자로 지어진 낡고 누추한 방, 부서진 걸쇠 하나가 문을 지탱하는 방이었다. 참으로 호화로운 비밀의 방, 그의 옥좌가 놓인 방. 그러니까 몽르루아 어귀 공터 맨 안쪽에 자리한 오래된 변소, 전쟁 전에 마을 카페가 있던 바로 그 장소였다. 밤이면 마을 사람들이 모여 술을 마시고 담배를 피웠던 곳, 오랜 세월 간이식당 겸 술집의 소임을 다해온 넓은 카페. 주인의 이름을 따 '외젠과 마르셀의 집'이라 불리던 이곳에서 사람들은 카드놀이를 하거나 당구를 쳤고, 축제일이면 춤을 추기도 했다. 마르셀이 남편인 외젠을 홀로 남겨둔 채 제명을 다하지 못하고 죽긴 했어도 카페는 늘 같은 이름으로 남아 있었다. 홀아비 외젠은 만사를 곧이곧대로 받아들이고 성실히 따르는 아주 선량한 남자였다. 그는 젊은 시절 자신이 결혼식에서 따라 외운 짤막한 말, 많은 경우 다른 이들은 별생각 없이 내뱉는 이 말에 한 번도 의문을 제기한 적이 없었다. "기쁠 때나 슬플 때나" 마르셀과 한몸이기를 받아들인다는 말. 다른 모든 약속과 마찬가지로 그는 이 약속을 굳게 지켰다. 사실 그에게는 어려운 일도 아니었다. 그가 마르셀과 함께한 날들은 기쁜 날들뿐이었으니까. 슬픈 날은 그녀의 죽음과 함께 찾아왔을 따름이었다. 그토록 충실하고 헌신적인 동반자였던 그녀가 그를 길 위에 남겨둔 채 가버리자 갑자기 그는 혼자가 되었다. 눈물이 날 만큼 혼자였다. 그러나 홀아비가 된 그에게 재혼 운운하는 어리석은 술꾼들을 향해 그는 고집스레 되풀이했다. "죽었든 살았든 마르셀은 내 아내였고 앞으로도 그럴 거야. 이것만은 절대 변치 않는 사실이지. 영원히 그래. 한데 내 마르셀이 저기 계산대 뒤에 여전히 앉아 있지 않다고 누가 그러던가? 자네들 하는 말을 마르셀이 들으면 속이 뒤집힐 거야. 가엾은 사람! 그러니 허튼소리는 작작 하게나. 누구도 내 마르셀의 자리를 차지할 수는 없어, 그렇고말고." 이렇게 홀아비 외젠은 어떤 다른 여자도 자신의 침대에 들이지 않았다.

반면 전쟁이 닥쳐 독일군이 한창 기승을 부리던 시기에, 그는 조금도 주저하지 않고 은신처를 찾는 모든 이들을 자기 집 지하실과 다락방에 들였다. 그러던 어느 날 밤 가게 문을 막 닫은 순간 독일군들이 문을 부수고 들이닥쳤을 때도 그는 놀라는 기색이 없었다. 무기를 들고 수색견을 동반한 독일군들은 곧 지하실에서 다락방까지 집을 뒤지기 시작했다. 수색이 진행되는 내내 홀아비 외젠은 독일군들이 닥치던 순간 들고 있던 비를 손에서 놓지 않았다. 그는 다리가 허공을 향하게 의자들을 올려둔 탁자들 사이에 꼼짝 않고 선 채 이제 막 쓸어모으기 시작한 먼지와 담배꽁초 더미에 고통스러운 시선을 박고 있었다. 그는 무슨 일이 닥칠지 알고 있었으며, 차분히 기다렸다. 팔을 들어올린 채 지나가는 셔츠 차림의 젊은이 셋이 불쑥 그의 눈에 들어왔다. 그들 중 한 명은 떨고 있었다. 입술까지 떨었다. 군인들이 문간에서, '외젠과 마르셀의 집'이라 쓰여 있는 간판 바로 아래서, 그들을 해치웠다. 잠시 후 외젠은 기름냄새를 맡았다. 군인들이 내지르는 고함소리 한복판에서 이상한 소리가, 기묘하기 짝이 없는 소음이 들려왔다. 난데없이 사방에서 치솟는 거대한 불길의 소리였다. 갑자기 공기가 무척 덥게 느껴졌다. 믿을 수 없을 만큼 더웠다. 그 순간 유리창과 대형 거울은 물론 계산대와 선반 위에 가지런히 놓여 있던 술병과 술잔까지 모두 깨졌다. 그를 둘러싼 사방에서 무시무시한 붉은 웃음소리가 들렸다. 탁자들과 다리를 허공에 쳐든 의자들에 불이 붙었고, 군데군데 천이 뜯겨나간 녹색 당구대 위의 당구공들이 깨졌다. 그래도 그는 여전히 손에서 비를 놓지 않았다.

다음 차례가 되어 그의 비에 불이 붙기 시작한 순간, 그는 어깨 위에 놓이는 몹시 부드럽고 다정한 손길을 느꼈다. 그는 고개를 돌리고 낮은 목소리로 물었다. "마르셀…… 당신이야?……" 그러자 대답 대신 불길이 확 치솟으며 그의 얼굴로 달려들었다.

아주 가까운 과거였건만 어린 샤를빅토르는 그 일에 대해 전혀 아는 바가 없었다. 그에게 세상은 그가 상상하는 역사 외에 다른 역사는 없는 드넓은 공지였다. 그는 전후세대, 전쟁이 모두 끝난 이후의 아이였다. 또한 형 이후, 어머니의 절규 이후, 아버지의 오열 이후의 아이이기도 했다. 그것으로 족했다. 그것만으로도 새로운 전쟁이었다. 고함소리와 말을 무기로 삼은, 유년기의 그에게 걸맞은 전쟁이었다.

고함소리. 그는 옛 창고의 정적과 녹슨 물건들 사이에서 소리의 날을 갈았고, 엄폐호 깊숙한 곳에서 숨이 차오르도록 소리를 질렀다. 지하통로를 따라가며 흔들리는 궤도차의 리듬에 맞추어 고함을 쳐댔다. 그러나 적의 포화로부터 살아남은 이 변소들, 거기서 그가 발견하게 되는 것은 말, 말의 힘과 신비였다. 그는 말을 발견해 함께 놀고, 맛보고, 찰흙처럼 만지작거렸다.

푸른 페인트 칠이 된 작은 판자 오두막을 무성한 잡초가 뒤덮었다. 푸른 칠은 이제 빗물로 바래고 바람에 닳고, 함석지붕 처마밑에 잔가지로 둥지를 튼 새들의 똥으로 더럽혀져 다른 빛깔의 스펙트럼이 펼쳐져 있었다. 하늘의 빛이 변함에 따라 지붕엔 연자주나 라벤더 블루, 혹은 옅은 먹색이나 아몬드 녹색, 압생트 녹색이 군데군데 떠올랐으며 때때로 희미한 장밋빛 반점이나 노란 얼룩들이 나타나기도 했다. 이처럼 푸른 칠은 서서히 임종을 맞으며 엷은 색조들로 한없이 미묘한 유희를 펼쳐 샤를빅토르를 매료했다. "사랑스럽고 우아한 내 뒷간!" 그는 오두막의 흔들리는 벽들을 살피며 이렇게 감탄을 터뜨렸다.

그는 세상 끝의 집, 마음 끝의 집에 몇 시간이고 박혀 있었다. 그곳에 감도는 냄새는, 온갖 뉘앙스를 띤 빛바랜 문들의 푸른색만큼이나 환상적이었다. 독기를 품은 이상한 냄새들이 묘하게 뒤섞여 있었다. 벌레 먹은 나무, 축축한 흙, 구덩이 밑바닥의 똥오줌 속에서 썩어가는 낡은 신문지의 냄새였다. 천장 모서리마다 큼직한 거미줄이 걸려 있었다. 너무도 섬세하게 짜인 이 세련된 죽음의 베일들을 보며 그는 감탄했다. 방금 날아와 걸린 파리와 작은 날벌레들이 날개를 떨며 베일을 장식하고 있었다.

한복판에 커다란 구멍이 뚫린 나무통이 그의 왕좌가 되었다. 이 구멍은 그에게 놀라운 심연이었으며, 어두운 공허와 더없이 달콤한 현기증의 왕국이었다. "신의 눈이야. 인간들의 창조물인 똥을 슬쩍하려고 늘 밑에서 훔쳐보는 교활한 신의 눈." 그는 이렇게 선언했다. 땅의 어둠을 향해 벌어진 이 거대한 수평 구멍에 대응해, 문 꼭대기에 수직으로 자리잡은 훨씬 작은 또다른 구멍이 있었다. 빛이 들어오는 유일한 통로인—사실 빛은 판자들의 무수한 틈새로 스며들고 있었지만—하트 모양의 작은 지붕창이었다. 하루가 시시각각 흘러감에 따라 하트 모양으로 잘린 하늘도 다양한 색조를 띠었다. "하늘은 못 말리는 변덕쟁이요 엽색가야. 사방팔방에서 방탕하게 놀아나잖아." 그는 이렇게 결론지었다.

하트는 이것 말고도 많았다. 벽에는 화살이 관통하고 머리글자가 부각된 일그러진 하트들이 아무렇게나 그려져 있었다. 오로지 옛 사랑과 지나간 욕망, 오래전에 잃어버린 입맞춤을 찬양하는 진정한 작은 문장紋章들이랄지. 그 밖에도 목탄으로 그려진 외설적인 그림과 낙서가 널려 있었다. 선생이라고는 사방에서 불어와 함석지붕 위에서 윙윙대는 바람이 전부인 이 학교에서, 음탕한 술꾼들의 낙서가 담긴 이런 목판들을 가지고 샤를빅토르는 글을 배웠다. 그가 그 모든 말을 이해한 건 아니었다. 그는 한 자 한 자 손끝으로 짚어가며 큰 소리로 외우면서 이 수수께끼 같은 문장들을 읽고 또 읽었다. 그 모든 의미를 정확히 이해하지는 못할지언정 말 속에 새겨진 힘은 충분히 느낄 수 있었다. 과장되고 노골적인 울림에서 나오는 힘. 금지된 무언가가 말하는, 영광의 후광으로 둘러싸인 힘이었다. 실로 그러했으니, 그걸 느끼며 그는 강렬함과 짜릿함을 맛보았다. 이 모든 그림과 낙서는 오로지 금지된 것들에 대해 이야기했다. 남자의 성기와 여자의 젖가슴, 음란한 발언, 온갖 종류의 욕설과 상스러운 말. 육체와 욕망, 육체와 쾌락, 육체에 깃든 어둠의 영역들과 그 마술적인 경화硬化, 감추어진 체액들을 칭하는 이 모든 말들을 그는 자기 것으로 삼았다. 물질인 말들. 똥이며 정액이며 생명체인, 천연의 물질인 말들이었다.

그는 학습장에서 몇 장을 뜯어 무릎 위에 놓고 비밀일기를 썼다. 자신의 변소에 앉아, '신의 사나운 눈초리'에 온전히 노출된 채. 그는 거기에 '똥의 일기'라는 제목을 붙이고, 자신이 푸른 족제비 형과 어머니의 절규와 아버지의 오열에 맞서 끊임없이 벌인 투쟁의 온갖 위업을 기록했다. 도를 넘어선 끝도 없는 상상의 투쟁, 그 자신의 고독으로 격화되는 싸움, 유령 같은 적들에 대항해 말과 추잡함과 상스러움으로 무장한 싸움이었다. 말과 말이 겨루는 싸움, 몸과 몸이 겨루는 싸움, 칼을 든 싸움이었다.

그러다 그는 또다른 전투에도 뛰어들게 되었다. 이번에는 진짜 육탄전이었다. 자신보다 조금 연상인 한 소녀에게서 그에게 꼭 맞는 적수를 찾아낸 것이다. 그 고장에 잠시 체류중이던 집시 소녀였다. 소녀의 가족은 마을로부터 멀지 않은 뫼즈강가에서 야영을 했다. 소녀도 샤를빅토르처럼 학교에 가지 않고 숲과 들판을 쏘다녔다. 맨발이었고, 온통 얼룩투성이에 찢겨나간 알록달록한 속치마 안도 완전히 맨살이었다. 샤를빅토르는 오래된 공장 창고에서 우연히 소녀를 만났다. 소녀는 낡은 기계와 잔해들 사이를 맨발로 뛰어다니며 놀고 있었다. "야, 너, 거기서 뭐하고 있는 거야? 여긴 내 땅이야. 썩 꺼져버려!" 소녀를 처음 보왔을 때 그는 이렇게 소리쳤다. 그러자 소녀가 혀를 날름 내밀며 대답했다. "알 게 뭐야! 어딜 가든 다 내 땅이야." 소녀는 헝클어진 검은 머리를 흔들며 화관 모양의 더러운 꽃무늬 속치마를 빙그르르 퍼지게 돌리면서 깡충깡충 계속 뛰어다녔다. "어라, 요것 봐라! 팬티도 안 입었네!" 그의 말에 소녀는 웃어댔고, 아랑곳없다는 듯 맞받았다. "그러면 어때서? 내 엉덩인 이대로 아주 좋기만 한걸." 샤를빅토르는 어쨌거나 이 말에 수긍하고는, 대번에 큰 소리를 지르며 소녀에게 달려들었다.

소녀의 이름은 뤌라였다. 사선으로 찢어진 두 눈은 아주 부드럽게 빛나는 녹색이었고, 엉덩이는 늘 맨살이었다. 그는 소녀를 '나의 전쟁 뤌라'라 부르며 미친 강아지처럼 함께 맞붙어 뒹굴었다. 그는 소녀의 눈이 발하는 선명한 초록빛 광채와 쌉쌀한 살갗의 맛, 한 번도 감지 않은 머리에서 나는 불과 바람의 냄새를 좋아했다. 또 소녀가 풍기는 야생의 분위기와 뻔뻔스럽고 예쁜 웃음소리도, 두 사람 사이에서 항시 싸움의 원인이 되었던 그 엉덩이의 외설적인 경쾌함도 그는 좋았다.

나의 전쟁 뤌라. 그녀는 그의 첫 동무였으며, 꿈과 놀이와 모험의 첫 동반자였다. 그리고 그의 첫사랑이었다. 그는 자신의 세 영지로 그녀를 데려가주기도 했다. 하지만 그의 머리를 떠나지 않는 형 장바티스트, 이 커다란 푸른 족제비에 대해서는 입을 다물었다. 또 지하의 나무들과 맞서 싸우는 전차인 자신의 궤도차에 그녀를 태운 적도 없었다. 나의 전쟁 륄라는 생명과 욕구와 기쁨의 편에 속했고, 이 사실을 너무도 분명히 느끼는 그로서는 죽은 자들의 고장을 배회하는 산책에 그녀를 데려갈 수 없었다. 게다가 형인 푸른 족제비에 대한 그의 증오는 마치 사랑하는 대상을 향한 연인의 집착과도 같았다. 단 하나뿐인 친구라 해도 그것만은 함께할 수 없었다. 그, 프랭스트레살에트레메샹은 그렇게 이중의 왕국을 다스렸다. 말괄량이의 엉덩이를 한 당돌하고 장난기 넘치는 나의 전쟁 륄라와는 욕망과 유희와 육체와 쾌락의 왕국을 다스렸으며, 푸른 족제비에 맞서서는 증오와 분노의 왕국, 독기가 대기를 깊숙이 오염시키고 버림받은 아이의 마음을 끝없이 갉아먹는 왕국을 다스렸다. 그는 형에 대한 증오에 집착하는 만큼이나 륄라를 향한 열정에—그가 깨물고 할퀴고 쓰다듬기 좋아하는 그녀의 엉덩이에 집착했기에, 그가 다스리는 이중의 왕국은 이처럼 철저히 분리되어 있었다. 각자에게 누이가 있는 셈이었으니, 땅속에 묻힌 죽은 자에게는 눈에 보이지 않는 금발의 소녀, 존재하지 않는 누이가 있었던 반면, 살아 있는 그에게는 사랑스럽고 경쾌한 엉덩이를 가진, 야성적이며 웃음 많은 누이가 있었다. 이 이중의 왕국에 그가 군림할 수 있었던 것은 이중의 측면에서 포착되고 탐구된 말들 덕분이었다. 요컨대 땅과 진흙과 죽은 형의 푸른 배에서 끌어낸 죽음의 말들이 있는가 하면, 살과 금기, 변소의 벽에서, 특히 륄라의 입술과 엉덩이에서 훔쳐낸 생명의 말들이 있었다. 실제로 그는 소녀의 성기를, 마치 그에겐 아직 낯설고 놀라운 말들을 속에 간직한 두번째 입인 양 바라보았다.

상처받고 배신당한 아이인 그는 말의 이 마술적인 힘 덕택에 살아남을 수 있었다. 그가 끊임없이 늘리고 확장하고 타오르게 하고 싶은 유일한 힘이었다.

2

말의 또다른 끝, 모든 절규의 근원에 황금의 밤 늑대 낯짝이 있었다. 그 역시 전후의 아이였지만, 그는 한 여자의 배에서 나왔다기보다 전쟁의 상처로부터 탄생했다고 하는 편이 옳았다. 결코 아물거나 치유되지 않는 상처였다. 그가 세상에 온 것은 단 한 번의 칼질 덕이었다. 한밤중에 세상으로 오는 도중 그는 별 하나를 겁탈했다. 별은 이상한 성좌로 산산조각이 나더니 시간이 흘러감에 따라 하나씩 그 빛을 잃었다. 열일곱 개의 별빛 가운데 이미 열 개가 꺼져 어둠 속에 용해되었다. 이렇게 사라진 열 개의 별빛은, 땅속에 묻혀 부재로 넘겨진 아들딸들의 수와 같았다.

자식들과 아내들이 사라졌다. 한 사람씩 사라질 때마다 그는 더 깊은 침묵 속으로 침잠하며 말을 상실해갔다.

황금의 밤 늑대 낯짝. 죽음이 원치 않은 자. 죽음이 거부한 자. 노화라고 그를 더 원하는 것 같지도 않았다. 일흔다섯이 넘은 나이에도 그는 한결같은 모습이었다. 힘과 정력으로 팽팽히 긴장된 몸. 변함없는 적갈색의 더부룩한 머리털. 어쩌면 예전보다 더 크고 건장한 모습으로 비칠 터였다. 나이를 먹어가며 깊은 주름이 파이고 검게 그을린 구릿빛 얼굴 역시 한층 인상적이었다. 오직 목소리가, 특히 목소리가 변해 있었다. 아내 루트와 네 아이의 죽음 이후 그가 오랫동안 겪은 실어증이 남긴 흔적이었다. 추위의 흔적 혹은 나른한 잿빛, 아니면 일종의 둔탁한 정적 같은 것이었다. 어느 날 밤 '죽음의 메아리' 숲속 빈터에서 그의 입안을 가득 채웠던 죽음의 맛. 입안에 끈질기게 남아 감도는 그 쓰디쓴 맛에 지금도 그는 목소리가 묘하게 쉬어 있었고, 사랑의 행위를 할 때처럼 활짝 드러난 그의 이빨 위로는 입술이 팽팽히 당겨져 살짝 말려 올라가 있었다.

그는 더이상 '높은 농장'에 살지 않았다. 죽음의 메아리 숲속 깊은 곳에서 시도했던 죽음이 실패로 돌아간 이후 그는 한 번도 자기 집안에 발을 들여놓은 적이 없었다. 그가 반세기 넘게 살면서 네 번이나 여자와 사랑에 빠졌던 집이었다. 그중 너무도 크고 경이로웠던 그 사랑도 이제는 그의 곁을 떠나고 없었다. 집은 갑자기 그에게 금지구역, 저주받은 지대가 되고 말았다. 돌로 지어진 집안에는 어둠만이 깃들어 있었다. 그가 사랑했던 여자들이 죽음과 광기와 전쟁으로 인해 하나씩 녹아들어간 무섭고 모진 어둠이었다. 피가 흐르는 검고 쓰라린 땀 속으로 녹아들어간 것이다. 그는 농장을 자식들에게, 살아남은 몇 안 되는 자식인 마틸드, 바티스트, 타데에게 물려주었다.

마틸드가 아버지의 방을 차지했다. 아버지의 커다란 침대도 함께였다. 그녀를 비롯해 형제자매 모두가 잉태되고 태어났으며 어느 봄날 아침에는 그녀의 어머니가 숨을 거둔 바로 그 침대였다. 부정한 아버지가 잇달아 사랑한 새로운 여자들에 의해 세 차례나 더럽혀진 침대이기도 했다. 어머니의 자리를 찬탈한 이 여자들 가운데 두 명은 어머니처럼 그 침대에서 죽었다. 세번째 여자는 먼 곳으로 떠나 죽었다. 사람들은 그녀가 하찮은 나뭇단처럼 재와 연기로 화해 사라졌다고들 했다. 하지만 그녀야말로 어떤 다른 여자보다 이 침대에 깊은 흔적을 남긴 사람이었다. 아버지를 방밖으로, 집에서 멀리 떨어진 곳으로 몰아내고 만 것도 그 이방인이었다. 저 미친 아버지가 상처 입은 짐승처럼 슬픔에 넋을 잃고 달아나게 된 것은 다름 아닌 그녀의 몸과 팔과 입과 가슴과 배에 대한 추억 때문이었다. 마틸드도 그것을 느꼈고, 화가 치밀어오르도록 느꼈다. 그러나 그녀 자신은 무감각한 동정童貞의 몸으로, 분노와 멸시로 음핵을 절제당한 여자의 몸으로 온갖 망령을 몰아내어 이 방을 오직 어머니의 것으로 되돌려놓을 것이었다.

바티스트와 폴린은 과거에 딸들이 묵었던 방을 차지했고, 그들의 두 아이는 언제나 아들들에게 주어졌던 방을 차지했다. 타데는 '두 형제'의 옛 은신처에, 니케즈는 늙은 장프랑수아티주드페르의 오두막에 자리를 잡았다.

저마다 자신의 거처를 수리하고 벽에 칠을 새로 했다. 전쟁에서 살아남고 과거로부터 구출된 이 널따란 농장에 새로운 분위기를 조성하려 애썼다. 그래도 가문의 수장이었던 노인의 그림자가 도처에 남아 있었다. 금빛 밤을 도금한 듯 벽과 덧창과 문과 가구에 드리운 커다란 그림자였다. 높은 농장은 과거로부터 떨어져나왔어도 그 기억을 보존하고 있었다.

사방에 빗물이 흐르던 그 가을날 해질녘에 들린 폴린의 절규. 그 미친 듯한 절규 역시 이 억눌린 과거와의 재회가 아니었을까? 기억에 발언권을 돌려준 것이 아니었을까? 메아리와 답창으로 이루어진, 깊숙이 숨겨져 있던 말이 아니었을까?

쉴새없이 갈라지고 무한히 다시 시작되는 절규, 삶에서 삶으로 전달되는 절규였다.

황금의 밤 늑대 낯짝은 절규에 맞서 싸웠고 그 목을 비틀었다. 그는 자신이 살던 집을 떠났다. 농장 주변의 땅을 계속 경작하며 간혹 마당 한가운데까지 들어가보기도 했지만 집안에 발을 들여놓은 적은 한 번도 없었다. 이제 그에게 안은, 내부는, 존재하지 않았다. 장갑이 뒤집히듯 세상 전체가 뒤집혀버린 것이다. 인간의 살가죽으로 된 장갑, 발가벗겨져 생살이 드러난 장갑이었다. 이렇게 그는 영원히 바깥으로 내동댕이쳐졌다.

그는 자신이 일하는 들판 맞은편, 높은 농장이 있는 언덕 반대편의 경사면에 자리한 집에서 지냈다. 그곳은 '검은 땅' 마을에 속하지 않은, 그저 '세 마리 마법의 개'라 불리는 곳이었다. 마을 사람 누구도 이 이름의 유래에 대해 자세히 설명해주지는 못할 터였다. 어느 모호한 전설로 거슬러올라가는, 그러니까 사람들이 부주의나 호기심으로 악마의 비밀스러운 힘과 사귀기 시작하다가 돌연 짐승으로 변하곤 하던 시대의 일이었다. 다들 완전히 믿지는 않았지만 그렇다고 쉽사리 웃어넘기지도 못한 채 하는 말에 따르면, 세 마리 마법의 개란 늑대 인간이 되어버린 경솔한 세 명의 수도사였다. 이들은 어느 날 수련 수도사에게는 금지되어 있는 신비롭고도 무서운 책을 읽고 만 것이다. 암흑의 시대로 거슬러올라가는 일이 벌어진 정확한 날짜나 그게 어떤 마법서였는지는 아무도 명확히 댈 수 없었다. 지나치게 호기심이 많았던 이 어린 수도사들이 성서를 거꾸로 읽으려 했다고, 그렇게 함으로써 창조의 비밀을 알아낼 수 있으리라 믿었다고 주장하는 노파들도 있었다. 그러던 중 신의 진노가 그들을 내리쳤고, 그때부터 저 몇 뙈기 안 되는 땅에서 자라는 늙은 너도밤나무들만큼 그 이름 또한 단단히 뿌리를 내리게 되었다는 얘기였다.

그곳에 옅은 황톳빛 돌들로 지어진 넓은 저택이 있었다. 큰 너도밤나무들과 참나무들이 광범위한 녹음을 형성해 '그늘진 미녀'라 불리는 집이었다. 과거에는, 그러니까 루미에가家가 그곳에 살던 시절에는 실제로 아름다운 집이었다. 루미에가는 대대로 말을 사육하는 사람들이었다. 튼튼하고 용감한 이 말들이 지난 세기에 황제의 근위병들을 따라 러시아까지 갔던 것은 루미에가의 자랑거리이기도 했다. 그런데 늑대의 털가죽색을 한 이 작고 다부진 말들만 모험과 먼 고장에 대한 애착을 가진 것이 아니었다. 루미에가의 아들들도 자신들의 차례가 오자 먼 곳으로 떠나기 시작했다. 한 명은 캐나다로, 또 한 명은 아프리카로, 세 번째는 아시아로 떠났다. 그리고 황제를 섬기기 위해 떠났던 그

작은 군마들처럼 루미에가의 아들들도 영영 돌아오지 않았다. 작은 말들은 추위에 얼어죽었지만, 루미에가의 아들들은 제각기 먼 나라에서 뿌리를 내리고 살았다. 그리하여 아버지가 죽자 상속받을 사람이 없게 된 집은 침묵과 어둠의 거대한 궁륭 아래 침잠하게 되었다. 결국 그늘진 미녀는 한 세기 가까이 축축하고 텅 빈 잠에 빠져 벽과 들보와 바닥이 서서히 내려앉는 가운데 폐허가 되어가, 애초의 이름에서 '그늘'에 해당하는 부분만 남게 되었다.

그러던 어느 날, 전쟁이 종식된 이후 처음으로, 벌레 먹은 문과 창문들이 다시 열렸다. 창문을 연 사람은 세상 구석구석으로 흩어진 이 가족의 마지막 상속녀, 그러니까 루미에 노인의 막내아들, 아시아 시암만灣에 체류했던 그 막내아들의 딸이었다. 뫼즈강을 굽어보는 땅의 너도밤나무 그늘로 돌아와 정착한 걸 보면, 그녀 역시 이 텅 빈 집만큼이나 몰락한 상태임을 짐작할 수 있었다.

이처럼 황폐해진 저택, 그늘진 돌들의 상속녀 곁에서 황금의 밤 늑대 낮짝은 피신처를 찾았다. 어떻게 그렇게 되었는지 그는 이제 기억조차 나지 않았다. 어차피 중요한 일도 아니었다. 이제 중요한 것은 하나도 없었다. 그는 날들이 흘러가는 대로, 사건들이 일어나고 사람들과 사물들이 오가는 대로 그냥 내버려두었다.

더이상 멈춰 서지도, 그것들의 의미를 되새겨보지도 않았다.

그녀는 자신의 이름이 마오 드 풀크*라 했으며, 나이와 과거는 이름만큼이나 종잡을 수 없었다. 그런데 그보다 더 사람들을 어리둥절하게 만든 것은, 어느 날 갑자기 세 마리 마법의 개 한복판에 모습을 드러낸, 근본을 알 수 없는 이 여자의 행동거지였다. 그녀는 몇 주 동안이나 집의 덧문이란 덧문은 모두 닫아걸고 집안 깊숙이 틀어박혀 있는가 싶다가도, 느닷없이 창과 창문을 다시 시끄럽게 열어젖히고는 숲이며 들을 정처 없이 걸어다니곤 했다. 잰걸음으로 경쾌하게 산책을 떠날 때면 마치 부풀어오른 구름과 바람의 냄새를 맡으려는 듯 하늘을 향해 코를 쳐드는가 하면 되찾은 빛과 수많은 공간들로 눈을 반짝였으며, 머리를 묘하게 흔들어대며 끊임없이 무언가를 중얼거렸다. 누군가 우연히 그녀를 마주친다 해도 그것이 막연한 독백인지 콧노래인지, 아니면 가벼운 웃음인지 알 수 없었으리라. 사람들은 그저 그녀가 휘파람새처럼 지저귄다고, 그렇게만 말할 수 있었다. 아닌 게 아니라, 실제로 그녀는 휘파람새처럼 언제나 물이 있는 곳을 향해, 연못과 늪으로, 특히 강가를 향해 가지 않던가. 그녀의 산책은 언제나 그곳에서 멈추었고, 그러면 그녀는 두 무릎을 양팔로

---

* 프랑스어로 '풀크'는 '물닭'이라는 뜻.

감싼 채 덤불숲 사이에 웅크리고 앉아 물가의 어둠 속에서 기이하고도 단조로운 목소리로 가만가만 노래를 읊조리며 한참 동안 그렇게 꼼짝 않고 머물렀다.

기억의 저편에서 솟구치는, 가슴을 에는 듯한 노래였다. 탁탁 티리티리티…… 짹짹짹 워이 워이 워이 오이 오이…… 그녀의 기억. 사랑과 고통의 기억. 희미하게 사각대는 어두운 숲들로 꽉 찬 기억이요, 속이 울렁일 만큼 짙은 향내와 물기로 가득찬 기억, 따듯한 빗물로 뭉개진 감미로운 기억이었다. 짙푸른 녹음 속에 잠긴 기억, 새들이 파문을 일으킨 물기 어린 빛에 잠긴 기억이었다. 탁 탁탁 티리 티리 티…… 진홍색 흙탕물로 온통 얼룩진 기억. 화염목과 타마린드의 꽃, 정글 속에서 불처럼 타오르는 칡넝쿨들과 나무들, 피의 웅덩이와 붉은 기와지붕, 옆구리에 진흙이 잔뜩 묻은 물소들. 그리고 벽돌색 물결이 무겁게 출렁이는 거대한 강. 끊임없이 구장 잎을 씹어대는 거지 여인의 입처럼 붉게 물든 그녀의 기억. 워이 워이 워이…… 진흙과 고삐 풀린 욕망으로 넘치는 기억.

그녀는 강에 시선을 고정한 채 물과 시간과 역사의 흐름을 거슬러 자신의 기억을 끌어올리면서 그렇게 몇 시간이고 그곳에 머물렀다. 범람의 시기에 톤레사프강이 갑자기 물살을 바꾸어 열대계절풍에 불어난 강물을 북쪽의 큰 호수들로 가 쏟아놓으며

들과 숲을 침수시키듯, 그녀 역시 물과 시간과 역사의 흐름을 바꾸어놓을 때까지 그곳에 머물렀다. 탁 탁 티리 티리 티…… 그녀는 세월을 거슬러 지나간 과거의 날들과 잃어버린 행복으로 돌아갔다. 젊은 시절로 돌아가 그 전설 속에 잠겼다. 골똘한 표정으로 머리를 무릎 위에 올려놓은 채 강가 무성한 잡초들 사이에 웅크리고 앉아 해질 무렵까지 그곳에 머물렀다. 짹짹짹짹짹…… 호숫가 큰 숲들과 머나먼 그곳의 노래들이 주변에서 일어설 때까지, 한없이 골똘한 표정을 짓고서.

사람들은 그녀가 제멋대로 이야기를 꾸며내는 거짓말쟁이라고들 했다. 그들은 그녀의 가짜 귀부인 같은 태도와 이방인의 분위기, 추방당한 자의 시선, 휘파람새의 울음소리 같은 묘한 웅얼거림을 싫어했다. 또 그녀의 이름을 의심했고, 그녀의 과거를 두고 수군댔으며, 우유에 적신 빵 속살처럼 새하얀 피부를 조롱했다. 이따금 그녀는 심한 열병을 앓았다. 기억을 다스리기 위한 발한發汗이었다. 그 순간이 닥치면 그녀는 덧문을 모두 닫아걸고 집안 깊숙이 들어박혔다. 스스로 병이 났다고 생각했다. 그러나 사람들은 그녀가 좀 돌았다고 여겼고, 얼마 안 가 그녀의 이름에는 그 오만한 콧대를 꺾어놓는 별명이 덧붙었다. '퐁당퐁당 또라이'. 그 고장 사람들은 그녀를 그렇게 불렀다.

그러나 그녀는 자기를 두고 사람들이 숙덕대든 비웃든 아랑곳하지 않았다. 몽르루아를 비롯해 인근 부락의 사람들 모두가 그녀에게는 빛 한줄기 들지 않는 깊은 숲속에서 꽥꽥 소리를 질러대는 원숭이 무리에 불과했다. 징징대는 오합지졸이었다.

빛도 공기도 들지 않고 길도 없는 숲. 기억의 숲. 뚫고 들어갈 수 없는 숨막히는 곳. 그녀의 무언가가 바로 그곳에서 상실되었고, 여전히 그곳에 남아 있었다. 벌레 우는 소리와 졸졸대는 물소리, 야생 공작의 목쉰 울음소리가 가득한 곳에, 거대한 고사리와 칡넝쿨에 얽히고설킨 채. 그녀 안의 무언가는 끊임없이 그곳으로 돌아가 이끼와 풀들로 뒤덮인 거대한 나무들 발치에 다시 불을 지폈다. 워이 워이 워이…… 나지막한 목소리의 기억이 그녀의 단조로운 노랫가락에 정확한 박자를 부여하고 과거의 희미한 빛 속에서 숨막히는 망각의 열기를 몰아냈으며, 갑작스레 떠오르는 어떤 잃어버린 영상과 지나간 감정을 추격했다. 때로는 순간적인 번개처럼, 담벼락 위를 지그재그로 달리는 반투명한 실도마뱀처럼 머릿속을 지나가기도 했다. 짹짹 찌르르…… 매복중인 기억이 그 영상에 정확히 꽂혀 도마뱀을 낚아챘다. 그러나 녀석의 가느다란 꼬리는 붙잡히기 무섭게 말라버리고, 영상들은 다시 흩어지고 말았다. 워이 워이 워이…… 얼빠진 기억이 다시 고집스레 머리를 쳐들었다.

황금의 밤 늑대 낯짝으로 말하자면, 좌초된 배처럼 자신이 가닿게 된 이 여자가 누구인지에 대해 거의 아무런 관심이 없었다. 그녀가 원하는 이름이든 사람들이 원하는 이름이든, 마오 드 폴크든 루미에든 퐁당퐁당 또라이든, 그녀가 무어라 불리든 그에게는 전혀 상관없었다. 그녀가 병든 기억의 구불구불한 길들을 샅샅이 뒤지고 다니든, 마음에 드는 온갖 이름과 수많은 거짓 영광으로 스스로를 치장하든, 자신의 과거를 어떻게 꾸며대든, 그는 개의하지 않았다. 황금의 밤 늑대 낯짝 자신에게는 더이상 아무 기억도 남아 있지 않았다. 전쟁이 끝날 무렵 죽음의 메아리 숲속 깊은 곳에서 모든 기억을 토해낸 터였다. 땀과 눈물이 뒤섞인 걸쭉한 진홍색 토사물. 쥐약이 든 토사물. 그는 자신의 기억을 독살했다. 그는 기억을 기리다 죽었고, 너무 많은 기억으로 죽임을 당했다. 고통으로 일그러진 기억, 광포한 한 이름으로 인해 영원히 망가져버린 기억이었다. 작센하우젠.* 역사의 음흉한 연금술로 흉악한 짐승이 되어버린 이 기억을 때려눕혀야 했다. 그 옛날 오랫동안 흑사병에 시달리던 마을들에 생겨난 거대한 쥐들을 닮아버린 기억. 이 기억이 그의 마음을 갉아먹었다.

---

* 1936년 베를린 근교 오라니엔부르크에 세워진 강제수용소를 가리킨다.

그 이후로 하루하루가 텅 빈 울림소리를 냈으며, 밤은 밤대로 공허한 메아리로 가득했다. 기억과 함께 그는 시간을 토해냈다. 그에게 시간은 더이상 존재하지 않았다. 그는 시간 밖으로 굴러 나와버렸다. 한 해 두 해 세월이 흘러가며 그의 어깨 위에 차곡차곡 내려앉아도 그는 조금도 구부러지거나 쇠하지 않았다. 나이도 그를 건드리지 못하고 힘도 그대로여서, 매일 아침 그는 전날과 똑같은 모습으로 자리에서 일어났다. "저 늑대 낯짝은 백수百壽를 훨씬 넘길 거야." 사람들은 이렇게 중얼댔다. "저이는 늑대 인간이니까. 악마와 계약을 맺었어!" 노파들은 페니엘 노인의 이름만 들어도 깜짝 놀라 성호를 그었다.

그러나 황금의 밤 늑대 낯짝은 어느 누구와도, 신이든 악마든 그 누구와도 계약을 맺은 적이 없었다. 죽음조차 그를 원치 않았다. 그는 그저 마오와 가약을 맺었을 뿐이었다. 어디선가 난데없이 나타나 세 마리 마법의 개라 불리는 곳의 커다란 너도밤나무 그늘 아래 아무렇게나 방치된 이 집에 닿은 여자. 이 여자 말고 그가 다른 어떤 여자를 만날 수 있었겠는가? 휘파람새의 목소리를 가진 창백한 피부의 이 여자. 그녀의 기억은 전설의 숲들을 통과하며 오락가락했다.

두 사람을 결합시킨 것은 사랑이 아니었다. 욕망도 아니었다. 모든 것에서, 모두에게서, 심지어 자기 자신에게서조차 추방되었다는 느낌, 세상에서의 부재라는 동일한 느낌이 두 사람을 하나로 묶었다. 두 사람은 동일한 폭력을 겪고 있었다. 한 사람은 망각이라는 폭력, 다른 한 사람은 기억이라는 폭력이었지만 결국 매한가지였다. 서로 말을 하거나 바라보는 일도 거의 없었다. 어쩌면 상대를 정말로 본 적이 한 번도 없지 않았을까? 그저 서로 부딪칠 따름이었다. 길 잃은 마음으로 부유하는 두 육신에 불과한 그들은 늘 도망치기 바쁜 야생동물처럼 미친 듯한 몸짓으로 서둘러 사랑을 나누었다. 두 사람이 서로 결합하는 것은 오직 서로에게서 더 잘 벗어나 각자의 몸을 완벽하게 격리시키기 위해서였다. 그들의 사랑에는 욕구도 다정함도 끼어들지 않았다. 그저 의례적으로 치르는 싸움처럼 이따금씩 서로를 향해 불쑥 몸을 내던졌다가는 서로에게서 거칠게 떨어져나올 뿐이었다. 그들이 사랑을 나누는 것은 모두로부터, 모든 것으로부터 멀어져 자신들 밖으로 더욱 완벽히 추방되기 위해서였다. 사랑을 나눌 때 입맞추는 일도 없었다. 입술이 한 번 닿기만 해도 말들이, 깊숙한 곳으로 밀려나 묻혀 있던 말들이 갑자기 일어나 솟구치며 입술을 벗겨놓을까 두려워하는 것 같았다. 그들은 사랑의 행위를 재빨리, 어찌 보면 냉정하게 해치웠다. 저속한 갈봇집에서 그러듯이.

마찬가지로 먼 곳에서, 그들로부터 아주 멀리 떨어진 곳에서 일어난 일처럼, 그 사건이 일어났다. 마오가 두 아들을 낳은 것이다. 마지막 순간까지 그녀는 이 임신에 전혀 관심이 없었다. 그녀의 진짜 몸은 그곳, 말라버린 핏빛 물결이 무겁게 출렁이는 큰 강가에 남아 있지 않았던가.

새로 태어난 두 아들에게도 페니엘가의 흔적이 새겨져 있었다. 황금의 밤 늑대 낯짝의 막내아들들. 이들에게는 이름조차 주어지지 않았다. 성인이나 대천사들의 이름은 불행을 불러온다고 황금의 밤 늑대 낯짝은 단언했다. 그러자 마오가 말했다. "아이들은 아무것도 아니야. 존재하지 않는 것들이지. 이름도 필요 없어. 이름은 나이와 함께 오는 거고, 몸과 함께 자라는 거야. 나중에 삶에 내력이 생기면, 저애들은 자신들이 원하는 대로 불리게 될 거야." 그렇긴 해도 페니엘가의 이 두 마지막 자손을 어떻게든 부르기는 해야겠기에, 둘이 더 나은 이름을 갖기 전까지는 임시로 셉탕브르와 옥토브르라고 부르게 되었다. 9월과 10월의 교차점에서 쌍둥이가 태어났기 때문이다. 계절이 아닌 다른 방식에 근거한 이름을 가질 기회라면, 그들 앞에는 평생의 세월이 놓여 있었다. 결국 삶이 그들의 이름을 결정지을 것이었다. 그리하여 한 명은 셉탕브르르파시앙*, 다른 한 명은 옥토브르트레자메르**가 될 것이었다.

샤를빅토르는 그들보다 세 살 위였다. 그러나 몇 년이 더 흐르고 나서야 그들을 알고 우정을 나눌 수 있게 된다. 어린 시절 내내 고작 몇 킬로미터를 사이에 두고 살았으면서도 그들은 서로 한 번도 마주치거나 본 적이 없었다. 전술가가 전투의 장소를 택하듯 샤를빅토르는 고독과 비밀 속에서 반항의 놀이를 벌일 자신만의 장소를 택했기 때문이다. 또 푸른 족제비 형과 고약한 아버지, 어머니의 절규에 맞서 싸우느라 숨 돌릴 틈이 없었으므로 막냇삼촌들과 친하게 지낼 여유도 욕구도 가질 수 없었다. 게다가 쌍생雙生이 그에겐 끔찍하게 여겨졌으니, 그는 죽어 자빠진 사냥감이었던 형과의 유사성을 자신 안에서 모두 몰아내고 그 목을 비틀기 위해 온 힘을 기울이던 터였다. 그는 살아 있는 자, 온전히 살아 있는 자이고 싶었다. 살아남은 이 가족들처럼 시체 썩는 냄새를 풍기는, 우울증에 걸린 생존자들 중 하나이고 싶지 않았다. 어떤 분신과 함께할 필요가 없는 자유롭고 독자적인, 진정으로 살아 있는 자이고 싶었다. 그러니 막냇삼촌들은 서로의 모습을 비추는 부조리한 거울을 들여다보며 저희끼리 어울려 놀라지!

---

* '인내심 많은 9월'이라는 의미.

** '몹시 씁쓸한 10월'이라는 의미.

설령 그가 이 어린 삼촌들과 어울리길 원했다 해도 그럴 수 없었을 것이다. 마오는 아이들을 좋아하지 않았다. 예기치 않게 찾아든 두 아이가 그녀에게는 골칫거리였으며, 둘만으로도 그녀를 혼란에 빠뜨리기에 충분했다. 만일 다른 아이들까지 그녀 주변에서 뛰어다니며 소리를 질러댄다면 도저히 견딜 수 없었을 터였다. "아이들은 원숭이들이나 매한가지야." 그녀는 이렇게 말했다. "아무데나 뛰어다니고 기어오르거든. 게다가 늘 악을 써대고, 굴러다니는 건 뭐든 슬쩍하기 일쑤지."

무엇보다 그들이 그녀의 기억을 훔쳐갈까봐 마오는 두려워했다. 여기저기서 끌어모은 가구들로 아무렇게나 꾸며진 이 집에서 달리 훔쳐낼 만한 것이 있겠는가? 그녀가 잃어버린 머나먼 천국에서 가져온 것이라고는 약간의 천과 비단, 연지와 보석이 전부였다. 사라지기 전에 머리에 기름을 바르고 한껏 멋을 부린 시신들처럼 그녀의 추억에 옷을 입히고 노스탤지어의 시간을 장식할, 딱 그만큼이었다.

그런데 그녀가 벌써부터 줄곧 잃어가고 있는 것, 그녀의 과거와 젊음과 그곳에서의 삶을 이 아들들이 완전히 앗아가기라도 한다면? 그곳, 그곳 말이다. 극동 지방에서 흘러간 그녀의 과거. 식민지에서 백인 여성이 누렸던 영광.

저 두 아이는 그녀의 과거와 아무런 관련이 없었다. 마흔도 넘은 나이에 예고도 없이, 게다가 둘씩이나, 언제나 굶주려 있는 새끼 원숭이들처럼 악을 쓰고 들썽거리며 그렇게 그녀에게 온 것이다. 그들이 그곳에서 태어났다면 어땠을까? 불그스름한 그늘에 잠긴 하얀 별장. 망고나무 이파리색 덧문들이 달리고, 두툼한 과육의 과실이며 화려한 꽃과 향료와 소금물 냄새로 가득한 그 커다란 별장에서 태어났다면 말이다. 그녀가 젊고 행복하고 부자였던 시절 그곳에서 태어났다면 그들은 아마 사랑받을 수 있었을지 모른다. 그녀는 그들에게 흰옷을 입혀 넓고 조용한 대로를 따라, 혹은 아름다운 유럽인 구역 공원에서 산책을 시켰을지도 모른다. 그들이 나중에 커서 자신의 차례가 오면 아버지나 할아버지처럼 상인이 되거나 대농장의 주인 혹은 은행가가 되었을지도 모른다. 아니면 관리가 되어 주지사의 대저택에서 열리는 야회나 무도회에 드나들게 되었을지도 모른다. 아, 그들이 그곳에서 태어났더라면……

하지만 또한 그녀가 자신의 전 재산을 도박에 걸었듯 그들을 어떤 도박에 걸고, 그러다 그들을 잃었을지도 모르는 일이었다. 실제로 그곳에서 그녀가 정말로 좋아했던 것은 그런 것이었으니까. 도박과 상실을 향한 끊임없는 부추김. 모든 것을, 자기 자신마저도 잃게 만드는 부추김. 전설 속 나라에 와 있는 듯한 달콤한 우수. 그러나 세상 끝자락에 자리한 어두운 집, 추위가 속속들이 배어 있는 이 집에 와서 그들은 대체 무얼 하겠다는 것인가? 그들을 가지고는 룰렛 게임조차 할 수 없었다. 어떤 숫자 어떤 색깔에 그들을 건단 말인가? 이곳에서는 아무것도 돌지 않고 만사가 정해져 있었으니, 모든 게 무無요 무채색이었다. 그들 목에 보라색 비단 띠를 매어 함께 내보이며 명랑한 목소리로 "금빛 눈을 가진 내 쌍둥이 한 쌍을 3번에 걸겠어요!" 하고 외친들, 이곳에서 무슨 소용이 있겠는가? 그렇다, 그들은 너무 늦게 온 것이다. 장소도, 어머니도, 잘못 찾아온 것이다. 그들은 자라면서 그녀가 절대로 보고 싶지 않은 곳을 보게 만들 터였다. 그녀를 꿈에서 떼어놓고 과거로부터 돌려세워 그녀로서는 조금도 알고 싶지 않은 미래 속에서 길을 잃게 만들 터였다. 그녀에겐 과거로 족했다. 기억이 그녀의 현재와 미래를 대신했다. 기억이야말로 신화요 영원이었다. 그렇다면 이 두 원숭이가 설 자리와 존재이유는 어디에 있을까? 아무데도 없었다. 어쨌거나 그녀의 삶 속에는 없었다. 그녀의 마음속에조차 없었다.

그녀의 마음은 그곳 동방에 남아 있었고, 서방은 보고 싶어하지 않았다. 마음은 오로지 기억에 속해 있었다. 따뜻한 빗물과 거대한 칡넝쿨들, 나무고사리로 숨이 막히는 원시림, 그 깊숙한 곳 폐허가 된 신전에 앉아 있는 수호 정령들처럼 이미 망각으로 떨어져가는 기억이었다. 그리고 이 망각 또한 전설의 일부였다. 두 눈에 푸른 눈물방울 같은 벌레들이 주렁주렁 매달려 윙윙대는 석신石神들의 공허하고 신성한 몽상처럼.

그러나 기억과 망각, 현실과 꿈, 특히 거짓을 끝없이 뒤섞은 이 기억은, 버림받은 신들의 문에 조각된 돌로 된 용이나 부채꼴 머리가 달린 괴기스러운 뱀보다도, 호랑이나 가공의 새들보다도 한층 용의주도했다. 그녀는 자신의 광기를 섬기는 것들만 마음속에 들여놓았다. 그러니 두 아들도 종복으로 만들어야 할 터였다. 그렇게 되면 이 두 새끼 원숭이도 그녀 마음속 한 자리, 그러니까 시동들의 방을 차지할 수 있을지 몰랐다.

한편 황금의 밤 늑대 낮짝에게는 그들을 맞아들일 힘이 더는 남아 있지 않았다. 그의 마음은 완전한 부재 상태에 들어 있었다. 자신의 아내들을 끔찍이 사랑했던 그였건만, 마지막 아내인 이 다섯번째 여자에게는 눈길 한 번 주지 않았다. 그녀에게 귀를 기울이지도 않았다. 그녀가 재잘대고 싶으면 실컷 재잘대도 좋았다. 헐렁한 검은 비단 바지를 우스꽝스럽게 차려입고 온갖 보석으로 망측하게 치장한 휘파람새 같은 아내. 그녀가 하는 말을 그는 듣지 않았다. 자식들과 손자들을 그토록 사랑했던 그였건만 이 막내아들들은 거들떠보지도 않았다. 커다란 너도밤나무와 떡갈나무 아래 그들이 혼자 자라도록 내버려두었다. 실제로 그는 자신이 인간보다 나무에 더 가깝다고 느꼈다. 그는 나무들의 힘과 고요, 침묵과 짙은 그늘을 사랑했다. 땅에 매여 있되 넓은 하늘을 지향하며, 구름을 향해 자라날수록 흙속으로 더욱 깊이 뿌리내릴 줄 아는 이 나무들을 사랑했다. 그랬다, 작은 북은 행복하다고 그는 종종 생각했다. 주목 암나무가 와서 몸을 덮어준 그는 행복하다고. 아이는 뿌리와 수액과 잎 속에 용해되어 봄이면 무수히 많은 노란 꽃들로, 특히 가을이면 붉은 장과로 혈색을 되찾을 것이었다. 그는 모든 계절에서 땅의 맛을 되찾고, 비와 눈과 바람의 맛을 되찾을 터였다. 황금의 밤 늑대 낯짝은 나무가 되어 땅으로 돌아가는 것 외에는 더이상 아무것도 바라지 않았다. 인간들의 소음과 광기, 세상 사람들이 겪는 참을 수 없는 고통, 역사의 광란에 작별을 고하고 싶었다. 신의 진노, 신의 심술과도 끝장을 보고 싶었다. 실제로 그의 그림자는 개화기의 백단풍처럼 떨리는 황금빛을 띠지 않는가. 긴긴 세월 그를 감시해온 그림자였다. 그가 죽고 나면 이 금빛 그림자는 어떻게 될까? 그에게서 떨어져나가 다른 사람의 발자국에 가 붙을까? 아니면 수의처럼 그를 감싸며 땅속까지 그를 따라올까? 그러나 이 그림자가 이미 수의였다. 그의 할머니 비탈리의 미소와 다정함이 깃든 수의였다.

그의 막내아들들은 어린 시절 내내 나무들 말고는 동무가 없었으며, 식물의 사랑밖에 알지 못했다. 그 나무들 곁에서 셉탕브르는 그의 마음을 무한히 여는 부드러운 인내심을 배운 반면, 옥토브르는 우울감에 빠질 만큼 그를 괴롭힌 크나큰 비애를 배웠다.

옥토브르. 일 년에 한 번 거친 감정의 폭발로 뒤흔들리는 침울한 아이. 어머니가 그 아이 속에 과도한 기억과 병적인 욕구를 쏟아부은 건 아니었을까? 아니면 그곳, 어머니의 잃어버린 천국에서 바람과 비와 폭풍우의 경이로운 군대가 카트르브라 평원을 공략하며 시작되던 달의 첫날 새벽에 그가 태어났기 때문일까? 어쩌면 이미 육십대 노인이 된 황금의 밤 늑대 낯짝의 마지막, 막내아들로 태어났기 때문인지도 몰랐다. 아버지의 고갈된 욕구의 끝자락에서, 이미 사방으로 흩어진 가계의 끝머리에서, 너무 늦게 세상에 온 것이 아닐까?

해마다 생일을 맞는 시기가 돌아오면 아이는 난데없이 비상한 광기에 휩싸여 절도와 이성을 몽땅 잃곤 했다. 심지어 언어능력까지 상실했다. 그러니까 톤레사프의 강물이 거꾸로 흐르듯, 말이 원천을 향해 역류하기 시작했다. 말은 분노와 공포에 찬 어린 아이의 옹알이로 퇴보해 급기야 탄생의 울음소리가 다시 터져나오곤 했다. 그러다 침묵이 찾아드는 것도 아니었다. 돌연 울음소리가 역류하며 또다른 낯선 말이 머리를 쳐들었다. 마오만 이해할 수 있는 말이었다. 이런 일이 이 주가량 이어졌고, 그동안 마오는 아들과 함께 틀어박혔다. 그녀의 기억을, 아니 그 기억보다 더한 것을 간직한 불가사의한 아이였다. 메콩강의 선물처럼 다시 잉태되고 다시 태어난 아들. 그녀는 이 아들과 함께 집 외딴 방에 단단히 틀어박혀 황금의 밤 늑대 낯짝은 물론 셉탕브르조차 멀리했다. 그리하여, 다른 언어를 소유하고 신의 경이로운 발현을 몸소 겪은 아이는 그녀의 것이 되었다. 오직 그녀만의 것이었다. 그는 그녀에게 아들 이상의 존재가 되었다. 그는 민족이 되었으며 지리가, 풍토가, 신이 되었다. 메콩강의 놀라운 선물이었다. 그녀의 기억에 마침내 뚜렷한 윤곽을 부여하는 그림자극이 되었다. 불상 주변에 향을 피우듯, 그녀는 아이의 주변에 손에 잡히지 않는 잿빛 나무숲처럼 향을 피워 아이를 흐릿한 연기로 감쌌다.

그러고 나면 쇠퇴가 시작되었다. 그의 안에 깃들었던 이질적인 말이 점점 희미해지며 한 마디 한 마디 물러가 망각으로 돌아갔다. 이 과정의 막바지에 이르면 아이는 큰 피로를 느끼며 온몸에 열이 들끓었고 공포에 떨며 악몽을 꾸었다. 그러면 마오도 차츰 그에게서 돌아섰다. 향불을 끄고 급기야 아들을 신성한 방에서 쫓아냈다. 그렇게 아이를 내쳤다. 아이는 다시 새끼 원숭이에 불과한 존재가 되었다. 더이상 메콩강의 선물도 무엇도 아닌, 실총한 어린아이에 지나지 않았다. 그는 이제 평범한 세속의 말밖에, 그녀가 혐오하는 말밖에 할 줄 몰랐다.

오직 그의 형제 셉탕브르만이 다시 그의 곁으로 다가왔다. 셉탕브르는 그가 되돌아오기를 기다렸다가 다정히 맞이했고, 제 형제의 얼굴에 맺힌 시큼한 땀을 찬물로 닦아주며 말했다. “무서워하지 마, 내가 있으니까. 네가 회복하는 대로 큰 나무 밑으로 돌아가 놀자. 우리 둘은 같은 말을 쓰잖아. 네게 이야기를 들려줄게. 그러면 우리 어머니의 신들이 내지른 고함소리를 잊을 수 있을 거야.” 그러나 옥토브르는 이 이상한 신들의 언어를 간신히 잊을지언정, 신들이 강림한 동안의 강렬함은 잊을 수 없었다. 그래서 한 해 내내, 신들이 다시 돌아올지 모른다는 막연한 공포에 싸여 지내야 했다.

3

폴린의 병은 여러 달 지속되었다. 그동안 그녀는 덧문을 모두 닫은 방에 줄곧 갇혀 지냈다. 그러던 어느 날 아침, 그녀는 자리에서 일어나 샤를빅토르가 태어났을 때 바티스트가 그녀에게 선사한 커다란 주홍색 캐시미어 숄로 몸을 감싼 채 덧문을 조금 열었다. 햇빛에 눈이 부셔 다리가 휘청거렸다. 그녀는 눈을 반쯤 감고 가슴에 양손을 포개어 올려놓은 자세로 창가에 서 있었다. 몸이 서서히 힘과 균형을 되찾고 감각도 되돌아왔다. 멀리 보랏빛에 가까운 짙푸른 숲이 마지막 밤그림자로 떨리며 시끄럽게 울어대는 까마귀떼를 하늘 가득 쏘아올리는 풍경이 보였다. 땅은 장밋빛을 띠었다. 길을 걸어가는 한 남자의 형상이 눈에 들어왔다. 황금의 밤 늑대 낮짝임을 그녀는 알아차렸다. 그를 처음 만났을 적 일이 문득 떠올랐다. 전쟁이 한창이던 시절 피신처를 찾아 높은 농장에 왔을 때 그는 너무도 자연스러운 태도로 그녀를 맞아주었다. 지금 그는 자신의 농장을 향해 가고 있었다. 까마귀떼가 그의 머리 위를 지나 숲 쪽으로 살짝 방향을 틀더니 시야에서 사라졌다. 황금의 밤 늑대 낯짝, 그녀의 시아버지. 망각과 분노가 후려치고 간 이 노인에 대해, 그토록 자주 죽음의 문턱까지 바싹 다가갔어도 한 번도 거기서 난파한 적이 없는 그에게 그녀는 느닷없이 깊은 연민에 사로잡혔다. 그의 머릿속에는 무슨 생각이 들어 있을까? 어쩌면 더이상 아무 생각도 남아 있지 않을지도 모른다. 그는 줄곧 열심히 일하고 바르게 처신하면서 그럭저럭 삶을 헤쳐가고 있었다. 그렇게 시간의 가장자리에서 버텨내고 있었다. 하지만 그렇게 버텨야 할 필요가 무엇인지 그녀는 자문했다. 끈질기게 인내하고 쓰라린 감정을 맛보며 그토록 집요하게 살아남도록 한 그 힘은 숙명이었을까? 아니면 신이 인간들로 하여금 겪게 하는, 너무도 혼란스럽고 끔찍한 은총의 신비였을까? 황금의 밤 늑대 낯짝이 길을 벗어나 들판으로 접어드는 순간 폴린은 퍼뜩 사념에서 깨어났다. 얼핏 시야에 들어온 이날의 모든 광경에 그녀의 몸이 떨렸다. 얼굴을 스치고 손가락 끝에 와닿는 햇빛, 겨울 끝 무렵의 너무도 맑고 신선한 이 빛에 소스라쳤다. 그녀는 아직 주의를 한곳에 모을 수 없었으며, 사념도 이어지거나 머무르지 않았다. 그녀는 반쯤 열린 덧문을 통해 서서히 와닿는 생명과 공기, 빛의 소생을 온몸과 영혼으로 더듬었다. 긴긴 죽음의 병에서 회복된 참이었고, 자리에서 일어난 산부처럼 아직 몹시 쇠약한 느낌이었다. 폴린은 의자 하나를 창가에 가져다 그곳에 앉았다. 양손을 무릎 위에 두고 손바닥은 허공을 향한 채로. '이제 내게 무슨 일이 일어날까? 삶이 이처럼 지속되니 계속 살아가야 하나? 내 아들이 죽었는데도 나는 죽지 않았단 말이지? 나는 여기 이렇게 살아 있다. 황금의 밤이 그 많은 상喪을 겪고도 살아남은 것처럼. 신이 마침내 우리를 불쌍히 여기시려나?…… 신이?…… 모든 게 갑자기 낯설어 보이는구나. 신에 대한 이 생각조차도…… 낯설고 감미로워…… 무심하고……' 자신의 질문에 대한 대답을 찾을 생각도 없이 이런 생각에 잠겨들던 그녀는 눈을 감고 얕은 잠에 빠져졌다.

저 아래 마당에서 누가 그녀를 바라보고 있었다. 어린 클로모였다. 그는 제일 높은 나뭇가지에 까치가 둥지를 트는 것을 목격하고 느릅나무 위에 기어올라가 있던 참이었다. 클로모는 겁 많은 이 도둑 새들의 둥지를 즐겨 털곤 했다. 그곳에서는 언제나 유리 세공품이나 금속조각 같은 신기한 보물들이 발견되었기 때문이다. 그는 그것들을 가져다 모빌이나 장신구를 만들어 누이에게 선사했다.

그는 거기, 나무 중간쯤, 섬세한 분홍빛 수술 다발들로 뒤덮인 잔가지들 사이에서 나무줄기를 부둥켜안고 있었다. 그때 폴린의 방 덧창이 빠끔 열리는 것을 보고 놀랐다. 장바티스트의 죽음 이후로 그 방은 언제나 닫혀 있었기 때문이다. 갑자기 그는 까치 둥지보다 이 창문에 더 큰 호기심이 동해 거기서 눈길을 떼지 않았다. 그 순간 방긋이 열린 창틈으로 어슴푸레한 방안에 떠오른 폴린의 멍한 얼굴이 그의 눈에 들어왔다. 그 얼굴을 당장에 알아본 건 아니었다. 폴린의 얼굴은 달빛보다도 여려 보였다. 윤곽이 모두 지워진 채 묘한 금빛 그늘이 드리운 두 눈과 부유하는 희미한 빛만 남아 있을 뿐이었다. 너무 오랫동안 어둠과 공포 속에서 쫓겨다닌 눈에서 조용히 솟아나는, 암흑과 침묵으로 도금된 이 빛을 그는 알고 있었다. 그가 누이와 함께 지하실 깊숙이 숨어 지내던 시절 그 자신도 지녔던 빛이었기 때문이다. 서서히, 가차없이, 그의 마음속에 어떤 노래가 메아리쳐 들려오기 시작했다. 멀고도 아주 가까운 노래였다. 그가 치펠레와 함께 상자와 통들 뒤에 웅크리고 살던 시절에 치펠레가 미칠 듯한 공포와 울고 싶은 욕구를 달래기 위해 나지막이, 아주 낮은 목소리로 그에게 불러주던 노래들 중 하나였다. 기억에는 남아 있지 않지만 끝없이 삼키는 눈물처럼 핏속에 천천히 녹아들어 마음 가장 깊은 곳으로 빠져드는, 그런 노래들 중 하나였다. 어쩌면 더이상 노래라고도 할 수 없는, 침묵과 맞닿은 경계선에서 가만가만 들려오는 오열이었다. 내면에서 흐르는, 비밀스러운 반투명의 광채였다…… "Aï lu luli Nacht un Regen…… Aï lu luli Nacht un Vint……"*

그는 느릅나무 줄기를 단단히 감싸안은 채 꽃 핀 잔가지들의 서늘한 장밋빛 그늘 속에 머물러 있었다. 그의 몸이 나무껍질보다 더 바삭바삭했다. Aï lu luli Nacht…… 그도 어머니에게서 멀리 떨어져 길을 잃은 아이였다. 오랜 세월 죽을 운명에 처해 있었던 어린 소년…… 폴린의 정신 나간 눈빛, 이 눈빛을 그는 얼마나 잘 알고 있었던가! 눈물이 나도록, 온몸이 떨리도록 알고

* "아이 루 룰리 밤과 비…… 아이 루 룰리 밤과 바람……"

있었다. 누가 누구를 바라보고 있는지조차 모를 지경이었다. Aï lu luli Nacht un Regen…… 누가 아이이고 누가 어머니인지, 혹은 누이인지도 더이상 알 수 없었다. 누가 죽은 자이고 누가 산 자인지도. 그들 모두가 한데 뒤섞여 천천히 원을 그리며 돌다가 어둠 속으로 미끄러져 들어갔다…… Geien sei in shvarze Raien…… Geien, geien……* 그들 모두 떠나버렸다. 조부모, 부모, 모두 어두운 그림자들처럼 빽빽이 열을 지어 트럭에 한데 실린 다음 뿔뿔이 떨어져나와 화덕 속에서 불살라졌다. 그렇다면 창가에 모습을 드러낸 보일 듯 말 듯한 저 얼굴은 무얼까? 혹시 어머니의 얼굴이 아닐까? 그는 나무에 더 힘껏 몸을 감았다. 몸이 나뭇가지가 되고, 심장이 나무줄기 속에서 뛰었다. 나무의 수술 다발들은 가만히 고여 있는 눈물 위로 감긴 수많은 눈꺼풀이 되었다…… Aï li lulilu……

순간 무언가를 보고 꽃봉오리처럼 눈물이 터졌다. 그가 정말 자기 눈으로 그것을 본 걸까? 아니면 장밋빛 속살거림으로 그를 둘러싼 무수한 감긴 눈들을 통해 본 것일까? 그가 본 것은 존재하지 않았으니까, 아직은 존재하지 않았으니 말이다.

폴린의 멍한 눈빛 속에서, 그는 그녀가 한 아이를, 새 아이, 여

---

* 그들은 검은 열을 지어 떠났다…… 떠났다, 떠났다……

자아이를 잉태하고 있음을 보았다. 아주 최근에 생긴 아이인지라 어머니조차 그 사실을 전혀 알아차리지 못했다. 그는 자신의 노래를 잊어버렸다. 느릅나무도, 까치 둥지도 잊었다. 나무줄기를 타고 미끄러져 땅에 내려서자마자 흥분으로 몸이 달아올라 온 힘을 다해 곧장 앞으로 내달렸다. 갑작스러운 행복감이 그를 휩쌌다. 너무나 행복했다. 이루 형언할 수 없는 행복이었다. 숨이 턱까지 차오르자 그는 들판 가장자리에 쓰러져 축축하고 비옥한 땅 밭고랑에 몸을 길게 뻗고 누웠다. 흙냄새가 그를 더욱 취하게 만들었다. 웃음이 나왔다. 새로운 웃음, 그러니까 어린아이의 진짜 웃음이었다. 그의 얼굴을 핥고 지나가는 아침햇살에 눈이 부셨다. 웃음이 나왔다. 가쁜 심장이 가슴속에서 힘차게 뛰었다. 그를 둘러싼 세상이, 땅과 하늘이 열렸다. 해가 점점 더 높이 떠올랐다. 공포와는 이제 작별이었다. 긴 세월 그의 유년기에 그림자를 드리웠던 그 끔찍한 지하실의 악취와도 작별이었다. 웃음이 나왔다. 가볍고 자유로운 느낌이었다. 그는 이제 막 잉태된 아이, 아직 아무도 모르는 그 아이를 본 것이다.

그런데 그가 정말로 본 건 무엇이었을까? 사실은 아무것도 없었다. 어슴푸레한 빛에 잠긴 덧창 너머에 떠오른 폴린의 흰 얼굴, 멍하니 넋이 나간 해쓱한 얼굴을 보았을 뿐이다. 그게 전부였다. 창백한 얼굴 하나. 그런데 느릅나무 가지에서 흔들리는 수술 다발들, 그 무수한 장밋빛 불빛에 한순간 환히 밝혀진 이 얼굴이 그에게, 까치의 보물을 슬쩍하던 그를 향해 열렸던 것이다. 그는 이 얼굴에 깃든 연약함과 신비에 눈이 부셨고, 거기서 비밀을 훔쳐냈다. 실제로 이 얼굴은 스스로 어떤 약속을 잉태했음을 부지중에 시인하고 있었다. 그러니까 한 아이가 태어날 것이었다. 4월의 이 아침보다 더 아름다운 여자아이가 태어날 것이었다. 존재의 불확실한 영역으로 이제 막 떠오른 이 여자아이를 그는 단번에 자신의 기쁨이요 희망이요 사랑으로 삼았다.

이것이 그가 본 것이었다. 더이상은 이해하지 못한 채였다. 갓 파인 고랑의 흙속에 목덜미를 비벼대며 그는 웃고 있었다. 어쩌면 이 순간 그 자신이 막 태어난 것인지도 몰랐다.

폴린은 방과 정적을 떠났다. 그리하여 어느 날 아침 그녀는 다시 사람들 앞에 나타나 집안을 이리저리 걸어다니며 말을 했다. 이것저것 온갖 일들에 대해 언급을 했다. 단 한 가지, 작은 북을 제외하고. 밤낮을 막론하고 그의 이름이 언급된 적은 한 번도 없었다. 그녀가 밤중에 깨어나는 일도 없어졌다. 그녀는 더이상 꿈을 꾸거나 울부짖지도 않았다. 그녀 내면의 무언가가 끔찍한 꿈의 세력을 부수고 절규를 잠재웠다.

그제야 그녀는 샤를빅토르가 다시 보고 싶어졌다. 곁에 아이를 다시 두고 싶었다. 그러나 너무 늦고 말았다. 사납게 변한 아이의 마음은 이미 쐐기풀과 가시덤불과 유리 파편이 곤두선 공터가 되어 있었다. 그녀가 아이를 안고 싶어 다가가려 하면 아이는 분노와 반감을 드러내며 몸을 뺐다. 어머니의 몸과 손, 얼굴, 머리카락, 그 모두에 썩은 살과 피의 구역질나는 악취가 배어 있었기 때문이다. 형의 냄새, 배신의 냄새였다. 아이는 자신의 '똥의 일기'에 이렇게 썼다. "마침내 어머니가 돌아왔다. 살갗이 응고된 우유처럼 아주 희고 물렁물렁한 모습으로. 혐오스럽다. 어머니가 내게 미소를 지으면 토할 것만 같다. 뱀처럼 쓰다듬는 손길도 싫다. 이젠 필요 없다. 어머니가 필요 없다. 난 고아이고, 앞으로도 그랬으면 좋겠다. 어쨌거나 내 집을 찾았으니까. 작은 지붕창이 달린 나무 오두막집, 왕들마저 질투로 눈이 뒤집히는 예쁜 변소. 내 집에서는 똥과 오줌 냄새가, 응고된 우유와 족제비의 피 냄새를 풍기는 어머니보다 훨씬 좋은 냄새가 난다. 똥파리와 커다랗고 푸른 바퀴벌레, 새하얀색 예쁜 구더기들이 우글대는 집이다. 어머니가 와서 그 늙고 교활한 머리를 내 지붕창 안에 들이민다면 그 눈과 입에 똥을 처넣을 테다. 야호! 나는 프랭스트레쉴에트레메샹이다. 나는 고아이고, 아주 행복하다. 어머니는 지옥에나 가라지. 난 이제 어머니가 필요 없다."

폴린은 결국 눈매가 사납고 잔인하기까지 한 이 야만적인 아이를 두려워하게 되었다. 아이의 마음은 닫혀 있었고, 아무리 찾아도 그 마음에 접근하는 길을 발견할 수 없었다. 하지만 그녀는 입을 다물고 인내하기로 했다. 그녀는 스스로 죄인이라 느꼈다. 그들에게 닥친 모든 불행에 죄책감을 느꼈다. 장바티스트의 죽음, 너무 오랫동안 남편이 견뎌야 했던 슬픔, 샤를빅토르의 성난 고독, 이 모두에 대해. 전쟁이 나서 남편 바티스트와 떨어져 있던 시절, 그녀는 기다리고 희망하고 강해질 줄 아는 여자였다. 이후 바티스트는 그녀에게 돌아왔다. 하지만 과거의 힘은 자취를 감추어버렸다. 그 힘은 그녀 안에 머무르는 대신 그녀의 맏아들에게로, 그녀가 곁에서 자라는 모습을 보아온 그 아들 안에 옮겨가 있었다. 기다림과 희망의 북을 그토록 멋지게 두드리던 아들, 작은 북 안에. 그랬던 작은 북은 이제 완전한 평화에 들어 있었다. 땅속에서 영원히 침묵했다. 그럼에도 그녀는 다시 강해져야 했고, 다시 시간과 대면해야 했다. 반복되는 동작으로 끊임없이 밀려왔다 물러가는 시간의 놀라운 소용돌이와 대면해야 했다. 그 순간 그녀는 한때 자신이 장바티스트의 침대 곁에서 무릎을 꿇고 기도를 바쳤던 육화하신 자비의 하느님을 기억해냈다. 이제는 빈 침대, 영원히 비어 있을 침대였다. 하지만 그 육화하신 자비의 하느님은 스스로를 빈껍데기로 만들어버리지 않았던가? 그래도 그녀는 그분에게로 돌아와 그 모든 공허의 가장자리에서 무릎을 꿇을 터였다. 빈 하느님, 아들의 빈 침대 곁에서 기도를 올릴 터였다. 한데 그녀에게는 말이 남아 있지 않았다. 이 모든 공허와 대결할 만한 말이 없었다. 더이상 기도를 올릴 수 없었다. 그저 무릎을 꿇고 손바닥 안에 얼굴을 묻을 줄밖에 몰랐다. 그러자 내면에 끔찍한 정적이 깃들었다. 정적보다 더 고약한 건 온 존재를 에워싸는 추위였다. 심장에서 매서운 추위가 일어 온몸을 관통하며 흘렀다. 들판 위로 휙휙 불어닥치며 모든 것을 집어삼키는 무시무시한 바람처럼 흘렀다. 그녀는 간신히 힘을 내 성당으로 갔다. 그러나 미사 또한 그녀에게는 공허한 의식에 지나지 않았다.

몽르루아성당에는 아직 전쟁의 상흔이 남아 있었다. 종탑이 잘려나간 성당 건물은 여기저기 파이고 황무지가 된 땅 한복판에 말없이 서 있었다. 반쯤 무너져내린 경내 담벼락 한구석에 공동 묘혈이 펼쳐져 있었다. 과거에 죽은 자들을 모두 마구잡이로 던져 매장한 묘혈이었다.

폴린은 매일 아침 몽르루아로 가 곧장 생피에르*성당으로 향했다. 자신의 스승을 세 차례나 부인한 성 베드로. 그러나 지금은 누가 누구를 부인하고 있는 것일까? 마을 사람들의 피가 빨

---

* 생피에르는 성 베드로를 뜻한다.

래터의 물을 붉게 물들였던 그리 멀지 않은 과거의 날들. 무수히 많은 남자와 여자와 아이 들의 살이 기름과 재가 되어 하늘을 뒤덮었던 셀 수 없는 날들. 그리고 맏아들의 몸이 하찮은 사냥감처럼 사람들의 손에 들려 돌아왔던, 영원이 되어버린 그날. 그 시절에 누가 누구를 부인한 것일까? 하느님이 인간들을 부인한 것이 아니었을까? 인간들을 무더기로, 완전히 버림받은 상태로, 죽음의 손에 넘긴 건 하느님 자신이 아니었나?

폴린은 날마다 생피에르성당에 갔다. 마음속에서 질문이 끝없이 맴돌았지만 그녀는 그것을 입 밖에 낸 적도, 어렴풋하게나마 대답에 접근한 적도 없었다. 누가 누구를 부인하는가? 누가 누구를 배신하는가? 누가 누구를 버리는가? 질문은 허공에 부딪혀 그녀에게 되돌아왔다. 그녀에게 와 부딪쳤다.

그러는 동안 질문은 그 끈질기고도 텅 빈 울림 속에서 대화가 되었다. 한데 성당에서 매일 얼굴을 대면하는 이를 향해 폴린이 던지는 무언의 호소를 대화라고 할 수 있었을까? 똑같이 혼란에 빠진 두 존재가 저마다 질문의 양끝에 자리한 채 그저 얼굴을 마주하고 있었던 건 아닐까? 폴린 페니엘과 조제프 들롱브르. 누가 누구를 부인하는가? 이것이 두 사람 사이에 오가는 질문이었다.

들롱브르 신부가 자신의 첫 교구인 몽르루아로 부임한 건 근래의 일이었다. 사제 서품을 받은 지 얼마 되지 않은 아직 젊은 신부였다. 여전히 성당에 나오는 몇 안 되는 교구 신자들은 그에게 그런 서품이 주어졌다는 사실에 놀라움을 금할 수 없었고, 얼마 못 가 신자 수가 줄어들기 시작했다. 들롱브르 신부는 심하게 말을 더듬었다. 짧은 문장 하나를 내뱉는 데에도 단어들이 끊기고 어색한 침묵이 끼어들어, 하고자 하는 말의 의미가 모두 상실되었다. 예전에 늙은 다브랑슈 신부가 걸핏하면 기침 발작을 일으켜 딸꾹대며 이어가던 강론보다 더 심각했다. 강론의 주제가 그리스도의 수난이든 최후의 심판이든, 강론을 듣는 신자들 사이에서 금세 동요가 일었다. 짜증 섞인 불평의 웅성거림이 들려왔고, 터져나오는 웃음을 가까스로 참는 기미가 느껴졌다. 신도들은 곧 인내심을 잃었으며 주교관으로부터 이 비참한 설교자의 추방을 끌어낼 수 없게 되자 아예 그들 편에서 교회를 저버렸다. 맹목적인 신앙에 힘입어 주일마다 끈덕지게 좌석을 채운 채 졸며 앉아 있는 몇몇 귀머거리 노파들을 제외하면, 성당에 나오는 사람은 폴린뿐이었다. 설령 들롱브르 신부의 언어장애가 더 심각했다 하더라도 그 때문에 그녀의 의욕이 꺾이지는 않았을 것이다. 그녀 안에서 영원의 시계추처럼 박동하는 끈질긴 질문에 온통 사로잡혀 있었기 때문이다. 어쩌면 자신의 마음이 완전히 길을 잃은 상태였기에, 더듬대는 신부의 말이 그녀에게는 더 가깝고 친밀하게 다가왔는지도 몰랐다.

아닌 게 아니라, 폴린이야말로 들롱브르 신부의 마음에 그 누구보다 가까운 존재였다. 날마다 고지대의 먼 농장에서 교회까지 걸어내려와 성당의 기둥 그림자 속에 변함없이 무릎을 꿇고 앉는 이 여자에게서 그는 자신이 짊어진 운명, 온전한 운명의 현존을 예감했으며, 주어진 소명의 의미가 활짝 모습을 드러내며 자신을 모험으로 이끄는 것을 느꼈다. 그녀는 무한히 가깝고도 먼 타자였다. 그녀를 향한 강한 책임감이 대번 엄청난 무게로 자리잡았다. 끊임없이 그녀를 괴롭혀대는 질문을 그도 듣고 있었다. 질문이 그녀에게서 강제로 추방되었다가 다시 덤벼드는 소리를 듣고 있었다. 이는 그에게 덤벼드는 소리이기도 했다. 모든 사람에게 덤벼드는 소리였다. 그녀를 통해 그가 듣고 있던 질문은 그리스도가 베드로에게 세 차례나 제기한 바로 그 질문이었다. "너는 나를 사랑하느냐?"

"너는 나를 사랑하느냐?" 폴린의 좌절을 통해 신이 그에게 묻고 있었다. 그건 다음과 같은 의미를 지닌 말이었다. 네가 나를 사랑한다면 이 여자를 좌절로부터 해방시켜라. 그녀가 제기하는 질문의 매듭을 풀어주어라. 그녀를, 그녀와 그 가족을 구해라. 그들을 고통과 분노에서 구해내라.

폴린과 들롱브르 신부는 날마다 침묵 속에서 모호한 대화를 나누었다. "누가 누구를 부인하는 거죠?" 그녀가 물을 때마다 그는 "너는 나를 사랑하느냐?"라는 질문을 들었다. 측면으로 오가는 대화. 세 성부聲部의 대화. 세 개의 침묵. 폴린과 들롱브르, 그리고 신.

그랬다. 그들은 서로를 바라보지 못한 채, 감히 정면으로 맞서지 못한 채, 측면으로 이야기했다. 저마다 상대의 얼굴을 두려워했기 때문이다. 상대의 얼굴 속에 또다른 얼굴, 신의 얼굴이 드러나는 것을 예감했기 때문이다. 차마 응시할 수 없는 얼굴, 수의 위로 배어나와 수의를 불사른 뒤 사라져버린 얼굴이었다.

그러던 어느 날 폴린은 용기를 내어 들롱브르 신부를 향해 눈을 들고 말을 건넸다. 어두운 고해소 안, 좁은 창을 사이에 두고 건넨 말이었다. 두 사람은 몹시 가까운 거리에 있었으나 상대의 얼굴은 나무 창살 사이로 언뜻언뜻 내비칠 따름이었다. 신부는 바로 곁에 무릎을 꿇고 앉은 이 여자의 얼굴을 보고 싶었지만 격자무늬 그림자로 조각난 형태만을 겨우 분간할 수 있었다. 의심으로 파괴되고 공포와 비애로 상처 입은 얼굴. 퍼즐조각들처럼 그의 앞에 던져진 얼굴. 하지만 이처럼 산산조각이 난 그녀에게 무슨 말을 들려줄 수 있을까? 이 억눌린 절규에 무어라 응답할 수 있을까? 그녀의 입에서는 마치 자신의 거부를 다짐하려는 듯한 절규가 되풀이해 터져나왔다. "난 이 아이를 원치 않아요! 원치 않아, 원치 않는다고요!" 클로모가 본 것이 사실이었으니, 폴린은 새 아이를 잉태하고 있었다. 이 사실을 깨닫기 무섭게 폴린은 공포에 사로잡혔다. 그리고 거부의 몸짓이 이어졌다. 그녀는 더이상 아이를 갖고 싶지 않았다. 다시 생명을 탄생시키기에는 너무도 큰 죽음을 겪은 참이었다. 그녀의 태胎에는 아들의 죽음으로 인한 상처가 남아 있었다. 소리 없는 눈물로 태어나게 될 아이는 어떤 아이일까? 맏아들은 비와 나신과 욕망의 날에 잉태되었다. 그리고 마찬가지로 비가 내리던 어느 날 죽임을 당했다. 반면에 오로지 아버지의 눈물로 절망의 침대 속에서 잉태된 이 새 아이는 욕구와 무관했다. 이 아이가 잉태되던 순간 그녀는 무아無我와 무심의 상태에 던져져 누워 있었으니 말이다. 그런 아이를 낳고 싶지는 않았다. 또다른 아이를 갖고 싶은 생각은 추호도 없었다. 바로 이 공포와 거부에 맞서 들롱브르는 싸워야 했다. 아이를 구해야 했다. 어머니 안에 아이의 자리를 마련해주고, 캄캄한 죽음과 아버지의 눈물로부터 아이를 떼어놓아야 했다. "난 싫어요! 싫다고요!" 폴린은 나무 창살을 두 손으로 움켜쥔 채 끈질기게 같은 말을 되풀이했다. 그때마다 들롱브르의 내면에는 또다른 절규가, 애원이 울려퍼졌다. "너는 나를 사랑하느냐?"

“너는 나를 사랑하느냐?” 이 질문이 조제프 들롱브르의 귓가를 끊임없이 맴돌았다. 폴린의 반항을 통해 그에게 간청해오는 이 소리 없는 목소리는 너무도 간절하고 다정해 들롱브르 역시 매번 서둘러, 똑같이 다정하게 대답하지 않을 수 없었다.

결국 그를 통해 말하기 시작한 것은 이 목소리 자체였는지도 모른다. 이 목소리가 그의 목소리, 불확실하고 귀에 거슬리는 목소리를 덮었다. 그가 고해소의 십자형 나무 창살에 대고 하는 말들은 더이상 그에게서 나오는 말이 아니었다. 이 목소리가 그의 안에서 부드럽고도 성급하게 말을 이어갔다. 반항하는 폴린의 절규에 한 마디 한 마디 맞서 싸우는, 속삭이는 듯한 절규였다. “원하고 말고는 자매님 소관이 아닙니다.” 신부가 그녀에게 말했다. “아이는 당신의 소유물이 아니니까요. 우리만 하더라도, 우리가 우리 자신의 것입니까? 그렇지 않습니다. 우리는 서로에게 속해 있습니다. 상대에게 속해 있지요. 사실 이 관계는 가혹하기 짝이 없습니다. 상호적이지 못하니까요. 우리는 다른 이들에게 속해 있는 반면 그 누구도 우리에게 속할 수 없습니다. 그렇기 때문에 우리는 절대적인 불균형 상태에서 살아갑니다. 그런 불균형에도 불구하고 우리가 넘어지지 않는 건 오직 하느님께서 우리를 지탱해주기 때문이지요. 우리가 자신을 벗어던질수록, 우리 자신의 힘과 개인적인 의지를 비워낼수록, 하느님은 우리의 버팀목이 되어주십니다." 그러자 폴린이 맞받았다. "하지만 전 두려운걸요. 정말이지 두렵다고요! 제 의지로 반항하는 게 아니에요. 제 힘으로 들고일어나는 게 아니에요. 그보다는 제 안의 몹시 약하고 비겁한 무언가가…… 두려움이…… 맹목적인 엄청난 두려움, 병든 두려움이…… 저 자신도 어쩔 수 없는……" "그렇다면 그 두려움을 하느님께 바치십시오." 들롱브르 신부가 대답했다. "오직 그분 안에서만 그런 두려움을 던져버리고 거기서 빠져나올 수 있습니다." "그건 불가능해요. 제 두려움과 하느님은 동일한 것이니까요. 그분이 제 두려움이 되었어요. 삶이 제 두려움이 되었죠. 두려움인 그분께 어떻게 제 두려움을 바칠 수 있나요?……" "두려움에 맞서는 것을 포기하세요. 두려움에 당신을 완전히 내맡기세요. 당신은 이 두려움에 맞서 과한 싸움을 벌였어요. 자신을 지나치게 방어한 거죠. 그건 잘못이에요. 이 공포, 당신 안에 있는 이 고통은 당신의 힘을 넘어섭니다. 저항해봐야 아무 소용 없어요. 미리부터 패배한 싸움이니까요. 이미 패배한 겁니다. 이 사실을, 당신이 패배했음을 시인하는 순간, 당신은 마침내 헛된 투쟁을 멈추겠지요. 그때 비로소 당신은 이 모든 두려움에서 해방될 겁니다. 아이가 당신 안에 자라게 하십시오. 아이에게 기회를 주세요……" 그러자 폴린이 외쳤다. "기회라고요? 무슨 기회요? 제 기회는 어디 있죠? 그토록 어린 나이에 짐승처럼 죽임을 당한 아들 장바티스트의 기회는 어디 있죠? 들개보다 더 사납게 변한 둘째아들의 기회는 어디 있죠? 네? 제 시아버지 페니엘 영감의 기회는 어디 있으며, 그의 아내들과 자식들의 기회는 어디 있죠? 삶이 쉴새없이 훔치고 노략질해 엉망으로 만들고 파탄으로 몰아넣은 그 사람의 기회는 어디 있나요? 전쟁의 폭격으로 죽은 내 부모의 기회는 어디 있습니까? 또 우리의 기회는, 보로메가와 페니엘가 사람들의 기회는 어디 있죠? 인간들의 기회는 어디 있나요? 신부님은, 신부님 당신의 기회는 어디 있나요? 말씀해주세요. 대답 좀 해보세요!" "아무리 큰 불행이라도 기회를 완전히 앗아가지는 못합니다…… 왜냐하면…… 왜냐하면…… 기회는 행복과 아무 관계가 없으니까요. 그건 승리가 아니에요. 힘의 편에 있는 게 아니지요. 그러니까 기회는, 그 모든 것의 다른 편에 자리합니다. 그보다 훨씬 깊은……" "신부님의 말씀을 이해할 수 없어요." 폴린이 끼어들었지만 그는 얼빠진 표정으로 집요하게 말을 이었다. "……저도 마찬가지입니다. 정말로 이해하지는 못해요…… 하지만 느낄 수 있죠. 제 안에서 그것을 느낄 수 있어요. 기회는 존재합니다. 우리에게 주어집니다. 큰 불행이 우리를 내리쳐 기회가 까마득히 멀어져가는 듯싶을 때도, 영 사라져버리는 것은 아닙니다. 절대 아니에요! 기회는 체념의 편에 있으니까요. 승리도 성취도 아닙니다. 절대로 아니에요! 오히려 철저한 상실이지요…… 그러니까 기회는, 기회는……" "그렇다면 기회란 실패를 의미하나요? 그런가요?" 폴린이 냉혹하게 말을 잘랐다. "행복의 편도, 승리의 편도, 힘의 편도 아니라면, 기회는 패배의 편이겠군요. 말도 안 되는 소리예요!" 신부는 숨가쁘게 다시 말을 이었다. "그 어느 편도 아니죠. 기회는 평화로운 마음 편에 있습니다. 자신 안에 깃든 평화, 되찾은 평화, 평화의 예감 편에…… 그러니까 은총의 편에……" "모든 것이 파괴되고 살해당하고 훼손되고 절멸된 순간, 평화라는 말이 무슨 의미가 있나요! 죽음과 고통과 고뇌가 범람하는 곳에 평화는 올 수 없어요. 너무 늦었으니까요. 돌이킬 수 없이 늦었으니까요. 기회와 평화라고요? 여기처럼 전쟁이 주기적으로 일어나 모든 걸 파괴하고 마는 곳에서는 아무 의미도 없는 말들이죠. 운명의 악착스러운 추격을 받는 우리 집안에선 더더욱 그렇고요. 제 시아버지께 물어보세요. 기회와 평화에 대해 어떻게 생각하는지! 주변 사람들 모두에게 물어보세요! 하나같이 화를 내며 역겨운 표정으로 대답할 겁니다. 정신 나간 소리라고! 모욕적이고 혐오스러운 말이라고! 그래요, 혐오스러운 말이에요!" "우리는 서로 다른 이야기를 하고 있군요." 들롱브르가 천천히 고개를 들었다. 그는 그 너머에 피신해 있는 얼굴을 만지기라도 하려는 듯 이따금씩 나무 창살에 손을 얹으며 이야기를 이어갔다. "기회란 그저 이런 겁니다. 그러니까 세상이 몰락하고 우리 주변의 모든 것이 무너져내릴 때, 우리가 공허 속으로 곧장 떨어지는 순간, 어둠이 닥쳤을 때…… 기회란…… 기회란, 하느님께서 이 공허의 밑바닥에 자리함을 깨닫는 거지요. 이 어둠이 바로 그분이라는 것을……" "하지만 그리스도 자신도 저항하고 반항하지 않았나요? 그를 저버린 하느님을 향해 외쳤지요!" 폴린은 끝까지 맞섰다. "그리스도 역시 두려움에 굴복하지 않았나요?" "그래요, 그분이 그렇게 말했지요. 하지만 마지막 순간 이렇게 덧붙이셨어요…… '아버지, 당신 손에 제 영혼을 맡깁니다……' 그는 하느님의 손안에서 죽었어요. 하느님의 살갗이 벗겨져나간 빈손 안에서요. 자신의 고통과 두려움 역시 하느님께 맡겼지요…… 안 그랬다면, 그는 죽지 않았을 겁니다……" "하지만 그분 자신이 하느님이었으니까요." 폴린은 도전적으로 비난하듯 대꾸했다. "그는 하느님이었지요. 하느님이고요. 그러나 죽음의 순간, 그는 인간이기도 했습니다. 인간에 불과했어요. 자매님과 나처럼, 약하고 상처받기 쉬운 몸과 마음을 지닌……"

폴린은 매번 느닷없이 고해소를 떠나곤 했다. 때론 말이 끝나기도 전에 자리에서 벌떡 일어나 잰걸음으로 성당을 가로질러 뒤도 돌아보지 않고 달아났다. 그래도 신부는 잠시 제자리에 머물렀다. 작은 장궤틀 위에 아픈 무릎을 올려둔 채 꼼짝 않고 혼자 남아 있었다. 빠른 발걸음 소리와 삐걱대는 문 소리가 울리고 나면 다시 무거운 정적이 내려앉았다. 그는 마음속으로 생각했다. '난 적절한 말을 찾을 수 없었어. 그녀에게 들려줄 수 없었지. 그녀의 의심이 내 믿음보다 더 강하기 때문이야. 그녀의 반항이 내 소망보다 더 크고, 그녀의 고통이 내 사랑보다 더 깊기 때문이야.' 이런 논쟁을 마치고 고해소에서 나올 때 그는 어김없이 더욱 당혹스럽고 슬픔에 짓눌린 모습이었다. 이번에는 그가 두려움에 사로잡혔다. 마치 폴린이 그렇게 갑작스레 달아나며 그에게 두려움을 남겨놓은 듯이, 두려움을 그의 가슴 한복판에 내던져놓은 듯이. 하지만 그는 두려움에 맞서 싸우는 대신 두려움이 그를 집어삼키고 산산조각내도록 내버려두었다. 결국 그는 두 팔을 활짝 열고 이마를 땅에 붙인 채 자기 거처의 정적 속에 내던져졌다. 그때마다 자신이 얼마나 헐벗은 존재인지를 실감했다. 말을 잃은 그는 더이상 기도할 수도 없었다. 눈을 감고 입을 다문 채 바닥 위에 길게 엎드려 공포에 시달릴 뿐이었다. 그것이 내면에서 소진될 때까지. 동틀 무렵 이 공포의 극한에서 자신에게 던져지는 집요한 질문에 또 한번 "예"라고 대답할 힘을 되찾을 때까지. "너는 나를 사랑하느냐?"라는 질문에, 그는 중얼거리듯 대답했다.

폴린은 아이를 지켰다. 싸움을 멈추고 체념했다. 그러나 태중에 자라는 아이를 받아들이기로 한 날부터, 그녀는 더이상 들롱브르 신부를 보러 오지 않게 되었다. 대신 편지 한 통을 그에게 써 보냈다. 정곡을 찌르는 아주 짤막한 편지였다. "신부님이 이겼습니다. 아이가 태어나도록 내버려두기로 했습니다. 제게는 낯선 존재이지만 말입니다. 전 아무래도 상관없게 되었습니다. 제게 온 것은 기회가 아니라 차갑고 건조하며 씁쓸한 무엇입니다. 무심한 상태라 할까요. 저마다 각자의 길을 가게 되겠지요. 저의 길은 막다른 길입니다. 모든 길이 그렇지 않나 겁이 납니다. 신부님의 길 역시 그렇지요. 특히 신부님의 길이 그럴지 모르겠습니다. 더이상 신부님을 뵙고 싶지 않습니다. 신부님이 제게 보여주신 끈질긴 인내심에 감사를 드려야 할지 말아야 할지 모르겠군요. 폴린 페니엘."

들롱브르는 자신이 이긴 게 아님을 알고 있었다. 전혀 아니었다. 그는 폴린의 절망을 그 어느 때보다 통감했다. 일찍이 자신이 그토록 헐벗은 존재로 여겨진 적이 없었다. 그러나 그녀를 다시 보려고도, 편지를 쓰려고도 하지 않았다. 그랬다가는 이 젊은 여인의 고뇌가 더욱 악화될 터였다. 그를 떠나지 않는 질문에 대한 대답은 나날이 고통스러워지기만 했다.

폴린은 다시 농장에 틀어박혔다. 배가 점점 불러오는 것이 느껴졌다. 사랑 구멍 숲 깊숙한 곳 청록색 나무그늘 속에서 그녀가 안고 있던 아들의 배처럼 부풀어올랐다. 그녀의 두 눈은 다시 예전처럼 깨진 규석의 광채를 발했다. '푸른색 아이, 청보랏빛 아이를 낳게 될까?' 그녀는 두려운 마음으로 자신에게 물으며 부패하기 시작한 장바티스트의 몸을 떠올렸다. 그러나 그녀에게 미친 놈이 그 어느 때보다 근심스러운 마음으로 그녀 곁에 머무르며 맏아들의 영상을 방에서, 아내의 몸에서 멀리 쫓아내려 애썼다. 그는 아내를 품에 꼭 껴안고 사랑으로 달래주었다. 그리고 오래전 그들이 보로메 서점 깊숙한 곳, 책들 사이에서 만나던 시절처럼 그녀를 '내 작은 클레브 공작부인'이라 불렀다. 그러나 그녀는 날마다 조금씩 그녀 자신으로부터, 현재와 과거로부터 멀어져갔다. 특히 미래로부터 결연히 멀어졌다. 출구가 없는 길, 무심無心의 길을 말없이 걸어갔다. 바티스트의 사랑으로도 그녀에게 다른 길들을 열어 보일 수 없었다. 한편 샤를빅토르는 심술궂게 그녀를 곁눈으로 감시했다. 그러면서도, 잃어버린 어머니의 사랑을 되찾았다는 사실에 도취되어 한밤중에 온몸을 떨며 잠에서 깨어나곤 했다. 당장이라도 어머니를 부르며 그 품안에 뛰어들려는 양, 자신의 심장에서 갓 빠져나온 이름으로 뜨겁게 타오르는 입술을 옴지락대며 침대에서 벌떡 일어났다. 하지만 그는 곧 정신을 다시 가다듬었다. 이 이름이 새나오지 않게 하고 어머니를 향한 호소의 목소리를 억누르기 위해 자신의 팔과 무릎을 피가 나도록 물어뜯을 때도 있었다.

폴린은 딸을 낳았다. 마치 서둘러 일을 끝내려는 듯, 이 낯설고 무거운 짐을 내려놓으려는 듯, 예정일보다 훨씬 일찍 아이를 낳았다. 새끼 고양이보다 작은 소리로 우는, 몹시 가벼운 아이였다.

폴린은 싸우고 있었다. 대상이 무엇인지도 모르는 채였다. 그녀 안의 모든 것이, 과거와 현재, 죽은 자와 산 자, 이 모두가 뒤죽박죽 뒤섞여 있었다. 그러나 이런 혼돈에 기인한 무심은 마음의 평정도 초연함도 가져다주지 않았다. 오히려 열과 폭력을 동반한 질병 같은 양상을 띠었으니, 실제로 그녀는 이 내면의 병에 맞서 싸우고 있었다. 병은 끈질겼다. 아무리 은밀히 붙잡아 도로 묻으려 해도 다시 고개를 쳐들었다. 이 병은 하나의 얼굴, 하나의 이름을 갖고 있었다. 장바티스트.

작은 북. 배가 커다랗게 부풀어오른 푸르죽죽한 아이. 그렇게 그는 수많은 이미지와 냄새와 소리를 이끌고 되돌아왔다. 폴린은 비가 내리는 장면을, 문간에 거대한 그림자를 드리우며 빗물을 뚝뚝 떨구는 세 남자를 보았다. 그녀는 사방에서 부식토 냄새와 가을비로 부드러워진 나무껍질 냄새, 부패하는 살 냄새를 맡았다. 썩은 시신 냄새를 맡고 몰려드는 짐승들을 쫓아내기 위해 버둥대는 손들을 보았다. 점점 많아지는, 그녀 자신의 미쳐버린 손이었다. 입안에 검은 흙의 맛이, 빗속에 파헤쳐진 구덩이의 맛이 남아 있었다. 관뚜껑 위로 떨어지는 둔탁한 흙 소리와 돌멩이 소리가 줄곧 귓전을 맴돌았다. 서 있는 땅에서 뽑혀나와 걷기 시작하는 나무들, 숲속의 모든 나무들을 보았다. 청보랏빛 부리를 가진 새들로 무장한 수천 개의 팔을 비틀어대는 미친 전사들의 무리였다.

그녀는 이 무질서한 기억들에 맞서 싸웠지만 허사였다. 기억은 몸 구석구석에 웅크린 채 숨어 있었고, 살 속에 퍼져 있었다. 기억은 억눌린 마음의 땀처럼 배어나왔다.

그러나 다른 이들이 있었다. 바티스트와 샤를빅토르가 있었고, 이제 새로 태어난 아이도 있었다. 그녀는 이들과 가까워지려고 애썼다. 하지만 무언가가 제지하며 점점 더 건너기 힘든 거리로 그녀를 내몰았다. 아이를 먹이고 씻기고 배내옷으로 갈아입히며 어머니로서 해야 할 일을 완수하기는 했으나 그 모두를 의미나 욕구가 배제된 어떤 의식처럼 행했다. 그녀의 몸놀림은 뻣뻣하고 어색했으며, 얼이 빠진 듯 멍했다.

그렇게 샤를빅토르는 간신히 돌아왔다. 어머니나 아버지가 아닌, 새로 태어난 아이에게로. 마치 그 자신이 세상에 다시 태어난 것 같았다. 그는 아이가 그를 위해 존재하기를, 오직 그 자신만을 위해 존재하기를 바랐다. 푸른 족제비 형이 그토록 꿈꾸던 여동생이 바로 그에게 주어진 것이었다. 아이의 이름을 고른 것도 그였다. '매혹적인 궁둥이와 작은 황금 발을 가진' 궤도차의 이름을 따, 부모에게 여동생의 이름을 발라딘이라 짓자고 했다. 단어들에 특별한 열정을 지닌 샤를빅토르는 이름을 짓는 행위에 깃든 마법 같은 힘을 믿었다. 그렇게 그는 자신이 고른 이름을 부여함으로써 여동생과 성스럽고 비밀스러우며 강력한 유대를 맺게 되었다. "발라딘! 발라딘! 나만의 여동생!" 그는 자신의 황폐한 궁궐들, 그러니까 공장과 엄폐호와 변소 깊숙한 곳에서 외쳤다. "녹슨 물건들과 폐기물로 넘쳐나는 내 아름다운 왕국을 네게 열어 보이마. 네 덕분에 모든 것이 아름다움으로 변할 테며, 너를 위해 나도 좋은 사람이 되겠구나. 그래, 나, 아주 더럽고 심술궂은 왕자도 좋은 사람이 되겠다! 신마저 배 아파할, 너무도 좋은 사람이 되어야지! 하지만 오직 너를 위해 좋은 사람이 되는 거야. 너만을 위해."

그러나 샤를빅토르는 더 좋아지지도 나빠지지도 않았다. 단지 여동생에게 미치게 되었을 따름이었다. 그에게는 여동생이 전부였다. 갑자기 세상이 얼굴을 갖게 되었다. 그를 배신하지 않은 누군가의 얼굴이었다. 세상이 유년기를 맞아 다시 놀이의 즐거움을 되찾았다. 모든 것이 가능해졌다.

바로 이 시기에 그의 두 눈은 놀랍도록 투명해졌다. 꿀처럼 열은 금빛이 도는, 화석화된 송진 같은 투명함이었다. 왼쪽 눈에 담긴 번뜩이는 반점이 더욱 빛을 발하며 이글이글 타오르다시피 했다. 하지만 그의 시선에는 여전히 너무도 짙은 음영과 난폭함이 드리워져 있었기에 아무도 그를 '호박색 낯'이라 부를 생각은 할 수 없었다. 모두들 그를 '호박색 밤'이라는 별명으로 불렀다.

그에게는 발라딘이 전부였다. 그래서 그녀에게도 자신이 전부가 되도록 했다. 어머니는 맏아들인 그 끔찍한 푸른 족제비에게 여전히 사로잡혀 있었고, 나약한 아버지는 자동인형처럼 움직이는 아내에게만 눈과 정신이 온통 팔려 있었으므로, 발라딘 곁의 자리를 그가 전부 독차지하게 된 건 당연한 일이었다. 그렇게 그는 이 빈자리를 차지했고, 거기에 하나의 왕국을 세울 수 있었다. 그는 다른 이들이 이 왕국에 얼씬거리지 못하도록 경계를 늦추지 않았다. 그의 사랑은 집착이 강했기 때문이다. 지독한 집착이었다. 그는 타데 삼촌은 물론 치펠레와 특히 어린 클로모를 멀리했다. 클로모를 도저히 견딜 수 없었다. 시도 때도 없이 발라딘 주위를 어슬렁거리며 느끼한 사탕 같은 미소를 흘리는 그를 참아내기가 어려웠다. 호박색 밤은 클로모를 '호기심 많은 상어'라 부르며 그에게 적들의 순위에서 네번째 자리를 차지하는 영예를 부여했다. 그의 형인 푸른 족제비와 배신자 어머니, 볼장다 본 아버지의 다음 자리였다. 그는 부랑배인 나무들과 함께 분류되었다. 무엇보다 호기심 많은 상어가, 그리고 마녀 같은 치펠레가 발라딘에게 자신들의 신비한 얘기를 들려주지 않도록 감시했다. 듣기만 해도 구역질이 나는 노래들이었다. 눈물이 날 만큼 아름답고도 우울한 이 얘기로 아이를 흔들어 잠재우는 일은 절대 용납할 수 없었다. 언어와 말과 소리, 이것들을 아이에게 가르칠 사람은 그였다. 그 혼자 자신의 방식대로 가르칠 것이었다. 소리와 말의 힘을 빌려 아이를 자신의 것으로 만들 참이었다.

그러나 클로모는 자기보다 거의 여섯 살이나 어린 샤를빅토르, 일명 호박색 밤의 증오를 개의치 않았다. 이미 샤를빅토르의 형인 장바티스트 역시 그에게 암암리의 증오를 드러낸 바 있었다. "그들을 원망해선 안 돼." 치펠레가 종종 그를 타일렀다. "장바티스트와 샤를빅토르는 집착이 강한 애들이니까 어쩔 수 없어. 페니엘가 사람들은 전부 그런 것 같아. 마음속 열정이 너무 강해 병이 나고 마는 거야. 집착은 병이니까." "어떤 병인데? 심각한 거야? 죽을 수도 있어?" 클로모가 걱정스러운 얼굴로 물었다. "때론 그래. 그럴 수 있을 거야……" "그 집 사람들이 전부 같은 병에 걸렸다면, 타데 아저씨도 그렇겠네?" 클로모는 끈질기게 되물었다. "그건 나도 몰라!" 치펠레가 대답했다. 클로모의 질문에 그녀는 원인 모를 동요에 휩싸였다. 누이의 얼굴이 붉어지는 걸 알아차리지 못한 클로모가 계속 말을 이었다. "아저씨가 그 집착하는 병에 걸리면 안 돼. 누나 말대로 죽을 수도 있는 병이라면!" "하지만 아저씨가 누구한테, 무엇에 집착하겠어? 타데 아저씨가 좋아하는 건 책과 별밖에 없잖아. 별들에 집착할 수는 없어." 그녀가 어깨를 으쓱이며 말했고, 남동생도 지지 않았다. "왜 못해? 그것들을 정말로 너무 좋아한다면, 어쩌면 별들에 집착해서 병이 나고, 그래서……" "아! 그런 바보 같은 소리는 집어치워!" 그녀는 이렇게 잘라 말하고 대화를 다른 쪽으로 돌렸다.

그렇다면 그를 양자로 삼은 이 가족의 모호한 질병에서 클로모 자신은 안전할까? 또 치펠레는 어떨까? 이런 의문들이 클로모를 오랫동안 괴롭혀왔었다. 하지만 그 맑은 4월 아침, 느릅나무 줄기를 감싸안은 채 수술 다발들의 분홍빛 안개 사이로 폴린의 얼굴을 훔쳐보았던 순간부터 그에게 더이상 고뇌는 없었다. 그녀의 얼굴이 환히 빛나며 앞으로 태어날 아이의 비밀을 그에게 넘겨준 순간이었다. 그는 기쁨에 휩싸였다. 새로 태어난 아이를 향한 사랑이 너무도 크고 가벼워 일말의 집착도 느껴지지 않았다. 아이에게 접근하지 못하도록 호박색 밤이 화를 내며 거칠게 그를 쫓아내도 상관없었다. 아이를 만지거나 보는 일, 말하는 일이 모두 금지된다 해도 그게 무슨 상관이란 말인가? 아이가 거기 있음을 아는 것으로 족했다. 아이가 존재한다는 사실만으로도 그에게는 충분했다. 이 단순한 기쁨에 힘입어 그는 온종일 환희에 찬 미소를 지을 수 있었다. "발라딘! 발라딘!" 그는 아이의 이름을 또박또박 끊어 몇 번이고 나지막이 발음해보며 더 큰 기쁨을 맛보았다. 더욱 단단히 아이를 소유했다.

자신을 부르는 그 소리를, 취한 새들처럼 잠결을 맴도는 소리, 긴 겨울을 이제 막 보낸 굶주린 새들의 소리를 아이는 듣고 있었을까? 아이는 아직 너무도 작고 약했다. 아버지가 눈물로 낳은 아이, 어머니가 산달을 끝까지 채우지 못하고 낳은 아이였다. 아이는 눈꺼풀을 닫고 다시 주먹을 쥔 채 자신이 처한 미완의 상태에 조용히 틀어박혔다. 모태 안의 양수가 빠져나가면서 중단되었던 꿈을 좇으며, 세상과 삶 위로 아주 서서히 머리를 내밀었다. 아이의 내면에는 침묵이 퍼져 있었다. 소리를 지르지도, 울지도 않았다. 절대로. 아이는 자신의 관자놀이에 와 울려퍼지는 어머니의 희미한 심장박동 소리를 듣고 있었다. 그리고 잠을 잤다. 숨결이 너무 가벼워 거의 느껴지지 않을 지경이었다. 아이는 세상과 꿈의 경계에 잠들어 있었다. 자신을 향해 외치거나 속삭이며 부르는 소리들을 아직은 들을 수 있는 시기가 아니었다.

—그러나 시간은 이미 가고 있었다. 늘 그러하듯 어딘가를 향해, 늘 그러하듯 서둘러댔다. 시간은 잠에서 깨어나지 않은 아이의 눈꺼풀 밑에서 무르익어가며 두 눈을 차츰 청보랏빛으로, 숲속 깊숙한 곳 작은 덤불과 초목들 속에서 조용히 타오르는 그 빛깔로 물들였다.

시간은 늘 그러하듯 어딘가를 향해, 사물과 존재들 사이를 빠른 걸음으로 나아갔다. 그들을 떼밀고 쓸어갔다. 시간은 끝없이 역사를 만들어내고 이야기를 지어냈다.

Nuit du vent

바람의 밤

바람의 밤

1

시간. 시간은 그들이, 그들 모두가 세상을 유랑하도록 할 터였다. 다닥다닥 붙은 가축떼처럼 밤에서 밤으로 이동하며 세월을 보내게 할 터였다. 시간은 페니엘가 사람들의 이름 속에서 언제나 온 힘을 다해 부르짖었다. 행군의 절규, 투쟁의 절규, 침묵의 절규였다.

발라딘. 아직 잠에서 깨어나지 않은 아이, 미완의 아이. 그 아이가 마침내 눈을 떴다. 청보랏빛 두 눈 중 한쪽 눈에 금빛 반점이 깃들어 있었다. 아이는 걷고, 말하고, 사랑하는 법을 배웠다. 아이의 오빠가 이 새로운 사랑을 독차지했다. 폴린은 아이들의 유년기를 마치 몽유병자처럼 통과해갔다. 그들을 향해 내민 그녀의 두 팔은 빳빳이 허공 속으로 미끄러졌다. 어디를 가나 항상 그녀에게 미친 놈이 그녀를 쫓아다녔다. 그녀가 다시 넘어지지 않도록 붙잡아주기 위해.

호박색 밤은 자신이 기거하는 반란의 장소들에 발라딘을 데려갔고, 아이에게 들려줄 수많은 이야기를 사방에서 지어냈다. 맏형이었던 푸른 족제비에 대한 이야기를 발라딘에게 지칠 줄 모르고 들려주었다. 형은 강철 눈의 거인이 되었다고, 보라색 입에 배가 아주 불룩한, 어마어마하게 굶주린 식인귀가 되었다고 했다. "그러니까 말이지, 그 푸른 족제비는 정말로 무시무시한 식인귀야." 공포에 질려 입을 다물지 못하는 여동생에게 호박색 밤은 말했다. "그는 못 먹는 게 없어. 나뭇잎이나 껍질이나 뿌리는 물론 돌멩이나 구름도 먹고, 동물을 산 채로 잡아먹기도 해. 나까지 집어삼키려 했지만, 내가 그냥 당하지 않았지! 내가 더 강하니까. 그러니까 너도 언제나 나와 함께 있어야 해. 나하고만 있어야 해. 안 그러면 그가 너도 먹어치울 거야. 사람들을 모두 조심해야 해. 나무들도 마찬가지야. 나무들을 특히 조심해. 나무들도 푸른 족제비만큼이나 게걸스럽고 잔인한 군인들이니까. 모두들 너를 잡아먹고 싶어해." "그런데 우린 왜 늘 숲속으로 가는 거야?" 발라딘이 불안에 사로잡혀 물었다. "거기서 커다란 족제비를 몰아내기 위해서지! 나무들 모두에게 제일 강한 자는 나라는 걸 보여주기 위해서고, 또 네가 그들의 여왕이라는 걸 보여주기 위해서야. 난 나무들이 네 앞에 무릎을 꿇었으면 좋겠거든." "난 여왕이 되고 싶지 않은걸. 집에 갈래. 무서워……" 발라딘은 눈물을 글썽였다. "안 돼, 넌 나하고 있어야 해. 말했듯이 난 강하니까, 넌 아무것도 무서워할 필요 없어. 나하고 있으면 아무도 널 해치지 못할 거야. 넌 공주고, 난 용이야. 너의 착한 용. 그들을 모두 죽일 거야. 이미 죽은 자들마저도!" "난 공주가 되고 싶지 않아. 집에 있고 싶어……" 아이가 되풀이해 말했다. "무슨 집? 너랑 나는 집이 없어. 집에서 얼마나 냄새가 나는지 못 느꼈어? 푸른 족제비 냄새야. 그 녀석도 거기 살거든. 어딜 가나 그 녀석이 있어. 정말 끔찍한 녀석이라니까! 그러니 우리한테는 집이 없는 거야. 그저 여러 왕국과, 그곳을 산책하기 위한 전차 한 대가 있을 뿐이지!" 호박색 밤은 이렇게 소리치며 자신의 궤도차에 여동생을 태우고 떨어지지 않게 꼭 끌어안은 채 데리고 다녔다. 그리고 나무들과 '식인귀 족제비'를 큰 소리로 위협하며 여동생에게 말했다. "들어봐, 바람이 윙윙대는 소리를 들어보라고! 바람이 죽은 자들의 영혼을, 이 게걸스럽고 심술궂은 영혼들을 그 은신처에서 몰아내고 있어. 더러운 침으로 쉬어버린 그들의 목소리도 함께 쓸어가고 있어. 그들의 썩은 입안에서 이빨을 뽑아내고, 시커먼 혀를 비틀고, 턱을 부수지! 바람과 함께 숨쉬고, 바람과 함께 달려야 해. 아니, 그보다 더 강하고 더 빨리 달려야 해!" 그러나 소녀는 입술을 꾹 다물었다. 춥고 눈물이 났다. 호박색 밤이 궤도차에 그녀를 태우고 무성한 덤불숲을 달리는 동안 아이는 종종 눈을 감았다. 더이상 주변 사물들을 보지 않기 위해, 불길하고 숨막히는 나무들의 현존을 잊기 위해, 힘껏 눈을 감았다. 양손으로 눈꺼풀을 눌러 작은 해들이 눈부시도록 반짝이게 했다.

어린 소녀는 모든 게 무서웠다. 바람도, 나무도, 죽은 오빠인 식인귀의 이빨을 한 커다란 족제비도 무서웠다. 그러나 가장 무서운 건 그녀를 품안에 힘껏 조여 안는 오빠 호박색 밤이었다.

호박색 밤은 바람을 좋아했다. 그는 바람이 자신의 몸 구석구석으로 스미도록, 심장과 뼈와 핏속으로 불도록 입을 벌린 채 궤도차를 달렸다. 바람이 그의 양식이며 힘이며 활력이었다. 그는 얇은 이파리 모양의 반짝이는 회색 금속 장식이 달린 푸른 방수포 조각들로 반은 물고기, 반은 새처럼 생긴 커다란 연을 만들었다. 그리고 연이 나는 높이와 공중에서 그리는 곡선의 모양에 따라 '쇠 갈까마귀' 혹은 '은 종달새'라 불렀다. "두고 봐, 언젠가는 내 연이 진짜 새가 될 거야. 날카로운 단음의 진짜 노래를 부르며 하늘로 곧장 날아오를 거야. 거기서 하늘을 찢고, 신의 눈과 고막을 터뜨릴 거야. 그러면 홀로 천사들과 인간들 위에 군림할 테지!" 그가 발라딘에게 선언하듯 말했다. "착한 새일까?" 발라딘이 물었다. "당연하지. 어쨌거나 그 빌어먹을 하느님보다는 착할 거야!" "그렇다면 하느님은, 하느님은 무얼 하고?" "그자는 장님에 귀머거리일 테지. 아무짝에도 쓸모없는 존재여서, 사람들이 쓰레기통에 내던져버릴 거야. 그러고 나면 속이 후련하겠지!"

바람이 평소보다 강하게 불던 어느 날, 호박색 밤은 손에서 연을 놓치고 말았다. 연은 바람이 거칠게 몰아치는 하늘로 멀리, 아주 멀리 날아가버렸다. 두 아이는 고개를 하늘로 쳐든 채 한참 동안 꼼짝 않고 그 자리에 서서 천과 금속으로 된 이 새가 미친듯이 구름 사이를 돌다 사라져버리는 모습을 지켜보았다. "새가 가버렸어! 이제 하늘을 찢고 착한 하느님을 죽일 거야!" 겁에 질린 어린 소녀의 외침에 호박색 밤이 대답했다. "흥! 그러면 좋지! 어차피 하느님은 조금도 착하지 않으니까. 우린 손해 볼 게 하나도 없어." "이제 못 보게 되는 거야, 새를……?" 발라딘이 슬픈 얼굴로 물었다. "아니, 돌아와. 다시 돌아올 거야. 걱정하지 마." 호박색 밤은 확신에 찬 조용한 음성으로 말하며 여동생을 안아주었다. "오고 싶을 때 다시 올 거야. 훨씬 멋진 모습으로."

정말로 새는 다시 돌아왔다. 몇 년이 흐른 뒤였다.

그러나 바람이 그저 연을 춤추게 하고 아이들을 꿈꾸게 만든 것만은 아니었다. 바람은 사람들의 몸을 공격해 욕망이 솟구치도록 만들기도 했다.

바람은 타데를 땅에 정면으로 고꾸라뜨렸다. 그러나 이 바람은 땅에서 유래한 것이 아니었다.

지극히도 조용하고 맑은 밤이었다. 타데는 자신의 천체망원경을 하늘을 향해 맞춰두었다. 밤하늘이 맑아 별들을 관찰하기에 적합하다 싶으면 그는 신기한 천체관측용 잡동사니들을 설치해 둔 헛간으로 갔다. 그 옛날 황금의 밤 늑대 낯짝이 가족들 앞에서 환등기를 통해 반짝이는 색색의 영상들로 자신의 기억을 밝히고, 꾸며낸 이야기들로 아이들의 상상력을 키워주던 곳이었다. 그러나 이제 황금의 밤 늑대 낯짝의 환등기는 그의 기억과 함께 불타버리고 없었다. 타데가 다시 문을 연 이 마법의 극장은 어린 시절의 그 환상적인 영상도, 아버지의 기억도 부활시키지 못했다. 하늘의 구름을 뜯어먹는 오렌지색 기린들, 바퀴 위에 올라앉아 균형을 잡는 하얀 곰, 분홍색과 붉은색의 앵무새, 검은 연기를 깃털 장식처럼 매단 낡은 기차…… 이들 모두가 영원히 사라지고 없었다. 또다른 검은 연기가 모든 것을 집어삼키고, 모든 영상과 꿈을 용해시켜버린 터였다. 하지만 타데의 새 극장은 훨씬 경이로운 영상들을 보여주었다. 그리고 그의 새 극장이 되살린 기억은 너무도 멀고 광막한 것이어서, 수백만 년에 달하는 세월을 헤아리기란 불가능했다.

타데가 소유한 극장은 별밤이었다. 그의 동물 우화집은 은하에 펼쳐져 있었고, 그가 지어내는 이야기는 우주의 것이었다. 그의 기억은 시커먼 심연의 가장자리까지 현기증이 나도록 달려갔다. 형제가 열여섯 살이 되던 해 보로메 서점에서 두 사람을 사로잡았던 열정은 그후 잠시도 그들을 떠난 적이 없었다. 바티스트는 그녀에게 미친 놈이 되었고, 서점 주인의 딸 폴린을 지금도 처음 만난 날처럼 사랑하고 있었다. 별들에 대한 타데의 사랑 역시 한결같았다.

실제로 이 사랑은 변함없이 그의 안에 깃든 꿈을 지탱해주었다. 시시각각 사람들과 저마다의 꿈이 함께 사라져가던 다하우 수용소에서도 그랬다. 수용소에서 지내던 어느 날 밤 보았던 광경을 그는 아직 기억하고 있었다. 군인들이 갑자기 들이닥쳐 그들을 깨우고 번호가 매겨진 그림자들처럼 무리 지워 세운 다음 난데없이 점호를 했다. 사람들은 졸음과 굶주림에 휘청대고 추위에 떨면서 그렇게 서 있었다. 칠흑같이 어둡고도 청명한, 얼어붙은 밤이었다. 하늘의 별들이 눈부신 광채를 발했다. 그는 조용히 하늘을 바라보았다. 그에게 영원히 낯설고 난폭한 느낌으로 남게 될 그 언어로 군인들이 외쳐대던 번호들. 그건 이 별들을, 별들의 수를 확인하느라 부르는 소리가 아니었을까? 그러나 별들은 그 모든 숫자와 낯섦을 초월해 있었다. 별들의 폭력은 인간들의 폭력을 무한히 능가했다. 별들은 아무 대답이 없었다. 그렇게 모습을 드러내는 것으로 만족할 뿐이었다. 인간들의 절규와 고통에 그렇게 무심할 수 있다는 것이 그날 밤 그에게는 정말이지 경이로웠다. 타데는 피로와 추위에 몹시 지쳐 있었지만 차갑게 얼어붙은 그 지고한 아름다움에서 눈길을 돌릴 수 없었다. 하기야, 인간들마저 서로에게 아무 연민을 느끼지 못하는데 별들이 무슨 명목으로 인간들을 염려해야 한단 말인가? 더욱이 별들은 자신들의 전쟁을 치르기에 바빴다. 항시 싸우며 질주하는 거대한 군대. 이 용융 물질은 파괴되고 소진되며 눈이 부시도록 빛을 발했다.

그것을 본 것이 바로 그 순간이었다. 혜성 하나가 어둠 속을 굴러떨어지고 있었다. 희미한 황금색 꼬리가 허공에서 반짝이며 물결쳤다. 로렐라이가 미쳐 시커먼 강물 속으로 뛰어드는 것 같았다. 로렐라이. 불과 비탄의 세이렌 로렐라이가 하늘에서 떨어져 적막한 어둠의 물속에 빠지는 것 같았다. 로렐라이. 아름다움을 도둑맞고, 마법의 힘을 빼앗긴 로렐라이. 오랫동안 그녀의 노래에 매혹되었던 백성이 이제 막 그녀를 배신하고 내친 것 같았다. 불충한 백성에 의해 아가리를 벌린 심연 속에 알몸으로 던져진, 너무도 희고 부드러운 금빛 로렐라이. 실추한 로렐라이, 무無로 내던져진 한 백성 전체의 영혼.

야간 점호를 실시하던 금속성의 목소리가 그의 번호를 외쳤을 때 타데는 더 큰 소리로, 마찬가지로 미쳐버린 쾌활하다 싶은 목소리로 "예!" 하고 대답했다. 그 순간, 가소로운 만큼이나 잔인한 죽음의 능멸을 무시해버렸기 때문이다. 이 도살자들의 무한한 천박성을 멸시하며, 무와 영원의 접촉 지점에서 냉정을 되찾았다. "예!" 하고 외칠 때에는 웃음이 터져나올 뻔했다. 세상의 부조리한 아름다움을 향한 예! 삶은 물론 죽음을 향한, 삶과 죽음 전체를 향한 예! 아직 엄청난 욕구를 가졌기에, "예!"였다. 이 별들의 분진에서 자신이 만들어지고 태어났음을 문득 깨달았기에 가질 수 있는 욕구였다.

이 별들의 분진, 물질과 빛의 파편에서. 어쩌면 빛을 솟게 하는 '말씀'의 소리에 강타당한 '공허'의 메아리, 그 소리와 빛의 분진에서. 성운 스치는 소리를 내며 떨어지는 이 혜성은, 신이 세상을 창조했을 때 그분 앞에 줄지어 나타난 알파벳 철자들 중 하나인지도 몰랐다. 신이 붙잡지 못한, 그래서 자기 창조물의 머리글자로 삼지 못한 그 철자들 중 하나인지도 몰랐다.

그렇게 떨어져갔던 건 '타브'라는 글자가 아니었을까? 진실을 의미하는 '에메트Emeth'를 비롯해 죽음을 뜻하는 '마베트Maveth'를 맺는 글자 말이다. 아니면 신의 영광을 뜻하는 '카보드Cavod'는 물론 인류의 절멸을 의미하는 '칼라Cala'의 첫 글자 '카프'였을까?* 아니면 달아나버린 또다른 글자, 알파벳에 속하지도 않는 글자는 아니었을까? 어쩌면 글자가 아니라 단순한 쉼표나 마침표, 줄표일 수도 있었다. 사람들의 이름을 신의 말씀과 연결짓는 가느다란 줄표. 그 때문에 사람들의 이름이 번호가 되어 사라져버리는지도 몰랐다.

타데는 반짝이며 달아나는 흰 흔적을 응시하고 있었다. 그것이 사라지자 '그런데도 아무 일이 없을까?' 생각하며 동료가 있는 쪽으로 몸을 돌렸다. 동료의 시선도 사라지고 없는 것 같았다. 두 눈이 열병과 부재의 묘한 광채를 발했다. '그도 별을 보았을까? 그는 무엇을 보았을까?' 순간 그 동료가 며칠 전에 읊조리던 말들이 떠올랐다. "아마포 옷을 입고 허리에는 순금 띠를 두른 사람이 있었다. 그의 몸은 감람석 같고 얼굴은 번개 같았으며, 눈은 횃불 같고 팔다리는 광을 낸 청동 같았다. 그가 말하는 소리는 군중의 아우성 같았다. 나 다니엘만 그 환상을 보았다……"**

---

* '타브'는 고대 히브리어 스물두 개 알파벳 중 마지막 글자이며, '카프'는 열한번째 글자다.

** 「다니엘」 10장 5~7절. (원주)

'그가 본 것이 그것일까?' 타데는 동료를 보며 생각했다. '그걸 응시하고 있는 걸까?' 그는 동료의 어깨를 가만히 잡았다. 그러나 상대는 기억을 모두 잃은 듯 눈을 크게 뜨고 선 채로 잠들어 있었다.

동료가 죽은 건 이튿날 아침 점호 때였다. 그의 곁에 서서 여전히 눈을 크게 뜬 채였다. 줄무늬 죄수복을 입은 남자. 그는 초라하고 볼품없어져버린 몸에 석회처럼 흰 얼굴과 광채가 사라진 돌 같은 눈을 하고 있었다. 그리고 소리 없는 울음 같은 그의 침묵. 어쩌면 마음속 가장 깊은 곳에서 읊조리는 노래와도 같은 침묵. 그것을 본 사람은 타데뿐이었다. 한 사람이 그의 곁에 선 채로 사라져가는 것을, 무수히 많은 사람들 가운데 한 사람이 그곳에서 그렇게 사라져버리는 것을 그는 보았다. 그의 어깨에 몸을 기댄 채, 한마디 말도 없이, 한차례 전율도 없이, 한 사람이 사라져버린 참이었다. 긴 번호들의 목록에서 숫자 하나가 지워져버린 참이었다. 한 사람이 사라지고 없었다. 그 사람은 그의 친구였다. 오직 타데만이 그가 그렇게 사라지는 모습을 보고 있었다. 타데의 생존 의지는 이 친구에게 한 약속으로 무장되었다. 친구의 아이들을 찾아 곁에서 보살펴주겠다는 약속이었다. 실제로 그의 몸은 별들의 분진뿐 아니라 타인들의 재로 이루어져 있었으니까. 결국 그는 살아남았고, 약속을 지켰다.

그런데 이 약속이 이상하게도 이제 그를 향해 덤벼들었다. 그렇게 오랫동안 남동생의 손을 꼭 쥔 채 고개 숙이고 있던 짙푸른 눈동자의 어린 소녀 치펠레가 머리를 들었고, 그녀의 몸과 손은 자유로워졌다. 그녀는 여인이 되었고, 그것이 타데에게 고뇌가 되었다. 치펠레가 조심스러운 수줍음을 지키며 불쑥 드러내 보인 몸. 그녀의 이 새로운 몸 앞에서 타데의 몸은 미칠 듯한 욕구로 얼이 빠졌다. 그리고 중단 없는 이 무한한 욕구의 공격으로 그 자신의 몸 역시 변하기 시작했다. 욕구는 그의 살을 마구 후려쳐 치펠레가 새롭게 부여받은 몸의 형태들을 그의 안 구석구석에 더 깊이 새겨넣었다.

청명한 밤이었다. 타데는 다락방 창가에 자리를 잡고 한참 동안 별들이 빛나는 하늘을 살피고 있었다. 그 어느 때보다 자기 자신으로부터 주의를 돌려야 할 시점이었다. 치펠레의 영상에 사로잡힌 자신의 몸으로부터 주의를 최대한 멀리 들어올려야 했다. 하늘을 향해 조준된 망원경을 통해 그가 발명해낸 제2의 시선을 그 어느 때보다 예리하게 다듬을 필요가 있었다. 이 별들의 도면에는 해독해야 할 너무도 많은 상징이 들어 있었다. 너무도 많은 물음이 고개를 들어 놀라움으로 가득한 그의 마음을 뒤죽박죽으로 만들었다.

그의 사고思考. 지상의 인간인 그의 빈약한 사고가 이 신비로운 현상들에서 무엇을 이해할 수 있었겠는가? 그의 사고는 비틀거리고 더듬으며 멀리서, 아주 멀리서 배회할 따름이었다. 그 멀리서 그의 사고는 길을 잃었을 뿐 아니라 무엇보다 그의 시간을, 그의 인간적인 시간을 방황하게 만들었다. 시간은 부서져 떠돌다 무질서하게 떠나갔다. 마치 유성의 거대한 무리가 하늘을 가로질러 사방으로 흩어지는 것 같았다. 그의 사고는 망각과 우매함에 접해 있었다. 아무 지표도 버팀목도 없으며 말도 끼어들 수 없었으니 우매함이라 할 만했다. 시간과 공간이라는 이 절대적인 무한 속에서 일어나는 현상들, 이 철저한 부조리, 그것들에 상응하는 말은 없었다. 더이상 말은 존재하지 않았다. 지난 시절 수용소의 동료가 들려준 이야기들이 무리를 이룬 섬처럼 이따금 메아리쳐 들려올 따름이었다. 어느 퓨림절* 아침 그의 어깨에 기댄 채 몽유병자처럼 죽은 차디크 에프라임 이차크라는 동료였다. "나는 밤에 이상한 광경을 보았다. 하늘 끝 사방에서 갑자기 바람이 일면서 큰 바다가 출렁거리는데, 바다에서 모양이 다른 큰 짐승 네 마리가 올라왔다."**

---

* 유대인을 말살시키려던 페르시아 총리 하민의 계획을 좌절시킨 것을 기념하는 축일. 부림절이라고도 한다.

** 「다니엘」 7장 2~3절. (원주)

정말 그랬다. 하늘의 바람이 욕망의 큰 바다를 들어올리고 타데의 배와 옆구리에 엄청난 동요를 일으키기 시작했다. 이어 마법의 짐승 하나가 기억에서 튀어나와 가슴속에서 춤추기 시작했다. 실제로 이날 밤의 하늘은 평소보다 훨씬 충격적으로 타데를 엄습했다. 고대 시인들에게 거대한 극장이 되어 호전적이고 질투심 많은 신들의 사랑과 광기를 펼쳐 보이던 하늘. 그렇게 그들을 공포와 경이에 떨게 한 하늘이었다.

그는 망원경을 둥근 달을 향해 고정시켰다. 달은 놀랍도록 환한 광채를 발했다. 비스듬히 비치는 햇빛을 강렬히 반사하는 하현달. 그 차가운 빛에 달 표면의 요철 하나하나가 너무도 선명히 드러나 보였다. 산과 봉우리의 뾰족한 선들, 깎아지른 듯한 계곡과 분화구가 드러났고, 호수와 만과 바다는 검은 그림자에 잠겨 있었다. 해저가 균열투성이 회색 용암들로 반들거리는 넓디넓고 텅 빈 바다들은 톱니 모양의 높다란 해안에 둘러싸여 있었다. 냉기의 바다와 이슬의 내포內浦, 홍채의 만灣, 비의 바다. 그의 눈길은 이들을 가로질러 폭풍의 대양을 내달려 밀운密雲의 바다로 향했다. 어디를 가나 보이는 것이라고는 성벽과 그림자가 곤두선 감탄할 만한 무無의 장소들뿐이었다. 아무 일도 일어나지 않는 곳, 시간과 역사로부터 사면받은 장소들. 임종에 든 몇몇 혜성과 태양풍의 숨결만이 찾아드는 장소들. 그 순간 갑자기 타데의 눈길은 튀코 분화구 쪽으로 쏠렸다. 무언가 반짝이는 물체가 나타난 것이다. 순식간에 기이한 분위기를 띠게 된 이 영역에 그는 망원경을 조준했다. 불그레한 옅은 반점들이 떠올라 분화구의 한 측면으로 움직여가는 것을 본 듯했다. 어쩌면 화산 폭발 장면을 목격하는 중인지도 몰랐다. 하지만 그가 보는 것은 달의 새로운 분화구가 형성되는 과정이 아니었다. 불그레한 반점은 빛을 뿜고 제자리에서 경쾌하게 돌기 시작하더니 밀운의 바다까지 굴러가서는 그곳에서 거대한 적갈색 장미처럼 폭발했다. 그러자 굉장한 함성과 함께, 파열되고 소진된 불덩이에서 하나의 형상이 모습을 드러냈다.

횃불과 물고기를 든 한 여인이 천천히 사지를 펼쳤다. 얼음으로 반들반들해진 바위처럼 더없이 매끄러운 피부의 이 여인에겐 머리카락이 없었다. 여인은 상체를 조용히 흔들기 시작하더니 잇달아 발을 굴렀다. 그 속도가 점점 더해졌고, 발바닥이 땅을 칠 때마다 요란한 심벌즈 소리가 울려퍼졌다. 이윽고 그녀는 아주 길고 푸른 팔을 비틀며 맴돌기 시작했다. 피부가 온통 푸르스름한 빛을 띠었다. 피부는 점점 짙푸른색으로 변하고, 동시에 심벌즈 소리도 더 요란해졌다. 얼마 안 가 그 푸른색이 주변에 반사되어 구름바다의 사면과 골짜기를 환히 비추었다. 달 위로 온통 쏟아져내려와 빛과 어둠의 영역을 뒤섞는 푸른색의 범람이었다. 그러자 또다른 소리가 일며 사방에서 으르렁대는 목소리가 들려오기 시작했다. 달의 분화구와 바다와 늪이 저마다 입이 되었다. 여인은 푸른 땀이 흐르는 사지를 비틀며 양어깨를 좌우로 흔들었는데, 목이 몹시 길었다. 여인의 손가락이 점점 늘어났다. 여인은 쉴새없이 이어지는 낮은 신음을 내뱉기 시작했다. 이 소리가 점차 커지는가 싶더니 곧 호른과 튜바 소리가 함께 들려왔다. 타데는 이 모든 소리를 들었고, 이 모두를 보았다. 거기서 눈길을 돌리기도, 정신을 가다듬기도 힘들었다. 여인의 신음은 잦아들며 곧 엇박자의 노래로 변했다. 난폭하고도 애절한 노래였다. 여인의 몸에서 푸른색이 물러가고, 빛과 어둠의 영역이 다시 달 위에 자리잡았다. 눈이 부시도록 하얗게 번뜩이는 여인의 배가 마치 햇빛을 모두 반사하는 방패 같았다. 얼마 안 가 어둠이 달의 나머지 부분을 뒤덮었다. 달 전체가 월식에 잠겨버린 참이었다. 오직 여인의 매끄러운 배만 반짝이는 방패처럼 빛을 발했는데, 그녀가 두 주먹으로 이 배를 치기 시작했다.

그 순간 타데는 공포에 사로잡혔다. 한순간의 일이었다. 그는 손바닥으로 양쪽 귀를 막고 눈을 감았다. 그러나 이미 너무 늦은 시점이었다. 청동 징소리가 끝없이 멀리 울려퍼지는 가운데 번뜩이는 흰 배의 영상이 끈질기게 이어졌다. 다름 아닌 그 자신의 배가 강타당하고 있었다.

여자는 어깨와 엉덩이를 좌우로 흔들며 힘껏 발을 굴렀다.

그의 어머니, 커다란 달의 뱀장어가 그를 위해 망아지경에 이르도록 춤을 추었다. 이 춤은 그의 새로운 몸을, 욕망하는 남자의 몸을 탄생시켰다. 이제 그 자신이 빙글빙글 돌고 춤을 추면서 어깨와 옆구리를 흔들고 양팔을 비비 꼬기 시작했다. 밀운의 바다 깊숙한 곳에서 그의 거친 신음과 엇박자를 이루며 들려오는 어머니의 목소리는 여자의 소리도 남자의 소리도 아니었다.

'죽은 물고기여자'의 목소리가 시간의 밑바닥에서 올라오고 있었다. 공전궤도를 한 바퀴 돈 이 별의 목소리는 정확한 박자로 그의 새로운 탄생을 노래하고 있었다. 그는 고통스러웠지만 고통은 곧 희열이기도 했으니, 그의 두려움이 기쁨에 접해 있는 터였다. 그는 몸이 바람에 실려가는 것을 느끼며 지구의 자전과 역방향으로 달리기 시작했다. 빠르게, 더 빠르게. 하지만 자신이 어디에 있는지, 어디로 달려가고 있는지조차 그는 알 수 없었다. 그를 내몰아가는 바람은 더이상 지상의 것이 아니었다. 달 위에 부는 태양풍이었다. 바람은 우주 속을, 어둠 속을 달리고 있었다. 그의 어머니가 바람 속에서 절규하며 몸을 비틀었다. 그녀의 배가 반짝였다.

마치 대기 중에 파닥이기 시작하는 흰 올빼미의 날개처럼 그녀의 배가 열렸다. 그리고 그는 끝없이 달렸다. 새롭게 불어닥치는 무수한 바람에 내몰리며 빠르게, 더 빠르게. 숨이 막혀 생각도, 감각도 모두 사라졌다. 어머니의 목소리는 날카로운 불협화음이 되었으며, 그녀의 배는 눈이 부셨다. 무수히 많은 올빼미가 그녀의 배에서 날아올랐다. 피의 비가 쏟아져내렸다. 그는 변함없이 달리고 있었다. 우주 속을 구르며 거대한 공허와 어둠의 피 속으로 곧장 달려들어갔다. 몸안의 무언가가 난폭하게 고개를 들며 팽팽하게 부풀어올랐다. 몸안의 무언가가 하늘로 튀어오르며 흩어졌다. 피의 비를 포도나무처럼 쪼아대는 성운 같은 올빼미들이었다. 땅과 태양과 달이 모습을 감추었다. 하얀 일식이 온 세상을 뒤덮었다. 그는 옆구리께에 통증을 느끼며 휘청거렸다. 바람만 그대로 남아 있었다. 온갖 성풍星風이 한데 모인 복합적인 바람이었다. 이 바람만이 남아 그를 바닥에 내리쳤다.

그러나 이제는 바닥도 없었다.

타데는 새벽에 잠에서 깨어났다. 천장을 바라보며 다락방 바닥에 똑바로 누운 채였다. 그는 완전히 알몸이었다. 사지가 바퀴의 살처럼 벌어져 있고, 성기는 아직 팽팽히 긴장되어 있었다. 한기가 느껴졌지만 몸에서는 땀이 흘렀다. 겨드랑이와 사타구니가 섬세한 은빛 비늘로 덮여 있었다. 밖에는 비가 내렸다. 그에겐 돌멩이들이, 구멍이 숭숭 뚫린 큼직한 회색 돌멩이들이 비처럼 내리는 듯 보였다.

날이 밝았고, 바람이 불기 시작했다. 타데는 다락방에서 내려왔다. 전날 밤 입고 있던 옷을 하나도 찾을 수가 없었다. 그는 슬그머니 자기 방으로 들어가 침대 속에 몸을 묻었다. 엄청난 피로가 온몸을 덮쳐와 기진맥진한 상태였지만 조금도 졸리지 않았다. 여전히 옆구리가 아프고 살갗이 달아올랐으며, 날카로운 통증이 아랫배를 훑고 있었다. 다른 사람들은 이미 일어나 일하러 나가려는 참이었다. 그도 자리에서 일어나 몸을 씻고 옷을 입었다. 이상하게도 피부 곳곳에 미세한 성진星塵이 달라붙어 있었다. 그는 마당으로 나섰다. 구름이 숲과 들판 위를 전속력으로 달려갔다. 멀리 그의 아버지가 그녀에게 미친 놈과 니케즈를 데리고 걸어가는 모습이 보였다. 세 사람은 풀밭을 비스듬히 가로질러 들판 쪽으로 향했다. '나도 저들과 함께 있어야 하는데.' 그렇게 생각하면서도 그는 움직이지 않았다. 그는 동물처럼 킁킁거리며 바람을 들이마셨다. 축축한 흙과 벽난로의 냄새, 숲의 냄새가 바람에 묻어 있었다. 그것들이 아닌 또다른 냄새, 그러니까 가루비누 냄새도 났다. 바람에 실린 소리, 바람이 야기한 온갖 소리에 천이 펄럭이는 거칠고 메마른 소리가 끼어 있었다. 곳간을 돌아가자 뒤편에 여자들이 빨래를 널어 말리는 장소가 나왔다. 곳간 담벼락과 채마밭 끝자락을 따라 심어진 개암나무 몇 그루 사이에 쳐둔 빨랫줄에, 아침에 빨아 아직 물이 뚝뚝 듣는 빨래들이 널려 있었다. 빨랫줄 저 끝 너머로 부지런히 움직이는 두 손이 보였다. 누군가 손으로 빨래를 공중에 던져 줄에 넌 다음 풍뎅이 앞날개처럼 생긴 무수히 많은 작은 나무집게로 고정시키고 있었다. 집안 여자들 중 누가 이 일을 하고 있는 것인지 그는 알 수 없었다. 마틸드? 폴린? 아니면 치펠레일까? 소리쳐 불러볼 수도 있었겠으나 그는 젖은 시트와 옷이 퍼덕이는 소리를 들으며, 가루비누 냄새를 맡으며, 잠자코 마당 어귀에 서 있었다. 한순간 바람에 펄럭이는 빨래 소리가 몸속으로 스며드는 것이 느껴졌다. 아니, 그보다는 줄에 널린 이 모든 천조각들이 면면으로 잘린 그 자신의 살가죽에 불과하다는 느낌이었다. 건조시키고 무두질해야 할 그의 살가죽, 살가죽들. 지나간 모든 날들의 헤아릴 수 없이 많은 살가죽들, 모든 밤들이 벗어놓은 허물이었다. 그의 살가죽, 살가죽들. 시간의 오라기들이요, 별들의 찌꺼기였다.

그때 전날의 이상한 음악이 다시 그를 사로잡았다. 호른과 심벌즈의 불협화음이었다. 그는 빨랫줄이 있는 쪽으로 곧장 걸어가면서 한 발짝씩 뗄 때마다 빨래를 힘껏 잡아채 바닥에 던졌다.

비누 냄새가 나는, 물이 뚝뚝 듣는 깃발들. 북의 큼직한 죽은 살가죽들. 그것들은 어떤 미친 군인들의 군대에 속해 있는 것일까? 그가 그것들을 잠잠케 할 것이었다. 부재와 무관심밖에 외쳐댈 줄 모르는 이 바보 같은 펄럭임을 멈추게 할 것이었다. 그는 그것들을 잡아채 바닥에 대고 짓밟았다. 죽은 살가죽들의 시기가 종결된 셈이었다. 그을린 가죽과 빈껍데기들의 시기는 지나가버린 것이다. 그는 쌉쌀한 비누 냄새를 맡으며 여자의 손이 있는 곳으로 곧장 나아갔다. 한층 부드러운 육肉의 시대가 와야만 했다.

그는 여자가 줄에 널고 있는 마지막 시트를 잡아챘다. 치펠레가 놀라 펄쩍 뛰며 소리를 질렀다. 그 바람에 접힌 앞치마에 담겨 있던 빨래집게들이 땅에 떨어졌다. "왜 이러는 거예요?" 빨래들이 줄과 함께 바닥에 길게 널브러진 모습을 보고 그녀가 소리쳤다. "너한테로 가는 거야." 그는 그렇게만 대답했다. "미쳤군요." 땅에 떨어진 시트를 마저 줍느라 몸을 굽히며 치펠레가 말했다. "떨어진 빨래들을 전부 다시 빨아야 하잖아요." 화가 났다기보다는 슬픈 음성이었다. 그녀가 다시 물었다. "왜 그러셨어요?" 그는 같은 대답을 되풀이했다. "너한테로 가려고." 그녀는 놀란 표정으로 그를 바라보았다. "나한테로 온다고요?" 그녀는 이제 상대방의 말을 반복할 줄밖에 몰랐다. 타데의 욕망이 잡아챈 빨래들과 함께 그녀의 말까지 바닥에 내동댕이치고 만 것이다. 그녀는 차가운 풀밭 위에 흩어진 나무집게들을 향해 손가락을 뻗으며 까치발로 쪼그려앉아 있었다. 바람이 손가락들 사이로 세차게 미끄러져 들어와 손바닥이 얼얼해지는 느낌이었다.

두 사람은 한동안 그렇게 있었다. 그는 그녀를 내려다보며 서 있었고, 그녀는 아무 말 없이 꼼짝 않고 풀밭에 웅크리고 앉아 있었다. 그들은 서로를 쳐다보지 않았다. 바람이 그들의 눈길이었다. 그들은 추웠지만, 춥다는 사실조차 깨닫지 못했다. 추위가 그들의 살가죽이 되었다.

바람이 아직 줄에 널려 있는 빨래를 후려치듯 난데없이 그들의 몸짓을 부추겼다. 치펠레가 갑자기 그를 향해 팔을 뻗더니 양손으로 그의 허리를 붙잡았다. 자리에서 일어나고 싶은 건지, 아니면 타데마저 앉히려는 건지, 그녀 자신도 이 몸짓의 의미를 알지 못했다. 그는 천천히 그녀 앞에 마주앉았다. 두 사람의 무릎이 맞부딪쳤다. 그녀는 여전히 그의 허리를 잡고 있었다. 순간 그의 양손이 그녀의 얼굴 가까이 다가가는가 싶더니 얼굴을 건드리지 않은 채 그 주변에서 맴돌았다. 이윽고 손가락이 그녀의 관자놀이와 뺨을 가볍게 스친 뒤 반쯤 열린 그녀의 입술까지 미끄러져 내려갔다. 두 사람은 서로를 쳐다보지 않았다. 몹시 놀라고 겁먹은 눈은 서로의 시선을 계속 피하고 있었다. 그의 손끝이 그녀의 드러난 치아에 가닿았다. 그녀의 치아와 그의 손톱이 뒤섞여 구분되지 않았다. 그의 몸과 그녀의 몸이 구분되지 않았다. 이번에는 그녀가 그를 향해 두 손을 뻗었다. 그의 얼굴을 더듬으며 탐색하려는 것 같았다.

그들은 아주 가까이 얼굴을 마주하고서도 서로 바라보지도 포옹하지도 않은 자세로 그렇게 있었다. 그러다 서로 부딪치며 서로의 살갗을 벗길 듯이 몸을 만졌다. 그가 갑자기 움츠리더니 두 무릎 사이에 고개를 묻었다. 그녀는 옆으로 풀썩 쓰러졌다. 풀밭 위를 스치며 부는 바람이 두 사람의 몸을 훑고 지나갔다. 그는 그녀의 배에 머리를 묻었고, 그녀는 그의 몸을 감싸안았다. 그러나 너무도 난폭하게 서로에게 달려드는 바람에 상대를 진정으로 차지할 수는 없었다.

그들은 시트와 드레스와 셔츠가 펄럭이는 마당을 데굴데굴 구르기 시작했다. 그러면서 마치 땅을 물어뜯기라고 할 것처럼, 아니면 바람이 쉴새없이 그들을 땅에 밀어붙이기라도 하는 듯, 풀밭 속으로 스며들었다. 그렇게 곳간이 있는 곳에 이르러서야 몸을 일으켜세웠다. 그가 그녀의 머리카락을 움켜잡고 말했다. "어서 나를 데려가! 네게로 데려가!"

그녀는 다락방으로 올라갔다. 그 역시 두 손이 여전히 그녀의 머리카락 속에 엉킨 채로 그녀의 뒤를 따라갔다. 다락방에 들어서자 열린 창문으로 들어온 새 한 마리가 날카로운 소리를 내지르며 미친듯이 맴을 도는 모습이 보였다. 어치였다. 아무리 몸부림쳐도 그곳을 벗어날 수 없었던 새는 둥글게 원을 그리며 날다 지쳐 공포에 찬 비명을 내지르며 벽 이쪽저쪽에 가 부딪혔다. 너무 빠른 속도로 오르내리며 도는 새를 도저히 붙잡을 수 없었다. 새는 타데와 치펠레가 그곳에 발을 들여놓자 더욱 공포에 질려 한층 날카로운 비명을 질러댔다. 다락방 안으로 비스듬히 스며드는 환한 광선 안으로 들어올 때마다 새의 분홍빛 도는 갈색 깃털이 주홍색으로 바뀌었다. 이 환한 광선을 받으며, 미친 새가 그려놓은 동선의 한중간에서, 타데는 치펠레에게 도달하는 마지막 한 발을 내디뎠다.

"네게서 내 기억을 찾아냈어." 타데는 치펠레에게 몇 번이나 이렇게 말했다. 그녀는 그의 욕망이었기에 또한 그의 기억이었다. 사랑의 행위 속에서 아무리 자주 실현될지라도 절대로 소진되지는 않는 욕망이었다. 그녀는 그의 기억이었고, 지칠 줄 모르는 욕망이었다. 별이 빛나는 우주공간처럼 광막한 기억. 분홍빛과 주홍빛을 띤 한 마리 새의 미친 듯한 비상으로 포위된, 움직이는 환한 빛줄기가 영원히 통과하는 욕망. 천이 펄럭이는 소리와 함께 변함없이 바람에 시달리는 기억.

그들에게 아이가 생겼다. 치펠레는 딸을 낳았다. 두 사람은 아이에게 네사라는 이름을 지어주었다. 아이가 태어나고 얼마 안 있어 그들은 클로모와 함께 높은 농장을 떠나 몽르루아 어귀에 있는 집 한 채에 자리를 잡았다. 집안 대대로 살아온 농장을 떠나며 타데는 땅을 경작하는 일도 그만두었다. 그는 상인이 되었다. 그러나 그가 시작한, 아니 정확히 말해 즉흥적으로 고안해낸 장사는 무어라 규정짓기 어려운 성질을 띠었다. 약국과 시계방과 문방구, 이 모두를 망라한 곳이었다. 상점은 얼마 안 가 잡동사니들로 가득 들어차 추시계와 페인트통, 각종 기구와 그림들이 나란히 놓이게 되었으며, 노트와 연필 냄새가 비누와 양초 냄새와 뒤섞였다. 냄새와 색깔. 어쩌면 그는 단지 이 두 가지를 팔고 있었는지 모른다. 단순한 욕망과 싸구려 기쁨. 일단 가게 안에 들어서는 마을 여자들은 딱히 무엇을 사야 할지 모를 때조차 반드시 손에 무언가를 들고 문을 나서기 마련이었다. 타데는 아주 하찮은 물건도 한 점의 작은 행복으로 만드는 재주가 있었다. 사람들은 이 잡동사니들 속에 발을 들여놓기 무섭게 무언가를 갖고 싶어하게 되었다. 작은 녹색 리본이든, 흰 법랑으로 만든 거품 국자든. 그러고는 상점 문을 나서자마자 아무짝에도 쓸모없는 물건을 샀다는 것을 깨닫곤 했다.

얼마 안 가 클로모는 또다른 곳으로 떠나게 되었다. 도시에 있는 한 시계방에 견습공으로 들어가게 된 것이다. 떠나는 순간 클로모 역시 타데의 만물상점에서 무언가를 가져갔다. 색색의 표지가 달린 공책 한 묶음이었다. "이 많은 공책에 무얼 쓰려고 그래?" 치펠레가 물었다. 그러나 그 자신도 대답할 수 없는 질문이었다. 그저 선명한 색깔의 표지가 바스락대는 이 공책들이 그는 좋았다. 푸른 격자무늬와 붉은 여백이 있는 백지가 좋았고, 종이 냄새가 좋았다. 거기에 무언가를 쓰거나 그릴 수도, 아무것도 하지 않을 수도 있었다. 그러나 공책의 빈 페이지들을 넘기며 그는 반드시 어린 발라딘을, 이제는 완전히 헤어지게 된 그녀를 생각할 것이었다. 백지 위에 그려진 푸른 선들을 따라가며 그는 발라딘을 꿈꿀 것이었다. 질투심 많은 오빠 호박색 밤의 독점적인 사랑 때문에 야만성을 갖게 된 여린 아이였다.

호박색 밤. 그가 여동생에게 야만성을 부여한 것은 사실이었다. 그는 여동생의 유일한 놀이 친구였다. 학교에 들어갈 나이가 된 그녀를 학교까지 데리고 다니는 사람도 그였다. 여동생이 학교에 다닌다는 이유로 그 또한 다시 학교를 좋아하게 되었다. 하루아침에 갑작스레 학업에 전념하며 공부에 열중하는 그의 모습에 선생님도 놀라지 않을 수 없었다. '몽둥이'라 불리며 주변 사람들에게 씁쓸한 기억을 남기고 간 기욤 델보 선생의 자리를 이어받은 이래 삼십 년도 넘게 한결같이 자리를 지켜온 늙은 교사였다. 호박색 밤이 열심히 공부한 것은 스스로 발라딘의 선생이 되고자 했기 때문이었다. 놀이가 전부이던 시기가 끝나고 학교에 다녀야 할 시기가 되자, 그는 이 새로운 시기의 요구사항들에 맞춰 여동생에 대한 자신의 영향력을 조정해야 했다. 그리하여 그는 발라딘에게 읽기와 쓰기와 셈하기를 가르쳤다. 여동생을 위해 기발한 받아쓰기법을 고안해냈고, 곱셈과 덧셈과 나눗셈을 마치 동화 속 인물들처럼 등장시키는가 하면, 연극배우의 어투로 역사와 지리 수업을 해주었다.

당시 호박색 밤이 가장 좋아한 것은 여행담이었다. 그는 여동생에게 비블로스의 삼나무숲에서 건조된 파라오 스네프루나 하트셉수트 여왕의 기다란 상선들을 묘사해 보였다. 개중에는 뱃머리를 높이 치켜든 크레타섬 상인들의 배도 끼어 있었다. 땅과 나무, 혹은 짐승의 몸이나 내장에서 추출한 놀라운 물질들을 먼 나라에서 들여오기 위해 사슬에 묶인 채 노를 젓는 노예들의 땀방울로 전설의 바다를 건넌 배들이었다. 배에는 황금이나 터키옥, 은, 몰약, 흑단 같은 것들이 실려 있었다. 특히 그는 역사에 길이 남은 위대한 탐험가들에게 열광하여 발라딘에게 그 매혹적인 이름들의 긴 목록을 지칠 줄 모르고 읊어대곤 했다. "들어봐! 잘 들어봐! 이 이름들을 모두 기억해둬. 이 사람들이야말로 가장 확실한 네 가족이고 또 내 가족이니까. 우리 주변의 이 모든 멍청한 무리보다는 그렇지. 우선 어머니와 아버지의 이름을 잊어야 해. 아무짝에도 쓸모없는 이름들이니까. 대신 이런 이름들을 기억해. 알렉산드로스대왕, 한노, 피테아스, 마르코 폴로, 이븐 바투타, 정화, 바스쿠 다가마, 크리스토퍼 콜럼버스, 아메리고 베스푸치, 에르난 코르테스, 판필로 데 나르바에스, 페르디난드 마젤란, 프랜시스 드레이크, 자크 카르티에와 로베르 카벨리에 드 라살, 빌럼 바렌츠, 아벌 타스만, 제임스 쿡, 데이비드 리빙스턴……" 이 모든 이름들이 발라딘의 머릿속에서 마치 구구표처럼, 큰 강과 그 지류들의 목록처럼 줄지어 갔다. 그저 말들이었다. 큰 의미 없는 말들에 불과했다. 가끔은 모든 것이 뒤죽박죽되고 말았다. 그러니까 7 곱하기 7은 정화였고, 8 곱하기 9는 마젤란. 루아르강의 지류는 비엔강, 앵드르강, 판필로 데 나르바에스……

그러나 호박색 밤을 그 무엇보다 황홀하게 만든 것은 얼어붙은 물안개 속에서 모습을 드러내는 바이킹의 해적선들이었다. 이 야만스러운 선원들의 무리 앞에서 그는 감탄해 마지않았다. 용처럼 생긴 배를 타고 다니며 가는 곳마다 뾰족한 검과 날카로운 도끼로 죽음의 공포를 야기했던 자들. 어느 누구보다 이 선원들이야말로 먼바다의 신이 들린, 우주적인 공간과 피에 사로잡힌 바람의 전사들처럼 보였다.

거대한 돌차기 그림판, 웅장하면서도 이상야릇한 그림판처럼 오빠가 그려놓은 지식의 칸들을 발라딘은 잰걸음으로, 때론 깡충깡충 뛰고 때론 비틀거리면서 나아갔다. 그러나 호박색 밤의 영향력을 벗어난 영역이 있었으니, 다름 아닌 음악이었다. 발라딘은 대번 음악과 노래에 놀라운 재능을 드러내 보였건만 호박색 밤은 그 분야에 대해 전혀 아는 게 없었다. 그녀는 자신에게 주어진 이 재능을 일찌감치 단련시키기 시작했다. 오빠의 지배력이 미치지 못하는 새롭고 자유로운 공간을 거기서 발견했기 때문이다. 그녀에게 음악은 속박에서 벗어난 지대였다. 호박색 밤이 그려놓은 큰 돌차기 그림판, 그가 조심스럽게 짜 만든 이 거미줄을 벗어난, 독자적으로 열린 칸이었다.

그렇게 발라딘은 이미 그에게서 달아나기 시작했다. 은밀하고도 단호하게. 여동생이 조심스럽게 감행하고 있는 이 교묘한 도주를 호박색 밤 또한 눈치챘지만 그것을 막으려 하지는 않았다. 그런 시도에 발라딘은 그의 눈에 더욱 아름다운 모습으로 비쳤기 때문이다. 그녀가 홀로 열어가는 길은 좁고 험난해 보였으나, 그렇기에 올바른 길이기도 했다. 처음으로 그는 경쟁 관계를 인정했으니, 그 경쟁자에겐 얼굴도 몸도 없는 까닭이었다. 그 경쟁자는 그의 세계에 속해 있지 않았다. 말이나 이미지와도 상관없는, 완전히 낯설고 감탄할 만한 존재였다. 호박색 밤은 예측하지 못한 대상에 놀라고, 말문이 막히고, 경계심이 이는 것을 즐겼다. 그 대상이 아름답고도 위대한 것이라면 말이다. 실제로 그렇게 도전받은 그의 힘은 더한층 새로운 활기를 되찾았다. 그리하여 시샘하는 자 호박색 밤은 누이를 그에게서 돌려세우는 이 경쟁자를 사랑하게 되었다. 그러니까 바람을, 달리고 미끄러지며 뿌리째 뽑아놓는 그 힘을 사랑했다. 음악과 바람, 이것들은 방황을 부추기는 무척이나 헐벗은 격정이니까.

방황. 짐가방 하나를 달랑 들고 높은 농장에 도착한 여자. 그녀는 십 년이 넘는 방황을 마치고 돌아온 참이었다. 십 년이 넘도록 그녀는 소식을 끊고 살았었다. 아주 짤막한 그녀의 마지막 편지는 전쟁이 끝나는 시점에 쓰인 것이었다. 그녀의 쌍둥이 자매 비올레트오노린의 삶이 끝난 시점이기도 했다. 비올레트뒤생쉬에르*라는 이름을 갖게 된 자매. 카르멜 수녀원의 정적 속에서 숨을 거둔 자매였다. 죽기 전 오 년에 걸쳐 임종의 고통을 겪는 동안 그녀의 관자놀이에서는 피가 배어나왔었다.

자매가 죽고 그녀는 즉시 카르멜 수녀원을 떠났다. 자신의 서원을 부인했으며, 갈색 수녀복과 함께 순종의 대가로 받은 이름

* '예수 성의(聖衣)의 비올레트'라는 뜻.

을 저버렸다. 로즈드생피에르 수녀는 그렇게 환속했다. 그리고 자신의 원래 이름과 불복종의 권리를 되찾았다. 실제로 그녀의 마음은 순종을 거부하고 있었다.

로즈엘로이즈 페니엘은 그렇게 십오 년의 수녀원 생활과 십 년의 방황을 청산하고 농장으로 돌아왔다. 한 손에는 짐가방이 들려 있었고, 다른 한 손으로는 소년의 손을 잡고 있었다. 소년은 몹시 허약하고 창백한 모습이어서 정확한 나이를 가늠할 수 없었다. 이제 막 유년기를 보내고 사춘기 소년으로 변모하는 과정의 어중간한 나이쯤으로 보였다. 하지만 그의 실제 나이는 로즈엘로이즈가 쌍둥이 자매 비올레트오노린과 헤어지기 싫어 '검은 땅'을 떠나던 때의 나이였다. 열일곱 살. 그러나 그는 소년티가 가시지 않은 몹시 어린 모습이었다. 애교나 귀여움, 순진함이 사라지지 않고 남아 있어서가 아니었다. 유년기의 불안이 깃든 듯한 분위기는 오직 그의 빈약한 체구 때문이었다. 못생긴 이목구비에 볼은 움푹 파여 있었고 입이 지나치게 컸다. 그뿐 아니라 두들겨맞은 개의 애처로운 눈빛을 하고 있었으니, 아닌 게 아니라 실제로 이 눈빛 때문에 그는 항시 '애끓는 심정'이라는 별명으로 불리곤 했다.

로즈엘로이즈가 그의 후견인이 된 것도 바로 이 눈빛 때문이었다. 그녀는 카르멜 수녀원을 나와 로렌 지방의 소도시에서 기숙학교를 전전하며 교사 생활을 하다가 마지막 학교에서 그 아이를 만났다. 그는 교실 한구석에 박힌 채 잊힌 열등생이요, 성장을 거부하고 남자가 되기를 거부하는 아이, 겁먹은 표정으로 어린아이 흉내에 몰두하는 소년이었다. 세상에 태어나자마자 혼자가 되고 쓰레기통에 던져져, 결국 유년기마저 도둑맞은 아이들. 이 아이들의 무리에 그는 끼어 있었다.

로즈엘로이즈가 그를 측은히 여겼다. 아니, 더 정확히 말하면 두들겨맞은 개의 눈길이라는 올가미에 걸리고 만 셈이었다. 기력이 다한 길 잃은 개의 눈빛으로 교실 맨 구석자리에서 말없이 그녀를 바라보던 아이. 세상에서 잊힌 아이들을 그럭저럭 교육하는 이 우울한 기숙학교를 두 사람은 함께 빠져나왔다.

그렇게 그들은 빠져나왔다. 냉랭한 일요일들로 리듬이 형성되는 씁쓸한 주간들로부터, 삭막한 도시로부터, 침울한 기숙학교로부터 도망쳐나왔다. 누가 누구를 따라온 것인지는 그들도 알 수 없었다. 환속한 수녀와 고아 소년, 두 사람은 그렇게 손을 잡고 도망쳐나왔다. 자신들의 과거로부터 달아났다. 그 순간 그녀는 검은 땅을 떠올렸다. 그녀에게 검은 땅은 과거에 속했다기보다 나란히 진행하는 시간에 속해 있던 터였다. 그녀는 생각했다. '그곳에 가면 이애는 자신의 두려움을 땅속에 묻어 숨기고 스스로를 위한 유년기를 상상해낼 수 있을 거야. 나 역시 이 허망한 탈출에서 휴식을 취해야지. 그곳에 가면 비올레트오노린의 또 다른 흔적들을 찾게 될지도 몰라. 그애가 흘린 피의 흔적이 아닌 다른 것들을 말이야. 사람들의 광기 때문에, 신의 광기 때문에 그애는 날마다 방울방울 피를 흘려야 했지. 그 피가 지금도 내 마음에 심한 상처를 주고 반항하게 만들어. 사람들에 맞서서, 신에 맞서서. 아직도 밤마다 내 꿈속을 찾아와 하염없이 흐르는 피. 그 피. 그애가 흘린 피. 그래, 검은 땅으로 돌아가자. 이젠 그럴 수 있어. 난 아버지를 닮았으니까. 한데 아버지는 아직 살아 계실까?…… 그곳에 가면 누구를 다시 만날 수 있을까?'

그녀의 아버지. 그는 여전히 살아 있었다. 밤과 망각의 맨 가장자리에서, 모두에게서 까마득히 멀어진 채, 죽은 자들과 너무도 가까운 거리에. 그는 더이상 농장에 살지 않았지만, 농장의 모든 것이 그에 대한 기억을 간직하고 있었다. 벽과 들보에 봉인되고 가구 하나하나에 갇혀 있는, 말없는 기억이었다. 집에 돌아온 로즈엘로이즈에게는 그렇게 느껴졌다.

그들을 맞은 건 마틸드였다. "돌아오길 잘했어. 우리 페니엘가 사람들에게 세상은 너무 넓기도 하고 너무 좁기도 하지. 여긴 우리 땅이야. 이 집은 우리의 역사고." 그러고서 마틸드는 이렇게 덧붙일 수도 있었을 것이다. '그리고 저 위쪽 방, 아버지가 네 명의 여자를 데려온 큰 나무 침대가 있는 방, 우리 어머니들이 우리를 낳았던 저 방은 바로 우리의 몸이지. 나의 몸이야. 어둠 속에 삐거덕대는 나의 차가운 나무 몸. 생리적인 율동과 욕망과 쾌락을 벗어던진, 냉담한 나의 몸. 월경 없는 이 몸이 그 힘과 무심함을 과시한단다. 단 하나뿐인 불가능한 사랑에 어김없이 충성을 바치고 있거든. 아버지, 어머니, 자매가 한데 뒤엉긴 사랑. 난 자신의 분노에 충성을 바치고 있는 거라고. 집착으로 무장된 나의 몸!' 이런 생각을 하며 마틸드는 로즈엘로이즈에게 말했다. "그래, 잘 돌아왔어. 이렇게 큰 농장이 비어 있단다. 일손이 필요해. 아버지가 떠나셨고, 이제 타데도 가고 없어. 아이들도 떠나겠지. 그래도 농장은 지켜야 해. 가족 중 남은 남자라고는 바티스트뿐이지만 그는 너무 약하고, 폴린도 아들이 죽고부터는 몽유병자에 불과해. 그러니 이곳엔 네가, 또 너와 함께 온 남자아이가 있을 자리도 있고, 일도 있어."

로즈엘로이즈와 애끓는 심정은 타데가 남기고 간 곳에 정착해 농장 일을 돌보기 시작했다. 그러자 차츰 땅은 오랫동안 폐기처분 되어 있던 두 사람의 몸이 다시 태어나도록 했고, 그들이 시간과 바깥 세상에 마음을 열도록 했다. 애끓는 심정은 마침내 유년기를 떠났으며, 로즈엘로이즈도 좌절감에서 벗어났다.

그녀는 땅을 새롭게 발견했다. 땅은 우주적인 공간이었다. 우주요, 바람이었다. 땅은 너무 빨리 잃어버린 유년기와 너무 서둘러 부인해버린 젊은 시절의 자취들을 어렴풋이 담고 있었다. 땅은 그녀의 가족 모두의 자취를, 특히 자매인 비올레트오노린의 자취를 간직하고 있었다. 피의 자취, 장미의 자취만이 아니었다. 생기가 넘치는 그녀의 모습과 놀랍도록 환한 미소, 고통스럽도록 맑은 눈빛, 너무도 다정하고 적절한 몸짓, 관자놀이에 손가락을 갖다대던 동작…… 이 모두가 세월과 함께 바람 부는 대로 그녀의 머릿속에 떠올랐다. 땅은 풍광 이상의 것이, 얼굴이 되었다. 잃어버렸다 되찾은 수많은 실루엣이 그 표면에 떠오르는 거대한 얼굴이었다. 바람이 훑고 지나간 얼굴이었다.

2

바람. 바람은 때로 멀리서, 아주 멀리서 왔다. 오랫동안 누워 있다 이윽고 잠에서 깨어 다시 걷기 시작하는 동물, 그러나 그 몸짓에 아직 잠이 남아 있는 동물처럼, 바람은 가까스로 숨을 내쉬며 천천히 앞으로 나아갔다. 예전에는 예고도 없이 불어닥치던 바람이었다. 순식간에 솟아올라 거칠게 맴돌다가는 씩씩대며 내달리던 바람이었다.

성 요한 축일 저녁에 불었던 바람, 이 바람이 일어나는 모습을 본 사람은 아무도 없었다. 전날들과 마찬가지로 조용하고 따뜻한 날이었다. 낮이 긴 날, 일 년 중 낮이 가장 긴 날이었다. 온누리가 찬란한 금빛이었고, 대기는 너무도 따사롭고 부드러워 새들은 그 금빛 풍경 속을 날아다닌다기보다 유영을 했다.

그런데 난데없이 바람이 불기 시작했다. 해질 무렵 농부들이 들판 가장자리에 피워둔 불, 이미 소진되어가는 그 화염덩어리들에서 일어난 것일까? 돌이나 시냇물, 아니면 늪에서였을까? 혹은 꽃이 막 과실로 변한 나무들에서? 바람이 불기 시작했다. 바람이 난데없이 그곳에 나타났다. 건조한 광풍이 숲과 들판을 가로질러 몰아쳤다. 더이상 대기가 조용하고 따뜻하지 않았으므로 새들도 이제 하늘에서 유영하지 않았다. 대기가 부풀어올랐고, 장밋빛이 채 가시지 않은 하늘에 느닷없이 세찬 바람에 실려가는 새들의 무리가 보였다. 방향전환을 시도하던 새들은 날개가 꺾인 채 우박처럼 땅에 내동댕이쳐졌다.

바람은 모든 것을 데려가고 뿌리째 뽑아갔다. 꽃가루와 먼지와 곤충의 무리가 빙글빙글 돌며 나선형으로 꼬이다 흩어졌다. 나무들은 가지를 벌린 채 길게 드러누웠다. 민들레가 무수한 갓털을 흩날리듯, 지붕에서 기와들이 사뿐히 떨어져내렸다. 집 울타리들이 시끄럽게 열렸고, 도로를 따라 줄지어 선 팻말들이 요동을 치는 것이 마치 풍향계가 뒤틀리며 땅바닥에 내동댕이쳐지기 직전의 모습 같았다. 수없이 많은 고양이와 닭과 개 들이 공중에 들렸다가 담벼락이나 나무줄기에 내팽개쳐졌다. 암소와 수소와 말 들도 서로 찰싹 달라붙어 저항해보려 했지만 대다수는 돌들과 함께 떠밀려갔다. 뼈도, 나뭇가지도, 덧문도. 이 모두가 해체되고 우지끈댔다.

폴린은 발라딘의 방문을 닫고 나온 참이었다. 어린 소녀는 잠들어 있었다. 그러나 호박색 밤은 잠들지 않은 채였다. 마치 바람의 출현을 감지하기라도 한 듯 잠을 이룰 수 없었다. 폴린은 아들의 방 앞을 지나며 그가 침대 속에서 거칠게 뒤척이는 소리를 들었다. 그러나 그곳에 들어갈 엄두는 차마 내지 못했다. 그녀는 잠시 문밖에 선 채 심장이 조여드는 기분으로 귀를 기울였다. 아들이 불면에 시달리며 시트 속에서 발을 구르는 소리가 들려왔다. 그는 분노를 이기지 못하고 있었다. 잠시도 그를 떠나지 않는 듯한 끈질긴 분노였다. 언제까지 아들은 그녀를 냉대할 것인가? 언제까지 그녀를 적으로 삼을 작정인가? 어머니인 그녀를 향한 증오심을 어디까지 키워가려는가? 그녀는 문손잡이에 살짝 손을 얹고서 기다렸다. 심장이 점점 세게 조여왔다. 그녀가 방안으로 들어갈 용기를 낸다면 그는 무어라 말할까? 그녀가 그의 침대까지 곧장 걸어가서 그의 곁에 앉아 그의 이마에 손을 얹는다면 그는 어떻게 행동할까? 하지만 그녀는 용기를 낼 수 없었다. 문손잡이를 잡았던 그녀의 손이 툭 떨어졌다. 그녀는 조심스러운 걸음으로 아들의 방에서 멀어져갔다. 가슴이 심하게 조여와 곧 눈물이 쏟아질 것만 같았다. 발밑의 마룻바닥이 가볍게 삐걱거렸다. 들릴 듯 말 듯한 이 소리를 호박색 밤은 느끼고 있었다. 문 저편에 어머니가 서 있다는 것도, 그녀가 자신을 보러 방에 들어오지 못하고 망설인다는 것도 그는 짐작하고 있었다. 심장이 터질 듯이 두근거렸다. 그는 시트와 베개 밑에 머리를 묻은 채 양팔로 얼굴을 가렸다. 울부짖지 않으려고 입술을 깨물었다. 그런데 이 순간 심장을 쥐어짜는 외침 중 어느 쪽이 입 밖으로 나오려는 건지는 그로서도 알 수가 없었다. 그의 내면에는 두 개의 외침이 공존하는 터였다. '들어오세요! 이리 와요! 제게 입을 맞추고, 품에 안아주세요. 제 분노를 가라앉혀주세요. 저는 당신을 미친듯이 사랑하는 당신의 아들이에요. 이리 오세요!' 그리고 또다른 외침은 이러했다. '썩 꺼져버려요! 내게서 물러서요! 감히 이 방에 들어와 내게 다가오려 한다면 가만두지 않을 거예요. 감히 내게 입을 맞추려 한다면 입술을 찢어놓겠어요! 나는 당신을 지독히 미워하는 당신의 고아니까!' 그는 뱃속을 뒤트는 이 두 외침 사이에서 선택할 수가 없었다. 아! 그런데 그녀가 방에서 멀어져가고 있었다! 그 조심스러운 발소리, 어머니의 비겁한 걸음소리를 듣자 그의 내면에 갇혀 있던 분노가 터져나왔다. 증오가, 오직 증오만이 당위성을 되찾았다. '옳거니! 그래요! 꺼져버려요! 겁쟁이 어머니, 빌어먹을 어머니, 족제비의 어미! 내 눈앞에서, 내 삶과 내 몸에서 꺼져버려요! 비겁한 쥐새끼처럼 살금살금 달아나버려요. 영원히 꺼져버려요!'

그녀는 조심조심 멀어져갔다. 들롱브르 신부 앞에 그녀가 수없이 꿇어앉았던 고해소의 그 작은 장궤틀처럼 마룻바닥이 삐걱거렸다.

들롱브르. 그는 일찍이 승리를 거두었다. 그녀는 그의 뜻에 따라 아이를 지켰다. 하지만 그 승리는 어디로 갔다지? 그녀는 계속 자문했다. 아이는 맏아들의 죽음을 겪은 그녀를 위로해주지 않았고, 다른 아들과 화해시켜주지도 않았다. 그뿐 아니라 아이는 그녀의 영향력에서 완전히 벗어나 있었다. 샤를빅토르로 인해 아이는 어머니에게 등을 돌린 채 멀어져갔다. 어쩌면 장바티스트가 더 모호하고 끔찍한 방식으로 그렇게 만들어놓은 것일 수도 있었다. 죽은 아들과 살아 있는 아들, 그녀의 두 아들이 딸아이를 독차지했다. '나는 내 아이들에게 무엇이란 말인가?' 폴린은 자신에게 불쑥 이런 질문을 던졌다. 그녀는 그녀에게 미친 놈이 기다리는 자신의 방문 앞에 멈춰 섰다. 심장이 다시 조여왔다. '그리고 그는 무얼까? 이토록 큰 인내심을 보여준 그는 내게 무얼까? 바티스트, 내 가엾은 느무르 공*, 젊은 시절의 내 가련한 사랑. 난 더이상 그를 예전처럼 사랑할 수 없어. 내 안의 사랑이 소멸되고 욕구도 상실되었어. 다정하고 엉뚱한 내 느무르 공. 우리 두 사람의 만남, 한눈에 반한 그 만남의 책을 당신은 언제까지 펼쳐둘 셈일까? 나는 이미 그 페이지가 기억나지 않는데. 책은 내 손에서 떨어져나갔는데. 페이지들이 모두 찢겨나가고, 난 이제 글을 읽을 줄조차 모르는 사람 같은데. 사랑이라는 말이 어떻게 적히고 말해지고 읽히는지 알 수 없게 되어버렸는데. 바티스트 당신도, 들롱브르 신부도, 사랑을 어떻게 읽는지 다시 가르쳐줄 수 없을 거야. 당신들 두 사람의 인내심은 헛되이 소모되고 쓸려나갔어. 그러니 당신들도 저마다 자신들의 책을 내던지기를!'

그 순간 밖에서 날카롭게 윙윙대며 지붕 위를 내달리는 바람소리가 들려왔다. 그녀는 문앞에서 발길을 돌려 조용히 자신의 방에서 멀어져갔다. 그녀는 계단을 내려갔다.

바람이 미친 걸인처럼 농장을 싸고돌았다. 묵을 곳을 구하기

---

* 라파예트 부인의 소설 『클레브 공작부인』에서 클레브 공작부인을 열렬히 사랑하는 인물.

위해서가 아니라, 오히려 그 자신의 방랑에 사람들 모두를 데려가기 위해서였다. "내가 갈게, 내가 갈게……" 폴린이 빠른 어조로 중얼댔다. 밖에 나가 바람 속을 걷고 싶은 충동이 그녀를 사로잡았다. 바람이 그녀를 부르며 오라고 부추겼다. "내가 갈게, 내가 갈게……" 그녀는 계속 중얼거렸다. 문에서 걸쇠를 풀려는 순간, 갑자기 바람이 세차게 불어닥쳤다. 문은 거칠게 벽에 가 부딪히더니 두 동강이 나고 말았다. 바깥은 청명한 밤이었다. 장밋빛 하늘에 새와 기와와 나뭇가지 들이 함께 어우러져 맴돌았다. 그녀의 눈앞에 문득 두 개의 영상이 겹쳤다. 비가 주룩주룩 내리는 묘혈 위에서 전속력으로 돌고 있는 자전거 바퀴 하나와 나무 창살을 댄 작은 창문. 바퀴는 쉴새없이 돌았고, 한 번씩 돌 때마다 욕망으로 얼이 빠진 목소리 하나가 외쳤다. "너를 사랑해, 너를 사랑해." 바티스트의 드러난 어깨 위로 반짝이는 빗물이 보였다. 나무 창살 창문도 마찬가지로 돌았으며, 한 바퀴 돌 때마다 애원하는 듯한 목소리가 들려왔다. "너는 나를 사랑하느냐? 너는 나를 사랑하느냐?……" 창살 너머로 눈물이 가득 고인 들롱브르 신부의 눈, 반짝이는 그 눈이 보였다. 두 목소리, 두 영상이 교체되며 재빨리 섞여들었다.

폴린은 밖으로 달려나갔다. 바람이 그녀를 땅에 내동댕이쳤다. 그녀는 다시 일어나 걷기 시작했다. 끊임없이 바람에 떼밀리며 길 밖으로 던져졌다. 그녀 주변의 모든 것이 빙글빙글 돌았다. 하늘과 땅은 온 힘을 다해 내던져진 거대한 바퀴에 지나지 않았다. 한 번씩 넘어질 때마다 그녀는 무릎과 팔꿈치와 어깨에 상처를 입었다. 그래도 아무런 감각이 없었다. 바람에 옷이 말려 올라간 채로, 그녀는 산발을 하고 비틀거리며 돌 위를 구르다 다시 일어서곤 했다. 바티스트의 목소리와 들롱브르 신부의 목소리가 들려왔다. 그들에게서 벗어나기 위해, 그들을 멀리 따돌리기 위해 걸음을 재촉해야 했다. 그러다보니 거의 뛰다시피 되었다. 바람이 그녀를 몰아댔다. 더 빨리 달려야 했다.

또다른 목소리가 아직 그녀를 부르고 있었다. 훨씬 집요하고 절박한 목소리였다. 그렇게 달리다가 둥글게 몸을 움츠린 채 지상으로부터 1미터쯤 떨어진 허공을 구르듯 날려가는 개 한 마리와 마주쳤다. 이 개는 결국 도로 가장자리에 던져져 허리뼈가 부러졌다. 개의 새된 비명이 한참 동안 폴린의 귓전을 울렸다. 그러나 이 울음소리도 그녀를 만류하고 되돌아가게 하지는 못했다. 귀청을 찢는 듯한 훨씬 날카로운 또다른 목소리가 그녀를 부르고 있었기 때문이다. 하늘은 여전히 청명했다. 장밋빛 밤이었다. 하늘은 거대한 장밋빛 소요 속에 술렁이고 있었다.

바람이 주목을 사방에서 공격했다. 그래도 나무는 버텼다. 나무는 땅속 아주 깊은 곳까지 뿌리를 내리고 있었다. 거기 누운 아이의 허리와 가슴과 입 속에까지.

나무 주위로 붉은 어둠이 펼쳐져 있었다. 꺾인 가지들을 둘러싸고 무수한 진홍색 장과가 힘차게 선회했다. 이 춤에 매료된 폴린은 소용돌이에 휩싸였다. 그녀는 수백 마리의 취한 벌떼처럼 알알의 열매들이 빙빙 돌며 추는 원무 속으로 들어갔다. 이번에는 그녀가 장과들과 함께 선회하기 시작했다. 그렇게 빙빙 돌며 공중에서 작은 장과들을 한 알 한 알 따 부리로 쪼아먹었다. 열매는 이에 닿자 희한하게도 톡톡 터졌으며, 과육의 쓴맛이 입안을 가득 채웠다. 그러자 점점 취기가 돌면서 열매 쪼는 일을 멈출 수 없었다. 그녀는 꺾인 가지들 사이에서 나무줄기 주위를 끝없이 돌며 열매를 쪼아댔다. 너무도 아름다운, 붉은 장밋빛으로 물결치는 밤이었다. 밤은 사방에서 우지직대며 비명을 질러댔다. 밤이 그녀의 입으로 흘러 입안을 가득 채웠다. 과육이 풍부한, 붉은 장밋빛 밤이었다. 작은 북은 자신의 새로워진 피로, 식물의 피로, 어머니를 적셨다. 쓴맛이 나는 선홍색 피였다. 바람이 군데군데 기승을 부리는 진홍색 밤이었다. 폴린은 웃었다. 그녀는 자신의 원무에 계속 몰두한 채 손뼉을 치며 아이처럼 예쁜 웃음을 지었다. 경쾌한 밤이었다. 그녀의 마음 또한 가벼웠으며, 점점 더 가벼워졌다. 바람 속에서 빙빙 도는 작은 헛씨껍질들처럼 가벼웠다. 밤은 흥겨운 독극물의 맛으로 그녀의 입과 심장을 물들였다. 마침내 목소리가, 바티스트와 들롱브르 신부의 목소리가 잠잠해졌다. 작은 북의 귀엽고 명랑한 웃음소리만이 울렸다. 한결 가벼워진 그녀의 심장이 바람 속으로 달려가 거기서 길을 잃었다. 곧 심장은 박동을 멈추고 잠잠해졌으며, 바람도 그쳤다. 주목에 달린 마지막 장과들이 가는 비처럼 떨어져 땅바닥에 길게 누운 폴린의 몸을 벌떼처럼 뒤덮었다.

"네 어머니가 죽었다"고, 사람들이 호박색 밤에게 전했다. 그러나 그는 아무 대답도 하지 않았다. 대체 어떤 어머니를 두고 하는 말인가? 그에게는 이미 오래전부터 어머니가 없었으니 말이다. 죽은 여자는 다른 사람의 어머니, 푸른 족제비의 어머니였다. 그리고 다름 아닌 푸른 족제비가 그녀를 죽인 것이었다. 성 요한 축일 한밤중에 주목의 가지들을 독이 가득한 이 장과들로 뒤덮이게 한 그의 썩은 몸뚱이가 그녀를 죽였다. "네 어머니가 죽었다"니, 대체 누구한테 하는 말일까? 그 어머니는 발라딘의 어머니도 결코 아니었으므로, 그는 여동생에게 이렇게 말했다. "어머니는 이제 오지 않을 거야. 더는 볼 수 없을 거야. 외아들 족제비를 만나러 가버렸으니까." 이 말을 듣고 발라딘이 울자 그는 화를 냈다.

한편 그녀에게 미친 놈은 아무것도 알려고 하지 않았다. 그는 그저 모든 것을 부정했다. 그는 죽은 폴린의 모습을 보지 않았으며, 장례식에도 참석하지 않았다. 예전에 폴린이 그랬듯이 방안에 틀어박혀 나오지 않았다. 그녀를 기다리는 척하느라 그러는 것이 아니었다. 그녀를 기다릴 필요가 무어 있었겠는가? 그녀는 그와 함께 거기 있는데 말이다. 다만 그의 곁이 아닌, 안에 있을 뿐이었다. 아니, 그의 안에 있다고도 할 수 없었으니, 그녀는 바로 그 자신이었다. 그는 폴린이 되었다.

그는 화장을 하고, 분장을 하고, 아내의 옷으로 여장을 했다. 사람들이 그가 분장에 쓰는 물건들을 치워버렸고, 타데는 매일 그를 찾아와 말을 걸었다. 그러나 그는 더이상 아무 말도 듣지 않았다. 타데도, 마틸드도, 로즈엘로이즈도, 딸 발라딘도 그에게 다가갈 수 없었다. "그 사람이 미친 짓을 하도록 내버려둬요." 호박색 밤은 말했다. "어쨌거나 늘 저 모양이었으니까. 부들부들 떨며 아내의 발치에 드러누워 있는 개에 불과했지요. 그러니 이제 조용히 사랑하는 사람의 뼈를 갉아먹도록 내버려두세요. 안 그러면 당신들을 물어뜯을 테니까요."

들롱브르 신부도 그를 찾아왔다. 신부는 그녀에게 미친 놈과 마주앉아 상대의 광기어린 눈길에서 그의 이성과 마음으로 들어가는 입구를 찾으려 해보았지만 허사였다. "까마귀 같은 저 들롱브르란 작자는 여기 무얼 하러 온 거지?" 호박색 밤은 말했다.

"그가 아무리 더듬거리며 까옥까옥 울어대도 헛수고야. 저 어리석은 아버지에게는 더이상 아무 소리도 들리지 않으니까. 어쨌거나 나와 내 여동생 곁에 와 그 역한 날갯짓을 시도하지는 않는군. 혹시 그랬다가는 내가 그 깃털을 뽑아놓고 주둥이를 날려버릴 테야!" 아닌 게 아니라, 들롱브르 신부는 호박색 밤에게 다가가려 하지 않았다. 신부는 그의 증오와 멸시를 십분 짐작하고 있었다. 사실상 페니엘가 사람들 거의 모두가 그렇지 않던가? 마틸드와 로즈엘로이즈, 그녀가 데려온 애끓는 심정, 그리고 그 누구보다 황금의 밤 늑대 낯짝 노인이 그랬다. 그들의 마음속에는 하나같이 엄청난 분노와 폭력이, 사람들과 신에 대한 쓰디쓴 원한이 깃들어 있었다. 제대로 돌보지 않아 상처에 고름이 찬 듯한 고통에서 야기된 분노였다. 들롱브르 신부는 그들의 상처 앞에서 괴로워할밖에, 속수무책이었다.

그는 비올레트오노린에 관해 들어 알고 있었다. 그녀의 몸에 일어난 피와 장미의 기적, 긴 임종의 시간, 그리고 성스러운 죽음에 대해서도 알았다. 탄생부터 이미 그녀를 건드린 기적은 어떤 것이었을까? 평생 은총에 복종하는 삶을 산 여자였다. 하지만 그런 은총은 돌이킬 수 없는 막연한 재앙이요 광기가 아니었을까? 비올레트오노린을 생각하면 마음이 괴로웠다. 이 젊은 여인의 성성聖性과 열정을 통해 그에게 은총에 대한 의문이 감히 싹튼 까닭이었다. 공포심이 들 정도였다. 그녀와 마주해 그는 자신의 연약함과 비겁함과 무기력함을, 또 자가당착적인 면모들을 헤아려보게 되었다. 은총으로 충만해 눈부신 변모를 경험하고 싶은 욕구가 무엇보다 강했던 반면, 노략질과도 같은 이 은총에 기습당하는 것만큼 공포스러운 것도 없었다. 그러다 공포가 욕구를 점점 능가했다. 동물의 육체적인 공포가 시시각각 기세를 떨치면서, 그가 신앙의 무한한 공허 속으로 몸을 날리려 할 때마다 욕구가 대항하여 일어서도록 했다. 그리고 구걸하는 듯한 목소리, 몹시 가냘프고도 끈질긴 목소리가 고통스럽게 귓전을 때렸다. "너는 나를 사랑하느냐?"라는, 애원이 담긴 목소리였다. 그는 그렇다고 대답하고 싶었지만, 공포는 아니라고 울부짖었다. 폴린의 죽음과 바티스트의 광기, 호박색 밤의 증오심, 이것들은 그 끈질긴 의문이 내포하는 절박함과 고통을 더한층 가중시킬 따름이었다.

그녀에게 미친 놈은 이제 다른 사람들에게 눈길을 주지도, 귀를 기울이지도 않았다. 그는 폴린이 되었다. 아내가 입던 옷이나 사용하던 물건들을 사람들이 앗아가도 상관하지 않았다. 더이상 변장을 해야 할 필요성도 느끼지 못했으니까. 변화는 그의 몸에서 일어났다. 머리카락이 자라기 시작했으며, 살결이 섬세하고 부드러워졌다. 그러나 얼마 안 가 그의 변신은 보기 흉하고 기이한 모습이 되어갔다. 하루하루 근육이 사라지고 살이 처졌으며, 피부는 마치 우유 속에서 푹 삶긴 양 흐물흐물해졌다.

그의 모든 것이 안쪽으로 향하기 시작했다. 얼굴과 상반신은 물론 성기에 이르기까지, 살이 온통 움푹 파였다. 목소리조차 텅 빈 소리를 냈다. 이런 몸의 변화는 서서히 완수되었다. 마침내 그는 일어설 수도 걸을 수도 없게 되었으며, 근육이 하나도 없는 얇은 넝마 꾸러미에 불과한 모습이 되었다. 잇달아 뼈마저 물렁거리며 연골조직처럼 부드러워졌다.

그녀에게 미친 놈은 일정한 형태는 물론 무게마저 사라진 채 침대 한복판에 누워 지냈다. 밤이고 낮이고 두 눈은 언제나 크게 뜨여 있었다. 눈알이 눈구멍 깊숙이 밀려들어가 더이상 시선을 확인할 길이 없었으나, 사실 이 시선마저 안쪽을 향하고 있었다.

그는 이제 말도 하지 않았다. 혓바닥이 작은 유리판처럼 목구멍 속에서 말라 오그라들고, 귀와 입과 관자놀이도 안쪽으로 내려앉아 움푹 파였다. 마치 그 자신의 모형틀이 되어버린 듯했다.

성기도 돌출 방향을 바꾸어 몸속으로 계속 뚫고 들어갔다. 이렇게 성기가 몸 내부를 관통하면서 그의 모든 것을 파괴하자, 차츰 그의 육신 속에 공허가 모습을 드러냈다.

폴린은 자신의 부재를 통해, 침묵의 흐름 같은 바람에 밀려, 그를 뚫고 들어갔다. 그는 자신이 폴린에게 이끌리고 폴린의 죽음으로 마멸되며 천천히 떠나가고 있음을 느꼈다. 그는 폴린의 소멸이 되었다.

계속 안으로 향하며 파괴된 몸을 꿰뚫던 그의 성기가 내면의 공허를 심장에까지 밀어올렸다. 그는 폴린의 부재 속으로 침투하며 소멸로 미끄러져 들어갔다. 공허가 심장을 건드리자 이제 몸의 이 마지막 근육, 오목해진 얇은 막이 내려앉았다. 소리 하나 내지 않고.

아버지의 죽음을 두고 호박색 밤은 말했다. "이제 형의 시대는 완전히 끝났어. 푸른 족제비의 시대는 지나가버렸다고. 그가 어머니를 데려가버렸고, 뒤이어 아버지도 데려갔어. 하지만 우리를 데려갈 수는 없을 거야. 우리는 형과 아무 상관 없고, 부모와도 마찬가지야. 큰 주목이 그들을 먹어치우라지!" 무엇보다 그의 유년기가 지나가버린 참이었다. 그의 몸이 변하기 시작했다. 아버지가 잃어버린 성기를 이제 그가 넘치는 힘과 욕구로 일으켜세웠다. 새로운 가치를 부여받은 자신의 몸 한복판에.

몸이 허물을 벗기 시작하자, 그와 함께 주변 세계 또한 변모했다. 시야와 모든 감각이, 그 규모와 리듬이 달라졌다. 어린 시절 그토록 매료되었던 장소들이 갑자기 비좁고 무미건조하게 느껴졌다. 공간이 부족했으므로 그는 광막한 또다른 공간들을 꿈꾸게 되었다. 더 넓고 멀리까지 이르는 길들과 더 강한 바람을 꿈꾸었다. 검은 땅에서 자란 저 굼뜨고 말없는 농부들이나 그가 주중에 기숙생으로 지내던 소도시 고등학교의 따분한 촌 학생들이 아닌, 새로운 사람들을 만나고 싶었다. 더 생기 넘치는 만남을 그는 꿈꾸었다. 근엄하고 따분한 이 땅에서 먼 곳으로 발라딘을 데려가고 싶었다. 그는 가족과 기억과 유년기를 부인했다. 그리고 대도시를, 그의 삶에 불쑥 나타나 놀라움과 황홀감을 줄 미지의 누군가를 갈망했다. 그는 떠나고 싶었다.

결국 그는 떠났다. 아버지가 죽은 이듬해, 그는 시골 마을 검은 땅을 떠났다. 고등학교를 뛰어난 성적으로 마친 그에게 대학에 진학할 수 있는 장학금이 주어졌다. 바야흐로 세상이 그에게 문을 열려는 참이었으며, 그는 대도시의 초대를 받았다. 파리, 그에게는 거의 생소한 이 먼 도시가 그의 것이 되려 하고 있었다. 황금의 밤 늑대 낯짝이 가장 사랑하는 사람을 만난 곳이자, 어린 브누아캉탱 역시 하나뿐인 사랑에 눈을 뜬 곳이었다.* 전쟁이 그들에게서 그 모두를 앗아갔지만 말이다. 어쨌든 전쟁의 시대는 이제 막을 내린 뒤였다. 요컨대 호박색 밤은 전후의 아이가 아니던가? 형 이후의 아이. 그는 아무것도 기억하지 못하는, 애

* 전편 『밤의 책』 참고.

착도 그리움도 품지 않은 청년이고 싶었다. 그는 자신의 땅을, 숲들에 잠식당한 너무도 검은 이 땅을 버렸다. 영토의 끝자락 어딘가에서 길을 잃은, 구름의 그림자밖에는 실어나를 줄 모르는 느릿한 강물이 통과하는 땅. 역사로부터 잊힌 땅을 그는 버렸다. 그는 발라딘에게만 변함없이 충실했다.

발라딘. 그러나 그는 발라딘과 헤어져야 했다. 그녀 역시 농장을 떠나야 했지만, 그렇다고 그녀를 파리로 데려갈 수는 없었다. 결국 타데와 치펠레가 그녀를 집에 맞아들여 그들의 딸 네사와 함께 길렀다. 그들은 발라딘에게 친부모 이상의 존재가 되어주었고, 그들 곁에서 발라딘은 애정과 평화를 발견했다. 그들을 이어주는 사랑은 어떤 환영도 찾아와 괴롭히지 않는 행복한 사랑이었다. 발라딘의 부모에게서 불행이 떠나지 않았듯이, 그들에게는 너무도 견실한 행복이 떠나지 않았다. 무엇보다 발라딘은 유년기를 통해 새로운 것을 배웠다. 호박색 밤이 언제나 배타적인 열정으로 그녀에게 강요하던 것과는 다른 무엇이었다. 유년기가 단지 위협과 불안으로 가득한 거친 반항의 시기인 것만은 아니었다. 유년기는 상냥함과 인내심이 넘치는 또다른 시기가 되었다. 그 모두가 어린 네사 덕분이었다. 두려움과 의심과 슬픔은 네사에게 아무런 영향을 끼치지 못했으며, 멀찍이 접근하는 일조차 없는 것 같았다. 네사 곁에 있으면 발라딘은 슬픔을 잊었고 의심과 두려움도 사라졌다.

발라딘은 호박색 밤과 달리 자신의 기억을 부정하지 않았다. 그녀에게도 태어나면서부터 주어진 혼란스럽고 병든 기억이 있었지만 이 기억은 네사와 함께하는 것만으로 씻기고 정화되었다.

네사에게는 천부적인 재능, 몸짓의 재능이 있었다. 그녀의 몸짓 하나하나는 완성된 무엇이었다. 그녀의 몸짓은 공간 속의 소묘 이상으로, 몸짓으로 구현하는 문자에 가까웠다. 투명한 대지 속에서 물결치는 가볍고 유연한 문자. 이 문자가 미역과 산호 사이를 미끄러지듯 나아가는 반짝이는 해파리들처럼 사물들 주위를 움직이며 다녔다. 부드럽고도 정확하게 그 흰 표지들을 펼쳐 보이는, 깊은 물과 깊은 시간 속의 문자였다. 우아함보다는 정확함과 민첩함이 그 몸짓의 특징이었다. 그녀가 건드리는 물건 하나하나가 장식품이 되었고, 울림과 광택을 지닌 섬세하기 그지없는 귀중품이 되었다. 신비를 잉태한 사물. 아마도 아버지가 운영하는 가게의 신기한 잡동사니들 사이에서 자란 덕택에 사물들과 그런 관계를, 아주 편안하고도 신중한 관계를 유지하게 된 듯했다. 그녀는 아주 어린 나이에도 무엇 하나 엎지르지 않았으며, 발부리가 걸려 비틀거린 적도, 사소한 물건 하나 깨뜨린 적도 없었다. 그녀의 몸은 공간을 차지한 것 같지 않게, 완벽히 공간 안에 거주했다. 그저 네사의 손을 잡는 것만으로도 발라딘은 자신 안에, 자신을 둘러싼 주변에 고요와 평온이 깃드는 것을 느꼈다.

네사는 말이 거의 없었고, 밖에 나가 노는 일도 드물었다. 아이는 집에 남아 사물들 사이에서 멍하니 꿈꾸기를 좋아했다. 어떤 물건이나 천, 심지어 테이블 한구석에 흩어져 있는 빵 부스러기를 보면서도 몇 시간이고 명상에 잠길 수 있었다. 이런 네사의 곁에서 발라딘은 보고 만지고 듣는 법을 배웠다. 네사가 그렇게 곁에 있는 것만으로도 발라딘은 거칠고 야만스러운 오빠와 함께 노는 동안 몸에 밴 난폭함을 떨쳐버릴 수 있었다. 동시에 음악에 대한 취향도 바뀌어갔다. 전에는 음악이 주로 호박색 밤의 지배에서 벗어나기 위한 수단이었다면, 지금은 집중과 인내가 절대적으로 요구되는 진정한 열정이었다. 그렇게 해서 음악이 구체화된 것이 바로 첼로였다. 네사가 사물들을 대하는 방식으로, 발라딘은 능숙하고도 진중하게 이 악기에 몰두했다.

발라딘의 첫 음악 교사는 세 살배기 꼬마인 셈이었다. 음악에 대한 이해가 전무할 뿐 아니라 음향의 세계와는 무관하게 사는 아이. 그러나 이 아이는 사물들의 세계를 속속들이 아는데다 그 신비를 너무도 가까이 체험하며 살아, 각각의 사물들이 숨을 쉬도록, 공간 속에 일종의 문자가 떠오르도록 했다. 온전한 인내의 문자였다. 인내. 이것이야말로 발라딘이 네사 곁에서 주로 배운 것이었다. 인내심 가득한 몸짓과 경청. 인내하는 몸. 악기의 요구와 신비에 순응하는 몸의 무한한 인내.

그러나 얼마 안 가 발라딘의 눈부신 발전에 놀란 타데와 치펠레는 발라딘이 몽르루아를 떠나 진짜 스승 밑에서 자신의 예술을 심화시켜야 한다고 생각하게 되었다. 그렇게 해서 이젠 발라딘이 유년기의 땅, 뫼즈강이 내려다보이는 땅을 떠나야 할 차례였다. 기숙학교에 들어가기 위해 가야 할 도시 역시 경계 지대에 자리한 곳이었으며, 그곳에도 강이 흘렀다. 들판 밑으로 낮게 흐르는 강이 아니라, 집과 도로 사이로 나란히 흐르는 강이었다. 발원지도 하구도 그 고장 안에 없는 강. 가장자리를 따라 숲과 포도밭이 이어지는 경계 지대의 강, 시와 우화로 넘쳐나는 강이었다. 양쪽 연안에서 사용되는 구어口語—때로는 노래로 불리고, 과거에는 고함소리로 전달되던 언어—의 메아리가 그 물속에 뒤섞여 있는 전설의 강이었다.

호박색 밤과 발라딘. 두 사람은 이렇게 검은 땅을 떠났다. 하늘이 손에 닿을 듯이 낮게 드리워져 구름이 조용한 짐승의 무리처럼 들판을 달리는 곳. 일몰 무렵이면 뫼즈강에서 올라오는 잿빛 안개에 싸이는 마을. 이곳을 그들은 떠나야 했다. 그들이 앞으로 머무르게 될 도시의 강들은 물살이 훨씬 셌고, 고향의 강만큼 잿빛을 띠지도, 깊은 잠에 빠진 듯한 모습을 하지도 않았다. 센강과 라인강. 두 사람은 각자 이들 새로운 강에 몸을 기울이고 새롭게 조명된 자신의 얼굴을 발견할 것이었다. 사물과 사람을 바라보는 새로운 시각을 갖게 될 것이었다.

그 어느 때보다 변방의 구석진 곳으로 움츠러들게 된 검은 땅은 망각과 무관심 속으로 빠져들었다. 규칙적으로 그곳을 역사의 뱃머리로 끌어올리던 전쟁의 시대도 막을 내렸다. 완전히 막을 내린 뒤였다.

그러나 전쟁의 시대가 완료된 것은 결코 아니었다. 실제로 전쟁이 그친 적은 한 번도 없었다. 참을성 없고 난폭한 전쟁의 시대는 그저 장소를 바꾸었을 뿐이었다. 그것은 광기를 다른 곳에, 언제나 다른 곳에, 사방에 심어놓고 싶어했다.

검은 땅을 비켜간 전쟁의 시대는 더이상 경계 지대들을 통해 들어오지 않았다. 오히려 국토의 온갖 경계선으로부터 멀리 떨어진 곳에서 위세를 떨쳤다. 그리하여 본국의 사람들은 거리를 유지하며 안전할 수 있었다. 적어도 대다수 사람들은 그랬다. 그러나 부름을 받고 가서 싸워야 하는 소집병들이 있었으니, 애끓는 심정도 그들 가운데 한 명이었다.

무척이나 힘들게, 그토록 오랜 시간이 걸려 유년기에서 벗어난 애끓는 심정은 성년의 나이가 되자마자 난데없이 전쟁에 소집되었다. 그는 왜, 어떻게 사람들이 그를 찾아 불러냈는지 알 수 없었다. 그의 의사는 묻지도 않고 그를 소환한 이 강압적인 익명의 목소리가 도대체 무엇인지 알 수 없었다. 그로서는 아무것도 이해할 수 없었지만 자신이 늘 살아온 방식, 적어도 최근 몇 년 전까지 살아온 방식대로 순전한 복종의 마음으로 길을 떠났다. 그러나 길을 나서기 무섭게 과거의 절망이 되살아났다. 군대나 전쟁이라는 아직은 추상적인 말들에서 그는 시큼한 악취를 맡았다. 오랫동안 그를 구속했던 말들, 기숙사나 고아원 같은 말들에서 나는 악취였다.

그는 기차로 온 국토를 가로질렀다. 그렇게 긴 여행을 하기는 생전 처음이었다. 도무지 끝이 보이지 않는 여행이었다. 철길이 끝나자 육지 대신 바다가 나왔다.

군대와 전쟁. 철길이 끝나는 곳에서 이 두 단어는 새로운 두 이름과 나란히 놓였다. 마르세유와 알제라는 이름이었다.

마르세유와 알제. 도시의 이름. 하지만 그에게 이것들은 곧 고뇌의 이름이 되었다. 무리 속에서의 절대적인 고독이었다. 정말이지 엄청난 무리였다. 남자들의 무리. 남자들만의 무리. 집결지의 커다란 연병장에 모인 남자들. 나라 방방곡곡에서 모여든, 그와 비슷한 연령의 남자들이었다. 머리를 빡빡 민 젊은이들은 여전히 생기 넘치는 눈으로 아이들처럼 웃었다. 빳빳한 군복 밑에 아직 유년의 흔적들을 감추고 있는 남자들이었다. 그들 모두가 거대한 울타리 안에 몰아넣어진 채 대기하고 있었다. 확성기에서 흘러나오는 고함소리와 행보를 같이하는 끝없는 대기 상태였다. 도끼로 자르듯 이름들이 호명되면 그 소리가 와 부딪치며 무리를 해체시킨 다음 더 편리한 방식으로 재편성했다. 확성기가 한 번씩 소리를 질러댈 때마다 한 사람씩 일어나 일순간 무리로부터 구별되었다가 이미 호명된 사람들의 무리 속으로 다시 사라졌다. A에서 Z까지, 수십 명, 수백 명의 이름이 호명되었다. 연병장은 커다란 알파벳 명단에 지나지 않았다. 마침내 알파벳 명단이 끝까지 읽히고 준비가 끝나자 확성기에서 명령의 고함소리가 울려퍼지기 시작했다. 마침내 기다리고 기다리던 명령이었다. 승선! 그 즉시, 알파벳 명단이 술렁이고 떼밀고 소떼처럼 음매거리기 시작했다. 장면은 동물우화집이 되어버렸다.

승선은 밤중에 이루어졌다. 바람이 일기 시작했다. 떫은맛이 나는 바닷바람이었다. 그런 바람은 처음이었다. 이 바람을 맞자 애끓는 심정은 신 포도주를 마셨을 때처럼 머리가 빙빙 돌았다. 바람에 삐걱대는 선교를 따라 긴긴 행렬이 이어졌다. 봇짐과 가방을 여러 개씩 든 남자들이 지나가면서 차례차례 부관에게 자신의 이름을 내뱉으면 부관이 얼른 받아 명단에 표시를 했다.

이제 알파벳 명단과 동물우화집이 한데 뒤섞였다. 소집병들은 노아의 방주로 들어온 쌍쌍의 동물들처럼 선박 깊숙이 밀려들어 갔다. 그러나 인간의 얼굴을 한 이 가축들은 모두 수컷이고, 동행하는 암컷은 하나도 없었다. 그렇다면 그들이 이렇게 배 밑바닥으로 가 쌓이는 것은 종족보존을 위한 것이 아니었다. 그들은 폭력에 가담하기 위해 배에 오른 것이었다. "하느님 보시기에 세상은 너무나 썩어 있었다. 그야말로 무법천지가 되어 있었다. 하느님 보시기에 세상은 속속들이 썩어, 사람들이 하는 일이 땅 위에 냄새를 피우고 있었다. 그래서 하느님께서는 노아에게 이렇게 말씀하셨다. '세상은 이제 막판에 이르렀다. 땅 위는 그야말로 무법천지가 되었다. 그래서 나는 저것들을 땅에서 다 쓸어버리기로 하였다.'"*

실제로 배에 오른 많은 이들이 지상에서 영원히 사라질 것이었다. 그리고 살아 돌아온 이들 중 상당수는 도중에 이미 그들 영혼의 일부를 상실하게 될 터였다.

밤이 닥쳤다. 드높은 밤하늘에 별들이 반짝였다. 애끓는 심정은 배의 현문을 통과하며 부관에게 이외즈 아드리앵이라는 공식

* 「창세기」 6장 11~14절. (원주)

적인 이름을 대야 할 차례가 되자 울컥 감정이 북받쳤다. 그 순간 하늘과 우주공간과 밤을 향해 그는 마지막으로 고개를 들었다. 이어 그가 내뱉은 이름은 바람에 흩어졌다. 반짝이는 별들이 총총 박힌 저 거대한 검은 명단에도 그 이름이, 이외즈 아드리앵이라는 이름이 기입되었을까? 그에게는 낯선 이름이었다. 무거운 군화 때문에 아픈 발가락만큼이나 목이 메어왔다. 고향, 농장이 있는 그 고장, 그의 친지가 된 사람들 사이에서 그는 언제나 애끓는 심정이라는 별명으로 불렸었다. 그러나 이곳에서는 입에 담을 수도, 뱉어놓을 수도 없는 이름이었다. 현문이 삐걱거렸다. 거무스름하고 끈적끈적한 물이 선박 옆구리에 부딪혀 찰랑댔다. 항구의 이 물은 큰 선박들의 녹슨 아랫배에서 흘러나온 끈적끈적한 림프에 지나지 않았다. 수년 전 이미 이들과 비슷한 병사들을 태우고 인도차이나에 갔던 선박들. 언제나 전쟁을 향해 길을 떠나는 맹목적인 선박들.

이 기름진 림프를 바다라 할 수는 없었다. 적어도 그가 꿈꾼 바다는 아니었다. "이외즈 아드리앵!" 이렇게 외친 뒤 애끓는 심정은 곧 화물창 안으로 삼켜졌다. 바닷바람과 별들의 광채로 인해, 그리고 밤에 대고 자신의 이름을 털어놓은 탓에 아직도 머리가 멍했다. 이외즈 아드리앵은 전쟁을 하러 떠나고 있었다.

선박 안에는 또다른 밤이 군림했다. 시끄럽고 걸쭉하고 역겨운 이 밤이 그의 멱살을 잡았다. 그곳에는 요오드 냄새가 녹과 중유의 냄새와 뒤섞여 있었다. 그리고 얼마 안 가 가축처럼 우리에 마구 실린 사람들에게서 풍기는 악취가 모든 냄새를 뒤덮었다. 이 악취—땀과 오줌과 토사물의 냄새—는 시간이 갈수록 점점 참기 어려운 것이 되었다. 벌써부터 몸이 뒤틀렸다. 승객 대부분이 뱃멀미로 괴로워했으니, 일찍이 인간이 그토록 가축과 흡사해진 적이 없을 지경이었다. 헐떡이고 경련을 일으키며 시큼한 식은땀을 흘리는 모습이 마치 허물을 벗으며 새로운 살가죽을 얻을 채비를 하는 것 같았다. 총알과 칼에 맞설 수 있는 살가죽을. "더 험한 일들이 있을 테니 두고 보라고, 꼬맹이들!" 그들의 훈련과 사기 진작을 맡은 호전적인 사내들이 쾌활한 목소리로 떠벌렸다. 경험과 계급장으로 무장한 사내들이었다.

이튿날 그들은 알제에 도착했다. 그러나 알제도 마르세유처럼 그저 이름에 지나지 않았다. 그들은 알제에 발을 들여놓는 대신 멀리서 그 벽과 지붕들을 보았을 따름이었다. 낮고 창백한 하늘 아래 있는 하얀 알제는 지치고 말없는 모습이었다. 하선하자마자 그들은 새로운 여행을 시작했다. 이번에는 기차에 올랐다. 바다와 도시로부터 점점 멀어져, 코르크나무와 소나무와 무화과나무가 자라는 광막한 풍경을 가로질러갔다. 낮게 드리운 하늘 아래 주위는 한없이 침체된 색깔을 띠었으며, 형체들은 꼼짝도 하지 않았다. 무거운 대기가 끈적끈적한 열기를 뿜어댔다. 그들은 이제 기차에서 내려 트럭으로 휩쓸려 들어갔다. 그런 다음 점점 더 내륙지방으로 나아가 북아프리카 오지로 실려갔다. 바람에 트럭 덮개가 펄럭이고 도로의 먼지가 일었다. 일체의 감각을 뻣뻣하게 굳혀버리는 이 마르고 건조한 풍광에 애끓는 심정은 돌연 맛을 들이게 되었다. 처음 경험하는 일이었다. 주변에 끝없이 펼쳐지는 신기한 풍경 앞에서 그는 놀라움을 금치 못하면서도 거리를 유지한 채 바라보았다. 돌투성이 황토색 땅, 거친 아름다움을 지닌 이 땅이 그에게는 몹시 낯설었지만, 그럼에도 눈길을 뗄 수 없었다. 그만한 긴장과 주의력으로 무언가를 바라보기는 난생처음인 듯싶었다. 그는 탈진할 듯한 피로를 느끼면서도 그렇게 전속력으로 무한정 내달리고 싶다는 생각을 했다. 이 공허하고 엄숙한 지대를 영원히 달리고 싶었다. 그는 자신이 왜 그곳에 와 있는지도 잊어버렸다. 앞으로 나아갈수록 점점 더 머릿속이 텅 비었다. 어딘가로 필사적으로 도망치고 있다는 느낌, 아찔한 탈주를 감행하고 있다는 느낌뿐이었다. 아무도 없는 곳, 무를 향하여.

하지만 그가 실려가는 곳은 명확한 장소, 그와 똑같은 사람들이 지내는 곳이었다. 그는 길들여지기 위해 좁은 울타리 안에 갇히게 되었다. 긴 여행이 마침내 막을 내리고 여행의 목적이 드러났다. "두고 보라고, 꼬맹이들! 너희를 남자로 만들어주겠어!" 의기양양한 목소리가 우쭐대며 그들에게 단언했다. 그것이 바로 그들이 이곳에 온 이유였다. 저들이 그들을 남자로 만들 것이었다. 그렇다면 이곳에 도착하기 전 그들은 무엇이었을까? 아직 남자가 아니었다는 말인가? 그들이 어떤 새로운 종류의 남자가 되기를 저들은 기대하는 것일까?

그들은 노아가 방주에 실은 동물들처럼 자신들의 땅을 떠나 바다를 건넜다. 그러나 홍수 이후 땅 위의 모든 생명과 신 사이의 계약이 갱신될 수 있도록 폭력을 피해 달아난 노아와 반대로, 그들은 다른 사람들과 맞서 싸우기 위해 그곳에 온 것이었다. 스스로 원치도 않았고 깨달을 겨를도 없이 그들은 그곳에 와 계약의 불이행과 절대적인 형제애의 상실이 불러온 결과를 감당해야 했다. '너희 생명인 피를 흘리게 하는 자에게 나는 책임을 추궁할 것이다. 어떤 짐승에게도 책임을 추궁할 것이다. 사람이 같은 사람의 피를 흘리면, 인간 영혼에 대한 책임을 추궁할 것이다.'*

전쟁이 아무리 장소와 형태를, 무기와 군인들을 바꿀지라도,

* 「창세기」 9장 5절. (원주)

그 쟁점은 영원토록 변함이 없었다. 다른 사람을 피 흘리게 한 자에게는 반드시 인간 영혼에 대한 책임이 추궁된다는 것.

그러나 애끓는 심정이 알제리에 도착한 뒤 몇 주 동안 배운 것은 인간의—누구든 상관없이 타인인 모든 인간의—영혼에 대한 책임이 아니었다. 그는 자기 동료들의 생명에 대한 책임을 묻고 마땅히 복수하라고 배웠다.

가느다란 초승달의 빛이 은은한 너무도 고요한 그 밤 산등성이에 자리한 황량한 시골 부락에서 동료 열한 명의 거세된 시신을 발견했을 때, 그의 심장을 꿰뚫고 지나간 것은 분노였다. 분노밖에 없었다. 시신들은 깃털이 뜯겨나간 커다란 가금류처럼 그 마을 집집의 대문에 벌거벗겨진 채 못박혀 있었다. 그의 눈은 분노로 뒤집혔다. 산 위에 걸린 초승달만큼이나 순수하고 신랄한 분노, 싸늘한 분노였다. 연민이나 원한, 절망이 탄생할 겨를도 없었다. 순식간에 닥친 고통이 그를 송두리째 집어삼켰다. 그는 단번에 공포로 내몰렸고, 고통은 즉시 증오로 화했다. 적을 향한 절대적인 증오. 복수의 욕구였다.

투명한 달빛 아래 하얗게 빛나는 열한 구의 시신은 얼굴과 성기가 훼손되고 가슴에서 심장이 파내어진 채 집들의 대문에 X자로 걸려 있었다. 한데 뒤섞인 얼굴과 성기, 도려내어지고 없는 심장. 어둠의 이편으로 아가리를 벌리고 있는 시커먼 구멍. 바람이 노호하는 시커먼 구멍들이었다. 산에서 내려온 바람, 사막에서 부는 바람, 온갖 돌 밑에서 일어난 바람, 우주공간 구석구석에서 동시에 달려온 바람. 세 군데나 구멍이 뚫린 몸의 공동에서 윙윙대는 바람이었다.

바람. 홍수의 바람. 망각과 부인의 바람. 귀청을 찢는 듯한 이 바람은, 굴절도 지성도 없는 그 차갑고 중성적인 목소리로 다른 목소리를 덮었다. "인간 영혼에 대한 책임을 추궁하겠다"고 말하는 목소리였다.

말을 넘어서는 바람이 분노와 증오의 소리를 질러대고 있었다. 이 새된 바람이 인간 영혼에 대한 책임을 추궁하는 변함없는 목소리를 꺾어놓고, 인간의 피에 대한 보복을 요구했다. 쏴 하고 흐르는 피처럼 비릿하면서도 날카로운 바람이었다.

그날 밤 애끓는 심정의 눈길은 극한에까지 가닿았고, 몸밖으로 추방되어 이성을 잃은 채 동료들의 훼손된 몸속으로 가서 꽂혔다. 눈알이 파이고 심장이 끄집어내진 열한 명의 젊은이가 하얀 치아 사이에 자신들의 잘려나간 성기를, 그 흐물흐물한 살덩이를 괴기스러운 모습으로 물고 있었다. 그 순간 세상은 존재하기를 그쳤다. 인간이라는 말은 그 울림을 상실했으며, 영혼이라는 단어도 완전히 무의미해지고 말았다. 세상은 더이상 존재하지 않았다. 이외즈 병사는 다시 아이가 될 수 없었고, 그렇다고 어른이 되고 싶은 마음도 없었다. 그는 불쑥 나이의 리듬 밖으로 밀려났다. 바야흐로 시간 밖으로 내던져지고 말았다. 이제 그는 파괴적인 시선, 광기어린 시선에 지나지 않았다. 메슈타*의 집들 대문에 알몸으로 못박힌 시선이었다.

그리고 저 위에는 아주 가늘고 흰 달이 분필로 그린 쉼표처럼 떠 있었다. 마치 공허와 망각과 소멸을 더한층 부각시키려는 듯 바람이 쓸고 간 광막한 하늘 위에서 잊힌 채. 공허한 세상, 망각된 계약, 어이없이 사라져버린 사람들……

저기, 땅 위에 떠 있는 달은 산 자와 죽은 자들 사이에 놓인 얼음의 쉼표였다. 살인자와 희생자 사이에 가로놓인 가시 돋친 쉼표였다. 몹시 가냘프고 불안정한 이 쉼표는 서로에게서 빠져 달아나다가 갑자기 서로를 향해 덤벼들 수도 있었다.

3

며칠 전부터 비가 내렸다. 지루한 가랑비였다. 가을이 시작되고 있었다. 철새들이 길 떠날 채비를 하기 위해 대거 모여들기

---

* 북아프리카의 촌락을 이르는 말.

시작했다. 도로를 따라 쳐진 전선 위에, 나무 울타리나 목초지 위에, 혹은 지붕 가장자리에 수백 마리의 새들이 몰려들어 임박한 출발에 대해 시끄럽게 지저귀었다. 호박색 밤 역시 떠날 채비를 했다. 내일이면 검은 땅을 떠나 파리행 기차를 탈 것이었다. 짐은 이미 준비된 상태였다. 가방은 거의 비어 있었다. 가져갈 것이 별로 없었다. 약간의 옷가지와 속옷이 전부였다. 그는 아무것도 소유하지 않았으며, 소유하고 싶지도 않았다. 그는 도시를 향해, 언어를 향해, 책을 향해 떠났다. 말言을 향해 떠났다. 그리하여 마침내 대지의 무거운 침묵에서 빠져나올 것이었다.

그는 거기, 침대 가장자리에 앉아 있었다. 저물어가는 하루를 응시하며 길 떠나는 새들의 시끄러운 울음소리에 귀를 기울였다. 쉴새없이 내리는 조용한 빗소리도 들려왔다. 그는 꼼짝도 하지 않았다. 꽉 쥔 주먹을 무릎 위에 올려둔 채 자기 방에 혼자 그렇게 앉아 있었다. 저녁 어스름이 서서히 그의 주변 공간을 잠식하고, 점점 짙어가는 어둠 속으로 사물들이 하나씩 차례로 녹아들어갔다. '어둠이 저것들을 모두 먹어치웠으면!' 그는 생각했다. '물건과 가구, 내 방의 벽들까지 모두 이 어둠에 삼켜지고 지워져버렸으면! 내일이면 나는 가구 하나 없는 낯선 새 방에 있게 될 테니까.' 집은 침묵에 잠겨 있었다. 농장이 이렇게 텅 비었는데 거기서 어떤 소리가 날 수 있겠는가? 그의 부모도 죽었고, 발라딘은 타데 삼촌의 집으로 막 떠난 뒤였다. 방과 장롱들의 큼직한 열쇠 꾸러미를 허리춤에 차고 다니는 마틸드, 이 근엄한 마틸드만 황량한 농장에 남아 있었다. 오로지 부재와 추위를 향해서만 열리는 열쇠 꾸러미를 차고서. 그런가 하면 로즈엘로이즈가 근처에 자리잡고 있었다. 오래전에 두 형제가 살았고 그다음엔 타데와 치펠레가 머물렀던 농장의 나지막한 날개집이었다.

그러나 로즈엘로이즈는 전혀 소리를 내지 않았다. 그녀는 끝없이 머리를 빗고 또 빗으며 밤을 지새웠다. 애끓는 심정이 알제리로 떠난 이후로 그녀는 잠을 이룰 수 없게 되었다. 그래도 저녁이면 어김없이 옷을 갈아입었다. 흰 천으로 된 긴 잠옷을 입고 작은 앉은뱅이의자에 앉아 이마가 무릎에 닿도록 고개를 숙인 채 아침까지 그렇게 기계적인 동작으로 머리를 빗었다. 골칫거리인 불면을 따돌리고 번뇌를 쫓기 위해서였다. 그래도 번뇌는 사라지기는커녕 머리카락에 얽혀 둘둘 감겨들었다. 애끓는 심정에게서는 이제 소식이 끊겼고, 이 침묵이 그녀를 불안하게 했다. 전쟁이 그에게 상처를, 치명적인 상처를 입혔음을 그녀는 직감했다. 그것이 몸이 아닌 영혼에 가해진 상처라는 것도. 그는 거기서 무엇을 보고 무엇을 행한 것일까? 그녀는 머리를 빗으며 끊임없이 자신에게 묻곤 했다.

그녀의 머리카락은 마침내 관자놀이의 자줏빛 모반과 같은 색을 띠게 되었다. 전쟁이 막바지에 이르고 있었으니 애끓는 심정도 곧 돌아올 터였다. 그가 돌아오리라는 것을 그녀는 의심하지 않았다. 하지만 그렇다고 불안이 가라앉는 것은 아니었다. 누가, 누가 돌아올 것인가? 예전의 애끓는 심정일까? 사람들이 그에게 무슨 짓을 한 걸까? 그는 어떻게 되어버린 걸까? 전쟁이란 추잡하고 미친 어머니, 괴물 같은 어머니가 아니던가? 그 흉한 뱃속에 들어 있던 인간들은 기억도 영혼도 영원히 평화를 잃은 모습으로 태어나지 않던가?

전쟁은 그런 것이었다. 이 괴물 같은 어머니는 만족을 모르는 뱃속에 지칠 줄 모르고 인간들을 집어삼켜 그들의 몸과 영혼을 짓이겼다. 로즈엘로이즈의 사랑으로 절망과 고독에서 구출된 어린 고아 애끓는 심정도 이 탐욕스러운 어머니에게 덥석 물리고만 것이다. 애끓는 심정은 이제 없었다. 게걸스러운 미친 어머니가 양어머니를 누르고 아이를 빼앗았다. 전쟁이라는 이름의 어머니가 부드럽고 다정한 어머니를 꺾고 아이에게 일깨워주었다. 그에게 진짜 어머니는 한 번도 없었으며, 실제로 그는 아무것도, 그 누구의 자식도 아니라는 것을. 애끓는 심정은 더이상 존재하지 않았다. 그를 대신해, 이미 낡고 더럽혀진 전투복을 입은 병사 이외즈 아드리앵이 존재했다.

피로 더럽혀진 이. 인간의 피, 타인의 피로 더럽혀진 이. 제대로 마르지 않아 딱지가 된 피는 지워지지 않는 자국을 남겼다. 피딱지가 암종이 되어 두꺼운 전투복 천 밑으로 스며들고 심장에까지 침투해 괴저를 일으켰다. 온 정신과 영혼에 분노와 광기의 욕창을 퍼뜨렸다. 로즈엘로이즈는 이 모두를 짐작했다. 그녀의 양아들, 선택받은 아들이 떠날 때 모습 그대로 돌아오지 않으리란 걸 그녀는 알고 있었다. 대신 그녀가 모르는 다른 남자가 돌아올 터였다. 전쟁이라는 도둑 같은 어머니, 모욕을 가해오는 이 미친 어머니가 너무 빠르고 갑작스레 낳은 남자. 이 남자가 성장하는 모습을 로즈엘로이즈는 보지 못하고 만 것이다. 결국 말을 하지도, 소리를 지르거나 울지도 못한 채, 그녀는 밤마다 붉게 물드는 숱 많은 머리를 빗고 또 빗었다.

이외즈 아드리앵은 전쟁을 했다. 그는 사람들이 명령하는 대로 전쟁을 했다. 버림받은 탄생의 원점으로 되돌려져 병적인 복종과 순종의 상태로 퇴보했기 때문이었다. 아주 오랫동안 고아원 깊숙한 곳에서 거부당한 아이로 살면서 그 복종과 순종의 반수 상태에 빠져 있었다. 그러나 이곳에서의 명령들은 내용이 달랐다. 예전 같은 기도나 교과 내용이 아니었고 라퐁텐의 우화를 제대로 외워야 한다든지, 교실이나 구내식당이나 공동 침실에서 조용히 해야 한다든지, 밤새도록 묘석의 횡와상처럼 누워 천박한 쾌락의 유혹에 넘어가지 않게끔 시트의 접힌 부분에 양손을 펴 올려둔 채 자야 한다는, 그런 단순한 것들이 아니었다. 그 모든 게 이곳에서는 하찮게 여겨졌다. 병사들은 마음껏 떠들고 욕할 수 있었고, 구내식당에서 공동 식기에 나오는 맛없는 음식을 배불리 먹고 공동 침실의 낡은 담요 밑에서 실컷 수음을 할 수도 있었다. 이곳에서 내려지는 명령들 역시 결국 영혼을 겨냥한 것이긴 마찬가지였지만, 영혼을 뻣뻣하게 하거나 바싹 마르게 하는 대신 오히려 뿌리째 뽑고 해체하기 위한 것이었다.

이외즈 아드리앵은 이미 성기가 잘려나간 동료들이 초승달 아래 못박혀 있는 모습을 보았다. 눈앞에 놓인 광경이 너무도 잔혹해 눈을 깜박일 수조차 없었다. 그는 눈길을 돌리지 않았다. 시선이 완전히 정지될 때까지, 시야가 캄캄해질 때까지, 열한 구의 시신을 냉정히 응시했다. 열한 구의 시신. 그의 동료들. 그처럼 이들 역시 자신들의 의사에 반하여 부름을 받은 젊은이들이었다. 얼굴에는 아직 유년기의 흔적이 새겨져 있고 눈에는 웃음기가 남아 있는 젊은이들. 그런데 사람들이 그들의 마음에서 유년기를 앗아갔고, 몸에서 젊음을, 눈에서 웃음을 걷어갔다. 그들에게서 심장과 성기와 눈을 뽑아갔다. 이외즈 아드리앵은 이 광경에 계속 사로잡혀 있었다. 인간 영혼에 대한 책임을 추궁하는 것은 이제 그에게 별 의미가 없었다. 그 책임을 그로서는 느끼지도 못했다. 그는 복수를 하고자 했다. 난폭한 피의 맛이 그를 온통 사로잡았다.

피가 밀물과 썰물처럼 밀려들어왔다가 밀려나갔다. 점점 많은 피가 희생자와 살인자 사이를 끊임없이 오가며 둘을 차례로 익사시켰다. 마치 사람들의 피 위로, 그들이 쏟은 피 위로, 그들이 흘린 피가 사방으로 흐르도록 광풍이 쉴새없이 불어닥치는 것 같았다.

이외즈 아드리앵은 전쟁을 했다. 주변에서 바람이 불고 있었다. 큰 불길을 더 붉고 뜨겁게 돋우기 위해서인 양, 죽은 동료들의 피 위로 바람이 불었다. 그들을 물어뜯었다. 하얗게 질리도록 피를 흘린 열한 구의 시신을 바람이 훑고 지나갔다. 더 큰, 더 큰 절규가 일도록 흙도, 먼지도, 시신들을 덮지 않았다. 그렇게 전쟁은 이어졌다. '이 도성 안에서 그 피가 흘러 맨바위 위에 뿌려졌다. 흙으로 덮어버릴 수 있도록 땅에 흘린 피가 아니었다. 진노하여 그 원수를 갚을 셈으로, 나는 그 피를 맨바위 위에 뿌리고 흙으로 덮지도 않았다.'*

* 「에제키엘」 24장 7~8절. (원주)

이외즈 아드리앵은 이 절규가 머리를 들고 포효하는 소리를 들었으며, 이 소리를 자신의 분노에 들여놓았다. 무덤 없는 시신들의 절규, 알제리 빨치산들이 한없이 야만스럽고도 성스러운 봉헌물을 자신들의 땅에 바치듯 맨바위 위에 흘린 피의 절규. 그는 이 절규가 인간이 감당할 수 있는 한도를 넘어 터져오르지 않도록, 밤의 저편에서 솟아오르지 않도록 했다. 이 절규를 가로막아 방향을 틀어놓았다. 절규가 끝없이 솟구치도록 내버려두지 않았다. 동료들이 흘린 피의 절규가 땅에서 하늘에까지 가닿지 않도록 했다. 그는 고통의 절규가 땅을 향해, 적이 피를 흘린 곳으로 흘러내리도록 했다. 그리하여 그 피가 복수의 계곡에서 길을 잃도록 했다.

살가죽이 벗겨진 동료들의 몹시도 조용한 절규가 그의 내면으로 들어와 적들이 원한 대로 더없이 야만적인 모습을 드러내고 있었다. 고결함이 온전히 제거된 성스러운 피였다.

이외즈 아드리앵은 사람들이 명령하는 대로 전쟁을 했다. 그는 밤낮을 가리지 않고 험한 산속을 행군하며 반도叛徒들을 숨어 기다렸고, 달아나는 형체가 보이면 방아쇠를 당겼다. 또한 동굴 속에 수류탄을 던졌으며, 적들이 모습을 드러내도록 촌락과 언덕 전체에 불을 질렀다. 그렇게 이 적대적인 땅 구석구석에 매복해 있는 적들을 죽였다. 사람들은 명령을 했고, 그는 복종했다. 반도들이 눈에 띄지 않았던 만큼 복종하기도 쉬웠다. 그는 쉴새 없이 그림자들을 쫓아다녔다. 신비로운 지옥의 흔적이 끈덕지게 감도는 그림자들은 잔혹함을 드러내며 사방에 공포를 흩뿌리고 다녔다. 총격에는 총격이, 죽음에는 죽음이, 증오에는 증오가 맞섰다. 피는 피로 되갚음되었다.

보이지 않는 이 적들의 그림자는 너무 크고 짙어 결국 이외즈 병사의 눈에 어둠의 베일을 씌우고 말았다. 모든 것을 뒤섞어놓는 베일이었다. 적의 편에 속한 모두가 혐오스럽고도 위협적인 동일한 어둠 속에 뒤죽박죽 삼켜져 있었다. 노인, 여자, 아이 할 것 없이 모두가 잔인한 공범이었고 죄인이었다.

제벨*, 아수라장. 전쟁은 그 의미가 점점 더 좁혀졌다. 거대한 대지의 귀퉁이들이 물질적이고 인간적인 지대 밖으로 그렇게 밀려나 낙담한 모습의 괴기스러운 지대로 바뀌었다. "해방!" 한쪽은 이렇게 요구하며, 땅의 해방과 명예회복을 위해 그 땅을 피와 화염 속으로 집어던졌다. 그러면 "평화!"라고 다른 쪽은 외치며,

* 아랍어로 '산악지대'를 뜻한다.

자신들이 주인 노릇을 하고 싶은 이 이국 땅의 평화 회복을 위해 폭력과 광기를 휘두르며 타락해갔다. 해방과 평화. 귀머거리의 말들. 인간성을 상실한 이 말들의 끝에는 제벨-아수라장만 남아, 그 말들이 지닌 엄청난 공허의 무게와 거짓의 심각성을 요약해주었다.

누구의 눈길 아래 땅은 또 한번 타락해 이처럼 폭력으로 가득 차게 된 것일까? 대체 누가 온 세상 모든 인간과 마을과 가족과 가축을 땅 위에서 쓸어내고, 그러면서 그중 의로운 자와 무구한 자를 제외시키려는 생각조차 하지 않는단 말인가.

인간들, 다름 아닌 인간들의 눈길이었다. 악착스레 땅을 탐내는 그들의 눈길이었다.

제벨-아수라장. 바위와 가시덤불과 무성한 잡초로 이루어진 풍경. 산허리에는 불길에 휩쓸리고 로켓포에 난자당한 나무들이 서 있었다. 이런 풍경 속을 이외즈 병사는 무기를 짊어지고 돌아다녔다. 적들의 흔적을 찾아내기 위해 흙먼지에 눈길을 고정시킨 채.

이외즈 병사는 보이지 않는 적을 쉴새없이 추적하며 정신이 멍해지도록 전쟁을 했다. 반도들은 날이 새면 증발해 마치 어둠 속에 용해되어버리는 것 같았다. 밤이 그들의 영역이었다. 이외즈 병사가 지금까지 죽인 것은 오로지 그림자들뿐이었다.

그러던 어느 날 이 그림자들의 무리에서 누군가가 모습을 드러냈다. 피와 살과 뼈로 된 인간, 피부와 신경을 지닌 인간이었다. 그 전날에도 평화군의 병사 셋이 해방군의 손에 죽임을 당한 참이었다. 길 위에 가로누운 시신들의 얼굴과 아랫배는 심하게 훼손된 채였다. 밝은 태양 아래 반듯하게 누운 그들은 양쪽 귀까지 입이 찢어진 채 광포한 미소를 머금고 있었다.

그곳에서 멀지 않은 곳, 외진 촌락으로 이어지는 좁은 자갈길을 한 소년이 내려오다 붙잡혔다. 소년은 자기가 사는 마을에서 야윈 흑염소를 앞세우고 우물을 향해 걸어내려오던 길이었다. 이 염소지기 소년의 걸음은 거기서 멈추었다. 사람들이 소년을 끈으로 묶어 막사로 데려왔다. 그들에게 소년은 세 병사를 죽이고 시신을 훼손시킨 자들과 공범일 수밖에 없었다. 희생자들의 동료들은 분노와 증오의 극한에서 단죄의 대상을 원하고 있었다. 단죄의 대상이 있어야만 했다. 적어도 하나는 있어야 했다. 그들은 소년을 심문하기 시작했다. 그가 무엇을 아는지, 무엇을 보거나 들었는지. 카티바*는 어디에 있는지. 그가 반드시 알고 있을 거라고, 무언가를 보았을 거라고 그들은 생각했다. 반도들 편

* 아랍어로 '은신처'를 뜻한다.

에서 함께 싸우는 형제나 사촌은 없을까? 당연히 있을 것이었다. 이곳 사람들 모두가 그랬으니까. 그의 형제나 사촌이 자원해서 싸우는지, 아니면 강제로 징집되었는지는 중요하지 않았다. 그들이 반도들 편에 있다는 사실로 족했다.

그것만으로도 소년을 의심하고 그들 편으로 간주하기에 족했다. 소년은 수없이 따귀를 맞고 발길질을 당하며 질문에 시달렸다. 그러나 따귀세례를 받아 정신이 멍해지고 공포에 질린 소년은 말이 없었다. 그가 입을 다물수록 상대는 더 안달이 났다. 이제는 따귀 대신 주먹질이 이어졌다. 소년의 코와 눈 위 돌출부에 피가 흐르기 시작했다.

소년의 위로 몸을 숙인 남자들이 갑자기 분노에 날뛰기 시작한 건 바로 이 피 때문이었을까? 그들의 주먹질이 더 거칠어졌다. "그 정도면 됐어!" 주먹질을 하느라 숨이 턱까지 차오른 그중 한 사람이 마침내 입을 열었다. "이렇게 때린다고 될 일이 아니야." 이어 그는 의자 위에 오그리고 앉아 있는 소년을 향해 소리쳤다. "자, 이제 장난은 그만두자! 말을 해, 안 그러면 전기고문이야. 더이상 시간 낭비하지 말자고!" 소년은 헉헉대기만 할 뿐 대답이 없었다. 입안에 피가 가득했다. 갈비뼈가 부러지고 어깨가 탈구된 상태였다. 그는 필사적으로 호흡을 되찾으려 해보았지만 어디서 찾아야 하는지조차 몰랐다. 자신의 몸 어느 구석에 그것이 숨어 있는지 알 수 없었다. "자, 녀석을 데려가 쇠꼬챙이에 끼워." 남자가 말했다. 소년은 더이상 몸을 가누지도 못하는 상태로 질질 끌려갔다. 밀기울 푸대처럼 축 처진 채 온몸을 흐느적댔다. "흥, 만신창이가 됐군. 그래도 아무것도 못 봤다 이거지! 이제 털어놔. 안 그러면 네 아가리와 불알을 그냥 놔두지 않을 테니까!"

심문을 계속하기 위해 사람들은 이외즈 병사를 호출했다. 천장이 낮은 방 한복판으로 끌려와 바닥에 던져진 소년 앞에서 그는 물러서지 않았다. 어쨌거나 그의 눈앞에 있는 건 이제 막 주먹질에 넘겨진 악당 하나에 지나지 않았다. 소년은 단지 죗값을 치르고 있는 것이었다. 그뿐 아니라, 그는 죽은 동료들이 당한 일을 지켜본 당사자가 아닌가. 그렇다면 이보다 더 정당한 일은 없었다. 이외즈 역시 가해자들을 찾아내 동료들의 죽음을 갚아주고 싶었다. 이자는 가해자들이 행한 일의 대가를 치르고 있는 것이었다. 이번에야말로 이외즈는 적들 중 한 명을 손에 넣은 셈이었다. 이번에야말로 그들은 적들 중 하나를 산 채로, 그림자 속에서 끄집어낸 셈이었다. 그렇다면 절대로 놓쳐서는 안 되었다. 절대로!

이자가 말을 하고 자백해야 했다. 살인자들의 얼굴과 이름을 넘겨주어야 했다. 그리하여 복수의 욕구 또한 그림자 속에서 모습을 드러내야 했다. 또다시 병사들은 인질에게 질문과 욕설과 협박을 퍼부었다. 모두가 알고 싶어했으며, 그가 입을 열어 가해자들을 폭로하길 원했다. 미칠 정도로, 도취 상태에 빠질 정도로 원했다. 상대는 침과 핏덩이에 온통 끈적끈적해진 입으로 헐떡이며 꾸르륵대기만 했다. 그가 입을 다물수록 가해자들을 찾아내겠다는 병사들의 집착은 점점 더 그를 조여오며 집요해졌다. 그들 손에 넘겨진, 오직 한 사람을 향한 집요한 집착. 시간이 흐를수록 그가 가해자가 되었다.

그가 가해자였다. 제벨-아수라장도 다름 아닌 그였다. 거기, 바닥 위에 나뒹구는 형태가 불분명한 덩어리인 그가 바로 가해자였다. 순식간에 모든 범죄의 책임이 그에게로 돌아갔다. 동료들에게 가해졌던 온갖 잔혹 행위와 훼손과 거세의 책임이 그에게 있었다. "자백할 거지? 아니면 우리가 네놈 불알을 구워버릴까?" 심문을 맡은 자가 이마에 흐르는 땀을 훔치며 물었다. 더웠다. 모두가 더위에 흠뻑 취한 것 같았다. 다들 얼굴과 목과 손이 땀으로 번들거렸다. 심지어 눈까지 땀으로 빛나는 것 같았다. 피부보다 훨씬 먼 곳에서 배어나오는 땀. 육신의 가장 은밀한 곳에서 솟구치는 땀. 분노와 증오와 열정이 분비하는 신성한 땀이었다. 실제로 이제 이곳에는 열정이 존재했고, 굶주림이 존재했다. 광기가 존재했다. 사람들의 몸과 마음과 눈길에 정말이지 광기가 서려 있었다. 그들은 이제 피와 고통을 역류시켜 끝까지 밀고 나아가야 했다, 극한까지. 그러고 보면 이 순간 중요한 건 인질이 자신도 모르는 정보를 고백하게 만드는 것이 아니었는지도 모른다. 오로지 인간의 절규와 고통의 비밀을 그가 고백하도록 만들어야 했다. 전쟁의 비밀. 매혹적이고도 혐오스러우며 희열과 좌절을 동시에 맛보게 하는 비밀이 거기에 있었다. 육체의 가장 은밀한 곳, 기억 깊숙한 곳에 자리한 아주 오래된 비밀이었다. 욕망과 두려움. 어린 염소지기 주변을 다급히 움직이는 병사들의 얼굴에서, 이외즈의 얼굴에서 땀처럼 흐르는 것이 바로 그것이었다. 그들 모두가 현기증이 일 만큼 전쟁의 비밀과 이유를 간파해내고 싶었다. 그렇게 그들의 땀은 영혼 깊숙한 곳에서 솟고 있었다.

땀을 흘리지 않는 사람은 소년뿐이었다. 그는 피를 흘렸다. 추워 떨고 있었다. 눈물이 날 만큼, 죽을 만큼 추웠다. "됐어! 옷을 벗어. 널 구워버리겠어. 그 편이 너한테도 좋을 거야." 고문 주동자가 말했다. 소년은 꼼짝도 하지 않았다. 그러나 다른 이들이 그의 옷을 벗겨 강제로 쪼그려앉힌 다음 양팔과 접힌 다리 사이로 긴 쇠막대를 밀어넣었다. "시작해, 이외즈. 전기를 보내!" 상대가 명령했다. 땀과 열기와 피냄새로 얼이 빠진 이외즈는 그 어느 때보다도 고분고분히 명령을 따랐다. 그는 작은 상자를 양무릎 사이에 고정한 다음, 마치 커피를 갈듯이 작은 상자의 손잡이를 돌렸다. 그러자 전선을 통해 쇠막대 속으로 전류가 흘렀다. 그러는 동안 다른 병사 한 명이 상자와 연결된 두번째 전선의 끄트머리를 소년의 몸 여기저기 갖다댔다. 소년은 울부짖었다. "너 아직 혀가 굳어버리지 않았구나. 그러면 그자들 이름을 댈 수 있겠지?" 전선을 갖다대던 병사가 말했다. 그래도 소년은 여전히 아무것도 모른다는 듯 입을 열지 않았다. 그러자 이제 병사들은 소년의 입술과 가슴과 항문에 전선을 연결했다. 소년의 고함소리가 점점 더 커졌다. 이외즈는 더이상 소년의 절규를 듣고 있지 않았다. 마치 그 소리에 잠이 든 것 같았다. 명령대로 얌전히 상자의 손잡이를 돌릴 뿐이었다. 그 순간 그의 귀에는 동료들의 절규만 들려왔다. 달빛 아래 마을에서 발견된 이들. 밝은 햇빛이 비치는 길 위에서 발견된 이들. 온몸이 망가진 채 죽임을 당한 이들. 지금 그의 눈앞에 있는 자는, 웅크린 자세의 저 끔찍한 고깃덩어리는, 부푼 눈꺼풀 아래로 이제는 시선 비슷한 것도 새어나오지 않는 멍청한 얼굴을 한 저자는 아무것도 아니었다. 사람도 아니었다. 그에겐 얼굴도 없었고, 그저 부어오른 낯짝에 불과했다. 시선도 없고, 알아들을 수 없는 말만 지껄여대는 그에게서는 이미 썩은 피 냄새가 풍겼다.

이외즈는 상자의 손잡이를 돌리고 있었다. 적은 어둠 속에서 영원히 나오지 않으려는 걸까? 지금 이 순간에조차 얼굴도 인간성도 감각도 없는 그림자로 남아 있으니 말이다. 이 인질에게 어떤 얼굴과 시선과 목소리가 있었다면 아마도 이외즈는 그 기계적인 동작을 멈추었으리라. 하지만 상대는 진창에 빠지듯 점점 더 고통 속으로 빠져들면서 시끄럽고 추한, 형태가 불분명한 사물이 되었고, 그에게 가해지는 고문 역시 더없이 진부한 무엇이 되고 말았다. 헐떡이며 경련을 일으키는 이자는 나이도 이력도 신분도 없는 고약한 고깃덩어리일 뿐이었다. 그렇다면 적들은 어디에 있는가?

심문을 집전하던 우두머리가 갑자기 전선을 소년의 고환에 꽂더니 이외즈에게 명했다. "속도를 최대한 높여!" 바야흐로 고문은 절정에 이르렀다. 동료들이 당한 일체의 모욕에 대한 보복이라는 명목하에 광기가 배가되었다. 전쟁, 모든 전쟁의 궁극적인 지점에 도달한 것이었다. 불알과 불알의 싸움. 남자들 사이의 명예가 걸린 일. 거만하고 힘차고 당당하게 불뚝 선 수컷의 아랫배에서 늘 다시 시작되는 지독한 비극. 이외즈는 시키는 대로 속도를 높였다. 소년은 외마디 소리를 내지르더니 정신을 잃고 말았다. 뒤틀린 사지가 쇠막대에 감긴 채 축 늘어져 바닥에 이마를 찧으며 쓰러져내렸다. 그러자 손에 여전히 전선을 쥐고 있던 상대가 소년의 옆구리를 발로 차 몸을 뒤집었다. 바로 그 순간, 이외즈가 본 것은 어린아이였다.

그들이 궁여지책으로 간신히 끌어낸 적, 임시변통으로 데려다놓은 적은 실제로 아직 어린아이에 불과했다. 열한 살도 채 안 되어 보이는 여린 소년. 풋내가 가시지 않은 몸, 동그란 배, 아직 완전히 형성되지 않은 가냘픈 성기. 전쟁이 이제 막 그 진상을 내비쳐 그를 고통과 부조리의 심연 위로 데려다놓은 참이었다. 결국 그들은 어린아이를 고문한 것이었다. 절정에 이른 전쟁의 광기가 부서져 무너지고 있었다. 망가져 시야에서 사라져버린 희생자의 얼굴이 전혀 예기치 못한 방식으로 다시 떠올랐다. 또하나의 이 내밀한 몸을 통해 더없이 부조리하고 충격적인 방식으로. 몸 한복판에서, 가장 순결하고 가장 상처받기 쉬운 몸에서. 어린아이의 몸에서.

그때까지 피부에 엉겨붙던 땀이 갑자기 말라버리면서 차가운 식은땀으로 변했다. 이외즈는 상자를 바닥에 던지고 자리에서 일어섰다. 엄청난 광기가 그를 사로잡았다. 자신이 떨고 있음이 느껴졌다. 아이가 느끼는 추위가 그를 춥게 만들었다. 아이의 전율이 그를 떨게 만들었다. 그는 아이가 경험하는 공포 속으로 빠져들었다. "자네 뭐하는 거야? 아직 안 끝났어." 손에 여전히 전선을 쥐고 있던 상대가 물었다. 그는 소년을 깨워 하던 작업을 재개할 생각으로 소년의 옆구리를 발로 힘껏 걷어찼다. 바로 그 순간 이외즈는 소년을 옥죄던 쇠막대를 뽑아들어 양손으로 꽉 쥐고서는 이제까지 그가 고분고분 복종해온 상대의 머리 위로 있는 힘을 다해 내리쳤다. 상대는 그 자리에서 고꾸라져 아이 곁으로 굴러갔다. 심문에 참여했던 두번째 병사가 뒷걸음질치기 시작했다. 그의 손이 본능적으로 무기 쪽으로 미끄러져내려갔다. 그러나 이외즈가 이미 그를 향해 돌아서 있었다. 그는 손에 여전히 쇠막대를 든 채 소리쳤다. "썩 꺼져. 여기서 당장 나가!" 그러자 상대가 용기를 내어 중얼거렸다. "바보짓 하지 마, 아드리앵. 바보짓 하지 마……" "당장 나가라니까!" 이외즈가 얼음처럼 차가운 목소리로 다시 말했다. 상대는 무기를 꽉 쥔 채 뒷걸음질쳐 나갔다.

이외즈는 문을 닫고, 두 육신이 누워 있는 방 한복판으로 돌아왔다. 묘하게도 병사 역시 아이와 똑같이 사지를 구부린 채 옆으로 쓰러져 있었다. 움직이지도, 더이상 숨을 쉬지도 않았다. 즉사한 뒤였다. 고통을 겪지 않은 그의 얼굴에는 크게 놀란 표정만이 새겨져 있었다. 대심문관 역할을 맡고자 했던, 그러다 느닷없이 역할이 바뀌는 바람에 놀란 젊은 병사. 그는 인질보다 먼저 죽고 말았다. 그가 직업으로 삼았던 전쟁, 시간이 흐르며 심지어 그의 애첩이 되었던 전쟁은 이렇게 그를 언제까지나 놀라게 할 것이었다. 이 애첩이 그가 생각했던 것보다 훨씬 교활하고 예측 불가하다는 사실이 이제 막 드러난 참이었다. 그는 교전중에 영웅적인 죽음을 맞는 대신 천장이 낮은 골방 깊숙한 곳에서 야비한 고문자로 죽어버렸다. 거기 그렇게 누워 있는 그는 군인도 영웅도 아니었다. 더이상 고문자도 아니었다. 그저 영원한 희생자에 불과했다.

죽은 병사 바로 곁에 아이가 있었다. 아이는 떨고 있었다. 이외즈는 긴 전율이 아이의 살갗을 뚫고 사방으로 끝없이 흐르는 것을 보았다. 그는 아이 곁에 무릎을 꿇고 앉아 최대한 조심스럽게 그 몸을 일으켜보려 했다. 그러나 상대가 가한 마지막 발길질에 아이의 허리뼈가 부러진 것 같았다. 아이의 입에서 날카로운 외마디 소리가 나왔다. 이외즈는 그를 품안으로 끌어올려 자신에게 바싹 기대게 했다. 아이의 머리가 다시 어깨 위로 떨어졌다. 아이의 전율이 이외즈 자신의 살갗을 관통하며 몸속으로 퍼지는 것이 느껴졌다. 이번에는 이외즈가 떨고 있었다. 아이가 그의 내부에서 떨고 있었다. 그는 아이의 머리와 얼굴을 어루만졌다. 아이를 위로해주고, 더럽혀진 곳들을 씻겨내고, 고통을 덜어주고 싶었다. 그는 아이를 천천히 흔들며 얼굴에 난 상처들을 핥기 시작했다. 마치 짐승의 어미가 갓 태어난 새끼를 핥듯이 그렇게 그가 아이를 핥았다. 그는 몹시 다정하게, 나지막한 목소리로 아이에게 말도 걸었다. 아이는 이제 신음소리만 낼 뿐 더이상 울부짖지 않았다. 두려움과 고통이 입에서 끝없이 흘러나오는 피와 함께 서서히 그에게서 물러갔다. "이름, 네 이름, 네 이름이 뭐지?" 이외즈가 중얼대듯 끈질기게 물었다.

이 이름을, 단지 이 이름을 그는 지금 알고 싶었다. 적들의 이름도, 가해자들이나 살인자들의 이름도 아니었다. 적들은 이름이 없고, 살인자들도 이름이 없으니까. 그들은 더이상 이름을 가질 수 없었다. 마치 범죄와 잔인성이 이름을 모두 은폐하고 없애버린 것 같았다. 혹시라도 살인자들에게 이름이 있다면 지금 이 순간 그 이름은 이외즈 아드리앵이라는, 그 자신의 이름일 수밖에 없었다.

그가 듣고 싶었던 건 아이의 이름, 바로 그것이었다. 죽음과 침묵과 망각에서 그 이름을 끌어내기 위해. 전쟁에서 그 이름을 끌어내기 위해. "네 이름, 네 이름을 말해봐……" 그는 애원하듯 되풀이했다. 지금 이 순간 세상의 구원이 오직 이 이름 하나에 달려 있다는 듯이. 그 자신의 구원, 아드리앵 이외즈의 구원이 이 이름에 달려 있다는 듯이. 산속에서 죽임을 당한 동료들과 길 위에 버려진 동료들, 그들 모두의 평화가 이 이름과 관련되어 있다는 듯이. 그들 곁에 누워 있는 병사를 용서하는 것도 이 이름과 연관되어 있다는 듯이.

소년이 이름을 말하도록 그가 다그친 것은 아니다. 그보다 그는 대답을 구걸했다. 자기 자신을 위해, 그리고 또 한 사람, 애첩이 된 전쟁에게 배신당한 저 병사를 위해. 평화와 용서가 오직 이 이름의 신비 속에 깃들어 있었다. 용서가 거기에 있었다.

"이름을, 네 이름을 말해봐……" 그는 아이를 어루만지며 애원했다. 마침내 아이가 더듬대며 입을 열었다. "브…… 블…… 블라이드……"

블라이드. 그러니까 아이는 그의 말을 듣고 있었고, 대답을 한 것이다. 단말마의 고통 밑바닥에서도 신뢰와 힘을 찾아 그에게, 아드리앵에게, 자신의 이름을 알려준 것이다. "블라이드……" 아드리앵은 천천히 이름을 되뇌어보았다. 블라이드. 전쟁은 무기를, 모든 무기를, 이 이름 속에 내려놓았다. 살해당한 그의 동료 한 사람 한 사람에게 무기와 깃발을 쳐들고 광란의 발작을 터뜨렸던 전쟁이 느닷없이 패배를 자인했다. 그의 품에서 죽어가는 적들 중 한 명의 이름, 오직 이 이름 앞에서.

아드리앵은 아이를 품에 안고 무릎으로 천천히 흔들어 달랬다. 그러면서 아주 조심스럽게 아이의 머리를 자신의 어깨에 올려놓았다. 그는 웅얼대며 아이의 이름을 읊조렸다. 마치 이런 지루한 반복을 통해 사람들이 아이에게 가한 온갖 모욕을 씻어내고 아이를 조약돌처럼 반들반들하게 만들려는 것처럼. 블라이드…… 이 이름에 담긴 탄식과 우울과 아름다움이 그의 안에서 떠돌아다녔다. 눈물이 날 때까지. 더이상 감당할 수 없게 된 아드리앵의 눈에서 눈물이 흘렀다. 이름이 그의 내면에 그 신비를 끝없이 풀어놓고 있었다. 문밖에서 나는 고함소리와 문을 힘껏 두드리는 소리도 듣지 못했다. 마음속에서 이 이름이 속살대는 소리만, 벽을 따라 이 이름이 흐르는 소리만 들려왔다. 블라이드, 블라이드……

문이 열렸다. 무장을 한 다섯 남자가 번쩍이는 빛 속에 나타났다. 부서진 문으로 이글거리는 햇빛이 한순간 파도처럼 밀려들어왔다. 전쟁이 한창인 땅 위를 내리치던 눈부신 햇빛이었다.

하지만 전쟁이 끝난 지금 너무도 강렬한 이 빛, 작열하는 이 빛은 무얼까? 양손을 허리춤에 댄 채 버티고 선 이 남자들은 무얼 하고 있는 것일까? 그들 모두는, 해와 병사들은 전쟁이 끝났다는 것을 아직 모르는 걸까? 블라이드라는 이름 앞에서 전쟁이 항복했다는 것을?

아드리앵은 눈이 부셔 주위에서 무슨 일이 일어나고 있는지 잘 분간할 수 없었다. 그 모두로부터 이제 그는 너무 멀리 떨어져 있었다. 군인들이 가까이 오기도 전에 그들의 거대한 그림자가 먼저 그를 덮쳤다. 이 커다란 그림자가 아이를 집어삼키지 못하도록 그는 몸을 움츠리고 아이를 감싸안았다. 하지만 아이는 그림자의 품으로 빨려들어갔다. 아드리앵의 목에 기댄 아이의 머리가 무거워졌다. 믿기지 않을 만큼 무거웠다.

군인들은 그의 품에서 아이를 떼어놓은 다음 그의 팔을 등뒤로 비틀어 양손을 묶었다. 그런 뒤 그를 일으켜세워 걷도록 했다. 이 모든 일이 순식간에 진행되었다. 그러나 방을 나서며 햇빛이 일렁이는 문턱을 넘어서려는 찰나에 그는 고개를 돌려 아이에게 마지막 시선을 던졌다. 아이의 몸은 빳빳해진 채 바닥에서 미동도 하지 않았다. 그 순간 엄청난 절규가 그를 사로잡아, 그는 올빼미의 울음소리와도 같은 괴상한 소리를 내지르기 시작했다. 그 고장 여자들이 상이나 슬픈 일을 당했을 때 내는 길고 날카로운 울음소리와도 흡사했다. 아이의 몸이 아드리앵의 가슴속에서 떨어져나갔고, 블라이드라는 이름이 그의 배를 갈라놓았다. 그는 고함을 질렀다. 더는 혼자 갖고 있을 수 없는 이 이름을 공유하기 위해, 그것을 바람에 넘겨주기 위해. 바람이 온 땅을 가로질러 불며 블라이드라는 이름을 흐느껴 부르도록 해야 했다. 바람이 지나가는 곳마다 사람들이 무릎을 꿇고, 마침내 모든 전쟁이 그 무기를 내려놓도록 해야 했다. 그는 고함을 질렀다. 그러나 바람은 아드리앵의 오열이 산속에서 길을 잃도록 할 뿐이었다. 블라이드라는 이름이 사막의 모래 사이로 흩어지도록 했을 뿐이다. 아무도 이 이름을 듣지 않았고, 아무도 이 이름을 기억하지 않았다. 역사는 타락한 군인들의 오열 앞에서 죽어간 아이들의 이름을 가지고 무얼 해야 하는지 알지 못했다. 블라이드라는 이름은 그 이름을 가진 유일한 이와 함께 감옥 깊숙이 매장되었다. 블라이드라는 이름에는 족쇄가 채워졌다. 그리하여 블라이드라는 이름은 아드리앵의 고뇌가 되었다.

그렇다면 누가 돌아올 것인가? 누가? 로즈엘로이즈는 자문했다. 예전의 애끓는 심정 그대로일까? 크나큰 고독의 끝에서 찾아낸 아들, 은총처럼 주어졌던 그 아들일까? 전쟁이 그에게 무슨 짓을 할 것인가?

결국 돌아오게 된 그는 더이상 예전의 그가 아닐 것이다. 전쟁은 한 이국 아이의 이름을 가지고 그를 영원한 불안 속에 몰아넣은 참이었다. 그가 얼굴도 두 눈도 제대로 보지 못한 아이였다. 그의 품에서 죽어간 산악지대 시골 소년의 이름이 그에게서 다른 모든 이름을 내몰았다. 멀리, 아주 멀리. 어린 염소지기가 그의 이름과 영혼과 이성을 훔쳐 사막으로 내몰아서는 그곳에서 모두 잃어버리고 말았다. 그것들을 모래와 바람에 넘겨주고 말았다.

로즈엘로이즈는 기다렸다. 더이상 잠을 자지도, 꿈을 꾸지도 않았다. 그녀는 머리를 빗었다.

인근 오두막에 사는 니케즈가 자주 그녀를 보러 왔다. 자줏빛 머리카락이 바닥에 말없는 흐느낌처럼 흐르는 이 여자에게 그는 자신이 끌리고 있음을 느꼈다. 그녀의 집에 들어서면 잠옷 차림으로 고개를 무릎 위에 떨군 채 의자에 앉아 있는 그녀의 모습이 보였다. 그는 그녀 앞에 웅크리고 앉아 그녀의 손에 쥐인 빗을 살며시 잡고 그녀의 머리를 윤기나게 빗어주기 시작했다. 그는 송악과 포도나무 냄새가 나는 이 숱 많은 머리털이 좋았다. 두 사람은 말이 없었다. 그녀는 그가 하는 대로 내버려두었다. 이따금 그는 빗질을 하다 말고 양손에 머리털을 쥐어 그 안에 얼굴을 파묻었다. 그러면 공포와 희열이 어렴풋이 뒤섞이면서 버림받았다는 생각과 상실감이 되살아났다. 전쟁이 끝나고 귀향한 날 그가 맛보았던 느낌들이었다. 그날 그의 어머니는 그를 품안에 꼭 안아주었다. 빨래터에서 살해당한 아버지와 형의 피로 얼룩진 앞치마를 두른 채.

두 사람은 말이 없었다. 그들에겐 할말이 전혀 없었다. 전쟁과 상喪과 슬픔 혹은 치욕으로 상처 입은 그 모든 사람들이 그렇듯, 그들 역시 자신들이 느끼는 좌절과 공포에 상응하는 말을 찾아낼 수 없었다. 오직 몸짓과 시선뿐이었다. 고통스러운 기억과 내일에 대한 불안과 현재의 고독을 몰아내는 마술적인 의식. 이 의식을 완수하는, 얼이 빠진 듯한 부드러운 몸짓. 삶의 주도권을 되찾고 시간 속에 다시 자리하기 위해, 욕망의 맛을 되찾기 위해 애쓰는 생존자의 몸짓이었다. 그렇게 그들은, 들릴 듯 말 듯 비단결처럼 바스락대는 머리카락 사이로 침묵의 대화를 나누었다.

니케즈는 로즈엘로이즈를 사랑했다. 이 사랑은 그녀를 향한 욕구로 발전했다. 그는 수년간 만나온 몽르루아의 젊은 여자에게서 돌아섰다. 로즈엘로이즈의 몸을 그는 아직 만지지도 보지도 못했지만, 그래도 이 몸이 아닌 다른 여자의 몸을 더는 가까이할 수 없었다. 그가 원하는 것은 오로지 이 몸이었다. 눈물처럼 흐르는 머리카락 아래 고요히 침잠한, 그보다 십 년 연상인 이 여자의 몸뿐이었다.

실제로 그는 집착이라 할 만큼 그녀를 욕망했다. 그녀의 잠옷 아래 피부도 시트처럼 그렇게 하얄까? 음부를 덮은 음모도 그녀의 머리카락처럼 자줏빛을 띨까? 그가 원하는 건 다른 어떤 여자도 아닌 그녀였다. 하지만 그것을 말로 고백할 수 없었기에, 이 욕구 또한 몸짓으로 표현되었다. 미완의 몸짓이라는 우회적인 길을 통해 아주 천천히 조금씩 표현되었다. 그녀가 욕망의 부름을 인식하고 그에 답할 때까지.

그리하여 니케즈는 마침내 로즈엘로이즈의 나신을 보게 되었다. 그녀의 몸을, 너무도 흰 피부와 자줏빛 음부를 알게 되었다. 습관적인 동작들이 육肉의 의식이 되었다. 그들은 매일 밤, 밤새도록 사랑을 나누었다. 잠수부가 물속 깊은 곳으로 들어가듯이 서로의 몸속으로 파고들어갔다. 그들은 바닥에서 사랑을 나누었다. 깊디깊은 정적 속에서 그들의 심장과 사지를 돌며 흐르는 희미한 피 소리만 들려왔다.

호박색 밤은 저녁이 피어오르는 모습을 지켜보고 있었다. 검은 땅에서의 마지막 밤, 유년기와 청소년기를 보낸 방에서의 마지막 밤이었다. 새들은 울음을 그치고, 쓸쓸하고 단조로운 빗소리만 계속 들려왔다. 아무 생각도 나지 않았다. 오직 발라딘의 이름과 얼굴, 목소리만 머릿속을 스쳤다. 발라딘, 그의 여동생, 그가 집착하는 연인. "네 이름은 '무도회'*라는 말로 시작해." 그는 종종 누이동생에게 이렇게 말하곤 했다. "네 이름은 무도회처럼 시작되지. 바람만 춤을 추는 근사한 무도회야." 바람이란 그가 지닌 욕망의 세찬 바람이었으니, 그는 이 무도회에서 자신이 누이의 유일한 기사요 파트너이길 원했다. 그는 누이를 이미 연인으로 상상하고 있었다. '한데 이곳을 떠나면 그애를 잃게 되지 않

* 프랑스어로 'bal'은 '무도회'라는 뜻이다.

을까?' 그는 무릎 위에 놓인 두 주먹을 움켜쥐며 자문해보았다.

호박색 밤은 마침내 자리에서 일어나 방 한복판에서 옷을 벗기 시작했다.

녀석이 다시 나타난 건 그 순간이었다. 녀석은 창가에 와 앉았다. 난데없이 부리로 쪼아 단번에 창유리를 부수고 방안으로 날아들었다. 비와 유리 파편이 바닥에 흩어졌다. 새는 반쯤 옷을 벗은 호박색 밤에게 곧장 달려들더니 그의 목덜미에 내려앉았다. 호박색 밤은 균형을 잃은 채 바닥에 무릎을 꿇었다. 그러나 소리를 지르지도, 무서워하지도 않았다. 새는 보이지 않았다. 단지 목덜미를 조여오는 새의 발톱만 느낄 수 있었다. 호박색 밤은 그 녀석임을 대번 알아차렸다. 금속과 천으로 된 새. 수년 전 바람이 그의 손에서 낚아채 구름과 함께 데려가버린 새였다. 쇠-갈까마귀, 은-종달새. 그 녀석이 돌아온 것이다. 아무짝에도 쓸모없는 신을 공격하기 위해 하늘을 뚫고 가버린 그의 연이었다.

그것이 분노의 새가 돌아왔다.

새는 호박색 밤의 이마에 앉아 날개를 파닥이기 시작하더니 사뿐히 날아올라 그의 맞은편 방바닥에 내려앉았다. 호박색 밤도 마침내 녀석을 보았다. 새의 날개와 등은 붉은 핏빛 테두리가 둘린 녹색과 보라색 눈알 무늬 반점이 찍힌 깃털로 뒤덮여 있었다. 머리와 모가지와 배에는 금색과 은색의 섬세한 비늘을 입힌 것 같았으며, 아주 넓고 긴 꼬리가 상아색 부채처럼 펼쳐졌다.

새는 천천히 날개를 흔들며 날아오르더니 호박색 밤의 눈 위에 와 앉았다. 그 바람에 그는 뒤로 넘어져 바닥에 머리를 찧었다. 새의 두 발 아래 조여드는 눈꺼풀 밑에서 색색의 원들이 돌기 시작했다. 원들이 빛을 발하고 일렁이며 나팔 모양으로 벌어지자, 거기서 꽃들이 생겨나 만화경 속 크리스털 꽃부리들처럼 꽃잎을 활짝 펼쳤다. 꽃들은 시들어 초록빛이 도는 동그랗고 광막한 밤 속으로 삼켜졌다. 이어 뾰족한 가시들이 곤두선 자잘한 흰색 물고기들이 무수히 생겨나 어지럽게 선회했는데, 그것들 역시 보랏빛으로 변한 밤 속으로 사라졌다. 그다음엔 숫자 같기도 하고 글자 같기도 한, 그가 모르는 기호들이 나타나 해마처럼 단속적인 걸음으로 나아갔다. 도무지 읽을 수 없는 잡종의 기호들이었다. 강렬한 섬광이 빙글빙글 돌며 기호들을 써나갔다. 그의 눈꺼풀 밑에서 이 기호들은 종이 구겨지는 소리를 냈다. 호박색 밤의 조여드는 눈 속에서 책 하나가 쓰이려는 참이었다. 이야기가 서둘러 마구잡이로 말들을 모으고 있었다. 그러자 다시 밤이 이 모두를 쓸어갔다. 밤은 책을 집어삼키고 기호들을 익사시켰다. 세설細雪이 날리는 하얀 밤이었다. 호박색 밤은 깊은 잠 속으로 빠져들었다. 그리고 꿈을 꾸었다.

적갈색 말과 흰 말, 커다란 말 두 마리가 이륜마차를 끌고 그의 앞에서 걸어갔다. 그는 마차 안에서 담요와 모피 밑에 반쯤 드러누워 있었다. 보이는 거라곤 커다랗고 얼음처럼 반들반들한 말의 궁둥이와 좌우로 조금씩 흔들리는 모가지뿐이었다. 말의 갈기는 서리로 덮여 거의 움직이지 않았다. 주변 풍경은 밋밋하기 그지없었다. 눈 덮인 평원이 끝없이 펼쳐졌다. 멀리 보이는 평원은 빽빽한 숲들에 잠식당해 있었다.

말들은 숲의 가장자리를 따라갔다. 나무들은 나무가 아니라 붉은 그림자를 드리운 거대한 검은색 목재 낭독대였다. 그러니까 낭독대들의 숲이었다. 그것들 하나하나에 새들이 장식되어 있어서, 활짝 펼친 커다란 날개로 저마다 책 받침대를 지탱한 모습이었다.

그 순간 그는 앞에서 걷고 있는 것이 두 마리의 말이 아니라 여자들이라는 사실을 알아챘다. 여자들은 알몸이었다. 서리로 곤두선 그들의 머리카락은 말들의 갈기와 흡사했다. 여자들은 천천히 걷고 있었다. 그의 손에 들린 고삐가 그들의 어깨 옆으로 지났다. 여자들은 마차를 끄느라 몸을 약간 앞으로 숙인 채 나아갔다. 두 여자는 보조를 맞추어 걸었고, 발걸음을 내디딜 때마다 규칙적으로 엉덩이가 흔들렸다. 너무도 부드럽게 출렁이는 그들의 엉덩이가 그를 조용히 흔들어 달래 잠으로 이끌었다. 그는 잠이 들었다. 그렇게 꿈속에서 다시 꿈을 꾸기 시작했다.

그는 발라딘의 곁에서 담요와 모피를 덮고 길게 누운 채 꿈속의 꿈을 꾸었다. 그는 발라딘을 꼭 껴안고 어루만지고 입을 맞추면서 꿈을 꾸었다. 그러나 그의 품에서, 입술 아래서, 소녀의 몸은 점점 얼어붙어갔다. 그의 손과 입술에서 피가 날 정도로 얼어붙었다. 그에게 상처를 주고 그의 살갗을 갈라지게 하는 이 냉기에 그는 잠에서 깨어나며 두번째 꿈에서 벗어났다. 그렇게 깨어난 그는 여전히 첫번째 꿈속을 헤맸다.

말과 마차는 변함없이 같은 풍경 속을 달리고 있었다. 이번에는 전속력으로 달렸다. 눈앞에 보이는 것이 말인지 여자인지 더 이상 분간되지 않았다. 그는 마차를 멈추고 싶어 고삐를 잡아당겼지만 말들 혹은 여자들은 속도를 늦추기는커녕 더 빠른 걸음으로 달렸다.

이제 그 혼자서 눈 속을 걸어가고 있는 것을 보니 그가 마차에서 내던져진 것이 틀림없었다. 말과 마차는 사라지고 없었다. 나무꾼들이 낭독대들의 숲으로 들어왔다. 저마다 어깨에 도끼를 메고 있었다. 갑자기 그들이 모두 도끼를 들어 낭독대들을 내리치기 시작했다. 그러나 이미 나무가 아닌 쇠로 변한 낭독대들은 말짱했고, 맑고 날카로운 합창만이 공간 속에 울려퍼졌다. 이 합창에 나무꾼들이 가세해, 그들은 박자에 맞추어 도끼를 내리칠 때마다 "얏!"하고 희미한 억양이 들어간 거친 소리를 내뱉었다. 그러자 새들이 책 받침대들 밑에서 갑자기 튀어나와 날아갔다. 무겁고 느린 비행이었다.

반짝이는 은색 장총으로 무장한 그는 하늘에서 활공하는 새들을 향해 방아쇠를 당겼다. 그러나 새들은 떨어지지 않고 그의 주변을 낮고 둥글게 맴돌며 계속 날았다.

이제 그는 사냥꾼들이 가버리고 없는 숲속을 방황하고 있었다. 쇠로 된 낭독대들은 이미 녹슬어가고 있었다. 벌써 녹이 많이 슬어 구리와 피와 금이 한데 뒤섞인 색깔이었다. 책 받침대들 위에 펼쳐진 커다란 책들의 페이지가 파르르 떨렸다. 그는 그 책들 중 하나에 다가가 내용을 해독해보려 했다. 그러나 매 페이지를 뒤덮고 있는 것은 글자가 아니라 새똥이라는 걸 깨달았다. 마치 오선지에 그려진 음표들처럼 새똥이 가느다란 선들을 따라 아주 규칙적으로 배열되어 있었다. 도끼 내리치는 소리와 사냥꾼들이 내는 '얏!' 소리로 이루어진 이중 합창의 잔향이 점점 멀어지고 있었다. '이건 저 아우성의 악보인지도 몰라.' 그는 생각했다. 순간 사방에서 웃음소리가 일었다. 새들이 웃고 있었다.

그들, 새들이 웃고 있었다. 날카롭게 비웃는 듯한 인간의 웃음소리였다. 그들의 몸도 인간과 흡사해졌다. 마침내 인간들이 그를 둘러싼 채 사방에서 맴돌며 웃음을 터뜨리는가 하면 날개를 파닥이고 있었다.

그는 인간-새들과 싸웠다. 도끼를 휘두르며 싸웠다. 인간-새들 중 하나가 땅에 내려서더니 그와 육탄전을 벌였다. 그러나 이 인간-새의 몸짓은 싸움이라기보다 춤에 가까웠다. 둘은 서로를 단단히 얼싸안은 채 묘한 탱고를 추었다. 낭독대들 사이에서, 책장들이 아코디언의 주름상자처럼 접혔다 펴졌다를 반복하는 책들 사이에서 춤을 추었다.

낭독대들이 풍력터빈처럼 돌고, 바람에 책장들이 떨렸다. 마침내 책장들은 찢겨 사방으로 흩어졌다. 교송 성가집의 책장들이었다.

인간-새는 춤을 추며 호박색 밤의 몸을 활처럼 뒤로 휘게 해 바닥으로 밀어붙인 다음 갑작스레 자빠뜨렸다.

새벽 무렵 호박색 밤이 한기와 고통 속에서 깨어났을 때, 새는 사라지고 없었다. 비도 멈춰 있었다. 깨진 창유리로 축축한 바람이 들어왔다. 그는 옷을 다시 꿰어 입고 그대로 침대 위에 누웠지만 몸안의 냉기는 여전히 가시지 않았다. 그는 다시 잠이 들었다. 일체의 꿈이 제거된 깊은 잠에 빠졌다. 역으로 떠나야 할 시간에 맞추어 그는 눈을 떴다. 그 순간, 정말로 그 이상한 새가 이곳에 왔었는지 의심이 들었다. 깨진 창유리는 얼마든지 바람의 소행일 수 있었다. 그러나 서둘러 세수를 하던 그는 거울에 비친 자신의 얼굴을 보고 깜짝 놀랐다. 그의 왼쪽 눈에 깃들어 있던 반점이 제자리에서 떨어져나온 듯 홍채를 지나 사방으로 구르고 있었다. 번쩍이는 불꽃 같은 이 금빛 반점이 취한 말벌처럼 눈 안에서 잠시도 쉬지 않고 미친듯이 날아다녔다. 그 때문에 이제 사람들은 모두 그를 '호박색 밤 불의 바람'이라 부르게 될 것이었다.

정오에 그는 파리행 기차에 올랐다. 비가 다시 내리기 시작했다. 아주 가는 가랑비였다. 플랫폼에서 누군가 그가 타고 있는 칸으로 다가오더니 창유리를 두드렸다. 그러나 더러운 유리창을 타고 비가 검게 흘러내려 상대가 누구인지 알 수 없었다. 그는 창유리를 내리고 밖으로 몸을 기울였다. 그의 할아버지가 우산도 쓰지 않은 채 비를 맞으며 플랫폼에 서 있었다. 두 사람은 마치 낯선 사람들처럼 서로를 바라보았다. 그렇게 가까이에서는 상대를 한 번도 본 적이 없었다는 듯 그렇게 바라보고만 있었다. 한 사람은 상대방 쪽으로 고개를 한껏 들어올리고 또 한 사람은 몸을 잔뜩 기울여 두 얼굴이 맞닿을 것만 같았다. 각자의 입김으로 상대의 얼굴이 흐려졌다. 그들은 아무 말 없이 서로의 얼굴을 뚫어지게 바라보았다.

두 사람은 아주 먼 곳에서 서로를 바라보고 있었다. 저마다 시간의 양극단에 자리한 채. 긴긴 세월의 길마를 져온 황금의 밤 늑대 낯짝은 이제 세월의 흐름에 무심해졌으니, 수많은 기억들이 망각과 뒤섞여들었다. 누이였던 어머니의 아주 늙은 아들, 민물 세계에서 영영 추방당한 자. 지상에 거처를 정하고 체류하기 위해 다섯 차례나 아내를 맞고 열일곱의 아이를 잉태시킨 자. 황금의 밤 늑대 낯짝. 그는 온갖 전쟁을 다 치른 사람이었다. 어떤 전쟁에도 직접 참여한 바 없지만 매 전쟁마다 자신이 사랑하는 이들을 내어주었고, 아들과 딸들이 인질로 잡혔다.

호박색 밤 불의 바람, 이제 막 열일곱이 된 그는 벌써 자신의 기억에 반기를 들었다. 호박색 밤 불의 바람, 어머니에게서 배신당한 아들, 자신이 당한 상喪과 고독을 기뻐했고, 그 누구도 사랑한 적이 없으며, 오직 누이에게만 지나친 사랑을 쏟은 자. 호박색 밤 불의 바람, 모든 전쟁이 끝난 이후의 아이인 그는 혼자서 자신만의 전쟁을 발명해냈다. 복수심에 불타는 아이, 질투심 강한 청년. 말言의 연인.

그들은 서로 마주보았다. "어떻게 여길?……" 플랫폼에 불쑥 나타난 노인을 보고 놀란 호박색 밤이 마침내 입을 열었다. 그는 할아버지에 대해 별로 아는 게 없었다. 할아버지는 늘 사람들과 거리를 두었으며 그에게도 별로 관심을 보이는 것 같지 않았다. 그런 할아버지가 자신을 보러 이곳에 왔다고는 믿을 수 없었다. 기차의 출발을 알리는 첫번째 기적소리가 플랫폼을 훑고 지나갔다. "그곳에, 그곳에 가면…… 네가 그곳에 가면……" 노인이 입을 열었다. 그러나 말을 잇지 못하고 몹시 동요하는 모습이었다. 호박색 밤은 여전히 그쪽으로 몸을 기울인 채 노인의 말을 기다렸다. 그 순간 두번째 기적소리가 울리더니 차문이 모두 닫혔다. 퍼뜩 정신을 차린 노인의 눈에 당황한 빛이 스쳐지나갔다. "거기, 네가 가는 그 도시에는…… 공원이 하나 있어…… 자갈길들이 있는 공원이다…… 혹시 네가……" 그때 마지막 기적소리가 울리고 곧 열차가 흔들리면서 황금의 밤 늑대 낯짝의 목소리도 더는 들리지 않았다. 호박색 밤은 여전히 창 쪽으로 고개가 쏠린 채 플랫폼에 선 채로 점점 작아져가는 할아버지의 모습을 잠시 바라보았다. 그러고 나서 모든 것이 사라졌다. 역도, 할아버지도, 잿빛 안개 속에 잠긴 풍경도, 모두 사라져버렸다. 호박색 밤은 자리에 바로 앉아 창문을 닫았다. 막 떠나려는 순간 할아버지가 그렇게 나타난 것이 마음에 걸렸고, 짜증이 나기까지 했다. '저 노인네는 대체 내게 무얼 원할 걸까? 숨이 넘어갈 듯 "그곳에 가면"이라고 말하면서 무슨 얘길 하려던 거지? 모두들 제발 나를 가만 내버려두었으면 좋겠어. 비로소 내가 그들을 떠나게 되었으니까. 그곳으로, 그래, 그곳으로, 그들 모두에게서 멀리 떨어진 곳으로 말이야. 더는 그들을 보고 싶지 않아!' 이렇게 생각하며 그는 의자 한구석에 몸을 웅크린 채 금세 잠이 들었다.

그동안 황금의 밤 늑대 낯짝은 마을로 돌아오고 있었다. 왜 그렇게 읍까지 나갔다 왔는지, 왜 마지막 순간에 역 플랫폼에서 손자를 보려 했는지 그 자신도 알 수 없었다. 손자에게 무슨 말을 하고 싶었던 걸까? 결국 할말을 찾지 못하고 말았지만, 실은 어떤 말로도 그가 하려던 말을 전할 수는 없었으리라. 그것은 언어를 훨씬 넘어서는 것이었다. 살 속에, 가슴속에, 너무도 깊이 박혀 있는 것이었다.

그곳, 바로 그곳에서, 독일군 점령 시기 이전의 그 대도시에서, 그는 그녀를 처음 만났다. 그의 마음을 사로잡아 다시는 놓아주지 않을 여자. 사라져가며 그의 마음을 영원히 지옥 속으로 던져 넣을 여자였다. 어쩌면 그는 마지막으로 한번 더, 기차가 파리로 떠나는 모습을 보고 싶었는지 모른다. 손자에게 이렇게 말하고 싶었는지 모른다. '그곳에 가면 몽수리 공원에 가보거라. 자갈길 위를 걷는 여자들의 발소리에 귀기울여봐. 틀림없이 그 여자의 발소리도 아직 들릴 거야. 내 귀에 지금도 그 소리가 들리니까. 공원의 오솔길들과 거리에서, 오퇴유 지구에서, 강기슭을 따라…… 아주 민첩하고도 조용한 그녀의 발소리가 말이야. 루트! 내 안에서, 매 순간, 당신 발소리가 들려. 구둣굽 소리가 내 가슴을 찢어놓고 기억 속을 끊임없이 맴돌면서 숭숭 구멍을 내…… 당신의 발소리, 내게로 오는 당신 발소리. 루트, 나는 매 순간 당신을 기다려. 하지만 같은 순간, 당신 발소리는 멀어져가지. 끝없이 멀어져가. 그리고 난 시간을 초월한 곳에서 당신을 기다리고…… 루트, 당신 발소리가 나의 온몸에 끊임없이 조금씩 재를 흩뿌리고…… 아, 루트! 매 순간 내게서 멀어져가는 당신 발소리. 내가 지옥에서 길을 잃게 한 당신 발소리…… 루트, 루트!……' 그는 울고 있었다. 황금의 밤 늑대 낯짝 노인은 자신이 사는 마을로 돌아오며 그렇게 울었다. 평생 그토록 많이 울어보기는 처음이었다. 그는 잃어버린 루트의 발소리들 속에서 울었다. 그는 걸어가면서 울었고, 그렇게 걸으며 온 힘을 다해 발로 땅을 찼다. 마치 자신의 발자취를 뒤에 남겨놓으려는 듯이. 혹시 루트가 그를 찾아 나서게 될지 모르니까…… 사랑하는 이 여자가 죽음에서 돌아와 다시 그를 만나고 싶어할지 모르니까.

Nuit des pierres 돌들의 밤

돌들의 밤

1

기차가 역 안으로 들어왔다. 호박색 밤 불의 바람은 창유리에 머리를 기댄 채 여전히 잠들어 있었다. 그러다 천천히, 무겁게 눈을 떴다. 마치 짙푸른 바다 깊숙한 곳에서 수면 위로 다시 올라와야 하는 사람처럼. 그는 자기 열차간에 혼자 남아 있었다. 기름진 파테 샌드위치, 소시지, 바나나 냄새가 퀴퀴한 담배 냄새와 뒤섞여 조금 전까지도 승객 몇 명이 그곳에 있었음을 짐작하게 했다. 그는 짐가방을 들고 통로로 나왔다. 열차 안에는 아무도 없었다. 그는 기차에서 내렸다. 플랫폼 역시 이미 텅 비어 있었다. 다른 플랫폼도 마찬가지였다. 가랑비가 내렸다. 검은 땅에서 내리던 것과 똑같은 가랑비였다. 이처럼 텅 빈 광경이 그를 놀라게 했다. '내가 어디에 와 있는 거지?' 그는 아직 잠에서 완전히 깨지 않은 채 생각했다. 그 순간, 어쩌면 엉뚱한 역에 내렸을지 모른다는 불안감에 사로잡혔다. 실제로 세상 어디에도 없는 땅에 와닿은 듯한 느낌이었다. 안개 속에 커다란 표지판이 눈에 들어왔다. 파란 표지판에 흰 글씨로 큼직하게 '파리'와 '동역東驛'이라는 이름이 쓰여 있었다. 그래도 그는 절반밖에 안심이 되지 않았다. 세상 어디에도 없는 땅에 이르고 말았다는 느낌은 여전했다. 기차 마지막 칸에 타고 있었던 그는 플랫폼을 죽 걸어올라와 역을 가로질렀다. 그러곤 거리로 나서려다 되돌아서서 대합실 쪽으로 걸어갔다. 그토록 오랫동안 갈망하고 기다렸던 이 도시에 막상 발을 들여놓으려는 순간 느닷없이 두려움이 엄습했기 때문이다. 여행 내내 빠져 있던 나른한 잠에서 충분히 깨어나지 않은 듯 아직 멍한 느낌이었다. 이 도시를 곧바로 공략하러 나서기에는 준비가 되어 있지 않았다. 자신이 이방인처럼 여겨졌다. 떠나거나 기다리거나 열차를 갈아타는 사람들, 이 다른 이방인들의 무리에 섞여 앉아 있어야 할 것만 같았다. 그래서 그는 앉은 채 잠든 사람들을 바라보거나 짐가방들 사이에서 초조하게 오가는 사람들을 눈길로 좇으며 잠시 그곳에 머물렀다. 개중에는 확성기에서 찍찍대는 안내방송이 나올 때마다 소스라치게 놀라는 불안한 모습의 사람도 보였고, 마치 시간은 교활하고 들뜬 꿀벌 같아서 언제 날아가버릴지 모른다는 듯 외투 소매 밑에 가려진 손목시계를 연신 들여다보며 시곗바늘을 확인하는 사람도 눈에 띄었다.

그는 마침내 역에서 나왔다. 도시에 눈길을 줄 틈도 없이, 그는 곧장 지하철 입구로 밀려들어가 자신이 묵게 될 대학 기숙사로 직행했다. 하지만 이 대도시에서의 여행은 좀처럼 끝이 나지 않았으니, 환승역에서 세 번이나 길을 잘못 들었기 때문이다. 간신히 목적지에 도착했을 때에는 이미 어둠이 내린 후였다. 축축한 잿빛 저녁이었다. 그의 방은 비좁았고, 벽에는 누렇게 바랜 칠이 군데군데 벗어져 있었다. 주변의 모든 것이 축소되어 보였다. 방, 침대, 테이블, 옷장, 창문을 비롯해 그 자신의 삶마저도. 모두가 한없이 작고 우울한 모습이었다. 그는 침대 위에 짐가방을 팽개쳐둔 채 곧 방에서 나왔다. 벌써부터 바깥의 공기와 공간이 필요했다. 지하철을 다시 타지 않고 그냥 걸었다. 그렇게 밤늦게까지 발길 닿는 대로 이리저리 거리를 산책했다. 보돗가에 자리한 상인들에게서 와플이나 군밤을 사느라 걸음을 멈추었을 뿐이었다. 배가 고파서라기보다 심심풀이로, 그리고 무엇보다 입안을 따듯한 느낌으로 채우기 위해서였다. 그는 그것들을 먹으며 걸었다. 군밤의 너무 탄 부분을 바닥에 내버리며 걷는 그의 모습은 마치 정신이 다른 데 팔려 자신이 가는 길에 완전히 무관심한 '엄지 동자' 같았다. 그렇게 그는 생미셸대로에 이르러 분수가 있는 곳까지 내려갔다. 단칼에 용을 무찌르는 대천사상이 물결치는 듯한 녹색 가로등 불빛 속에서 미세하게 떨리는 것이, 마치 악에 대한 자신의 승리를 의심하는 듯 보였다.

그는 생미셸 다리로 올라가 그곳에서 걸음을 멈추었다. 어둠의 납을 입힌 것 같은 센강의 물이 꼭 양쪽 강둑 사이로 흐르는 시커먼 용암처럼 보였다. 잿빛 가랑비가 추적추적 끈질기게 내렸다.

비가 행인들을 흩어놓았다. 아무도 걸음을 늦추지 않았다. 콕콕 찌르는 빗물의 냉기를 잔뜩 품은 바람이 더 세차게 부는 다리 위에서는 말할 것도 없었다. 호박색 밤 불의 바람은 생미셸 다리 한복판에서 노트르담대성당의 희미한 전면으로 불어오는 바람을 향해 얼굴을 돌리고 얼굴에 바람을 가득 받으며 혼자 그렇게 멈춰 서 있었다. 그런데 잰걸음으로 다리를 지나던 한 남자가 갑자기 발길을 멈추고 뒤를 돌아보더니 악천후에도 아랑곳없이 난간에 팔을 기댄 채 한가롭게 강을 마주하고 서 있는 이 사람을 잠시 응시했다. 결국 남자는 그의 곁으로 다가와 자신도 난간에 팔을 기대고 나란히 섰다. 그렇게 그는 잠시 말없이 머물러 있었다. "당신도 거기 있었나요?" 남자가 결심한 듯 불쑥 이렇게 물었다. 호박색 밤은 흠칫 놀라 자신에게 접근해 엉뚱한 질문을 하는 이 낯선 남자를 바라보았다. "뭐라고 하셨죠?" 그가 물었다.

"당신도 거기 있었나요?" 남자는 같은 질문을 반복했다. "어디 말씀이죠? 제가 어디에 있었다는 말씀입니까?" 호박색 밤은 영문을 몰라하며 다시 물었다. "이곳, 이곳에 말입니다. 작년 이 무렵에, 그 만행이 저질러진 날 밤에……" 호박색 밤은 이 낯선 남자의 질문을 도무지 이해할 수 없었다. "무슨 말씀인지 모르겠어요." 그는 이렇게만 대답했다. 그러자 상대는 다소 실망한 듯 난처한 표정으로 말했다. "아, 이 궂은 날씨에 당신이 이 자리에 이렇게 서 있는 걸 보고 전 혼자 생각했거든요. 딱 일 년이 지났으니…… 아마도 당신이…… 당신이 그날을 기억하고…… 그럴지 모른다고……" "대체 무슨 말씀을 하시려는 거죠? 저는 파리에 처음 왔습니다. 오늘 오후에 도착했어요." 그러자 상대방의 얼굴에 희미한 미소가 떠올랐다. "아, 죄송하게 됐습니다. 제가 잘못 알았군요." 그러고는 혼잣말처럼 "유감이군……"이라고 중얼거렸다. 미소는 이미 가시고 없었다. "뭐가 유감이란 말씀이죠?" "모든 것이요." 남자는 가볍게 어깨를 으쓱하며 말했다. "제가 파리에 있는 것 말인가요? 아니면 제가 오늘 오후에야 이곳에 도착한 것? 그것도 아니면 제가 이유도 없이 이 다리 위에서 있는 것 때문인가요?" 호박색 밤은 갑자기 이야기가 하고 싶어졌다. 남자가 그대로 가버릴지 모른다는 생각이 들자 이 낯선이를 붙잡고 싶었다. "그래요, 아마도 그 때문인지 모르죠. 당신이 이유도 없이 이곳에 있는 것 말이에요. 이곳에서 일어난 일을 기억하지도, 알지도 못하니까요." 남자가 대답했다. "그렇다면 제게 설명해주세요, 그 이유라는 것을." 호박색 밤이 웃으며 말을 이었다. "어서 말해보세요. 그 이유가 제 마음에 들면 제 것으로 삼을 테니까요!" "마음에 들 리 없을 겁니다. 절대로!" "왜 그렇게 생각하시죠?" "죽은 사람들과 관련된 일이니까요." "죽은 사람들이라고요? 대체 누가 죽었죠?" "많은 사람이 죽었어요. 수십 명, 수백 명, 아니 더 많은 사람들이. 알 수 없어요. 아마 영원히 알 수 없을 겁니다. 강둑에도, 보도에도, 센강에도, 어딜 가나 시신들이 널려 있었어요. 그 일이 있은 지 벌써 일 년 가까이 지났군요. 정확히 10월 17일이었습니다.* 그날도 오늘처럼 비가 내렸지요. 오늘 저녁과 똑같이, 지루한 안개비가 내렸어요. 그래요, 똑같은 날씨에, 똑같은 밤이었죠. 도시도 똑같이 무관심한 분위기였고요. 그들은 수가 아주 많았어요. 교외에서 수천 명이 몰려들었거든요. 남녀노소 할 것 없이 모두 모였지요. 하지만 소리를 지르거나 구호를 외치는 대신, 조용히 걷기만 했어요. 옷도 단정했고요. 나들이옷 차림이었다고 할까요. 인간으로서 자신들

* 1961년 10월 17일, 알제리전쟁중 프랑스 파리에서 대규모 알제리 독립 시위가 일어났고, 경찰이 이들을 유혈 진압, 학살하였다.

의 존엄성을 지키기 위해 데모하러 온 사람들이었지요. 그러나 보란듯이 몽둥이와 곤봉 세례를 받았어요. 그래요, 순식간에 일어난 일이었어요. 그렇게 구타당하고, 죽임을 당했습니다. 나들이옷 차림으로, 미처 영문도 모른 채. 그 일이 있은 후 보도와 차도와 도랑에는 여자들의 구두가 널려 있었어요. 그 구두들이, 무엇보다 그 구두들이 기억나는군요. 그래요…… 정말이지 어이없는 일이었지요. 너무나 끔찍하고, 너무나…… 아, 적절한 말이 떠오르지 않는군요. 엄청난 고뇌랄까, 수치심이랄까. 주인 없이 뒤집혀 있는 그 모든 신발들. 더이상 걸을 수 없게 된 신발들. 존엄성을 지키기 위한 행진에 참여하느라 신었던 그 신발들이 결국 치욕과 죽음으로 그들을 인도한 거지요. 도로 위에, 센강에…… 사방에 피가 흘렀어요. 그날의 엄청난 고뇌가 지금도 남아 있어요. 그리고 끔찍한 수치심, 우리 자신에 대한 끔찍한 수치심도……" 거기까지 말하고 그는 입을 다물었다. 말하는 내내, 그는 시선을 강물로 돌린 채 옆얼굴을 보이고 있었다. 목소리가 느릿느릿 잦아들었다. 무언가를 기억하는 사람, 그렇게 기억하고 말할 수밖에 없는 사람의 목소리였다. 놀라고 당황하고 고통스러워 그저 말이 흘러나오도록 내버려두는 사람의 목소리였다. "한데 '그들'은 누구고, '우리'는 누구죠?" 호박색 밤 불의 바람이 불쑥 끼어들어 물었다. 그에게는 이 낯선 남자의 말이 여전히 모호하기만 했다. 남자는 퍼뜩 정신을 차리고 말을 이었다. "아! 당연히 알제리인들을 말하죠! 그날 밤 죽임을 당한 알제리인들요! 그 살육에 대해 한 번도 들어본 적이 없나요? 1961년 10월 17일 밤에 대해 한 번도 못 들어봤어요? 한 번도요?" "전혀요." "그럼 샤론은요? 적어도 이 이름은 낯설지 않겠죠. 샤론 말이에요!" 남자가 다그치듯 물었다. "네, 샤론에 대해선 물론 들어봤어요." "물론 들어봤겠죠." 남자가 환멸어린 씁쓸한 목소리로 말을 이었다. "지하철 샤론역에서 죽은 사람들에 대한 이야기는 물론 들었을 거예요.* 그 이야길 못 들어본 사람은 없으니까. 하지만 10월 17일의 그 야만적인 행위를 사람들은 모르죠. 아무도 몰라요, 알고 싶어하질 않는 거예요. 이 날짜는 달력에서 찢겨나가고, 선량한 프랑스인들의 기억에서 제거되었죠. 그날 밤은 거짓과 망각과 부인 속에 던져졌어요, 센강에 던져진 시신들처럼요. 역사라는 성가신 자의 기억에 또하나의 구멍이 뚫린 겁니다. 이런 망각, 이런 부주의가 어떻게 가능할까요? 안 그런가요?" 남자의 흥분된 어조에 덩달아 달아오른 호박색 밤은 상대에게 매몰차게 말해주고 싶었다. '내가 알 게 뭐죠? 당신이 말하는 죽은 자

* 1962년 2월 8일, 파리의 지하철 샤론역에서 알제리 독립을 반대한 프랑스 극우 비밀 군사조직에 대항하는 시위가 벌어졌고, 경찰의 과잉 진압으로 여덟 명이 사망했다.

들이나 다른 죽은 자들, 그 모든 전쟁이 나와 무슨 상관이죠? 내가 아는 죽은 자들에 대해서도 난 상관 안 해요. 그리고 난 전후 세대예요. 모든 전쟁이 끝난 이후의 세대라고요! 역사 따위는 관심 없어요. 내가 프랑스인이라는 것도 전혀 알 바 아니고요. 다른 곳에서도 얼마든지 태어날 수 있었을 테니까요. 핀란드든, 자이르든, 라오스든, 파나마든, 그 어디서든! 대륙에서 수천 킬로미터 떨어진 대양 한복판에 있는 이름 모를 군도 중 하나에서 태어날 수도 있었겠죠. 아니면 외딴 오지에서 태어났을 수도 있고. 프랑스인? 그것참 근사하군요! 하고많은 나라 중에 우연히 여기서 태어났다는 거 말이에요. 사실 난 태어나지 않았을 수도 있어요. 나는 이 세상에 혼자예요. 다른 사람들이 모두 그렇듯이 말이에요. 단지 난 이 고독을 철저히 요구할 뿐이죠. 내게는 가족이든 집단이든, 그런 과거가 없어요. 조국도 없어요. 무엇보다 내겐 아무 기억이 없어요. 원하지도 않고요. 내겐 아주 덧없는 이 순간이 전부예요. 섬광처럼 자유롭게 선회하는 불연속적인 순간들이죠. 내게 지속되는 유일한 것, 유일한 사랑이 있다면, 그건 내 누이동생뿐이에요. 이름이 무도회처럼 시작되는 누이죠. 나머지는 상관 안 해요! 내가 고향과 가족을 떠난 것도 온갖 형태의 기억이나 과거와 끝장을 내기 위해서예요. 모든 추억이나 죽음과 결별하기 위해서예요. 쓸모없는 후회나 끈적끈적한 향수, 우스꽝스럽고 해로운 회한, 음흉하고 공허한 고통만을 생산해내는 그 모든 어리석은 짓거리들과 작별하기 위해서라고요. 그래요, 난 아무 이유 없이 이 다리 위에 있어요. 또 어떤 이유를 갖고 싶지도 않고요. 그 어떤 이유도! 그러니 역사가 폐기 처분한 당신의 이야기들을 나는 전혀 개의치 않습니다. 당신이 말한 것들! 정말이지 멋진 이야기네요! 죽은 자들에 관한 이야기, 죽임을 당한 자들, 그것들은 여전히 존재하고, 영원히 존재하겠죠. 그렇다면 살아 있는 자들, 행복하고 강한 사람들, 욕망과 기쁨으로 넘치는 세상 사람들의 이야기는 언제나 듣게 될까요? 언제? 나는 지금 아무 이유 없이 이 다리 위에 있고, 또 그게 좋습니다. 우연의 일치로 여기에 와 있을 뿐이에요. 난 열일곱 살이고, 젊음과 순진함으로 빛나는 순수한 시간 속에서 살고 싶어요. 내 말을 이해시키기 위해 당신 귀에 대고 고함을 질러야 할까요?'

"아무 말도 하지 않는군요." 상대가 말했다. "아니요, 사실 난 소리를 치고 싶은걸요." 호박색 밤은 이렇게 대답하는 것으로 만족했다. "정 그러면 해보세요. 마음껏 소리쳐봐요. 맞은편의 노트르담*이 어쩌면 응답할지도 모르죠. 그녀는 다른 외침들도 들었어요. 그러나 개의치 않았죠. 자고 있거든요. 두 주먹을

* 노트르담(Notre Dame)은 '우리의 여인'이라는 뜻으로, 성모마리아를 가리킨다.

쥔 채 자고 있지요. 수세기 동안 무덤 같은 희고 아름다운 돌 속에 잠들어 있어요. 그렇게 자느라고 우리가 하는 말을 듣지 못해요. 하지만 그렇게 우리 말을 듣지 못하는 건, 사실 우리가 그녀에게 말을 할 줄 모르기 때문이에요. 우리는 그녀를 바라볼 줄도 모르죠. 그녀의 이름으로 세워진 이 모든 두꺼운 돌들 너머로 그녀를 들여다볼 줄 모르는 겁니다." "대체 무슨 말씀을 하시는 거죠? 너무 흥분하신 것 같군요!" 짜증과 당혹감이 섞인 목소리로 호박색 밤이 끼어들었다. "그럴지도 모르죠." 상대가 맞받았다. 그는 잠시 입을 다물었다가 돌연 달라진 어조로 말을 이었다. 마치 레치타티보를 읊는 듯했다. "하느님이 은총의 성령으로 내 안에 두신 믿음이 없다면 / 기독교 세계가 한낱 웃음거리에 지나지 않게 된 모습을 보면서 / 세례받은 자의 얼굴을 하고 있는 게 부끄러워지리라. / 기독교인이었던 것을 후회하리라. / 초기 신자들처럼 이교도가 되었으리라. / 밤이면 달빛을 숭배하고, / 아침이면 태양을……" "설교 다음엔 음송입니까?" 호박색 밤이 그의 말을 잘랐다. "내 음송이 마음에 안 드나요?" 상대가 웃으며 물었다. "그래요, 바보 같은 짓이에요." 그러자 남자는 차분한 목소리로 대답했다. "아무것도 모르시는군요. 롱사르*의 시를

---

* 16세기 프랑스 플레이아드파의 대표적인 궁정시인.

한 번도 읽어본 적 없나요? 그의 「프랑스 국민에게 주는 훈계」를 읽노라면 때묻지 않은 힘을 느낄 수 있지요. 맥락이 전혀 다르긴 하지만요. 아, 그런데 이런 이야기가 지루한가요?" "아니요, 지루한 건 아닙니다." "그럼 뭐죠?" "짜증이 난다고나 할까요. 당신 말을 듣고 있으면 고함을 지르고 싶어요." "전 한잔하고 싶군요." 호박색 밤의 오만하고 침울한 기색은 아랑곳없다는 듯 남자가 말을 이었다. "카페에 가서 한잔할까요?" "안 될 것도 없죠." 호박색 밤도 동의했다. 도발적이고도 미려한 어구를 구사하는 이 낯선 남자와 그만 작별을 고하겠다는 결심이 서지 않았기 때문이다. "어느 쪽으로 갈까요? 생미셸로 갈까요, 아니면 샤틀레로?" "좋으실 대로 하세요. 전 이곳 지리는 전혀 몰라요. 방금 전에 도착해서."

남자는 그를 샤틀레 쪽으로 데려갔다. 팔레대로를 따라가던 중 그가 잠시 멈춰 서더니 육중한 경찰청 건물을 가리키며 말했다. "그들은 바로 이곳에 오고 싶어했어요. 이 건물을 향해 걸어왔죠." 호박색 밤이 곧 끼어들었다. "'그들'이 누구죠? 나들이옷 차림의 죽은 자들인가요? 주인을 잃은, 여자들의 작은 구두들?" 상대는 곧바로 대답을 하지 않다가 샹주 다리에 이르러서야 다시 말을 이었다. "그날 밤 저도 그곳에 있었어요. 그 일이 일어났을 때 생미셸의 어느 카페에 있었지요. 그곳에서 보았습니다. 분노를 터뜨리지도 소리를 지르지도 않고 그저 걷기만 하는 그 군중을 말이죠. 그때 갑자기 경찰이 끼어들더니 차들을 선동해 무리 속으로 돌진하게 했어요. 그러곤 남녀노소 모두에게 몽둥이를 휘둘러대는 걸 보았지요. 그 사람들은 아랍인인데다 그들 동포와 우리는 전쟁중이었으니까. 저는 보았어요…… 이따금 제가 본 것에 대해 자문하죠. 아무도, 거의 누구도 그 일을 거론하고 싶어하지 않으니까요. 이 범죄를 시인하려고 안 해요. 변명의 여지가 없는, 어이없는 범죄였죠. 소위 '인권'을 존중한다는 나라의 수도에서 무기도 쥐지 않은 사람들을 대상으로 난데없이 저질러진 범죄였어요. 제가 사는 도시의 시민들이 눈 하나 깜짝 않고 저지른 범죄였어요. 내 도시 시민들, 내 나라 국민들! 이 바보 같은 말들이 때론 아주 묘한 울림을 지니지요. 시대와 사건에 따라 상반되는 울림을 갖는 말들이에요. 독일군 점령 시기에 이 말들은 슬프게도 불행이나 공포, 분노를 의미했을 겁니다. 그러나 그날 밤의 이 말들은 오로지 치욕과 상통했어요. 치욕과 격분, 혐오, 그리고 연민과도 일치했고요. 일 년 남짓 지났을 뿐인데 벌써 사람들은 잊고 있어요. 설상가상으로 부인하기까지 해요. 전쟁이 끝나기 무섭게 다들 대대적으로 세탁하려 하지요. 문제의 두 나라가 저마다 서둘러 민족의식을 씻어내고 기억을 닦아내기에 바빠요. 사람들은 언제나 두 가지 기억을 간직한답니다. 영광과 영웅적 행위에 대해서는 아주 오래 기억하며, 복수를 위해서는 그보다 더 긴 기억을 간직하지요. 후자는 그야말로 길고도 끈질긴 기억이에요! 반면에 치욕과 패배에 관한 기억은 턱없이 짧아요. 이 훼손된 기억 끝에 남은 동강이는 훨씬 경직되어 있고요. 기억을 거부하는 거죠. 양심의 가책과 죄의식을 포함하는 일체의 기억을 부인하는 겁니다. 그래요, 난 어느 날 저녁 우리 역사의 몇 시간이 써지는 것을, 아주 빠르게 써지는 것을 목격했어요. 그것은 몹시 난폭하게 그 자리에서 실행되고 곧 지워졌어요. 노트르담에서 몇 발짝 떨어진 곳에서." "그게 역사와 무슨 상관이 있는지 모르겠군요." 호박색 밤이 말했다. "당장에 납득이 가진 않을지 모르지만, 그렇다고 상관이 없는 일은 아닙니다. 그날 밤 알라신의 앞잡이들과 맞선 경찰들의 무리에는 십자군의 모습이 있었어요. 십자가와 초승달의 전쟁이었죠. 이 경우 십자가는 몽둥이의 형태를 띠었지만요. 기억력 감퇴의 결과가 무언지 보세요. 끊임없이 똑같은 폭력이 시작되고, 다른 얼굴색에 대한 색출이 시작되지요." "경찰들이 노트르담을 크게 숭배한다고 생각하지는 않는데요. 저도 마찬가지고요." 호박색 밤이 지적했다. "제 생각도 그래요." "당신은요? 당신은 보트르담*에게 홀딱

---

* Votre Dame. '당신의 여인'이라는 뜻.

빠져 있는 것 같은데요. 화가 난 연인, 배신당한 연인처럼 말하고 있지만요." "배신당한 건 아니지만, 화가 난 건 맞아요. 그렇다고 그녀 때문에 실망한 건 아니에요. 그녀의 이름을 사용하는 방식에 실망한 거죠. 아니, 실망이라기보다 반감과 혐오감이 들었달까요. 무슨 종교든 사람들은 신과 성인들에게 주어진 이름을 너무 자주 오용하니까요. 어김없이 우상을 숭배하게 되거든요. 근사하고 자신만만하고 증오심 가득한, 온통 황금으로 만들어진 우상, 무장한 우상 말이에요. 그리고 성상은 잊히는 거죠. 이것 역시 배신당한 기억의 문제예요." "그러고 보니 한잔하러 가자고 한 말은 잊으셨군요. 너무 많은 말씀을 하시니 제가 다 목이 마르네요." 그들은 마침내 샹주 다리를 떠나 샤틀레광장의 한 카페에 자리를 잡았다. 비가 계속 흩날리고, 온누리를 뒤덮은 가는 빗방울이 행인들과 집들을 뿌옇게 흐려놓고 있었다.

그들은 카페에서 맨 마지막으로 나왔다. 종업원들은 이미 테이블 위에 의자를 뒤집어 올려놓고 바닥에 비질을 하고 있었다. 호박색 밤은 만취 상태가 되어 보도에서 소리를 질러댔다. 상대방이 물었다. "자네, 무얼 본 거야? 연미복에 실크해트를 쓴 네르발의 유령이 극장에서 스테이지 도어로 달아나는 거라도 보았나?" 그러나 호박색 밤의 눈에는 생자크탑이 들어왔을 따름이었다. 가랑비를 맞으며 유령처럼 서 있는 탑은 마치 도시를 때려눕히기 위해 어둠 속에서 거인이 들어올린 팔처럼 무시무시해 보였다. 두 사람은 휘청대는 걸음으로 잠시 거리를 거닐었다. 더이상 장황한 이야기는 늘어놓지 않았다. 상대방은 〈우리의 사랑에서 무엇이 남았나?〉라는 노래의 곡조를 휘파람으로 불었다. 그들은 생드니가街로 접어들었다. 추위로 빨개진 허벅지에 나른한 표정을 한 매춘부들이 늘어서 있었다. 모든 기억과 과거를 부정하는 자 호박색 밤 불의 바람은 파리에서의 첫 밤을 이 도시의 가장 오래된 거리, 과거로 충만한 거리를 어슬렁대며 보내고 있었다.

생드니가. 과거에 새로 등극한 프랑스 왕과 왕비가 〈테데움〉이 울려퍼지는 대관식을 치르러 도시를 통과해 노트르담대성당으로 가기 위해 지나야 했던 큰 길. 생드니가. 이 장례의 길을 통해 옛 군주들은 통치가 끝나고 삶을 마감한 순간 백성과 도시에 대고 성대한 작별을 고했으며, 대성당으로 돌아가 안치된 그들의 유해는 돌 속에서 왕가의 전설을 이어갔다. 그런가 하면 생드니가는 몽포콩의 교수대로 향하는 사형수들이 마지막으로 쉬어가는 기착지이기도 했다. 그곳에서 그들은 도시를 내려다보는 고지대로 올라가 교수형에 처해지기 전 하느님의 딸들 수녀회의 수녀들, 맑은 목소리로 시편과 참회의 노래를 부르는 이 수녀들의 몹시 헐벗은 손에서 빵 세 쪽과 포도주 한 잔을 받았다. 생드니가. 저녁이면 집 없는 사람들에게 피신처가 되어주던 곳. 가난한 몸뚱이를 누일 침대도 없는 이 사람들은 간이 숙박소 '프라댕의 집'에서 벽과 벽 사이에 쳐진 밧줄 위에 피로와 굶주림으로 텅 빈 머리를 얹고 싸구려 잠을 청할 수 있었다. 생드니가. 그 신비롭고도 놀라운 소굴에 낡고 해진 그림자—부랑자나 사기꾼들을 비롯해 온갖 종류의 불한당—같은 무리를 맞아들이는 무시무시한 배때기. 비참하기 그지없는 자신들의 형편을 환상적이고도 무시무시한 연극무대에 올려 팔며 연민과 자비를 구하는 전문가들이 판치는 장소.

생드니가. 도끼에 잘려 바닥에 구르는 자신의 머리를 주워들고 샘물로 씻으러 갔다고 하는, 하느님에게 홀딱 빠진 자들 중 한 명의 이름을 딴 곳. 생드니가. 그 이름이 지어지기 훨씬 전, 도시가 생기기 훨씬 전, 아니, 역사와 사람들이 존재하기 훨씬 전에, 센강으로 물을 마시러 지나가는 불가사의한 코끼리떼의 긴긴 행렬을 지켜보던 장소.

호박색 밤 불의 바람은 매춘부들의 반짝이는 시선을 받으면서 비틀비틀 생드니가를 거슬러올라갔다. 연지와 네온 불빛에 빛나는 그 모든 감시의 시선이 이 행인에게로 쏠렸다. 그러나 그의 눈에는 그들의 무릎만 들어왔다. 그렇게 자신을 진열대에 올려두느라 지친 몸의 무게에 눌려 살짝 구부러진 동그스름한 무릎들이 빗물에 번들거렸다. 생드니가는 플라타너스가 심어진 대로처럼, 번들거리는 동그란 무릎들이 심어진 긴 차도였다.

두 사람은 마침내 동역에 도착했다. "아, 처음 왔던 곳으로 되돌아왔군요!" 호박색 밤이 외쳤다. "기차를 타면 어떨까요? 아무 기차나." 동행자가 제안했다. "그럴 순 없어요! 왔던 곳으로 되돌아갈 생각은 조금도 없으니까요. 남역이나 서역에서라면 좋아요. 하지만 동역에서는 안 돼요. 절대로!" "남역이나 서역은 없어요." 상대방이 정정해주었다. "다른 이름이 있는데, 생각이 나지 않는군요." 두 사람은 역 안으로 들어가 황량한 플랫폼에 이르렀다. 그러곤 플랫폼 끝까지 걸어가서는 어둠 속으로 사라져가는 철로를 마주한 채 잠시 그대로 서 있었다. 아무 일도 일어나지 않았다. 마치 도시가 비와 어둠에 용해되고 일체의 움직임이 정지된 듯싶었다. 그들은 바다 한복판, 배들조차 잊어버린 외딴 방파제 끝에 선 사람들처럼 플랫폼 끝에 서 있었다. "이만 자러 가죠." 호박색 밤이 말했다. 그는 더이상 서 있을 수가 없었다. 조금만 더 그렇게 있다가는 그대로 쓰러져버릴 것 같았다. 그들은 역사로 돌아와 대합실의 긴 의자에 몸을 뉘었다. 그곳에서, 자신들과는 상관없는 기다림의 웅성임과 창백한 불빛 속에서 잠이 들었다.

그 불빛 속에서 그는 잠이 깼다. 전날 기차에서 내렸을 때보다 더 낯설고 어리둥절한 기분이었다. 머리가 몹시 아팠다. 턱과 머리카락이 꼭 철로 된 것 같았다. 동행했던 사람은 사라지고 없었다. 호박색 밤은 정신을 가다듬고 전날 밤에 일어난 사건들을 정확히 기억해내느라 안간힘을 썼다. 그러나 〈우리의 사랑에서 무엇이 남았나?〉의 후렴구만이 머릿속에 남아 있었다. 그는 자리에서 일어나 대합실을 나왔다. 그러다 갑자기 발길을 멈추고 생각했다. '그러고 보니 난 그 사람의 이름도 모르는구나!' 순간 쓰라린 감정이 밀려왔다. 그렇다면 하룻밤을 함께한 이 친구를 다시는 보지 못할 것이었다. 뻣뻣한 머리카락이 자꾸 눈 위로 흘러내리던 금발의 청년, 호박색 밤 자신은 듣고 싶지 않은 이야기, 전쟁과 기억과 믿음과 정치 참여에 대해 쉴새없이 열정적으로 말을 늘어놓던 청년이었다. 호박색 밤은 내내 귀를 기울이다가 상대로부터 다음 이야기를 끌어내기 위해서만 반론을 제기하곤 했었다. 사실상 이야기의 내용보다는 목소리를, 그 리듬과 톤과 억양을 듣고 있었던 셈이다. 전쟁, 역사, 믿음, 정치, 이 모두는 그에게 아무 흥미도 없는 완전히 낯설고 무의미한 주제였다. 단지 처음으로 우정에 눈을 뜨게 되었을 따름인데, 아직은 거칠고 융통성이나 섬세함도 없는 이 감정이 그로서는 갓 만들어진 뻣뻣한 새 옷을 어색하게 차려입은 사람 모양으로 좀 불편하고 당혹스러웠다. 그가 미처 의식하지 못했던 감정이었다.

그는 다시 지하철을 타고 기숙사로 돌아왔다. 다른 사람들이 잠자리에서 일어나는 시각에야 도착했다. 문앞에 서서 눈물이 그렁그렁하도록 하품을 하며 열쇠를 찾기 위해 외투를 뒤졌다. 그러자 호주머니 한쪽에서 지탄 담뱃갑 한 귀퉁이를 찢어낸 종잇조각이 나왔다. 피로로 흐려지고 눈물이 글썽한 그의 눈앞에서 푸른 바탕에 춤추는 여자의 검은 윤곽이 뒤틀리고 있었다. 그는 춤추는 여자가 더 빨리 돌도록 손가락 사이에 종잇조각을 끼워 돌리며 장난을 쳤는데, 그러다 종잇조각이 뒤집혔다. 종이 뒷면에 갈겨쓴 이름 하나와 전화번호가 눈에 띄었다. 자스맹 데두브. OUR.59.03. 호박색 밤은 방문을 열고 들어가 옷을 입은 채 침대에 몸을 던졌다. 다시 잠이 들기 직전, 그는 생각했다. '오늘 당장 전화를 해야지.' 그러곤 곧장 잠 속으로 빠졌다.

파리 생활 초기에 호박색 밤 불의 바람은 자스맹 데두브와 매우 자주 만났다. 그때까지 누이에게만 애정을 쏟으며 바쳤던 열정을 그는 이 새로운 우정에 쏟게 되었다. 그들은 카페나 영화관, 공원, 도서관에서 만났다. 자스맹 데두브는 그보다 몇 살 연상이었다. 당시 자스맹은 빅토르 세갈렌*을 주제로 문학석사논문을 준비하고 있었다. 한편 호박색 밤은 소르본대학의 철학과 1학년에 등록되어 있었다. 전쟁의 재앙이나 역사의 기억할 만한 다양한 사건들, 종교적 물음이나 정치 문제에 대해서는 예나 다름없이 별 관심이 없었다. 그렇다고 친구와의 관계가 소원해지는 것은 아니어서, 그는 친구와 비슷한 사고방식을 공유하며 사물들을 느끼고 현실세계에 어우러졌다.

현실세계. 그들에게 그것은 천연의 재료였다. 그것은 깎고 다듬어야 할 돌이며, 반죽해 빚어야 할 점토이자 작동시켜 연극과 춤과 노래가 뒤섞인 무대에 올려야 할 몸체였다. 그들에게 현실세계는 꿈과 상상을 향한 무한한 초대였고, 모험과 욕망과 여행을 향한 끊임없는 부추김이었다. 실제로 두 사람은 술집 테이블이나 공원 혹은 강둑의 벤치에 앉아 끝없이 함께 여행을 했다. 현실의 나라에서, 시간의 고장에서, 저마다 자신만의 길을 개척하며 기막힌 여행을 했다.

그러나 풍부한 상상 속으로, 마술 같은 시의 언어로 아무리 깊이 파들어가도 그들 중 한 사람의 길은 결코 현재와 타인들로부터 멀어지는 법이 없었다. 반면 다른 한 사람의 길은 그 시대의 사건들과 인간들로부터 아주 멀리 떨어진 채 더없이 불가사의한 지리를 따라 지그재그로 나아갔다. 자스맹은 오로지 무한한 시

---

* 프랑스 작가이자 시인, 문학평론가이자 고고학자, 탐험학자, 언어학자.

간과 사물들 속에 자리한 인간의 현존을 더 잘 포착해 현재의 뱃머리로 데려다놓기 위해 현실 한복판에 새겨진 이국의 정서를 추적했다. 세갈렌이나 생존 페르스*가 감탄과 놀라움을 자아내리만치 철저히 감지했던 정서였다. 그러기 위해 그는 세계와 역사의 매우 미미한 동요는 물론, 특히 인간 영혼의 무한한 기이함을 온전히 이해하고 있었다. 그는 시적인 언어에 귀기울이기 시작했다. 쉴새없이 진행되는 역사의 은밀한 리듬이 그 안에서 세상의 노래를 통해 고동치는 것을 인식하고 이 노래를 인간에게 알맞게 조정하기 위해서였다. 그는 말에 진중함과 엄격함과 정확성을 요구했다. 언어의 무게 속에서 시대를 가로질러 축적되는 시간의 무게는 물론 인간과 그 영혼의 무게까지 간파할 수 있기 위해서였다. 그는 매 순간 인간을 기억하고, 인간의 연약성과 광기와 존엄성, 이 모두를 기억할 줄 알았다. 시인들이 이루어낸 업적 가운데 그는 시인 한 명이 했던 말에 유일한 기대를 걸었다. "시인이 자기 시대의 비양심이 되는 건 이제 지긋지긋하다."**

자스맹은 자신의 시대와 사람들에 대한 양심의 가책을, 막연하고 불행한 죄의식이나 단순한 자책이 아닌 뚜렷한 의무 사항으로

* 프랑스 시인이며 외교관. 1960년 노벨문학상 수상자이기도 하다.

** 생존 페르스의 말이다.

서 마음속에 품고 다녔다. 언어를 설교처럼 사용하는 것이 아니라 타인들을 끊임없이 불러 세우고 주의와 명철함과 선함을 요구하는 도구로 사용하는 것이 그에게는 중요했다. 그의 청소년 시절은 알제리전쟁의 소문과 떠들썩함 속에 지나갔다. 그는 이런 풍문 속에서 성장했고, 양쪽에서 벌어지는 온갖 난폭한 상황으로 고통스러워했다. 수없이 많은 동포들의 마음속에서 화석화한 증오와 비이성적인 행위를 목격하며 괴로워했다. 그는 자신이 자국의 역사에 너무 깊이 연루되어 이 국민의 고통과 치욕을 함께 느끼지 않을 수 없다는 사실을 알았다. 무엇보다 인간들과의 강한 유대감을 느꼈다. 그 자신처럼 세상에서의 현존이라는 신비와 시련을 견뎌야 하는 동등한 의무를 짊어진 이 세상 모든 인간들이었다. 폭력과 부정의가 저질러졌을 때 이 유대감은 그들에게 분노보다는 고통과 연민을 느끼게 해줄 것이었다. 자스맹 데두브는 오로지 사람과 사람이 나누는 말을 통해 현실세계는 물론 그 놀라운 상상의 이면과 충만한 관계를 맺고 있었다. 그는 우정 속에서 현실을 체험했고, 우애를 통해 인류를 체험했다.

호박색 밤 불의 바람, 그는 현실세계와 어울리기보다는 깊고 풍부한 도피의 길들에 마음을 열며 이 길들을 통해 보다 광범위한 영역들로 달려나가고 싶어했다. 일체의 예속에서 벗어난 더욱 거리낌없는 지대들로, 인간성의 한계에 자리한 야만적인 지대들로 숨이 차도록 끝없이 달려가고 싶었다. 사슴이 나무줄기들에 부딪히며 숲길을 열어가듯이, 그는 온갖 꿈과 욕망 그리고 정상을 벗어난 감정에 부딪히며 마음의 길을 열어갔다. 어머니의 절규가 검은 가시덤불처럼 꽂혀 그의 유년기를 갈가리 찢어놓음으로써 타인에 대한 신뢰에 쓰라린 상처를 입힌, 상실감에 젖은 마음이었다. 이 마음이 그를 가족과 역사와 신으로부터 돌려세웠다. 누이동생의 이름이 그대로 접붙어 있는, 고통받는 마음이기도 했다.

얼마 안 가 호박색 밤 불의 바람은 대학의 큰 강당과 강의실을 버리고 다른 장소에 가 한가로이 거니는 것을 더 좋아하게 되었다. 그는 쥐시외 식물원의 널찍한 온실을 종종 찾아가 꽃과 초목들의 무겁고 습한 공기 속에 틀어박혀 있기를 좋아했다. 식물들의 냄새와 색깔과 형태에 취해 몇 시간이고 그곳에 머무를 수도 있었다. 형태가 종종 뒤틀리거나 때론 흉한 모습을 띠기도 했지만, 그래도 아름답기는 마찬가지였다. 보라색이나 자주색 혹은 오렌지색 꽃잎이 암캐의 혀보다 더 두툼한 커다란 난초들에서 찾을 수 있는 요란한 아름다움이었다. 입술을 너무 짙게 칠한 꽃들, 선명한 입매를 지닌 꽃들, 매춘부의 혀가 달린 꽃들, 근사한 성기를 가진 꽃들. 그는 숨막히는 온실의 열기 속으로 파고들어 갔다. 아랫배가 잠으로 축축이 젖은, 덩이줄기 같은 거대한 여인의 몸, 쾌락에 지친 그 몸속으로 파고들듯이. 이 식물들의 소굴에서 나와 신선한 바깥공기를 되찾는 순간, 그는 욕망으로 지치고 달아올라 현기증을 느꼈다. 그는 동물원에 동물들을 보러 가기도 했다. 그들이 비참한 울타리 안에서 맴도는 모습을 구경하기 위해서가 아니라, 권태로 조여든 그들의 눈에서 훨씬 심오하고 오래된 시선의 번득임을 간파해내기 위해서였다. 요지부동으로 야윈 그들의 허리와 옆구리에서 경이로운 도약의 순간이 전해주는 전율을 포착하기 위해서였다.

기차역이나 북적대는 넓은 대합실, 사람들의 왕래가 많은 무질서한 장소들도 있었다. 그는 이런 곳들을 꾸준히 배회하며 군중 속에서 비열한 무리를 찾아내는 데 열중했다. 소매치기, 길 잃은 듯 보이는 시골 아가씨들을 꼬드기는 자, 암표상, 마약 조달자, 얼뜬 사내들을 허름한 호텔이나 무허가 매음굴로 유인하는 자들이었다. 팁을 바라는 짐꾼이나 여행자들을 관찰할 때와 똑같은 초연한 호기심으로 그는 이들의 음흉한 책략을 관찰했다. 실제로 그들 모두가 무언가를 찾고 있었다. 기회를 찾거나, 다른 누군가를 찾았다. 기차에 오르기에 좋은 순간, 기다리던 부모나 친구를 다시 만나기에 좋은 순간, 행인에게서 돈을 빼앗거나 순진한 이를 이용해먹기에 좋은 순간을 찾았다. 본능적인 직감으로 타인을 찾거나 초조하게 기회를 노렸다. 시간의 무자비한 부식을 한층 부각시키려는 듯, 커다란 괘종시계의 숫자판에서는 시시각각 초침이 움직였다.

그런가 하면 경마장과 시장, 경기장, 공항, 대형 백화점, 실내수영장도 있었다. 군중이 모이는 곳이면 어디나 그는 가야 했다. 이 모든 무리 속에서 길을 잃어야 했다. 자신에게서 더 초연해지고, 거칠고 오만한 고독 속에서 더 냉정해지기 위해서였다. 붐비고 술렁이는 이 모든 익명의 장소들을 그는 며칠이고 온종일 어슬렁거리며 다녔다. 이 모두가 그의 주변에서 움직이고, 말하고, 충돌해야 했다. 저마다의 내면에 도사리고 있는 아주 어렴풋한 동물의 흔적을 추적하기 위하여 끊임없이 인간의 냄새를 찾아내야 했다. 도시인의 외관 안쪽에 몹시 어설프게 감추어진 광기와 폭력과 욕망의 흔적이었다. 간혹 큰 병원에 들어가는 일도 있었다. 생루이, 트루소, 라리부아지에르, 코생, 피티에, 살페트리에르, 오텔디외, 디아코네스, 네케르, 노트르담드봉스쿠르. 그는 몹시 허기진 자신의 인간적인 광기를 이끌고, 뒤뜰 한구석에서 길고양이가 터진 쓰레기봉투들 사이를 헤집고 다니듯이 이 병원들의 복도를 오갔다. 열린 문들 너머로 침대에 누운 환자들을 보았다. 하지만 그들의 고통과 절망과 공포가 그에게는 낯설기만 했다. 죽음의 포옹에서 달아나기 위해 여전히 발버둥치는 패자의 몸, 쇠락해가는 몸을 거기서 목격할 뿐이었다.

그가 엿본 것이 바로 그것이었다. 몸의 해체와 부식이라는 마술, 아직 살아 있는 몸속에서 진행중인 소멸의 신비. 피를 진흙으로, 피부를 뿔로, 심장을 굳은살로, 현존을 부재로 변화시키는 은밀한 작업. 아무런 명백한 조짐 없이 암암리에 진행되는 작업이었다. 그것이 인간이라는 물질을 파괴하고 그 사지와 기관을 해체했으며, 얼굴을 먹어치우고, 차츰 무無가 되도록 했다. 그러나 자신이 목격한 이 무화 작업이 그를 혈기왕성한 상태로 이끌었으니, 이는 그가 거기서도 냉정을 되찾았기 때문이다. 고독과 오만 속에서만이 아니라 세상에서의 충만한 현존 속에서, 활력 넘치는 젊음과 찬란한 욕망 속에서도 말이다. 산패한 에테르와 페놀 냄새가 짙게 밴 병원의 길고 흰 미로를 벗어나면 그는 거리를 따라 걸으며 도시의 공기를 들이마셨다. 바닷바람을 들이마시기라도 하는 양.

파리에 도착한 첫해 호박색 밤 불의 바람의 삶은 그런 모습이었다. 무엇보다 끝없는 산책. 다양한 냄새와 소음과 군중 사이로, 돌들 사이로, 그는 끊임없이 배회했다. 이렇게 산책을 하고 있노라면 모든 감각이 확장되었다. 수백 개의 눈과 귀, 콧구멍,

손가락을 갖게 된 그는 사물과 존재의 맛을 포착할 순간을 엿보았다. 산책이 끝나는 곳에서 그는 종종 자스맹을 다시 만나곤 했다. 그에게 자스맹은 이 도시에서 얼굴과 이름을 지닌 존재, 군중으로부터 구별되는 유일한 존재였다. 유일한 친구이자 그의 분신이며 이면이었다. 그리고 아주 멀리, 거리의 모든 돌과 다리와 집을 넘어선 그곳, 국경지대에, 발라딘이 있었다.

그곳, 어느 곳도 아니게 된 그 어느 곳에 그의 누이동생이 있었다. 이제는 누이를 볼 수 없었고, 한참 동안 보지 못할 것이었다. 검은 땅으로는 돌아가고 싶지 않았다. 그는 그 어느 때보다 자신의 가족으로부터 단절되기를 원했다. 오로지 누이동생만이, 그녀에 대한 꿈과 욕망만이 존재했다. 누이에게 끊임없이 편지를 썼지만 편지를 부친 적은 한 번도 없었다. 누이가 편지를 읽을 수 없으리란 걸 그는 잘 알고 있었다. 그의 편지를 받아볼 이는 주소가 없었으니, 그녀는 어느 곳에도 살지 않는 터였다. 그녀는 꿈속에 거주했다. 그는 두 사람을 갈라놓는 공간의 장막을 찢고 이 사막에 지름길을 열어가기 위해 편지를 썼다. 그녀를 향한 불가능한 욕망의 한없는 고통은 물론 이 욕망의 마술적인 쾌락을 분명하게 추적하기 위해 편지를 썼다.

그에게 이 도시는 그렇게 느껴졌다. 아무에게도 부쳐지지 않은, 아니, 모두에게, 부재에 부쳐진 광기어린 수많은 편지처럼 여겨졌다. 고객을 끌기 위해 요란하기 그지없는 광고를 담은 강렬한 색채의 이 모든 거대한 광고판들. 날마다 바뀌는 제목과 이미지들로 뒤덮인 신문 가판대. 이들의 호소 대상은 분주하고 산만한 행인들 말고 또 누가 있을까? 담벼락 위에 자신들의 생각을—슬로건과 시, 비판이나 요구사항을—갈겨쓰는 자들. 보도에 쭈그리고 앉아 사람들의 무릎 높이에서 구걸을 하며 그곳에 백묵으로 자신들의 비참한 상황을 그리는 자들. 이들 모두는 돌과 아스팔트 말고 또 누구에게 호소하는 것일까? 역청, 돌, 시멘트. 연기로 그을리고 비둘기들의 똥과 개들의 오줌에 부식당한 물질. 가래침과 담배꽁초와 기름과 석유 자국이 널려 있는 불투명하고 단단한 물질.

"이곳에서 모 시대에" 어느 음악가나 작가, 화가, 혹은 라루스 인명사전에 분류되어 있는 이런저런 위인이 살았고 창작활동을 했거나 운명했음을 알리는 글들, 건물 입구에 부착된 이 모든 각판刻板들은 대체 무엇을 암시하는 것일까? 점령군에게 총살당한 자들의 이름과 나이를 상기시키는 추모 각판들, 집이나 공공건물 도처에 부착된 이 모든 각판들은 누구에게 말을 거는 것일까? 이미 과거에 등을 돌리고 사라져가는 기억을 향해서가 아니라면 말이다. 실제로 이 도시는 묘비명과 표지와 날짜들, 부재에 관해 기록된 말들과 망각의 운명에 놓인 말들로 가득한 묘지 같았다.

어떤 작품을 창조한 사람들, 자신들의 생명을 내어준 사람들. 여기에, 도시의 일정한 이 장소에, 그들은 더이상 존재하지 않았으며 앞으로도 존재하지 않을 것이었다. 여기에도, 다른 곳에도. 그들은 사라지고 없었으며, 더이상 이 세상 사람들이 아니었다. 한때 존재했고 사랑했던 누군가가 이곳에 더이상 살지 않으며, 이곳에 더이상 누워 있지 않다는 것. 각판들이 말하는 바가 바로 그것이었다. 이곳에는 아무것도 없었다. 이 모든 각판들은 오래전에 완료된 시간과 공간 사이의 접점을 가리킬 따름이었다. 다양한 장소를 창조하기 위해 공간을 갈라놓은 비수 같은 시간. 각판들은 그 시간을 표시해놓았을 따름이다. 그것들은 시간이 공간에 남긴 흰 흉터들에 불과했다. 돌 속에 새겨진 흉터들에서는 이름이 열거된 사람들의 피가 영원히 고갈되지 않고 흘렀다. 자스맹은 이런 각판이 눈에 띌 때마다 반드시 읽었다. 이 이름들을 큰 소리로 읽었다. 말을 잃은 벽들로부터, 들을 수 없는 돌과 대리석으로부터 그것들을 구해내기 위해서였다. 화석화된 역사의 돌, 망각과 침묵의 대리석으로부터. 한번은 그가 길 한복판에서 걸음을 멈추고 호박색 밤의 팔을 잡더니 어떤 각판 앞에 서서 말했다. "이 이름을 좀 봐. 누가 이 이름에 관심을 가질까? 국경일이면 시에서 보내는 작은 꽃다발들이 이곳에 놓여 시들어가지. 하지만 난 이 이름들 앞에서 등골이 오싹해지곤 해. 이 사람은

1943년 12월 아침 온몸에 총알을 맞고 죽었군. 열일곱 살이야. 하지만 근거리에서 그에게 총을 겨눈 자들은 그의 젊음 따위는 안중에 없었어." "어쩌면 그의 젊음은 본인의 안중에도 없었는지 모르지." 호박색 밤이 되받았다. "그랬을 수도 있겠지. 하지만 그건 전혀 별개의 문제야. 게다가 다른 많은 사람들처럼 그 역시 밀고를 당했는지 몰라. 이웃이나 수위, 심지어 친지 중 한 명이 그랬을 수도 있지. 그게 누군지는 상관없어. 밀고자들은 모두 닮았으니까. 당시 밀고자들은 지금 우리가 인정하고 싶은 것보다 훨씬 많았고, 밀고를 하는 게 자백을 강요당하는 것보다는 훨씬 쉬웠어. 그들은 어둠 속에서 은밀히 배신하며 아무도 모르게 밀고의 편지를 작성했지. 이해타산을 따져서, 아니면 질투심이나 공포 때문에, 혹은 보복을 위해, 그것도 아니라면 그저 즐길 목적으로. 그들은 적들에게 편지를 썼어. 점령당한 그들이 점령자에게 말이야. 그렇게 자신들 주변에서 벌어지는 이 증오와 파괴의 작업에 기꺼이 참여했지. 죽음에게 편지를 썼던 셈이야. 죽음이 일이 없어 빈둥대지 않도록. 그렇게 그들은 주도면밀하게 죽음과 연락을 취하면서 깜깜한 어둠 속에 남아 있었지. 시종일관 흉측한 익명을 유지하면서. 우리가 이 모든 밀고자들과 반역자들과 암살자들의 이름을 안다고 상상해봐. 우리가 늘 그러듯 나중에야 그 행적을 떠받들고 용기를 칭송하는 사람들의 이름 대신 벽에 그들의 이름을 게시한다고 생각해봐. 그들 모두의 이름을 나열하려면 이 도시를 넓혀야 할 거야. 하지만 이 이름들에 대해 역사는 침묵을 지키지. 역사는 그 이름들의 철자를 알지도, 발음하지도 못해." "그건 그래. 그 모든 얼빠진 자들과 비열한 자들의 이름을 새겨넣은 각판들을 게시한다면 도시 전체가 무섭도록 빠른 속도로 다발성경화증에 걸릴 거야. 어느 담벼락 하나 성한 곳이 없을걸." 호박색 밤은 이렇게만 대답했다.

호박색 밤 불의 바람은 폭력과 달콤한 망각으로 가득한 마법서 속을 걷듯 도시 속을 걸어다녔다. 그는 기억이라는 걸 가지지 않았고, 책임을 믿지도 않았으며, 역사를 가볍게 웃어넘겼다. 그는 사람들에 대한 애정이 전혀 없었다.

그는 사람들을 좋아하지 않았다. 인간은 호기심의 대상일 뿐이었다. 애초의 동물성에서 반쯤 돌아선 짐승, 흙과 진흙 속에서 반쯤 길을 잃은 짐승. 인간에게서 그는 이런 짐승의 모습만을 보았다. 미완의 변화를 거치며 괴물처럼 되어버린 이 짐승은 상어의 배와 토템과도 같은 불가해한 성기를 지니고 있었다. 예측을 불허하는 일각수 같은 그들의 심장은 때론 부드럽고 때론 잔인했으며, 목은 무한한 하늘을 향해 괴기스럽게 뒤틀려 있었다.

그를 매혹했던 건 이처럼 실패한 변모였다. 어떤 알 수 없는 교미를 통해 인간이라는 이 묘한 자식이 탄생한 것일까? 짐승과 신, 아니면 자연의 요소와 신 사이의 간음이 초래한 결과일까? 아니면 어둠의 내부에서 생겨난 몹시 미개하고도 신비로운 사랑 싸움의 결과는 아닐까?

인간이란 어둠의 동굴에서 형성된 응결체, 공허로부터 생성되어 확산된 악성종양에 불과했다.

태초에 암흑이 있었으니, 이 암흑은 제 무질서한 검은 내장 속에 천상의 밤과 지상의 어둠을 감추고 있었다. 하나가 다른 하나를 갈가리 찢어놓으며 거기에 자신의 욕망과 폭력, 절규의 씨를 뿌렸다.

태초에 암흑이 있었다. 그런데 이 태초는 결코 한 차례의 사건이 아니니, 끊임없이 무한정 다시 시작될 것이었다. 그리고 최후에는 암흑이 존재할 것이었다. 그 최후가 영원히 거기 존재할 것이었다.

당시 호박색 밤 불의 바람은 신들의 탄생과 삶과 투쟁에 관한 방대한 전설에 열광했으며, 영웅적인 인간들의 모험을 들려주는 위대한 서사시에도 관심을 쏟았다. 그는 성서보다 헤시오도스의 신통기神統記를 좋아했고, 그 어떤 역사책보다 호메로스를 좋아했다. 또 출애굽이나 수세기를 망라한 국가들의 전쟁보다는 신화에 나오는 티탄이나 키클롭스, 헤카톤케이레스, 에리니에스, 거인족이 벌이는 무시무시한 싸움에 더 열을 올렸다. 그가 선호하는 대상은 티탄들 중 가장 나중에 태어난 크로노스였다. 제우스가 왕위를 차지하고 올림포스 신들 위에 군림하자 그의 관심이 식었는데, 그가 혐오하는 질서와 명징성의 어떤 원칙이 이미 거기서부터 자리잡기 시작한다는 이유에서였다.

크로노스. 그는 반란자이며 음흉한 자, 폭력을 행사하는 자였다. 과도하게 억압적인 아버지를 규석 낫으로 단방에 거세해버린 다음, 형제들을 다시 어머니의 들끓는 뱃속으로 집어넣은 자였다. 또 누이인 레아와 결혼하여 거기서 태어난 여섯 명의 자식을 집어삼킨 자였다.

레아. 이름의 울림이 그를 매혹했다. 그는 장시간 길을 걸으며 이따금 이 이름을 주문처럼 되뇌곤 했다. 자스맹의 말처럼, 역사에서 시간은 참으로 신비로운 것이었다. 자스맹에게 이 말은 각자가 엄청난 책임을 짊어지고 있음을 의미했다. 그 책임은 너무도 커서 우리 모두를 서로에게 연결지으며 현재는 물론 과거나 미래와도 연결짓는다고 자스맹은 생각했다. 그러니까 우리는 선조들은 물론 가장 먼 후손들과도 동시대에 살고 있는 셈이었다. 그러나 호박색 밤은 자신이 오직 티탄들과 동시대에 살고 있다고 느꼈다.

어슴푸레한 빛 속에 뒤틀린 거대한 모습의 크로노스. 호박색 밤은 이 크로노스를 그린 고야의 복제화 한 점을 자신의 방에 걸어두었다. 크로노스가 자기 자식들 중 한 명의 몸을 갈가리 찢고 있는 장면이었다. 육식자인 아버지가 움켜쥔 이 뻣뻣한 몸에 그는 매혹되었다. 몸통이 잘리고 팔들도 반쯤 뽑혀나갔지만, 엉덩이와 허벅지와 장딴지는 아직 말짱해 살아 있는 것처럼 보였다. 어둠 속의 둥글고 다소 살찐 엉덩이가 그림의 중앙을 차지했다. 여인의 엉덩이였다. 다름 아닌 데메테르라고, 훗날 지옥과 죽은 자들의 여왕인 페르세포네의 어머니가 되는 여인이라고, 호박색 밤은 생각했다.

레아, 오빠에게 강간당해 임신한 누이동생. 데메테르, 아버지에게 잡아먹힌 딸. 활활 타오르는 흰 불길 같은 머리털에 툭 불거진 눈을 한 아버지. 이 아버지의 벌어진 입 쪽으로 벌거벗은 딸은 갈가리 찢긴 자신의 아름다운 팔 하나를 횃불처럼 쳐들고 있었다. 저녁마다 그는 이 괴기스러운 아름다움을 지닌 그림 앞에서 명상을 했고, 밤마다 이 몸을 꿈꾸었다. 팔을 물어뜯긴, 엉덩이가 둥그스름한 이 여인의 몸을. 그의 욕망이 빚어낸, 무한히 부드러운 점토질의 구체球體들. 레아, 데메테르, 폴린, 발라딘. 그의 꿈속에서는 이 형상과 이름들이 뒤섞였다. 보라색 북처럼 울리는 암종투성이의 거대한 배를 한 형 장바티스트, 이 형을 집어삼키는 크로노스의 꿈을 그는 꾸었다. 배신자인 어머니 폴린에게서 머리와 어깨, 젖가슴을 뜯어내고 그녀의 몸을 이빨로 갈가리 찢는 크로노스의 꿈을 꾸었다. 크로노스가 그의 나약한 아버지 그녀에게 미친 놈의 성기를 잘라내는 꿈을 꾸었다. 또 이 크로노스가 발라딘의 엉덩이를 두 손으로 움켜쥔 채 자신의 성기를 그녀 안에 고정시키고 그 가녀린 몸을 덮치는 꿈을 꾸기도 했다.

아니, 그가 크로노스의 꿈을 꾼 것은 아니었다. 꿈을 꾸고 있는 것이 그 자신이라고도 할 수 없었다. 육체가, 욕망에 사로잡혀 극한까지 간 육체가, 그의 안에서 꿈을 꾸었다.

그러나 그는 얼마 지나지 않아 자신의 방에 들어오지 않았고, 그 그림도 잊어버렸다. 넬리를 알게 된 날부터 그는 외박을 했다. 그녀는 그의 첫번째 연인이었다. 감탄할 만한 그 둥근 엉덩이만큼이나 꽉 찬 스무 살이었다. 얼굴 생김은 못난 편이어서, 길에서 그녀를 마주쳤더라면 눈길조차 주지 않았을 것이다. 그래도 그는 길에서 그녀를 처음 보았고, 그녀의 뒷모습을 보았다. 그의 앞에서 걸어가는 그녀의 엉덩이가 그의 눈길을 끌었다. 그날 그녀는 무릎 위까지 다리가 드러나는 반들거리는 보라색 치마를 입고 있었다. 꽉 끼는 옷 위로 형태가 그대로 드러나는 엉덩이에 시선을 고정한 채 그 리듬감 있는 흔들림과 아롱거리는 천에서 벌어지는 보일 듯 말 듯 한 빛의 유희를 주시하면서, 그는 그녀를 내내 뒤쫓아갔다. 결국 그녀는 테른대로의 한 음반가게에 들어갔고, 이 가게에서 그는 그녀에게 다가갔다. 그녀가 진열대에서 막 뽑아든 음반을 슬그머니 그녀의 손에서 가져다가 계산대로 가 지불한 다음 되돌아와 그녀에게 선사했다. 그러곤 매력적인 미소를 지으며 그녀에게 말했다. "이 음반을 듣고 싶군요. 그런데 전축이 없어서요." 솔직함과 허세가 가미된 이 즉흥적인 시나리오가 그녀에게 먹혀들었다. 매혹된 여자는 그에게 감사하며 자기 집으로 음반을 들으러 오라고 제안했다. 그후 한 시간도 안 되어 호박색 밤 불의 바람은 슈만의 환상 소곡집이 흐르는 와중에 동정을 잃었다. 여자가 엘비스 프레슬리의 최신앨범을 사러 음반가게에 들어갔다가 실수로 진열대에서 꺼내든 음반이었다.

그들의 관계는 일 년 가까이 지속되었다. 그가 그녀에게 사랑을 느낀 적은 한 번도 없었다. 낮에는 각자 자기 일을 하러 갔다. 여자는 직장에 나갔고, 그는 산책을 하러 갔다. 그는 그녀에 대해 질문을 한 적이 한 번도 없었고, 그녀가 밖에서 영위하는 삶에 대해서도 관심이 없었다. 그 자신의 삶이나 과거, 학업에 대해서는 장난삼아, 별생각 없이 거짓말을 했다. 그녀에게 들려주는 모든 말이 거짓이었다. 자신의 감정만을 제외하고는. "난 너를 사랑하지 않아, 넬리. 내가 사랑하는 건 네 엉덩이뿐이야. 그건 아주 마음에 들어." 이런 말을 하는 그의 얼굴에는 냉소가 조금도 떠오르지 않았을 뿐 아니라 오히려 다정함이 묻어 있었다. 사랑하지 않는다는 선언은 언제나 더없이 사랑스러운 미소로 마무리되었다. 이 무례한 고백에 그녀는 아무 반응도 보이지 않았다. 실제로 그녀는 무언가를 요구하지도 않았고, 그에게서 아무것도 기대하지 않는 것 같았다. 그저 그가 자신에게 줄 수 있는 것만을 취할 뿐이었다. 젊음의 빛나는 미소와 자신을 향한 욕구를. 그러나 그녀의 눈 속에서는 이따금 호기심의 빛이 지나가다가 갑자기 의심과 절망으로 어두워지곤 했다. 그는 이것을 한 번도 눈치채지 못했으며, 그 눈을 정말로 주의깊게 바라본 적도 없었다. 그녀에게 엉덩이와 허벅지가 있는 것으로 족했다. 크로노스가 삼킨 딸, 광기로 가득한 그 크고 시커먼 아가리에 집어삼켜진 딸 데메테르의 엉덩이면 족했다. 그는 그 엉덩이를 붙잡고 뒤에서 그녀를 취하기를 좋아했다. 자신의 배를 살결이 부드럽고 따뜻한 엉덩이에 대고 누르며 그녀에게서 맹목적인 쾌락을 맛봄으로써 한순간 고양된 강렬한 기쁨을 되찾곤 했다. 어린 시절 자신의 어두운 은신처에서, 반항적이고 고독한 왕자로 군림한 그곳에서 경험했던 무척이나 모호한 기쁨이었다.

그러나 그녀가 그녀 자신의 얼굴과 시선, 자신의 존재를 들이 밀자 그는 그녀를 떠났다. 어느 여름 저녁, 비가 쏟아지고 있었다. 순식간에 하늘과 거리들과 나무들을 흠뻑 적신 뒤 곧 물러가는 뇌우였다. 비가 그치자 청회색 비단의 광채 같은 차갑고 눈부신 빛이 온누리에 가득했다. 넬리는 창문을 활짝 열고 빗물이 흥건한 거리 쪽으로 몸을 기울여 상쾌한 공기를 들이마셨다. 그런 다음 두 손으로 자신의 눈을 가린 채 호박색 밤 불의 바람을 향해 돌아서서는 쾌활한 목소리로 다짜고짜 물었다. "내 눈이 무슨 색인지 말해봐. 그 정도는 알겠지?" 아니, 그는 알지 못했다. 그녀의 눈동자가 밝은색인지 어두운색인지조차 말할 수 없었다. 그는 대답하지 않았다. 그녀는 여전히 자신의 눈을 가린 채 고집스레 답변을 기다렸다. 결국 그는 아무렇게나 대답했다. "밤색이잖아." 그러자 그녀가 두 손을 치우며 얼굴을 드러냈다. 그 얼굴에 갑자기 난폭하다 싶을 정도의 굳은 표정이 떠올랐다. 그를 빤히 바라보는 두 눈은 방금 전 소나기가 지나간 하늘의 색과 똑같았다. 청회색 눈. 지붕들 사이로 보이는 하늘 두 조각을 떼어다 두 눈에 갖다붙인 것 같았다. 그는 마음의 동요를 느꼈고, 곧 심기가 불편해졌다. 처음으로 그녀를 보고 있었다. 그녀는 긴장된 표정이었다. 금방이라도 소리를 지르고 눈물을 터뜨릴 듯 눈꺼풀과 입술이 부풀어올랐다. 느닷없이 그들 사이를 덮친 이 침묵을 깨기 위한 어떤 말도 그의 머릿속에 떠오르지 않았다. 그러자 마음속에 끼어든 거북한 느낌이 분노로 돌변해 터져나왔다. 이 모두가 두 사람의 이성이나 의지와는 상관없이 벌어진 일이었다. 마치 따귀를 갈기듯 그의 얼굴에 날아든, 너무도 적나라하게 쏘아보는 눈길. 예고도 없이 도전이나 책망처럼 그의 가슴으로 곧장 달려든 너무도 푸른 그 시선. 그의 온몸에서 치솟는 분노. 단번에 모든 신경을 끓어오르게 하는 그녀에 대한 증오심. 대체 그녀는 무얼 원하는 걸까? 나에게서 무얼 기대하는 거지? 인정받기를, 아니면 변명이나 사랑의 고백을 듣고 싶은 걸까? 내 앞에서 썩 꺼져버리라지! 그렇게 그의 내면에 존재하는 인간성을 건드리려던 그녀는 오히려 더없이 어두운 동물적 본성에 곧장 달려든 셈이 되었다. 그 어느 때보다 야만성을 띠게 된 그의 마음속에 무시무시한 분노를 일깨워놓고 만 것이다. 그는 그녀의 뺨을 갈겨주고 싶은 강한 충동에 사로잡혔다. 벽지를 뜯듯 그녀의 얼굴을 뜯어내고 그 푸른 두 눈을 산酸에 녹여버리고 싶었다. 그녀의 목을 조르고 머리를 잘라내어 창밖으로 던져버리고 싶었다. 그녀를 물어뜯고, 머리, 어깨, 팔 할 것 없이 모두 갈가리 찢고 싶었다. 허리와 보드라운 엉덩이, 통통한 허벅지와 동그란 무릎, 따뜻한 음부만 남겨 그녀를 그녀의 진짜 모습, 변함없는 모습으로 고정시켜놓고 싶었다. 그러니까 그의 광적인 욕구에 넘겨진 머리 없는 아름다운 몸뚱이, 데메테르의 엉덩이로.

다시 말을 꺼내 마법에서 깨운 것은 그녀였다. "시시한 장난은 끝났어. 당장 꺼져버려! 더이상 보고 싶지 않으니까. 다시는 안 봐. 네 인형 노릇도 끝이야." 그녀는 들릴락 말락 한 아주 차분한 목소리로 이렇게만 말했다. "좋아, 꺼져주지. 정말 잘됐군. 마침 나도 네가 지겨웠거든. 조그맣고 멍청한 네 파란 눈을 보고 있으려니 엉덩이에 대한 욕구도 싹 가시는군!" 그는 이렇게 말한 뒤 자신의 물건을 정리해 그녀에게 눈길 한 번 주지 않은 채 문 쪽으로 걸어갔다. 그런데 문을 나가려는 순간 넬리가 그에게 달려들더니 손톱으로 힘껏 그의 얼굴을 할퀴었다. "나쁜 자식! 나쁜 자식!" 그녀는 성난 고양이처럼 학학거리며 소리쳤다. 그 즉시 그는 그녀의 머리채를 움켜쥐고 고개를 거칠게 뒤로 젖힌 다음 목덜미의 움푹 파인 곳을 피가 나도록 물었다. 그녀의 외침이 곧 잦아들었다. 그녀는 두 손을 목에 갖다댄 채 비틀거리며 숨을 거칠게 내쉬었다. 그래도 그의 안에서 터져오른 분노, 그녀가 날카로운 손톱으로 할퀴어 그의 얼굴 가득 솟아오르게 한 분노는 사그라지지 않았다. 그는 생살이 드러난 얼굴로 문에 붙어 선 채 꼼짝 않고 그녀를 바라보았다. 고통으로 몸이 구부러진 그녀는 목을 부여잡고 숨을 몰아쉬었다. 그는 여자가 할퀸 상처에서 나온 피가 얼굴을 타고 입술까지 흘러내리는 것을 느꼈다. 입술의 피를 핥자 철과 돌의 맛이 났다. 무미건조하면서도 강렬한 맛이었다. 바깥 하늘은 어두워지고 이제 날이 완전히 저물어 있었다. 그는 얼굴이 화끈 달아오르는 것 같았다. 입이 계속 일그러지면서 물기와 허기와 붉은 기운으로 차올랐다. 얼굴은 부싯돌 같았고, 혓바닥은 불길이 되었다. 활활 타오르는 액상의 불길이었다. 그는 넬리에게 다가가 세 번이나 힘껏 따귀를 갈긴 다음 무릎으로 배 한복판을 세게 걷어찼다. 그녀는 그 자리에서 고꾸라졌다.

어스름이 방안으로 차츰 파고들었다. 가구와 물건, 심지어 벽까지 용해되며 공간의 형태를 바꾸어놓았다. 그는 말이 없었으며, 그녀도 더이상 소리를 지르지 않았다. 그녀는 마치 잃어버린 숨결을 찾으려는 듯 헉헉대며 바닥을 더듬더듬 기어다녔다. 그러나 곧 그 숨결마저 점점 짙어가는 저녁 어둠 속에 용해되어 버렸다. 그는 그녀 뒤로 가서 웅크리고 앉았다. 그녀의 엉덩이를 잡아 자기 쪽으로 끌어당긴 다음 치마를 허리까지 들추고 속옷을 찢었다. 그녀가 도망치려 했지만 그는 한 손으로 단단히 그녀를 붙잡았다. 그러고서 다른 한 손으로 자신의 바지 지퍼를 내렸다. 동작은 정확하고도 신속했다. 어둠에 이미 반쯤 지워진 채 무너진 덩어리. 이 덩어리에 불과한 그녀의 몸에 자신의 몸을 고정하고 바닥에 무릎을 꿇은 채 강제로 그 안으로 들어갔다. 넬리는 이마를 바닥에 찧고 소리를 지르며 온몸으로 흐느껴 울었다. 상처 입은 그녀의 목 안에서 흐느낌은 꾸르륵 소리가 되어 사라져갔다. 하지만 그의 귀에는 아무 소리도 들리지 않았다. 그는 더이상 그 자신이 아니었고, 그녀도 넬리가 아니었다. 두 사람 모두 이제 무無에 불과했다. 그 무엇도, 그 누구도 아니었다. 그저 고통과 광분에 휩싸인 기형의 한 몸이었다. 그는 그녀 위에 올라탄 한 마리 개였다. 돌과 어둠의 개.

그는 괴이하게 나신이 된 채 바닥에 웅크린 그녀를 남겨두었다. 상처 입고 모욕당한 그녀를 뒤도 돌아보지 않고 떠났다. 방을 나서며 문도 닫지 않았다. 그는 곧장 앞으로 걸어갔다. 밤이 새도록 걸었다. 그의 뺨을 할퀴기 전 그녀가 내지른 절규가 끊임없이 그의 안에 울려퍼졌다. 수없이 그의 머리와 가슴을 강타하여 구토가 날 지경이었다. 나쁜 자식, 나쁜 자식! 이제 그를, 그의 온몸과 마음을 할퀴어대는 것은 넬리의 손톱보다 더 날카로운 이 절규였다. 그는 이 욕설이 아무것도 아님을, 방금 전 자신이 저지른 행위와는 비교도 되지 않는 가소로운 것임을 느끼고 있었다. 그는 그녀를 때리고, 상처 입히고, 강간하고, 더럽혔다. 그는 나쁜 자식보다 더 나쁜 무엇이었다. 그는 일종의 범죄를 저지른 참이었다. 하지만 그는 이 사실을, 이 죄의식을 인정할 수 없었다. 그는 전후세대, 죽음 이후의 세대가 아니던가? 일체의 후회와 수치심, 죄의식을 면제받은 세대가 아니던가? 아무 기억도 과거도 없으며 모든 의무로부터 해방된 자가 아니던가? 그는 자신의 양심을 후려치며 관자놀이에서 윙윙대는 이 욕설에 맞서 싸웠다. 나쁜 자식, 나쁜 자식! 난생처음으로 그는 자신이 연루되고 뒤죽박죽이 되어버린 이 엄습해온 양심에 맞서 싸웠다. 죄라는 미지의 감정에 맞서 싸웠다. 현기증을 일으키는 가증스러운 불안감이었다. 나쁜 자식, 나쁜 자식! 도시의 벽들이 그를 에워싸고 조여들어왔으며, 그의 발소리가 보도 위에서 야릇한 반향을 전해왔다. 한 발짝 한 발짝 걸음을 옮길 때마다 이 욕설이 메아리처럼 울렸다.

그럴 수는 없었다. 그걸 인정할 수는 없었다. 절대로 그러고 싶지 않았다. 과거든 현재든 미래든, 그는 모든 전쟁이 끝난 이후의 사람이었다. 그는 자스맹의 생각에 절대로 동조하지 않을 것이었다. 그는 어느 누구와도 유대감을 느끼지 않았다.

그는 전쟁과도 평화와도 관계가 없었다. 평화가 무언지 한 번도 경험하지 못한 그였다. 그는 시간 밖에 자리한 주변인이었다. 과거와도 미래와도 연결되지 않은 순간, 존재하지 않는 곳에서 솟구친 포착할 수 없는 순간. 그는 오직 이 순간에 사는 인간이었다. 자신의 내면에서 들려오는 넬리의 절규를 잠잠케 할 수 있을 것이었다. 또다른 절규—어머니의 절규, 모든 것을 파괴하고만 이 9월의 절규—가 깨어나지 않도록 막을 수 있을 것이었다.

전쟁도 평화도 마찬가지였다. 그는 건물의 전면들 사이로 몽유병자처럼 걸어갔다. 관자놀이가 담벼락 돌들로 짓이겨진 듯 쑤시고 머릿속이 활활 타올랐다.

그때 갑자기 그 이름이 다시 떠오르며 마음의 짐을 덜어주었다. 아주 길고 곧은 텅 빈 거리에 막 다다른 순간이었다. 비가 온 뒤 생긴 물웅덩이들이 어둠을 꿰뚫는 가로등 불빛에 금속성 광채를 발했다. 레아, 주문과도 같은 순수한 울림을 지닌 이름. 이 이름이 욕설을 뒤덮고 넬리의 절규를 내몰았다. 어머니의 절규도.

레아! 반역자인 오라비에게 강간당한 여신. 레아, 이 이름이 도끼로 내리치듯 머릿속을 울렸다. 매 걸음마다 이 이름이 와서 부딪치며 밤을 가르고 돌을 깼다. 벽들이 비켜서고, 은빛 물웅덩이들이 번들대는 질푸른 넓은 대로로 길이 이어졌다. 레아, 레아. 이 이름이 청동 보습처럼 도시를 갈랐다. 어둠의 씨가 뿌려진 돌 고랑들 사이로 그는 머리를 높이 쳐든 채 걸어갔다. 걷는 것이 아니라 어느새 발을 구르고 있었다. 동작은 춤이 되고, 불규칙한 진동이 되었다. 그는 잠든 도시 속을 야만인 왕처럼 나아갔다. 그는 죄가 없었으며, 자유로웠다. 현기증이 날 만큼 타인들에게 무관심했다. 어린 시절 아주 더럽고 심술궂은 왕자로 축성되었던 그는 이날 밤 자신을 '모든 폭력의 연인인 왕자'라 선포했다.

레아, 레아! 매 걸음마다 이 이름이 와 부딪쳤다. 신 뒤축에서 나는 소리처럼. 그건 더이상 이름이 아니라 소리였다. 소리라고도 할 수 없는, 소음이었다. 엄청나게 큰 웃음과 리듬의 힘이 실린, 어둠으로 바스락대는 독창적인 소음이었다.

매 걸음마다 호박색 밤 불의 바람은 넬리에게서, 넬리에 대한 추억에서 멀어져갔다. 모든 것에서, 모두에게서, 자스맹에게서도 멀어져갔다. 그는 고독과 오만과 분노를 향해 단호한 발걸음으로 성큼성큼 걸어갔다.

매 걸음마다 그는 자신으로부터 멀어져갔다. 승무원도 선장도 없는 배처럼 나아갔다. 역풍을 정면으로 받으며, 난파를 유도하는 세이렌의 노랫소리에 실려 물결치는 대로 이리저리 흔들리는 배처럼. 그는 자신이 강하다고, 눈부시게 강하다고 느꼈다. 또 절대적으로 자유롭다고 느꼈다.

레아! 쾌락과 도전의 외침.

2

튀르비고가. 호박색 밤 불의 바람은 대학 기숙사를 떠나 이 거리에 정착했다. 콘크리트 벽으로 나뉜 기숙사의 커다란 공동 침실을 그는 늘 혐오했었다. 침대들조차 책상을 닮아 있는 곳이었다. 그는 시내에 있는 독방 하나를 얻어 월세를 내기 위해 증권거래소 근처에 자리한 작은 호텔에서 야간 관리인 일을 맡았다.

일주일에 닷새 그는 호텔에 출근했다. 근방에 있는 큰 고대풍 사원을 기리는 의미에서 '열여섯 개 황금 계단'이라는 경건한 이름을 갖게 된 호텔이었다. 몹시 가난한 생활을 해야 했던 그는 일주일에 닷새 금융이라는 신이 머무르는 지성소의 비호를 받으며 열쇠걸이 밑에서 야간근무를 했다. 바로 거기서, 전화벨이 울리고 열쇠걸이의 열쇠들이 흔들리며 쩔그럭대는 사이사이 공부를 했다. 여행객을 위한 팸플릿으로 가득한 긴 안내 카운터 뒤로 미끄러져 들어가 닭똥색 인조피혁 의자에 앉아, 바로 거기서 아침식사 시간이나 괜찮은 레스토랑의 위치를 문의하러 오는 고객들을 상대하는 사이사이, 천장에 달린 등에서 퍼져나오는 차가운 불빛을 받으며 학사과정 요강에 나오는 작가들의 저서를 읽었다. 책을 펴면 네온관에서 일직선으로 쏟아지는 불빛이 흰 책장을 감싸고 양손의 피부를 얼어붙은 초록색 광채로 물들였다. 그렇게 몇 시간 독서를 하고 나면 물에 빠진 사람인 양 손톱이 올리브빛으로 변하는 것 같았다. 인쇄된 글자들은 더이상 텍스트를 구성하는 일관된 의미의 문자들이 아니었다. 글자들은 석고처럼 하얀 페이지들 위에 흩어진 녹슨 못 자국으로 변했다.

이 작은 못들이 그의 눈앞에서 춤을 추며 꺼칠꺼칠한 속눈썹처럼 눈꺼풀에 달라붙어 철자들을 묘하게 재조합해놓았다. 해독이 불가능한 철자들이었다. 사물들과 존재들의 세계 전체가 조금씩 모호한 상태로 빠져들며 이해할 수 없는 불확실한 것으로 변해갔다. 새벽 무렵, 피곤한 몸안 가득 침묵과 냉기, 자기부재의 전율이 흐르는 시각이면 늘 있는 일이었다.

철자, 열쇠, 못. 이 모든 게 하나가 되어 눈꺼풀 밑에서 팔락거리거나 짤그랑댔다. 그는 자리에서 일어나 황량한 홀을 가로질러 문턱에 서서는 머리를 흔들고 킁킁대며 신선한 바깥공기를 들이마셨다. 보통 그 시각이면 거리가 텅 비어 있었다. 거리가 끝나는 곳에 자리한 증권거래소 광장도 마찬가지였다. 빗장이 걸린 담장 너머 가짜 신전이 커다란 갑충의 다리처럼 생긴 기둥들 위에 웅크린 모습을 그는 바라보았다. 거대하고 묵직한 풍뎅이였다. 날마다 뱃속에서 터져나오는 요란한 소리의 울림을 돌로 된 접힌 앞날개 밑에 품고 있던 고대이집트 시대의 풍뎅이 같은, 그런 신성한 풍뎅이였다. 주가, 경쟁입찰, 주식시장…… 날카로운 외침과 고함, 째질 듯이 높고 긴 소리, 야행성 조류의 울음소리를 내면서, 기호화한 동시에 억제되지 않은 괴기스러운 히스테리를 일으키면서, 숫자화된 인간들의 무리가 모두 이곳에 모여 장엄한 금융의 제사를 지내고 있었다. 나무랄 데 없는 복장에 반짝이는 구두, 부어오른 목을 꽉 졸라맨 넥타이, 라벤더향 땀으로 번들대는 말끔히 면도된 얼굴, 감지되지 않는 망아지경과 돈의 쾌락에 빠져 경직된 육신. 이들은 일군의 기도자들이었다. 밤중이면 묵묵히 그 거대한 몸체를 드러내고 서 있는 증권거래소. 그것은 야만스러운 대부르주아들의 자산이라는 거무스름한 태양을 폐쇄회로 속에서 굴리는 풍뎅이였다. 증권거래소. 가장 세속적인 가치들을 찬양하며 가장 오만한 신을 섬기는 가짜 신전.

철자, 열쇠, 못. 바다 깊은 곳에서 갑자기 수면으로 솟아오른 잠수부의 시선으로 거리와 광장을 바라보는 호박색 밤 불의 바람의 눈 속에서 이것들은 묘하게 선회했다. 하지만 그는 새벽의 이 신비로운 시간이 좋았다. 시간의 주기가 밤에서 낮으로 넘어가기 시작하는 시각, 아직은 깊이 잠들어 있는 도시가 곧 깨어날 채비를 하는 시각, 그에게는 피로가 다시 밀려오는 시각이었다. 이 시각이면 그는 문간에 잠시 그렇게 서 있다가 홀 안으로 돌아와 준비해온 보온병의 커피를 비웠다. 그런 다음 그의 유일한 욕구 속으로, 학사 요강에 명시된 텍스트 속으로 다시 빠져들었다. 그해에 그는 여러 텍스트를 잡다하게 읽으며 특히 헤라클레이토

스와 엠페도클레스, 아이스킬로스, 소포클레스, 플로티노스, 셸링을 좋아하게 되었다.

그는 의자에 다시 와 앉지 않고 홀 안을 성큼성큼 걸으며 얼굴 높이까지 들어올린 책을 낮은 목소리로 읽었다. 몸을 움직이며 홀을 지그재그로 걷고, 단어들을 발음하며 입안에서 굴릴 필요가 있었다. 단지 눈으로 한 줄 한 줄 좇으며 손으로 책장을 넘기는 것이 아니라 근육과 신경과 입과 발을 사용해야 했다. 그는 이 저자들의 책을 원어로 읽으려 애썼다. 아직은 서툴기만 한 언어들과의 대결은 그에게 일종의 긴장이요 매복과도 같은 주의력을 요했다. 그 순간 철자들은 그 어느 때보다 그가 돌리고 비틀고 빼내고 박는 법을 배워야 하는 열쇠와 못이 되었다. 책들 또한 끊임없이 생겨나는 신성한 풍뎅이를 닮아 있었으니, 투쟁과 추락 혹은 숭고한 대大비극, 세상의 기원, 인간의 광기라는 검은 태양을 내부에 분비할 수 있었다. 이 풍뎅이는 책이라는 검은 태양을 이리저리 끝없이 굴릴 것이었다. 끝없이 다시 시작되는 무수히 많은 책들이었다. "우리가 상상하는 황금시대, 진실이 우화가 되고 우화가 진실이 되는 이 시대를 억압 상태에 붙들어놓는 것은 무엇인가?" 셸링의 이 질문이 실제로 호박색 밤 불의 바람에게는 항시 열린 질문으로 남아 있었다. 어쩌면 황금시대보다는 줄무늬 마노나 흑요석의 시대, 감탄할 만한 진흙과 용암의 시대라는 편이 옳지 않을까? 그렇다, 그것은 열린 질문이었다. 상처처럼 열려 있었다. 그리하여 책들은 결코 끝나는 법 없이 언제나 다시 시작되며 이 질문을 되새겼다. 기원과 의미의 문제. 이 문제를 둘러싸고 책장들이 끊임없이 펄럭였다. 그것들은 마술 풍뎅이의 날개요, 얇은 막이었다.

아침 여덟시에 호박색 밤 불의 바람은 일을 마쳤다. 그는 햇빛으로 다시 환해진 홀을 나와 레오뮈르가를 지나 집으로 돌아왔다. 도중에 세바스토폴대로 부근의 한 카페에 들러 카운터에서 럼주 한 잔을 주문해 마시며 낮시간의 잠을 준비했다.

튀르비고가. 그는 이곳에 자리한 한 셋방에 날마다 박혀 잠을 잤다. 가로 3미터에 세로 4미터 크기의 방이었다. 그는 단호히 공허를 선택함으로써 비좁음을 해결했다. 침대조차 없었다. 그는 돗자리 위에 누워 이불을 둘둘 감고 잤으며, 눈을 뜨자마자 이불을 갰다. 방 한구석에 놓인 큰 여행용 가방에 속옷과 일용품을 비롯해 일체의 잡다한 소지품을 넣어두고, 두세 개의 선반 위에 가지고 있는 책 몇 권과 사전을 놓아두었다. 그는 여러 도서관에 등록했다. 책을 비롯한 모든 것을 빌렸으며 아무것도 소유하지 않았다. 창가에 접이식 테이블과 의자 하나가, 구석에 자리한 가방 위에는 작은 버너 하나가 놓여 있을 뿐이었다. 가방 속에는 편지가 쌓여갔지만 그가 이 가방을 연 적은 한 번도 없었다. 매번 발라딘에게 편지를 쓸 때마다 봉투를 봉하고 우표를 붙여 가방의 열린 틈새로 살짝 밀어넣곤 했다.

그는 꾸준히 여동생에게 편지를 썼지만 부치지는 않았다. 때로는 아주 짧고 때로는 아주 긴 편지들이었다. 철자들이 서로 부딪쳐 삐걱대는 이 엉뚱한 편지들은 스스로에게 운명지어진 침묵으로 말미암아 격앙된 어조를 띠었다. 미친 듯한, 사막처럼 쓸쓸한 연애편지였다. 실제로 그의 사랑은 사막이었다. 그는 허공과 부재에 대고 혼잣말을 했으며, 욕망하는 대상의 얼굴조차 이제는 알 수 없었다. 호박색 밤 불의 바람은 벌써 두 해 이상 검은 땅으로 돌아가지 않았고 누이동생을 보지도 못한 상태였다. 어쨌거나 발라딘도 지금은 그곳에 살고 있지 않았다. 이 무렵에는 이미 스트라스부르로 떠나고 없었다.

가방 속에 편지가 쌓여갔다. 길 잃은 말들을 위한 유치우편인 셈이었다. 하지만 그는 언제나 정성껏 봉투를 봉하고 우표를 붙이고 발라딘 페니엘이라는 수신자의 이름을 또렷이 적어넣었다. 단지 주소만 매번 달라질 뿐이었다. 또 종종 성과 이름 사이에 또다른 단어가 첨가되기 일쑤였다. 발라딘 크립트 페니엘, 발라딘 아로강스 페니엘, 발라딘 오리앙 페니엘, 발라딘 게르 페니엘, 발라딘 아르시펠 페니엘, 발라딘 드레진 페니엘, 발라딘 코르 페니엘……* 그런가 하면 수신자의 주소는 언제나 동사와 부사로 이루어졌다. 지리적인 위치를 행동과 움직임, 긴장으로 표시하는 단어들이었다. 이를테면 에테르넬망 쿠리르, 아드미라블망 불루아르, 크리에 이망세망, 농샬라망 수프리르, 토르튀외즈망 나제, 파빌뢰즈망 크뢰제, 아메르망 리드메** 같은……

편지들은 가방 속으로 떨어졌다. 하나도 남김없이. 발라딘이라는 이름은 어둠에 도로 갇히고, 동사와 부사로 이루어진 이 특정 장소들은 침묵의 대장에 기입되었다. 그가 편지를 썼다는 것, 그녀에게 편지를 썼다는 것으로 족했다. 결국 그 무엇으로도 족할 수 없을 것이기에, 그것으로 족했다. 그녀에 대한 그의 사랑은 너무도 광대하고 너무도 요구가 많았다. 그는 온전히 부조리한 상태에서 무익한 편지를 썼다. 자신의 몸에서 끌어낸 말들로 편지를 썼다. 음탕한 오라비의 몸, 상상 속 연인의 몸이었다. 피부 몇 점, 육肉의 응결체, 침과 피의 침전물을 적출하듯, 그렇게 몸에서 적출된 단어들로.

---

* 프랑스어로 크립트(crypte)는 '납골당', 아로강스(arrogance)는 '교만', 오리앙(orient)은 '동방', 게르(guerre)는 '전쟁', 아르시펠(archipel)은 '군도', 드레진(draisine)은 '궤도차', 코르(corps)는 '육체'라는 뜻이다.

** '영원히 달리다' '찬탄할 만큼 원하다' '엄청난 소리로 외치다' '무기력하게 고통받다' '구불구불 헤엄치다' '놀랄 만큼 파고들다' '씁쓸하게 박자를 맞추다'.

그는 좀처럼 거처에 머무르지 않았다. 그곳에서는 잠을 자거나 글만 썼다. 그의 삶은 언제나 고독한 공부와 정처 없는 방랑 사이를 오가며 바깥에서 지나갔다. 자스맹과도 더이상 만나지 않았다. 넬리에게 심한 모욕과 폭력을 가한 그날 저녁 이후로 그에게 이 도시는 모든 것이 가능하고 모든 것이 허용된 일종의 자유 지대가 되었다. 그렇다면 자스맹의 말들은 이제 헛된 객설에 불과할 수밖에 없었다.

그는 이 거리 저 거리를 다니며 때로 장난삼아 행인들의 뒤를 좇기도 했다. 일터로 가거나 집으로 돌아오는 사람들에게는 관심이 없었다. 그들의 발걸음에 한참 동안 자신의 발걸음을 맞추기는 어려웠다. 아무 놀라움도 주지 않는 둔한 발걸음, 가축의 발걸음에는 그럴 수 없었다.

그렇게 다니다가 그는 이상한 인물 둘을 만났고 한동안 그들과 친구가 되었다. 그는 그들을 각각 두 개의 모음으로 불렀다. O와 U라는. 하나는 닫힌 모음, 다른 하나는 열린 모음이었다. O는 오르니카르였다. 이 인물에 대해서는 모든 것이 확실하지 않았고, 모호했다. 나이와 출신, 사고방식 그리고 국적까지도. 그는 오르니카르를 길에서, 해산물가게 진열대 뒤에서 만났다. 오르니카르가 해산물가게의 상인이었다는 말은 아니다. 호박색 밤 불의 바람은 사실 그가 무얼 하는지 전혀 알지 못했다. 그가 어디서 왔으며 어떻게 사는지도.

어느 여름 저녁이었다. 그는 찌는 듯이 더운 황량한 거리를 내려오고 있었다. 매해 8월이면 그렇듯이 사람들이 산이나 바다로 피서를 떠난 거리는 텅 비어 있었다. 휴가철이라 문을 닫은 큰 맥주홀에 인접한 해산물가게 앞을 그가 지나가고 있을 때 아주 괴상한 소리가 들려왔다. 저음에서 고음으로 변조되는, 긴 떨림과도 같은 낭랑한 소리였다. 그는 걸음을 멈추었지만 아무것도 발견할 수 없었다. 그 순간 가게 간판에 쓰인 "굴, 각종 해산물, 게와 가재, 조개류"라는 글자가 눈에 들어왔다. 말린 산호가 점점이 박힌 그물로 벽을 장식한 가게 구석에 빈 상자 몇 개가 쌓여 있었다. 괴상한 소리는 아주 높은 음역까지 올라가 작은 소리로 삐걱대다가 다시 내려오며 마치 탁한 물속에 빠진 듯 완전히 잠기는가 싶더니 이윽고 분절되며 산산조각난 울림이 되었다. 호박색 밤 불의 바람이 소리쳐 물었다. "이 노랫소리는 뭐지?" 호기심을 참지 못해 스스로에게 던진 물음이었기에 답변을 기대하지도 않았다. 그런데 곧 대답이 들려왔다. "쥐바르트*!" 누군가가 명랑한 목소리로 외쳤다. 이어서 이상하게 생긴 남자가 가게

* '혹등고래'라는 뜻.

의 어둠 속에서 모습을 드러냈다. 더부룩한 머리의 남자는 꼭 도깨비 상자에서 튀어나온 종이 악마 같았다. 피부는 흑갈색과 올리브색과 오렌지빛 황갈색 사이쯤 되는, 딱 꼬집어 말할 수 없는 색이었다. 아주 여위고 긴 얼굴에 얇은 입술, 위로 살짝 찢어진 눈을 가진 남자였다. 푸른빛이 도는 검고 가느다란 눈이 놀라운 빛을 발하고 있었다. 좀더 자세히 바라보니 팽팽히 당겨진 피부가 마치 심한 화상을 입은 뒤 다시 봉합된 듯한 인상을 주었다. 진짜 얼굴이라기보다 잘 맞지 않는 낡은 가면을 쓰고 있는 느낌이었고, 잔뜩 당겨진 얼굴이 어쩐지 낡고 해진 것 같았다. 아주 오래전 어린 시절에 망가져 고친 얼굴이 차츰 시간이 흐르며 꿰맨 자국이 터지고 이음매가 부풀어오른 듯한 모습이었다. "쥐바르트!" 그는 자기 몸에서 먼지를 떨어내며 이렇게 되풀이하더니 진열대 위로 뛰어올라 책상다리를 하고 앉았다. "그렇고말고, 쥐바르트지!" 그는 의기양양한 얼굴로 같은 말을 세번째 반복했다. "알아들었어요. 한데 그건 앵무샌가요 뭔가요?" 호박색 밤불의 바람이 마침내 물었다. 그러자 상대방은 짐짓 놀란 표정으로 소리쳤다. "오! 그 쾌활한 고래를 모른단 말인가요? 파도 사이에서 튀어오르며 노래를 부르는, 그 일렁이는 검은 고래를 몰라요?" "몰라요, 하지만 당신은 그런 모습과는 하나도 닮지 않은걸요. 차라리 뱀장어라고 하는 편이 낫겠어요." "잘못 본 거예요, 한번 보세요!" 상대는 이렇게 말한 뒤 널빤지 위에 길게 엎드리더니 팔을 지느러미처럼 치세우고 몸을 부풀리기 시작했다. 그렇게 몸이 부풀어오르니 피부가 정말로 검게 변했다. 그는 해저 동물 같은 긴 울음소리를 내고는 지쳐 벌렁 누워버렸다. "어때요?" 그가 헉헉대며 물었다. "그럴듯해 보이네요." 호박색 밤도 인정했다. "하지만 검은 고래라 보긴 뭣해요, 물개가 맞겠어요." 상대는 짜증이 난 표정으로 몸을 일으키더니 기지개를 펴며 물었다. "그렇다면 당신은, 당신은 무슨 동물이죠?" "때에 따라 다르죠. 인간들은 노아의 방주 같아요. 누구나 뱃속에 온갖 종류의 동물을 품고 있거든요. 보통은 두려움이나 어리석음, 수치심, 아니면 소심함으로 변비에 걸린 내장 깊은 곳에서 이 가련한 동물군이 권태로 질식해 죽도록 내버려두지만요. 나 자신은 순회동물원이라 해두죠. 주로 육식동물로 이루어진. 아니, 갯과의 동물이라는 게 더 정확하겠군요." 호박색 밤이 이렇게 말하자 상대방은 담배로 그를 톡톡 친 다음 말을 이었다. "하긴, 나도 그저 고래에 그치는 건 아니에요. 난 자유자재로 변하는 동물이죠. 내겐 그 무엇도 정해지거나 고정되어 있지 않아요. 사실 난 존재하지 않는 동물이라는 생각까지 들거든요. 말하자면 그리핀이나 불도마뱀, 혹은 다위* 같은 상상의 동물 말이에요. 다위가 가장 적합하겠네요. 내 어머니조차 나를 찾아내지 못했으니까요.

난 태어나자마자 사라졌거든요! 솔직히 말하면 나 자신마저 나를 찾아낸 적이 한 번도 없어요. 벌써 여러 해 나를 찾아 헤맸지만 속수무책이에요. 난 붙잡을 수 없는 사람이에요." "그렇다면, 내가 보기에 당신은 신이에요." 호박색 밤이 이렇게 말하자 상대방이 소리쳤다. "젠장, 어떻게 날 알아보았죠?" "그야 어렵지 않죠. 신과 다위, 둘은 같은 거니까요. 둘 다 존재하지 않지만, 사람들은 그들을 쫓아다니느라 바쁘죠."

이렇게 해서 호박색 밤 불의 바람은 신이며 다위인 오르니카르를 알게 되었다. 아무것도 기억하지 않고 역사를 부정하며 오직 티탄들과 동시대인이기를 원하는 자가 존재하지 않는 자와 관계를 맺게 된 것이다. 두 사람의 관계는 더없이 부조리한 유희와 경멸에 기초했다. 스무 살의 호박색 밤 불의 바람은 갑자기 영속적이며 절제되지 않는 유치한 어린아이 상태로 퇴보하고 말았다. 두 사람은 팔짱을 끼고 도시의 거리와 술집을 전전하며 돌아다녔다. 못된 장난을 치거나 굉장한 반전을 꾀할 기회를 노리면서. 존재하지 않는 자 오르니카르는 무엇보다 일을 하지 않는 자이기도 했다. "내가 어떻게 일을 할 수 있지? 내겐 밝힐 만한

---

* 산양과 흡사한 모습의 상상 속 동물.

신분이 하나도 없는데. 난 신분증이 하나도 없어. 체류증도, 여권도, 아무것도. 난 말하자면 벽을 통과해 다니는 사람이야. 그러니 일을 할 수 없는 게 당연하지. 존재하지도 않는 자를 누가 고용하겠어? 자신의 출신이나 이름조차 모르는 사람을 말이야." 실제로 아무리 기억을 헤집어보아도 그는 자신의 탄생을 비롯해 유년기와 청년기의 사건을 가늠하게 할 만한 어떤 사람도, 장소도, 날짜도, 흔적도 찾아낼 수 없었다. 자신이 이곳에서, 이 나라, 이 도시에서 무엇을 하고 있으며 어떻게 이곳에 이르게 되었는지도 알 수 없었다. "그러고 보면 난 일종의 만드라고라*인지 몰라." 그는 가끔 이런 이야기를 하곤 했다. "이방인의 땅에 떨어졌다가 목을 맨 자의 정자에서 탄생한 건지도. 하지만 언제, 어디서일까?" 그가 일찍이 작성할 수 있었던 자신의 유일한 가계는 이처럼 아주 먼 곳에 세워진 가상의 교수대였다. 그러나 소진되지 않는 상상력과 변신의 기능 덕택에, 그는 일을 할 수 없는 자신의 처지에 그토록 멋지게 대처할 줄 알았다. "난 허상이며 환상에 지나지 않으니까, 이 변신의 기술을 끝까지 밀고 나가는 게 낫겠어." 그는 이렇게 말했고, 변신의 재능을 군중에게 내보

* 뿌리가 사람의 형상을 닮은 가짓과의 약용식물로 중세 사람들은 이 식물에 마법의 힘이 깃들어 있다고 믿었다.

이면서 몹시 유연한 자신의 외모로 돈을 벌었다.

이 영역에서 그가 보여준 재능은 무궁무진했다. 그는 곤충이나 물고기, 새를 비롯해 생쥐에서 코끼리까지, 그 어떤 동물로도 변신이 가능했다. 또 동물 제각각의 울음소리와 노랫소리도 똑같이 흉내낼 줄 알았다. 그는 상상을 초월하는 방식으로 몸을 비틀 수 있었고, 태양 스펙트럼의 모든 색깔로 변할 수 있었으며, 몸을 마음대로 부풀리거나 오그라뜨릴 수 있었다. 구경거리를 좋아하는 사람들은 이 모습에 깜짝 놀라 발길을 멈추지 않을 수 없었으니, 이 기이한 광경에 점점 더 많은 사람들이 모여들었다. 요컨대 그는 존재하지 않는 자의 기술로 충분히 생계를 유지할 수 있었다.

하지만 그것이 정말로 사는 것이었을까? 그의 내면에서 균열은 점점 심해졌고, 자신과 세계에 대한 부재감이 악화되어 결국 심연이 되고 말았다. 좌절과 절대적인 고독의 심연 속으로 그는 마침내 추락해버렸다.

호박색 밤 불의 바람은 오르니카르에게서 늘 한없이 쾌활한 면모만을 보아왔으며, 친구를 그런 사람으로만 간주했다. 그로서는 친구의 내면을 갉아먹는 모호한 절망감을 전혀 짐작하지도, 그의 추락을 예감하지도 못했다. 오르니카르가 그를 웃기고 놀래키는 것으로 족했다. 사실 오르니카르는 얼굴은 물론 몸까지 마치 심하게 훼손된 다음 엄청나게 손을 본 것 같았지만 호박색 밤 불의 바람은 그 이유에 대해 한 번도 의문을 가져보지 않았다. 오르니카르가 자신이 사는 교외 지역 숙소에 절대로 호박색 밤을 들여놓지 않는데도 그는 그 이유가 무언지 캐내겠다는 생각조차 해본 적이 없었다. 왜 그가 항아리나 유리병만 보면 무턱대고 가져가는지도 몰랐다. 또 오르니카르는 보도나 담벼락에 드리운 사람들의 그림자가 마치 무슨 성스러우면서도 무시무시한 자국이라도 되는 양 그것들을 피해 다녔는데, 호박색 밤은 그 이유도 묻지 않았다. 신이자 다위인 이 미친 친구의 엉뚱한 행동들 중 하나라고 치부할 뿐이었다.

신이자 다위인 이 친구의 전락은 갑작스럽고도 철저하게 일어났다. 어느 따스하고 햇빛 가득한 4월 오후의 일이었다. 오르니카르는 라스파유 교차로에 자리한 발자크 동상을 택했다. 새싹이 돋은 나무 그늘 아래 헝클어진 머리와 엄청나게 뚱뚱한 배를 하고 오만하게 서 있는 동상이었다. 그날 오후 오르니카르는 북유럽산 흰올빼미 흉내를 냈다. 그는 동상의 어깨 위에 올라앉아 일련의 쉰소리를 내뱉고 있었다. 이 소리에 주변의 참새들이 모두 달아나고 길 가던 사람들은 의아해하며 발길을 멈추었다. 얼마 안 가 거대한 동상 발치에 호기심에 찬 군중이 모여들었다. 그 순간 아주 어린 소년이 무리에서 모습을 드러내 조금 앞으로 나오더니 저 위에서 다양한 몸짓을 취하며 웃고 있는 경솔한 인간을 손끝으로 가리켰다. 그러자 곧 어머니가 아이의 팔을 잡아끌어 다시 그녀 곁을 떠나지 않도록 그 어깨를 붙잡은 채 자신의 흰 옷자락에 바싹 붙여 세웠다. 어린 소년은 고분고분하게 어머니 곁에 꼼짝 않고 꼿꼿이 서 있었지만 오르니카르를 향해 들어올린 손가락만은 그대로였다. 어린아이의 아주 작은 손가락이었다.

"크라우 아우 아우!" 올빼미인 오르니카르가 울어댔다. 매 순간 그의 몸은 흰 깃털로 덮이고, 팽창된 두 눈은 옅은 황금빛을 띠었다. 군중은 입을 벌린 채 이 놀라운 변신을 지켜보았다. 동상 위에 올라탄 오르니카르는 군중 사이에서 막 눈에 띈 어린 소년의 손가락을 이상한 눈빛으로 내려다보고 있었다. 불현듯, 이 작은 손가락이 그 자신의 기억을, 회복 불가능해 보였던 기억을 일깨웠다. 갑자기 그는 소리를 지르다 말고 다른 목소리로 말하기 시작했다. "나는 흰올빼미다! 북극지방의 밤새다. 나는 돌과 냉기 속에 보금자리를 짓고, 별과 나그네쥐를 먹고 산다. 그리고 보름달이 뜨는 밤이면 눈 위에 떨리는 커다랗고 흰 자작나무 그늘을 잘게 조각내 내 새끼들을 먹인다. 크라우…… 눈과 정적으로 환히 밝혀진 내 사냥터는 엄청나게 너른 곳이며, 내 날개 그림자는 바닷가까지, 얼어붙은 호수의 물까지 미친다. 갈매기나 뇌조, 기러기와 싸울 때도 있고, 펭귄이나 바다표범, 때론 곰들을 공격하기도 한다. 어쩌다 사람을 만나면 곧장 그에게 달려들어 목덜미를 쪼고 눈을 뚫는다. 내 침이 묻은 그 눈알을 늘 배고파 울어대는 내 소중한 새끼들의 입안에 넣어준다. 크라우 크라우……" 그가 불협화음의 목소리로 악을 쓰며 하는 말들은 앞뒤가 하나도 맞지 않아, 동상 주위에 모여 선 사람들은 거의 아무것도 이해할 수 없었다. 사람들은 미친 자들의 이야기에 절대로 귀기울이지 않는 법이니, 그저 조심스레 거리를 유지하며 그들이 손짓발짓을 하며 고함치는 모습을 바라볼 뿐이다. 자신들 마음속에서 우글대는 끔찍한 괴물들, 사슬로 단단히 묶어둔 괴물들을 저 미친 자들이 대신 제거하도록 내버려둔 채, 그들은 탐욕스러우면서도 혐오감이 깃든 눈길로, 괴이한 고통이 따르는 그 엄청난 작업을 이 미친 자들이 감히 완수하는 모습을 지켜본다.

그날 거기 모인 사람들은 금세 이해할 수 있었다. 발자크의 목에 올라탄 저 미친 자는 자기 역할의 한계를 지나쳐 놀이를 멈추고 이성이 잠든 어둠 속으로 넘어가는 중이었다. 처음에는 이를 보며 웃던 사람들도 곧 웃음을 멈추었다. 얼굴이 모두 굳어져 입을 다문 채 휘둥그레진 눈으로 바라볼 뿐이었다. 저기, 그들 앞에서, 한 남자가 정신을 잃어가고 있었다. 그들의 머리 바로 위에서 자아의 죽음을 맞는 중이었다.

"크라우 우 아우 우우!……" 오르니카르는 허공 속에서 부르르 떨며 날개를 퍼덕였다. 백악처럼 희뿌연 그는 찢어질 듯 날카로운 목소리를 내지르며 통 알아들을 수 없는 말을 이어갔다. "나는 무無 속에 둥지를 튼다. 굶주림과 추위 속에 둥지를 튼다. 나는 날개를 활짝 펴고 세상에 바싹 붙어 날지만 나 자신을 찾은 적이 한 번도 없다. 그건 나 자신이 한 번도 존재한 적이 없기 때문이다. 한 번도 한 번도 한 번도…… 하지만…… 어디에? 아! 대체 어디에……?" 갑자기 목소리가 갈라지며, 그는 그 자리에서 자신의 물음과 이성을 완전히 잃고 말았다. 마치 대답을 찾을 수 없는 질문에 허를 찔린 듯, 현기증에 사로잡힌 듯했다. 그는 동상 위에 말을 타듯 앉은 채로 엎드렸다. 고개를 뒤로 젖히고, 무릎은 발자크의 귀에 바싹 갖다붙이고, 손가락으로 동상의 움푹 들어간 동공을 움켜잡고 있었다. 사람들이 와서 그를 끌어내리지 않았다면 그렇게 무한정 머물러 있었을 것이었다. 결국 소방대가 올 수밖에 없었다. 소방차가 요란한 소리를 내며 도착해 동상에 사다리를 세웠다. 동상을 움켜쥔 그의 손가락 하나하나를 소방관들이 떼어내야 했다. 그들은 고장이 나 뻣뻣해진 꼭두각시 같은 그를 끌어내려 소방차에 쑤셔넣은 뒤 후덥지근한 도시의 거리를 전속력으로 달려 그를 데려갔다. 이렇게 해서 신-다위를 축출하는 작업은 끝이 났다. 사람들은 그를 정신병원에 집어넣었고, 존재하지 않았던 자는 낯선 손들에 의해 흰 침대 위에 꼼짝 않는 돌처럼 눕혀졌다. 그후로 다시는 이성과 말과 동작을 되찾을 수 없었다. 그의 모든 것이 굳어버리고 말았다. 그의 마술 우화집에 나오는 온갖 동물 중 단 하나만이 마지막까지 성실하게 남아 있었다. 다름 아닌 다위였다. 다위가 그의 마음속에 가로누워 그를 지키고 있었다.

그가 입원한 뒤 소유물 목록을 작성하기 위해 그의 거처에 발을 들여놓은 집달리들은 도무지 믿기지 않는 수집물을 발견했다. 똥으로 채워진 무수한 병들이 바닥에서 천장까지 쌓여 공간을 온통 점령하고 있었다. 가구나 그 밖의 다른 물건은 하나도 없었다. 방 한구석 무수한 병 더미 사이에 해먹 하나가 줄에 매여 있을 뿐이었다. 집달리들이 기억하는 한, 그런 은닉의 장면은 처음이었다. 긴긴 세월 너무도 소중하게 보존되어온 인간의 엄청난 배설물들. 그러나 이처럼 화석화된 똥도 그의 영혼 속 균열을 메우기에는 충분치 않았다. 결코 존재할 수 없었던 자, 자신의 내력에 의해 몸과 기억이 잠식당한 자에게는 말이다.

이렇게 해서 오르니카르는 호박색 밤 불의 바람의 시야에서 사라졌다. 호박색 밤의 시야 자체가 만사를 쉽사리 잊어버리는 유동적인 것이기도 했다. 같은 시기에 그가 알고 지내던 또 한 사람 역시 마찬가지였다. 열린 모음인 U. 윌리세아였다.

윌리세아 역시 그가 '열여섯 개 황금 계단' 호텔 관리인으로 일하던 어느 날 밤 거리에서 만난 여자였다. 자신이 좋아하는 책들에 몰입하기 전 호텔 문간에 서서 잠시 바깥공기를 마시고 있을 때였다. 평소 이 시각이면 아무도 지나다니지 않는 거리 한구석에 난데없이 크고 기다란 그림자 하나가 나타났다. 그림자 뒤로 그 주인도 나타났는데, 아주 이상한 모습의 두번째 그림자도 따라오고 있었다. 마침내 가로등 불빛 속에 든 두 개의 그림자를 앞뒤로 천천히 흔들어대면서 두 몸이 모습을 드러냈다. 가까이 다가온 사람은 장대 위에 올라서 있었다. 윤기나는 회색 천으로 된 크고 헐렁한 옷을 입고 얼굴 윗부분에 길고 뾰족한 부리가 달린 진홍색 가면을 쓴 여자였다. 그녀가 손에 쥔 푸른 비단 줄 끝에는 자그마한 라마가 매여 있었다.

그녀는 〈슬픈 왈츠〉의 곡조를 읊조리면서 건물 3층 높이까지 솟은 섭금류 같은 이상한 머리를 흔들어대며 가느다란 다리로 유유히 걸어오고 있었다. 나지막한 음성으로, 몇 개의 음으로 이루어진 짧은 멜로디를 끝없이 되풀이했다. 어린 소녀의 목소리였다. 라마는 머리를 한껏 쳐들고 그녀의 곁에서 타박타박 걸었다. 라마의 눈은 감겨 있다시피 했다. 두 눈에 알비노 짐승 특유의 붉은 기운이 감돌았다. 호박색 밤 불의 바람은 호텔 문턱을 넘어 그들 곁으로 다가갔다. 자신을 굽어보는 이 여자 앞에 서자마자 그도 한 곡조를 흥얼댔다. 〈왈츠로의 초대〉라는 곡조를 그는 더 경쾌하고 끈덕진 톤으로 불렀다. 여자는 웃기 시작했다. 그 소리가 어린아이의 웃음소리처럼 단속적이고 감미로웠다. 그녀는 장대에서 내려와 운명의 기사가 내민 손을 잡았다.

두 사람은 잠시 길 한복판에서 함께 빙글빙글 돌며 노래를 불렀다. 마침내 숨이 차 이 즉흥적인 왈츠를 멈추었을 때 호박색 밤 불의 바람은 몇 발짝 물러나 허리를 굽히며 자신을 소개했다. "샤를빅토르 페니엘. 야간 관리인입니다." 그러자 여자가 맞받았다. "저는, 윌리세아라고 해요. '그뤼'*죠." "그뤼라, 정말인가요? 한데 그 말을 어떻게 해석해야 하죠?" 그가 물었다. "물론, 철새의 의미로요." "유감이군요. 호객하는 새라면 더 좋았을 텐데." 여자는 이런 대꾸에도 전혀 마음이 상하지 않았다. 심지어 이 야간 관리인의 권유대로 그를 따라 호텔의 홀로 들어와 그가 가져온 보온병의 커피를 함께 마시기까지 했다.

그녀는 라마를 호텔 입구에 매어두고 벽에 세워둔 자신의 장대를 지키게 했다. 그런 다음 카운터 위에 올라가 책상다리를 하고 앉은 채 얼굴에 쓴 가면을 치켜올렸다. 이마 위로 올라간 부

---

* 프랑스어 '그뤼(Grue)'는 '두루미' '매춘부' '크레인' 등을 뜻한다.

리가 볼록한 뺄처럼 보였다. 순간 호박색 밤은 그녀의 오른쪽 눈이 누가 봐도 알 수 있는 사팔눈이라는 사실에 주목했다. 이런 눈을 한 여자가 애인을 성가시게 할 리 만무하다는 생각이 들었다. 남자의 얼굴을 빤히 들여다보며 자기 눈의 정확한 색깔을 말해보라고 요구할 리는 없다고 말이다.

하지만 그가 무엇보다 주목한 점은 이 사팔눈의 작은 새가 너무도 매력적이며 그의 욕망을 부추긴다는 사실이었다. 그는 자신의 생각을 분명히 고백하지 않을 수 없었다. 여자는 그의 이 두번째 고백을 먼젓번 고백과 똑같이 가볍게 받아넘겼다. 그녀는 다리를 펴더니 자기 앞 의자에 앉은 호박색 밤 불의 바람의 무릎 위로 미끄러져 내려왔고, 그가 자신의 옷을 벗기도록 몸을 맡겼다. 그는 자신의 허벅지 위에 가볍고 보드라운 인형처럼 놓인 그녀를 그렇게 차지했다. 밖에서는 키 작은 라마가 멍한 분홍빛 눈길로 인적 없는 거리를 살피고 있었다.

윌리세아는 국토를 가로지르거나 심지어 국경을 넘어 공연을 무대에 올리기 위해 의상과 소품들로 가득찬 트럭을 타고 이 도시 저 도시를 돌아다니는 떠돌이들 중 한 명이었다. 그녀는 배우와 어릿광대와 곡예사로 이루어진, 파리에 잠시 체류중인 극단 소속이었다. 하지만 그녀가 가장 좋아한 일은 따로 있었다. 잠든 도시를 자신의 라마와 단둘이 걸어다니는 것. 밤중에 높다란 장대 다리에 올라서서 잠든 사람들의 꿈 위로 덧문이 닫힌 집들 앞을 가볍게 떠다니듯 지나다니는 것. 보도 위에 길고 가느다란 그림자를 던지며, 공중에 뜬 발로 또각또각 규칙적인 소리를 내며 걷는 것이었다.

실제로 그녀가 호박색 밤 불의 바람을 찾아오는 것도 늘 밤중이었다. 황량한 거리의 정적 속에서 조심스레 건반을 치듯 다가오는 묘한 소리가 들려오곤 했다. 그러고 나면 곧 그녀와 라마의 그림자가 그가 있는 호텔 문간까지 미끄러져 들어와서는 입구 앞 보도 위에 네온사인 간판이 동그랗게 그려놓은 푸르스름한 빛 웅덩이 속으로 녹아드는 모습이 보였다. 그녀는 바닥으로 뛰어내려 라마를 바깥에 매어둔 다음 홀 안으로 살며시 들어와 프런트 뒤에 있는 호박색 밤에게 다가왔다. 바로 그곳에서 두 사람은 사랑을 나누었다. 열쇠걸이 밑, 달걀껍데기 색깔의 석회 타일이 깔린 바닥에서.

윌리세아는 놀라운 이야기꾼이었다. 여행을 다니며 여기저기서 주워들은 이야기들을 무궁무진하게 알고 있는 것 같았다. 어쩌면 잠든 이들이 방에서 꿈을 꾸다 질러대는 소리들을 슬쩍한 것인지도 몰랐다. 무엇보다 그녀가 이야기를 하는 방식이 듣는 이를 매료시켰다. 그녀의 목소리와 웃음소리는 어린아이의 것 같았고, 말을 하다 고개를 갸우뚱한다든지 손을 저어대는 모습이 무척이나 매력적이었다. 너무도 작고 가냘픈 두 손은 호박색 밤 불의 바람의 한 손 안에 잡혔다.

그녀의 이야기는 어김없이 회색 색조를 띠었다. 비단처럼 부드럽고 섬세한 회색, 조금 슬픈 회색이었다. 개중에는 그녀도 모르는 어느 강가에서 어느 날 주인을 잃어버린 그림자의 이야기도 있었다. 주인을 잃은 그림자가 갑자기 자신에게서 떨어져나간 몸을 찾기 위해 등나무와 갈대를 엮어 만든 뗏목을 타고 세상의 강이란 강을 모두 돌아다닌다는 이야기였다. 그런가 하면 태어날 때부터 흙으로 빚은 전병만 먹어 생쥐 새끼와 흡사한 모습이 되어버린 어린 소녀의 이야기도 있었다. 또 매번 초승달이 뜰 때마다 은銀 열매가 가득 열리는 불가사의한 재 나무에 관한 이야기를 들려주기도 했다. 아니면 어느 왕에 대한 이야기도 있었다. 이 왕이 다스리는 왕국은 차츰 연기가 되며 그의 성은 안개로 변해 마침내 한차례 돌풍이 불어닥치자 모든 게 흩어지고, 그러자 폐왕은 미치광이가 되어버린 왕비를 어깨에 둘러멘 채 무無로 화한 왕국을 걸인이 되어 떠돌아다녔다는 이야기였다. 그뿐 아니라 갑자기 머리카락이 빗방울의 모습으로 자라기 시작한 노파에 대한 이야기도 있었다. 노파는 머리털을 타고 등으로 비처럼 끝없이 흘러내리는 냉기를 견디지 못해 바닷속으로 뛰어들었다고

했다. 그 밖에 한 도시의 동상들이 모두 어느 날 각자 자리하던 초석과 벽감과 분수반에서 뛰쳐나오기로 결심하고 사람들이 사는 도시 너머로 가 자유민이 되어 살았다는 이야기도 있었다. 바로 로마와 바르셀로나, 베르사유, 파리, 쾨니히스베르크, 런던, 피렌체, 프라하 같은 도시에 선 동상들이었다. 또 낚시꾼 한 사람이 어느 날 낚싯줄에 걸린 젊은 여자의 익사체를 건져올렸는데 여자의 몸에는 수많은 은빛 조가비들이 박혀 있었다는 이야기도……

그녀가 들려주는 이야기는 언제나 회색빛이었으며, 그녀의 마음속에는 다소 냉기가 서려 있었다. 그녀가 쉴새없이 움직이며 이 도시 저 도시 옮겨다녀야 하는 것도 그 때문이었다. 그녀는 늘 떠나야 했다. 절대로 한곳에 뿌리를 내리거나 구속되어서는 안 되었다. 떠나야 했다. 늘 보행의 유연한 리듬을 되찾고 큰 보폭으로 걸으며 방랑의 경쾌함을 새롭게 익혀야 했다. 떠나야 했다. 초연하고 우아한 기품을 지닌 회색 두루미처럼 삶 속을 유유히 걸어다니며 자신이 바람 속에 떠돌도록 내버려두어야 했다. 시간의 흐름을 따라 끝없이 달아나야 했다.

그렇게 그녀는 가버렸다. 자신의 라마를 데리고 단원들과 함께 다시 길을 떠났다. 호박색 밤에게 한마디 언질도 없이, 어느 밤부터 갑자기 그를 찾아오지 않았다. 며칠 밤 동안 홀 깊숙한 곳에서 그녀를 기다리던 그는 이상하게도 그 홀이 춥고 추하고 천박하다는 느낌을 처음으로 맛보았다. 더이상 독서에 집중할 수 없었다. 무의식중에 내면의 무언가가 바깥에서 들리는 아주 작은 소리에까지 귀기울이게 만들며 끊임없이 정신을 흐트러뜨렸다. 거리에서 규칙적으로 따각따각 울리는 장대 소리. 그녀의 몸 주위에서 펄럭이는 회색 천이 조용히 부석대는 소리. 입구에 동그랗게 드리운 푸르스름한 네온 불빛과 그 속에 녹아드는 두 개의 그림자. 분홍빛 눈을 한 라마의 고요한 실루엣. 이 모두를 그는 기다리고 있었다. 그리고 간절히 원했다. 우울했던 어릴 적 이야기를 재잘대는 가느다란 목소리를, 아주 작은 손을, 꾹 참은 웃음을, 피부와 젖가슴과 입술의 맛과 그 상큼함을, 그리고 그의 몸을 내리누르는 너무도 가벼운 몸을, 그리고, 그리고…… 사랑의 염탐꾼처럼 그를 기다리게 만드는 알 수 없는 것들의 목록은 길기만 했다. 윌리세아. 곡예사의 이름. 방랑자 혹은 몽유병자의 이름. 이 이름이 침묵 속에서 웅얼웅얼 아주 나지막이 들려왔다. 윌리세아. 이 이름이 그의 뒤에서, 열쇠걸이에서 짤랑대는 것 같았다. 산만하게 읽어내려가는 책장을 넘길 때마다, 그녀의 이름이 속삭이듯 들려왔다.

윌리세아. 이 이름이 〈슬픈 왈츠〉의 아득한 곡조를 타고 노래처럼 들려왔으며 들릴락 말락 사각대는 회색 비단 소리에 묻혀

투명한 공허로 변했다. 무도회에서, 밤의 무도회에서 빠져나온 이름…… 이 이름은 무도회처럼 열리는 또다른 이름과 뒤섞였다. 발라딘. 경계하고 살피는 호박색 밤 불의 바람의 마음속으로 어린 발라딘이 더 잘 돌아올 수 있도록 하기 위해, 오직 그러기 위해, 윌리세아는 달아난 것이었다.

이런 상태가 몇 주 동안 지속되었다. 이 몇 주 동안 윌리세아라는 이름이 전율처럼 살갗을 타고 흐르면서 목을 메이게 하고 속을 뒤집어놓는가 하면 관자놀이에 와서 부딪쳐댔다. 해소되지 않는 욕구의 불안감과 좌절된 기다림의 비애를 아무리 부정하고 피하려 해보아도 동요는 가라앉지 않았다. 그러면 스스로에게 화가 났고, 마음속에서 여자의 이름이 가해오는 모욕적이고도 음흉한 힘에 반항하게 되었다. 어쨌거나 이제 막 스무 살이 된 자신이 사랑의 감정이라는 끈적끈적한 거미줄에 걸려들도록 내버려둘 수는 없었다. 이처럼 역겨운 무기력감에 어이없이 빠져드는 스스로가 미웠고, 그렇게 사라진 여자는 더 원망스러웠다. "윌리세아, 사람을 농락하는 네 이름의 목을 비틀고야 말겠다. 너에 대한 기억을 먼지로 만들어버릴 거다. 그러니 네 불행의 목발을 짚고 영원히 사라져버려라. 끔찍한 난쟁이 라마와 붙어다니는 사팔뜨기 작은 새야, 지옥으로나 날아가버려라!" 결국 그는 이렇게 소리쳤다.

그리고 그는 윌리세아라는 이름의 목을 비틀었다. 넬리라는 이름을 쐐기풀 속에 던져넣은 것처럼. 자스맹이라는 이름을 벽장에 넣어두고 오르니카르라는 이름을 잊어버린 것처럼. 그러고 나니 발라딘에 대한 사무치는 그리움만이 남았다.

튀르비고가. 그는 그곳 천사의 날개 밑에 거주했다. 건물 전면 쪽으로 난 그의 방 창문 곁에 천사가 조각되어 있었다. 발을 덮는 좁다란 주름 옷으로 몸을 감싼, 다리가 몹시 길고 호리호리한 천사였다. 어찌 보면 몸이 뱀장어와 흡사했다. 세 층에 걸쳐 서 있는 천사는 거리를 향해 한없이 무심한 눈길을 던지며 바보 같아 보이는 옅은 미소를 띠고 있었다. 어깨 뒤로 펼쳐져 머리를 에워싼 양날개는 몸의 길이에 비해 턱없이 작았다. 이 돌로 된 천사가 혹 건물 전면 벽에서 떨어져나와 동네를 날아보고 싶다는 변덕이라도 부린다면 그 보잘것없는 우아한 날개 덕에 당장 길 위로 떨어져 사람들의 발에 짓밟히고 말 것이었다. 천사의 얼굴은 다소 미련해 보였다. 영양상태 좋은 사춘기 소년의 얼굴에 납작한 이마와 코, 동그스름한 광대뼈. 입가에는 좀 우둔해 보이는 알쏭달쏭하고도 기묘한 미소가 살짝 어려 있었다. 물고기처럼 생긴 이 천사에게서 숭고한 구석이라고는 눈을 씻고 봐도 찾을 수 없었다. 대신 김빠진 순진무구와 달콤한 무사태평, 그리고 호박색 밤 불의 바람의 마음에 드는, 무어라 규정지을 수 없는 묘한 구석이 있었다. "내 이웃은 도시의 땀과 검댕으로 더러워진 돌로 된 천사야. 그는 말을 하지도, 움직이지도 않지. 그저 바보 같은 미소를 머금은 채 쓸모없이 우아한 자태를 내보이며 거기, 건물 전면 벽 위에 지친 모습으로 머무를 뿐이야. 수호천사가 아니라 백치 천사라는 편이 낫겠군. 도시인들의 천사라고나 할까! 무엇보다 신의 진짜 얼굴이지. 밑에서 벌어지는 일들에 전혀 아랑곳하지 않는 멍청한 자의 가련한 낯짝이야." 그는 이런 경멸에 찬 확신으로 의기양양하여 날마다 천사의 날개 밑에서 덧창을 열고 이 튀르비고 천사에게 거만한 눈길을 보냈다.

그러다 그는 이 눈길을 돌로 된 이웃뿐 아니라 길에서 마주치는 모든 사람에게 보내게 되었다. 오만한 고독 속에 칩거하며 모든 형태의 애정에 반기를 든 덕분에 그는 타인들에게로 가는 실마리를 잃고 만 터였다. 혹시라도 길 위에서 이 실마리를 다시 보거나 부주의로 주워 들게 되는 경우에도 그 자리에서 화를 내며 당장 끊어버렸다.

그러나 이 실마리는 이상하게도 몹시 엉뚱한 형태로 갑작스레 다시 눈에 띄곤 했다. 다시 그것을 끊지 않으면 안 되는 순간이 닥칠 때마다 그의 분노는 더한층 격화되었다.

그러던 어느 날 그는 그 노파를 만났다. 그렇게, 도시의 미로 속에서 말이다. 레몬을 파는 노파였다. 너무도 늙고 추하고 뒤틀려 있어 더이상 나이를 가늠해볼 수 없는, 인간다운 구석이라고는 전혀 찾아볼 수 없는 노파였다. 노파는 보도 한복판에 잔뜩 웅크린 채 앉아 있었다. 붉다못해 보랏빛이 감도는 두 맨다리 사이에는 낡은 바구니가 놓여 있었다. 노파는 몹시 헐렁하고 해진 윗옷 주머니에 한 손을 찔러넣고 다른 한 손은 앞으로 쭉 뻗어 손바닥 위에 놓인 레몬을 내보이고 있었다.

어찌나 싱싱하고 반짝이는 레몬인지 찬란한 태양이라 해도 좋을 정도였다. 그저 보는 것만으로도 행인들의 입안에 톡 쏘는 듯한 상큼한 신맛이 돌았다. 그런데 노파는 이상하리만치 무례하고 도발적인 자세로 그것을 사람들에게 내밀었다. 그러면서 마치 이렇게 말하는 것 같았다. '보게나, 나를! 이 흉측한 늙은이를 보게나. 난 세상의 비밀 하나를 쥐고 있지. 이 땅의 기적 하나를 갖고 있어. 여기 내 손안에 당신들의 갈증을 담고 있다고. 당신들의 눈물과 체액, 기분, 침과 땀과 오줌…… 반투명의 시큼한 모든 액을 담았지. 난 당신들 몸을 좌지우지할 수 있어. 마음만 먹으면 폭력도 행사할 수 있지. 당신들의 체액에 독을 섞어 모두 말려버릴 거야!' 노파의 두 눈은 레몬 씨만큼 크지도, 생기를 띠지도 않았다. 피부는 레몬 껍질보다 더 누렇고 윤기라곤 없이 아주 거무죽죽했다. 노파는 거지처럼 내민 손, 레몬이 반짝이는 자신의 손 위로 몸을 잔뜩 구부린 채 꼼짝도 하지 않았다. 마치 방금 전에 제물로 희생된 어느 젊은 태양신의 성심聖心을 세상에 바치는 노쇠하고 흉물스러운 천사상 같아 보였다. 그 방금 전이란 태곳적 한순간이었다.

"레몬이 1프랑이오, 1프랑!" 노파는 아주 가늘고 힘없는 목소리로 이렇게 중얼댔다. 이 짧은 말을 몇 분 동안 신도송처럼 반복해 되뇌다가 다시 입을 다물곤 했다. 표정이나 자세도 바꾸지 않았고, 누가 거리를 지나며 그 소리를 듣는지 쳐다볼 생각도 하지 않았다. 조금 떨어진 맞은편 보도에서 한참 동안 노파를 관찰하던 호박색 밤 불의 바람은 어쩌면 노파가 장님일지 모른다고 추측해보았다. "레몬이 1프랑이오, 1프랑/레몬이 1프랑이오, 1프랑/레몬이 1프랑이오, 1프랑……" 이따금씩 행인이 노파를 발견하고 레몬을 사러 다가왔다. 하지만 노파가 파는 레몬은 손바닥에 놓인 그 레몬이 아니었다. 손님이 다가오기 무섭게 노파는 바구니 쪽으로 몸을 구부려 다른 레몬을 꺼내들었다. 푸른 반점이 박히고 껍질이 물렁물렁한, 시들고 일그러진 레몬이었다. 파리 중앙 시장에서 팔리지 않고 남아 있다가 파장 때 상자에 모여 버려진 것들. 노파는 그런 식으로 장사를 했다. 불쌍한 인간의 가련하기 그지없는 속임수였다. 노파는 속임수에 넘어간 상대의 손에 썩은 과일을 던져놓고 한마디 말도 없이 잽싸게 동전을 호주머니에 집어넣었다. 마치 그녀가 할 줄 아는 말은 '레몬이 1프랑'이라는 두 마디뿐인 듯싶었다. 놀란 손님은 불쾌한 마음을 금치 못하면서도 감히 항의할 생각을 못했다. 연민으로 그냥 눈을 감아주면서 혐오감을 떨쳐내지 못한 채 떠나갔다. 손님의 손끝에 들린 곰팡이 슨 과일은 모퉁이를 돌자마자 길가 도랑에 버려졌다. 어쩌면 손님들은 어렴풋이 느끼고 있었는지 몰랐다. 그들이 당한 사기가 실은 아주 공평한 것임을. 자신들의 하찮은 동정심에 대해 이 불쌍한 노파는 그저 정당한 대가를 지불한 것임을. 그들은 보잘것없는 연민의 대가로 곰팡이 슨 레몬 하나를 받은 셈이었다. "동정심 한 번에 1프랑이오, 1프랑!"

호박색 밤 불의 바람도 레몬을 사기 위해 마침내 노파에게 다가갔다. 노파를 가까이에서 보고 싶다는 생각뿐이었다. 호기심에 찬 눈길로 이 비열하고 가소로운 사기꾼의 쭈글쭈글한 낯짝을 자세히 들여다보고 싶었다. "값이 얼마죠?" 이렇게 묻자 곧 기계가 작동했다. "레몬이 1프랑이오, 1프랑……" 희끄무레한 노파의 두 눈은 눈곱이 낀 짓무른 눈꺼풀로 완전히 덮여 있다시피 했다. 이가 다 빠지고 입술이 안으로 말려들어, 덩굴손 같은 긴 털들이 곤두선 돌출된 턱과 코의 곡선이 묘하게 일그러져 보였다. 그는 호주머니에서 동전 하나를 꺼내 노파에게 내밀었다. 그러자 노파는 바구니 쪽으로 몸을 굽혔는데, 그 순간 호박색 밤이 노파의 행동을 저지했다. "아니야, 마귀 같은 늙은이. 내가 원하는 건 그 싱싱한 레몬이야. 더러운 쓰레기봉투 속에 든 썩은 레몬이 아니라고!" 이렇게 말하며 그는 노파의 손에 있는 레몬을 집으려 했다. 그러나 손가락 관절이 꺾이는 둔탁한 소리와 함께 노파가 순식간에 레몬을 감싸쥐는가 싶더니, 동시에 입에서 톱을 켜는 소리 같은 날카롭고 괴상한 외침이 터져나왔다. 꼼짝 않고 그를 쳐다보는 노파의 시선은 영락없이 겁에 질린—광기에 들린—어린 소녀의 시선이었다. 가슴을 에는 노파의 비명은 젖먹이 아이가 내지르는 소리와 닮아 있었다. 결국 그는 더 맞서지 못하고 몸을 돌렸다. 노파가 너무나 하찮은 존재였기에 그녀와 게임을 벌이겠다는 생각조차 할 수 없었다. 그뿐 아니라 이 겁먹은 시선과 험상궂은 표정, 추악한 절규가 그의 마음을 몹시 불편하게 만들었다. 그렇게 불시에 공격을 당하고 싶지는 않았다. 그는 단지 노파에게 맞서고 그녀의 화를 돋워, 귀찮더라도 좀 즐길 생각이었다. 하지만 노파는 정녕 그럴 만한 상대가 못 되었다. 빈궁과 절망에 빠져 이미 지나치게 타락한 상태였다. 그 순간 그의 마음속에 끼어들며 스쳐지나가는 연민 비슷한 감정이 어렴풋이 느껴졌다. 그가 무엇보다 싫어하는 음험한 감정이었다. 연민에서는 악취가 난다고, 숨을 헐떡이는 뚱뚱한 병사의 발처럼 고린내가 풍긴다고, 그는 오래전부터 이미 단호히 못박은 바 있었다. 그 역겨운 냄새가 배신의 냄새처럼 번져와 마음을 더럽히는 것을 견딜 수 없었다. 그래서 그는 자리를 떴다. 그러나 길 끝에 이르기도 전에 뒤를 돌아보았다. 저편에서 노파가 아까처럼 레몬을 꼭 쥔 손을 목 언저리에 갖다댄 채 종종걸음으로 걷고 있었다. 다른 손에는 찌그러진 바구니가 들려 있었다. 노파는 그렇게 길을 가고 있었다. 그 모습을 보자 그는 불쑥 호기심이 생겨 노파를 따라가보기로 마음먹었다.

그는 한참 동안이나 노파의 뒤를 쫓았다. 노파가 좁은 보폭으로 몹시 불안정하게 걷고 있어 그는 마치 제자리걸음을 하는 느낌이었다. 노파를 따라 시간도 슬로모션에 들어 밀도와 무게가 더해졌다. 시간의 차원이 조금씩 달라져갔다. 마침내 그는 몸이 차츰 돌로 변하고 두 발이 아스팔트에 녹아들어가는 듯한 불안감에 사로잡히게 되었다. 미행을 멈추고 싶었지만 그럴 수 없었다. 노파의 무언가가 그를 자화磁化시켰으며, 그의 안에서 점점 더 고집스러워지는 무언가가 노파를 쫓아가지 않을 수 없게 만들었다. 대기는 무척 따뜻했지만 세찬 바람이 정면에서 불어오는 양 앞으로 나아가기 위해 안간힘을 써야 했다. 그러는 동안 노파는 역풍을 받는 배처럼 담벼락과 행인과 차 들 사이를 요리조리 헤치며 침착하게 나아갔다. 꼭 카론의 배 같았다.*

아주 좁고 경사진 길이었다. 그는 숨이 가빴으나 노파는 거뜬했다. 이윽고 노파가 커다란 대문 앞에 멈춰 서서 바구니를 내려놓더니 온 힘을 다해 육중한 문을 밀었다. 그렇게 조금 열린 문 사이로 비집고 들어가 건물 안으로 사라졌다. 호박색 밤 불의 바람은 잽싸게 그 뒤를 따라가 직접 문을 열었다.

그러나 문 뒤에는 아무것도 없었다. 전면 외벽 너머 건물이라고는 없었다. 넓은 공사 현장이 눈앞에 펼쳐졌다. 깊은 구덩이들이 파이고 흙을 뒤집어엎은 작업장 여기저기에 쐐기풀이 자라나 있었다. 잔해 더미가 사방에 널려 있고, 철판으로 만든 울타리 안쪽에는 기계와 도구들이 정돈되어 있었다. 일군의 오래된 집들이 모두 허물어진 참이었다. 새로 지을 건축물에 통합되려는 듯 여겨지는 외벽의 일부만 남아 있었다. 그러나 길에서 보면 아무것도 눈치챌 수 없었다. 외부 전면은 완벽한 눈속임이었던 것이다. 내부는 폐허요 재해 지대였다. 전면부 안쪽은 눈속임이라 할 만한 것 하나 없이, 오히려 눈을 괴롭히는 것들뿐이었다. 여

* 그리스신화에 등장하는 샤론은 죽은 자들의 영혼을 저승의 강 너머 지하 왕국의 신 하데스에게로 데려다주는 사공이다.

러 세대를 내려오며 세입자들이 기거하던 오래된 아파트의 잔해를 비롯해 각 층과 방 들의 자취가 아직 남아 있었다. 찢긴 벽지와 녹슬고 뒤틀린 배관. 군데군데 층계의 일부가 남아 있기도 했다. 호박색 밤이 어느 담벼락 꼭대기에 올라앉아 내려다보니 화장실의 잔해가 눈에 띄었다. 흰 에나멜 코팅이 된 좌변기 하나가 허공에 걸려 저무는 햇빛에 당당하게 빛을 발했다. 변기 가장자리에는 비둘기 몇 마리가 앉아 양날개 사이로 머리를 파묻은 채 졸고 있었다.

바로 이곳, 공사가 잠시 중단된 듯싶은 이 작업장에 노파가 자신의 은신처를 마련해둔 것일까? 그렇다면 어느 구석, 어느 지붕 밑에 숨어든 것일까? 이곳에는 없는 게 없었지만 지붕만은 예외였다. 벽, 물건들의 조각, 층계들의 잔해뿐이었다. 호박색 밤 불의 바람은 공사장 안으로 더 깊숙이 들어가보며 노파의 자취를 찾아내기 위해 구석구석을 살폈다. 설마 그런 식으로 사라져버릴 리는 없었기 때문이다. 하지만 노파의 모습은 아무데도 보이지 않았고, 아무 소리도 들리지 않았다. 고양이들이 잔해들 사이로 조용히 나다니고 있었다.

해가 천천히 기울었다. 희미한 오렌지색 구름층이 도시 위로 느릿느릿 떠다니는 가운데 도시의 소음이 이 공간 속으로 어렴풋이 전해져왔다. 노파가 이처럼 모든 것에 느림과 먹먹함과 소멸을 부여한 것일까?

갑자기 그는 덫에 걸렸다는, 보이지 않는 노파의 포로가 되었다는 느낌에 사로잡혔다. 노파가 자신의 뒤를 쫓도록 해 이렇게 부서지고 파괴된 불길한 장소로 이끈 것이었다. 도시와 소음과 움직임과 군중으로부터 그를 낚아챈 것이었다. 그는 자신이 사냥꾼이라 믿었지만 실은 사냥감에 지나지 않았음을 알아차렸다. 노파가 모욕을 되갚아줄 속셈으로 그에게 마법을 걸어 자신을 쫓아오도록 만든 것이었다. 느닷없이 그는 미칠 듯한 분노에 휩싸였다. 넬리에게 폭력을 행사했던 저녁 이미 그의 안에서 한차례 터져나왔던 분노였다. 몸과 마음이 모두 이 끔찍한 분노에, 노파를 향한 사나운 증오의 손아귀에 들어갔다. '찾기만 하면 죽여버릴 테다!' 그는 이 말의 의미를 되새겨보지도 않은 채 이렇게 생각했다.

그 순간 어떤 소리가 들려왔다. 계단을 오르는 발소리였다. 그는 퍼뜩 정신이 들었다. 이처럼 황량한 장소에서는 너무나 뜻밖의 소리였다.

노파였다. 노파가 저편 담벼락을 비스듬히 오르고 있었다. 벽에 나란히 붙은, 반쯤 내려앉은 층계의 남은 나무 계단들을 조심조심 딛는 모습이 보였다. 벽에는 흰 에나멜 좌변기 하나가 도드라져 있었다. 정말로 노파는 변기를 향해 올라가고 있는 것일까?

그렇다면 거기서 무얼 하려는 걸까? 무슨 설교라도 늘어놓으려는 걸까? "레몬이 1프랑이오, 1프랑…… 도시가 1프랑이오, 1프랑……" 여기저기 흠집과 얼룩이 진 노파의 남자용 외투 옆구리가 펄럭였다. 맨다리는 연분홍색 딱지로 덮여 있었고 괴상한 얼굴은 온통 주름투성이였다. 석고색 두 눈에 이는 다 빠지고 없었으며, 볼품없는 바구니 속에는 썩은 레몬이 가득했다. 주문을 걸려는 마녀와 흡사한 무시무시하고 흉측한 모습이었다. 도시를 향한 주문 말이다. "도시가 1프랑이오, 1프랑……" 도시를 저주하고 헐값에 팔아치우기 위해 노파는 설교단으로 오르고 있었다. 도시에 역병을 야기하고 퍼뜨리기 위해 변기에 오르고 있었다.

호박색 밤 불의 바람은 계단으로 다가갔다. 계단은 몹시 망가져 있었다. 빗물에 나무가 썩어 발을 디딜 수도 없을 것 같았다. 한 발을 올려놓기 무섭게 모두 무너져내릴 태세였다. 그뿐 아니라 계단이 여러 개 모자라 한꺼번에 네댓 개가 빠진 곳도 있었다. 그러나 노파는 위험 따위는 아랑곳없다는 듯 머리를 묘하게 흔들어대면서 끈질기게 계단을 계속 올랐다. 호박색 밤 불의 바람은 계단에 바싹 다가붙어 노파를 향해 소리쳤다. "이봐! 어디로 올라가는 거지? 이 층계는 무너질 거야. 넌 미쳤어! 다시 내려와!" 그는 더이상 자신이 노파에게 무얼 원하는지조차 알 수 없었다. 노파는 끊임없이 그를 놀라게 했으며 그의 마음속에 때론 경이감을, 때론 분노를 자아냈다. 쉴새없이 그에게서 달아나며 눈길 한 번 주지 않았다. 그는 다시 한번 외쳤다. "이봐, 넌 누구지? 대답해봐!" 그러나 노파는 여전히 침착하게 계단을 오를 뿐이었다. 이번에는 존재하지도 않는 계단들이었다. 노파는 허공을 가르며 담벼락을 오르고 있었다. 호박색 밤은 소리지르기 시작했다. "난 네가 누군지 알아. 네가 무언지 알아! 인간의 유충, 제명에 죽지 못한 귀신, 위선자, 묵시록에 나오는 고르곤이지! 하지만 네가 도시와 산 자들에게 저주를 내리도록 내버려두지는 않겠어!" 이 순간 그는 자신이 놀이를 하는지 꿈을 꾸는지, 정말로 두려워하는지조차 알 수 없었다. 단 한 가지 사실만은 분명했다. 노파가 그에게 범죄를 부추기고 있다는 것이었다. 노파에 의해, 노파에 맞서 계획된 범죄였다. "죽음이 1프랑이오, 1프랑/죽음이 1프랑이오, 1프랑……"

작업장에 차츰 어둠이 깔리고 저녁이 구름을 지워버렸다. 서녘 하늘 지붕들 위로 군데군데 풀어헤쳐진 기다랗고 불그레한 오렌지색 자국이 조금 남아 있을 따름이었다. 공기가 다시 차가워지고 벽들에서 눅눅한 습기가 묻어났다. 호박색 밤 불의 바람은 작은 돌과 쇳조각을 모았다. 그러고는 주의를 집중해 노파를 향해 던졌지만 매번 빗나갔다. 담벼락에 호되게 부딪힌 돌들은 벽의 버팀목들 사이에서 잠든 비둘기들을 깨울 뿐이었다. 그러면서 호박색 밤 자신의 기억도 함께 일깨워놓았다.

시간이 휘청댔다. 문득 그의 머릿속에 거친 유년기가 심연에서 모습을 드러냈다. 폐쇄된 공장 창고, 숲속 깊은 곳에 자리한 낡은 벙커, 흔들리는 문에 하트 모양의 창이 뚫린 변소들. 반항적인 아이가 분노의 제사를 지내던 곳들, 아주 더럽고 심술궂은 어린 왕자가 불사조 행세를 하며 활력을 되찾고 다시 싸웠으며 스스로를 모든 폭력의 연인인 왕자라 착각하던 곳들이었다.

시간이 휘청대며 빙빙 돌기 시작했다. 이제 현재는 과거와 미래가 혼합된 장소에 불과했다. 호박색 밤 불의 바람이 유년기의 모든 분노와 광기를 되찾은 터였다.

저 위에서 허공을 타고 밤을 기어오르는 노파는 다름 아닌 륄라였다! 그의 첫 동무이자 첫사랑이었던 나의 전쟁 륄라. 끔찍이도 늙어버린 나의 전쟁 륄라. 옴에 걸린 나의 전쟁 륄라. 그는 큰 소리를 내지르고 웃으며 벽 주위를 깡충깡충 뛰어다니기 시작했다. 옛날에 자신의 놀이터에서 그랬듯이. "어이, 내 할멈 륄라, 못생긴 여자야, 내려와. 이리 와서 나랑 싸워보자! 구역질나는 내 애인아, 어서 내려오라고. 예전처럼 엉덩이를 깨물어줄 테니. 마녀인 네 엉덩이를 뼛속까지 물어줄 테다! 다시 한번 말하지만, 어서 내려와. 명령이야. 늑대가 자기 짝에게 올라타듯 네 위에 올라타 등을 할퀴어놓을 테다. 네 목과 옆구리에 이빨을 박을 테다. 네 턱과 사지를 짓이겨놓을 테다. 네 낡은 뱃속을 다시 임신시켜 갈까마귀의 낯짝과 두꺼비의 발을 한 새끼들을 낳게 할 테다. 그것들이 네 배를 부리로 쪼아 갈가리 찢어놓겠지. 널 내 밑에 깔아뭉갤 테다!"

그가 노파를 향해 고개를 쳐든 순간 담벼락 꼭대기에 앉아 있는 노파의 모습이 보였다. 노파는 어스름 속에서 흰 에나멜 칠이 반짝이는 좌변기에 앉아 있었다. 바구니를 무릎 위에 올린 채 그 속을 찬찬히 뒤지고 있었다. 그런 다음 허리를 조금 펴고 앉더니 가라앉은 목소리로 자신의 신도송을 다시 읊기 시작했다. "레몬이 1프랑이오, 1프랑……" 이 짤막한 말을 내뱉을 때마다 노파는 바구니 속에서 레몬을 꺼내 호박색 밤 불의 바람을 향해 던졌다. "레몬이 1프랑이오, 1프랑……" 하지만 그가 노파에게 던진 돌들이 명중하지 않았듯이 노파가 그를 향해 던지는 과일들 역시 모두 빗나갔다. 그것들은 바닥에 닿지도 않았다. 레몬은 모두 기세 좋게 떨어지다 말고 그 자리에서 작은 벌새가 되었다. 샛노란 벌새가 되어 갑자기 몸을 곧추세우고 찢어질 듯 비명을 지르며 곧장 하늘로 솟아올랐다.

정말로 무슨 일이 벌어진 건지 그는 더이상 알 수 없었다. 과거의 뒤뜰로, 부인된 기억의 잔해들 속으로, 먼 곳까지 노파를 따라온 것이었다. 이 모두를 본 것은 그가 지닌 '세번째 눈'이었다. 분노로 이글대는 이 몽환적인 눈이 때때로 가시 세계의 두꺼운 장막을 뚫고 들어가 시간에 구멍을 내기 위하여 그의 시야를 흐려놓곤 했다. 노파가 호박색 밤 자신의 광기를 통해 그의 안에서 이 세번째 눈을 연 것이었다. 온전히 깨어 있는 상태로 느닷없이 꿈을 꾸기 시작하는, 환각에 사로잡힌 자의 시선이었다. 역겨운 살냄새를 풍기는 노파가, 형의 피부처럼 이미 썩어 푸르죽죽해진 상한 과일을 가진 노파가, 이 외눈 거인의 눈을 연 것이었다. 이마 한복판에 대고 쏜 총알이 뚫어놓은 구멍처럼 둥근 눈이었다. 마음속을 꿰뚫어보는 눈.

……배불뚝이 형의 피부처럼…… 어머니가 사흘 동안 품에 안고 흔들어 달랜 죽은 형…… 자신의 불룩하고 푸르죽죽한 배 위에 어머니의 애끓는 절규를 북처럼 울려댔던 형…… 무덤 속에 누워 주목의 가지들 속에서 한 무리의 아름다운 붉은 독을 피워낸 형. 그렇게 해서 형은 어머니를 영원히 자기 곁에 눕히고…… 아버지를 구멍 뚫린 낡은 장갑처럼 뒤집어버렸지…… 형, 어머니, 아버지, 이들 모두를 그는 얼마나 증오했던가! 그들은 지금도 그에게 상처를 입히고 고통과 괴로움을 주기 위해 되돌아오곤 했다. 언제까지 그러할지는 알 수 없었다. 아, 이 순간

노파를 잡았다면 때려눕혔을 텐데! 노파의 목을 졸랐을 텐데.

호박색 밤 불의 바람은 레몬장수 노파를 만난 이후 병에 걸렸다. 바로 그날 밤 그는 열병에 걸려 집으로 돌아와 누워야 했다. 이불로 몸을 감싸고 돗자리 위에 잔뜩 웅크린 채 오한에 떨고 땀을 흘리며 사흘을 보냈다. 열병과 싸우는 내내 귓전을 울리는 레몬-벌새가 내지르는 날카로운 소리를 견뎌야 했다. 정신착란의 상태에서 눈앞에 나타난 노파는 어머니의 얼굴을 하고 있었다. 임종의 순간을 맞은 아버지처럼 노파의 몸은 굳어갔으며, 레몬은 형의 배처럼 부풀어올랐다.

어떤 밤에는 곁에 있는 돌로 된 천사가 벽에서 떨어져나와 덧창에 머리를 기댄 채 블라인드를 통해 그를 바라보는 모습이 보이기도 했다. 떨며 괴로워하는 그를 들여다보며 천사는 비웃는 듯한 표정을 짓고 있었다. 역시 노파를 닮은 천사는 소리 없이 웃으며 일부가 잘려나간 양날개를 경련하듯 파닥거렸다.

그는 이 끔찍한 기억의 폭발에 맞서 녹초가 되도록 싸워야 했다. 그 모두를, 형과 어머니와 아버지를 망각 속으로 되돌려보내기 위하여. 그러다 마침내 수척하고 쇠약해진 몸으로 병상에서 일어났다. 그 순간 그는 그 어느 때보다 혼자임을 느끼며 혼란에 빠졌다. 그는 글을 쓰면서 이 고통과 오래된 두려움을 물리치려 했다. 종잇조각에 아무렇게나 글을 써나감으로써 소리를—노파와 벌새와 어머니의 절규를—몰아냈다. 급히 갈겨쓴 짤막한 글들이었다.

바라볼 구름 한 점 없다
어머니가 모두 먹어치웠다
하늘은 탁한 설거지물처럼 역겹고
바람은 덩치 큰 병든 개처럼 누워 있다
무뎌진 빛이 개의 발 사이에서 떨린다.

누군가 자면서 몸을 뒤척인다
피로 서두를 장식한 종이 시트 속에서
땀으로 파랗게 물든 관자놀이
그는 꿈을 도둑맞았고, 모든 것을 도둑맞았다
도둑 같은 어머니가 그의 심장을 가져갔다
너무 창백한 자신의 뺨에 화장을 하고
광녀의 절규를 붉게 물들이기 위하여

말들이 소실되었다
모든 말 모든 이름이

책장과 입에서 멀어져간다
말들은 아이들이 놓친 구슬과 함께
대로를 따라 굴러 도시 밖으로 나온다
이가 빠진 구슬, 플라타너스 잎들과 함께
말들은 먼 곳으로 사라진다
교외 너머로 도시 밖으로

어머니는 그의 방문 뒤에 와
종종 엿보곤 했다
그녀는 다리를 절었다
그는 꿈속에서 그녀를 느꼈다
그녀의 얼굴 주름과 옷 주름 속에서
형의 죽음이 악취를 풍겼다
금빛 광택이 나는 청동 파리가
그의 눈꺼풀을
쇠똥인 양 탐식한다
그리고 흐르는 꿈속에서
험상궂은 천사가 진창 속을 걷는다

형은 깊은 구렁에서 오줌을 누었다

독이 든 진홍색 장과들로
그의 오줌이 바람을 더럽혔다
잼을 즐겨 만드는 어머니는
자신의 입속에서
절규로 붉어진 설탕으로
오줌이 밴 예쁜 과실을 끓였다

그는 여러 날 이런 글을 장황하게 갈겨써서는 발라딘에게 보내는 편지들이 든 가방 속에 모두 던져넣었다. 그러다 이런 행동을 멈추고 불쑥 자신에게 말했다. '이 정도면 시간은 충분히 낭비했어. 어리석은 짓은 그만하자. 더이상 방어만 하고 있어서는 안 돼. 이제 공격에 나서야지.' 그리고 그는 결심했다. '또다시 이 기억의 상처를 건드리는 자가 있으면 죽여버리겠어!' 이런 생각이 그의 내면에 강하게 자리잡았다. 오로지 범죄만이 과거에 받은 고통과 배신에서 그를 해방시켜주리라 그는 확신하게 되었다.

어느 날 그는 덧창을 열어 튀르비고 천사에게 인사를 하면서 자신의 생각을 알렸다. "안녕, 멍청한 놈아! 난 살인자다. 내 희생물이 이 도시 어딘가에 있어. 그를 찾아내고 말 테다. 그를 처치해버리겠어." 천사는 여전히 바보 같은 미소만 짓고 있었다.

3

이 희생물을 그는 찾아나서지 않았다. 찾아나서야 할 사람은 그가 아니었다. 희생물이 그에게 제 발로 걸어와야 했다. 제 힘으로 걸어와 스스로를 분노의 표적으로 내어주고 그의 폭력에 자신을 바쳐야 했다. 이 희생물이 나타나기만 하면 알아볼 수 있으리라 그는 확신했다. 그때 살인의 작업을 수행할 것이었다. 그것은 해방의 작업이기도 했다. 동일한 몸짓으로 이루어질 이 작업을 통해, 오래된 상처에 자신을 옭아매는 불분명한 사슬들을 마침내 끊어버릴 것이었다. 타인들에게 여전히 그를 붙들어매둔 사슬들에서 해방될 것이었다. '필요하면 그의 심장을 도려내겠어. 무법 지대로 영원히 추방된 나 자신의 심장을 대신 넣어줄 테다. 그래, 그의 심장을 도려내어 난 돌이킬 수 없는 야만인이 될 테다. 완벽한 야만인이 되어야지. 그래서 인간들과 신으로부터 완전히 단절된 삶을 살아야지. 그래, 이 단절을 완수해야 해.'

이런 생각이 그의 마음을 점령했다. 어렴풋한 관념이나 모호한 착란의 형태가 아니라 명확한 명제로. 그는 이 명제를 토대로 자신의 삶을 구축하고자 했다. 의심의 절정에 있던 데카르트로 하여금 확고한 기반을 다지게 하고 그 기반 위에 그 위대한 철학적 기념비를 세울 수 있게 해준 명제, 그것만큼이나 단순명료한 명제였다. "나는 생각한다, 고로 존재한다"와 맞먹는, 그런 명제였다.

준엄하기 그지없는 이 짤막한 문장의 의미를, 호박색 밤 불의 바람은 결코 완전히 이해하지는 못한 채 공부하는 내내 수없이 되씹곤 했었다. 몰리에르의 주르댕 씨*가 남작부인에게 찬사를 늘어놓으며 호들갑을 떨었던 만큼이나 그는 데카르트의 명제를 가지고 노는 데 터무니없는 노력을 쏟았었다. 그러나 이제 이 모두가 무의미한 것이 되고 만 것이다. 이 명제의 종착점은 완전히 다른 어휘에 속해 있었다. 범죄라는 어휘. 그것만이 의심의 한복판에서 건져올린 자명한 이치로서 눈부신 힘을 발했다. 편력 심한 고통스러운 사고에서 포착된 이 명제가 갑자기 지고의 원칙으로 자리를 잡았다. 자신의 과거와 기억과 고뇌를 끝장내려면 반드시 살인을 해야만 했다. 온갖 형태의 연민은 물론 보편적인 감정의 목을 비틀려면 말이다. 이것이 그의 자명한 이치였다. 그의 눈부신 명제였다. 모든 사람과 모든 것으로부터 해방되려면, 자기 자신에게서 해방되려면, 죽여야 했다. 법의 테두리 밖에서 온전히 자유롭게 살려면, 죽여야 했다.

그는 희생물을 찾지 않았다. 희생물이 그에게 오도록 했다. 시

---

* 몰리에르의 희곡 「서민 귀족」에 나오는 인물.

간이 걸리긴 했지만 결국 그것은 왔다.

그의 희생물, 그것이 찾아왔다. 그의 앞에 나타나기 위해 아주 구불구불한 길을 돌아서 왔다.

모든 것은 악극에서처럼 한 곡의 노래로 시작되었다. 하지만 그것은 무게가 16톤이나 나가는 노래였으며, 악극은 저당잡힌 영혼들을 다루고 있었다.

Some people say a man is made out of mud
A poor man is made of muscle and blood
Muscle and blood, skin and bone
A mind that's weak and a back that's strong……*

경이로운 목소리. 마치 땅속에 웅크리고 누운 남자의 뱃속에서 솟아나는 듯 아주 무겁고 낮은 음성이었다. 흑인 남자의 목소리였다. 노래 부르는 사람의 몸속 깊은 곳에서 울리는 가사를 호박색 밤 불의 바람은 하나도 이해할 수 없었다. 그래도 상관없었다. 그는 그렇게 귀기울이고 있었다. 목소리는 한 열린 창에서

* 사람은 진흙으로 만들어졌다고 어떤 이들은 말하지 / 가난한 사람은 근육과 피로 되어 있다고 / 근육과 피, 피부와 뼈로 / 약한 마음과 강한 등으로……

흘러나와 곧 그가 지나가던 거리에 가득 퍼졌다. 넘실대는 높은 파도처럼. 너무도 부드러운 이 물결에 휩싸여 그는 걸음을 멈추었다.

Sixteen tons and what do you get?
Another day older and deeper in debt.
St. Peter, don't you call me
'Cause I can't go
I owe my soul to the Company Store……*

목소리가 부풀어올랐다. 절망과 아름다움의 범람이었다. 목소리는 듣는 이의 몸을 온전히 사로잡았고, 피와 눈물과 밤이 뒤섞인 땀처럼 몸과 살가죽 사이를 흘렀다. 고통과 치욕의 운명을 짊어진 육肉의 밤. 밤의 색인 육의 피와 눈물의 색인 심장의 땀.

I was born one mornin'
when the sun didn't shine

* 16톤이면 무얼 얻지? / 더 늙고 빚이 늘어가는 또 하루. / 성 베드로여, 나를 부르지 마오 / 난 갈 수 없으니 / 난 회사 매점에 영혼을 빚지고 있다네……

I picked up a shovel and walked to the mine……*

애수어린 이 목소리는 너무도 치밀하고 풍부하며 당당해서 온 도시를 뒤흔들어놓는 것 같았다. 호박색 밤은 땅이 꿈틀대는 듯한 느낌을 받았다. 마치 땅속에서 진흙이 솟아나며 현기증나는 침하가 시작된 듯싶었다. 당장에라도 벽들이 흔들리면서 산산조각난 거리를 가로질러 무거운 발걸음으로 걸어갈 것만 같았다. 광산을 향해 걸어가는 침울한 남자들의 무리처럼.

Sixteen tons and what do you get?
Another day older and deeper in debt……**

4층이었다. 호박색 밤 불의 바람은 목소리가 흘러나오는 창의 위치를 파악한 다음 건물 안으로 들어가 계단을 급히 올라갔다. 노랫소리가 들리는 집은 문이 잠겨 있지 않았다. 노크를 해야 한다는 생각을 할 겨를도 없이 그는 문을 밀치고 들어갔다. 그러

* 해가 빛나지 않던 어느 아침에 / 나는 태어났지 / 나는 삽을 들고 광산으로 갔다네……

** 미국 가수 테네시 어니 포드가 1955년 발표한 〈Sixteen tons〉의 가사 일부. 이 곡은 광부의 이야기를 담고 있으며 16톤은 석탄의 무게를 의미한다.

자 알 수 없는 냄새가 가득 배어 있는 어두침침한 복도가 나왔다. 달콤하고도 씁쓸한 냄새였다. “St. Peter don’t you call me ’cause I can’t go……” 터져나오는 웃음을 가까스로 참는 듯한 여자의 목소리와 함께, 옆방에서 소리가 들려왔다. 그는 복도를 지나 덧문이 반쯤 열린 어느 방의 문 앞에 이르렀다. 자연사 박물관의 비공개 작품 소장 창고보다도 번잡한 방이었다. 어슴푸레한 빛 속에 꼼짝 않는 짐승들이 뒤죽박죽으로 우글거렸다. 벽, 탁자, 선반 할 것 없이 온통 짐승들로 가득했다. “I owe my soul to the Company Store……” 호박색 밤은 이것들 대부분이 파충류라는 사실에 주목했다. 도마뱀과 독사는 물론, 발 없는 도마뱀과 독 없는 뱀을 포함해 다양한 뱀들의 머리와 골격이 유리 용기 속에 전시되어 있었다. 박제된 이 짐승들은 모두 해초처럼 흐느적대며 반짝이는 기다란 몸을 펼쳐 보였다. 방울뱀, 코브라, 큰도마뱀과 비단뱀이 아가리를 벌린 채 몸을 곧추세우고 작은 유리 눈으로 서로를 멍하니 바라보고 있었다.

이 방에 들어온 남자의 눈 역시 유리, 혹은 금속의 묘한 광채를 발했다. 그는 맨발에다 옷도 아무렇게나 걸쳐 입고 있었다. 자기 집에 낯선 자가 들어와 있는데도 전혀 놀라는 것 같지 않았다. 남자가 먼저 입을 열었다. “나랑 아는 사이예요?” 그는 이렇게만 물었다. “아니요.” “그렇다면 왜 이곳에 와 있어요? 누가 보냈어요?" "아무도." "물건을 사러 왔어요?" 호박색 밤은 남자가 박제된 짐승들을 판다고 생각하며 대답했다. "아뇨, 물론 아니에요!" 그 순간 조금 전에 들려온 웃음소리의 주인공인 여자가 나타났다. 여자도 맨발이었고, 허벅지 중간까지 내려오는 헐렁한 남성용 셔츠 차림이었다. 호박색 밤은 그녀가 입은 셔츠 안쪽 젖가슴의 곡선을 눈여겨보았다. 또 여자의 작은 발이 아주 둥글고 사랑스럽다는 사실도 놓치지 않았다. 침입자를 머리끝에서 발끝까지 살펴본 여자는 그를 마음에 들어하는 것 같았다. "누구야?" 여자가 남자에게 물었다. "아니라는 대답밖에 할 줄 모르는 자. 나도 누군지 몰라." 상대는 짤막하게 대답했다. "정말 그래요? 당신, 늘 아니라고만 하나요?" 여자가 호박색 밤에게 물었다. "물론 아니죠!" 여자의 매혹적인 시선과 혀짤배기소리에 동요를 느끼며 그가 대답했다. "그것 보라고." 곁에 선 남자가 어깨를 으쓱이며 말했다. "물론 나도 보고 있어. 하지만 내가 보고 있는 건 꽤 매력적인 모습인데." 여자는 웃으며 대꾸했다. 호박색 밤이 마침내 사정을 설명했다. 길에서 들린 근사한 목소리와 반쯤 열린 문에 대해. 그 순간 애수어린 목소리가 또 한번 들려왔다. "St. Peter don't you call me 'cause I can't go……" 목소리는 흐르는 진흙처럼 완전히 용해되는 듯싶더니 마지막 단어들로 이어졌다. "I owe my soul……" 아주 뜨겁고 불안정한 용암이 끓어오르는 것 같았다. 목구멍은 지각의 균열이 되고 배는 공명판이 되어, 깊이 베인 심장의 웅웅대는 희미한 진동을 반향하고 증폭해갔다. 잠시 뒤, 노래는 멎고 목소리도 사라졌다. 이어 라디오 진행자가 떠들어대는 소리가 들리더니 다른 음악이 시작됐다. 이 트위스트 곡에 맞추어 여자는 깡충깡충 뛰면서 유쾌하게 몸을 흔들어댔다. 작고 포동포동한 여자였다. 몹시 곱슬곱슬하고 윤기가 흐르는 짧은 적갈색 머리에, 피부는 살굿빛이었다. 그녀의 모든 것이 동글동글하고 생기 넘치며 빛이 났다.

노래는 금세 잊히고 호박색 밤은 이제 이 여자에게 흥미를 느끼기 시작했다. 상대의 질문에 더이상 아니라고만 대답하지도 않게 되었다. 남자의 얼토당토않고 두서없는 질문들이 신경 발작과도 같은 웃음으로 간간이 끊겼다. 오열처럼 터져나오는 부적절한 웃음이었다. "신경쓰지 마세요. 마리화나를 피우고 난 참이라 그래요." 마침내 여자가 말했다. 남자는 마리화나를 여러 대 피운 것 같았다.

하지만 위르뱅 말라브륀은 신중한 사람이었으므로 강도가 약한 마약만 하고 독한 마약은 내다팔았다. 그가 숭배해 마지않는 뱀들이 그의 장사에 일조했다. 중국의 십이지에 따르면 그 역시 뱀띠에 속했다. "뱀은 인간의 정반대 편에 위치한다고들 하지.

그러니까 인간에게는 최악의 적이며 경쟁자요 불길한 분신인 셈이야. 하지만 경쟁자야말로 최고의 친구인 법이거든. 적어도 진정으로 '동등한' 자니까. 난 이 뱀들을 길들여. 이것들이 내 척추나 다름없지." 그는 이렇게 말했다. 실제로 그는 뱀들을 길들여 마약 운반책의 역할을 맡겼다. "뱀들은 완벽한 동지야." 어느 날 그가 호박색 밤에게 설명했다. "소화작용이 느리고 완만해서 헤로인이나 코카인이 가득 든 캡슐을 먹여도 집요하게 뒤져대는 세관원의 손에 먹은 걸 뱉어내는 불운한 일은 일어나지 않거든. 게다가 세관원이라는 작자들은 속인들이 그러듯 뱀을 보기만 해도 혐오감을 느껴, 뱀들의 위를 조사하거나 재미로 배를 만져보겠다는 생각은 꿈에도 안 하지."

호박색 밤 불의 바람이 위르뱅의 고객이 되는 일은 일어나지 않았다. 대신 그와 친구가 되었다. 그런 기질의 두 사람 사이에 친구라는 단어가 어떤 의미를 지니는지는 알 수 없지만 말이다. 그런가 하면 여자는 그의 애인이 되었다. 그녀는 '왕녀'라는 별명으로 불렸는데, 사실 위르뱅의 주변에서 맴도는 미심쩍은 사람들은 모두 별명을 하나씩 갖고 있었다. 그렇게 별명을 가진 사람들을 호박색 밤도 몇몇 알게 되었다. 자신의 추종자들에게 둘러싸이기를 좋아하는 위르뱅이 연 저녁 파티에서였다. 위르뱅은 감탄과 경멸이 뒤섞인 어조로 그들을 환각제에 중독된 귀족들이라 칭했다. 이들 귀족 가운데 '필사생'과 '미치광이', 그리고 '팔라스'가 가장 눈에 띄었다.

필사생은, 수십 년의 세월이 흘러도 영원한 청년의 모습을 고스란히 간직할 부류의 인물이었다. 그는 타고난 달필이라 이 기술로 먹고살았다. 하지만 그의 직업은 이중성을 띠었으니, 무대 왼편에서 그는 세련되고 부유한 고객들을 위해 온갖 종류의 통지서를 작성해주는 일을 하는 반면 무대 오른편에서는 더 부유하지만 질은 좋지 않은 고객들을 위해 글씨나 서명을 위조해주는 일을 했다. 위르뱅이 뱀에게 바치는 존경심을 그는 글씨에 똑같이 바치면서 이렇게 말했다. "다른 사람들의 필체를 완벽히 모방할 수 있으면 그들에게 마법적인 힘을 행사할 수 있게 되지. 마치 그들의 영혼을 훔친다고나 할까. 그들의 생사를 그러쥐는 권한을 갖게 되는 거야. 글자로 적힌 말들은 위험하고도 치명적일 수 있으니까." 그는 전쟁이 완전히 끝난 나라에서 살아야 한다는 사실을 무엇보다 아쉬워했다. 전쟁이야말로 이 기술의 숨겨진 면모를 마음껏 발휘할 수 있는 절호의 시기였기 때문이다. 그는 최근에 치른 알제리전쟁에 일종의 향수를 느꼈다. 이 시기에 그는 위조 작업으로 적잖은 돈벌이가 되는 굉장한 기회를 잡을 수 있었던 터였다.

미치광이는 주기적으로 양성兩性의 특징을 지니는 존재였다. 삭망월을 주기로 하나의 성에서 다른 성으로 넘어가곤 했다. 오직 동성애의 특성만 변함이 없어서, 남성인 순간에는 남성을, 여성인 순간에는 여성을 애인으로 삼았다. 또 그의 안에서 남성이 승리하면 종종 공격적이라 할 만한 눈부신 활력을 과시했고, 여성이 지배적일 때는 깊은 시름에 잠기곤 했다. 그런가 하면 팔라스는 각진 얼굴에 키가 큰, 간결한 아름다움을 지닌 밤색 머리 여자였다. 스페이드 퀸에서 그 이름을 따왔는지도 모를 일이었다.* 손에 들고 있어 별로 이로울 것이 없는 이 패가 그렇듯, 그녀 역시 주변에 불화와 혼란을 야기하고 칼날을 세우듯 신랄한 말을 사용하는 데 가히 천재적이었기 때문이다.

천성이든 심심풀이든, 아니면 일종의 소명의식으로든, 어느 정도 유해성을 띠게 된 이 모든 인물들 가운데 유독 왕녀에게서만은 이런 악의를 전혀 찾아볼 수 없었다. 그들의 심술궂음 따위는 아랑곳없다는 듯 그녀는 그들과 가깝게 지냈다. 그들의 경쟁심이나 질투에도 관심이 없었다. 그녀는 아무 근심 없는 아이처럼 혀짤배기소리를 명랑하게 지껄여대며 늘 재미있는 일만을 찾

* 스페이드 퀸은 그리스신화에 나오는 아테나를 암시한다. 아테나는 팔라스의 뒤를 이어 지혜의 여신이 되었다는 뜻에서 '팔라스 아테나'라고도 불린다.

아다녔다. 다른 이들이 모두 전투적인 반도덕주의에 열중하는 동안에도 그녀는 그저 있는 그대로의 자기 자신에게 만족했으니, 경쾌한 무도덕주의자라 할 만했다. 요컨대 그녀야말로 이들 무리에서 가장 건전하고 무사태평한 사람이었다.

호박색 밤 불의 바람에게 자스맹과 나누었던 우정의 시기는 완전히 과거지사가 되어 있었다. 오르니카르와 함께한 우애의 시간도 마찬가지였다. 우정이나 우애는 더이상 그에게 의미가 없었으니, 이제 그는 이해 단체에, 유희로 악의를 즐기는 집단에 속해 있었다. 여자들과의 관계도 그런 식이어서 그는 사랑의 감정이 완전히 배제된 채 오직 쾌락만을 추구했다.

그러고 보면 어느 날 이 무리에 낯선 자가 끼어들어 게임의 규칙을 몽땅 뒤집어놓은 셈이었다. 스페이드가 으뜸패로 군림하는 순간에 하트 패가 던져진 것이다. 사실 그는 어떤 성향도 지니지 않은 자로서 조커처럼 느닷없이 게임에 끼어든 것이었다. 다른 이들은 저마다 자기 입맛대로 그에게 가치를 부여했다.

한겨울이었다. 바람이 담벼락들을 타고 울어대며 보도는 서리로 바스락댔다. 길가 도랑에는 얼어죽은 비둘기들이 간간이 눈에 띄었다. 위르뱅과 호박색 밤 불의 바람은 술에 조금 취해 저녁 파티에서 돌아오는 길이었다. 날이 새려면 아직 먼 시각이었다. 호박색 밤은 이미 오래전에 호텔 관리인 일을 그만두었지만 그 어느 때보다 활기찬 밤 생활을 즐기고 있었다. 그는 위르뱅의 협력자로서 그의 곁에서 비서직을 담당했다. 졸업반이었던 그는 그 와중에도 봄에 제출할 논문을 준비했다. 특정한 작가 대신 하나의 주제를 선택해 배신의 개념을 다루는 중이었다. 하나의 절규를 둘러싼 불협화음. 그의 삶의 토대라 할 수 있는 주제였다.

길모퉁이에서 두 사람이 헤어지려는 순간, 갑자기 어떤 냄새가 풍겨왔다. 새벽의 매서운 추위 속에서 너무도 달콤하게 와닿는 따뜻한 빵 냄새였다. "배가 고프군!" 위르뱅이 곧 중얼댔다. 냄새는 길바닥 가까이 난 빵집 환기창에서 올라왔다. 보도를 스치는 증기가 가볍게 남실거리며 얼어붙은 대기 속을 떠도는 모습이 보였다. 두 사람은 지하에서 새어나오는 불빛 쪽으로 다가갔다. 위르뱅이 환기창 앞에 쭈그리고 앉아 빵 굽는 곳을 들여다보았다. "빵집 조수가 보이는군! 큰 반죽들을 화덕에 넣고 있잖아…… 아! 탁자에 놓인 저 크루아상들 좀 봐!" 위르뱅이 이렇게 말하자 호박색 밤도 몸을 숙였다. 화덕 옆에서 분주히 움직이는 빵집 조수의 흰 실루엣과, 크루아상과 브리오슈로 가득한 커다란 쟁반이 보였다.

두 사람은 부드러운 구름처럼 피어나는 훈훈한 증기 속에서 그렇게 웅크려 앉아 빵 굽는 냄새와 방금 화덕에서 꺼낸 크루아상과 브리오슈에서 나는 녹은 버터 냄새를 맡고 있었다. 이 순간 그들을 들쑤셔놓는 건 배고픔이 아니라 엄청난 식탐이었다. 유년기 이후로 그렇게 대단한 식탐을 느껴보기는 처음이었다. 바로 그것, 유년기의 맛이 이 얼어붙은 새벽 시간에 난데없이 그들 안에 깨어나 뱃속과 입안을 휘젓고 마음을 뒤흔들어놓았다. 두 사람은 황홀감에 젖어 환기창 창살에 손가락을 붙인 채 휘둥그레진 눈으로 입을 벌리고 화덕을 지켜보았다. 남자아이들이 등굣길에 친구를 부르려고 그러듯이 위르뱅은 휘파람을 불고는 빵집 조수를 향해 소리질렀다. "저기요, 제빵사님, 춥고 배가 고파 그러는데 빵 한 조각만, 아니면 노릇노릇한 크루아상 하나만 주세요!" 빵집 청년은 뒤를 돌아보고 제빵소 한복판에 와 서더니 그들을 향해 땀이 줄줄 흐르는 얼굴을 들었다. 그러곤 김이 뿌옇게 서린 두꺼운 안경을 빼들어 손수건으로 훔쳤다. 웃통을 벗은 그의 몸은 아주 야위고 여린 소년의 몸이었다. 그는 안경을 다시 낀 다음 빵과 크루아상을 달라고 계속 조르는 두 사람에게 미소를 보냈다. "그러죠!" 가성의 목소리로 청년은 이렇게 대답했다.

잠시 뒤 그가 거리로 나와 두 사람에게 왔다. 두꺼운 모직 웃옷을 꿰입고, 크루아상과 초콜릿 빵과 브리오슈가 가득한 종이 봉지를 옆구리에 낀 채였다. 머리카락에는 밀가루가 하얗게 묻어 있었다. "받으세요……" 그가 다정하고 수줍은 미소를 지으며 봉지를 내밀었다. 그러곤 꼼짝 않고 서서 두 사람이 봉지를 비우는 모습을 바라보았다. 그들이 빵을 먹는 내내 그의 얼굴에서 미소가 떠날 줄 몰랐다. "제빵사님, 정말 맛있어요!" 위르뱅이 입안에 여전히 빵을 우물거리며 말했다. "아, 난 아직 제빵사가 아니에요. 조수에 불과하죠." 청년이 얼굴을 붉히며 대꾸했다. "하지만 난 당신을 제빵의 왕이라 부르겠어요!" 위르뱅이 손가락을 빨며 소리쳤다. 친구의 우스꽝스럽고 과장스러운 우화 작가 같은 어조에 호박색 밤도 옆에서 거들었다. "친절에 보답하고 싶으니 소원을 말해봐요. 우리가 금세 들어줄 테니까. 사실, 지금 이 순간 우린 세상의 모든 힘을 쥐고 있거든요!" "하지만 전 아무것도 바라는 게 없어요. 당신들이 맛있게 먹었다면 다행이네요. 저도 기뻐요. 그거면 충분해요. 자, 이제 내려가봐야겠어요." 청년이 가성의 작은 목소리로 말했다. 그러나 호박색 밤은 계속 다그쳤다. "정말로 바라는 게 없어요? 그래도 한 가지 소원은 있을 거 아녜요! 어서 말해봐요. 말하자마자 이루어질 테니까! 하지만 빨리 말해야 해요. 우리가 가진 힘은 변덕스럽거든요." 그러자 청년의 미소가 엷어지고 목소리도 더 가늘어졌다. 그는 고개를 조금 숙이더니 중얼거렸다. "친구가 한 명 있으면 좋겠어요……" "그게 다예요? 당신 소원은 이루어졌어요. 친구를 찾았으니까. 내가 당신의 친구예요!" 호박색 밤이 외쳤다. 그러곤 자기 말이 사실임을 증명하기 위해 기름기가 끼고 설탕이 묻어 끈적끈적한 크루아상 포장 종이에다 자신의 이름과 주소를 갈겨 상대에게 건네주었다. 청년은 알 수 없는 말을 중얼대며 빵 굽는 곳으로 서둘러 돌아갔다. 두 사람도 그 자리를 떴다. 따듯한 크루아상과 부드러운 브리오슈의 맛은 입안에서 이미 사라지고 저녁 파티 내내 젖어 있던 술과 담배의 맛이 되돌아와 있었다. 한순간 그들을 사로잡았던 동심 역시 사라지고 없었다.

헤어지는 순간 위르뱅이 호박색 밤에게 물었다. "그 얼간이한테 정말로 네 주소를 준 거야?" "물론이지! '호박색 밤 불의 바람. 거대한 날개를 활짝 편 새처럼 괴상한 모습을 한 천사의 날개 밑에 둥지를 틂.' 그 미련통이는 이 주소로 언제든 날 찾을 수 있다고!"

그런데 그 어린 조수는 정말로 그렇게 했다. 친구를 찾아나선 것이다. 호박색 밤 불의 바람의 선언을 그는 곧이곧대로 진지하게 받아들였다. 그의 마음은 너무도 순수하고 천진난만하여 우직함에 가까웠다. 악의라고는 그림자도 찾아볼 수 없는 심성이었던지라 타인에게서 불성실이나 야유의 기미를 의심해본다는 것 자체가 불가능했다. 그날 아침 빵 굽는 곳으로 돌아와 호박색 밤이 글씨를 갈겨놓은 기름기 묻은 종잇조각을 펴서 알아보기

힘든 중국 글자보다 더 알쏭달쏭한 주소를 읽을 때도 마찬가지였다. 스스로 그의 친구라 선언한 남자의 진지함과 진심을 그는 한순간도 의심하지 않았다. 물론 그는 이 수수께끼 같은 글을 전혀 이해할 수 없었지만 조금도 당황하거나 놀라지 않았다. 동화 속 젊은 왕자들이 자신들의 왕국을 되찾거나 사랑하는 여인을 만나기 위해 수많은 시련을 치르고 불가사의한 고비들을 넘기듯이, 수수께끼를 마주한 그는 자신에게 닥친 어려움 앞에서 신뢰를 잃지 않고 침착한 자세로 대응했다. 그래서 날마다 조심스럽게 도시를 거닐면서 이 거리 저 거리에 숨어 있는 천사상을 죄다 살피며 다녔으니, 약속된 친구, 나타나자마자 사라져버린 친구의 흔적을 다시 찾기 위해서였다.

정말이지 그는 이 도시에서 혼자라는 사실을 뼈저리게 느끼던 터였다. 모두가, 모든 것이 그에게는 낯설어 보였다. 이곳에 도착한 지 몇 달밖에 안 된 시점이었다. 빌딩과 건축물과 자동차가 꽉 들어찬 공간, 거칠고 분주한 군중과 소음과 고성에 시달리는 이 거대한 도시 공간은 그를 큰 혼란에 빠뜨리고 심지어 불안에 떨게 했다. 고향 마을을, 자신의 섬을 떠나기는 처음이었다.

그가 살던 곳은 육지에서 떨어진 작은 고장이었다. 바다와 빛과 바람 속에 버려진 모래와 바위로 된 뗏목 같은 곳. 붉은 풀과 위성류와 소나무와 염전으로 둘러싸인 포도밭 사이에 둥근 기와 지붕을 인 새하얀 집들이 드문드문 숨어 있는 곳이었다. 그는 바로 그 염전 부근에서 태어나 한 번도 그곳을 떠난 적이 없었다. 바다 한복판, 몹시 부드러우면서도 강렬한 빛으로 번쩍이는 소금 정원을 마주한 곳, 투명하기 이를 데 없는 곳이었다. 그의 마음속에서 빛을 발하며 여전히 쟁그랑대는 투명함. 이 모든 것들로 인해 그는 거대하고 불가해한 도시 한복판에서 그 어느 때보다 섬사람이 된 듯한 기분이 들었다. 파리에 도착한 이후로 그는 아직 아무하고도 관계를 맺지 않은 상태였다. 빵 굽는 공간과 기거하는 방, 지하의 이 두 곳을 오가며 그는 날이 갈수록 더 무겁게 짓눌러오는 고독에 갇혀 살았다. 그래서 12월의 그날 아침 거리에서 그를 부르는 두 낯선 남자를 보았을 때, 또 그중 한 명이 그에게 그토록 확고한 태도로 우정을 약속했을 때, 그는 이 도시로 추방당한 이후 내내 갇혀 있던 그 완전한 고독의 짐에서 돌연 해방되는 느낌을 맛보았던 것이다. 이제 누군가가 그를 이 은신처에서 끄집어내려 하고 있었다. 그리하여 그는 오랫동안 그를 찾아 헤맸다.

마침내 그는 찾아냈다. 어느 날 튀르비고가 보도에서 고개를 쳐들고 입을 벌린 채, 그는 천사의 보이지 않는 발이 딛고 선 초석 아래 서게 되었다. 천사를 보는 순간 그는 대번 알아챘다. 자신이 애타게 찾던 친구는 틀림없이 이 천사의 날개 밑에 둥지를 틀고 있을 터였다. 그것은 아주 커다란 조각상이었다. 건물 전면 세 층에 걸쳐 길게 늘인 몸을 바싹 붙이고 선 섬세한 형상이 아주 기이한 느낌을 자아냈다. 그는 잠시 현기증이 일 만큼 뚫어져라 천사를 바라보았다. 그 날개 아래 자리한 창들을 올려다보고 있노라니 목이 뻐근했다. 결국 그는 수줍음도 잊은 채 건물 안으로 들어가 수위실의 초인종을 눌렀다. 수위 여자는 호박색 밤 불의 바람이라는 이름을 알지 못했다. 그러나 그는 이 낯선 남자의 외모와 얼굴을 아주 정확히 기억했으므로 수위 여자에게 자세히 설명해줄 수 있었고, 마침내 여자도 짐작해내 그에게 이 남자가 사는 층과 방을 일러주었다.

그는 단숨에 층계를 달려 올라가 헉헉대며 호박색 밤의 집 현관문 앞에 이르렀다. 그러고는 더 생각할 겨를도 없이 문을 두드렸다. 아주 낭랑한 노크 소리가 여러 차례 울려퍼졌다. 이어 더 한층 낭랑한 침묵이 내려앉으며 층계참을 채웠고, 그림자와 벽 모서리는 물론 나무문에 갖다댄 손과 구부러진 손가락들의 윤곽마저 이상하리만큼 선명히 드러났다. 그는 가슴이 쿵쾅대고 피가 관자놀이로 몰리며 눈앞이 흐려지는 것 같았다. 노크 소리를 듣고 다가오는 누군가의 발소리가 들렸다. 그의 노크 소리만큼이나 맑고 또랑또랑한 발소리가 문 저편에서 다가오고 있었다. 다음 순간 갑자기 문이 활짝 열렸다. 두 사람은 그렇게 얼굴을 마주한 채 발 매트를 사이에 두고 문간에 서게 되었다.

호박색 밤이 너무 갑자기 문을 여는 바람에 문을 짚고 있던 방문객의 손이 앞으로 쏠리며 곧장 그의 가슴팍에 가닿고 말았다. 그래도 호박색 밤은 뒷걸음질치지 않았고, 자신에게 기대고 싶어하는 듯한 이 낯선 자를 그저 놀란 기색으로 바라보았다. 하지만 상대가 먼저 정신을 가다듬고 손을 거둔 뒤 고개를 숙인 채 머뭇머뭇 말을 꺼냈다. "저를 모르시겠어요?……" "모르겠는데요." 호박색 밤이 다소 차가운 어조로 대답했다. 그러자 상대는 더듬대며 숨이 차도록 빠르게 말하기 시작했다. "아니, 저를, 저를 아실 겁니다…… 네, 그래요…… 기억 못하시겠어요?…… 크루아상이랑 브리오슈…… 하긴 그럴 만도 하죠. 벌써 한참 전의 일이니까요. 아주 추운 날에…… 겨울이 시작되는…… 생각나세요? 길에, 두 분이 함께 계셨잖아요. 아직 어두운 시각이었는데, 당신이…… 전 제빵사, 아니, 견습공인데, 당신이 절 불렀어요. 배가 고프다고…… 아, 무어라 말해야 할지 모르겠네요…… 당신이 저더러 소원을 말해보라고 했어요…… 참, 말씀드리기 곤란하네요…… 당신이 그랬거든요, 저보고 친구라고. 당신이 제 친구가 될 거라고……" "아!" 호박색 밤은 무심한 어투로 내뱉었다. 설령 그 장면이 기억났다 해도 전혀 관심 없다는 투였다. 그러자 상대가 말을 이었다. "전 오랫동안 당신을 찾아 헤맸어요. 정말 오랫동안요! 벌써 넉 달째…… 이 도시에는 천사들이 많더라고요. 조각상 말이에요……" 이 말에 호박색 밤이 재미있다는 표정으로 외쳤다. "파리에 널린 그 많은 천사들 말이죠? 그래도 성가신 인간들 수보다야 적겠죠. 천사들 역시 성가신 작자들이 아니라면 말이지만." "제가 귀찮으세요?" 빵집 조수가 곧 불안한 얼굴로 물었다. "따지고 보면 그날 우리가 먼저 일하고 있는 당신을 귀찮게 했죠. 그러니 당신은 한가하게 지내는 저를 갑작스레 찾아와 성가시게 굴어도 될지 모르겠네요. 어쨌거나 그처럼 끈질기게 천사를 찾았다니 놀랍군요. 일단 들어오세요!"

그렇게 그는 그곳, 호박색 밤의 집으로 들어가 저녁까지 머물렀다. 우둔하고 고집 센 천사 같은 태도와 망설임이 가득한 가성의 작은 목소리, 두꺼운 안경 뒤에 숨겨진 근시. 그는 집주인을 연신 놀라게 했다. 그들은 마치 두 재단사처럼 서로 마주보며 마룻바닥에 앉아 있었다. 한 사람이 몇 시간이고 이야기를 늘어놓는 동안 다른 사람은 귀를 기울였다.

그가 말을 했다. 지금까지 지내오며 한 번도 엄두를 못 냈을 뿐 아니라 그렇게 할 수도 없었던 그런 방식으로. 그는 샤랑트 난바다에 외롭게 자리한 자신의 고향 섬에 대해 이야기했다. 눈부신 하얀 피라미드들이 서 있는 소금 정원과, 바다가 남기고 간 진줏빛 잔해를 말없이 갈퀴로 긁어모으던 제염공 아버지에 대해서도 이야기했다. 아버지와 태양과 바람, 이 셋이 하나가 되어 물에서 불을 끌어내고 거품을 결정체로 만들기 위해 마법의 작업을 함께했다고. 그런데 허약한 외아들인 그는 바람 때문에 병이 들었다고.

정말로 바람이 그를 병들게 했다. 그의 어머니를 결국 미치게 만들었던 것처럼. 바람, 바다, 어머니. 이 셋은 처절한 불화 속에 균형을 잃고 말았다. 바람이 너무 강하게 부는 날이면 어머니 자신도 울부짖으며 집안의 물건들을 닥치는 대로 부수었다. 그녀는 죽도록 두려웠다. 그리고 이 두려움으로 인해 죽었다. 바람을 잠잠케 하고 더이상 그 소리를 듣지 않으려고, 그녀가 사는 섬에서 멀리 떨어진 저곳 육지로 물러나게 하려고, 그녀 자신이 바람에 맞서 바람보다 더 강하게 울부짖어 목구멍 혈관이 파열되어 있던 터였다. 그러던 어느 날 이 미친 듯한 절규가 그녀 안의 생명을 파괴하고 피의 오열 속에서 질식시켰다.

그러자 아버지가 늙어버렸다. 때 이른 노쇠가 갑자기 그를 덮쳐 바싹 늙고 말았다. 그는 일을 그만두어야 했고, 넓디넓은 자신의 소금 정원과 아름다운 거품의 성들을 버리고 요양소라 불리는 곳으로 가 몸져눕고 말았다. 그다음에는 외아들인 그가 자신의 섬을 뒤로한 채 집과 바다와 바람으로부터 멀리 떨어진 곳으로 떠났다. 그는 도시로 와 묻혀버렸다.

그가 바라보는 도시는 호박색 밤이 바라보는 도시와 정반대였다. 그는 가난한 자의 시선으로, 군중 속에서 철저히 혼자인 것을 괴로워하는 어른-아이의 시선으로 바라보았다. 타인에게서 인정받고 사랑받기를 남몰래 간구하는 시선. 이 시선에는 무엇보다 무한한 다정함이 깃들어 있었다. 호박색 밤으로서는 자신의 시선과 너무도 동떨어진 이 시선을 좀처럼 이해할 수 없었지만, 그럼에도 색다른 냄새에 동한 사냥개처럼 호기심에 이끌려 멈칫거렸다. 자신이 어떤 동물의 자취를 쫓고 있는지 모르는 채 알 수 없는 냄새를 뒤쫓는 사냥개 말이다. 작은 사냥감일까, 아니면 큰 포식 동물일까? 이런 불확실성과 의혹이 그를 이 방문자 곁에 붙잡아두었고, 보기 드문 주의력으로 상대의 말에 귀기울이게 했다.

빵집 조수는 우스꽝스러운 이름을 갖고 있었다. 어머니가 자신의 이름 로슬린Roselyne에서 마지막 모음자를 떼어낸 이름을 아이에게 주어, 그는 로슬랭Roselyn 프티우라는 이름을 갖게 되었다. 어머니의 이름에서 묵음인 e만 떼어내면 둘은 똑같은 이름이었다. 하지만 또 어떤 신비한 철자가 사라졌기에 이처럼 미숙한 육체의 모자라는 남자가 되었는지는 알 수 없는 일이었다. 열일곱 살을 지난 나이임에도 아직 사춘기 이전 소년의 몸이었으니 말이다.

발육부진의 불완전한 육체를, 그는 누군가와 이야기를 함으로써 처음으로 상대에게 넘겨주었다. 이 낯선 자에게 그는 단번에 자신의 속마음을 모두 털어놓았고, 그렇게 고통과 수치심으로부터 해방되고자 했다. 그의 고백이 이루어지는 내내 바닥에 웅크리고 앉아 있던 호박색 밤 불의 바람은 생리중인 여자가 느낄 법한 이상하고도 난폭한 고통이 사타구니로 올라와 둔부 사이로 퍼지며 옆구리 쪽으로 솟구치는 것을 느꼈다. 마치 로슬랭의 말이 그의 몸속 가장 은밀한 곳을 갉아먹는 것 같았다. 로슬랭의 고백이 자신의 남성성을 불안과 공황 상태로 몰아넣는 것 같았다. 아버지인 그녀에게 미친 놈이 지녔던 남성성의 잔해에서 낚아채고, 크로노스를 본떠 스스로 지어낸 남성성이었다. 저녁이 되어 마침내 방문객이 물러나자 그는 왕녀를 찾아가 그녀의 집에 여러 날을 박혀 지내며 쉴새없이 그녀와 사랑을 나누었다. 배와 옆구리를 파고드는 그 알 수 없는 고통을 떨쳐버리기 위해서였다.

왕녀는 지칠 줄 모르는 욕구를 느꼈다. 그녀의 몸은 끝없이 이어지는 쾌락의 미로를 향해 언제나 활짝 열렸다. 호박색 밤은 그녀의 포동포동한 몸을 아무리 애무해도 물리지 않았다. 잠을 자면서도 그는 손으로 왕녀의 몸을 계속 더듬고 껴안았다. 그가 왕녀와 나누는 관계는 탐욕스러운 응석받이 아이가 케이크나 단과자나 아이스크림과 맺는 관계와 흡사했다. 말하자면 꼭 필요하다고 할 수 없는 음식물, 변덕까지는 아니더라도 순수한 욕구가 원하는 음식물이었다. 배고픔과는 상관없는, 단지 욕구와 관련된 사치스러운 음식물, 그리하여 정말로 배고픔이 왔을 때 느낄 수 있는 맛을 약하게 하거나 아예 없애버리기까지 하는 음식물 말이다. 그는 지독한 사치에 빠져 병적인 허기를 느끼며 그녀의 사랑스러운 몸을 실컷 누렸다. 구역질이 날 만큼.

왕녀와 틀어박혀 지낸 지 닷새째 되던 날 저녁 그는 깜짝 놀라 잠에서 깨어났다. 한낮의 유희를 마음껏 즐긴 두 사람은 구겨진 천과 시트를 아무렇게나 휘감은 채 카펫 위에서 잠이 든 터였다. 석양의 붉은빛으로 물든 두 벗은 몸이 눈에 들어오는 순간, 그는 살가죽이 벗겨진 두 몸을 보는 듯한 느낌이었다. 사지는 피투성이가 되고, 얼굴과 손은 불길에 덴 것 같았다. 비릿한 피냄새까지 나는 듯싶었다. 헛되이 흘린 피, 이미 산패하여 돌연 메스꺼움을 일으키는 피의 냄새였다. 쉴새없이 서로 문질러대느라 진이 빠진 몸에서 나는 냄새였다. 기발한 성행위로 전락한 사랑의 냄새였다. 욕구가 해소된 뒤에 남은, 어떤 진정한 애정으로도 다시 불러일으키지 못한 이 욕구 뒤에 남은 사랑의 시큼한 냄새였다. 차갑게 식은 땀과 정액의 냄새였다. 언제나 그에게 쾌락을 안겨주었던 절제를 모르는 아름다운 몸, 왕녀의 이 몸이 순간 느닷없이 그에게서 떨어져나갔다. 그의 살과 성기로부터 떨어져나가 아주 먼 곳으로 굴러가버리고 말았다. 그는 자리에서 일어나 서둘러 옷을 입은 다음 그녀를 깨우지도 않고 집을 나섰다. 온몸에 썩은 피의 맛이 감도는 듯한 묘한 느낌에 사로잡힌 채 그렇게 자리를 떴다.

로슬랭 프티우는 여러 차례 호박색 밤 불의 바람을 찾아왔다. 사랑받지 못해 고민하는 방정맞은 빵집 조수, 치유할 길 없는 깊은 비애에 잠긴 세련되지 못한 이 조무래기 청년은 호박색 밤에게 호기심을 불러일으키는 만큼 짜증나는 존재이기도 했다. 이 청년에 관한 한 그는 여전히 어떤 명확한 판단을 내릴 수 없었다. 로슬랭은 그에게 경멸감을 자아내는 동시에 훨씬 강력한 감정인 막연한 동요를 불러일으켰다. 언짢은 기분과 경멸감을 떨치지 못한 채 로슬랭을 타고난 멍청이요, 지독한 무능력자로 간주하면서도, 웬일인지 그런 상대가 머릿속에 끊임없이 맴돌며 포착되지 않는 내면의 무언가를 뒤흔들어놓았다.

로슬랭은 그저 그의 기억을 파고들어 어지럽히며 그가 수년간 마음과 의식에 깔아두었던 온갖 방어물들을 위협하는 존재였다. 요컨대 상대는 단순하고도 몹시 진지한 언어로 호박색 밤 자신의 고뇌를 털어놓고 있는 것만 같았다. 그가 부정하고 망각 속으로 추방한 자신의 오래된 고뇌를.

한 달 내내 로슬랭의 방문이 이어졌다. 방문은 잦아지고 매번 더 길어졌다. 호박색 밤 불의 바람은 그를 두려워하면서도 그의 방문을 기다리지 않을 수 없었다. 그는 그가 말을 하도록, 쉴새 없이 말을 하도록 내버려두었다. 그의 섬과 엄청난 바람, 바다와 빛과 소금으로 황폐해진 시선을 한 그의 아버지, 그리고 죽음에 대하여. 또 바람이 이성과 생명을 앗아간 그의 어머니에 대하여. 호박색 밤 자신의 어머니처럼, 아들의 마음속에서 자라는 가시덤불처럼, 그렇게 절규를 내뱉던, 마찬가지로 미친 어머니였다. 또 그의 아버지처럼 홀아비 신세가 되자 그 충격으로 순식간에 몸이 노쇠해버린, 똑같이 약한 아버지에 대한 이야기도 있지 않은가. 그뿐 아니라 로슬랭은 테레즈라는 젊은 여자에 대해서도 자주 언급했다. 휴가철이면 어김없이 그가 살던 섬에 오던, 어릴 적부터 알고 지내던 이 여자에 대해 그는 마치 질투심 없이 사랑하는 누이, 손위 누이에 대해 말하듯 했다. 이 대목에 이르면 호박색 밤은 또한 자신의 이야기를, 발라딘을 떠올렸다. 테레즈는 파리에 살고 있지 않았지만 조만간 그를 보러 올 것이었다. 로슬랭, 그를 보러. 이 약속이 그를 한없는 기쁨에 넘치게 했다. 그는 매주 테레즈에게 편지를 썼다. 그리고 그것들을 가방 속에 던져 넣는 대신 그녀에게 부쳤다. 하나도 남김없이. 그녀도 답장을 보내왔다.

이 모든 것을 통해 로슬랭은 호박색 밤을 당혹스럽게 만들었다. 로슬랭은 호박색 밤 자신의 거꾸로 된 분신이자 음화陰畫 이미지 같은 이상한 존재였다. 두 사람은 처음부터 비슷한 상처를 경험했지만, 그 상처로 인해 한 사람은 순종과 부드러움과 겸허함을 체득한 반면 또 한 사람은 반항과 분노와 교만을 체득한 것이다.

그런데 그들을 떼어놓은 만큼이나 가까워지게 한 이 차이가 부조화를 일으킨 날이 오고야 말았다. 로슬랭은 조용조용한 어조로 과거를 떠올리며 고백을 이어감으로써 결국 호박색 밤 불의 바람의 기억에 온통 구멍을 뚫어놓았고, 급기야 그가 세워둔 방어의 벽들을 부수어 그의 과거를 모조리 침묵으로부터 끌어내고 말았다. 그가 증오하는 고통스러운 과거를 말이다.

그의 적인 과거. 이 과거가 또 한번 되돌아와 그에게 폭력을 가했다. 이번에는 광기에 사로잡힌 추악한 노파 때문이 아니었다. 단순한 언어와 순수한 마음을 지닌 자, 이 도시에서 방황하는 다 자란 아이 때문이었다.

도시, 언제나 도시였다. 수많은 만남과 우연을 만들어내는 도시, 덫을 품고 있는 도시였다. 그는 이곳에서 망각을 찾아내리라 믿었고, 부단한 도주의 계획을 정성껏 세웠다. 배신이라는 그 지긋지긋하게 되풀이되는 치명적인 실체를 돌과 역청 사이로 밀어 넣어 영원히 침묵시키기를 원했다. 그러나 이제 도시 자신이 끊임없이 그를 향해 돌아서서 그를 배신했다. 과거가 한꺼번에 몰려와 낡고 더러운 걸레가 되어 그의 가슴 한복판을 또 한번 세게 후려쳤다. 어머니, 아버지, 형. 머리 셋 달린 이 비열한 괴물의 목을 완전히 잘라버리기란 불가능했다. 꿈속에서 괴물은 찡그린 얼굴로 연거푸 나타났다.

결국 호박색 밤 불의 바람은 로슬랭에게 분노한 것처럼 이 도시에 대고 분노를 터뜨렸다.

그런데 이 도시 역시 분노를 터뜨렸다. 모두에 대한 분노를. 도시 또한 자신의 과거와 역사로부터 난폭하게 돌아섰다. 화가 난 도시는 소요를 부추겼다. 실제로 그해 봄은 공원의 나무들에 꽃을 피우고 대로를 따라 늘어선 마로니에와 플라타너스에 새싹을 틔웠을 뿐 아니라, 거리 자체에도 아주 묘한 방식으로 꽃을 피웠다. 건물 전면과 담벼락마다 구호와 그림이 붉은 송악처럼 망을 이루며 이상야릇한 모양으로 휘갈겨졌다. 담벼락마다 지저

분하게 나붙은 벽보들은 햇빛보다 더 생기 넘치는 빛을 발했다. 그중 하나에는 "아름다움은 거리에 있다"고 쓰여 있었다. 한 소녀가 돌멩이를 던지려고 팔을 치켜든 채 돌진하는 그림도 있었다. 모든 것을 향해, 모든 이를 향해 던지는 돌이었다.

이 이상한 5월에 아름다움은 그런 것이었다. 버찌의 계절이 아닌 포석의 계절을 노래하는 5월이었다. 사방으로 돌들이 튀는 5월이었다. 포석에서 버찌의 색깔과 맛이 났다. 적어도, "나는 포석들 속에서 즐긴다!"고 외치는 이들에게는 그렇게 비쳤다. 포석이 모습을 드러내고 보도 위를 조약돌처럼 굴러다니기 시작했다. "포석 밑에 해변."* 그러나 포석은 그 이상이어서, 말言이요 돌로 된 커다란 알파벳이었다. "널 사랑해!!! 아, 포석들을 가지고 그렇게 말해봐요!!!!!" 사랑조차 포석에 힘입어 고백되었다. 아름다움도, 행복도 그랬다. 이 행복을 혹자는 "영원한 상태"라 선언한 반면, 혹자는 거만한 자세로 "망할 놈의 행복"이라고 주장했다.

포석의 변신은 끝이 없었다. 포석은 말과 몸짓, 행동과 연설을 대신했다. 힘을 대신했다. 실제로 그들은, 포석에 심취한 자들은, 새로운 힘을 일으켜세우고자 했다. 온전한 쾌락과 상상의 힘

* 프랑스 5월혁명, 즉 68혁명의 슬로건 가운데 하나.

을. 이것을 그들은 당장에 원했다. "여기서, 지금, 즐기자!" 그들은 투표를 협잡과 동일시했으니, 투표용지를 훨씬 빠르고 효율적으로 보이는 포석과 맞바꾸었다.

길가 도랑을 따라 주차되어 있던 자동차들이 잇달아 폭발하며 거대한 불덩이들이 폭죽처럼 터져올랐다. 정말이지 도시는 분노를 터뜨리는 순간마저 축제의 분위기를 띠고 있었다. 도시는 더 이상 일상이 각인된 길들로 이루어진 지루한 미로가 아니었다. 사람들은 목이 터져라 고함을 지르면서 그곳을 종횡무진 뛰어다니고 버스와 공장과 공공건물과 학교와 대학을 습격했다. 그리고 대경실색할 말들로 서로를 공격했다. 실제로 말이 돌이 되어 사방에서 튀어나오며 노래와 절규와 주문과 선동으로 화했다. 도시의 시공을 지배하는 것은 더이상 질서와 노동과 습관이 아니었다. 난데없이 이 시공이 휘청대며, 혼잡과 열광과 놀라움이 넘쳐나는 거대한 장터의 시공으로 변해버렸다. "우연을 체계적으로 탐구해야 한다"고 사람들은 주장했다.

도시는 혁명의 놀이를 벌였으며, 혁명을 믿는 사람들도 있었다. 하지만 그것은 잠깐 타오르는 불에 지나지 않았다. 스스로를 활기차게 노래하는 내일을 위해 용감히 싸우는 진정한 꼬마 병정이라 믿으며 앞장서서 바리케이드를 올라갔던 자들 중 상당수가 곧 환상에서 깨어났다. 미래는 얼마 안 가 목이 쉬어 음정이 완전히 틀린 노래를 불러대며 횡설수설하기 시작했다. 포석에 반한 폭도들은 스스로를 '불가능한 것을 구하는' 천재적인 현실주의자로 믿었으나, 이들에 비해 더 명철했던 일부는 금세 그 모두를 불신하게 되어 신랄하게 경고했다. "동지들, 그대들은 역겨운 일에 몰두해 있네."

도시는 분노를 터뜨리며 전격전을, 봄날의 소규모 유격전을 고안해냈다. 하지만 이것들로부터도 호박색 밤 불의 바람은 제외되어 있었다. 지금까지 늘 역사의 곁을 지나쳐온 것처럼 이번에도 그는 이 모두의 곁을 스쳐지나갔다. 죽음의 악취를 풍기며 정신착란의 소리를 내는 장화를 신은 역사건, 아니면 끈도 제대로 묶이지 않은 바람 창을 댄 운동화를 신은 역사건 말이다.

도시, 로슬랭 프티우, 히드라 같은 가족에 대한 혐오스러운 기억. 그는 이 모두를 혼동했다. 그리고 자신을 분노에 찬 도시와 혼동했다. 똑같은 절규와 충돌과 화염과 폭발이, 거리와 그의 내면에서 함께 일고 있었다. 돌멩이와 몸, 이 모두가 뿌리째 뽑히고 뒤집혔다. 포석 밑에 해변. 망각과 부정 밑에는—기억.

도시는 분노를 터뜨렸고, 날이 갈수록 소요가 거세졌다. 자신들의 젊음을 옷깃 단춧구멍에 붉은 카네이션*처럼 꽂고 다니던 이들이 거리의 포석을 제거하고 발밑에서 무거운 과거의 돌들을, 권태의 때가 끼고 오래되어 끈적끈적해진 돌들을 끄집어냈다. 그렇게 그들은 사회를 정화하고 보다 리듬감 있는 역사의 움직임에 개방시키려 했다. 그들은 그저 존재하는 것이 아니라 정말로 살아 있기를 원했다. 자신들의 젊음을 마음껏 구가하고 싶었다.

날이 갈수록 호박색 밤 불의 바람의 마음속에 절망의 골이 깊어지며 분노가 솟구쳤다. 수많은 죽음과 광기에 시달리는 기억, 배신자들의 절규가 떠다니는 기억. 이 기억의 포석을 제거하고, 이 모두를 철저히 뒤집어엎고 싶었다. 자신의 심장을 그렇게, 영원히 제거하고 싶었다. 아무 추억 없이, 고통을 느끼지 않으며 살고 싶었다. 벌거벗겨진 기억 뒤편에서 다시 한번, 힘의 한계를 넘어서서, 망각을 되찾고 싶었다. 무한히 심오한 제2의 망각. 넘쳐흐르는 순진무구에 도취된, 활기 가득한 아름다운 망각을 말이다.

그러던 어느 날, 이 미친 기억의 한계에 이르러 신경이 더없이 예민해진 상태에서 그는 일 년 전 스스로 한 다짐을 떠올렸다. 자신의 상처 입은 기억을 다시 건드리는 자가 있으면 죽여버리겠다는 다짐이었다. 대상이 누구든 상관없었다. 이 도시가 전쟁

---

* 프랑스 노동운동을 상징하는 꽃.

놀이를 하듯 자신은 살인자의 역을 맡겠노라 다짐했다.

살인자. 이번에야말로 그는 살인을 감행할 준비가 되어 있었다. 범죄를 통한 해방이라고, 그는 생각했다. 범죄 뒤에 자유가 있었다. 범죄 밑에 진정한 삶이 있었다.

살인자.

그는 마침내 대상을, 희생물을 찾아내지 않았던가? 상대는 아주 무사태평하고 멍청하게, 제 발로 그에게 오지 않았던가? 이자를 따돌리기 위해 안간힘을 썼건만, 그래도 상대는 끈질기게 그를 추적해 마침내 찾아내고 만 터였다. 그러고는 아무렇지도 않은 듯 그의 신경을 자극하고 수많은 말로 그의 기억 속에 감추어진 그만큼의 상처를 건드렸다. 그만큼의 절규를.

괴상한 이름을 지닌 멍청한 자. 생기다 만 암컷의 이름에다 그보다 더 우스꽝스러운 성을 가진 자! 여러모로 무능한데다 발육이 부진한 아이의 몸을 한 자! 게다가 그는 몇 시간이고 가성의 목소리로 장황한 이야기를 늘어놓지 않는가. 멍청한 얼굴을 하고, 늘 눈물로 뿌옇게 흐려진 커다란 안경 뒤에 숨은 훈제 청어 같은 작은 두 눈으로 상대를 살피며 말이다. 그렇다, 그는 이 얼간이를 열심히 찾아다닌 것이었다. 희생물로 삼기 위해. 정말이지 이자는 그렇게 죽어 마땅한 존재 같았다.

그렇게 살해당해 마땅한 존재였다.

살해. 정말로 일이 일어났다. 호박색 밤 불의 바람이 행동에 나선 것이다. 그러나 완수된 행위에 그는 곧 압도당하고 말았다. 미처 알아차릴 겨를도 없이, 눈 깜짝할 사이에 진행된 일이었다. 그가 주동한 이 처형에서 그의 역할은 살인자도 아니었으니, 희생물을 넘겨준, 어쩌면 살인자보다 더 나쁜 역할이었다. 밀고자, 사악한 뮤즈. 가장 비열하고 야비한 역할. 배신자의 역할이었다.

호박색 밤 불의 바람은 악행을 놀이로 일삼는 동료들의 손에 로슬랭을 넘겼다. 이 빵집 조수가 그를 찾아오던 내내 그는 위르뱅에게 이 방문에 대해 아무 말도 하지 않았다. 자세히 들여다보면 추잡한 우정의 양상 같기도 한 이런 교제에 대해 입 밖에 내기가 창피스러웠던 것이다. 그러나 생살을 드러낸 기억으로 꼼짝 못하게 된 그는 이제 반기를 들고 자신을 그렇게 몰아간 자에게서 등을 돌렸고, 이 성가신 사람을 위르뱅과 그의 하수인들에게 넘겨주어 복수해야겠다는 생각이 들었다. 그들이야말로 극도의 파렴치를 발휘해 로슬랭 프티우의 혐오스러운 아둔함을 적절히 벌할 수 있을 것이었다.

정말 그랬다. 그들은 로슬랭의 완벽한 겸허에 걸맞은 모욕을 찾아냈고, 지극한 온유에 걸맞은 고통을 가할 방법을 알고 있었다.

아니, 그것은 걸맞다기보다 상궤를 벗어나 전도된 것이었다. 만사가 전도되었다. 희생자의 철저한 선함과 단순함이 도살자들에게 그만큼 철저한 잔인성과 정교함을 발휘하도록 해주었다.

이 도살자들 사이에서 호박색 밤 불의 바람은 중개자 역할을 맡았다. 희생물을, 그의 친구를, 도살자들에게 넘겨주러 온 자. 그는 배신자였다.

배신자. 두 손과 영혼이 결박당한 채 캄캄한 어둠 속에서 비틀거리는 자.

절대적인 어둠 속에서.

Nuit des bouches

입들의 밤

입들의 밤

1

기차가 질주하고 있었다. 호박색 밤 불의 바람은 잠을 이루지 못했다. 이제 그의 안에 휴식을 위한 장소는 없었다. 망각은 영원히 거부당한 상태였다. 눈부신 햇빛이 들이치는 창문 너머로 꽃들이 핀 벌판과 잔잔하고 푸른 하늘이 연달아 지나갔다. 그러나 이런 광경들도 그의 마음속으로 파고들지 못한 채 멍한 시선을 스쳐지나가 멀리서 떠돌 뿐이었다. 그의 눈은 다른 영상, 로슬랭의 얼굴에 끈질기게 고정되어 있었다.

눈물과 공포가 가득 어린 커다란 눈, 로슬랭의 잿빛 눈에.

미라가 된 로슬랭의 몸에.

그리고 테레즈에게. 테레즈의 몸에.

그녀의 손에. 그녀의 머리카락과 젖가슴에. 또 몹시 진중하고 아름다운, 그녀의 반쯤 열린 입술에.

더이상 다른 것은 볼 수 없었다. 그의 입안에는 소금기가 감돌았다. 끔찍한 갈증에 입속이 깔깔했다. 로슬랭이 죽음으로 넘어가는 모습을 본 순간 그에게 닥친 이 갈증이 내내 그를 떠나지 않았다. 그는 정신을 잃을 만큼 목이 말랐다. 그의 희생물이 흘린 눈물을 핥아서일까? 로슬랭이 살던 섬 염전의 물을 죄다 그러모은 눈물은 아닐까? 목이 말라 죽을 것 같았다. 하지만 그런 식으로 죽지는 않으리란 걸 그는 알고 있었다. 설령 그렇게 죽는다해도 이 갈증은 죽음 속에까지 그를 따라와 괴롭혀댈 터였다. 그러리라는 걸 느낄 수 있었다.

그는 새벽에 파리를 떠났다. 튀르비고가와도 작별이었다. 돌로 된 천사가 날개를 한 번 파닥여 그를 이 거리에서 내몰았다. 천사의 바보 같은 미소가 이 순간 그의 가슴을 얼마나 쥐어뜯었는지! 그는 혼자 떠났다. 도둑처럼 도망쳤다. 모든 것을 빼앗긴 도둑, 자기 자신마저 빼앗긴 도둑이었다. 그는 물건 몇 가지를 그곳에 두고 왔다. 트렁크와 책 몇 권, 옷가지 따위였다. 천사의 빈 날개 밑에 이 모두를 두고 왔다. 온통 불에 그을리고 구멍이 숭숭 뚫린 종잇장들 말고는 아무것도 들어 있지 않은 낡은 가방만 가져왔다. 수년에 걸쳐 발라딘에게 보낸 편지와 글과 노트를 넣어두었던 이 가방을 여는 순간, 그 안에서 낱말들이 모두 빠져 나왔다.

수없이 많은 말들이 한 자 한 자 모두 새어나와 어마어마한 기호의 소용돌이를 일으키며 잉크로 된 미세한 곤충들처럼 느닷없이 치솟아올랐다. 쨍그랑대는 무수한 검은 글자들, 열쇠와 못의 글자들이었다. 이렇게 떨어져나온 글자들은 미친듯이 방안에 흩어지며 벽과 유리창에 가 부딪혔다. 단 한 글자도 글로 남아 있지 않았다. 종이와 봉투들은 자신들이 담고 있던 글을 모두 잃어버려, 거기에는 다갈색의 탄 자국들만 남아 있었다. 가장자리가 아름답게 장식된 종이들이 가방 밑바닥에서 파르르 떨었다. 단 한 단어도 구해낼 수 없었다. 그는 허겁지겁 가방을 닫았다. 그러곤 다른 일들에 신경쓸 겨를도 없이 지체 않고 그곳을 떴다. 걸어서 마지막으로 레오뮈르가를 올라가 세바스토폴대로까지 가서는 스트라스부르대로로 접어들었다. 가방이 가벼웠으므로 그는 빠른 걸음으로 걸었다. 도중에 멈춰 서거나 뒤를 돌아보지도 않았다.

도시는 변함없이 술렁였고 거리마다 혼란의 도가니였다. 마주치는 이들은 누구나 큰 소리로 서로에게 말을 걸었다. 사람들은 뛰어다니며 노래를 부르거나 소리를 질러댔다. 모두가 들뜬 모습으로 의견을 나누었다. 도시는 말을 향해 무한히 열려 있었다. 다양하고 생기 넘치며 유동적인 말이 매 순간 이야기와 노래와 구호를 지어냈고, 혹평을 하거나 번쩍이는 경구를 내뱉었다. 무엇보다 모르는 사람들 사이에 대화가 오갔다. 스스로에 취한 말이 이 완벽한 자유에 놀라 사방에서 동시에 터져나왔다. "할말이 있긴 한데, 무언지 알 수가 없다"고, 시의적절한 어느 낙서에 든 고백처럼 말이다. 중요한 건 무엇보다 말에 깃든 고양된 감정이었다. 거리 한복판에서 사랑을 나누는 자들도 있었다. 그렇게 함으로써 그들은 그해 봄에 유행한 구호 가운데 하나를 실천에 옮기는 셈이었다. "바지 앞 지퍼를 여는 것만큼 자주, 뇌의 단추를 끌러라." 은밀한 쾌락 외에 다른 위험을 무릅쓰지 않은 채 '상퀼로트'*의 역할을 수행하는 한 방법이기도 했다.

하지만 그의 눈에는 아무것도 보이지 않았으며, 할말도 전혀 없었다. 로슬랭의 잿빛 시선에 눈이 멀고 입안은 소금기로 바싹 말라 있는 까닭이었다. 자신의 반란에 도취된 이 군중 속 어떤 남자, 어떤 여자에게 말할 수 있었을까? 무엇이 그토록 난폭하게 그의 마음을 움켜쥐고 있는지 말이다. 그는 규정에 없는 지대에 들어간 셈이었다. 모두가 유토피아를 목격하고 자유로운 말이

---

* 귀족들이 일반적으로 입었던 하의인 '퀼로트'를 입지 않은 사람이라는 뜻으로, 프랑스혁명의 추진력이 된 사회계층이며 주로 노동자, 수공업자, 소상인 등 무산대중을 가리킨다.

승리를 구가하는 동안, 그는 유토피아의 부재와 침묵만을 경험했다. 글마저 그를 버리고 부인했다. 어린 시절부터 말의 공모자가 되고자 했던 그가 갑자기 아무 말도 할 수 없게 되어버렸다.

육 년에 걸쳐 마침내 완성한 논문도 구두심사를 받지 않을 것이었다. 영원히. 이 논문 역시 그의 난잡한 방에 남겨진 다른 것들과 함께 방치될 것이었다. 그토록 세심한 열정을 기울여 쌓아올린 작업이었지만 더는 흥미를 느낄 수 없었다. 지리멸렬한 말들이 의미를 몽땅 상실하고 만 터였다. 그가 쓴 편지나 노트 속 단어들과 마찬가지로, 그렇게 오랫동안 숙고하고 신중히 검토한 단어들도 모두 밀랍 잉크처럼 녹아내렸다. 이제 그 자신이 배신의 끔찍한 화신이 된 마당에, 배신의 개념을 주제로 한 조사와 추론이 무슨 의미가 있겠는가?

기차가 질주하고 있었다. 풍경 일체가 얼굴이었다. 로슬랭의 얼굴.

그는 로슬랭이 계속 그의 집에 오도록 내버려두었으며, 상대가 병적인 수줍음을 극복할 수 있도록 완전한 신뢰감을 심어주었다. 그리고 짐짓 다정한 목소리로 로슬랭에게 말했다. "로슬랭, 너를 내 친구들에게 소개하고 싶어. 그들도 널 무척 좋아할 거야. 그중 한 친구의 집에서 열리는 저녁 파티에 초대할게. 신경쓸 건 전혀 없어. 인원도 별로 많지 않을 테고. 게다가 내가 곁에서 떠나지 않고 함께할 거야. 정말이지 네가 와준다면 얼마나 좋을까." 로슬랭은 초대를 뿌리쳤다. 낯선 어른들 사이에서 어린아이가 겁을 먹듯 로슬랭도 사람들을 두려워했다. 그러나 친구의 끈질긴 권유에 못 이겨 결국 양보하고 말았다. "알았어, 정 그렇다면 갈게…… 하지만 너도 알다시피 내가 부끄러움을 타서…… 외출이나 사람들 만나는 일이 익숙지 않거든…… 오래 머물진 않겠지? 그리고 그 친구들 사이에 날 혼자 남겨두진 않겠지?" 호박색 밤 불의 바람은 그러마고 약속했다.

그리고 그는 이 약속을 철저히 반대로 이행했다.

파티는 뷔트오카유가의 널찍한 아파트에 사는 팔라스의 집에서 열렸다. 솜씨 있게 준비된, 흥이 가득한 파티였다. 위르뱅과 팔라스, 필사생, 미치광이를 비롯해 다른 친구들 몇몇이 파티를 구상했다. 왕녀는 오지 않았다. 순전히 개인적인 쾌락을 추구하며, 그날 밤 그녀는 또다른 절실한 무언가를 찾아 나섰기 때문이다. 호박색 밤, 그가 이 파티의 주동자였다.

그가 먼저 이 계획을 떠올리고 내놓음으로써 하수인들을 유혹했다. 하찮은 머저리, 눈물이나 쥐어짜는 이 얼간이 빵집 조수를 덫에 걸리게 해 그들의 세련된 발톱 사이에 두고 고양이가 생쥐를 갖고 놀듯 장난을 치자는 것이었다. 죽음이 찾아들 때까지.

호박색 밤 불의 바람은 로슬랭과 함께 도착했다. 두 사람이 아파트에 들어서기 무섭게 그들 뒤에서 문이 조심스레 다시 잠겼다. 다른 이들은 모두 이미 도착해 두 사람을 기다리고 있었다. 하나같이 세련되기 그지없는 차림이었다. 호박색 밤은 파티가 열리기로 되어 있는 넓은 거실에 친구를 들여놓았다. 그는 친구의 어깨를 잡은 채였다. 로슬랭은 소심증으로 부들부들 떨면서도 자신의 어깨 위에 놓인 친근한 손 덕분에 똑바로 버티고 서 있었다. 위안이 되는 다정한 손이었다. 캐러멜이 든 상자를 들고 선 그는 이 작은 상자를 어설픈 동작으로 양손 안에 꼭 쥐었다. 거실에 발을 들여놓은 두 사람은 곧 강렬한 조명 속에 놓였다. 전등이란 전등은 모조리 켜져 있었다. 여주인을 비롯해 초대받은 이들 모두가 눈부시게 희고 근사한 아마포 식탁보가 깔린 긴 식탁 위에 나란히 앉아 꼰 다리를 허공에 드리우고 있었다. 식탁은 아직 차려지지 않았고 식기도 놓여 있지 않았다. 팔라스와 그 친구들이 식기를 대신하고 싶어하는 듯 보였다.

이 기품 있는 자들은 두 사람이 들어서는 걸 보면서도 하나같이 말이 없었다. 그저 서투르게 멋을 부린 빵집 조수에게 더없이 차가운 시선을 고정할 따름이었다. 호박색 밤 불의 바람이 말했다. "자, 여기 저의 몹시 소중한 친구 로슬랭 프티우를 소개합니다. 여러분에게 주는 선물이니 마음에 들었으면 해요." 로슬랭은 더이상 아무것도 이해할 수 없었다. 친구의 음성도 달라져 있었다. 호박색 밤이 이처럼 날카롭고 냉소적인 투로 말하는 것을 듣기는 처음이었다. 그의 어깨 위에 놓인 손이 갑자기 어마어마한 무게로 다가왔다. 마치 콘크리트 손이 달라붙어 있는 것 같았다. 이 손이 불쑥 그를 방 한가운데로, 이 모든 도도한 눈길이 교차하는 눈부신 조명 속으로 그를 밀어넣었다. 아닌 게 아니라, 호박색 밤 불의 바람은 소개가 끝나자마자 갑작스레 그를 밀어낸 다음 돌아서버렸다. 그렇게 혼자가 된 로슬랭은 현기증을 느끼며 캐러멜 상자의 끈만 초조하게 만지작거리고 있었다. 더이상 몸을 움직일 수도 말을 할 수도 없었다. 누군가를 바라보는 것은 더더욱 불가능했다. 위르뱅이 마침내 입을 열었다. "자, 프티우 씨, 이리로 오십시오. 우리한테 오세요. 이 파티는 당신을 위해 마련된 것이니, 초대에 어울리는 모습을 보여주셔야죠. 자, 이리로 오세요!" 그러나 로슬랭은 엄청난 노력을 들여 그저 간신히 버티고 서 있을 따름이었다. 한 발짝만 더 내디뎌도 바닥에 주저앉아버릴 것만 같아 안간힘을 다해 구두코에 시선을 박고 있었다. 팔라스가 말을 받았다. "이봐요 프티우 씨, 거실 한가운데 그렇게 염소 말뚝처럼 서 있기만 할 건가요? 그렇게 발작적으로 배에 끌어안고 있는 그 우스꽝스러운 상자를 우리한테 주시기는 해야 하지 않나요? 한데, 그 안에 뭐가 들었죠?" 그러자 로슬랭은 여전히 고개를 숙인 채 팔을 앞으로 내밀고 떠듬떠듬 말했다. "……사탕이에요……" 곧 식탁에서 시끄러운 웃음소리가 터져나왔다. 상자의 끈을 푸는 로슬랭의 손이 떨렸다. 마침내 상자가 열리는 순간 사탕이 모조리 쏟아져 바닥에 흩어졌다. 웃음소리가 더 커졌다. 팔라스가 내뱉었다. "프티우 씨는 진짜 염소로군요. 이것 보세요. 작고 단단한 설탕 똥을 내 거실 한복판에 저렇게 흩뿌려놓았잖아요!" 그러자 이번에는 필사생이 나섰다. "점잖지 못한 행동입니다. 정말로 자제심이 없으시군요!" 미치광이도 덧붙였다. "그보다 훨씬 사소한 일로도 늑대는 세갱 씨의 염소를 잡아먹었어요. 그러니 처신 똑바로 하세요. 진짜 염소처럼 구시면 저희도 늑대 역을 맡을 수밖에 없으니까!" 잇달아 모두가 합세해서 그를 놀려대기 시작했고, 무슨 괴상한 말인 양 그의 이름을 되뇌며 좋아했다. 호박색 밤 불의 바람만 입을 다물고 있었다. 그는 저만치 떨어져 벽에 등을 기댄 채 담배를 피우며 로슬랭을 바라보았다. 로슬랭은 마침내 그를 향해 고개를 돌려 애원의 눈길을 보냈지만, 경멸로 가득한 한없이 무심한 눈길과 마주칠 뿐이었다. 그러자 마지막 남아 있던 맥이 풀렸다. 더 이상 다리가 몸을 지탱하지 못했다. 무릎이 휘청대는가 싶더니 그는 사탕이 이리저리 흩어져 있는 바닥에 그대로 주저앉아 눈물을 흘리기 시작했다. 팔라스가 말했다. "프티우 씨는 자제심이라고는 눈곱만큼도 없군요. 이제 눈물까지 흘리다니요!" 눈물에 젖은 캐러멜들이 바닥에 붙어 끈적거렸다.

호박색 밤은 공모자들이 내뱉는 점점 더 신랄해지는 야유를 더이상 듣고 있지 않았다. 쭈그러지고 움츠러든 로슬랭이 바닥에 앉아 훌쩍대는 소리만 그의 귀에 들려왔다. 마음속에서 분노와 함께 혐오감이 치솟았다. 결국 그는 벽에서 떨어져 방을 가로질러 로슬랭에게 다가가서는 그의 머리카락을 거머쥐었다. "이제 그만하고 일어나, 머저리 같은 녀석! 그만 흐느적거리고 자리에서 일어나라고! 그만 쥐어짜지 못하겠어? 오줌 같은 눈물을 흥건히 싸대니 도저히 못 봐주겠군! 우린 약골이라면 질색인 사람들이야. 동정심 따위에는 속이 뒤집히지. 그렇게 계속 우는 소리를 내면 바퀴벌레처럼 짓이겨버리겠어. 어서 일어나!" 그는 그렇게 상대를 일으켜세운 뒤 머리카락을 잡아 친구들이 소리를 지르고 박수를 쳐대는 와중에 식탁까지 끌고 갔다. 그런 다음 그들의 발아래에 그를 내던졌다.

그 순간부터 만사가 급속도로 진행되었다. 모두 술을 마시기 시작했다. 위르뱅이 준비한 아주 독특한 칵테일에 취해 다들 욕설과 야유를 퍼부으며 빵집 조수를 괴롭혔다. 강제로 그의 옷을 벗기고 눈을 가린 다음 그를 사방으로 밀쳐대며 갖고 놀았다. 그의 벗은 몸은 잔인한 비웃음의 대상이 되었다. 야윈 가슴과 가느다란 사지, 어린 소년의 성기를 가진 미성숙한 남자의 몸, 애벌레의 몸이었다. 그들은 그의 안경도 부숴버렸다. 두 눈을 좀구멍처럼 작아 보이게 하는 알이 두꺼운 근시용 안경이었다. 호박색 밤은 이제 로슬랭의 몸에 손을 대지 않았다. 다른 이들이 악착같이 그를 괴롭혀대는 모습을 지켜보는 것으로 만족했다. 그들에게 희생물을 먹이로 던져준 그는 제자리로 돌아와 벽에 기대섰다. 그러곤 점점 더 날카롭게 이어지는 소리로 웃어댔다. 위르뱅이 공들여 만든 음료가 내부에 주입된 듯, 자신도 웃음을 주체할 수 없었다. 환각에 사로잡힌 자의 그 기분 나쁜 웃음이 다른 이들의 분노를 더한층 격렬하게 부추기는 것 같았다. 그는 신경이 하나씩 노출되며 몸속에서 끊어질 듯 팽팽해지는 것을 느꼈다. 사물 하나하나가 무섭도록 선명히 드러나는 날카롭고 강렬한 빛 속에서 이성이 비틀대며 흔들리는 듯했다. 척추가 쇠막대처럼 등을 지나고 심장이 불덩이처럼 전속력으로 회전했다. 성기는 고통스러울 만큼 빳빳이 서면서 돌멩이처럼 단단하고 꺼칠꺼칠해졌고, 욕구도 없이 팽팽히 긴장되었다. 불안한 마음에 근육이 늘어나 차갑게 굳었다.

그 순간, 또 한번 어머니의 절규가 마음속 깊은 곳에서 올라와 그의 배를 찢었다. 자신의 어머니와 로슬랭의 어머니, 두 어머니의 절규였다. 모든 것이 뒤섞이기 시작했다. 숲들로 둘러싸인 검은 땅의 농장과 바다로 둘러싸인 로슬랭의 섬. 본토에서 떨어진 구석진 땅과 바위. 숲속 수백 년 묵은 나무들 사이를 배회하는 죽음과, 방패를 든 군대처럼 육지를 공격하며 파도를 일으키는 바닷바람. 개처럼 충실한 남편이자 홀아비인 아버지들의 눈물. 그들의 정력을 고갈시키는 정액의 유실처럼 절망한 몸에서 흘러내리는 눈물. 그런가 하면 그의 누이와 테레즈, 여동생과 누나, 그 두 사람 모두 꿈과 욕망의 끝자락 먼 곳에서 길을 잃고 있었다.

화끈거리는 음료로 팽창된 두 눈 안에서 로슬랭의 실루엣이 비틀대며 춤을 추었다. 그 참혹한 나신이 빙글빙글 돌았다. 창백하고 야윈 몸, 미성년의 몸뚱이가 그의 눈 안에서 흰 불길처럼 뒤틀렸다. 소금의 불길이었다. 그는 웃었다. "더! 더!" 그가 큰 소리로 웃으며 소리를 질렀다. "팽이를 더 돌려!"

로슬랭은 말이 없었고, 이제 신음소리도 내지 않았다. 그저 허수아비처럼 이리저리 내던져질 뿐이었다. 혼이 빠진 듯한 모습이었다. 눈을 가린 천은 땀과 눈물로 젖었고, 입은 떨리는 미소 같기도 한 억지웃음으로 일그러졌다. 호박색 밤 불의 바람은 벽에 등을 찰싹 기대선 채 외쳤다. "돌아라, 돌아라, 작은 빵집 조수야. 밀을 빻아 불을 지펴라, 불을 지펴라. 아직 빵을 구워야 해! 자! 돌고, 불을 지피고, 태워라. 빙빙 돌아라, 작은 빵집 조수야. 그래서 제빵의 왕이 되거라! 친구가 필요하니? 그런데 아직 찾지 못했니? 그렇다면 복수複數의 좋은 친구가 있어. 우리가 어떻게 너를 맞아주는지 감탄하며 지켜보렴. 우리, 네 친구가 말이야!" 하지만 이런 조롱의 말을 외쳐대며 호박색 밤 불의 바람은 실제로 다른 소리를 듣고 있었다. "돌아라 돌아라, 버림받고 배신당한 내 어린 시절의 쌍둥이 형제야. 내 고통과 고독의 쌍둥이 형제야. 지치도록 돌아라…… 내 과거의 고통이 마멸되고, 그 상처가 씻기고 정화될 때까지. 네게 명령하고 간청하노니, 돌아라. 내 기억과 과거로부터 나를 해방시켜다오. 돌고 돌아라. 네 야윈 맨발로 우리 어머니들의 절규와 아버지들의 오열을 모두 짓밟아라. 가루로 만들어라. 네게 간청하고 명령한다! 그렇게 뒈져 그 모든 추억과 연민, 연약함과 끝장을 내거라!…… 작은 빵집 조수야, 그렇게 돌다가 뒈지거라. 영원히 나 자신으로부터 해방될 수 있도록!"

그들 중 누가 최종적인 연출을 생각해냈는지 그는 더이상 기억이 나지 않았다. 아마도 '복수의 친구'가 이런 갑작스러운 생각을 해냈으리라. 그들은 근사한 흰 식탁보를 여러 개의 긴 띠로 자른 다음 빈 식탁 위에 로슬랭을 길게 눕혔다. 그러곤 그가 발버둥치지 못하도록 몇 명이 붙잡고 있는 동안 다른 이들은 따로 그의 몸을 정성껏 감았다. 머리끝부터 발끝까지. 그들은 더이상 말을 하지도 소리를 지르지도 않고, 아주 느리고 꼼꼼한 동작으로 그를 미라처럼 단단히 감았다. 이제 게임은 몹시 진지해져, 빵집 조수의 비참한 몸도 더이상 웃음을 자아내지 않았다. 그렇게 포장된 몸이 차츰 위엄을 더해갔기 때문이다. 어느새 그들은 조롱삼아 그에게 배내옷을 입히는 대신 그를 희생물로 바칠 준비를 하고 있었다. 그들의 침묵이 로슬랭을 더 큰 공포 속으로 몰아넣었다. 호박색 밤 불의 바람만이 계속 새된 웃음소리를 내고 있었다.

붕대가 턱까지 이르자 로슬랭은 머리를 빼내려고 애쓰며 소리쳤다. "호박색 밤! 이들이 날 죽이게 내버려두지 마. 질식할 것 같아. 제발, 날 구해줘…… 무서워! 이들이 날 죽이게 내버려두지 마……" 자신을 향한 이 애원의 목소리를 듣는 순간 호박색 밤은 웃음을 딱 멈추었다. 누가 그를 부르는 걸까? 그에게 무얼 원하는 걸까? 그러고 보니 저기, 저녁 식탁 위에 꼼짝 않고 누워 있는 미라인가? 저 넝마 뭉치인가? 저것이 감히 자비를 구하는 건가! 그는 화가 나 내뱉었다. "너와 나, 우리가 누구라고 생각해? 나사로와 예수라도 된다고 믿는 거야? 하지만 난 모든 걸 반대로 한다는 걸 알아둬. 부활은 없어. 파괴를 찬미할 뿐이야! 구원도 없어. 철저한 형벌만이 존재해! 연민도 없고, 광기와 노여움뿐이지! 내 우정을 원했어? 난 그보다 훨씬 좋은 걸 네게 주었어. 내 증오를 주었잖아. 그렇게 붕대 속에 있어. 흰 죽음 속에 매몰되어 사라져버려. 이 무슨 경솔하고 무례한 짓이야! 우아한 작은 꽃들이 수놓인 아마포, 심지어 몸에 꼭 맞게 지어진 흰 아마포로 감싸 근사한 죽음을 선사하려는데, 빵집 조수인 네가 감히 불평을 해? 네 저속한 동정심 따위는 네 입에 처넣어줄 테다!"

그의 몸을 붕대로 감싸는 작업이 다시 시작되었다. 입만 남겨두었다. 그들은 눈이 있는 자리에 길고 가느다란 구멍을 뚫었다. 그런 다음 하던 일을 잠시 멈추고 상대가 숨막혀 버둥거리는 모습을 한가로이 지켜보며 겁에 질린 짐승의 시선을 마음껏 즐겼다. 그는 이제 입으로밖에는 숨을 쉴 수 없었다. 마른 입술 사이로 공기가 휘파람처럼 새어나왔다. 그 순간 난데없이 팔라스가 제안했다. "이 손님이 친절하게도 우리한테 가져온 사탕을 직접 맛보게 하는 게 어때? 그 안에 독을 넣었는지도 모르는 일 아니야?" 그들은 이 생각에 몹시 즐거워하며 바닥에 떨어진 캐러멜을 서둘러 모아 상대방의 입속에 마구 처넣었다. 얼마 안 가 설탕이 침 속에서 녹기 시작해 캐러멜이 뭉치고 단단히 굳어 이에 달라붙었고, 그러다 서서히 입을 폐색했다.

그들은 붕대와 설탕의 압박에서 벗어나기 위해 발버둥치는 가늘고 흰 미라를 감상했다. 그리고 얼빠진 심장이 붕대 밑에서 점점 빠르게 뛰는 아주 희미한 박동소리를 매혹당한 표정으로 들었다. 이 입이 색색의 설탕으로 변신하는 모습에 그들은 감탄을 금할 수 없었다. 빨강, 초록, 오렌지, 장미, 보라, 노랑이 뒤섞여 마치 피 흘리는 송진처럼 걸쭉한 침이 줄줄 흘러나왔다. 빛의 장난으로 물결무늬처럼 일렁이는 거품들이 그의 입술 사이에서 부풀어올랐다가 작고 둔탁한 소리를 내며 터졌다. 그러자 위르뱅이 외쳤다. "브라보! 넌 제빵의 왕이라고 내가 말했지? 넌 그보다 더 대단한 존재야. 경애하는 빵집 조수님, 그대는 당과의 황제니라!"

그제야 호박색 밤 불의 바람은 식탁으로 다가왔다. 그는 다른 이들을 물러나게 한 다음 미라가 된 로슬랭 쪽으로 몸을 기울이고는 미라 만드는 사람들이 미라의 눈을 가려놓은 천을 뜯어버렸다. 미라의 입에 사탕을 억지로 쑤셔넣을 때, 오직 그 입에 집중하기 위해 덮은 천이었다. 하지만 그는 보고 싶었다. 로슬랭의 눈을 보며 죽음의 짧은 시선을 현장에서 붙잡고 싶었다.

하지만 그는 아무것도 붙잡을 수 없었다. 오히려 그 자신이 붙잡혔음을 알았다. 상상을 초월하는 방식으로.

로슬랭의 눈을 그는 처음으로 보았다. 더이상 안경으로 가려진, 두꺼운 근시용 안경알로 일그러진 눈이 아니었다. 고통과 호흡곤란으로 팽창된 눈. 몹시 창백한 빛을 발하는 큼직한 눈. 불빛 아래 영롱한 빛을 띠게 된 눈물 가득한 눈이었다.

로슬랭이 그를 바라보았다. 이처럼 극도의 공포에 사로잡힌 상태에서 과연 그를 알아보기나 하는 걸까? 어쨌거나 로슬랭의 시선 속에서 증오나 원한의 흔적은 찾아볼 수 없었다. 고통과 경악의 심연만이 존재할 따름이었다. 자신이 친구로 삼았던 이가 방금 전에 배신을 저질렀음에도 불구하고 순진함과 선함이 변질되지 않은, 영원한 어린아이의 시선이었다.

호박색 밤 불의 바람은 미라의 머리를 잡았다. 붉은색과 오렌지색 설탕으로 가득한 입과 크게 열린 잿빛 눈을 한 미라였다. 그는 양손으로 이 머리를 들어 몸을 숙이고 들여다보았다. 거울이 된 눈 속에 자신의 얼굴이 비쳤다. 축소된 자신의 초상이 은빛 물을 머금은 로슬랭의 두 눈 속에서 떨리고 있었다.

이 영상이 어디까지 파고들 것인가? 심장까지? 아니면 영혼까지? 지금껏 호박색 밤 불의 바람에게 아무 의미도 없었던 이 말이 마음속에서 거칠게 고개를 쳐들며 활기를 띠었다. 무시무시한 힘을 발휘하기 시작했다. 자신의 얼굴이 로슬랭에게로 완전히 옮아가 그의 영혼, 임종에 든 사람의 영혼 속으로 빠져들어가는 것 같았다.

실제로 로슬랭은 호박색 밤 불의 바람의 양손 안에서 죽어가고 있었다. 그는 죽음의 신비 속으로 스며들 것이었다. 배신자이자 살인자인 친구, 이 친구의 영상도 함께 데리고서.

호박색 밤은 돌이킬 수 없는 길에 들어섰음을 느끼면서 나지막한 소리로 그를 불렀다. "로슬랭, 로슬랭, 죽지 마…… 제발 죽지 마!……" 그러나 로슬랭의 잿빛 눈은 광채를 잃기 시작했으며, 호박색 밤은 자신의 모습이 아가리를 벌린 동공 속으로 천천히 미끄러져 들어가는 것을 보았다. 그는 자신의 양손 안에서 죽어가는 자의 머리를 부여잡았다. "로슬랭, 로슬랭, 제발…… 날 혼자 내버려두지 마. 그렇게 가버리지 마…… 네 눈 안에 이런 모습을 담고 가면 안 돼…… 로슬랭, 날 구해줘……" 그리고 그는 이렇게 말하고 싶었다. "네 죽음 속으로 내 영혼을 데려가지 마. 우리 두 사람을 구해야 해! 다시 살아나서 네가 훔쳐간 영혼을 내게 돌려줘……" 이런 얼토당토않은 말들을 그는 하고 싶었다. 자신도 전혀 의미를 알 수 없는, 손톱으로 할퀴듯 고문을 해대는 말들이었다. 그는 온통 축축해진 로슬랭의 눈꺼풀과 땀에 젖은 이마를 닦아주었다. 그러곤 느닷없이 로슬랭을 핥기 시작했다.

그는 로슬랭의 얼굴을 핥고, 눈물과 격렬한 공포로 부푼 두 눈을, 또 설탕으로 달라붙은 입술을 핥았다. 녹은 캐러멜이 형성해놓은 크고 단단한 막을 물어뜯으려 했다. 그 막을 깨고 입을 해방해 숨결과 말을 되돌려주기 위해서였다. 한마디를, 자신에게 전해오는 한마디를 듣고 싶었다. 너를 용서한다는.

그는 설탕으로 된 막을 가르는 데 성공했다. 그 순간 로슬랭의 입술에서 아주 가느다란 숨결이 새어나오는 것이 느껴졌다. 가늘게 열린 틈새로 숨결이 머뭇대듯 새어나와 그의 입술을 스쳤다. 그러나 희미한 숨결은 곧 파르르 떨렸다. 입이 서로 맞닿은 순간에도 그렇게 떨리더니 잦아들었고, 아주 천천히 꺼지고 말았다. 동시에 호박색 밤 불의 바람의 영상도 로슬랭의 창백한 잿빛 눈 속에서 사라졌다. 호박색 밤은 자신의 미세한 초상이 마치 우물 바닥으로 떨어지듯 동공 속으로 미끄러져 빙글빙글 도는 것을 보았다.

손 안에 지탱하고 있던 머리가 점점 무겁고 물렁물렁해지며 땀이 얼어붙는 것이 느껴졌다. 그래서 그는 다시 반쯤 가려진 로슬랭의 얼굴에 자신의 낯을 문지르며 눈꺼풀과 입술을 핥기 시작했다. 끈적끈적한 설탕 맛에 땀과 눈물의 짭짤한 맛이 뒤섞였다. 이제 그는 상대의 몸을 옥죄는 아마포 붕대를 물어뜯고 갈기갈기 찢었다. 신음소리밖에는 나오지 않았다. 마치 그의 입안에 든 모든 것, 말과 외침, 질문, 호소와 더불어 소금기 섞인 뜨겁고 두꺼운 설탕까지 이 모두가 동시에 녹기 시작하는 것 같았다. 발견하는 순간 잃고 만 영혼의 맛, 끈적끈적하고 자극적이며 엄청난 갈증을 느끼게 만드는 맛, 설탕과 소금의 맛이었다.

기차가 질주하고 있었다. 반쯤 열린 창문으로 다양한 봄의 냄새가 기차간 안으로 스며들어 먹을 것을 끄르는 여행객들의 기분을 돋워주었다. 어떤 이들은 사과를 베어물기에 앞서 옷소매에 문질러 윤을 냈다. 호박색 밤 불의 바람은 무감각 상태에 빠져 있었다. 배고픔도 욕구도 느끼지 못했다. 짠 소금 맛과 진한 설탕 맛으로 입안이 바싹 마른 터였다. 온전한 폭력의 맛. 눈보다 입이 더 잘 기억하고 있었다.

오직 몸의 기억만이 존재했다. 온통 감각과 욕정으로 이루어진, 동물적인 기억이었다. 감각이 예민해진 몸속에, 망을 보는 짐승의 살 속에, 예기치 못한 무언가가 들어섰다. 이성이 상상할 수 없는 것, 철저히 부조리한 무엇. 영혼의 무게였다.

그의 안에서 온갖 무게가, 기억과 맛이 뒤섞였다. 영혼과 몸의 무게가 뒤섞이고, 눈과 입과 살갗의 기억들이 뒤섞였다. 소금과 설탕이 극도로 응축되어 가시지 않는 갈증을 일으켰다. 고문에 가까운 갈증이었다. 타인들의 무게가 통째로 짓눌러왔다. 끔찍이 무겁고 모호한 이 덩어리와 균형을 이루는 것이 있었으니, 그것은 한없이 부드러운 테레즈의 몸이었다.

테레즈. 그는 테레즈와 단 하룻밤을 함께 보냈을 뿐이지만, 이 하룻밤은 그의 모든 것을 영원히 뒤흔들어놓기에 족했다. 오랫동안, 아주 오랫동안 다른 여자들의 몸은 가까이할 수 없으리란 걸 그는 알고 있었다. 결코 그녀를 다시 볼 수 없으리란 걸 알면서도 마찬가지였다. 그녀는 그의 몸을 육肉의 장갑인 양 뒤집어 놓았으며, 그를 그 자신으로부터 떼어놓았다. 그녀 이전의 어떤 여자도 할 수 없었던 일이었다. 그녀는 그에게 또다른 쾌락을 열어 보였다. 그녀를 통해 그는 육체의 가장 깊은 어둠 속으로 빠져들어갔다. 몸에 내재된 본원적인 암흑에 이르기까지.

그의 뺨에 자신의 뺨을 너무 많이 비벼댄 탓에, 눈물과 땀과 녹은 설탕으로 더러워진 얼굴을 너무 거칠게 핥아댄 탓에, 로슬랭의 얼굴은 돌처럼 반들반들해졌다. 그제야 그는 깨끗한 얼굴의 미라가 누워 있는 식탁으로부터 몸을 돌려, 이제 시간도 공간도 존재하지 않게 된 그 장소로부터 도망쳐나왔다. 그렇게 빠져나오며 바닥에 다른 옷들과 함께 내팽개쳐져 있던 로슬랭의 윗옷을 집어들었다. 호박색 밤 불의 바람의 등뒤에서 문이 닫힌 순간, 그때까지 바라만 보고 있던 자들이 정신을 가다듬었다. 위르뱅이 씁쓸한 어조로 말했다. "페니엘이 날 실망시키는군! 결국 그도 이 머저리와 한 족속이었어. 아무튼 이제 끝내야겠군. 어서 시신을 치우자." 팔라스도 거들었다. "파티는 끝났어. 이제 식탁을 치우는 게 좋겠어. 디저트도 다 먹었으니 남은 것들을 치우자고." 위르뱅과 다른 두 사람이 잔여물들을 처리하고 없애는 일을 맡았다. 그들은 밤사이 빵집 조수의 시신을 날라 센강에 던졌다. 파리 외곽에서도 한참 떨어진 노장 부근이었다. 시신이 강속 깊숙한 곳에 아무도 모르게 최대한 오래 머무를 수 있도록 무거운 돌을 매다는 수고도 잊지 않았다. 그리고 더욱 안전을 기하기 위해 사전에 시신의 턱뼈를 비롯해 치아를 모두 부러뜨렸다. 수년 후에라도 시신이 발견되었을 때 신원이 확인되지 않도록 하기 위해서였다.

호박색 밤 불의 바람은 집으로 돌아가지 않았다. 로슬랭의 윗옷에서 집 열쇠를 찾아내 로슬랭의 집으로 갔다. 로슬랭과는 언제나 튀르비고가에서 만났으므로 그의 집에 발을 들여놓기는 처음이었다. 창살 달린 창문이 길가에 닿을 듯한 높이에 나 있는 지하 거처였다. 천장 아래 달린 이 창문들을 보면서 호박색 밤은 언젠가 로슬랭이 행인들의 발에 관해 했던 말을, 특히 여자들의 구두와 발목을 두고 한 말을 떠올렸다. "흔히 사람들은 지하에 사는 게 몹시 불쾌할 거라 생각하지만, 난 이게 좋아. 수많은 여자들의 발과 다리를 볼 수 있거든. 보도 위에 울리는 그들의 뾰족구두 소리를 듣는 게 좋아. 귀기울여 들으면 이 발소리가 다가오고 지나가고 멀어지는 것을 알 수 있어. 목소리만큼이나 마음을 혼란에 빠뜨리는 소리야. 이 발들을 보고 발소리를 듣다보면 매번 어떤 유형의 몸이 저 위에서 걸어가고 있는지 짐작할 수 있게 되지. 때론 그들의 얼굴이나 눈까지 상상할 수 있게 돼. 걸음걸이나 발소리가 시선과 얼마나 잘 들어맞는지 알아? 내가 발과 발목만 본 여자들과 사랑에 빠진 적이 한두 번이 아니야. 얼마나 활기찬 걸음으로들 걷는지…… 너무도 활기차고 귀여운…… 그들의 눈을 본다면 얼굴을 붉혔을 거야!" 그러나 그날 밤 채광창을 따라 걸으며 마음을 흔들어놓는 구둣굽소리를 내는 여자는 하나도 없었다. 방과 거리에 완벽한 정적이 감돌았다. 불순물이 전혀 섞이지 않은 이 정적은 주변 도시의 존재를 부정한 채 다른 어딘가에서 솟아나는 듯했다. 어쩌면 사라진 로슬랭의 몸이나 설탕으로 번들대는 그의 입에서 샘솟는 것인지도 몰랐다.

미심쩍은 정적이었다. 도시 한복판에서, 그것도 폭도들이 온통 뒤흔들어놓은 도시에서, 어떻게 이런 정적이 가능한지 호박색 밤은 이해할 수 없었다. 방 한가운데 선 채로 그는 믿기지 않는 이 정적에 귀를 기울였다. 그렇게 그는 선 채로 잠이 들었다. 얼굴은 천장을 향하고 두 눈은 정적 속에서 길을 잃은 채.

새벽 무렵 동이 트자마자 정적은 깨졌다. 아파트 앞 보도 한쪽에서 기세 좋게 비질을 해대는 경비가 이 정적을 흐트러뜨려 사라지게 했다. 비로 땅바닥을 쓸어대는 소리가 호박색 밤에게로, 그의 머리와 눈과 입 속으로 몰려들었다. 도시의 거대한 맥박이 사방에서 다시 뛰고 그 떠들썩한 소음이 상처에서 흐르는 피처럼 흘러들기 시작했다. 호박색 밤 불의 바람의 마음속까지.

그는 몸을 흔들어 묘한 마비 상태를 떨쳐냈다. 말馬처럼 잠을 자고 난 터라 무릎이 아팠다. 그래서 햇빛이 천천히 새어드는 방 안을 성큼성큼 걷기 시작했다. 벽보와 그림과 사진으로 뒤덮인 벽들 사이로 흘러드는 햇빛에 공포를 느꼈다. 의식이 다시 되돌아왔기 때문이다. 전날 밤의 기억이 모두 분홍빛 아침햇살 속으로 미끄러져 들어와 그의 주변에 하나씩 내려앉았다.

벽 위로 얼굴들이 떠올라 있었다. 가수와 배우들의 모습을 담은 커다란 포스터들을 비롯해, 모르는 사람들이 찍힌 보다 소박한 사진들—로슬랭의 부모와 마을 사람들임이 분명한—이었다. 크고 작은 이 수많은 얼굴들 사이로 갈매기와 기러기들의 사진이 사방에 걸려 있었다. 모두 공중에서 날개를 펴고 나는 모습이었다.

얼굴과 바닷새들이 사방 벽을 휩쓸어 마치 바람에 시달리는 모래성처럼 방을 온통 얼룩지게 했다. 새들이 뒤집힌 보트나 소금이 가득 실린 외바퀴 손수레 주위를 맴돌듯 이 얼굴들 주변을 맴돌았다.

소금이 가득 실린 외바퀴 손수레. 갑자기 인물들의 사진이 호박색 밤 불의 바람에게는 이렇게 비쳤다. 스타들의 사진들과 가족사진들뿐 아니라 모든 얼굴이 그랬다. 소금이 실린 외바퀴 손수레, 바로 그 모습이었다. 이 같은 심상이 호박색 밤을 공포로 몰아넣었다.

소금 얼굴이 실린 이 수레들의 행렬에서 벗어나기 위해 그는 벽에서 눈길을 거두어 가구나 물건 같은 움직이지 않는 것들을 바라보았다. 이 작은 빵집 조수의 방안에는 모든 것이 완벽하게 정돈되어 있었다. 그의 소지품들 사이에 나무랄 데 없는 질서가 감돌았다. 침대 위쪽 선반에 놓인 책 몇 권과 구두 상자가 눈에 띄었다. 몇 권 안 되는 잡다한 책들이 꽂힌 로슬랭의 서가를 그는 찬찬히 살펴보았다. 사전 하나, 노래 모음집 한 권, 제빵 관련 서적 두 권, 삽화가 들어간 대형 판본의 이야기책 하나, 프랑스 시 모음집 한 권, 낡은 미사 경본 하나와 소설책 십여 권. 호박색 밤은 이 책들을 한 권씩 꺼내들고 대충 훑어보았다. 사전을 펼치자 마른 꽃잎과 이파리가 후드득 떨어졌다. 로슬랭은 이 사전을 식물 표본집으로 사용한 듯싶었다. 꽃가루와 꽃잎에서 묻어난 흔적들로 일부 페이지들이 더럽혀지고, 단어들은 푸른색, 분홍색, 황토색,

보라색, 자주색, 미모사색 얼룩 속에 번져 있었다. 그는 눈으로 타원형의 보랏빛 얼룩 속에 든 단어들을 훑어 내려갔다. nativité / natrium / natronite / natte / naturaliser / naturaliste / nature / naturel / naucore / naufrage / naumachie / naupathie / nauplius / nause / nausée / naute / nautique……* 종이의 먼지와 꽃잎의 냄새가 뒤섞인 달콤한 향기가 단어들 사이에서 퍼져나왔다. 영원히 상실된 단어들, 로슬랭이 더이상 찾지 않게 될 단어들이었다. 호박색 밤 불의 바람은 거칠게 사전을 닫았다. 이어 노래 모음집을 집어들었다. 상투적인 가사와 다정한 후렴구로 이루어진 오래된 연가들. 로슬랭은 저녁이면 집에서 이런 노래를 불렀던 것일까? 어쩌면 그가 지닌 가성의 목소리는 음악에서 빛을 발하고 편안함을 느꼈을지 모른다. 가늘고 새된 어조 때문에 생기는 어색함을 잊게 했을지도. 제빵 관련 서적들은 설탕, 크림, 갈색 누가, 설탕에 절인 과일, 아몬드, 꿀, 초콜릿으로 이루어진 걸작들, 보기에도 먹음직스러운 사진들을 당당히 내보였다. 오로지 욕구에 의해, 욕구를 위해 만들어진 이런 놀라운 디저트들을 마침내 자신의 손으로 빚어내는 것. 이것이 바로 이 작

* (예수·성인의) 탄생 (축일) / 나트륨 / 아질산나트륨 / 돗자리 / 풍토에 길들이다 / 자연주의자 / 자연 / 천연의 / 물등구리 / 난파 / (고대 로마의) 모의 해전 / 뱃멀미 / 노플리우스 / 심구(深溝) / 구토 / 뱃사공 / 항해의……

은 빵집 조수의 꿈이었을까? 어린아이의 터무니없는 욕구, 순전한 혀의 욕구. 이야기책의 간지에는 이미 색이 바랜 보랏빛 잉크로 헌사가 적혀 있었다. "꿈꾸기를 너무나 좋아하는 우리 아가 로슬랭의 일곱번째 생일을 진심으로 축하하며." 그 밑에는 날짜와 두 개의 서명이 있었다. 1958년 9월 21일. 엄마 아빠가. 그렇다면 올해 가을 로슬랭은 열여덟번째 생일을 맞게 될 것이었다. 마침내는 그도 어른이 되었을까? 더이상 순진한 소년처럼 꿈꾸지 않고, 다른 사람들 앞에서 떨지도 않게 되었을까? 우정이라는 환영을 좇아 불이 붙거나 활활 타오르지도 않게 되었을까?

책을 한 권 한 권 살펴볼 때마다 호박색 밤 불의 바람은 새로운 질문의 그물에 걸리곤 했다. 똑같이 골치 아픈 질문들이었다. 그는 책을 한 권씩 침대 발치에 던졌다. 미사 경본은 펼쳐볼 생각도 않고 내던졌다. '보나마나 첫영성체 때 받은 미사 경본이겠지. 우스꽝스러운 종교화들이 책갈피 사이사이 끼워져 있을 거야.' 그는 이렇게 생각하며 시 모음집을 집어들어 무심히 읽어내려갔다. 그러다 한 편의 시가 그의 주의를 끌면서, 빠른 속도로 이어지던 종잇장 넘기는 소리가 딱 멈추었다. 베를렌의 『지혜』에서 발췌된, 「카스파르 하우저*의 노래」였다.

* 1828년 거리에서 발견된 신원미상의 고아로, 발견 당시 기이한 모습과 행동으

오직 고요한 눈매만이 풍요로운
얌전한 고아인 내가
대도시 사람들에게로 왔네
그들은 내가 민첩하다 생각지 않았네……

다시 한번 호박색 밤 불의 바람은 소리 나게 책을 덮었다. 그를 로슬랭에게로 다시 데려가는 단 한 마디가 없단 말인가? 카스파르 하우저와 로슬랭 프티우. 대도시 사람들에게는 폭력이라 할 만한, 너무도 고요한 눈을 한 사람들. 평화와 부드러움이 배어 있는 사람들. 대도시 사람들 사이에 자리하는 대신 숲속 깊은 곳에 거주하는 사람들. 바위나 염전 한복판에, 숲이나 바다의 새들 사이에 거주하는 사람들. 그들은 어른-아이였다. 그들의 자리는 다른 곳, 외딴곳이었다…… 이곳이, 이곳이 아니었다! 호박색 밤 불의 바람은 벌떡 일어나 다시 방안을 성큼성큼 걷기 시작했다. 그는 절망 속에서 화가 나 발을 굴렀다. 또다시, 자신의 희생물을 향한 분노가 치밀었다. '도대체 왜, 너 자신을 방어하

로 화제가 되었던 인물. 발견되기 전 십육 년간 독방에 갇혀 살았다는 그는 뉘른베르크 성문 앞에 버려진 후 시의회의 지원으로 생활하지만 끝내 스물한 살의 나이에 의문 속에 생을 마감한다.

지 않았지? 왜 그렇게 쉽사리 내게 와 자신을 넘겨주고 내 분노를 자극해 범죄를 부추겼지? 왜 나를 살인자로 만들었지?……'

카스파르 하우저와 로슬랭 프티우. 이제 그는 이 둘을 완전히 분간할 수 없게 되었다. 다른 시들이 기억 속에 떠올랐다. 게오르크 트라클*이 쓴 카스파르 하우저를 위한 또다른 노래, 베를렌의 시보다 더 고통스럽고 숨막히는 노래였다. 그림자로 가득한 이 시들이 뜨거운 침처럼 입안에서 솟아 흘렀다.

나무그늘 속 그의 거처는 장엄했고
그의 얼굴은 순수했다.
신이 부드러운 불길 속에서 그의 가슴에 대고 말했다:
사람아!

조용한 저녁 그의 발길이 도시를 찾았다;
그의 입에서 우울한 탄성이 새어나왔다:
난 기사가 되고 싶어.

---

* 오스트리아 시인.

그러나 짐승과 수풀이 그의 뒤를 따라왔다,
창백한 사람들의 집과 어두운 정원
암살자가 그를 찾으러 다녔다.

의인의 봄, 여름, 그리고 찬란한 가을
꿈꾸는 자들의 어두운 방들을 따라가는
그의 발걸음은 가볍다.
그는 밤이면 자신의 별과 단둘이 머물렀다;

헐벗은 나뭇가지들에 눈이 내려앉는 것을
어두컴컴한 현관에 드리워진 살인자의 그림자를 보았으니,

한 번도 태어난 적 없는 자의 고개가 은빛으로 수그러진다.

한 마디 한 마디가 엄청난 무게로 다가왔다. 각각의 단어가 그의 안에서 뚜렷이 모습을 드러냈다. 단어들의 무게가 너무도 엄청나 턱이 내려앉을 것만 같았다. 그는 땅을 물어뜯을 수 있었으면 싶었다. "그의 입에서 우울한 탄성이 새어나왔다……"

호박색 밤 불의 바람은 다시 불안한 생각을 떨쳐버리려 애쓰며 침대 쪽으로 돌아갔다. '이 구두 상자에는 분명 구슬 주머니

나 낡은 장난감 자동차가 들어 있을 거야. 로슬랭이라면 어릴 적 갖고 놀던 장난감을 소중히 보관했겠지.' 그는 무언가 만지작거리고 싶은 욕구를 느꼈다. 그 역시 유년기의 한순간으로 돌아가 자신을 잊고 싶었다. 상자는 가벼웠다. 그 종이상자 라벨에는 상자 안에 들어 있던 여성용 구두 그림과 함께 '비텔로 베르데'*라는 글자가 쓰여 있었다. 그는 상자를 열었다. 상자는 절반 이상이 편지로 채워져 있었다. 고무줄로 묶여 다발로 분류된 편지들이었다. 그는 그중 가장 두툼한 다발을 손에 들었다. 로슬랭이 자주 언급하던 젊은 여자한테서 온 편지들이었다. 그는 봉투에 적힌 이름과 주소를 읽었다. 테레즈 마세, 알루에트가 3번지. 느베르. 니에브르. 그는 이 편지들을 단숨에 모두 읽어내려갔다. 십 년이 넘는 세월에 걸쳐 쓰인 편지들이었다. 초기 편지들은 소녀가 소년에게 보낸 것들이었고, 이어 편지 속 억양이 사춘기 소녀에서 여인으로 차츰 바뀌어갔다. 하지만 수신자는 변함없는 어린아이였다. 이 영원한 아이의 순수함과 선함과 단순함이 테레즈에게는 끊임없는 놀라움의 원천이요, 때로는 불안감의 원천이었던 것 같았다. 로슬랭은 테레즈에게 호박색 밤에 대해 많은 이야기를 한 듯싶었다. 최근의 편지들에서 그녀는 자주 이 주제

* 이탈리아어로 '녹색 송아지 가죽'이라는 뜻.

로 돌아와 묻곤 했다. 그녀는 "첫 만남에서 그가 네게 주었다는 환상 그 자체인 이름과 주소"를 언급했으며, 그를 가리켜 "미심쩍다고는 할 수 없어도 그 이름이나 주소만큼이나 별나 보이는 네 신비로운 친구"라 불렀다.

테레즈. 그녀는 그에 관해 무얼 알고 있는 걸까? 또 그는 그녀에 대해 무얼 알고 있을까? 그가 아는 것은 다음과 같았다. 그녀는 로슬랭을 어릴 적부터 알았고 로슬랭에게 변함없는 애정을 지녀왔다는 것. 나라 안 이곳저곳을 거쳐 마침내 느베르에 정착해 그곳에서 서적상으로 일하고 있다는 것. 로슬랭을 대하는 어조가 너무도 명료하고 섬세하며 사려 깊다는 것. 한데 느베르라고? 왜 느베르일까? 니에브르는 정확히 어디에 위치하는 걸까? 도시의 이름도 그렇지만, 그녀가 왜 그곳을 택했는지 의아했다. 그토록 여행을 많이 하고 여러 다른 고장을 두고 고민한 듯 보이는 그녀가 나라 한복판에 자리한 저 작은 고장에 뿌리를 내리게 된 이유는 뭐였을까? 느베르Nevers. 그는 테레즈가 이곳에 정착한 이유를 간파하려는 양 이 도시의 이름을 되뇌어보았다. 그러자 머릿속에 네버never라는 영어 단어가 끊임없이 떠올랐다. 느베르라고 발음할라치면 으레 네버라는 말이 귓전을 울렸다. 네버 어게인, 네버 모어Never again, never more.

그는 테레즈라는 이 여자에게 호기심이 일었다. 로슬랭의 죽음으로 또다시 닫히고 만 미로. 이 끔찍한 미로에서 벗어나게 해 줄 출구가 바로 그녀 안에 존재하리라는 것을 그는 어렴풋이 느끼고 있었다. 네버엔딩, 네버, 네버Never-ending, never, never. 그녀를 만나고 싶은 욕구가 점점 더 절실해졌다. 얼마 안 가 이 욕구는 절대적으로 불가피한 것이 되었다.

그는 서둘러 집을 나와 우체국으로 달려갔다. 아침햇살로 건물들의 정면이 붉게 물들고, 도랑을 따라 흐르는 물은 아주 시원하고 상쾌해 보였다. 하지만 그는 아무것도 보지 않았고, 아무것도 느끼지 못했다.

"속히 와주기 바람. 스톱. 로슬랭의 집에서 기다림. 스톱. 호박색 밤 불의 바람." 그는 우체국 직원에게 전보를 내밀기 전에 또 한번 덧붙였다. "기다림. 절박함. 방문 원함." 그녀를 보고 싶은 욕구에 사로잡힌 그는 규칙적이고 짤막한 단어들을 맹목적으로 나열하고 끈질기게 반복하며 그녀가 오도록 주문을 걸고 있었다. 테레즈에게 방문을 요청한 만큼 이제 그녀가 당장 이곳에 도착할 수도 있다는 듯, 그는 곧 로슬랭의 집으로 돌아와 다시 로슬랭의 방에 틀어박혔다. 온종일 그 방안에 머물며 이제는 쓸모가 없어진 물건들, 다양한 소지품과 책과 의복을 샅샅이 뒤졌다. 그는 로슬랭의 편지를 읽고, 책을 다시 훑어보고, 옷을 이리저리 뒤집어보고, 자질구레한 장식품들을 만지작거렸다. 그렇게 함으로써 로슬랭의 비밀을 파헤칠 수 있기라도 한 것처럼 말이다. 그러나 특별히 주목할 만한 것은 없었다. 가면을 벗기거나 탐지해낼 그 어떤 수수께끼도 없었다. 로슬랭은 늘 그랬듯 너무도 투명한 존재여서 어떤 그림자도 그의 뒤에서 미적대지 않았다. 호박색 밤은 도처에서 자신이 가장 두려워했던 것과 마주칠 뿐이었다. 다름 아닌 극도의 단순성과 어린아이의 가벼움이었다. 그의 순진함과 연약함이었다.

호박색 밤 불의 바람은 오후에 잠깐 얕은 잠이 들었다. 전날 저녁부터 아무것도 먹지 않은 터라 머리가 빙빙 돌았다. 꿈속에서조차 모든 것이 빙글빙글 돌았다.

그는 바다를 향해 걷고 있다. 그러나 그가 다가가면 바다는 점점 뒤로 물러난다. 무거운 외바퀴 수레를 끌고 있어 걷기가 몹시 힘들다. 손목이 수레 손잡이에 끈으로 묶여 있다. 수레는 큼직한 소금 결정들로 가득하다. 소금 광채가 주변에 모여들어 시끄럽게 울며 날개를 파닥이는 갈매기들의 눈을 부시게 한다.

바다는 끊임없이 뒤로 물러난다. 하지만 그는 이제 움직이지 않는다. 더이상 수레를 끌지도 않는다. 새들도 사라지고 없다. 사체와 깃털이 땅 여기저기 흩어져 있을 뿐이다. 땅은 흙도 모래도 자갈도 아닌, 햇빛을 강렬히 반사하는 소금이다.

새하얀 빛이 떨린다. 하늘이 천천히 돈다. 이제 그는 짙은 초록빛을 띤 바다를 등지고 그네에 앉아 무릎 위에 놓인 구두 상자를 양손으로 잡고 있다. 그가 상자를 열자 불가사의한 절규가 새어나온다. 절규는 태양을 향해 곧장 날아오르는 종달새처럼 날카로운 소리를 내며 치솟더니 곧 갈라지고 다시 시작된다. 미쳐버린 여자의 절규다.

한 남자가 소금 바닥에 무언가를 쓰려고 하지만 바람이 쉴새 없이 불어와 단어들을 지워버린다. 그러나 그는 악착같이, 변함없는 정성과 인내심을 기울여 계속 같은 말을 써나간다.

겁에 질린 새들과 구름을 내몰듯, 바람이 단어들을 날려버린다. 네버, 네버. 소금 위에 손가락으로 글을 써나가던 남자도 단어들과 함께 실려가 바람 속에 뒹군다.

수평선 위에 두꺼운 녹색 선처럼 그어진 바다 위쪽 나지막한 창문에 환하게 불이 들어온다. 손 하나가 커튼을 막 연 참이다. 두꺼운 청동색 벨벳 커튼이다. 여자의 손이다. 여자의 다른 한 손은 한 남자의 어깨 위에 얹혀 있다. 젊은 남녀다. 두 사람의 얼굴은 몹시 진지하고 엄숙하다. 서로 닮은 이 두 사람은 오누이 간이다. 성별은 다르지만 똑같이 생겼다고 할 만큼 서로 닮아 있다. 하지만 둘은 연인처럼 서로 바싹 붙어 서 있다. 그들의 눈은 피로와 광적인 욕구와 불행한 사랑으로 타오른다. 만일 두 사람이 서로를 향해 얼굴을 돌린다면 석고처럼 부서지고 폭발할 것만 같다. 그만큼 그들의 눈길은 열정과 고통에 차 있다. 그들의 검붉은 입술이 보일 듯 말 듯 움직거린다. 비가 내리기 시작해 곧 창유리를 덮는다. 빗물이 흐르는 창 너머 그들의 얼굴이 다시금 잠시 떨린다.

바닷가에서 한 소녀가 책상다리를 하고 앉아 바느질을 한다. 아주 가느다란 은바늘이 그녀의 닳은 손끝에서 귀뚜라미처럼 새된 소리를 내며 운다. "바다가 찢어졌어. 그러니 꿰매야 해." 소녀는 하던 일에서 눈길을 떼지 않고 말한다.

바다는 큰 칼로 가장자리를 삭둑 벤 번들대는 거대한 녹색 방수포다. 호박색 밤 불의 바람은 소녀를 알아본다. 창가에 서 있던 그 누이다. 그녀는 바다와 똑같은 천으로 된 옷을 입고 있다. 그녀의 두 볼은 움푹 파이고, 큼직한 입이 아름답다. 입술은 벽돌색이다.

소녀가 바닥에 무릎을 꿇고 앉아 땅을 더듬는다. 머리가 온통 헝클어져서는 안절부절못하고 있다. 호박색 밤 불의 바람은 그녀를 바라보지만, 그의 모습은 보이지 않는다. 그는 시종일관 자기 자신의 시야 밖에 있다. 자신의 목소리 역시 들리지 않는다. 그러나 그녀가 작고 신경질적인 목소리로 그에게 대답하는 걸

보니 그가 소녀에게 질문을 한 모양이다. "제가 무얼 하는지 보고 계시네요! 저는 그의 입맞춤을 찾는 중이에요. 그가 제 머리카락 속에 퍼부었던 입맞춤들을. 바람이 머리를 헝클어뜨리며 제 형제가 머리털 속에 깊이 묻어둔 입맞춤들을 모두 훔쳐갔어요. 전부 땅에 떨어졌어요. 제가 그것들을 찾을 수 있게 도와주세요. 제발!" 그녀는 그를 향해 잠시 얼굴을 든다. 그녀의 눈은 짙은 보랏빛이고, 해변 위로 쌩쌩 부는 찬바람에 갈라진 입술은 소금투성이다. "도와주세요. 제발!" 그녀가 다시 애원한다.

오누이가 해변에 나란히 가로누워 있다. 머리와 팔과 옆구리가 서로 맞닿은 모습이다. 두 사람은 알몸인 채로 발목에서 어깨까지 녹색 방수포에 싸여 있다. 베어진 바다 한 조각. 호박색 밤불의 바람은 그들이 있는 곳으로 다가간다. 그러자 휘파람소리를 내며 두 사람 주위를 세차게 맴도는 가느다란 은바늘이 보인다. 바늘은 두 사람의 살과 살을 꿰매고 있다. 거무스레하게 그늘진 그들의 눈은 우물 바닥에 던져진 조약돌처럼 반짝인다. 입술이 단단하고 아름다운, 치아가 살짝 드러난 커다란 입도 서로 닮아 있다.

바늘이 휙휙 소리를 내며 달린다. 바늘은 이제 그들의 입술을 꿰매는 중이다. 피로 붉게 물든 입술 안쪽에서 탄식이 새어나온다. 어렴풋한 탄식이 입안에 가득하다. "네버, 네버. 난 기사가 되고 싶어. 네 남자가 되고 싶어 네 여자가 되고 싶어. 네버시싱, 네버페일링Never-ceasing, never-failing." 바늘이 입맞춤하는 그들의 입술을 찔러 갈라놓는다. 두 사람의 입술에 피가 조금 흐르고, 눈꺼풀에는 소금의 결정체들이 총총히 빛난다.

바람이 이 커다란 방수포를 날려보낸다. 이제 바다는 없다. 바다는 젖은 천 소리를 내며 하늘에서 무겁게 펄럭인다. 물고기 머리를 한 개들이 사람처럼 서서 두 발로 걸으며 수레를 민다. 은빛 비늘로 뒤덮인 머리, 무지개색 광택이 끝없이 아른대는 근사한 머리다. 수백 마리, 어쩌면 수천 마리의 개가 황량한 해변 위를 줄지어 간다. 바다를 잃어버린 이상한 해변이다. 수레들에는 사탕이 가득하다. 녹색과 보라색 캐러멜들이다.

소금 모래가 서서히 이 오누이 연인의 몸을 뒤덮고 그 위에 능을 만든다. 소금 모래는 잿빛이 되어 빛난다.

물고기 머리를 한 개들은 사라지고 그중 체구가 몹시 큰 개 한 마리만 남는다. 윤기 흐르는 밝은 회색 털을 가진 그레이하운드처럼 생겼다. 녀석은 몸을 꼿꼿이 세운 채 두 발로 서 있다. 몇 발짝 춤추는 시늉을 해 보이다 제자리에서 몇 번이고 펄쩍 뛰어오른다. 점점 더 높이. 몸이 놀랍도록 유연하다. 동작에 점점 속도가 붙는다.

물고기 머리를 한 그레이하운드가 재와 소금의 빛을 띤 모래능 발치에 길게 드러눕는다. 개는 경쾌하고도 몹시 감미로운 긴 신음을 천천히 내뱉는다. 모래 능이 무너져 흩어진다. 살과 살을 맞대고 꿰매어진 오누이 연인의 몸이 다시 모습을 드러낸다. 산발이 된 여자의 머리털 속에 캐러멜들이 붙어 있다. 오빠의 입맞춤들이다. 이 오누이 연인은 이마와 이마를 맞댄 채 자고 있다. 그들의 갈라진 입술에 다소 긴장된 똑같은 미소가 서려 있다. 지친 미소다. 그레이하운드가 몸을 뒤척인다. 개는 이제 로슬랭의 얼굴을 하고 있다. "네 친구가 되고 싶어." 그가 단숨에 말한다. 그러고는 몸을 떤다, 몸을 떤다……

호박색 밤은 소스라치듯 놀라 눈을 떴다. 꿈속에서 누가 그의 이마를 두드린 참이었다. 누군가가 그의 관자놀이를 두드렸다. 그는 두근대는 마음으로 자리에서 일어났다. 완전히 혼이 나가 자신이 어디에 있는지조차 알 수 없었다. 문 두드리는 소리가 들려왔다. 반복적으로 이어지는, 참을성과 끈기가 느껴지는 소리였다. 바깥에는 날이 저물어가기 시작했다.

테레즈가 문턱 너머에 서 있었다. 짐가방은 들고 있지 않았다. 그가 문을 여는 순간 그녀의 예리한 시선이 와 닿았다. 이마를 덮은 금갈색 머리카락 아래의 짙은 녹색 눈이 그를 바라보았다. 그녀는 그에게 손을 내밀지도, 인사를 하지도 않았다. "로슬랭은 어디 있죠?" 한참 동안 말이 없던 그녀가 불쑥 이렇게 물었다. 정적 속에 울려퍼지는 듯한 다소 여린 목소리였다. 꿈에서 완전히 깨어나지 못한 그는 얼굴에 대고 모호한 손짓을 해대며 대답했다. "저기 있습니다…… 떨고 있어요, 몸을 떨고 있어요……" 그러자 그녀가 말했다. "떨고 있는 건 당신인데요!" 두 팔로 상체를 감싼 채 천천히 방 안쪽으로 물러서면서, 그는 졸음이 가시지 않은 두 눈을 크게 뜨고, 문간에 서 있는 이 젊은 금발의 여자를 넋이 나간 듯 뚫어지게 바라보았다.

그녀는 집안으로 들어와 문을 닫고 호박색 밤 쪽으로 걸어왔다. 바닥에 울리는 그녀의 발소리가 그의 머리와 가슴 속으로 파고들었다. 그녀가 그의 몸속을 걸어다녔다. "아! 당신이 신은 구두는…… 구두가 녹색이군요. 굽이 높은!……" 테레즈는 방 한복판에 꼼짝 않고 서서 당황한 기색으로 자신의 발을 내려다보았다. "그래요. 그게 뭐 놀랄 일이죠? 녹색 구두를 처음 보세요? 이건 로슬랭의 선물이에요. 올겨울에 제게 보내온 거죠. 난 늘 이 신을 신고 다녀요. 무척 마음에 들어서요." 그녀는 가볍고 부드러운 회색 주름치마와 연초록색 면 재킷 차림이었다. 회색과 분홍색의 꽃무늬 스카프가 그녀의 어깨를 감싸고 있었다. 들어올린 머리에, 양쪽 귀에서는 가느다란 은귀걸이가 찰랑거렸다. 짙은 녹색 눈보다 더 눈길을 끄는 것은 입이었다. 벌어진 상처처럼 커다랗고 진지해 보이는 입.

그녀는 많은 말을 했다. 로슬랭에 대하여, 또 어린 로슬랭을 알게 된 섬에 대하여. 두 사람의 생활이 아무리 서로 다르고 또 멀리 떨어져 살았어도 잃지 않았던 우애에 대해 이야기했다. 그녀 자신에 관해서도 언급하긴 했지만 이 부분에서는 거의 입을 다물다시피 했다. 단지 그녀가 오랫동안 마음을 정하지 못한 채 방황했고 최근에야 마침내 정착했다는 사실만을 알 수 있을 뿐이었다. 그러니까, 느베르에.

"로슬랭은 어디 있죠?"라는 질문을 그녀는 한 번도 하지 않았다. 사태를 대번에 파악했다는 듯이. 로슬랭은 그 어디에도 없으며 이 세상 어느 곳에도 존재하지 않는다는 것, 이제부터 로슬랭은 오로지 그들 안에 존재한다는 걸 이해했다는 듯이. 누이처럼 그를 변함없이 사랑했던 친구인 그녀 속에, 그리고 미친 살인자로서 그를 사랑했던, 금빛 반점이 든 호박색 눈을 한 이 남자 속에만 머무른다는 사실을 그녀는 아는 것 같았다. 실제로 그녀는 호박색 밤 불의 바람이 로슬랭을 이 세상에서 몰아냈음을, 그렇게 그를 몰아냄으로써 자기 자신조차 잃었음을 진작에 감지하고 있었다. 그가 구원을 요청하기 위해 그녀를 부른 것이었다. 스스로 저지른 가증스러운 행동에 넋이 나간 살인자를 구원해달라고. 그녀는 거부하지 않았다. 무슨 일이 일어났는지, 어떻게, 왜 그런 일이 일어났는지 알려고도 하지 않았다. 그러기에는 너무 늦은 시점이었다. 지금 중요한 것은 단 한 가지, 로슬랭에 대한 기억을 보존하는 것이었다. 그저 형식뿐인 공허한 기억이 아닌, 이제 막 사라져버린 이의 현존으로 영원히 꽉 차 있을 진짜 기억. 이 모든 것을 그녀는 아주 막연하게, 하지만 엄청난 힘으로 감지해냈다.

밤이 내렸다. 두 사람은 여전히 방안에 있었다. 때로는 앉은 자세로, 때로는 방을 걸어다니며 이야기를 나눴다. 그러다 갑자기 말이 지친 듯 뚝 끊기고 침묵이 찾아들었다. 어쩌면 방안에 서서히 차오르는 어슴푸레한 빛 속에 용해되어버린 것인지도 몰랐다. 그러자 도시의 소음이 들려왔다. 먼 데서 사람들이 외치는 소리, 행군을 하거나 난동을 일으키는 군중과 경찰의 사이렌, 돌로 창유리를 부수는 소리가 들렸다. 그들 주변의 거리와 사방에서 젊은이들이 자신들의 권리를 요구하고 있었다. 말하고, 욕구하고, 행복과 기쁨을 누릴 권리를. 그러나 그들은 놀라움과 무관심이 묘하게 뒤섞인 상태로, 거리보다 낮은 곳에 자리한 자신들의 땅굴 깊숙이 숨어 축제와 반항의 이 엄청난 함성에 귀기울일 뿐이었다. 머리 위에서 달리고 있는 저 시위대와 같은 또래인 두 사람 역시 시위에 합세해 그들 편이 될 수도 있었으리라. 하지만 이 순간 두 사람의 젊음은 다른 곳에서 발산되고 있었다.

도시에서 멀리 떨어진 곳, 이 모든 군중과 역사로부터 떨어진 곳. 어쩌면 현재로부터도 벗어나 있는 곳. 시간의 주변부, 영원과 접경을 이루는 어떤 곳에서. 그들의 젊음은 보류중이거나 추방 상태에 있는지도 몰랐다. 이 순간 그들의 젊음은 한 부재자의 인질로 잡혀 있었다.

두 사람은 입을 다물었다. 그녀가 재킷을 벗었다. 무용복이나 수영복처럼 목둘레가 깊게 파인 단순한 검은색 셔츠 차림이 되었다. 그녀는 방 한구석에 놓인 의자에 꼼짝 않고 앉아 있었다. 그는 뒷짐을 지고 침대 옆 벽에 등을 기댄 채 서서 그녀를 바라보았다. 그런데 난데없이 그녀에게서 감탄할 만한 몸짓이 터져 나왔다. 놀랍도록 아름다운 몸짓이었다. 그녀는 상반신을 살짝 앞으로 기울이며 목을 내민 채 호박색 밤 쪽으로 격렬히 고개를 쳐들었다. 그런 다음 손가락을 부채처럼 활짝 펼치고 양손을 젖가슴 위에 올려놓았다. 마치 어떤 고통이나 놀라움이 가슴속을 뚫고 지나간 것 같았다. 그녀는 천천히 자리에서 일어나 그를 향해 다가왔다. 젖가슴은 여전히 양 손바닥 안에 감싸이고 손가락들은 목 언저리를 향해 활짝 펼쳐진 채였다. 크게 열린 두 눈은 이상야릇한 광채를 발했으며, 반쯤 벌어진 입술이 보일 듯 말 듯 떨렸다. 그는 자신이 기대선 벽이 등과 한몸을 이루면서 몸이 두꺼운 벽 속으로 쓸려들어가는 느낌을 받았다.

테레즈가 그를 향해 곧장 다가왔다. 구둣굽소리가 벽을 울리며 이 도시의 지하 전체로 퍼져나갔다. 시위대가 거리마다 포석을 제거해 꺼내려는 것이 바로 그것이었을까? 녹색 구두를 신은 여자의 미친 발소리, 공포와 부드러움에 놀란 여자의 발소리, 넋을 잃을 만큼 아름다운 이 여자의 발소리였을까? 절규와 돌, 노래로 무장한 젊은이들. 그들이 시작한 이 모든 투쟁의 목적이 바로 이것이었을까? 그저 규칙적이고 연속적인 음으로 이 도시 지하의 정적을 깨는 여인의 높은 구둣굽소리. 이 소리를 온 땅에—온 땅과 육신을 가로질러 산 자와 죽은 자들 사이에 퍼뜨리기 위해서였을까? 남자들의 피와 심장을 짓밟고 근육과 신경을 망가뜨리는 발소리, 그들을 욕망으로 황폐하게 만드는 이 발소리를 말이다. 여인의 이 발소리가 입속까지 공명해 그 안의 말을 모두 산산조각내고 영원히 가시지 않는 갈증과 굶주림을 새겨넣은 것일까? 광기어린 사랑의 희생물이 된 입, 절규와 입맞춤에 사로잡힌 심연이 되어버린 입. 이 입 속에서 들리는 여인의 발소리.

그녀는 그렇게 그가 있는 곳까지 걸어와 그의 곁에 바싹 다가붙었다. 허리와 허리가 맞닿고 숨결이 뒤섞였다. 느닷없이 그들의 손이 서로의 몸을 움켜잡았다. 상대의 어깨와 목덜미와 머리카락을 잡은 순간 서로를 밀쳐냈다가 다시 더 단단히 붙들기를 반복했다.

후크가 벗겨진 스커트가 허벅지를 따라 아주 조용히 미끄러지며 바닥에 떨어져 커다란 화관 모양으로 펼쳐졌다. 햇살처럼 퍼지는 주름을 가진 회색 치마가 침대 발치 바닥에 달무리처럼 활짝 펼쳐졌다.

어둠 속에 드러난 테레즈의 피부 역시 몹시 희고 창백하게 빛났다. 호박색 밤의 몸을 누르는 아주 가냘픈 그녀의 몸은 조금도 무겁지 않았다. 길고 숱이 많은, 풀어헤친 머리카락의 무게만 느껴질 뿐이었다.

기차가 점점 고향땅에 가까워지고 있었다. 한쪽 어깨에서 다른쪽 어깨로 흘러내리거나 뒤로 젖혀지는 머리카락, 애무가 스며들고 입맞춤으로 묵직해지도록 내맡겨진 머리카락, 어둠과 향기가 뒤섞여 들어간 머리카락. 바로 이 금발의 무게를 그는 자신의 우묵한 손바닥과 목에, 가슴과 배에 느끼고 있었다.

이 몸에, 이 머리에, 그는 영원히 묶여 있음을 느꼈다. 테레즈는 그에게 몸과 쾌락이 무엇인지, 욕망이 무언지 보여주었다. 지금까지 다른 여자들이 그에게 어떤 쾌락을 주었든 간에, 그들에게서 얻을 수 있으리라 짐작도 할 수 없던 것들이었다. 그녀는 살갗 아래 무한히 펼쳐진 깊은 바닷속 지대들로 그를 데려갔다. 그녀 자신과 그 안에 존재하는 이중의 지대였다. 이 지대들은 서로에게 낯선 것이면서도 동시에 결합들이 만들어낸 어둡고 몹시 난폭한 그물망 같은 것이라는 점에서 일치했다. 그녀는 그를 충만한 애정으로 인도했으며, 타인의 손에 자신을 철저히 내맡긴다는 것이 무엇인지 가르쳐주었다. 자아상실에 이를 만큼 스스로를 잊는다는 것이 무엇인지. 경탄할 만큼, 격렬한 공포에 사로잡힐 만큼. 수많은 애무와 입맞춤으로 소진되고 서로를 끝없이 바라봄으로써 눈이 멀어버린, 육肉의 밤 끄트머리에서 도달한 기쁨. 이 기쁨은 또한 감각과 마음이 느끼는 격렬한 공포이기도 했다.

그녀의 손에 이끌려 도달한 이 육의 밤 끄트머리에서 그는 로슬랭을 만났다.

수면에 보일 듯 말 듯 떠다니는 로슬랭을 강에서 바다까지 끌어내야 했다. 그가 암초에 부딪히지 않고 두려움 없이 떠다닐 수 있도록 도와주어야 했다. 로슬랭은 소금으로 덮인 가벼운 뗏목처럼 떠다녔다. 그를 가득 채운 눈물과 땀이 신에게로 돌아가고 있었다. 그곳에서 그가 위로를 받게 될까?

호박색 밤 불의 바람의 눈 속에 갑자기 여러 영상이 뒤섞였다. 모래를 실은 긴 수송선들이 눈앞에 떠올랐다. 센강 부두를 따라 시뉴섬 쪽으로 걷다가 자벨교에 이르러 다시 이시레물리노로 향하는 산책로에서 종종 눈으로 좇던 배들이었다. 순간 한 이름이 떠올랐다. 모리용코르볼.

모래 채취 회사인 이 이름이 마음속에 울리며 묘한 운율을 띠기 시작하더니 이윽고 가볍고 우울한 멜로디가 되었다. 모리용코르볼. 아름다운 이름이었다. 물을 따라 흐르는 이름. 모래와 관련된 이름. 도시인들의 주목을 별로 받지 못한 채 날마다 침묵 속에 도시를 가로지르는 이름. 그의 머릿속에 불쑥 떠오른 이 이름이 돌연 그 도시에 존재하는 여러 마술적 이름들 가운데 하나가 된 것 같았다. 입안에서 이 이름이 너무도 다정하게 맴돌았다.

이 이름은 차마 발설할 수 없는 또다른 이름을, 로슬랭 프티우라는 이름을 감추고 있을 뿐이었다. 감추고, 아니 운반하거나 전달하고 있었다.

모리용코르볼, 로슬랭 프티우. 도시 한복판에서 아무도 모르게 강물을 따라 표류하는 모래, 그리고 소금.

이 모두가 그의 안에서 점점 더 복잡하게 뒤섞였다. 얼굴들, 이름들, 이미지들. 로슬랭 프티우, 모리용코르볼, 카스파르 하우저…… 발라딘과 테레즈, 그리고 게오르크 트라클과 그의 누이 그레틀까지……

카스파르 하우저, 모리용코르볼, 로슬랭 프티우…… 갈매기들이 어김없이 수송선들의 항적을 따라 나는 동안, 또다른 이름들이 메아리처럼 찾아들어 앞선 이름들의 흔적 속에서 맴돌았다. 파리에서 보낸 육 년 동안 그가 교제했던 모든 남자와 여자들의 이름이었다. 자스맹 데두브, 넬리, 오르니카르, 윌리세아, 위르뱅 말라브륀, 왕녀. 그리고 테레즈가 있었다. 한시도 머릿속을 떠나지 않는 이름이었다.

아침이 되자 테레즈는 그에게서 떨어져나와 일어섰다. 그는 조난당한 사람처럼 시트 속에 나동그라진 채 옷을 입는 그녀의 모습을 말없이 꼼짝 않고 지켜보았다. 온통 그녀로 꽉 차 있는데다 너무나 큰 충격으로 멍한 상태에서 그녀에게 미친듯이 빠져 있는 터라 그녀를 붙잡기 위한 최소한의 몸짓도 불가능했다. 그저 침대 속에 몸을 웅크린 채 그녀를 바라보기만 할 뿐이었다. 그가 저지른 범죄의 비밀, 그녀가 대번에 그에게서 간파한 이 비밀을 가지고 그녀는 떠나려 하고 있었다. 그의 가장 어두운 부분을 그녀는 가지고 떠날 것이며, 그렇게 로슬랭에 대한 가장 생생한 기억도 앗아갈 것이었다. 그녀로서는 가늠조차 할 수 없는 무거운 짐, 신비를 지고 갈 것이었다. 그녀가 이미 뒤를 돌아볼 수도, 지체할 수도 없는 상태임을 그는 느끼고 있었다. 그녀가 뒤

돌아보는 일이 있어서는 안 되었다. 결단코 그녀를 붙잡을 수 없을 것이었다. 그녀는 떠날 것이며, 두 사람은 다시 보지 못할 것이 분명했다.

그녀는 다시 회색 치마와 검은색 셔츠와 재킷을 입고, 꽃무늬 스카프를 두르고, 짙은 초록색 구두를 신고, 가방을 들고, 그렇게 가버렸다. 로슬랭의 물건에 손을 대지도, 추억할 만한 무언가를 가져가지도 않았다. 그녀는 망각의 세력으로부터 로슬랭에 대한 기억을 구해내기 위해 온 것이었다. 오직 그것 때문에 온 것이었다. 그에게 저질러진 범죄에도 불구하고, 그를 덮친 죽음을 돌려세우기 위해 온 것이었다.

호박색 밤 불의 바람은 테레즈의 향기가 남아 있는 따듯한 시트 속에 몸을 웅크린 채 온종일 똑같은 자세로 있었다. 저녁이 되어서야 그는 바깥으로 나왔다. 시내를 어슬렁거리다가 강변 쪽으로 내려갔다. 강이 그의 마음을 사로잡았다. 순간 어이없는 생각에 마음이 동했다. 그는 유람선에 올라 선상 레스토랑의 가장 큰 테이블에 자리를 잡은 뒤 저녁식사를 주문했다. 흰 제복 차림의 종업원들은 무슨 불청객을 보듯 놀란 눈으로 손님을 바라보았다. 그해 봄 저녁시간들이 한가롭게 유람을 다니기에 적절치 못한 터였다. 실제로 그 도시 사람들은 다른 일에 진지하게 몰두해 있었고, 레스토랑도 텅 빈 상태였다. 묘한 분위기를 풍기는 이 손님을 지켜보는 웨이터들의 눈길에는 불신마저 서려 있었다. 단정치 못한 옷차림에 묘한 분위기를 자아내는, 무언가를 쫓는 듯도 하고 무언가에 쫓기는 것 같기도 한 손님이었다. 다른 것은 두고라도 밥값을 치를 돈은 있는 것일까? 손님이 주문을 마치자 웨이터들은 기절초풍까지는 아니더라도 어안이 벙벙해져 그에게서 눈을 떼지 못했다. 그가 메뉴에 있는 거의 모든 요리를 주문했기 때문이다. 열다섯 가지 전채요리를 비롯해 그만큼의 고기와 생선 요리를 주문했고, 온갖 채소와 샐러드와 치즈는 물론 여남은 종류의 디저트까지 주문했다. 포도주도 마찬가지였다. 그는 세 사람 몫의 식탁을 차려달라고 했다. 그런 다음 레스토랑 한복판에서 그 모든 요리와 마실 것들로 넘쳐나는 둥근 식탁에 혼자 버티고 앉아 로슬랭과 테레즈에게 마실 것을 권했다.

그는 닥치는 대로 먹고 마셨다. 이 요리 저 요리에 조금씩 손을 대고 포도주도 모두 맛보았다. 유람선에서 일하는 종업원들은 전부 그의 주위로 몰려들어, 이 미친 손님이 아귀처럼 말없이 음식을 먹어대는 모습을 얼이 빠져 지켜보았다. 그러나 호박색 밤 그 자신은 전혀 아랑곳없이 천천히 지나가는 강둑만을 바라보았다. 하프 연주자가 그의 곁에서 불순한 매력이 담긴 멜로디의 현을 뜯는데도 전혀 듣지 않았다. 오로지 강둑에 시선을 고정한 채, 환하게 불이 밝혀진 홀의 열린 공간 너머로 들려오는 찰랑대는 물소리에만 귀를 기울였다. 그는 울고 있었다. 요리란 요리에서 모두 소금 맛이 났고, 포도주는 하나같이 설탕처럼 끈적였다. 그래도 그는 먹었고, 억지로 음식을 모두 삼켰다. 먹고 싶어 먹는 것이 아니었다. 그는 다른 이들을 위해, 그들을 먹이기 위해, 그렇게 먹고 있었다. 로슬랭과 테레즈, 그리고 카스파르 하우저까지 먹이기 위해서. 식사가 끝날 무렵 그는 완전히 취하여 식탁을 가득 채운 접시들을 모두 물린 다음 테이블 중앙을 장식한 라일락 다발을 집어들었다. 그는 그 꽃까지 먹었다. 로슬랭과 테레즈, 그리고 카스파르 하우저를 꽃으로 장식하기 위해서였다.

그는 잔뜩 취해 불편한 몸으로 집에 돌아와 밤새도록 울면서 먹은 것을 토해냈다. 아침이 되어 동틀 무렵의 상쾌한 새벽 공기를 맡으면서야 다소 정신을 차렸다. 그는 지체 없이 이곳을 떠나기로 마음먹었다. 그렇게 그는 자신의 방에서, 이 도시에서 도망쳐 나왔다. 젊은이들이 벌이는 경쾌한 분노의 축제에서 밀려난 철저히 낯선 자가 되어. 이 젊음을 토해내며 그는 밤을 지새웠다. 그는 이제 나이를 알 수 없는 자가 되었다. 어쨌거나 살인자들에게 나이란 있을 수 없으니까. 범죄가 완수되는 순간 그들의 나이는 휘청대고 부서지고 상실되는 법이니까.

낮과 밤. 그것들에서도 그는 밀려나고 말았다. 그는 한낮이 되기 전에 이 도시에서 달아났다. 낮을 피해 달아났다.

낮. 그는 낮을 보지도 않은 채 지나왔다. 낮을 창유리처럼 깨뜨려버렸다. 잃어버린 친구들의 머리글자를 담고 있는 낮. 자스맹, 오르니카르, 위르뱅, 로슬랭.* 하나같이 배신당한 친구들이었다. 그들에게서 그는 아무것도 받을 줄 몰랐고, 줄 수도 없었다. 그들을 전혀 이해하지 못했다. 자스맹의 열광과 엄정성, 오르니카르의 절망과 광기, 위르뱅 안에 반항처럼 뿌리내린 악, 로슬랭의 한없는 선량함. 이 모두로부터 그는 최악의 것만을 취할 수 있었을 따름이었다. 가장 손쉽고 음흉하며 야비한 매력, 악의 매력에 자신이 유혹당하도록 내버려두었다. 거기서 위르뱅을 구해내는 대신 이 악이 돌이킬 수 없는 상태에 이르도록 악화시켰다.

밤. 그는 또한 밤을 지나왔다. 거기에 부딪혀 좌절했다. 실제로 밤이 그 자신보다 강했으며 그를 꺾어놓았다. 그가 연인으로 삼았던 여자들에 의해 결정된 밤. 넬리, 윌리세아, 왕녀, 테레즈. 첫번째 여자에게 그는 폭력을 행사하고 굴욕을 주었으며, 두번

---

* 자스맹(Jasmin), 오르니카르(Ornicar), 위르뱅(Urbain), 로슬랭(Roselyn)의 머리글자를 이으면 JOUR, 즉 '낮'이라는 의미의 낱말이 된다.

째 여자에게서는 거부당한 다음 저주를 퍼부었고, 세번째 여자와는 물리도록 쾌락에 열중했다. 그러나 마지막 여자를 통해 그는 자신을 박탈당하고 말았다. 이 여자는 그의 오만함과 난폭함을 무無로 만들어버렸다. 경솔하고 무절제한 유희마저도. 이 마지막 여자가 방에서 나가 문을 닫는 순간, 그의 앞에 거대한 철문 같은 밤이 철컥 소리를 내며 닫히고 말았다.

기차가 역으로 들어섰다. 그를 기다리는 사람은 아무도 없었다. 가족 중 누구도 그가 돌아온다는 사실을 몰랐다. 그토록 오래 검은 땅을 떠나 있었는데 과연 그를 기억하는 사람이나 있을까? 그동안 그는 자신의 소식을 전하지 않았고 가족들의 소식을 들은 적도 없었다. 자신이 어디로 가고 있는지, 누구를 만나게 될지도 모르고 있었다. 그는 황량한 플랫폼에 내려섰다. 햇빛이 찬란한 날이었다. 그는 눈물이 날 만큼 갈증이 났다.

2

그러나 시골 사람들의 기억은 도시 사람들보다 훨씬 깊고 오래간다. 그곳에서는 나무들이 땅에 뿌리를 박듯 기억이 사람들의 몸속에 뿌리를 내린다. 그는 어린 시절에 살던 집으로 돌아왔다. 그를 맞이한 사람은 마틸드였다. 예전 그대로인 마틸드. 증오어린 이 동정녀의 큼직한 몸은 예나 다름없이 검은 옷에 싸여 있었고, 허리춤에서는 집안의 큰 열쇠 뭉치가 쩔그럭댔다. 마틸드는 그를 바로 전날 여행을 떠났다 돌아온 사람이나 읍에서 장을 보고 막 귀가한 사람처럼 맞았다. "아! 네가 왔구나! 그래, 여기서 오래 머무를 작정이야?" 그는 습기와 먼지와 어둠이 가득한 자신의 빈방에 가보았다. 방문을 열면서 마틸드가 말했다. "네가 떠난 이후로 아무도 이 방에 들어가지 않았어. 난 주인 없는 방은 꼭 자물쇠로 잠가두거든. 자, 이게 네 방 열쇠야."

농가 아래쪽 날개집에는 여전히 로즈엘로이즈가 살고 있었다. 니케즈가 그녀와 함께 지냈다. 그녀가 애끓는 심정의 귀향을 애타게 기다리던 시절 니케즈는 밤마다 그녀를 찾아왔고, 그후로 한 번도 그녀를 떠나지 않았다. 이제 농장의 가장 험한 일은 그들이 맡아 하고 있었다.

그리고 애끓는 심정도 그곳에 있었다. 로즈엘로이즈가 그토록 기다렸던 아이, 그녀의 양자. 자신을 고독과 절망에서 구해주리라 믿었던 선택받은 아들. 그는 근처 오두막에 머무르며 야만인처럼 살았다.

애끓는 심정이 마침내 전쟁에서 돌아와 있었다. 소년을 심문하던 중 동료에게 범죄를 저질렀으나 정신이상 판정을 받고 풀려난 터였다.

하지만 그가 정말로 전쟁에서 돌아온 건 아니었다. 그의 이성은 그곳에 남아 있었다. 그의 이성은 쇳덩이들 속에서, 범죄를 저지른 뒤 갇혀 있던 지하 감방 깊숙한 곳에서 여전히 녹슬어가고 있었다. 그곳에서 그는 모든 것을 상실했다. 젊음도, 기쁨도, 마음도. 수면과 숨결까지도. 그 시절 이후로 그는 그 무엇도, 그 누구도 사랑할 수 없게 되었다. 아무것도 알 수 없게 되었다. 집으로 돌아왔을 때 로즈엘로이즈도 겨우 알아보았을 정도였다. 자신의 무릎 위에서 죽어버린 아이의 기억이 온통 머릿속을 점령해 그를 놓아주지 않았다. 이 아이의 몸을 비롯해 전쟁에서 죽은 다른 이들의 무게가 그를 무겁게 짓눌렀다. 사지를 절단당한 동료들과 자신이 머리를 부숴버린 병사의 무게, 산에서 죽임을 당한 적들의 무게까지 모두 합세해 그를 괴롭혔다. 그는 전쟁에서 죽은 모든 이들의 무게 아래 매몰되어 있었다. 그의 두 팔과 어깨와 무릎 사이로 너무도 강하게 와닿는 무게에 숨쉬기조차 어려웠다. 그래서 걸어다닌다기보다는 발을 질질 끌며 다녔고, 말을 하면서도 쉴새없이 헐떡였다. 밤에는 잠들기 무섭게 눈을 떴다. 소스라치듯 놀라 숨을 몰아쉬며 잠에서 깨어났다. 때로 고통이 너무 강렬해 가슴을 짓이기고 폐를 압박해오면, 그는 땅위에 쓰러져 두 주먹으로 가슴을 치며 상을 당한 여자처럼 소리쳐 울기 시작했다. 그러면 아주 긴 흐느낌이 흘러나왔다. 알제리 여자들의 강한 리듬이 담긴 절규, 밤새의 날카로운 비명과도 흡사한 울음소리였다. 절망에 찬 이 소리에 불안해진 로즈엘로이즈가 달려와 그를 안심시키고 위로할라치면 그는 거칠게 그녀를 뿌리치고 자신의 은신처에서 몰아냈다. 아무도 그를 위로할 수 없었다. 오직 블라이드만이 할 수 있는 일이었다. 하지만 블라이드는 사막 깊숙한 곳으로 떠난 터라 그의 울음소리를 들을 수 없었다. 블라이드는 이 우물에서 저 우물로 자신의 염소를 몰며 광막한 사막을 가로지르고 있었다. 금빛 띤 아름다운 갈색 눈에, 옆구리가 몹시 마른 검은 염소였다. 하지만 우물이란 우물은 모두 말라 있어 블라이드는 끊임없이 길을 떠나야 했다. 뒤를 돌아볼 시간도, 애끓는 심정의 울음소리를 들을 시간도, 가던 길을 되짚어 그에게 올 시간도 없었다. 블라이드는 그렇게 항상 떠나야 했다. 갈증으로 타오르는 커다란 두 눈을 가진 그의 염소에게 먹일 물을 서둘러 찾아나서야 했다. 그리하여 애끓는 심정은 계속 혼자 남을 수밖에 없었다. 블라이드가 사는 고장에서 영원히 멀어져, 바다에서 멀리 떨어진 이 작은 시골 한구석에 혼자 남아야 했다. 숨결도 수면도 잃은 채 그는 혼자 남아 있었다.

호박색 밤은 애끓는 심정의 사연을 들어 알게 된 순간부터 계속 그의 곁을 맴돌았다. 적과 동족이라는 사실 말고는 죄가 없는 아이에게 그의 동료들이 범죄행위를 저질렀고, 이 행위에 대해 그가 무작정 보복을 가한 뒤 알제리에서 미친 사람이 되어 돌아왔다는 이야기였다. 호박색 밤은 그에게 다가갈 용기는커녕 감히 말을 걸 생각도 할 수 없었지만, 그를 두려워하는 만큼 그와 가까워지고 싶은 욕구도 강해졌다. 형태를 변형시키거나 확대해 사람을 놀래주는 거울처럼, 상대는 호박색 밤 자신이 저지른 범죄를 상기시켰다. 범죄를 저지른 것과 같은 방식, 그러니까 이성을 넘어서는 방식으로 애끓는 심정은 자신의 범죄를 대속하고 있었다. 품안에서 아이가 죽었을 때 애끓는 심정은 퍼뜩 정신을 차린 동시에 스스로 파멸하고 만 터였다. 명백한 이치 하나가 그를 후려치듯 계시되는 순간이었다. 이웃을 죽이는 일은 절대적으로 금지된 만큼, 이를 어기는 자는 누구든 똑같이 죽어야 한다는 것. 바로 이 자명한 이치를, 피해갈 수 없는 무시무시한 진실을 호박색 밤 불의 바람은 온 힘을 다해 애써 외면하려 하면서도 직감하고 있었다. 그 역시 살인을 저지른 자였다. 평화로운 시대에, 아무 동기도 없이. 냉정하게. 그 역시 자신이 저지른 범죄의 기습공격을 받고 속수무책이 되어버린 상태였다. 그래도 그는 아직 버텨내고 있었다. 애끓는 심정을 집어삼킨 저 현기증 나는 광기에 저항했으며, 그보다 더 큰 고문, 자신의 범죄를 고백해야 하고 타인들뿐 아니라 자기 자신에게 고백해야 한다는 사실에도 맞서고 있었다. 그는 자기가 저지른 행동이 얼마나 심각한지 진지하게 따져보기를 거부했다. 인도적 측면에서 도저히 용납하지 못할 이런 행위는 기실 오직 신의 잣대로만 중대성을 가늠할 수 있었다. 하지만 그는 신이 존재한다는 생각을 인정할 수 없었고, 그래서 쉴새없이 마음을 갉아먹는 이 고통스러운 의혹들을 악착같이 짓누르려 했다. 자신의 광기 속에서 헤매는 애끓는 심정처럼 영원히 적대적인 적막한 대지의 끝으로 쫓겨나 정처없이 떠돌았던 카인의 운명을 되풀이하고 싶지는 않았다. 그래서 그는 자신이 저지른 범죄를 다른 그 누구에게도 털어놓지 않았다. 그는 인간의 도덕과 관련된 판단들을 무시했다. 그것들은 암암리의 이해타산과 연관된 굼뜨고 둔한 것들이라 치부했다. 법이 만들어놓은 판단들 역시, 그는 거래에 악착같고 교활한 마필 매매상에 비교하며 경멸했다. 그는 자기 자신에게조차 이 범죄를 고백하지 않았으니, 양심에 발언권을 주지 않기 위해서였다. 그렇게 혼란 속에 던져진 양심은 그가 더없이 증오하는 용어들, 죄의식이나 가책이나 회개 같은 용어들을 사용하며 장광설을 늘어놓을 게 틀림없었다. 그리고 급기야 최악의 말, 신이라는 말이 등장할 터였다. 결국 그는 자신을 침묵으로 감쌌다. 하지만 이런 거부는 스스로의 추방 상태를 더한층 악화시킬 따름이었다.

검은 땅에 돌아온 호박색 밤은 우선 다른 사람들과 최대한 거리를 두며 지냈다. 자신의 어둡고 비참한 분신인 애끓는 심정의 주변을 이따금 맴돌 뿐이었다. 그는 일을 시작해 땅을 경작하고 가축들을 돌보는 법을 배웠다. 아직 서투르고 경험이 없었던지라 일은 그를 지치게 했을 뿐 아니라 그에게 아무 기쁨도 주지 않았다. 하지만 이런 피로감이야말로 그가 찾던 것이었다. 날이 저물 무렵 그를 덮쳐오는 멍한 느낌과 아무 생각도 떠오르지 않는 텅 빈 상태야말로 그가 원하던 것이었다. 그는 무언가를 읽지도 쓰지도 않았다. 말이란 말은 모조리 공포심을 불러일으켰다. 발라딘의 소식을 알려고도 하지 않았다.

그가 그토록 오래 떠나 있다가 돌아왔음에도, 그렇게 열심히 땅을 경작하는 모습을 보고도, 사람들은 놀라지 않았다. 그들은 그 이유에 관심이 없었다. 호박색 밤이 가족이라는 사실로 족했다. 그것만으로도 그는 농장의 한 자리를 차지할 권리가 있었다. 과연 누가 그를 염려해줄 수 있었겠는가? 마틸드는 농장 일을 하느라 바빴고, 로즈엘로이즈는 애끓는 심정에게만 정신이 팔려 있었으며, 니케즈는 이 두 사람을 돌보느라 여념이 없었다. 그리고 페니엘가의 다른 이들은 모두 농장 일에서 손을 뗀 상태였다. 타데의 가족은 몽르루아에 있었고, 황금의 밤 늑대 낯짝은 마오의 집에서 막내아들들과 함께 살고 있었다. 발라딘은 이미 오래

전부터 검은 땅과는 연락이 없었다. 그리하여 호박색 밤이 돌아왔을 때 마틸드와 로즈엘로이즈와 니케즈는 안도의 한숨을 내쉬었다. 그들끼리 농장 일을 모두 해내기는 버거웠던 탓이다. 애끓는 심정은 아무 도움이 되지 못했다. 그는 험상궂은 얼굴로 자신의 오두막 안을 맴돌기만 했으며, 세 발짝 걷고 나면 멈춰 서서 숨을 가다듬곤 했다.

그러나 얼마 안 가 호박색 밤이 그곳에 와 있는 것 또한 전혀 쓸모가 없음이 드러났다. 그가 아무리 열심히 일을 하고 노력을 기울여도 결과는 참담했다. 그가 경작한 땅은 하나같이 돌투성이 메마른 땅이 되었고, 씨앗을 심으면 하나도 싹이 트지 않았다. 그가 발을 떼어놓는 자리마다 쐐기풀과 가시덤불이 돋아났다. 가축들도 마찬가지였다. 그가 돌보던 가축은 모두 병에 걸리거나 죽기도 했다. 그토록 피하고자 했던 카인의 저주가 이제 그를 덮친 참이었다. 들은 그의 노동을 거부했고, 길들은 그가 지나간 흔적을 외면했으며, 짐승들은 시름시름 앓다가 죽어갔다. 흙이건 가축이건, 그의 손이 닿기만 하면 메말라버렸다. 마틸드가 그에게 화를 내며 소리쳤다. "무슨 짓을 한 거야? 네가 여기 온 후로 우리 농장이 어떻게 되었는지 좀 봐! 네가 도시에서 무슨 오물을 들여왔는지 모르지만 우리 땅이, 내 땅이, 엉망이 되어버리는 걸 더는 보고만 있지 않겠어. 난 예순 해가 넘는 동안 이 땅을 더 기름지고 비옥하게 만들기 위해 날마다 온 힘을 다해 일했어. 그런데 네가 이곳에 죽음을 가져왔어. 전쟁 때처럼! 그 빌어먹을 독일 놈의 손을 어디서 빼드는 거야? 장담하는데, 널 그냥 두면 그 끔찍한 독일군들처럼 얼마 안 가 모든 걸 망쳐놓고 말 거야. 아! 너도 이 집안 남자들을 꼭 닮았어. 움직여야 하고, 다른 곳에 가보아야 하고, 사방으로 나다녀야 하지. 그러다 매맞은 개 꼴을 하고 집에 돌아왔을 때에는 이미 제정신이 아니거나 길에서 영혼을 잃은 후지! 내 형제들도 모두 차례로 떠났어. 돌아온 형제들은 자신들의 그림자에 지나지 않았어. 다른 형제들은 죽었지만, 어디서 죽었는지는 아무도 모르지! 아버지는 딱 한 번 도시에서 유람이나 할 생각으로 집을 떠났는데, 그 바람에 재앙이나 다름없는 여자를 데리고 돌아왔지 뭐야. 사생아 딸까지 있는 외국 여자를 말이야. 두 사람 다 얼마 안 가 죽었어! 그러고 나서 아버지는…… 그 얘긴 그만두자…… 문제는 너야. 넌 내 아버지를 꼭 닮았어! 그의 아들들도 너만큼 그를 닮지는 않았어. 두 사람 모두 똑같은 악마한테 마음을 빼앗긴 게 아닌지 몰라. 하지만 난 버티고 있지. 견디고 있어. 내가 태어난 이 땅을 지키고 있는 거야. 어머니한테서 물려받은 이 농장을. 그래, 무슨 일이 있어도 농장을 구해낼 거야. 어떤 재앙이 닥쳐도 농장만은 구해낼 거라고. 그러니까 필요하면 너를 쫓아낼 수도 있어!"

호박색 밤 불의 바람은 밭과 들과 외양간에서 하던 일을 그만 두었다. 그러나 농장을 떠나지는 않았다. 갈 데가 없었다. 그가 피난처로 삼고 찾아온 땅이 그를 내친 참이었다. 하지만 어디를 가든 같은 꼴을 당하리란 걸 그는 알고 있었다. 어디나 땅은 매한가지니까. 그렇다고 도시로 되돌아갈 생각도 없었다. 다시 대도시 사람들 사이에서의 삶을 시작할 수는 없었다. 이제 그는 도시 사람들이 무서웠다. 파리에서 도둑처럼 도망쳐왔을 때 그는 동시에 세상의 모든 도시로부터 달아난 셈이었다. 로슬랭이 죽임을 당하던 5월의 그날 저녁 그를 사로잡았던 웃음, 자신의 웃음, 그 광기어린 사악한 웃음이 그후로도 계속 사방에서 벽과 거리와 창문들을 흔들어댔다. 어느 도시를 가든 이 웃음은 마치 당장에라도 덤벼들 개처럼 그를 따라다닐 테고 그를 쫓아낼 것이었다. 그의 웃음이 도시를, 모든 도시를 떠돌며 수백만의 창유리를 흔들어놓았다. 이 웃음소리는 밤중에도 그치지 않아서 그의 꿈속을 가로지르고 잠 속을 흘러다녔다. 따라서 그는 정녕 아무 데도 갈 곳이 없었다. 지구 밖에도, 사람들이 막 첫발을 내디딘 달 표면조차, 그가 설 곳은 없었다. 그곳에서도, 그곳에서도 언제까지나 사악한 웃음이 따라다닐 터였다. 이제 사람들이 달에서 거닐 수 있게 되었다는 사실도 그는 관심이 없었다. 그 자신은, 또 그와 흡사한 많은 다른 이들은, 지구 위에서조차 당당히 버틸 수 없는 처지였으니 말이다.

그래서 그는 남기로 결심했다. 어디로 가야 할지 알 수 없었기 때문이다. 어느 장소든 그에게 적대적이고 적막하기는 마찬가지였다. 카인의 저주가 그를 완전히 휘어잡고 있는 만큼, 추방당한 자의 고독과 비애를 지금 이 자리에서 견디는 편이 나았다. 그는 고향땅에서 이방인처럼 머무를 터였다. 영원히 그곳을 떠나지 않을 것이었다. 신에게 의연히 등을 돌린 채, 언제까지나 자신의 의지를 꺾지 않으리라. 그렇다, 그는 자신이 저지른 범죄를 고백하지 않을 것이며, 인간에게든 신에게든 용서를 구하지 않을 것이었다. 로슬랭의 불안정한 눈길이 끊임없이 그의 모습을 쓸어가고 영혼을 강탈한다 하더라도. 그의 안에는 여전히 너무 큰 오만이 자리했다. 오만과 반항이 자리했다. 이제 오만과 반항은 텅 빈 것이 되고 말았지만 적어도 그 끈질긴 기억만은 존재했다.

그러나 아무 일도 하지 않고 농장에 남아 있을 수는 없었기에 그는 목공 일을 배우기로 했다. 그래서 소목장이가 되었다. 어린 시절 그토록 나무를 싫어했던 그가 이제 나무에 매달리게 되었다. 그 자신처럼 땅에서 뽑히고 뿌리로부터 베어져 잘려나간 나무들에.

호박색 밤 불의 바람은 느닷없는 생식불능 상태에 들고 말았다. 그와 동시에 로즈엘로이즈에게는 수태능력이 찾아들었다. 신비로운 몸의 리듬에 따라 피가 솟는 나이를 이미 훨씬 넘긴 시점에 말이다. 그러나 육체의 어둡고 숨막히는 열기 사이로 심장의 외침과 속삭임이 자유롭게 솟구치는 한, 몸의 신비는 무한한 법이다. 그녀의 관자놀이에 새겨진 진홍색 모반, 애끓는 심정이 전장에 있던 내내 그녀의 머리카락 위로 흐르며 물을 들였던 이 반점이 돌연 흐름의 방향을 바꾸었다. 그녀의 뱃속으로 피가 다시 흘러들었다. 이 피는 수태능력을 지닌 샘물처럼 그녀 안에서 돌기 시작했다. 그리하여 그녀는 니케즈의 아이를 잉태했다. 그러나 이 아이가 온전히 자신의 아이일 수는 없음을 그녀는 단번에 깨달았다. 때늦게 온 아이, 너무도 늦게 온 아이였다. 놀랍도록 늦게 말이다. 그녀에게 아이가 생긴 것은 오로지 애끓는 심정의 애절한 호소에 응답하기 위해서였다. 그의 고통이요 비애요 광기인 아이가 그에게 되돌아오도록 하기 위해, 그를 아이와 화해시키기 위해서였다. 이 아이야말로 그녀의 선택받은 자식을 식인귀 어머니인 전쟁의 손아귀에서 구해낼 것이었다. 그녀는 마치 예기치 못한 손님을 맞듯 이 아이를 맞아들였다. 때늦은 출산을 통해 어쩌면 그녀는 애끓는 심정을 낳는 것인지도 몰랐다. 그를 다시 세상과 삶에 내놓는 것인지도 몰랐다. 그리하여 그녀의 몸은 물론 마음 안에서 자라는 이 아이에게 그녀는 모든 희망을 걸었다. 아이는 그렇게 오는 것만으로도 새로운 시간을 열게 될 테고, 한 치 앞도 내다볼 수 없는 겹겹의 불행에서 그들 모두를 해방시켜 다시 합쳐지게 할 지름길을 열어 보일 것이었다.

아이가 그녀 안에서 힘차게 움직였다. 마치 배 안의 물속에서 헤엄치는 듯했다. 때로는 심장을 가볍게 스치는 것 같기도 했다. "이건 발이야. 새의 발처럼 작고 가벼운 발이야. 이 발이 심장에 닿는 게 느껴져. 마치 디딜 곳을 찾는 것 같구나." 그녀는 아이와 알 수 없는 대화를 나누면서 자신의 배를 손끝으로 톡톡 두드리곤 했다. 해산달이 되자 그녀 안에서 속삭이는 듯한 소리가 들려왔다. 덤불숲에 숨은 작은 참새의 지저귐처럼 아주 나지막한 노랫소리였다.

출산일이 가까워지자 속삭임은 그녀의 몸속에서 점점 커지며 진동했다. 속삭임이 감미로운 휘파람소리처럼 고음으로 치달을수록 로즈엘로이즈의 피부도 맑고 투명해졌다. 마치 몸속에 환하게 불이 밝혀진 것 같았다. 타오르는 촛불을 품은 유리 같은, 노란 밀짚 색깔의 장밋빛 피부가 되었다.

그녀는 자신의 침대에서 아이를 낳았으며, 분만을 도우러 온 여자는 아무도 없었다. 니케즈만 그곳에 있었다. 6월, 풀을 베어 말리는 시기가 끝날 무렵의 어느 저녁이었다. 방금 전에 베어낸 건초 냄새가 대기를 꽉 채우며 땅과 집들 속으로 파고들었다. 설탕과 후추의 맛이 뒤섞인, 머리를 어지럽히는 달콤한 향내가 몸속까지 침투했다.

건초 냄새가 훈훈한 바람에 실려 열린 창을 통해 들어왔다. 냄새는 방안을 맴돌다 커튼 속으로 미끄러져 들어가거나 시트 위에 내려앉았고, 목덜미에 향을 내는가 하면 손 위에서 떨렸다. 아이는 이 건초 향기 속에서 탄생했다. 아이가 첫울음을 터뜨린 곳이 바로 그 향기 속이었다. 고음의 맑은 울음소리였다. 니케즈는 아이를 받아 아마포에 감쌌다. 그런 다음 로즈엘로이즈에게 아이를 넘겨주며 말했다. "아들이야."

"내 아들이에요." 애끓는 심정이 말했다. 방 한구석에 그가 서 있었다. 그들도 보지 못한 사이에 그곳에 들어와 있었다. 그는 멍한 표정으로 벽에 기대서 있었다. 마치 벽을 통과해 솟아난 것 같았다. 이윽고 그는 벽에서 떨어져나와 몽유병자처럼 니케즈가 있는 곳까지 다가서서는 아이를 향해 천천히 두 손을 내밀었다. 아이 말고는 방안의 아무것도 보이지 않는 듯했다. 그는 니케즈의 품에서 조심스레 아이를 받아 꼭 안고 마당으로 나갔다. 니케즈가 따라나서려 했지만 로즈엘로이즈가 그의 손을 잡으며 말렸다. "내버려둬. 애끓는 심정이 아이를 데려가게 내버려둬. 둘이 함께 있게 해줘."

그는 마당 한가운데 서 있었다. 아이가 다시 울기 시작했다. 찢어질 듯 높고 날카로운 울음이었다. 바로 그 순간의 일이었다. 사방에서 숲이 부르르 떨기 시작하더니, 나무들이 여자의 엉덩이처럼 좌우로 흔들리고 가지들 속에서 떠들썩한 소음이 일었다. 이어 난데없이 새 수천 마리가 날아올랐다. 피리새, 꾀꼬리, 개똥지빠귀, 멧새 들이었다. 새들이 향처럼 강하게 타오르는 건초 냄새 속을 날아다녔다. 하늘은 온통 향내에 휩싸여 있었다. 상쾌한 맛과 시든 맛, 설탕과 후추의 맛을, 수많은 새들이 정신없이 날며 쪼아댔다. 이 불가사의한 건초 냄새의 무게로 휘청대는 듯 애끓는 심정의 다리가 무릎께에서 꺾였다. 갑자기 그의 복부에 찢어지는 듯한 고통이 느껴졌다. 그는 아이를 품에 안은 채 마당 한복판에 그대로 주저앉고 말았다. 저녁이 느릿느릿 내리며 6월의 해를 자줏빛에 가까운 붉은색으로, 아이의 머리카락 색으로 부풀려놓았다. 이 불길은 애끓는 심정의 뱃속에서도 부풀어올라 그의 옆구리를 찢어놓았다. 그는 땅에 웅크리고 앉아 무릎 위에 아이를 누인 채 어깨를 좌우로 격렬히 흔들어댔다. 그의 얼굴과 몸에서 땀이 비 오듯 흘러내렸다. 그렇게 쭈그린 자세로 그는 아이를 안고 신음하며 몸을 떨었다. 아이는 꼼짝도 않고 애끓는 심정의 품속에서 잠들어 있었다. 새들이 온 땅을 노랫소리로 덮으며 사방을 날아다녔다.

후덥지근한 저녁 공기 속에서 건초 향기가 더욱 강하게 풍겨왔다. 붉은 오렌지색 하늘에는 주름 장식이 든 살굿빛 긴 구름떼가 여기저기 흩어져 있었다. 바람 속에 일렁이며 횃불처럼 타오르는 나무들 뒤로 해가 조금씩 가라앉았다. 애끓는 심정이 마지막으로 내지른 엇박자의 날카로운 신음소리에 새들이 모두 흩어졌다. 그후 정적이 찾아들었다. 온 땅이 쥐죽은듯 고요했다. 바람도 그치고, 건초 향기만 끈질기게 남아 있었다. 애끓는 심정은 아이를 품안에 둥글게 감싸안은 채 천천히 옆으로 누웠다. 새들이 정원과 덤불숲으로 내리꽂혔다가 곧 다시 솟아올랐다. 새들의 부리에는 날아오르다가 과육을 터뜨린 까치밥나무 열매가 물려 있었다. 신맛이 도는 가랑비가 대기 중에 흩날렸다. 갓난아이는 세번째 울음을 터뜨렸다. 깔깔대는 웃음처럼 쾌활한 소리였다. 그러자 숲으로 돌아가던 새들이 곧 이 소리에 응답해 어둠 속에서 긴 메아리가 물결쳐왔다. 애끓는 심정은 비틀거리며 일어나 저녁 공기를 깊이 들이마시기 시작했다. 현기증이 나도록 심호흡을 했다. 아이가 그의 품안에서 손과 발을 흔들어댔다. 아이의 살갗과 머리카락에서 건초 냄새가 났다.

애끓는 심정은 놀란 얼굴로 주위를 둘러보았다. 아주 오래 떠나 있다 땅과 숲과 농장을 다시 보게 된 사람 같았다. 그는 이 모두를 경탄어린 눈으로 바라보았다. 그러고는 숨을 쉬었다. 깊고 고요한 숨결이었다. 이 순간 그의 앞에 드러난 세상도 그렇게 깊고 고요했다. 그는 세상을 들이마셨다. 아이의 머리카락 속에서 세상을 들이마셨다. 그러자 불쑥 그에게 그곳의 냄새가 전해져 왔다. 그 모든 냄새가. 그가 있는 곳에서 멀리 떨어진, 바다 건너편에 자리한 곳. 그의 이성이 산산조각나고 만 그곳의 냄새였다. 기억이 되돌아와 넘실대는 파도처럼 그의 안에서 솟구쳤다. 하지만 더이상 무섭지 않았다. 기억에 맞서 싸우지도 않았다. 기억이 그를 휩쓸어가도록 내버려두었다. 그는 이를 악물고 눈을 크게 뜬 채 조용히 흐느껴 울었다. 그러곤 자신의 목에 기대 잠이 든 아이를 살며시 어루만지며 중얼댔다. "블라이드, 블라이드……" 그는 말을 맺지 못했다. 더이상 눈물과 무의미한 말 깊숙이 아이의 이름을 묻어둘 때가 아니었다. 마침내 이 이름은 경직된 기억의 광기로부터 떨어져나와, 다시 찾은 애정 가득한 공간으로 솟구쳐올랐다.

그는 로즈엘로이즈와 니케즈에게로 돌아왔다. 그리고 로즈엘로이즈에게 아이를 내밀었다. "배가 고플 거예요." 막 잠에서 깨어나려는 아이를 그녀에게 돌려주며 그는 이렇게 말했다. 그리고 그곳을 나와 한참 동안 목초지를 걸어다녔다. 머리가 빙빙 돌았다. 그는 낮게 깔린 풀 쪽으로 얼굴을 돌린 채 건초 더미 밑에 누웠다. 그곳에서 잠이 들었다. 이제는 잠을 잘 수 있었다. 방황도 끝이었다. 방황과 고통은 끝이었다. 블라이드가 사막에서 자신의 염소에게 먹일 물을 마침내 찾아낸 것이다.

사막에서 찾아낸 우물. 긴 밤의 끄트머리에서 다시 해가 뜨고 기억이 되돌아왔다. 밤과 낮이, 그리고 기억이. 이것들은 진홍색을 띠었다. 용서와 희망, 이들도 진홍색이었다.

아이는 펠릭스라는 이름을 갖게 되었다. 하지만 너무도 귀엽고 명랑한 이 아이를 모두들 그냥 '페'라고만 불렀다. 휘파람소리가 살짝 나는 이 단음절이 장난기 가득한 아이의 모습에 더 잘 어울리기 때문이었을까? 아이의 왼쪽 눈에 깃든 반점은 금빛이 아니라 아이의 머리색과 같은 진홍빛이었다. 애끓는 심정이 보는 이 세상의 색깔과 같은 색이었다.

페가 태어나던 날 숲과 들의 새들이 모두 날아올라 하늘에 모였듯이, 페는 사람들을 불러모으는 것 같았다. 그는 사람들을 유인하는 페니엘가의 피리였다. 그가 태어나자 검은 땅과 그 주변의 삶이 다시 활기를 띠었다. 삶이 고독과 유보 상태를 박차고 나왔다.

발라딘이 다시 나타난 것도 바로 그즈음이었다. 오빠 호박색 밤 불의 바람처럼 그녀도 오랫동안 검은 땅과 가족에게서 멀리 떨어져 살았다. 그녀의 삶은 타지에서 흘러가고 있었다. 우선 그녀는 스트라스부르에서 기숙사에 머물며 음악을 공부했고, 지금은 그르노블에 정착한 상태였다. 그곳의 한 고등학교에서 음악을 가르쳤다. 사실 음악을 계속 공부하면서 다른 나라로 가 자신의 예술을 심화시키고 새로운 스승들 곁에서 연주를 완성해갈 수도 있었을 것이다. 그런데 그녀의 삶에 불쑥 뜻밖의 사건이 끼어들어 운명의 방향을 틀어놓고 말았다.

이 뜻밖의 사건이란 제이슨이라는 이름의 남자였다. 제이슨은 연보랏빛 눈을 한 삼십대 미국인이었는데, 그에게 예술이란 그저 삶 자체였다. 그는 십 년 이상 자기 나라를 떠나 온 유럽을 여행했다. 그는 도시들을 사랑했다. 좁은 길들, 대리석 성인과 금박을 입힌 나무 천사로 가득한 교회들, 거울과 벨벳 벽지로 장식된 넓은 찻집들. 그는 이런 것들이 있는 도시가 좋았다. 그리고 이런 찻집에서 책을 읽거나 사람들을 바라보며 몇 시간이고 보내기를 좋아했다. 그는 끊임없이 무언가를 읽었으며, 그의 기억력은 엄청났다. 그는 자신이 읽은 책들을 모두 기억했다. 하지만 그의 기억은 도서관이라기보다 커다란 새 사육장이나 온실에 가까웠다. 무언가를 읽는 순간, 그가 읽는 글들이 내면에서 새끼를 치며 다양한 이미지와 음향과 움직임으로 변하기 때문이었다. 글들이 그의 안에서 살아 움직였다. 철저히 지적이면서 강렬하되 좀 우스꽝스럽기도 한, 이상한 양태로. 그는 책들을 바라볼 때와 흡사한 시선으로, 그러니까 예리하고도 경쾌하며 다소 장난기가 깃든 시선으로 사람들을 바라보았다.

발라딘이 그를 만난 곳도 그가 잠시 체류중이던 스트라스부르의 한 카페였다. 하지만 어느 곳을 가든 일시적인 방문객에 지나지 않았던 그는 자신의 몸으로부터도 놀랍도록 부재한다는 인상을 주었다. 발라딘이 우선 눈여겨보았던 건 그의 손이었다. 몹시 투명한 피부에 다소 예민해 보이는 가늘고 긴 손가락이었다. 놀랍도록 민첩하고 아름다운 손이었다. 아주 작은 손짓 하나에서도 마음을 불안하게 하는 우아함이랄지 가녀린 섬세함이 배어났으니, 쉴새없이 움직이는 그의 손엔 보일 듯 말 듯 떨리는 연약한 무언가가 깃들어 있었기 때문이다. 그는 무언가를 만진다기보다 손끝으로 스쳤으며, 잡는다기보다 어루만졌다. 발라딘은 곧 어린 네사를 떠올렸다. 일찍이 그녀가 알던 이들 중 그런 몸짓이 가능했던 사람은 네사뿐이었다.

얼굴 쪽으로 손을 가져가는 남자를 향해 그녀는 눈길을 들었다. 그러곤 조심성 없이 그의 모습을 찬찬히 뜯어보았다. 앞에 놓인 대형 거울 덕분에 그녀는 들키지 않고 그를 바라볼 수 있었다. 그는 책을 읽고 있었다. 발라딘은 재미삼아 그의 손에 들린 책 제목을 읽어내려 애썼다. 거울 속에서 "THE HEART IS A

LONELY HUNTER"*라는 글자가 거꾸로 읽혔다. 그러나 거울 속 그의 모습을 살피는 그녀의 눈길이 너무도 강렬하여 결국 상대도 눈치를 채고 말았다. 그는 책에서 고개를 들었고, 발라딘을 바라보았다. 두 사람의 시선이 거울 속에서 마주쳤다. 그녀는 호기심에서 비롯한 자신의 행동이 그렇게 들켜버리자 얼굴을 붉히며 카페의 다른 구석으로 얼른 눈길을 돌렸다. 하지만 재미있다는 듯한 상대의 목소리가 곧 들려왔다. "나 여기 있어!" 노래하는 듯한 억양이 살짝 묻어 있는 목소리였다. 그녀는 미처 생각해볼 겨를도 없이 되받았다. "거기 어디?" 거울 속에? 아니면 홀에? 그것도 아니라면 책 속에? 그 순간 그녀는 대답할 수 없었을 것이다. 가늘고 섬세한 손을 가진 이 낯선 남자를 마치 꿈속에서 보고 있는 것 같았기 때문이다. 거울 표면에 비치는 조용하고 아름다운 꿈, 해독이 쉽지 않은 꿈이었다.

이 꿈을 그녀는 자신의 사랑으로 삼았다. 그리고 이 사랑을 자신의 생명으로 삼았다. 단숨에. 그날은 월요일이었다. 그다음 일요일, 그녀는 스트라스부르를 떠나 제이슨이 머물기로 마음먹은 그르노블로 그를 만나러 갔다. 그는 결코 시간을 재는 법이 없었

* 미국 소설가 카슨 매컬러스의 장편소설 『마음은 외로운 사냥꾼』.

으므로 그곳에 얼마나 머무를지는 알 수 없었다. 이 도시에서 저 도시로 떠도는 한가로운 유람은 끝이 난 상태였다. 더블린에서 레닌그라드로, 스톡홀름에서 시라쿠사로, 리스본에서 이스탄불로, 모든 도시를 지나온 참이었다. 그는 이제 산으로 시선을 돌리고 있었다. 사실 그의 발길은 언제나 산을 향해 있었다. 그가 유럽 방방곡곡을 여행하며 그 모든 우회의 길을 택한 것도 산의 주변을 더 쉽게 맴돌며 상상하고 욕구하기 위해서였다. 제이슨 역시, 오직 꿈을 꾸면서만 찾고 달아나면서만 도달하는 그런 사람들 중 하나였기 때문이다. 그는 기다림 속에서만 사랑할 수 있는 사람이었다. 스트라스부르는 그의 마지막 기착지, 사흘 동안 머무르게 될 기착지였다. 발라딘을 만난 건 그 첫날 아침이었다. 그녀가 이 도시의 안내자 역할을 맡았다.

두 사람은 카페에서 나왔다. 그녀는 오래된 좁은 길들을 지나 대성당이 있는 곳까지 그를 데려갔다. 작은길 끝에 성당이 서 있었다. 아침나절의 다소 차가운 햇빛 속에서 부드럽게 빛나는 성당의 붉은 돌이 장엄하고도 기묘한 느낌을 자아냈다. 두 사람은 성당의 정면 문들을 천천히 둘러본 뒤 남쪽 출입구를 마주하고 서서 성모를 묘사해놓은 팀파눔* 두 개를 바라보았다. 오른쪽

* 건물 정면의 출입문이나 창문 위의 부조 장식.

은 성모의 대관 장면이고, 왼쪽은 성모의 안식dormition*을 묘사한 장면이었다. "안식이라고요?"발라딘의 입에서 나온 단어의 의미를 모르는 제이슨은 호기심어린 표정으로 그녀의 말을 받았다. 발라딘이 그 의미를 설명해주자 그는 몹시 재미있다는 듯 웃기 시작했다. "어이가 없군요. 그래도 아주 재치 있는 말이에요. 당신들 가톨릭 신자들, you are rather cracked!** 성모 안식이라…… A pretty crazy word, really***……" 이렇게 말한 뒤 그는 조각상을 찬찬히 다시 뜯어보며 성모의 시신을 둘러싸고 모여 있는 성인들의 특이한 표정을 하나하나 자세히 관찰했다. 슬픔에 잠긴 그들의 얼굴은 묘하게 닮아 있었다. 시선은 하나같이 먼 곳, 입 밖에 낼 수 없는 어떤 질문을 내포하는 머나먼 곳에서 방황했다. 이 무리 중앙에 그리스도가 자리했다. 그의 슬프고도 온화한 얼굴 역시 죽은 성모 쪽으로 향하고 있었다. 하지만 거기 누운 성모는 전혀 죽은 사람 같지 않았다. 놀랍도록 생생한 옷 주름 아래 그녀의 몸은 당장에라도 일어서서 춤을 출 것처럼 생기가 가득했고, 얼굴에서는 조용한 고귀함이 배어나왔다. 마치 잠자는 여인의 몸이 꿈을 꾸며 전율하는 것 같았다. 그녀

* 라틴어 'dormitio(잠)'에서 유래한 말로, 성모의 죽음을 뜻한다.

** 당신들은 좀 돌았어요!

*** 참 괴상한 말이군요, 정말로.

가 누운 잠자리는 임종의 침상이 아니었으며, 오히려 젊은 산모의 침상을 떠올렸다. 아이도 그곳에 있었다. 그리스도의 왼팔에 안긴 채 서 있었다. 실제로 그리스도는 품안에 자신의 유년기를 안고 있었다. 영원불멸한 동시에 이루 말할 수 없이 여린 유년기를. 오직 아이의 얼굴만이 성모의 얼굴에서 표출되는 깊은 고요에 화답하고 있었다. "A so pretty crazy word……" 제이슨은 마치 꿈을 꾸듯 되풀이해 말한 뒤 발라딘을 향해 돌아서서 물었다. "하지만 아름다움은 언제나 좀 터모니없는 것이 아닐까요?" "물론 그래요. 한눈에 반한다는 게 완전히 터모니없는 일이듯 말이죠." 발라딘은 그의 어휘 실수를 웃어넘기며 그 말에 동의했다. 그러곤 그가 이해할 틈도 주지 않은 채 갑자기 그를 성당 안으로 데려가며 속삭였다. "빨리요, 빨리! 서둘러야 해요. 큰 괘종시계가 미친듯이 정오를 울려댈 테니까요!"

정말로 정오가 되자 천문시계가 대공략을 당한 듯, 이 환상적인 시간의 감옥이 요란스럽게 뒤흔들렸다. 망치를 든 천사와 모래시계를 든 천사, 뼈로 종을 울려대는 죽음, 높고 새된 소리로 울어대며 날개를 퍼덕이는 큰 수탉. 이들 모두가, 손을 들어 축복을 내리시는 그리스도 앞으로 나아오는 사도들의 행렬과 조화를 이루었다. 하지만 그것들은 인간의 시간을 극적으로 연출한 장면에 불과했다. 죽음 앞에서 종종걸음치는 삶의 네 시기가 말해주듯, 모든 게 오가고, 요란한 소리를 내고, 지나가고, 변신했다. 괘종시계의 다른 층들에서는 천체와 일식과 태음월과 태양의 주기를 가리키는 시간이, 늘 경계 태세로 너무 바삐 움직이는 인간들의 시간에는 완전히 무관심한 모습으로 냉정하고도 복잡하게 흘러가고 있었다. 한편에는 소음과 분주함과 고달픔이 있는 반면, 다른 한편에는 순수한 시간의 추상적인 진행을 침착하게 드러내 보이는 시곗바늘들의 조용하고도 단순한 유희가 있었다. 몽상가 제이슨은 생각에 잠겼다. 성모의 죽음을 가리키는 이 이상한 시간은 그 모든 역법 중 어느 역법에 따라 측정되는 걸까? 그러나 발라딘이 쾌활하게 시계 밑 은밀한 구석을 가리키며 그를 이 혼란스러운 질문에서 떼어놓았다. 그곳에는 현재의 하루하루를 다스리는 행성 신의 마차가 지나가고 있었다. "오늘은 월요일. 달의 여신 디아나의 날이죠." 그녀의 눈과 마음은 온통 인간의 시간에 쏠려 있었다. 만남과 욕구와 사랑의 경이들로 이루어진 이 놀라운 시간에. 월요일. 한 주의 첫날, 제이슨의 첫날. 제이슨은 단번에, 그리고 영원히, 그녀에게 젊음의 첫날이 되어 있었다. 마침내 그녀는 진정한 젊음을 찾아낸 것이었다. 제이슨, 월요일—기쁨의 날.

월요일, 제이슨의 첫날, 서로에게 바쳐진 몸들의 첫 밤. 밤새도록 비가 내렸다. 벽과 덧창을 타고 쉴새없이 흐르는 끈질긴 비, 젊은 여자들 사이에 오가는 부드러운 속삭임 같은 비였다. 희미하게 들리는 물소리. 두 연인의 몸이 서로를 향해, 서로의 안으로 끝없이 미끄러져 들어가며 나는 구겨진 시트 소리. 살과 살이 맞닿고, 손과 입이 살에 닿았다. 비가 쉴새없이 내렸다. 살은 만족을 몰랐다. 만지고 탐색하고 느끼면서, 점점 더 도취되어갔다. 어슴푸레한 시트 속에서, 속삭거리는 빗소리에 싸여 둘은 서로의 몸에 감기고, 서로의 몸안에서 헤엄쳤다. 살냄새에 싸였다. 두 사람은 서로를 너무도 세게 껴안아 상대와 자신의 몸을 분간하지 못했으며, 입맞춤은 빗소리처럼 달콤했다. 그들의 입안에 깊은 밤의 흔적이 새겨졌다.

아침에 발라딘은 발코니로 나갔다. 바닥에 고인 맑디맑은 물이 아침햇살에 반짝였다. 금속성의 반짝임이었다. 빗물이 만든 웅덩이에 반사된 그녀 자신의 얼굴도 그랬다. 그녀는 물에 비친 자신의 그림자 쪽으로, 새로운 자신의 모습을 향해 몸을 기울였다. 두 눈은 급류 속 조약돌처럼 반짝였고, 입은 유리처럼 빛났다. 그녀의 입에서 불쑥 탄성이 새어나왔다. "아름다움이 땅 위에 존재해!" 미칠 듯한 행복에 겨워 터져나온 소리였다. 그녀는 알몸으로 호텔방 발코니에 기대어 아직 사람들이 잠들어 있는 도시의 지붕들을 굽어보며 이렇게 중얼댔다. 그녀 자신의 아름다움이 아니라, 그녀를 찾아와 넋을 잃게 만든 아름다움을 말하는 것이었다. 자신에게서 완전히 떨어져나와 타인에게 매료당하고 타인 안으로 돌아가는 아름다움. 물속에 빛나는 이 눈은 그녀 자신의 눈 이상이었다. 그것은 그를, 그 사람을 바라보는 눈이었다. 상대에게 고스란히 반해버린 눈. 시선에는 오직 욕망과 쾌락만이 담긴, 입이 되어버린 눈. 시선과 입맞춤이 뒤섞이는, 입이 되어버린 눈. 낮보다 훨씬 광막한, 밤처럼 심오한 입.

산. 산은 도시의 지붕들보다 훨씬 멀고 훨씬 강하게 목소리들을 메아리에 실어 보낸다. 때론 목소리들에 죽음을 선고할 만큼 멀리, 아주 멀리까지. 발라딘은 산을 별로 좋아하지 않았다. 산을 보면 막연한 불안감에 빠지고 이상하게도 마음이 불편해졌다. 봉우리와 빙하가 비죽비죽 솟고 계곡과 구렁이 널린 거대한 덩어리. 거기서 그녀가 읽어내는 것은 땅의 끔찍한 발작뿐이었으며, 흙의 진노가 그 자체에 내재된 폭력의 요소를 부풀려놓았다는 느낌뿐이었다. 그녀는 첼로를 켤 때 풍경과 마주앉는 법 없이, 언제나 창에 등을 돌린 채 연주를 했다. 산을 보며 연주할 수는 없을 것 같았다. 눈과 바위와 얼음의 저 놀라운 퇴적물은 너무나 불가사의해서 보기만 해도 숨이 막히고 온몸이 납덩이처럼 무거워졌다. 활을 잡은 손이 경련을 일으켰고 악기마저 납빛이 되어 울림을 완전히 잃어버리는 듯싶었다. 그러나 저녁에 제이슨을 다시 보는 순간만은 이 숨막히는 산의 부담도 잊혔다. 그만큼이나 제이슨과 함께하는 행복이 컸다.

그녀는 밤을 좋아했다. 밤은 산을 집어삼키고 제이슨을 그녀 곁으로 데려다주었으니까. 그녀는 제이슨이 그토록 자주 이야기하는 그 거대한 호수들을 꿈꾸었다. 그 근방에서 그가 태어나고 자랐다고 했다. 그의 나라 맨 북쪽에 위치한 커다란 호수들. 그는 여름이면 거기서 수영을 하고 겨울이면 스케이트를 탔다. 때로는 청록색, 때로는 연보랏빛이나 물망초 빛을 띠는 투명한 호수들, 너무 깊어 한 번도 바닥을 보지 못한 호수들. 미시간주 북부의 고독하고 몽상적인 어린 소년이었던 그 자신의 유년기처럼 깊고 광막한 호수들. 그는 발라딘에게 이따금 말했다. "두고 봐, 널 그곳에 데려가겠어. 내 호수들을 보면 너도 넋을 잃을 거야." 하지만 그녀가 넋을 잃은 건 그곳, 그가 끊임없이 언급하는 그 투명한 청록색 호숫가에서 흘러간 그의 어린 시절이었다. 사실 그녀 자신은 유년기에 대해 공포와 절망의 기억밖에 없었다. 무섭도록 캄캄하다는 느낌뿐이었다. 그녀 자신의 유년기는 습기와 보랏빛 그림자와 웅성거림으로 가득한 어두운 숲 깊숙한 곳에서 지나버린 터였다. 곳곳에 이중의 폭력이 숨어 있던 숲들. 죽은 오빠인 큰 보랏빛 족제비와, 질투심 강한 반항아인 살아 있는 오빠의 폭력이었다.

그렇게 해서 제이슨의 어린 시절은 두 사람이 공유하는 전설과도 같은 것이 되었다. 이 이야기를 중심으로 그들은 끊임없는 상상의 나래를 펼쳤으며 앞으로 닥칠 자신들의 삶에까지 투사했으니, 바로 두 사람 사이에서 태어날 아이에 관한 상상이었다. 상상 속에 떠오르는 이 미래의 아이는 언제나 상대의 모습을 본뜬 어린 소녀의 모습이었고, 결국 그들은 아이에게 '릴리러브레이크Lilly-Love-Lake'*라는, 감상적이면서도 매혹적인 별명을 주었다.

발라딘에게 이 이름은 그저 하나의 꿈, 욕망으로 뭉쳐진 아름다운 꿈이었다. 반면 제이슨에게는 노스탤지어로 뭉쳐진 꿈, 말하자면 느릿느릿한 속도로 끊임없이 욕망을 거슬러올라오는 표류물과 같은 것이었다. 그의 마음속에는 여전히 유년기가 놀랍도록 생생하게 머무르고 있었다. 눈에 띄지 않는 작은 실루엣이 그의 안에서 우아한 동작으로 스케이트를 타거나 헤엄을 쳤다. 추억 속의 연보랏빛 호수가 두 눈 속에까지 반사되었다. 그는 성인이 되자마자 자신이 사는 고장을 떠나온 터였다. 훨씬 유구하고 파란만장한 다른 과거의 시간을 찾아서, 너무도 부드럽고 기분좋아 마치 시간을 초월한 듯한 자신의 유년기의 삶만으로는 결코 알 수 없는 훨씬 다양한 과거를 찾아서. 그는 진짜 어른이

* 백합-사랑-호수.

되어야 한다는 생각으로 떠났다. 그가 오래된 유럽의 이 모든 도시들을 다니며 찾고 구했던 것도 바로 역사에 의해 형성된 과거였다. 그러나 유년의 흔적은 그의 눈과 손에 남몰래 스며들어 전과 다름없이 그의 시선 속에서 빛났고 그의 몸짓 속에서 춤을 추었다. 유년기는 물러설 줄 몰랐다. 그 모든 도시를 지나오면서도 결코 그 우아함과 경쾌함을 잃지 않았다. 바로 그것이, 마음속 깊은 곳에 숨어 있는 이 어린 시절이, 그가 도시들을 떠나 산 쪽으로 발길을 돌릴 때까지 그를 바싹 뒤따랐다. 어른이 되기 위해 아무리 애를 써도 내면의 무언가가 저항해왔다. 일과 효용성과 의무와 책임이 지배하는 어른들의 세계로 완전히 들어서겠다는 결심을 할 수 없었다. 결국 그는 슬그머니 도망쳤고, 불확정한 시간 속에서 교묘히 몸을 피하며 나아갔다. "머지않아, 머지않아 이 긴긴 휴가를 끝내고 고향에 돌아가 일을 시작해야지." 그는 늘 이렇게 말하곤 했다. 그리고 이 막연한 다짐에는 한층 모호한 몸짓이 곁들여졌다.

그러니까 끝없이 이어진 휴가의 말미를 장식할 최종적인 단계가 바로 산이었다. 고집스러운 열정으로 산에 자신을 남김없이 바친 것은 그 때문이었다. 온전한 성인이 되는 걸 가로막는 이 뿌리깊은 유년기를 가장 높은 봉우리의 정상으로 끌어올려야 한다는 듯이 말이다. 얼음덩어리와 하늘 사이에 자리한 저 높은 곳. 그곳의 얼음은 녹는 법이 없었으며, 티 없이 맑은 하늘은 언제나 짙푸른색이었다. 그 완벽함과 정적과 부동의 상태에 그는 자신의 유년기를 내려놓고 그것을 산에 맡길 것이었다. 그는 이 유년기의 '안식'을 쟁취하고 싶었다. 그런 다음에야 사람들이 있는 곳으로 다시 내려와 군중과 섞이고, 고향으로 돌아가 일을 시작할 것이었다.

발라딘은 산을 좋아하지 않았다. 사실은 산을 질투했다. 뾰족한 어깨와 가파른 허리를 한 저 마녀 같은 바위와 얼음덩어리가 무엇이기에 그토록 제이슨을 사로잡는단 말인가? 그는 날이 갈수록 산에 더 매료되는 것 같았다. 등반 채비를 하는 제이슨이 그 순간 바로 자신의 유년기를 몸에 두르고 있다는 사실을 발라딘은 이해하지 못했다. 그가 자신에게서 멀어져가는 모습밖에는 볼 수 없었다. 그러고 나면 그녀는 자신의 마음을 갉아먹는 이 막연하고도 끔찍한 질투를 음악 쪽으로 돌려, 난폭하고 의심 가득한 사랑을 모조리 연주에 쏟았다. 마치 악기의 환상적인 울림을 통해 이 불안한 열정이 출구를 찾게 하고, 그리하여 마음의 짐을 덜려는 듯이.

3

그러나 그해 여름 가족을 만나러 검은 땅에 와 그들에게 제이슨을 소개하게 되었을 때, 그녀는 행복했으며 질투의 짐에서 벗어나는 기분을 느꼈다. 그녀는 높은 농장에 머무르고 싶어하지 않았다. 대신 타데 삼촌이 사는 마을에 체류하면서 그곳에서 변함없는 우아함을 간직한 어린 네사를 다시 만났다. 네사의 너무도 밝은 미소는 자신의 얼굴뿐 아니라 주변의 모든 것을 환히 비춰주었다. 그녀 안에는 별들의 아름다움과 달의 광채가 깃들어 있었다. 그녀의 아버지가 천체의 분진이 섞인 정액으로 그녀를 낳지 않았나 싶었다. 발라딘은 네사를 비롯해 타데와 치펠레 곁에 머무르며 그들이 과거에 이미 그녀에게 주었던 똑같은 평화를 맛보았다. 그렇게 그들과 함께 지내며 행복에 대한 그들의 정확하고도 강렬한 감각을 느끼면서 위로를 받았다. 하지만 그녀 자신은 의심과 고통 없이는 한시도 살 수 없는 존재였다. 그녀를 낳은 아버지의 정액에는 천체의 분진이 섞이지 않았다. 그것은 오히려 눈물 섞인 정액이었다. 이 눈물이 항시 그녀의 핏속을 흐르며 지나치게 불안해하고 겁이 많은 마음을 이유 없이 흔들어 놓곤 했다.

그해 여름에 그녀는 클로모도 자주 보았다. 클로모 역시 얼마 전에 마을로 돌아와 자신의 가게를 연 참이었다. 그는 시계상이 되어 있었지만 주로 손목시계나 추시계를 수리하는 일을 했다. 그리고 시간을 측정하는 새로운 기계들을 발명하는 데 열정을 쏟았다. 그의 수많은 발명품 가운데 간소한 아름다움이 돋보이는 추시계 하나가 있었다. 검정과 회색과 상아색으로 된 시계였는데, 작달만한 바늘들이 움직일 때면 무척이나 당찬 구석이 느껴졌다. 시간의 흐름을 끈덕지게 거슬러올라가는 느낌, 자신들의 본거지에 도달해 그곳에서 산란을 하고 종을 영속시키기 위해 격류에 맞서 헤엄을 치는 물고기들과도 같은 느낌이었다. 이 추시계는 클로모 부모의 시간, 도중에 끊기고 만 시간을 재고 있었다. 발라딘은 이 시계를 마주하며 스트라스부르대성당에서 본 성모를 묘사한 팀파눔 안쪽의 여인상을 떠올렸다. 그리스도교를 상징하는 여인과 짝을 이루는, 유대교를 상징하는 여인이었다. 한 여인은 영광 속에 자리한 반면, 다른 한 여인은 온몸에서 이루 말할 수 없는 교만과 분노를 발산하며 서 있었다. 한 여인의 이마는 왕관으로 장식된 반면, 다른 한 여인의 눈에는 눈가리개가 씌워져 있었다. 한 여인의 손에는 힘의 왕홀이 들려 있는 반면, 눈가리개를 한 여인은 한 손에 활처럼 휜 아름다운 몸의 곡선을 더욱 돋보이게 하는 부러진 깃대를, 다른 한 손에는 양피지를 들고 있었다. 그런데 눈에 가리개가 씌워진 채 몸에 고문을 당하는 여인에게서 너무도 큰 힘과 의지와 절망이 배어나와 발라딘의 시선은 자꾸만 전자보다는 후자에게로 향했다. 더욱이 후자의 눈가리개는 눈을 가린다기보다 오히려 그 눈에 제2의 시선을 부여하는 것 같았다. 실제로 이 눈가리개는 어쩐지 투명한 느낌을 주었으며, 그 너머로 크게 뜬 두 눈을 짐작하게 해주었다. 세상을 향해 부드럽고도 강렬한 슬픔이 느껴지는 반항적인 눈길을 보내는 눈이었다. 이 형상은 격류에 휘말린 낚싯줄을 물 밖으로 끌어올리는 낚시꾼처럼 한쪽으로 쏠려 있었다. 그녀가 그렇게 망각으로부터 건져올리려 애쓰는 것은 구겨진 양피지였으니, 그 속에 아직 읽어야 할, 읽고 이해해야 할 무언가가 있었기 때문이다. 그녀의 곁에서 왕관을 쓰고서 승리를 구가하는 여인, 영광에 찬 모습을 한 다른 여인에 의해 폐기처분된 텍스트였다.

클로모는 발라딘을 사랑했다. 어느 누구보다도, 친남매인 치펠레보다도 그녀와 유대감을 느꼈다. 발라딘의 탄생과 동시에, 아니 탄생 이전부터 이미 가지고 있던 이 애착은 어디서 생겨난 것인지 그도 알 수 없었다. 그들이 서로 보지 못한 몇 년 동안에도 그는 줄곧 발라딘 생각을 했다. 그런데 그녀를 다시 보게 된 지금, 열여덟 살의 발라딘은 막 피어오르기 시작한 화사한 아름다움으로 빛났고, 한 남자를 미친듯이 사랑하고 있었다. 이 사랑으로 인해 그녀는 더한층 아름다워 보였다. 그녀가 제이슨에게 말을 하며 웃을 때면 짙은 보랏빛 두 눈에 연보랏빛 그늘이 감돌았고, 제이슨의 곁에서 걸을 때면 걸음걸이가 더 유연해지고 몸도 한층 날씬해 보이는 것 같았다.

그러나 클로모에게는 페니엘가 사람들이 사랑에 빠지는 방식, 마치 어떤 구렁이나 화로 속으로 들어가듯 사랑에 온 마음을 내던지는 방식이 너무나 낯설었다. 그는 상실의 두려움도 질투의 고통도 몰랐다. 그래서 다른 남자를 향한 그녀의 열정까지 사랑했으며, 제이슨에게 털끝만큼의 질투도 느끼지 않았다. 실제로 세 사람은 마음이 잘 맞아 저녁시간 내내 함께 즐거운 시간을 보내곤 했다. 클로모가 일을 마치면 그의 작업실에 함께 남아 이야기를 나누었고, 혹은 아무 말 없이 그들을 둘러싼 수많은 추시계들이 사방에서 웅성거리는 소리에 귀기울이며 몽상에 잠길 때도 있었다. 그들은 함께 저녁식사를 한 다음 포도주나 맥주 혹은 럼주를 마셨다. 버번위스키를 좋아하는 제이슨은 늘 '포 로지즈Four Roses' 한 병을 가져와 저녁 모임이 끝날 무렵 각자의 잔에 꽃을 피웠다. 그는 노래하는 듯한 목소리로 쉴새없이 이야기를 늘어놓았다. 자신이 읽은 모든 책들과 머물렀던 도시들, 만났던 사람들, 자신의 유년기를 매료시켰던 호수들에 대해 이야기했다. 그리고 산에 대한 이야기도 있었다. 특히 산에 대해 그는 많은 이야기를 했다. 그럴 때면 까마득한 정상과 얼음에 덮여 반짝이는 봉우리와 거대한 암벽들의 모습을 묘사하는 그의 두 손이 허공에서 분주히 움직였다. 이 반들반들한 암벽들은 잡을 곳이 없을수록 더욱더 매혹적으로 다가온다는 사실도 털어놓았다. 또한 그는 바위를 뒤덮은 성에보다 더 눈부신, 산 위에 감도는 정적에 대해서도 언급했다. 침묵과 빛과 고독. 마치 얼굴 앞에서 펄럭이며 시야를 흐려놓는 시트처럼 들쑥날쑥한 능선들 사이로 드리운 하늘. 티 한 점 없이 맑고 차가운 그 푸른 하늘에 대한 이야기도 했다. 요컨대 몸과 시선 사이에 팽팽한 대결이 오간다고. 몸은 끊임없이 시선보다 더 높은 곳을 지향하며 눈의 한계를 극복하려 하기 때문이라고 말이다. 그런가 하면 발라딘은 음악에 대해 이야기했다. 간혹 첼로를 가져와 제이슨과 클로모를 위해 연주할 때도 있었다. 그러나 클로모는 자신의 이야기를 절대로 하지 않았다. 너무도 갑작스레 떨어져나와야 했던 유년기는 물론, 최근에 감행했던 여행에 대해서도 침묵했다. 그는 이야기를 지어내는 편을 더 좋아했다.

그러나 단 한 번, 클로모에게서 동요의 기색이 드러난 적이 있었다. 이것을 눈치챈 사람은 제이슨뿐이었다. 어느 날 저녁 발라딘은 희미하게 출렁이는 시계 소리와 술에 취해 제이슨의 무릎을 베고 선잠에 빠졌다. 클로모는 그녀가 자는 모습을 바라보았다. 제이슨의 다리를 따라 흩어져내린 그녀의 머리카락에 그의 시선이 머물렀다. 그 순간 갑자기 욕구가 오열처럼 목구멍으로 치솟아올랐다. 이 당혹스러운 상황을 모면하기 위해 그는 버번 위스키 한 잔을 단숨에 들이켠 다음 터무니없는 이야기를 늘어놓기 시작했다. 결말이 없는 이야기였다. 어느 날 한 여자가 유리로 된 모래시계를 깨뜨렸다. 실수로 그랬는지, 아니면 화가 나서 그랬는지는 모른다. 어쩌면 느릿느릿 흘러가는 시간을 견디지 못해 그랬을 수도 있다. 아무튼 모래가 쉴새없이 새어나왔다. 밤낮을 가리지 않고 몇 날 몇 주 동안 모래가 피처럼, 그 무엇으로도 멈추거나 치유할 수 없는 상처에서 흐르는 피처럼 흘렀다. 결국 모래는 모든 것을 뒤덮었다. 모래 속에 도시가, 들과 인근 마을이 모두 파묻혔다. 시내와 연못, 언덕과 숲도 마찬가지였다. 그 고장 전체가 사막으로 변했다. 반짝이는 상앗빛 고운 모래가 끝없이 펼쳐진 흰 모래사막이었다. 그러자 여자는 맨발로 사막을 쉬지 않고 걷기 시작했다. 그렇게 앞으로 곧장 걸어나가며 자신이 지나간 곳에 죽 발자국을 뿌려놓았다. 바람이 불지 않아 발자국은 그대로 남았다. 그리고 어느 날, 이제 이 무수한 발자국들이 걷기 시작했다. 발자국들은 사방으로 헤매며 온 사막 위를 성큼성큼 걸어다니더니 마침내 그 일대를 모두 뒤덮고 말았다. 여자는 이 발자국들을 차마 밟지 못해 멈춰 선 채 꼼짝도 하지 않았다. 클로모는 이 대목에서 이야기를 멈추었다. 출구가 없는 이야기였다. 그는 자신이 무슨 이야기를 하는지조차 알지 못했다. 그리고 이 황당한 이야기도 그를 발라딘에게서 떼어놓지는 못했으니, 그의 시선은 그녀에게, 흩어져내린 그녀의 머리카락과 입술에 고정되어 있었다. 그는 잔에 다시 술을 따랐다. 제이슨도 그렇게 술을 따라 잔을 비운 다음 클로모의 이야기를 이어갔다. 그가 상상해낸 바에 따르면, 여자는 입김을 내불기 시작했다. 강한 입김을 쉴새없이 내불자 발자국들이 마치 하루살이떼처럼 날려가 곧 말끔히 사라졌다. 그러자 여자는 다시 길을 떠났다. 하지만 여자가 어디로 가는지는 그도 알 수 없었다. 그 순간 발라딘이 눈을 떴다. 그녀는 여전히 제이슨의 무릎을 벤 채 이야기의 다음 부분을 이어갔다. 그녀는 여자가 울기 시작했다고 상상했다. 모래가 흘러내렸듯이 여자의 눈물도 끝없이 흘러내려 곧 발자국들이 모두 사라졌고, 여자는 다시 길을 떠날 수 있었다고.

클로모는 반쯤 취한 상태로 신경이 예민해져서 그 이야기를 반박했다. 여자는 입김을 내불지도 울지도 않았으며, 피를 흘렸다고. 이 피가 땅에 방울방울 떨어져 발자국을 모래 장미로 변하게 했다고. 여자가 흘린 이 붉디붉은 피의 장미들로 모래가 붉게 물들고 온 사막이 활활 타올랐다고. 여자도 그렇게 타올랐다고. 그러자 제이슨이 끼어들었다. 모래 장미들은 타오르지 않았으며 오히려 사방으로 퍼져나가 수정유리 산을 이루었다고. 여자는 맨발과 맨손으로 그 산을 올라갔다고. 그러자 발라딘이 말했다. 그렇다면 여자는 다시 상처를 입고 피를 흘리게 될 거라고. 그래서 사막에 다시 불이 붙고 이야기는 언제까지나 끝이 나지 않을 거라고 했다. "당연히 이 이야기는 끝이 날 거야." 이렇게 못박은 사람은 클로모였다. 그의 눈은 이제 빈병의 상표에 고정되어 있었다. 상표에 그려진 작은 장미 네 송이가 마치 도깨비불처럼 그의 눈 속에서 춤을 추었다. 클로모가 말을 이었다. "여자가 다시 길을 떠나 사막에서 빠져나가도록, 내가 그렇게 만들 거야. 필요하다면 불길보다 더 강하게 여자를 몰아칠 수도 있어……" 그러자 발라딘이 지적했다. "하지만 네가 이야기 속으로 들어와서는 안 돼. 이건 어디까지나 지어낸 이야기니까 그 속에서 넌 아무것도 할 수 없어." "아니, 클로모 말이 옳아. 이건 우리가 지어낸 이야기니까 우린 뭐든 할 수 있지." 제이슨이 말했다. "어쨌거나 네 이야긴 엉터리야." 발라딘은 이렇게 결론을 내리자마자 다시 잠이 들었다. 제이슨의 손이 여전히 그녀의 머리카락 위에 놓여 있었다. 잠든 그녀의 얼굴에 어렴풋한 미소가 떠올랐다.

클로모는 담배를 피우기 시작했다. 얼굴이 초췌했고, 그의 시선은 머무를 곳을 찾지 못한 채 방황했다. 제이슨은 조심스레 손을 떼어 자신의 호주머니에 찔러넣었다. 그는 깨달았다. 갑자기 클로모의 마음이 훤히 들여다보였다. 클로모는 조금 전 자신이 지어낸 황당한 이야기만큼이나 출구가 없는 사랑에 시달리고 있었다. 그렇다면 그 자신을 위한 출구는 있는 것인지, 제이슨은 자문해보았다. 그 또한 자신의 유년기를 놓아줄 출구를 아직도 찾고 있지 않은가. 따지고 보면 사랑 역시 지어낸 이야기에 불과했다. 무분별하기 일쑤이고 때론 가혹하기도 한 이야기. 스스로 지어낸 이야기 속에 끼어들 수 있다고 제이슨은 주장했지만, 과연 사랑에 대해서도 그런지 그는 확신할 수 없었다. 마음은 분명 외로운 사냥꾼이었다. 맹목적이고 고집스러우며 때로는 미치광이가 되기도 하는 사냥꾼. 간혹 스스로를 죽이기까지 하는 부조리한 사냥꾼이었다.

그들은 모두 입을 다물고 아침이 올 때까지 침묵을 지키며 그렇게 있었다. 이 세 사람은 그들 자신이 쫓는 사냥감에 먹히고만 사냥꾼이었다. 세 명의 사냥꾼.

발라딘은 클로모를 자주 만나는 만큼 친오빠를 점점 더 기피하게 되었다. 수년 만에 다시 만난 두 사람은 서로에게 할말이 거의 없었다. 그들은 얼굴을 마주한 채 무거운 침묵만 지켰다. 입안에 쓰디쓴 맛이 감돌았다. 호박색 밤 불의 바람이 무슨 말을 할 수 있었겠는가? 파리에서 보낸 육 년은 점점 오그라들어 결국 한 줌의 날들로 축소되고 만 터였다. 그 며칠은 배신당하고 죽임을 당한 친구 로슬랭을 둘러싸고 번쩍였으며, 그 범죄는 나머지를 모두 어둠 속으로 밀어넣었다. 눈물과 땀과 침에 젖은 느끼한 사탕들로 숨이 넘어가는 로슬랭의 입이 호박색 밤 불의 바람의 입술을 침묵으로 바싹 마르게 했다. 죽음의 사탕으로 봉해진 그 입이 침묵을 강요했다. 단어들이 끈적이는 캐러멜에 달라붙고, 말이 모두 굳어버려 명확히 발음되지 않았다. 그는 누이동생을 똑바로 쳐다볼 수 없었다. 죽어가는 로슬랭이 느꼈을 공포의 그림자를 누이동생이 자신의 눈 속에서 읽게 될까봐 두려웠다.

발라딘도 이야깃거리가 없기는 마찬가지였다. 음악은 오빠에게 낯선 영역이었고, 제이슨에 대해서는 결단코 말하고 싶지 않았다. 유년기 내내 견뎌야 했던 오빠의 질투심을 너무 잘 알고 있었으니까. 게다가 이제는 그녀 자신이 이 질투의 병으로 괴로워했다. 이 점에서 그들은 너무 닮아 있었다. 두 사람 다 질투하고 불안해하며 과도한 사랑을 쏟을 줄밖에 몰랐다. 그렇게 각자 자신의 이야기를 묻어둔 채, 두 사람은 경직된 태도로 침묵을 지켰다. 한 사람은 자신이 느끼는 수치심에 대해, 다른 한 사람은 자신의 사랑에 대해 저마다 입을 다물었다. 호박색 밤 불의 바람은 자신이 발라딘에게 썼던 편지들에 대해서도 함구했다. 호소나 사랑의 노래처럼 그녀에게 헌정되었던 그 모든 말들에 대해서도. 그 미친 듯한 입맞춤 같은 말들에 대해서도. 하지만 이제 와서 남은 것은 아무것도 없었다. 편지들은 불살라지고 말들은 사라졌다. 호소는 자취를 감추었고, 노래도 외마디 절규 속에 질식당한 채 멎고 말았다. 입맞춤 역시 허무한 것이 되어버렸다. 한 번도 진정 존재한 적 없는 사랑의 그 허무함 속으로 사라져버렸다. 이제 두 사람은 서로를 몹시 거북하게 여길 따름이었다.

발라딘은 딱 한 번, 세 마리 마법의 개라 불리는 곳에 사는 황금의 밤 늑대 낯짝을 보러 갔다. 하지만 자신의 할아버지인 이 남자 앞에서 발라딘은 오빠 앞에서보다 더 큰 거북함을 느껴야 했다. 그녀가 할아버지에 대해 아는 것이라고는 그 고장에 나도는 풍설들뿐이었다. 그는 누가 자신을 보러 오면 꼿꼿한 자세로 방문객을 맞았지만 입을 여는 일은 드물었다. 이미 사반세기 전에 그의 심장을 꿰찌른 그 단어가 그의 입을 영영 봉하고 만 터였다. 작센하우젠. 그의 입은 봉해지고 찢겨나갔다.

그런데 백 세를 바라보는 이 남자는 어느 세계에 속해 있었던 걸까? 죽은 자들의 세계인지 산 자들의 세계인지, 사람들은 자신 있게 말할 수 없었다. 그의 안에서 시간은 이상한 방식으로 지속되었다. 시간은 그의 마음과 기억을 끈질기게 훼손하면서도 몸은 건드리지 않는 것 같았다. 그는 여전히 건장하게 땅 위에 버티고 서 있었으며, 더부룩한 갈색 머리에는 흰머리 한 올 없었다. 그는 하루도 빠짐없이 숲속을 걸어다녔지만 거기서 그가 무얼 하는지는 아무도 몰랐다. 어디를 가든, 춤을 추는 듯한 금빛 그림자가 침착하게 그를 따라다녔다. 그 고장 사람들은 그가 자신의 그림자에 대고 말을 하면 그 그림자가 대답을 한다고 주장했다. 또 그가 흰 구슬처럼 목에 걸고 다니는 부친의 일곱 눈물방울이 울부짖는 소리를 들었다는 사람들도 있었다. 그가 늘 어깨에 두르고 다니는 늑대 가죽에 깃든 영혼이 울부짖는 소리는 아니었을까? 이 영혼이 밤이면 간혹 신음소리를 내는 게 아니었을까?

마오와 그는 마치 두 이방인처럼 함께 살았다. 하지만 두 사람은 혼약을 맺었고, 두 기둥이 하나의 고독을 동시에 떠받치듯 한 지붕 아래 머물렀다. 그중 하나가 없어지면 이 고독은 무너져 내릴 테고, 세상에 부재하는 그들의 모습이 견딜 수 없이 적나라하게 드러날 것이었다. 그들 곁에는 셉탕브르와 옥토브르, 이 두 아들이 살았다. 큰 너도밤나무 그늘 밑에서 저희들끼리 자란, 페니엘 노인의 막내아들들. 무엇보다 그들 어머니를 휘어잡은 광기의 그늘 아래서 자란 아들들이었다. 그러나 한 명은 빛으로 통하는 길을 찾은 반면, 다른 한 명은 깊디깊은 어둠 속으로 빠져들어갔다.

셉탕브르와 옥토브르는 집 근방에 온실을 하나 지었다. 처음에는 놀이에 불과했던 것이 차츰 그들에게 진지한 일로 자리잡아갔다. 그들은 온실을 넓혀 꽃과 과일과 채소를 재배해서 마을에 내다팔았다. 그러나 마을에는 셉탕브르 혼자 나갔다. 옥토브르는 그 누구와의 대면도 견딜 수 없어했고 낯선 사람들을 보면 공포에 질렸기 때문이다.

저녁 무렵 황금의 밤 늑대 낯짝은 숲에서 돌아오다가 온실 불빛 속에 어른대는 두 아들의 형상을 알아보곤 했다. 그럴 때면 자신의 발걸음을 따라 함께 걷는 금빛 그림자가 미세하게 떨리는 게 느껴졌다. 마치 기억의 잔해 속에 꼭꼭 숨겨져 있던 아주 오래된 무언가가 가슴속에 문득 다시 모습을 드러내는 것 같았다. 그가 아직 온전한 땅의 주민이 아닌 민물의 여행자이던 시절의 무언가가. 그가 어린아이였던 시절의 무언가가 에스코강을 따라, 그의 부친을 사로잡았던 지독한 절망과 비탈리 할머니의 한없는 인자함 사이로 슬그머니 미끄러져 들어왔다. 그의 아들들이 지은 이 온실, 땅 위에 너무도 사뿐히 놓여 있는 이 길쭉하고 불안정한 집을 보면 선조들의 큰 바지선이 생각났다. 똑같은 부동의 표류물이며, 하늘의 표면을 스치는 똑같은 꿈이었다. 둘 다 똑같이 고독과 침묵의 공모자였다. 그리고 비슷한 부드러움을 지니고 있었다. 하지만 그는 곧 고개를 돌리고 무거운 발걸음으로 자신의 그림자와 생각을 끌면서 모든 추억에서 멀어져갔다. 사랑했던 이들의 죽음으로 돌투성이가 된 그의 마음에는 부드러움을 일깨워주는 그 어떤 대상도 쓰라린 상처가 되었다. 목에 두른 부친의 눈물에서 그 이상한 울음소리가 새어나오는 것도 바로 이런 순간들이었다.

오직 식물 세상만이 들어찬 이 유리집에는 정말이지 부드러움이 감돌았다. 아무런 소음도, 분주한 움직임도 없었다. 빛과 고요가 지배하는 이 피신처에서 형제는 과거에 유폐된 그들 어머니의 끔찍한 그림자를 잊을 수 있었다. 그곳의 초목들 사이에는 촉촉하고도 온화하며 비단결처럼 은은한 침묵이 지배했다. 냄새들로 가득한, 손으로 만져질 것 같은 침묵이. 그곳에서 형제는 나지막한 목소리로 이야기를 나눴다. 그곳의 아늑한 분위기와 느린 시간의 흐름을 흐트러뜨릴세라 두렵기라도 한 듯.

이 유리집은 밤이면 아련한 빛을 발하기 시작해, 온실의 불빛이 꼭 달빛처럼 느껴졌다. 이 희미한 빛을 바라볼 때마다 황금의 밤 늑대 낯짝은 이상하게도 부드러운 오열로 목이 메었다. 황금의 밤 늑대 낯짝만 그런 게 아니라, 이 빛을 보는 사람은 누구나 심장이 묘하게 요동치는 느낌이었다. 클로모에게 이 빛은 정지된 시간을 의미하는 듯했다. 너무 빠른 시간의 흐름을 늦추는 쉼표라고나 할까. 캄캄한 밤 속에 걸린 유리로 된 우윳빛 쉼표.

애끓는 심정 역시 그 빛을 비슷하게 보았다. 그는 새로운 눈으로 세상과 사람들과 사물들을 다시 보는 법을 배운 참이었다. 이제 어린 페의 눈에 비친 세상을 바라보는 그에게도 그 빛은 일종의 쉼표였다. 광기 들린 시간 속 휴지休止를 나타내며, 이 시간의 폭력을 제어하는 쉼표. 더이상은 전장에서 보낸 어느 밤 한 알제리 마을에서 보았던 그 날카롭고 차가운 초승달이 아니었다. 사지가 잘린 동료 열한 명의 창백한 시신 바로 위에 걸려 있던 그 달이 아니었다. 전장의 밤 속에서 석화된 달의 표면은 당시 그의 눈을 멀게 하고 그의 두 손과 심장을 증오와 복수심으로 무장시켰지만, 지금 투명한 밤 속에 모습을 드러낸 이 유리의 빛은 그에게 깊은 평화를 안겨주었다.

하지만 누구나 이 빛을 먼 데서 바라보는 것으로 만족했다. 사람들은 그 근방을 지나가며 그저 막연한 꿈에 사로잡힐 뿐, 온실까지 올라가 거기서 일하는 두 형제를 만나볼 용기는 내지 못했다. 사실 페니엘가 사람들 누구도 황금의 밤 늑대 낯짝 노인의 두 막내아들을 잘 알지 못했다. 아이들이 태어나자 그들 어머니는 사람들이 자신의 집과 아이들에게 접근하지 못하도록 집요하게 가로막았으며, 그 이후로 아무도 이 울타리를 넘어보겠다는 생각을 하지 못했다.

그럼에도 불구하고 한 여자가 찾아왔다. 어느 날 저녁 그녀는 나무들 사이로 새어나오는 빛을 보고 망설임도 두려움도 없이 그곳까지 곧장 걸어왔다. 맨발에다 환자복처럼 보이는 거친 천으로 된, 단출한 차림이었다. 피부는 밭고랑의 흙처럼 갈색을 띠었고, 숱 많은 곱슬머리가 어깨와 이마 위로 아무렇게나 흘러내려와 있었다. 그녀는 손가락에 감긴 머리 타래 끝을 쉴새없이 물어뜯었다. 그런 모습으로 그녀는 온실 안으로 스며들어왔다. 너무도 살며시 미끄러져 들어와 셉탕브르와 옥토브르는 소리도 듣지 못했다. 그러다 온실에서 나갈 채비를 할 때에야 비로소 그녀를 발견했다. 머리는 어깨 쪽으로 살짝 기울고 눈길은 허공에서 길을 잃은 모습으로, 그녀는 온실 한구석에 박혀 있었다. 그들이 다가가자 그녀는 겁에 질려 목을 한껏 움츠리고는 흘러내린 머리 타래로 얼굴을 가린 채 주변의 화분들 사이에서 몸을 웅크렸다. 셉탕브르가 몸을 기울여 말을 걸어보았지만 여자는 그의 질문에 아무 대답도 하지 않았다. 그저 가느다란 신음소리만 내면서 자신의 머리카락과 손가락 끝을 필사적으로 물어뜯기만 했다. 어린 강아지가 낑낑대는 소리와 똑같은 신음소리였다. 그러자 이번에는 셉탕브르 자신도 그 곁에 바싹 웅크리고 앉아 그녀와 같은 소리를, 조금 더 차분한 톤으로 따라 내기 시작했다. 잠시 뒤에 여자는 겁먹은 모습으로 고개를 살짝 들어 헝클어진 머리카락 사이로 셉탕브르를 몰래 훔쳐보았다.

셉탕브르가 웃음을 짓자 여자는 한참 동안 그의 미소를 바라보았다. 여자의 경계하던 시선이 놀라움으로, 이어 호기심으로 바뀌었다. 옥토브르는 그들 곁에서 조금 물러선 채 움직이지도 말을 하지도 않았다. 그는 숨을 죽이고 여자를 바라보기만 했다. 그녀가 마침내 고개를 들었다. 그러곤 무언가 묻는 듯한 묘한 신음소리를 내며 자신의 입술을 톡톡 치더니 차츰 손가락을 얼굴에서 떼어 조심스레 셉탕브르의 입 쪽으로 가져가 그의 입술을 가볍게 더듬었다. 그는 여자가 무어라 중얼대며 자신의 입술과 얼굴을 손가락으로 더듬고 살피도록 내버려두었다. 그녀에게서 충분히 안심한 듯한 기색이 비치자 이제는 그가 그녀의 얼굴로 손을 뻗어 얼굴을 가린 머리카락을 아주 천천히 걷어낸 다음 그녀의 입술을 건드렸다. 이렇게 그의 손가락이 닿자 그녀는 미소를 지었다. 그녀는 셉탕브르의 두 손을 잡아 자신의 얼굴을 감싸게 했다.

그렇게 셉탕브르의 손안에 얼굴이 감싸인 채 그녀는 잠이 들었다. 셉탕브르는 감히 움직일 생각을 못했다. 옥토브르도 마찬가지여서 두근대는 심장으로 여자를 뚫어지게 바라보고만 있었다. 그렇게 여자의 잠든 모습을 보면서 두 사람은 아침까지 그곳에 머물렀다.

여자는 떠나지 않았다. 형제는 온실 안쪽에 자리를 마련해주었다. 그녀가 말을 하지 않는데다 이름도 알 수 없었기 때문에, 셉탕브르는 그녀에게 '두스'*라는 이름을 지어주었다. 손톱과 손바닥이 장밋빛인 그녀의 갈색 손이 그의 입술과 몸에 닿을 때면 일찍이 경험하지 못한 부드러움이 느껴졌기 때문이다. 실제로 그녀의 모든 것이 부드러웠다. 피부와 눈길, 어린아이 같은 웃음과 더듬대는 소리, 몸짓과 태도, 숨결과 잠, 이 모든 것이. 그들은 초목들 사이에 그녀를 숨겨두었으며, 그처럼 이상한 방식으로 그녀가 그들 곁으로 온 사연에 대해 아무에게도 말하지 않았다. 그녀가 정확히 누구며 어디에서 왔는가는 별로 중요하지 않았다. 그런 단순한 정신병원 환자복 차림으로 어디서 도망쳐 나왔는가는 그들의 관심사가 아니었다. 그들에게 중요한 건, 이제 그녀가 그들과 함께 꽃과 과실과 작은 관목들 사이에 머무른다는 사실이었다. 그녀의 침묵이 온실의 침묵과 섞이고, 피부와 머리카락의 강한 향내가 따듯하고 축축한 흙냄새에, 식물과 수액의 향기에 뒤섞인다는 사실만이 중요했다.

형제 중 누구도 그녀에게 말을 가르칠 수는 없었다. 그들이 한

* '부드럽다'는 뜻.

마디 문장을 입에 담기 무섭게 그녀는 그 입에 손가락을 갖다댔다. 마치 말의 내용이 아닌 입술의 움직임만을 좇으려는 것 같았다. 그래서 오히려 그녀가 그들에게 말을 가르치게 되었다. 만지고 쓰다듬는, 손끝 언어였다. 상대의 얼굴과 몸을 쉴새없이 더듬는, 아주 어린 아이의 언어. 그녀의 언어는 부드러움, 현기증을 일으키는 부드러움이었다. 그리고 형제 자신들의 언어는 욕구가 되었다. 정신이 멍해지는 욕구.

그리고 이 욕구가 그들을 사로잡았다. 어느 날 저녁 셉탕브르는 두스와 함께 남게 되었다. 그 순간 그는 두스에게서 섬세한 갈색 피부의 부드러움보다 더 놀라운 부드러움을 알게 되었다. 그는 그녀의 육체의 부드러움, 깊숙한 곳의 부드러움을, 마치 낮에 섞여든 밤의 탈주자 같은, 몸 안쪽에 자리한 엄청난 쾌락을 향해 열린 한없는 부드러움을 발견했다. 또 그는 이 육체의 사면에서 아주 나지막이 노래를 부르는 축축한 분홍빛 흔적들을 발견했다. 누구든 한순간 정신을 잃지 않고는 들을 수 없는, 아주 희미한 노랫소리였다. 그는 이 부드러움이 애정의 고통으로 전복되어감을 발견했다. 용암을 실은 격류처럼, 영롱한 불길을 신고 흐르는 피의 미미한 웅성임을 들었다.

옥토브르도 두스를 사랑했으며 그 역시 그녀의 몸을 발견했다. 우묵한 몸, 입과 같은 몸이었다. 그는 마치 깊디깊은 망각 속으로 가라앉듯 그녀 안으로 빠져들었다. 해마다 가을이 되어 생일이 닥치면 그를 찾아와 사로잡는 그 이상한 목소리를 그곳에 묻어 영원히 잃어버리고 싶었다. 그의 미친 어머니가 주문이나 저주를 내리듯 그의 안에 내던진 목소리였다. 그의 어머니, 그녀의 증오가 내던진 목소리. 그녀가 감히 온실 안에 발을 들여놓았다면 그는 돌을 던져 내쫓았으리라. 머리끄덩이를 잡아 밖으로 내몰았으리라. 아니면, 죽였을 것이다. 그 자신에게 그랬듯 어머니가 두스의 정신마저 호려놓을지 모르니까. 두스를 감싼 놀라운 침묵을 파괴하고 그 끔찍한 불행의 목소리를 그녀 안에 퍼뜨릴 수도 있으니까. 그러나 마오는 아들들의 온실에 들어가볼 생각을 단 한 번도 하지 않았다. 두 사람이 그곳에서 무엇을 하든 그녀는 전혀 관심이 없었다. 어쩌면 온실의 존재조차 알아차리지 못했을지 모른다.

온실 안에서는 초목이 꽃을 피우고 과일과 채소가 익어갔다. 두스의 몸안에서도 꽃이 피었다. 그녀는 과일처럼 무르익는 자신의 배를 보며 놀랐다. 그 안에서 무언가가 움직이며 이따금씩 부딪히기 시작하자 기겁을 했다. 그녀는 불안한 표정과 어린아이 같은 눈으로 셉탕브르와 옥토브르를 바라보며 그들의 얼굴을 향해 손을 내밀었다. 마치 자신이 느끼는 불안에 대한 답변을 그들의 입술을 만짐으로써 찾으려는 것 같았다. 그녀는 이해할 수 없었다. 셉탕브르만이 그녀를 안심시켰다. 이 임신에 당황한 옥토브르는 오히려 그녀를 더 큰 불안에 빠뜨릴 따름이었다. 그가 상상한 것은 앞으로 태어날 아이가 아니라 흉물스러운 목소리였다. 이 목소리가 두스의 뱃속에서 처절한 절규로 점점 불어나는 중이었다. 그는 더이상 두스에게 다가가지 않았다. 두스보다 그가 더 겁을 먹고 있었다. 셉탕브르가 두스 곁에 남아 그녀의 두려움을 달래주었다. 하지만 형제의 두려움은 어쩔 도리가 없었다. 옥토브르는 되풀이해 말했다. "그녀 안에 이 저주가 깃들게 한 건 나야. 바로 나야. 어머니가 내게 내린 저주야. 바로 이 저주가 그녀 안에서 커가는 중이야. 목소리가, 점점 커지는 목소리가…… 똑같은 목소리가 그녀 안에서 부풀어오르고 자라 그녀를 찢고 파괴할 거야……" 그 무엇도 옥토브르에게 이성을 되찾아주지 못했다. 일 년에 한 번 그를 사로잡는 목소리가 그를 극도의 공포로 몰아넣었기 때문이다. 그 일이 닥치기 전 몇 달 동안 그는 목소리가 점점 자라남을 느끼며 무서워했고, 이어 지치고 병든 상태로 영원히 지속될 것만 같은 수주일을 보내야 했다. 해가 갈수록, 이 이상한 목소리의 회귀로 인해 그는 점점 망가져갔다. 자신의 잘못 때문에 이제 두스가 그 일을 겪어야 한다는 생각을 그는 견딜 수 없었다.

두스는 가을에 딸을 낳았다. 셉탕브르는 진한 벌꿀색 피부의 너무도 예쁜 이 혼혈 아기의 이름을 메르베유*라 지었다. 그런데 아이가 태어나는 날 이미 두스는 전과 같지 않았다. 그녀는 온종일 온실 구석에 박혀 아이를 밀어냈다. 셉탕브르도 밀어냈다. 그리고 밤에는 땅을 팠다. 마치 그 안에 들어가 숨으려는 짐승처럼 두 손으로 쉴새없이 흙을 헤쳤다. 아이가 조금만 소리를 내어도 마치 자신의 생명이 위태로운 듯 깜짝 놀라곤 했다. 이곳으로 도주해올 당시 그녀의 마음을 끌었던 온실의 밝음과 고요함이 이젠 손상되어 있었다. 그녀 자신의 탈색된 축소판 같은 이 여자아이는 때론 옹알대고 때론 울거나 소리를 지르며 그녀를 완전히 혼돈에 빠뜨렸다. 수년간 소리 나지 않게 억눌러온 자신의 목소리가 배에서 떨어져나온 듯싶었으며, 이렇게 추방된 목소리가 날마다 힘을 얻어 자신을 향해 덤벼들며 복수하려는 것 같았다. 그러니 다른 머무를 곳을 찾아야 했다. 더 먼 곳이 아니라 더 깊은 곳을. 그러려면 파고들어가야 했다. 그래서 그녀는 파고 또 팠다. 맨손으로 끝없이.

그녀는 매장과 어둠 속에서 평화를, 평화와 침묵을 찾았다. 매장되어야 했다. 그녀는 절대적인 고요에 도달하고 싶었다. 모든

* '경이로움'이라는 뜻.

소음을 피해야 했다. 어서, 어서. 마침내 그녀는 그곳에 도달했다. 땅을 파고, 짐승이 자신의 땅속 둥지 깊숙이 숨어들듯 그곳으로 미끄러져 들어가 사라져버렸다. 그녀를 따라 아무리 깊이 파들어가도 그녀를 찾을 수 없었다. 그녀는 땅의 가장 어두운 부분으로 빠져들어가, 자신의 입을 진흙과 침묵으로 가득 채웠다.

그녀가 사라진 건 옥토브르에게 예의 목소리가 다시 찾아든 날이었다. 목소리는 톤레사프 호수의 범람한 물이 거꾸로 흐르듯 그렇게 가차없이 찾아들었다. 그런데 이번에는 이 목소리가 유독 난폭하게 솟구쳐올라, 옥토브르는 그 끔찍한 횡포를 또다시 감내해야 한다는 생각을 견딜 수 없었다. 이 불가해한 날이 돌아오면 언제나 그러듯 어머니는 메콩강의 선물로 아들에게 찾아드는 변신을 지켜보기 위해 요란한 비단옷과 이상야릇한 보석들로 치장을 했다. 그리고 언제나 그러듯 의식이 거행되는 그 신성한 방에서 자신과 함께 머무르도록 새된 목소리로 아들을 불렀다. 이런 어머니를 보고 그 목소리를 듣는 순간 그는 주체할 수 없는 공포와 분노에 사로잡혔다. 그래서 전지용 가위를 집어들어 자신의 혀를 싹둑 잘라 어머니의 얼굴 한복판에 따귀를 갈기듯 내던졌다. 피가 후려치는 따귀. 그는 피투성이가 된 입으로 고통에 몸을 비틀며 바닥에 풀썩 쓰러졌다. 수놓인 검정 비단신이 신겨진 어머니의 작은 발에 이마를 박은 채.

Nuit de l'ange

천 사 의 밤

천사의 밤

1

황금의 밤 늑대 낯짝은 한 번도 생일을 챙긴 적이 없었다. 사실 자신의 정확한 출생일이 언제인지도 몰랐다. 어느 창기병이 그의 부친의 머리에 칼을 내려친 그 전쟁이 휩쓸고 지나간 자리 어디쯤에선가 일어난 일이었다. 그는 상처에서 태어난 셈이었다. 전쟁의 상처에서. 아주 오래전에. 그러나 사랑의 상처들이 그렇듯 전쟁의 상처들도 결코 완전히 아물지 않는 법이다. 그리고 어쩌면 황금의 밤 늑대 낯짝은 이 이중의 상처에서 태어난 것인지도 몰랐다. 전쟁과 사랑의 상처에서.

그러다 어느 날 그는 자신이 한 세기만큼 나이를 먹었다는 사실을 알았다. 몸으로 느껴졌다. 육신을 통해 갑자기 백 년의 엄청난 무게가 감지되었다. 아직 이른 시각이었지만 밤이 땅 위에 내려앉으려 하고 있었다. 한겨울이었다. 매섭게 추운 날씨였다. 이날 밤은 하늘조차 차갑게 얼어붙은 듯했다. 머리 위로 검게 펼쳐진 거대한 편암판 같은 하늘에 수많은 별들이 마치 금으로 된 작은 못처럼 박혀 빛을 발했다.

황금의 밤 늑대 낯짝은 빛바랜 청회색 천을 씌운 높은 안락의자에 앉아 창밖에 반짝이는 별들을 바라보고 있었다. 주의가 완전히 흐트러지지 않도록 그는 무수히 많은 별들 가운데 하나에 정신을 집중했다. 그렇게 하면 그의 영혼과 정신을 사로잡은 아찔한 공허감을 제어할 수 있을 것 같았다. 그런데 그가 표적으로 삼았던 별이 갑자기 전속력으로 그를 향해 날아오는가 싶더니 더 빠른 속도로 밤의 저편으로 멀어져갔다. 연속적으로 벌어진 한차례 움직임이었다.

그는 희미한 신음소리를 내며 몸을 일으켰다. 깜짝 놀라 새어나온, 거칠고 돌연한 탄성이었다. 궁륭에서 떨어져나온 별이 어둠을 꿰뚫고 공간을 둘로 쪼개면서 곧장 마음을 건드린 참이었다. 춤추는 소녀가 동작에 힘과 리듬을 싣느라 구두 뒤축으로 바닥을 치는 듯한 짧고 격렬한 움직임. 한데 그의 가슴속에서 거침없는 작은 발로 춤추기 위해 일어서는 이는 누구였을까? "이제 난 맨발로 춤을 출 거야……" 두근대는 가슴으로, 황금의 밤 늑대 낯짝은 이렇게 속삭이는 소리를 들은 것 같았다. 숨이 차 헐떡이는 아주 어린 소녀의 목소리였다. 생명이 다해 헐떡이는 소리.

그렇게 말을 한 여자는 한 세기 전부터 죽음과 더불어 맨발로 춤을 추고 있었다. 그를 낳고 죽은 어머니이자 누이였다.

가슴속에 무언가가 거칠게 와 부딪히며 이런 어렴풋한 속삭임이 들려온 듯한 순간, 누가 그의 어깨를 붙잡는 것 같았다. 부드럽고도 단단하게. 그건 그의 그림자였다. 몹시도 충실한 이 금빛 그림자가 땅에서 떨어져나와 일어서서 그의 뒤에 바싹 몸을 곧추세우더니 그의 어깨를 두 손으로 꽉 잡았다. 이 그림자의 말소리가 들려왔다. "자! 이제 나오너라. 그들을 만나러 떠나거라. 그들이 널 기다려." 그의 몸에서 떨어져나와 등에 기대선 이 그림자는 할머니의 목소리로 말했다.

부드럽게 다그치는 비탈리 할머니의 목소리였다.

"가거라, 가거라!" 비탈리 할머니의 목소리가 황금의 밤 늑대 낯짝의 걸음과 보조를 맞추며 말했다. 그가 앞에서 걸었고, 그 어느 때보다 선연한 금빛 그림자가 그의 어깨를 밀며 뒤에서 걸었다. 그림자는 죽음의 메아리 숲으로 이어지는 길로 그를 인도했다. 길을 떠나기 전 그는 수레 끄는 말에 안장을 얹듯 허리에 청동 버클이 달린 넓은 가죽띠를 둘렀다. 이처럼 얼어붙은 밤길을 걷는 건 힘들고 어려운 일이었다. 이런 나이의 무게를 끌고 간다는 건 몹시 가혹한 일이었다.

밤을 거슬러 옮기는 걸음.

그는 자신의 과거를 향해 걸어갔다. 자신의 기억을 향해 올라갔다. 자신의 삶을 거슬러 한 걸음 한 걸음 옮겼다. 백 살이 된 남자의 삶을. 밤의 정적과 얼어붙은 땅에서 떼어놓는 걸음이 너무도 무거워 철썩철썩 채찍소리가 났다. 어둠이 이 소리를 아주 멀리까지 퍼뜨렸다. 차가운 공기 속에서 소리는 더욱 생생해졌다. 도중에 하늘이 창유리처럼 떨렸다. 밤이, 밤 전체가 바스락대는 메마른 소리로 가득찼다. 그는 고개를 앞으로 내민 채 헐떡이며 언덕길을 올라갔다. 얼어붙은 대기가 그의 입김에 흰 꽃송이처럼 뭉게뭉게 피어나며 그가 걷는 길을 따라 맑고 투명한 라일락 산울타리를 길게 형성했다.

그랬다. 그는 목을 빼고 숨을 몰아쉬며 나아갔다. 어린 시절 수레 끄는 땅딸막한 말들이 오리나무와 버드나무와 자작나무와 흰 포플러가 늘어선 에스코강의 둑길을 따라 가족의 거무칙칙한 바지선을 이 수문에서 저 수문으로, 이 도시에서 저 도시로 끌고 갔던 것처럼 말이다. 아버지가 '신의 분노'라 이름 붙인 배였다. 그러나 이 밤길을 걷는 황금의 밤 늑대 낯짝의 몸에 짐을 지운 것은 신의 분노가 아니라 신의 절망이었다. 아니, 신이 아닌 인간들의 절망이었다. 오직 인간들의 절망이었다.

그는 숲으로 들어갔다. 걸음을 늦추지 않고 숲속 깊숙이 들어갔다. 눈이 두껍게 쌓여 빙판이 되어 있었다. 그의 그림자가 그를 재촉했다. 추위도 느껴지지 않았다. 냉기가 그의 피와 뼈 속에서 흘렀다. 칠흑 같은 어둠이었지만 그는 땅바닥에 흩어진 것들을 하나도 빼놓지 않고 분간할 수 있었다. 떨어진 나뭇가지들과 옹이가 진 돌출된 나무뿌리들, 돌멩이와 짐승들의 발자국이 눈에 들어왔다. 밤이 그의 눈 속에 있었고, 밤이 그의 눈이었다. 그는 공터까지 걸어갔다. 바위 밑에 샘물이 솟는 곳이었다. 하지만 샘물은 얼어붙어 투명한 결정체가 바위를 뒤덮고 있었다.

벌써 삼십여 년 전 솟구쳤던 샘물이었다. 도저히 입에 담을 수 없는 한 이름을 알게 되면서 혼이 나간 남자의 목덜미 밑에서 솟구친 샘물. 흡사 세상의 종말 같았던 그 전쟁이 막바지로 치닫고 있을 무렵이었다. 신의 수많은 이름들 가운데 하나가 드러나면서 그는 얼이 빠졌다. 작센하우젠.

인간들의 폭력과 잔인성으로 큰 상처를 입은 땅이 쏟아낸 눈물의 샘이었다. 숲의 짐승들은 이 물을 마시러 오지 않았다. 절대로. 이 샘의 물이 견딜 수 없이 쓰다는 것을 짐승들도 본능적으로 느끼고 있었다.

황폐해진 세상의 공간을 향해 망각의 무거운 수문처럼 열린 샘이었다. 죽음도, 죽음조차도 그를 원치 않았던 아주 먼 과거의 그 밤에.

사방이 온통 눈으로 덮인 숲속, 현기증이 날 만큼 높고 어두운 하늘 아래서 그는 혼자였다. 금빛으로 반짝이는 보랏빛 암흑이 눈 위에 희미한 연보라색 광채를 던지고 있었다. 공기가 너무 맑아 잔가지 하나가 유리 줄 같은 얼음 속에서 부러지는 소리도 아주 멀리까지 또렷이 들릴 정도였다. 주위가 쥐죽은듯 고요한 가운데 죽은 나뭇가지들이 우지직 부러지는 소리만 들렸다. 숲 전체가 유리로 된 것 같았다. 결정結晶이 된 숲의 정적 속에서 그는 혼자였다. 무섭도록 혼자였다.

한데, 그 순간 돌연 그는 그들이 거기 있음을 알게 되었다. 그들 모두.

모두가, 그를 기다리고 있었다.

그의 가족. 그가 몹시 사랑했던 사람들. 그리고 사라져버린 사람들. 눈에 보이지도, 말을 하지도 않는 그들이 다가왔다. 그들은 공터의 가장자리를 빙 둘러선 채 서두르지 않고 천천히 다가왔다. 아주 희미하고 가느다란 흰 그림자들이 눈과 뒤섞여 나무들 사이로 미끄러지듯 나아왔다. "봐라! 봐라!" 비탈리 할머니의 목소리가 계속 되풀이되며 들려왔다. 부재하는 이들을 아주 천천히 불러내는 단조로운 선율의 목소리였다.

그러나 아무것도 보이지 않았다. 별이 총총한 밤, 연보랏빛이 감도는 몇몇 흰 그림자들이 매끄러운 금속보다 더 단단한 눈 위에 아른거릴 뿐이었다. 또한 아무 소리도 들리지 않았다. 바스락대는 희미한 소리조차 들리지 않았다. 죽은 가지들이 부러지는 메마른 소리와 동사한 나무의 껍질이 터지는 소리가 전부였다. 그 소리마저 점점 더 멀어졌다.

비탈리 할머니의 가느다란 목소리가 다시 들려왔다. "그것 보렴! 내 그림자는 널 한 번도 떠나지 않았어. 난 약속을 지킨 거야. 우리가 헤어지던 그날 저녁 내가 너한테 한 말을 기억하니? 사과 껍질들에 둘러싸여 우린 서로의 손을 꼭 잡고 있었지. 기억하니?" "아침에 할머니가 사라지고 없던 일을 기억해요." 황금의 밤 늑대 낯짝이 대답하자 비탈리 할머니가 말을 이었다. "난 사라지지 않았어. 내 사랑이 죽음 저편에서까지 너를 따라다녔단다. 난 지치지 않고 네 걸음 속에서 웃고 있었어. 네가 세상의 가장 어두운 곳에서 길을 잃었을 때조차 그랬지. 내가 사랑 말고 네게 무엇을 줄 수 있었겠니? 내 초라한 사랑 말고. 하지만 그 사랑이 네 걸음에 붙어다니는 것 외에 무얼 할 수 있었을까? 너를 향한 내 사랑은 너무도 크고 넓어 죽음조차 그것을 수용하기에 비좁았지. 죽음 안에 차지할 자리가 없었어. 그런데 우리가 정말로 초라할 땐 모든 게 한없이 커지는 법이야. 굶주림이나 치욕, 고통, 사랑도 그래. 우리는 그 어디든 물결치는 대로 떠다니지. 주머니는 비어 있고, 가슴도 배도 주려 있어. 기억하니? 그때 내가 네게 들려준 말을. 내 사랑 안에는 바다도 강들도 운하들도, 남자, 여자, 아이 할 것 없이 그 많은 사람들도 다 들어간다는 말. 난 네게 또 이렇게 말했지. 오늘 저녁 그들 모두가 여기에 와 있다고. 그들이 내 주변에 있는 게 느껴진다고. 그때 난 우리 가족에 대해 말하고 있었어. 하지만 오늘밤엔 바다와 강들과 운하들만 너에 대한 내 사랑 안에 들어 있는 게 아니구나. 땅과 숲과 바람과 짐승과 장미와 길과 시내, 네 삶을 형성한 이 모두가 그 안에 있네. 아! 오늘밤 남자와 여자와 아이들은 얼마나 많을까? 네가 곁에 두고, 함께 삶을 엮어간 이들은 모두 얼마나 될까?" "난 이제 못 세겠어요. 모르겠어요. 알고 싶지도 않고요." 황금의 밤늑대 낮짝이 대답했다. "그들이 내 삶을 이루어놓은 건 나중에 완전히 잿더미로 만들어버리기 위해서였으니까요." 그러자 갑자기 그림자가 난폭하리만큼 거칠게 그의 머리털을 움켜잡더니, 얼음처럼 차갑게 떨리는 바람 속에서 고개를 들게 했다. 이어 비탈리 할머니의 목소리가 다시 들려왔다. "이제 해방된 도시처럼 기억을 열거라. 무장해제된 도시처럼 네 마음을 활짝 열거라. 그들이 모두 여기 있는 게 보이지? 앞으로 걸어오고 있잖니."

하지만 그에게는 아무것도 보이지 않고 아무 소리도 들리지 않았다. 비탈리 할머니의 목소리도 사라졌다. 할머니가 뭔가 얘기를 하기는 한 걸까?

그저 느낌뿐이었다. 살가죽에 닿는 느낌뿐이었다. 핏줄과 힘줄과 신경을 스치는 느낌이었다. 완전히 광기에 사로잡힌 채 그저 느낄 수 있을 따름이었다. 엄청난 전율이 전신을 뚫고 지나갔다. 끔찍했다.

살가죽.

걸인의 낡은 외투처럼 마멸된 인간의 살가죽.

황금의 밤 늑대 낯짝은 갑자기 자신이 하나의 살가죽에 지나지 않는다는 사실을 깨달았다. 햇볕에 무수히 그을리고 수많은 겨울 추위에 덴 남자의 넉넉한 살가죽. 사계절 흙이 온통 끼어 있고 사방에서 불어오는 바람이 후려친 살가죽. 아내였던 다섯 여자의 입맞춤과 포옹의 흔적이 영원히 아로새겨진 남자의 널찍한 살가죽. 가슴속 잔여물들 속에서 꺼지지 않고 늘 타오르는 초상初喪의 불길에 탄 단단한 살가죽.

살가죽.

늑대의 냄새와 땅과 바람과 물의 여러 향내를 아직 간직한 살가죽. 목과 손바닥과 사타구니에 여인의 향기가 아직 가시지 않고, 입속 깊숙한 곳까지 그네들 입술의 맛이 남아 있는 살가죽. 시간이 기록되고 역사와 전쟁으로 도려내졌으며, 애정으로 환히 빛나는 동시에 사랑하는 이들의 죽음으로 생살이 잘려나간 살가죽. 유년과 놀이, 노동과 굶주림과 갈증과 피로의 살가죽. 쾌락과 욕구의 살가죽. 기쁨과 눈물의 살가죽. 땀과 피가 흐르는 살가죽, 주름진 살가죽. 마멸되고 찢길 때까지 쓰고 다닌, 세상에 단 하나뿐인 남자의 살가죽.

살가죽.

얼어붙은 이 밤, 몸의 표면에, 뼈 마디마디 위에 펼쳐진 거대한 살가죽. 얼어붙은 밤, 기억의 밤. 공명하는 심장을 감싼 북의 살가죽. 어마어마한 살가죽.

황금의 밤 늑대 낯짝은 느닷없이 북의 살가죽을 두드리기 시작했다. 겉옷을 던지고 윗도리를 벗었다. 그러고는 벌거벗은 상반신을, 이 살가죽을 치기 시작했다.

살가죽.

회한과 호소의 살가죽. 물론 경이의 살가죽이기도 했다. 칼날처럼 차가운 몽롱한 어둠 속에서 주먹과 가슴이 이 살가죽을 함께 두드려 울려댔다.

하지만 누가 이 살가죽을 치고 있었던 것일까? 그의 주먹이나 심장이었을까? 아니면 한때 그의 사람들이었지만 더이상은 아닌 한 사람 한 사람의 이름이었을까? 그의 벗은 상반신에 대고, 환상적인 청동 징처럼 울리는 그의 심장에 대고, 누가 그렇게 차례차례 와서 두드려대는 것이었을까?

살가죽.

절규하는 살가죽.

비탈리. 이것이 첫번째 이름이었다. 너무도 부드럽고 다정해 맑은 물처럼 구르는 이름. 비탈리! 그의 머리맡에서 유년의 꿈들을 지켜주던 그녀의 놀라운 미소가 다시 보였다. 유년의 슬픔과 공포를 다독여주던 이. 그를 한 번도 버리지 않았고, 어디를 가든 매 순간, 죽음 너머까지 동행했던 이. 그의 걸음에 금빛 그림자로 붙어다니던 이. 비탈리! 이 이름이 그의 가슴을 환히 밝혔다.

이어서 지극히 작고 가벼운 이름, 그를 낳은 여자의 이름이 다가왔다. 에르미니빅투아르. 그의 어머니, 아직 너무 젊은 어머니이자 그의 누이. 해산하다 죽은, 너무 어린 나이에 그의 어머니가 된 그의 누이. 에르미니빅투아르. 어머니이자 누이, 여인이자 아이, 삶이 두려워 죽음과 함께 맨발로 춤을 추며 떠난 이. 에르미니빅투아르…… 그녀의 이름이 숨결처럼 그의 살가죽을 스치며 들릴 듯 말 듯 심장을 뛰게 했다.

그뒤에 또 한 이름이 왔다. 도저히 입에 담을 수 없는 이름. 오랜 세월 증오해온 이름. 끔찍하게도 증오해온 이름이었다. 공포와 고통의 이름. 그가 아니라고 외쳤던 이름. 아버지의 이름. 아니라고, 그가 수없이 부인한 아버지의 이름. 저주하고 또 저주한 이름이었다. 단칼에 두 쪽으로 갈라진 아버지의 이름.

테오도르 포스탱.

이 이름이 그에게 와서 얼마나 세게 부딪치는지. 그의 심장을 얼마나 긁어대는지. 참으로 무거운 이름. 시커먼 수로에 빠져 수문을 가로막았던 익사한 아버지의 이름.

황금의 밤 늑대 낯짝은 자신의 살가죽과 심장이 찢어지는 느낌이 들었다. 아버지의 이름이 잠잠해지도록 그는 허리띠를 끌러 자신의 몸을 내려쳤다. 그런데도 이 이름은 그의 안에서 쉴새없이 소리를 질러댔다.

아주 동그란 빨간색 공처럼, 멜라니라는 이름이 그의 심장에 부딪혀 튀었다. 아직 생기가 넘치는 따듯한 이름이었다. 흐르는 피처럼 따듯했다. 멜라니라는 이름이 말발굽 밑에서 터져나왔다. 그러자 곧 그녀의 아들들 이름이 떠올랐다. 오귀스탱과 마튀랭. 그의 첫 아들들. 두 아들이 그의 마음속에 나란히 지나갔다. 그들의 얼굴이 다시 보였다. 젊은 얼굴에 미소를 머금고 있었다. 그러나 이 얼굴들은 서로 얽히고 교차되더니 몰라보게 일그러졌다. 그리고 '두 형제'라는 이름이 그의 심장 속에 쿵하고 떨어져 내렸다.

그와 동시에 오르탕스와 쥘리에트라는 이름이 울려퍼지며 그의 마음속은 씁쓸한 애수로 차올랐다.

블랑슈. 이 이름이 슬그머니 그의 안에 잠입했다. 마음을 움직이는 너무도 가벼운 이름. 하지만 그 이름을 붙들 수는 없었다. 블랑슈라는 이름은 유리처럼 부서지기 쉬워 그저 살며시 속삭일 수 있을 뿐이었다. 이 이름은 그의 가슴속에서 천천히 증발하며 반짝이는 고운 서리 가루로 그를 뒤덮었다.

딸 마르고의 이름이 방울소리처럼 울렸다. 사랑에 빠진 다정한 아이 마르고. 결혼식 날 아침 너무도 예뻤던 마르고. 1월의 햇살 속에서 눈부셨던 마르고. 너무도 우아한 모습으로 그의 팔에 가볍게 안겨 있던 마르고.

상처 입고 미쳐버린 마르고. 모마리에. 이 이름이 떠오르자 황금의 밤 늑대 낯짝의 심장은 옥죄어오며 배신당한 딸의 빛바랜 낡은 치마 레이스처럼 뜯겨나갔다.

엘맹트프레장타시옹뒤세네르마리라는 이름이 다가오자 그의 가슴은 삐거덕댔다. 그가 '푸른 피'라고 부르던 여자. 사랑을 나눌 때면 몸이 노래와 리듬과 구릿빛 광채와 날카로운 외침으로 가득했던 여자. 푸른 피. 이 이름이 기다란 상앗빛 물고기처럼 그의 가슴속에서 일렁였다. 그리고 그를 얼어붙게 만들었다. 푸른 피! 뼈가 꺾이는 소리와 함께 이 이름도 부러져버렸다.

황금의 밤 늑대 낮짝은 허리띠를 상반신에 둘렀다. 각각의 이름들이 그의 살가죽을 후려칠 때마다 그는 점점 더 빨라지는 심장박동을 억제하느라 띠를 더욱 졸라매야 했다.

그리고 모든 이름 중에 가장 가벼운 이름이 다가왔다. 비올레트오노린. 한없이 모호한 은총들로 환히 빛나던 딸. 이 이름이 서두르는 아이처럼 그의 마음을 가로질러 뛰어가며 기막힌 장미향기를—피의 냄새가 아니라면—퍼뜨려놓았다. "저는 아이예요, 어린아이예요……" 그녀는 이렇게 중얼대며 달려갔다. 하지만 너무 빨리 달리는 바람에 그 이름은 살아 있는 동안 갖게 된 또다른 이름에 실려가고 말았다. 비올레트뒤생쉬에르라는 이름이었다.

이 이름을 바싹 뒤쫓아 옛친구의 이름이 지나갔다. 장프랑수아티주드페르. 새의 날갯짓소리와 멧비둘기의 노랫소리가 희미하게 울리는 가운데 이 이름이 지나갔다. 장프랑수아…… 한차례 타오르는 불길 속에 실려간 이름. 아니, 불길이 아닌 장미였을까. 이 이름이 황금의 밤 늑대 낯짝에게 엄청난 공허와 비애를 남겼다.

그러자 예기치 못한 불협화음처럼 가장 거칠고 야성적인 세 아들의 이름이 불쑥 떠올랐다. 대천사들의 이름을 가진 아들들. 그중 둘은 천사들의 양날검을 잡아 일그러뜨릴 줄밖에 몰랐고, 나머지 한 명은 종내 온순한 걸인이 되고 말았다. 미카엘과 가브리엘. 악마의 군인이자 용병이었던 아들들. 라파엘은 그 시대에 노래를 부른 가장 아름다운 목소리들 중 하나였다. 그러나 죽음 속에 그 세 이름이 얽혔으니, 황금의 밤 늑대 낯짝의 마음속에서 그들의 노래는 고통스러운 불협화음이 되어 묘하게 뒤섞였다. "Und singt ein Teufelslied…… Nella città dolente…… Und der Terfel der lacht noch dazu…… Lasciate ogni speranza, voi ch'entrate…… Singt ein Teufelslied…… hahahahahaha!…… Dove, ah dove, te'n vai…… Wir kämpfen…… wir kämpfen…… wir kämpfen…… nella città dolente……"*

어둠 속을 더듬는 손처럼 바티스트라는 이름이 다가왔다. 바티스트—그녀에게 미친 놈. 눈물이 날 만큼, 죽음에 이를 만큼, 아내 폴린을, 낙엽색 눈을 한 금발의 폴린을 사랑했던 아들. 그들의 이름이 황금의 밤 늑대 낯짝의 마음속에서 엮였다. 메꽃이나 나무딸기나 엉겅퀴가 엮이듯, 그의 마음속 도랑들 속에서 엮이고 굴렀다. 그리고 거기서 장바티스트—작은 북이라는 이름이 다시 울려퍼졌다. 살아 있는 동안 평화의 회귀 대신 돌이킬 수 없는 재난의 갑작스러운 계시를 알렸던 이름. 이 세 이름이 그의 마음속에 가시처럼 뾰족뾰족 돋아 있었다.

침묵이 자리했다. 그의 마음속에 깃든 큰 침묵. 어느새 꼭꼭 숨겨둔 눈물이 줄줄 흘러내리기 시작했다. 이름이 솟구쳤다. 그의 안에서 오열처럼 솟구쳤다. 브누아캉탱이라는 이름이.

브누아캉탱! 이 세상 모든 애정을 등에 지고 있던 손자. 브누아캉탱. 그가 가장 사랑했던 아이. 모든 아이들 중의 아이. 그의 어린 왕자였던 브누아캉탱.

---

* "악마의 노래를 부르며…… 눈물의 도시로…… 그리로 들어가는 그대여 희망을 버리시기를…… 악마의 노래를 부르며…… 하하하하하하…… 우리는 싸운다…… 우리는 싸운다…… 우리는 싸운다…… 눈물의 도시로……"

이어 또다른 이름이 나타나 이 이름이 주는 고통과 감미로움을 배가했다. 알마. 그의 마음속에 솟구치는, 숨막힐 듯한 이중의 오열.

브누아캉탱, 알마. 두 사람의 이름이 그의 심장에서, 관자놀이에서 세차게 울렸다. 그는 두 손으로 자신의 머리를 감쌌다. 활활 타오르는 불그레한 광채가 눈雪 위에서 춤을 추는 모습을 본 것 같았다. 불길이 춤을 추었다. 어린 소녀처럼 노래를 흥얼대는 알마의 목소리를 둘러싸고 춤을 추었다…… "Sheyn, bin ich sheyn, Sheyn iz mayn Nomen…… A sheyn Meydele bin ich……"* 그러나 불길이 노래를 집어삼켰다. 수천 개의 불길 하나하나에서 브누아캉탱과 알마라는 이름이 탁탁 소리를 내며 타올랐다. 사랑과 공포로 눈이 커다래진 그들의 아름다운 얼굴이 솟아올랐다.

그의 마음속에 절규가 자리했다. 절규는 이들 불길을 담은 뾰족한 화살촉을 맞고 터져나왔다. 청동 버클이 달린 가죽 허리띠로는 더이상 억누를 수 없는 절규였다.

그 이름이 왔으니 말이다.

---

* "예뻐라, 나는 예뻐라, 예뻐라는 나의 이름…… 나는야 예쁜 소녀……"

가장 사랑했던 이름. 온갖 아름다움과 욕망과 애정이 뒤섞인 이름. 영원히 젊고 영원히 열정적인 이름. 그가 가장 사랑했던 사람의 이름. 영원한 절망을 가져다준 이름.

루트라는 이름.

하늘이 갑자기 초록색으로 변했다. 몽수리공원에서 그들이 처음 만났던 날 그녀가 입고 있던 옷과 같은, 숲의 초록색이었다. 농장 마당에서 그들에게 닥친 그 슬픔의 날 그녀가 입고 있던 옷과 같은 초록색이었다.

"……Bin ich bay mayn Mamen, a lichtige Royz……"* 알마가 노래했다. 그러나 이미 모든 것이 파괴되고 불살라졌으며, 일체의 빛이 추방된 뒤였다. 어머니와 아이들이 모두 끌려간 뒤였다.

루트. 이 이름이 여인의 경이로운 살냄새와 함께 그의 마음속으로 밀려들었다. 끔찍할 만큼 매캐한 재의 맛으로 오염된 채였다. 루트 루트 루트! 이 이름이 그의 마음속에서 울부짖고, 그의 옆구리에서 피를 흘리고, 목덜미와 어깨를 찢어놓았다. 루트 루트 루트! 이 이름이 발버둥쳤다. 불길과 개들과 무장한 남자들에 맞서, 죽음에 맞서 발버둥쳤다. 이 이름은 죽고 싶어하지 않았다.

---

* "……나는야 엄마의 환한 장미……"

루트! 가죽 허리띠가 터졌다. 이제 그 무엇도 이 이름이 지닌 힘을 제어할 수 없었다. 이 이름의 갈가리 찢긴 아름다움을. 황금의 밤 늑대 낯짝은 무릎을 꿇은 채로 주저앉아버렸다. 그는 이마를 땅에 찧기 시작했다. 얼어붙은 샘물을 찧었다. 마치 얼음을 깨고 그 물에 힘찬 흐름을 되돌려주려는 듯. 루트에게 생명과 열기를 되돌려주고, 그들의 네 아이에게 도둑맞은 유년기를 되돌려주려는 듯. 실베스트르, 사뮈엘, 이본, 쉬잔. 이 네 이름이 루트라는 이름 속에서 불붙은 가시덤불처럼 타올랐다. 그리고 재의 꽃들에서 잎이 떨어져내렸다. 살해당한 아이들의 네 이름이 불길 속에 뒤틀리며 연기가 되어 사라졌다. 인간의 모든 공간이 동서남북 할 것 없이 재로 화했다. 무無가 되었다. 이제 세상에서 어떻게 다시 길을 찾는다지?

얼음을 물어뜯고 눈을 긁어대느라 그의 입과 손톱에 피가 흘렀다. 허리띠로는 억제할 수 없는 미친 듯한 심장박동 소리가 밤의 정적 속에 들려왔다. 심장이 모든 것을 산산조각낼 것처럼 날뛰었다. 몸속뿐 아니라 몸밖에서도. 루트 루트 루트! 심장이 너무도 격렬히 땅을 강타해 죽음의 메아리 숲 나무들의 가지가 한꺼번에 부러졌다. 숲을 가로지르며 우지끈거리는 엄청난 굉음이 들려왔다.

얼어붙은 샘에 어깨와 목덜미를 대고 얼음 같은 하늘에 두 눈이 고정된 채, 황금의 밤 늑대 낯짝은 뒤로 나자빠졌다. 현기증이 날 만큼 높은 암녹색 하늘이 눈앞에 펼쳐져 있었다. 꼭 창유리 같았다.

땅을 굽어보는 창유리.

창유리 뒤에 누가 있는 걸까? 황금의 밤 늑대 낯짝은 하늘의 투명한 시선 같은 걸 흘끗 본 것 같았다. 당치않았지만, 정말 그곳에 있었다. 맹인의 시선, 아니면 미친 사람의 시선 같은 것이.

황금의 밤 늑대 낯짝의 심장은 땅과 하늘을 동시에 찧고 있었다. 그는 자신이 사랑했던 죽은 이들을, 그 모든 이들을 불렀다. 그들의 이름을 하나하나 불렀다. 부름은 끝이 없었다. 영원히 끝날 것 같지 않았다. 또다른 이름 하나가 불리기를 바라고 있었다. 또다른 이름이 핏속에서 구르며 솟구쳐올라 그의 심장과 이마를 두드려댔다. 하지만 그는 이 이름을 입 밖에 내고 싶지 않았다. 들으려 하지도 않았다. 그가 사랑했던 누군가의 이름이 아니었다. 존재하지도 않는 이름이었다. 하지만 이 이름이 그의 육신을 온통 독차지했으며 목을 메이게 했다. 그 어떤 다른 이름보다 더 난폭하게.

아니, 그럴 수 없었다. 그는 이 이름에 아무런 권리나 목소리도 허락하고 싶지 않았다. 이 이름을 조금도 인정하지 않을 것이었다. 설령 이 이름이 존재한다 해도, 그건 죽은 자의 이름이 아니라 죽음 자체의 이름이었다. 황금의 밤 늑대 낯짝은 이 이름을 증오하기 시작했다. 이제껏 알지 못한 증오심이었다. 그가 이 이름을 저주했던 절망의 시절에도 그런 증오심을 품지는 않았다. 하지만 이제는 저주나 부정을 넘어, 그는 그 이름을 증오했다. 그 이름을 폐기 처분할 만큼 증오했다.

신의 이름.

황금의 밤 늑대 낯짝은 이 이름에 대한 거부와 증오심을 억누를 수 없었다. 절규가 그의 심장을 꿰뚫었다.

돌멩이가 창문을 때리듯 그의 절규가 하늘을 때렸다. 하늘이 창유리처럼 부서져 산산조각나면서 순식간에 땅이 폭우에 잠겼다. 인간의 눈물처럼 소금기를 머금은 뜨거운 비. 인간의 눈물보다 더 비통한 비. 인간들로부터 미움을 받는 신의 눈물이었다.

밤새도록 비가 내렸다. 황금의 밤 늑대 낯짝의 얼굴과 눈과 입과 반쯤 벗은 몸을 따라 비가 흘러내렸다. 비는 눈을 녹이고 겨울을 내몰았다. 이 순간은 그 어느 계절도 아니었다. 여름비도, 봄비도, 가을비도 아니었으니까. 이 비는 계절을 초월해 있었다. 이 비는 눈물이었다.

비가 끝없이 내렸다. 황금의 밤 늑대 낯짝은 자신의 얼굴과 온몸을 적시며 소리 없이 흐르는 빗소리를 듣다가 마침내 잠이 들었다. 잠의 나락으로 빠져들며 그는 생각했다. '난 죽을 거다. 죽어가는 중이다. 이미 죽어서 사람들이 내 몸을 씻고 있다. 시신의 몸을 씻는 세정식이, 입관 준비가 진행되고 있다. 한데 대체 누가 이 일을 완수하는 걸까? 자식들 가운데 누가, 아내들 가운데 누가 이 일을 해내고 있지?'

그러나 그는 죽지 않았고, 그저 잠 속으로 미끄러져 들어가고 있었다. 비단처럼 부드러운 긴 비의 잠 속으로. 마침내 마음이 진정되었다. 마음도 비에 씻겼다. 비가 그의 낯을 진흙처럼 흥건히 적셔 얼굴을 점토 가면으로 서서히 변모시켰다. 선과 윤곽을 모두 지워버리면서.

숲속 빈터, 가지가 모두 잘려나간 나무들 사이에서 그가 몸을 일으켰을 때 날이 밝아오기 시작했다. 하늘은 오래, 아주 오래 운 사람의 얼굴처럼 매끄럽고 창백했다. 비는 그쳐 있었다. 황금의 밤 늑대 낯짝은 놀랄 만큼 몸이 가뿐했다. 비가 그의 나이를 씻고 백 년의 세월을 녹여버린 듯했다. 그를 늘 따라다니던 그림자도 사라지고 없었다. 그 금빛 그림자마저 잃어버린 참이었다. 부친의 일곱 눈물방울도 더이상 목에 걸려 있지 않았다. 그것들은 녹아 흐르는 빗물에 뒤섞여버린 뒤였다.

그는 터진 나무껍질과 부러진 나뭇가지들이 잔뜩 널린 숲길을 다시 지나 숲이 끝나고 들이 시작되는 넓은 장소에 이르렀다. 그가 자신의 것으로 만들었던 들이었다. 그는 주변 풍경과 저 아래 계단식으로 층을 이룬 검은 땅 마을을 바라보았다. 오랜 세월을 함께하며 자신의 몸만큼이나 익숙해진 풍광들이건만, 마치 그 풍광을 처음 맞닥뜨린 사람처럼 바라보았다.

더이상 아무것도 익숙하지 않았다. 그 자신의 몸도 마찬가지였다. 이 순간 그는 자신이 이곳에 닿은 첫날 느낀 감정보다 더 낯선 감정에 사로잡혔다. 그럼에도 그 옛날 그가 이곳에 도착한 그날처럼, 차갑게 떠오르는 겨울 해는 얼어붙은 연못과 늪에 금속성 광채를 쏟아붓고 있었다. 계곡 깊숙이 널따란 잿빛 강이 구불구불 유유히 흐르는 모습이 보였다. 전쟁이 그곳의 수많은 가옥을 파괴하고 도로와 들판과 마을 전체를 잿더미로 만든 순간에도 강은 건드리지 못한 터였다. 뫼즈강의 느린 물살이 인간의 시간과 역사에 완전히 무관심한 듯, 안개에 싸여 흐르고 있었다. 마지막으로 다시 한번, 비탈리 할머니의 말이 떠올랐다. 젊은 시절의 그를 떠나도록 부추기며 한 말이었다. "세상은 넓다. 그러니 필시 네 삶과 행복을 건설할 수 있는 곳이 어딘가에 있을 거다. 어쩌면 아주 가까운 곳일 수도 있고, 어쩌면 아주 먼 곳일 수도 있다." 그가 자신의 삶을 건설해간 곳은 이곳이었다. 가깝지도 멀지도 않은 이 자리. 한데, 무엇에서 가깝거나 멀다는 것일까? 무엇과, 누구와 가깝거나 혹은 떨어져 있다는 거였을까? 그는 들과 농장과 강이 있는 이 풍경을 응시했다. 그가 이곳에 왔던 첫날의 놀라움도, 행복했던 시절의 집착이나 욕구도, 불행했던 시절의 원한이나 향수도 없었다. 더이상 아무것도 느낄 수 없었다.

세상 모든 장소가 그렇듯 이곳 역시 존재하지 않는 곳이었다. 한 사람이 자신에게, 자신의 삶과 육신에 작별을 고해야 할 순간이 닥쳤을 때 모든 장소가 그렇듯이. 황금의 밤 늑대 낯짝은 이제 마지막 순간에 도달해 있었다. 자신의 땅만큼이나 광대한 시간을 차지했던 그가, 이제 소멸을 준비해야 할 시간을 맞고 있었다. 마음은 침착했다. 넘실대며 바다로 흘러들어 바다에 흐름과 물을 내맡기는 강처럼 마음은 태연했다. 밤사이 내린 긴 비에 씻긴 그의 마음은 맑고 투명했다. 한참 동안 내린, 인간의 눈물처럼 소금기가 밴 따듯하고 조용한 비. 절망의 극한에서 은총이 스치고 지나간 인간의 눈물. 어쩌면 신의 얼굴에서 흐르는 인간의 눈물인지도 몰랐다. 마음이 너무도 차분해 이미 자신과 상관없는 무엇처럼 여겨졌다.

황금의 밤 늑대 낯짝은 전날 밤 그토록 무거운 걸음으로 올랐던 길을 다시 내려가기 시작했다. 그는 풍경 속을 기계적인 걸음으로 걸었다. 그가 인간의 삶을 사는 동안 너무도 익숙해진 풍경, 이제 그 삶이 죽음으로 완수되려는 순간 완전히 낯설어져버린 풍경이었다. 그는 한순간 걸음을 멈추었다. 길을 벗어나 비탈 쪽으로 몇 발짝 다가가 경사진 곳에 가 앉았다. 그러곤 다시 한번 하늘을 잠시 응시했다. 햇빛으로 붉게 물들기 시작한 하늘에 새들이 날아다녔다. 그는 얼굴을 땅에 댄 채 경사면에 길게 몸을 뉘었다.

장밋빛으로 물든 고요한 새벽 시간, 서리가 바스락대는 낮게 깔린 풀들 속에서 꼼짝 않고 묵묵히, 그는 자신이 지고 온 백 년의 세월을 벗고 있었다. 짐바리 짐승이 짐을 지고 가듯 끝에서 끝까지 견뎌온 세월을. 기쁨과 희열도 있었지만 종종 고통과 분노를 느끼며 언제나 극단으로 치우쳤던, 그렇게 지고 온 세월을. 그는 이 모두를 아주 가볍게 벗어던졌다. 이마와 손바닥을 땅에 댄 자세로 몸을 누이고, 심장의 박동이 서서히 멈추도록 내버려두었다.

그날 아침 마틸드는 잠자리에서 일어나 높은 농장의 방 덧창을 여는 순간 대기 중에 감도는 묘한 맛을 느꼈다. 바다에서 불어오는 바람처럼 짭짤한 맛이었다. 하늘이 얼음처럼 투명하게 빛났고, 풍광도 왠지 기이하게 느껴졌다. 그녀는 한참 동안 창가에 서서 하늘과 주변 공간을 살폈다. 겉으로 보아 변한 것은 아무것도 없었지만 모든 것이 계속 낯설게 느껴졌다. 무섭도록 낯설었다. '밤새도록 내린 비로 눈이 녹아버렸기 때문일 거야.' 그래도 의혹은 마음속에 달라붙어 떠나지 않았다. 그녀는 이유도 모르는 전율과 흥분에 휩싸였다. 옷을 입고 매일 아침 허리춤에 매다는 농장의 묵직한 열쇠 꾸러미를 잡는 순간, 그녀는 이 열쇠들이 모두 녹슬어 있는 것을 알아차렸다. 열쇠들은 뒤틀리고 부식된 오렌지색 다발에 지나지 않았다. 흡사 오래되어 말라붙은 피로 더럽혀진 모습이었다.

그녀가 스무 살 적부터 자신의 몸속에서 역류시키고 뱃속에 억눌러온 생리혈이었다. 그녀는 끔찍한 혐오감에 사로잡혀 꾸러미를 바닥에 멀리 내팽개쳤다. 그녀가 허리춤에, 사타구니에, 그토록 오래 차고 다녔던 이 녹슨 꾸러미가 사실은 그녀 내장의 일부인 듯 여겨졌다. 그것은 그녀가 광기와 복수심으로 절단해버린 자신의 태胎였다. 분노로 썩고 말라버린 난소 다발이며, 증오로 녹슬고 부패한 피의 응고물이었다. 아버지가 농장 밖으로 떠난 이후로 그녀가 이 집에서 행사한 힘, 이 신성한 힘의 표적처럼 보유해온 열쇠들이 별안간 쓰레기가 되고 말았다. 방과 옷장과 함과 헛간의 열쇠들은 이제 어떤 자물쇠도 열 수 없을 것이었다. 그녀는 자신의 방과 농장에 갇힌 기분이었다. 그렇게 갇혀 질식할 것만 같았다. 신체가 절단당한 차갑고 늙은 석녀石女의 몸, 그런 몸안에 그녀는 미칠 지경으로 감금되어 있었다. 질투와 독기 가득한 과잉의 사랑밖에 할 수 없었던 탓에 석화된 마음속에 감금되어버린 것이다.

그녀는 두 손으로 관자놀이를 누른 채 방안을 맴돌았다. 우리 속에 갇힌 짐승처럼 맴을 돌았다. 숨이 막혔다. 농장 마당에서 언젠가 그녀를 덮쳤던 그 큰 고통이 되살아났다. 군인들이 와 집에 불을 지르고 가족의 피를 쏟았던 날. 살해당한 이들의 시신을 묻으려 했지만 땅이 너무 단단해 도저히 구덩이를 팔 수 없었던 날. 검게 탄 시신들에서 아직 연기가 피어오르는 잿더미 위에 그녀가 기진맥진해 몸을 누인 날. 하지만 그날 그녀는 다시 정신을 차렸고, 절망의 유혹을 단번에 물리쳤다.

그날 그녀는 아버지를 불렀다. 자기를 보아달라고, 인정해달라고 애원했다. 그날 그녀는 아버지의 품속에서 울었다.

아버지…… 아버지는 지금 어디에 있는 걸까? 그녀는 춥고 무서웠다. 그날보다 더 숨이 막혔다. 아버지가 곁에 없었다. 늙은 마틸드는 양손으로 관자놀이를 누르며 입술을 깨물었다. 소리를 지르며 오열을 터뜨리지 않기 위해서였다. "아버지! 아버지!" 하고 다시 부르지 않기 위해서였다.

마틸드는 아주 나이 많은 어린 소녀에 지나지 않았고, 형언할 수 없는 공포를 느끼며 아버지의 품에 안겨 위로받고 싶은 광적인 욕구에 사로잡혔다. "아버지, 아버지, 아버지……" 신음소리가 새어나왔다. 하지만 아버지는 그곳에 없었고, 그녀의 말을 듣고 있지도 않았다. 그는 한 번도 그녀의 말을 들은 적이 없었다. 게다가 방문이 열리지 않았다! 방에서 달아날 수도, 아버지를 찾으러 달려갈 수도 없었다. 그렇게 그녀는 자신의 방안에 갇혀 있었다. 완전히 텅 빈 방안에 아버지의 부재가 그토록 처절하게 울려퍼진 적이 없었다. 견딜 수 없는 부재, 숨쉴 수조차 없게 만드는 부재였다. 숨이 막혀왔다. 질식할 것만 같은 느낌이 돌연 너무도 강렬히 엄습해와 그녀는 서랍장 위에 놓인 페이퍼 나이프를 집어들어 목을 깊게 베었다.

마틸드는 아버지 황금의 밤 늑대 낯짝 노인과 같은 날 매장되었다. 그로써 어린 시절 자신이 한 약속, 그를 절대로 떠나지 않겠다던 약속을 끝까지 지킨 셈이었다. 자신의 운명이라 여겨 악착같이 집착했던 아버지를 향한 아이의 미친 사랑을 극단까지 밀어붙이면서.

2

모든 장소는 존재하지 않는 곳이다. 황금의 밤 늑대 낯짝이 죽음의 순간에 감지했듯이 말이다. 왕국이든 한낱 촌락에 불과하든, 세상 모든 곳은 그저 지나가는 장소에 불과하다. 그러나 사람들은 이 장소를 통과하면서 끊임없이 자리를 취하고 다시 내놓으며 교체된다.

그늘진 미녀에 사는 마오는 황금의 밤 늑대 낯짝이 죽은 이후로 그 어느 때보다 고립된 칩거 생활중이었다. 아들 옥토브르는 야만인처럼 굴며 스스로 택한 침묵 속에 스스로를 가둔 채 그녀에게 완전히 등을 돌렸다. 그럼에도 불구하고 삶은 다시 활기를 띠었다. 두스가 사라지기 전 낳은 어린 딸이 자라고 있었다. 셉탕브르가 지어준 메르베유라는 이름을 갖고 자라나고 있었다. 아이에게 세상은 새로웠고, 아이는 주변의 모든 것을 새롭게 변모시켰다. 그때껏 사람들이 몰랐던 기쁨과 새로운 빛을 이 아이가 이곳에 가져다주었다. 셉탕브르가 아이를 보살폈으며, 어머니와 동생을 보살필 힘과 인내심 역시 이 아이에게서 길어올렸다. 그런가 하면 높은 농장에서는 페가 과거의 그림자들을 몰아내고 있었다. 로즈엘로이즈와 니케즈와 애끓는 심정은 사랑하는 이들의 죽음과 그 모든 시련에도 불구하고 페와 함께하며 삶의 아름다움과 활력을 다시 발견했다.

그리고 또 한 명의 아이가 검은 땅에 도착했다. 비 내리는 어느 가을날 오후였다. 승용차 한 대가 높은 농장으로 이어지는 길을 올라오고 있었다. 금속성 광택이 도는 회색 승용차가 세찬 빗줄기 속에서 가까스로 구별되었다.

차가 마당 안으로 들어섰다. 흰 비옷을 입고 커다란 검은색 우산을 받쳐든 여자가 차에서 내렸다. 비로 인해 만물이 탈색되어 땅에 일체의 색깔이 사라진 듯 주변 풍경은 온통 회색빛이었다. 이날 오후 세상은 흰색, 검정, 회색, 이 세 가지 차가운 색조로 축소되었다. 여자는 차 뒤쪽으로 가 트렁크에서 큰 짐가방을 꺼낸 다음 승객이 있는 쪽 문을 열었다. 그러자 한 어린 소년이 차에서 내렸다. 아주 창백한 아맛빛 금발머리의 소년이었다. 소년은 부루퉁한 모습으로 고개를 숙인 채 손에 든 작은 천가방을 꽉 쥐었다. 여자가 아이 쪽으로 몸을 기울여 무어라 말해도 아이는 고집스레 계속 고개를 숙이고만 있었다. 그러다 마침내 움직이기로 마음먹은 듯했지만 여자의 우산 속으로 들어오려고 하지는 않았다. 아이는 일부러 온몸에 비를 맞으며 뻣뻣하게 걸었다. 마치 자신의 불만을 드러내고 자신이 돌이킬 수 없을 만큼 혼자라는 사실을 증명하려는 것 같았다. 여자는 현관 앞의 낮은 층계를 올라 문지방에 무거운 짐가방을 내려놓은 다음 문을 두드렸다. 한참 동안 점점 더 세게 문을 두드리고 나서야 집안에서 누군가 걸어오는 발소리가 들렸다. 문을 연 사람은 호박색 밤 불의 바람이었다. 마틸드가 죽은 뒤 다시 농장에 와 살게 된 그는 그곳에 목공소를 연 참이었다. 한때 황금의 밤 늑대 낮짝의 방이었고 그후 마틸드가 머무르던 그 큰 방을 이제 그가 차지하고 있었다. "죄송합니다. 소리를 못 들었어요." 그가 문을 열며 말했다. 몸을 가득 덮은 고운 톱밥이 머리카락 속에서도 반짝였다. 그는 여자가 앞으로 고객이 될 사람이거나, 아니면 그저 빗속에 방향을 잃고 길을 물으러 온 여행자이겠거니 생각했다. "페니엘 씨세요?" 여자가 자신없는 목소리로 물었다. "네, 하지만 이 고장엔 페니엘이라는 성이 많은데, 그중 누구를 찾으시죠?" 호박색 밤 불의 바람이 되물었다. "샤를빅토르 페니엘요." "접니다." 시종일관 토라진 얼굴로 비를 맞고 서 있던 소년이 이 말에 조금 움칫하는 듯싶더니 곧 머리를 어깨 사이에 더 깊이 파묻었다. "아무튼 들어오십시오!" 방문객의 의도를 여전히 파악하지 못한 호박색 밤 불의 바람은 이렇게 말했다. 그는 소년의 존재도 미처 알아차리지 못하고 있었다. 여자가 소년을 향해 돌아서며 소리쳤다. "상드르*, 이리 오렴!" 그러나 아이는 제자리에 서서 진흙물웅덩이 속에 발을 담근 채 신발과 정강이를 더럽히고만 있었다. 결국 여자가 다시 계단을 내려가 아이의 손을 잡고 문 앞까지 억지로 데려와야 했다. "자, 이제 들어가자." 그러고서 여자가 말을 이었다. "할말이 있습니다, 페니엘 씨…… 그러니까…… 이 아이에 관한 일이에요. 이애는……" 이 대목에서 그녀는 자신이 이곳에 온 목적을 어떻게 설명해야 할지, 어디서 시작해야 할지 알 수 없게 되어버린 듯했다.

그러나 아이가 일체의 망설임과 설명을 대번 종결지었다. 샤를빅토르 페니엘이라는 이름에 "접니다"라고 대답한 이를 향해 아이가 불쑥 고개를 들고 잠시 바라보는 것으로 족했다. 더이상의 말이 필요 없었다. 아이의 눈을 들여다보는 순간 호박색 밤불의 바람은 이해했다. 그가 이해한 것은 정확하지도 합리적이지도 않지만, 근원적이고도 명백한 무엇이었다. 마치 주먹으로 한 방 세게 얻어맞은 듯, 그는 한순간에 모든 것을 이해할 수 있었다.

아이의 눈을 그는 알고 있었다. 그를 절망과 수치심에 빠지게 만드는, 너무도 잘 아는 눈이었다. 그를 광기로 몰아가는 눈이었다. 아주 창백한 빛을 발하는 커다란 잿빛 눈. 눈은 마치 운 것처럼 빗물에 온통 젖어 있었다.

---

* '재(災)'라는 뜻이다.

로슬랭의 눈.

그러나 아이의 왼쪽 눈에는 페니엘가의 금빛 반점이 들어 있었다.

여자가 상황을 설명하고 그를 납득시키는 데에는 긴 시간이 필요하지 않았다. 그녀는 테레즈의 친구였다. 여자를 통해 호박색 밤 불의 바람은 테레즈가 약 한 달 전에 죽었다는 사실을 알게 되었다. 테레즈는 삼 년 이상 병을 앓다 죽었다고 했다. 삼 년 동안 그녀는 병마와 싸워야 했다. 그러나 자신이 더는 버틸 수 없으며 죽음이 임박했다는 사실을 깨닫자, 그녀는 친구에게 아들을 아이 아버지한테 데려다달라고 부탁했다. 샤를빅토르를 꼭 찾아낼 수 있으리라는 것을, 또 이 아이가 자기 아들임을 그가 알아보리라는 것을 그녀는 추호도 의심하지 않았다. 이 아이가 자신의 아들 이상임을 이해할 거라고, 그리고 이 아이를 맡을 거라고. 테레즈가 이 사실을 조금도 의심하지 않았다고 친구는 되풀이해 말했다. 자신이 주어진 임무를 제대로 수행할지 몹시 미심쩍어하는 눈치였다. 그러나 호박색 밤 불의 바람은 여자의 설명을 건성으로 들으며 자신을 피하는 아이의 눈과 비처럼 흐르는 금발을 응시했다. 작은 천가방을 꽉 쥔 아이의 손은 추위로 빨개져 있었다. 그는 몹시 모호한 감정에 사로잡혀 아이를 바라보았다. 놀라움과 두려움과 기쁨이 뒤섞인 감정이었다.

여자는 혼자 떠났고 아이는 남았다. 아이는 자신이 태어난 날의 이름으로 불렸다.* 아이의 눈 색깔도 포함하는 이름이었다. 아이는 자신의 아버지라는 이 낯선 남자의 시선을 줄곧 피하면서 화난 표정으로 가방을 꽉 거머쥔 채 고개를 숙이고 있었다. 아버지를 가지고 어쩌겠다는 거지? 도깨비 상자에서 튀어나온 도깨비처럼 난데없이 나타난, 그에게는 완전히 낯설기만 한 아버지를 가지고 말이다. 그런 아버지와는 볼일이 없었다! 그가 원한 것은 오직 한 가지, 느베르 알루에트가의 집으로 돌아가 엄마와 함께하는 것이었다.

호박색 밤 불의 바람은 아이에게 자신의 옆방을 내어주었다. 그는 커다란 짐가방을 열어 아이의 옷가지와 물건을 정리했다. 그러나 아이는 자신과는 아무 상관 없는 일이라는 듯 손 하나 까딱하지 않았다. 그곳은 자기 집이 아니며 자기 방도 아니라는 듯. 손에 든 작은 가방을 놓으려고도 하지 않았다. 매를 맞는 한이 있어도 가방을 손에서 놓지 않을 것이었다. 호박색 밤 불의 바람이 질문을 해도 묵묵부답이었고, 그가 곁에 다가오거나 자

* 가톨릭교회에서는 '재의 수요일'이라 이르는 사순절 첫날 사제가 신자의 이마에 십자가 모양으로 재를 바른다. 즉 사순절 첫날이 상드르의 생일이라는 의미이다.

신의 몸을 건드리지도 못하게 했다.

상드르는 사악하리만치 고집스럽게 자신의 세계에 틀어박힌 채, 자신에게 접근하거나 애정을 표현하려는 주변 사람들을 누구라도 가차없이 물리쳤다. 누군가에게 마음이 끌리는 걸 용납하지 않았다. 사랑을 하는 것도 받는 것도 모두 거부했다. 날이 갈수록 그의 눈은 은회색에서 납빛으로 변해갔다. 어머니의 죽음으로 인해 자신이 내던져진 이 기이하고도 엄청난 고독 속에 상처 입은 개처럼 웅크린 채 숨어 지냈다. 자신처럼 농장에 사는 몇 살 어린 페의 우정조차 거부했다. 아무 아이와도 놀지 않았고, 그 누구에게도 마음을 열지 않았으며, 위로받으려고도 하지 않았다. 그리고 절대로 우는 법이 없었다. 우는 것이 어머니에 대한 배신행위라도 된다는 듯이. 그는 눈물을 마음속에, 가슴 속 깊이 감추어두었다. 어머니와 그 사이에 존재하는 비밀처럼.

호박색 밤 불의 바람은 아이에 대해 아는 것이 없었지만, 그럼에도 불구하고 아이를 이해했다. 두 사람 사이에 테레즈가 있었다. 죽은 테레즈가. 단 하루 저녁과 밤을 함께 보낸 테레즈, 광막한 하룻밤의 사랑을 나누었던 여자. 벌써 칠 년도 지난 과거의 일이었다. 그러나 그는 테레즈의 모든 것을 고스란히 기억했다. 부드러운 몸과 흰 피부, 숱 많은 금발, 진지한 음성, 짙은 초록색 눈 그리고 입까지. 상처처럼 크고 아름다운 입.

녹색 구두를 신은 테레즈는 폭동이 일어난 도시를 가로질러 그에게 걸어왔었다. 설탕과 소금 속에서 굳어버린 울음을 내지르는 갈매기들이 가득한 방을 가로질러…… 부재하는 로슬랭의 몸을 가로질러 그에게로 걸어왔었다. 로슬랭을 보러 녹색 구두를 신고 달려온 테레즈. 그러나 로슬랭은 사라지고, 그를 살해한 자가 대신 기다리고 있었다……

호박색 밤 불의 바람은 자신을 피해 달아나는 적대적이고 말없는 이 아이를 이해했다. 이제껏 그 누구도 그렇게 잘 이해해본 적이 없을 만큼. 아이의 생각과 슬픔과 반항심을 포함해, 아이의 모든 것을 그는 짐작할 수 있었다. 그러나 상드르는 소리 없이 반항했고 조용히 고통받았다. 로슬랭이 어릴 적 바닷바람이 일 때마다 어머니의 날카로운 절규를 견뎌내던 방식대로.

요컨대 성격으로나 외모로나 상드르는 마치 상반되는 존재들의 모호한 융합의 결과물인 듯, 극과 극의 만남처럼 보였다. 그에게는 로슬랭과 호박색 밤이, 부드러움과 난폭함이 공존했다. 희생자와 살인자가 똑같이 공존했다. 그러나 그의 입과 목소리의 억양은 테레즈를 닮아 있었다.

호박색 밤 불의 바람은 이 아이를 이해했다. 이성을 잃을 만큼. 때로는 더는 아무것도 이해할 수 없을 만큼. 아이는 밤낮없이 그를 괴롭혀댔다. 상드르가 보호막으로 삼은 그 야성적인 고독을 범할 생각을 그는 감히 할 수 없었다. 아이의 마음속으로 자신을 서서히 인도해줄 통로나 숨겨진 길을 찾을 수 없는 까닭이었다. 그는 아이에게서 신뢰감을 얻어낼 수 없었다. 그뿐 아니라 상드르는 그 누구보다 호박색 밤 불의 바람을 특히 경계하고 차갑게 대했다. 아이는 그가 아버지라는 사실을, 죽은 어머니와 아무 관계도 없는 아버지라는 사실을 증오했다.

상드르는 모든 사람에게 집요하게 공대말을 썼다. 아버지에게도 마찬가지였다. 때로는 아버지가 거기 없는 사람인 양 삼인칭으로 아버지를 불렀다. 또 그를 아빠라 부르는 대신 선생님이라 불렀다. 자신과 타인들 사이에 침범할 수 없는 거리를 두려는 아이의 의지가 어찌나 악착스러운지 호박색 밤 불의 바람은 스스로 점점 더 무기력해지는 것을 느꼈다. 아이의 적대감과 분노를 도저히 가라앉힐 수 없을 것 같았다. 결국 아들을 향한 그의 사랑은 너무도 불행하고 모호해서 간혹 증오와 흡사해지기도 했다.

호박색 밤 불의 바람은 이 회색 눈의 아이 때문에 큰 혼란에 빠졌다. 아이의 시선은 로슬랭에 대한 추억을 통증처럼 끊임없이 되살려냈고, 그 입은 테레즈를 향한 자신의 당치않은 욕구를 일깨워주었다. 결국 그는 다른 이들로부터 더욱 멀어질 수밖에 없었다. 가족 중 누군가에게 도움이나 조언을 구할 수도 없었으니, 자신이 저지른 범죄에 대한 생각에 그 어느 때보다 사로잡혔기 때문이었다. 회색 눈의 아이가 그곳에 온 유일한 목적은 날이면 날마다 그가 죄책감에 시달리도록 하기 위해서라는 생각이 들 때도 있었다. 하지만 그런 생각을 다른 사람에게 털어놓을 수는 없었다. 결국 그는 외톨이가 된 아들과 범접할 수 없는, 숨통을 옥죄는 관계가 된 채 침묵을 지켰다.

이런 정신적 혼란에 빠져 있었던지라, 발라딘이 검은 땅으로 돌아온 날에도 그는 그녀를 맞이할 말이나 몸짓을 찾아낼 수 없었다.

발라딘은 지난번 방문 이후 일 년이 넘어 이곳을 다시 찾았지만 이번에는 혼자였다. 제이슨도 없었고, 두 사람의 대화에 그토록 자주 등장했던 아이도 없었다. 어린 릴리러브레이크는 그녀의 품에도, 몸에도 들어 있지 않았다.

릴리러브레이크, 영원히 세상에 오지 않을 상상의 아이. '결핍의 제이슨', 절대로 어른이 될 수 없을 너무도 여린 아이.

발라딘은 이렇게 이중의 부재를 품에 안고 돌아왔다. 이 이중의 공허로 육신이 쇠약해진 채.

제이슨이 미처 알아차리지 못하는 사이 수년이 흘렀고 계절이 여러 번 바뀌었다. "곧, 우린 곧 그르노블을 떠날 거야. 프랑스를 떠날 거야. 우리는 그곳에 가서……" 그는 계속 이렇게 말했다. 그러나 해마다 가을 끝 무렵 눈부시게 타오르는 자연이 눈앞에 서서히 펼쳐지고 겨울이 다가오면 그는 한 계절을 더 머무르기로 결심했다. 산토끼나 뇌조가 매해 겨울이면 흰 눈에 맞춰 자신들의 털과 깃털을 갈듯, 첫눈이 내리기 무섭게 그의 마음은 하얗게 반짝이며 앞으로의 등반에 몰두하는 것이었다.

그리하여 지난해 그는 겨울이 시작되자마자 다시 높은 정상을 향해 산행에 나섰다. 다시 한번, 티 없이 푸른 하늘과 지순한 빛을 향해, 정상에서 체험하는 완벽한 침묵을 향해 올라갔다. 다시 한번, 자신의 유년기를 내려놓기 위해 정상을 향해 돌진했다. 하지만 그가 내려놓은 것은 그 자신이었다. 그것도 정상이 아닌 중간 지점에서. 거기서 그는 자신을 송두리째 잃고 말았다. 어떤 서툰 동작과 서툰 한 걸음 때문에 그가 손을 놓고 미끄러진 것인지, 동료들은 이해할 수 없었다. 그저 그가 느닷없이 암벽에서 떨어져 곧장 허공으로 추락하는 모습을 보았을 뿐이다. 아주 작은 점이 되어, 허공으로. 어쩌면 이 서툰 동작은 그에게서 비롯한 것이 아니라 지나치게 몽상적인 그 유년기에서 말미암은 것인지도 몰랐다. 그의 마음과 손과 눈에 끊임없이 달라붙어 떨어질 줄 모르던 유년기에서. 아니면 산이 그 서툰 동작을 야기해 이유 없이 그를 얼어붙은 긴 산허리에서 거칠게 밀어낸 것일 수도 있었다. 그를 더 단단히 붙잡아 온전히 산의 것으로 만들고 독차지하기 위해서, 그를 산속에 숨겨놓기 위해서. 산속의 균열 깊숙이 그를 묻어두기 위해서.

산은 제이슨을 여러 달 붙들어두었다. 그동안 발라딘은 줄곧 그를 기다렸다. 사람들이 제이슨의 시신을 찾아내기를 기다린 것이 아니라 제이슨이 살아 돌아오기를 기다렸다. 거부했기 때문에, 자신의 모든 열정을 바쳐 그 자명한 사실을 거부했기 때문이다. 이처럼 광기에 사로잡힌 기다림 속에서 그녀는 자신을 타일렀다. '그는 어느 월요일에 돌아올 거야. 월요일, 달, 디아나 여신의 날. 제이슨은 어느 월요일에 돌아올 거야. 월요일은 다시 제이슨의 첫날이 될 거야. 월요일, 제이슨…… 월요일, 제이슨……' 그러나 디아나 여신의 이륜마차가 수십 번이나 지나가도록 제이슨이 돌아온다는 소식은 없었다. 제이슨은 이제 인간들의 날을 정하는 행성 신들의 궤도에 더이상 속해 있지 않았고, 전혀 다른 시간의 범주에 속해 있었다.

봄에 제이슨의 시신이 발견되었다. 얼음덩어리 밑에 깔려 훼손되지 않은 상태였다. 눈은 반쯤 열리고 얼굴은 하늘을 향한 채, 그는 창유리 같은 얼음 밑에 누워 있었다. 다만 얼음이 왼손 손가락들을 완전히 덮지 않은 바람에 손만 약간 상해 있었다. 보이지 않는 하늘 한 지점을 가리키려는 듯 공중에 쳐들려진 집게

손가락은 어떤 짐승에게 갉아먹혔거나 그대로 부패한 듯했고, 새끼손가락 지골은 잘려나가고 없었다. 딱딱하게 굳은 검은 손가락 일부가 얼음덩어리 밖으로 비죽 나와 그의 죽음을 말해주고 있었다.

발라딘도 제이슨을 보았다. 제이슨의 시신이 발견되었다는 소식을 듣자마자 그녀는 시신운반팀에 합류했다. 여전히, 어느 때보다 단호하게, 그녀는 그 죽음을 부인했다. 그렇게 난생처음으로 산과 대결하며 등반을 했다. 제이슨을 보고자 하는 열망이 너무도 강해 그녀는 대원들 중 가장 날렵하고 빠른 걸음으로 걸었다. 괴로움도 두려움도 위험도 잊고 있었다.

그녀는 마침내 제이슨이 추락한 지점에 이르렀다. 얼음덩어리 밑에 누워 있는 제이슨을 보았다. 반쯤 열린 그의 눈에는 깊은 놀라움만 담겨 있었다. 너무도 아름다운 두 손에 달린 길고 가느다란 손가락들이 우아한 몸짓 속에 굳어 있었다. 어떻게 제이슨의 죽음을 믿을 수 있단 말인가? 왜 그가 죽었다고 믿어야 한단 말인가? 제이슨은 그들이 처음 만났던 날, 거울을 사이에 두고 바라보던 날 그 모습 그대로인데…… 하지만 지금 제이슨의 손에는 책이 들려 있지 않았다. 빈손이었다. 그 자신이 책이었다. 해독할 수 없는 책.

"THE HEART IS A LONELY HUNTER"

절대적으로 해독이 불가능한 책이었다.

이 순간, 그들 각자의 마음은 그 어느 때보다 외로웠다. 한데 그는, 제이슨의 마음은, 무엇을 쫓고 있었던 것일까? 어디서 쫓고 있었던 것일까? 이번에는 그녀가 말했다. "나 여기 있어!" 말을 했다기보다, 울부짖었다. 제이슨의 온몸을 덮은 얼음 위에 엎드려 그의 텅 빈 시선에 두 눈을 고정시킨 채. 얼음에 달라붙은 그녀의 입술에서 피가 흘렀다. 그녀는 두 주먹으로 바닥을 힘껏 내려치며 소리질렀다. "나 여기 있어!" 그러나 제이슨은 아무 대답도 하지 않았다. 산 능선을 타고 절규가 울려퍼졌다가 되돌아올 뿐이었다. 골짜기에서 골짜기로, 엄청나게 큰 소리로 확대되면서. "나 여기 있어! 나 여기 있어! 나 여기 있어!……"

절규가 제이슨의 잘려나간 손가락에 닿아 갈라졌다. 이 손가락이 그리는 어렴풋한 동선을 통해, 그녀는 제이슨을 보는 것이 아니라 그의 대답을 듣고 있었다. 그들이 처음 만나던 날 그녀 자신이 던졌던 "거기 어디?"라는 질문 같은 대답을.

"거기 어디?" 제이슨은 이렇게 묻는 것 같았다. 넓디넓은 하늘, 텅 빈 허공을 거무스레한 집게손가락으로 가리키면서.

"거기 어디?" 이 질문이 더이상 발라딘을 놓아주지 않았다. 거기 어디? 제이슨은 어디 있는 것일까? 그의 기쁨과 사랑은 어디 있지? 젊음은? 릴리러브레이크는? 그 아이의 삶은? 사람들이 죽음이라 부르는 것은 어디 있다지? 거기 어디? 신은 어디 있지? 자비와 평화는 거기 어디 있지?

거기엔 아무것도 없었다. 발라딘은 아무것도 찾아낼 수 없었다. 그녀는 더이상 아무것도 이해하지 못하고 지력을 완전히 상실한 채 바보가 되어버렸다. 텅 빈 허공을 향해 쳐들린 제이슨의 손가락, 그 잘리고 남겨진 검은 손가락이 그녀의 사고를 대신했다. 결국 그녀는 매춘부의 시선을 던지며 부랑자처럼 도시의 이 거리 저 거리를 헤매고 다니기 시작했다. 신을 신는 것도 더는 견디지 못해 맨발로 걸어다녔다. 살갗이 바닥에 직접 닿는 촉감을 느끼지 않으면 발밑의 땅이 꺼져버릴 것만 같았다. 그녀는 미친 여자의 눈으로 사람들을 뚫어지게 바라보았다. 그들의 외관 뒤에 제이슨이 숨어 있지 않다는 것을 확인이라도 하려는 듯이. 그리고 제이슨이 아니었기에 그들 모두를 증오했다. 자신을 탐내는 남자들이면 누구든 가리지 않고 몸을 맡겼다. 이제 그녀의 몸은 일체의 감각과 느낌과 사고가 배제된, 실추된 무언가에 불과했으니까. 아직 더 괴롭히고 학대해야 할, 폐기 처분된 사물과 다름없었으니까.

그후 그녀는 검은 땅으로 돌아왔다. 달리 갈 만한 곳도 없었다. 그녀에게 검은 땅은 가장 친숙한, 존재하지 않는 곳이었다. 큰 호숫가로 그녀를 데려갈 제이슨은 더이상 거기 없었다. 제이슨은 이제 거기 없었다. 한데 대체 어디에 더이상 없다는 것일까?

거기 어디? 호박색 밤 불의 바람은 그처럼 정상을 벗어난 엉뚱한 질문에 대답을 하기에 가장 부적합한 사람이었다. 스스로 받아들이기를 거부함으로써 더한층 파괴적으로 변한 죄의식의 올가미에 갇힌 채, 그 자신이 덫에 걸린 동물처럼 허덕여야 했기 때문이다. 예전에 그랬듯 발라딘은 타데와 치펠레의 집을 은신처로 삼았다. 하지만 그녀에게 이 은신처는 동면에 들어간 곰의 굴과도 흡사했다. 아닌 게 아니라 그곳에 돌아온 그녀는 몽유병자처럼 보였다. 사람들을 바라보지도, 그들의 말을 듣지도 않았다. 네사나 클로모를 마주하고도 마찬가지였다. 머릿속을 끊임없이 맴도는 질문에 사로잡힌 채 관심이 온통 다른 데 쏠려 있었다. 제이슨은 어디에 있으며, 어디에 없는 걸까? 그녀 스스로 자신의 존재와 제이슨의 부재를 혼동하고 있었다. 결국 그녀는 자리에 눕게 되었다. 질문이 그녀의 몸과 영혼을 점령했다. 그렇게 그녀는 잠에 빠져 끝없이 꿈을 꾸며 이 질문에 매달렸다. 그리고 예전에, 어린 시절 호박색 밤 불의 바람이 죽은 형의 유령이 나오는 가시덤불 숲속으로 그녀를 데려갈 때면 너무 무서워 아무것도 보지 않으려 했듯이 두 눈을 꼭 감았다. 무시무시한 외부 세계는 조금도 보고 싶지 않았다. 그녀는 예전처럼 두 눈을 주먹으로 꼭 눌러 밤과 색색의 광채들로 채웠다. 그리고 꿈을 꾸었다.

꿈을 꾸어야 했다. 이성을 잃지 않으려면 잠이 들어야 했다. 제이슨을 완전히 잃지 않으려면 꿈을 꾸어야 했다. 제이슨의 죽음으로 인해 죽지 않으려면, 추위로 죽지 않으려면, 꿈을 꾸어야 했다. 그들 두 사람이 얼음덩어리들의 지배에서 벗어나고 산으로부터 해방되려면 꿈을 꾸어야 했다.

그녀는 제이슨의 몸이 산에서 바다까지 천천히 떨어지는 꿈을 꾸기 시작했다. 그의 몸은 급류와 호수와 시내와 강으로 이어지는, 온갖 종류의 물을 굽이치며 하강했다. 그녀는 제이슨을 얼어붙은 물 밖으로 끌어내 술렁이는 물, 더 깊고 다채로운 물로 데려갔다. 이루 말할 수 없이 환상적인 바다 깊숙한 곳으로 인도했다. 녹색과 푸른색을 띤 해구 속에는 반짝이는 물고기떼가 지나가고 해마들이 톱니 모양의 가느다란 꼬리를 흔들며 춤추는가 하면, 길고 투명한 실무늬가 진 유리 종 모양의 해파리들이 미끄러지듯 헤엄쳤다. 그녀는 해와 모래 색깔 말미잘들이 총총한 해구 속으로, 붉고 노란 해초와 나선무늬 조개들과 모자이크처럼 생긴 산호들 사이로 그를 데려갔다. 바위들이 넓고 빽빽하게 자리한 보랏빛 해구 속, 금빛 결절들이 곤두선 가지들에 자주색, 분홍색, 오렌지색 아네모네가 피어 있는 곳으로.

요컨대 그녀는 자신의 몸을 죽음으로부터 점차 끌어내고 있었다. 그리하여 미처 예상치 못한 육신의 깊숙한 곳으로, 더없이 조밀한 피의 영역으로 빠져들었다. 그곳에서 삶의 욕구와 힘을 되찾기 위해서였다. 그녀는 마지막으로 제이슨을 붉고 농후한 육신 속으로, 세상의 공동空洞으로 데리고 갔다. 그를 산과 얼음덩어리에서 끌어내어 경직된 죽음을 깨고 그에게 심장의 파동과 운동과 맥박을 돌려주었다. 죽음이 불가피하다면, 그것을 단순한 부동不動으로 남게 해서는 안 되었다. 이 죽음은 춤추고 미끄러지고 헤엄치고 걷는 것이 되어야 했다. 음악이요 도약이 되어야 했다. 부동이 아닌 그 모두가 되어야 했다.

그녀는 꿈을 꾸었다. 인간들이 죽으면 어디로 가는지에 대한 물음이 땅의 온갖 기복을 가로질러 온 천지에 은밀히 끼어들도록. 또한 제이슨에 대한 추억이 자신의 육신에, 핏속에 녹아들도록. 산이 제이슨의 몸을 보존하고 그의 추억을 광물화하도록 두어서는 안 되었다. 그녀가, 오직 그녀가, 제이슨의 사라진 몸을 변모시켜 그에게 은밀하고도 비밀스러운 삶을 되돌려주어야 했다. 그녀는 자신의 꿈으로, 육신의 놀라운 친밀함으로 제이슨을 먹이고 키웠다. 그녀가 쉬지 않고 잠을 자는 것은 그 때문이었다. 이렇게 그녀는 제이슨의 연인으로서 안식에 들었다. 제이슨과 함께하는 궁극의 잠에 빠졌다.

어느 날 저녁, 상드르와 호박색 밤 불의 바람 사이에 계속 팽팽해져가던 갈등이 폭발했다. 아이는 고통스럽다못해 불손해진 침묵 속에 완강히 버티면서, 다가오려는 호박색 밤을 또 한번 물리쳤다. 호박색 밤이 아이를 방에 데려다주려고 애정어린 몸짓으로 손을 내밀자 모르는 척 고개를 돌리며 두 손을 허리 뒤로 숨긴 것이다. 화가 난 호박색 밤 불의 바람은 위협적인 몸짓으로 아이의 얼굴 앞에 거칠게 손을 쳐들며 소리쳤다. "정말, 너 내 손 못 본 거지? 그렇다면 보게 해주지. 따귀를 맞아야 내 손을 봐주겠어?" 그러자 상드르가 그의 눈을 똑바로 쳐다보며 퉁명스럽게 대답했다. "그 손 아주 잘 보고 있어요. 한데 선생님, 선생님이야 말로 그 손 봤어요? 하나도 예쁘지 않은 손이네요. 빨랫방망이라 하는 편이 낫겠어요." 이 대답에 호박색 밤 불의 바람은 정신이 멍해진 채로 서 있었다. 그러고 보니 아이의 말대로 그는 자신의 손을 본 적이 없었다. 아이를 때리려고 그렇게 쳐든 손이 얼마나 무겁고 괴상하게 보였던지. 그 순간 번개처럼 그날의 일이, 로슬랭을 죽음의 손에 넘겨주던 날 저녁의 일이 떠올랐다. 번쩍이는 섬광처럼 분명하게 떠올랐다. 격렬히 타오르는 섬광이었다. 불빛으로 환히 밝혀진 응접실 한복판에 로슬랭을 혼자 남겨놓았던 순간, 그렇게 그의 어깨를 밀어내던 자신의 손이 눈앞에 다시 보였다. 웃고 조롱하는 사람들 사이에서 로슬랭은 완전히 혼자 남겨졌었다. 강렬한 빛 속에서 한 얼굴을 보듯 그는 자신의 손을 보았다. 분노로 빨개진 그 얼굴은 처량한 상대에 대한 경멸로 일그러진 강박적인 웃음을 짓고 있었다. 희생물인 상대를 상처 입히고 모욕하고 죽이고 싶은 욕구에 눈이 멀어버린 자의 얼굴이었다.

그는 조금 전 아이가 지적한 손을 바라보았다. 그 손을 통해, 로슬랭에게 범죄를 저질렀던 그날 저녁 자신의 모습을 다시 보았다.

그의 손이 힘없이 허공으로 떨어졌다. 얼어붙은 땀방울 하나가 관자놀이를 조여왔다. 그는 자신을 마주보며 꼼짝 않고 서 있는 아이에게 잦아드는 목소리로 물었다. "언제까지 날 괴롭힐 거지?" 그러자 상드르는 놀랍도록 차분한 음성으로 짧게 대답했다. "제가 더이상 괴롭지 않을 때까지요." "썩 꺼져! 당장 꺼져! 내 눈앞에서 사라져……" 이렇게 소리치며 호박색 밤 불의 바람은 '안 그러면 널 죽여버리겠어!'라는 마지막 한마디를 겨우 삼켰다. 수년 전 로슬랭이 그의 안에 일으켰던 똑같은 분노와 우울한 절망의 폭발을 상드르가 다시 부추겼기 때문이다.

아이는 더이상 그를 거들떠보지도 않고 자기 방으로 올라가 버렸다. 그리고 그는, 팔을 길게 늘어뜨리고 두 주먹을 꽉 쥔 채로 혼자 층계 밑에 남았다. 격심한 고통에 몸이 떨렸다. 무기력하고 가소롭게 느껴지기에 더한층 그를 도취 상태로 몰고 가는 고통에. 분노와 공허의 휘파람소리를 내는 텅 빈 고통, 꼬챙이로 등줄기를 찌르는 듯한 예리한 고통이었다. "언제까지 날 괴롭힐 거지?" 아이한테 던진 질문이 되살아났다. 질문은 점점 더 날카로워져갔다. 이제는 상드르뿐 아니라 로슬랭을 향한 질문이기도 했다.

"언제까지 날 괴롭힐 거지?" 이 질문이 점점 더 뜨겁게 달아오르고 확대되어 이제 모두를 향해 던져지고 있었다. 상드르와 테레즈와 로슬랭을 비롯해 그의 부모와 형 장바티스트와 발라딘을 향해. 마지막으로 그 자신을 향해. 모두를 향해. 신을 향해서도 마찬가지였다.

그는 집을 나서서 작업장에 들러 밧줄 한 뭉치를 가져다 어깨에 메고 나왔다. 바깥에는 세찬 바람이 불고 있었다.

어둠이 내렸다. 바람이 지평선의 붉은 구름떼를 전속력으로 몰아냈다. 호박색 밤 불의 바람은 숲 쪽으로 올라갔다. '아침의 작은 숲'이라 불리는, 근방의 세 숲 중 하나로 가고 있었다. "언제까지 날 괴롭힐 거지?"라는 질문에 아이는 이렇게 대답했다. "제가 더이상 괴롭지 않을 때까지요." 이 질문을 받는 이들은 하나같이 똑같은 답변을 마련해두고 있음이 분명했다. 하지만 죽은 자들이 더이상 괴로워하지 않게 되는 순간을 어떻게 알 수 있단 말인가? 사람들로부터 받은 그 모든 고통과 증오로 인한 괴로움이 멈추는 순간을 어떻게 안단 말인가? 살아 있는 자들도 마찬가지였다. 그들을 절망과 원한으로부터 어떻게 해방시킬 수 있다지? 로슬랭과 테레즈 앞에서처럼 발라딘이나 상드르 앞에서도 호박색 밤 불의 바람은 똑같이 속수무책이었다. 그토록 사랑했던 여동생, 병적인 집착을 쏟았던 누이였건만, 이제 그녀의 고통과 광기 앞에서 그는 아무것도 할 수 없었다. 그리고 예기치 않게 그의 앞에 나타난 아들, 그가 죄의식에 물든 애정을 쏟는 이 아들 또한 그는 도와줄 수 없었다. 실제로 그는 한 번도 사랑을 한 적이 없었다. 무엇보다 자기 자신을 사랑한 적이 없었다. 그가 다섯 살이 되던 어느 날 저녁 어머니가 미친 듯한 절규를 내지르며 그의 유년기를 파괴한 이후로 그의 사랑은 병을 앓게 되었다. 공포와 분노와 질투의 병이었다. 그렇게 병을 앓다가 그의 안에서 사랑이 죽고 말았고, 사랑은 증오로 변했다. 그는 한 번도 사랑을 한 적이 없었다. 파괴를 일삼았을 뿐이다. 그는 죽음이 부모를 앗아가는 것을 기뻐했으며, 우정도 사랑도 전혀 이해하지 못했다. 그리고 친구를 배신해 범죄까지 저질렀다. 한 아이가 그에게 왔지만 페가 애끓는 심정을 구한 것처럼 그를 구할 수는 없었다.

그는 마음을 잃었다. 어머니의 절규가 그의 마음을 돌이킬 수 없이 찢어놓고 만 터였다. 이제 서른이 넘은 그의 마음속은 어둡기만 했다. 돌투성이 대지 위로 미끄러지는 이 밤처럼, 그가 오르고 있는 이 길처럼 어두웠다. 그의 마음은 예전처럼 불이 붙거나 피를 흘리는 것이 아니라 바싹 말라 있었다. 그저 메말라 있을 따름이었다. 침울함으로 메말라 있었다. 그는 영원히 사랑하지 못할 것이었다.

그는 숲속으로 들어갔다. 춥고 축축한 밤, 바람이 윙윙대는 밤이었다. 그러나 목을 매러 온 남자에게 그런 건 상관할 바가 아니었다. 그는 어깨에서 밧줄을 내려 정성껏 매듭을 만들었다. 바로 그 순간, 상대가 나타났다. 겉으로 보아 그와 비슷한 나이인 듯싶은 이 낯선 남자는 추운 날씨에도 불구하고 호박색 밤처럼 그냥 셔츠 차림이었다. 방수포처럼 두껍고 매끄러운 천으로 된 푸른 셔츠였다. 헐렁한 셔츠가 바람에 펄럭였다. 남자는 그에게서 몇 발짝 떨어진 곳의 나무 한 그루에 살짝 기대선 채 호박색 밤의 행동을 지켜보고 있었다. 남자의 존재를 깨달은 호박색 밤 불의 바람은 소스라치듯 놀랐다. 하지만 정신을 가다듬고서 화난 음성으로 물었다. "누구시기에 거기서 그렇게 날 지켜보고 있는 거죠?" "질문을 해야 할 사람은 당신이 아니라 나요. 대체 무얼 하는 중이오?" 낯선 남자가 차분한 목소리로 맞받았다. "썩 물러가요, 명령이니, 날 혼자 있게 내버려둬요." 호박색 밤 불의 바람이 이렇게 잘라 말하자 남자가 대답했다. "당신이 헝겊과 갈대로 된 새를 쏘아올렸던 날을 기억하시오? 새가 신을 공격해 그 눈과 고막을 후벼파도록 말이오. 세찬 바람이 불던 그날을 기억하시오? 꼭 오늘밤에 부는 바람 같았지. 느껴보시오!" 이렇게 말한 다음 남자는 천천히 그를 향해 걸어왔다.

남자는 냉정하면서도 긴장된, 묘한 얼굴을 하고 있었다. 남자의 몸이 호박색 밤 불의 바람에게 닿을 만큼 가까이 다가왔다. 그를 바라보는 남자의 눈길이 너무도 곧고 강렬해 견딜 수 없을 지경이었다. 호박색 밤 불의 바람은 밧줄을 집어들어 채찍이라도 되는 양 남자의 얼굴 한복판을 후려쳤다. 남자의 눈꺼풀 안 두 눈을 터뜨려 그 시선을 망가뜨리고 싶었는지도 모른다. 그러나 남자는 몸을 피하더니 밧줄을 잡아채 바닥에 내던졌다. 그런 다음 사냥감에게 달려들듯 호박색 밤 불의 바람에게 달려들어 그와 맞붙었다.

싸움은 밤새도록 계속되었다. 두 사람은 턱을 꽉 다물고 서로를 노려보면서 한마디 말도 없이 격투를 벌였다. 이 침묵이 싸움을 한층 격렬하게 만들었다. 그들은 넘어지고, 서로 얼싸안은 채 땅 위에 구르고, 또 그렇게 얼싸안은 채 일어서곤 했다. 숨이 차오르고 심장이 뛰었지만 끈질기게 싸움을 이어갔다. 낯선 남자는 힘이 무궁무진한 것 같았다. 새벽이 되어 동이 트기 시작했을 때에도 두 사람은 여전히 격투를 벌이고 있었다. 호박색 밤 불의 바람은 기진맥진해 마치 꿈속에서 겨루는 기분이었다. 어느 것이 자신의 몸이고 상대의 몸인지 경계가 구분되지 않았다. 상대에게 주먹을 가하면 자신의 몸에 똑같이 아픔이 전달되었다. 그래도 그는 물러서지 않았다. "날이 샐 테니 여기서 끝내야겠소." 상대방은 이렇게 말하며 한 손으로 호박색 밤 불의 바람의 양팔을 움켜쥐어 등뒤로 비튼 다음 다른 손으로 그의 머리채를 잡았다. 그러더니 그의 두 눈에 입을 맞추었다. 순간 호박색 밤은 밀려오는 졸음을 이기지 못해 비틀거리며 천천히 바닥에 쓰러져 누웠다.

잠에서 깨어났을 때는 날이 환히 밝아 있었다. 상대는 사라지고 없었다. 호박색 밤은 낯선 남자가 격투를 벌이기 전 밧줄을 던졌던 자리에 가늘고 긴 뱀의 호박색 허물이 놓여 있는 걸 발견했다. 녹색과 푸른색이 도는 큰 파리들이 떼를 지어 붕붕거리며 그 주위를 날고 있었다. 그러나 호박색 밤 불의 바람은 더이상 색깔을 구분할 수 없었다. 하늘과 주변 풍경을 비롯해 모든 것에서 색깔이 지워져 있었다. 이 세상에 존재하는 것 모두가 이제 검정과 회색과 흰색으로만 보였다. 그의 눈 속 반점 역시 더이상 시선을 이글대게 만들며 눈에 비친 세상을 붉게 물들이는 맹렬한 불길이 아니었다. 그것은 내면의 시선을 소진시키는, 거꾸로 타오르는 불이었다.

3

장소란 원래 존재하지 않는 곳이다. 그러나 인간이 머무르는 순간 엄청난 힘을 지니게 된다.

과거에 세 차례나 전쟁이 검은 땅을 휩쓸고 지나갔다. 그때마다 적의 복장과 탈것과 무기가 달라졌지만 재앙은 매한가지였다. 국토 끝 외진 곳에 자리한 이 초라한 땅의 한 자락은 다시 사람들의 뇌리에서 서서히 잊혀갔다. 걸핏하면 신성한 명목이 부과되어, 굶주린 개들에게 고깃덩이처럼 찢겨나간 그곳은 다시 무관심과 망각으로 떨어져갔다. 그렇게 매몰되어갔다. 그리고 역사는 다른 곳으로 전쟁을 벌이러 떠났다.

호박색 밤 불의 바람은 이 모든 전쟁이 끝나고 태어난 자였지만 그래도 끊임없이 싸워야 했다. 모든 이와 모든 것에 맞서, 자신의 가족과 기억에 맞서, 죽은 자들과 산 자들에 맞서 싸워야 했다. 분노와 원한에 사로잡혀, 그다음엔 냉소적인 태도로 놀이하듯, 그리고 마침내는 습관과 절망에 빠져. 어쩌면 그가 전쟁을 그만두게 된 것 역시 이 절망 때문이었는지도. 함께 밤새 격투를 벌인 상대가 그를 꺾고 내면의 온갖 분노와 증오를 때려눕혔다. 그가 평생을 맞서 싸운 상대가 그를 복종시켰다. 그렇다고 그가 무감각해지거나 무심해지지는 않았으며, 수동성을 갖게 된 것도 아니었다. 복종에는 여전히 긴장과 기다림과 놀라움이 배어 있었다.

그는 모든 것에 놀라고 있었다. 색채를 구별하는 감각이 빈약해지자 만사가 한없이 낯설어 보이기 시작했다. 색상의 단일화는 그를 둘러싼 세계와 존재들을 변화시켰고, 그는 이 모두를 새로운 눈으로 보게 되었다. 그러니까, 예전에는 볼 수 없었던 치밀한 어둠의 영역과 공허의 몫을 발견한 것이다. 불활성물질이건 살아 있는 육신이건, 그에게는 모두 새로운 직조로 다가왔다. 물질의 모공 하나하나가 느껴졌다. 시선으로 그것을 느낄 수 있었다. 마치 시각이 색채를 구별할 수 없게 되자 그 결핍을 채우기 위해 또다른 지각인 촉각과 뒤섞이게 된 것 같았다.

정말 그랬다. 가시적인 대상들이 그에게는 모두 촉각으로 감지되는 결을 가진 듯 보였다. 풍경이나 하늘이나 얼굴을 대면할 때마다, 그는 흡사 종이의 결을 느끼듯 그 안에서 침묵의 결을 느낄 수 있었다. 꼭 누군가의 살결을 쓰다듬는 것 같았다. 그 느낌이 너무도 강해 당황하지 않을 수 없었다. 동시에 모든 것이 그에게는 미완성으로 여겨졌다. 풍경이나 사람들의 얼굴이 담채화나 스케치처럼 느껴졌다. 그것들은 그렇게 미완의 모습을 드러냄으로써 무한히 놀랍고 여린 성격을 띠게 되었다. 그들의 형태를 드러내는 선과 얼굴 윤곽이 끝없이 달아나는 소실선으로 비쳤다. 선 하나하나가 쉴새없이 움직이고 변신하며 길게 늘어났다. 시각에 일어난 이 변화 이후로 사람과 사물 앞에서 느끼게 된 지속적인 놀라움은 그의 내면에 엄청난 긴장과 기다림의 힘을 열어놓았다. 자신이 무엇을 기다리는지는 말할 수 없었을 것이다. 그렇더라도 팽팽한 긴장을 유지한 내면의 이 강렬한 기다림이 사라지게 만들 수는 없었다.

상드르는 호박색 밤 불의 바람과 충돌했던 그날 저녁 이후로 그를 계속 멀리했지만, 그래도 경계가 조금씩 누그러져갔다. 아버지한테 모종의 변화가 일어났다는 사실을 아이도 눈치챈 것이다. 어머니의 죽음을 대가로 찾게 된 아버지, 그 때문에 그는 그 아버지를 증오했지만, 이 낯선 아버지의 시선 안에서 꼬집어 말할 수 없는 무언가가 달라져 그의 몸짓과 목소리와 태도에 변화를 일으키고 있었다. 무어라 설명할 수 없는, 근본적이고도 철저한 변화였다. 그것을 아이는 알고 있었다. 실제로 무슨 일이 일어나고 있는지 이해할 수는 없었으나 그로 인해 마음에 심한 동요를 느꼈다. 이제까지 적이었던 아버지가 갑자기 경쟁과 대결의 범위 밖에 놓이게 되었다. 더이상 분노도 느껴지지 않았으며, 반항심도 완전히 사라지고 없었다. 호박색 밤 불의 바람이 갑작스레 마음을 열고 부드러워졌음을, 그의 눈과 손과 입술에 의심의 여지가 없는 다정함이 서서히 떠오르기 시작했음을, 상드르는 막연하게나마 어린아이 특유의 통찰력으로 느낄 수 있었다. 아버지의 온몸에서 다정함이 배어나왔다. 아버지에게서 느껴지는 이 조용한 변화가 날이 갈수록 상드르의 반항과 증오심을 누그러뜨렸다. 하지만 그렇게 방어의 수단들을 포기하자 상드르는 그동안 절대로 내보이고 싶지 않았던, 어머니를 향한 애도의 마음으로부터 스스로를 지킬 수 없게 되었다. 아이의 정신으로 감당하기에 너무 큰 슬픔, 아이의 마음속에 담아두기에는 너무 격렬한 슬픔이었다. 어머니의 죽음이라는 용납할 수 없는 현실을 인정하지 않기 위해 꼭꼭 묻어둔 눈물이 한꺼번에 내면에서 솟구쳐올라 그의 존재를 온통 뒤흔들어놓았다. 두 손으로 멱살을 움켜잡는 듯한 눈물이 그를 사로잡았다.

어느 날 밤 호박색 밤 불의 바람은 상드르의 방에서 들려오는 소리에 잠을 깼다. 억눌린 울음소리였다. 아이가 작은 짐승처럼 흐느끼고 있었다. 호박색 밤은 자리에서 일어나 지체 없이 상드르의 방으로 들어갔다. 아들이 이곳에 도착한 뒤 처음 들어가보는 방이었다. 그는 아이가 양손으로 얼굴을 감싼 채 웅크리고 누운 침대 쪽으로 다가갔다. 침대 발치에 빈 천가방이 뒤집힌 채 나뒹굴었다. 그리고 침대 위에는 웅크린 상드르의 몸 주위로 머리 타래들이 펼쳐져 있었다. 둥글게 말린, 여자의 땋은 머리 타래들은 모두 조금씩 다른 색깔의 금발이었다. 아이는 긴 머리 타래들이 널려 있는 시트 한복판에서 울고 있었다. 마치 헤엄을 치다 상처 입고 바닷물에 쓸려 흰 모래사장에 내던져진 채 가느다란 금빛 해초들 사이에 누워 있는 것 같았다. 죽음이 거부한, 물에 빠진 소년이랄지.

테레즈의 머리카락. 호박색 밤 불의 바람이 밤새도록 얼굴과 손을 묻었던 머리 타래. 이 머리카락이 지니는 묵직함과 향기와 부드러움이 얼마나 자신의 감각을 매료시키고 마음을 황홀하게 만들었는지 그는 기억했다. 그녀의 살결을 그는 기억했다. 그녀의 온몸이 기억이 되었다.

이제 테레즈의 머리카락이 죽은 해초처럼 뭍으로 밀려와 아이 주변에 흩어져 있었다. 아이는 아침에 눈을 뜨면 늘 그렇듯 어머니 방에 들어갔다가 처음으로 베개에 떨어진 머리카락들을 보았던 날을 기억했다. 어머니의 병이 시작되던 초기의 일이었다. 그 후 어머니는 머리카락이 전부 빠졌고, 다시 났다가 또 빠지곤 했다. 매번 병이 악화되어 새롭게 치료를 받을 때마다 이런 현상이 되풀이되었다. 삼 년 동안 그런 일이 이어졌다. 그러다 마침내 죽음의 순간이 닥쳤을 때에는 다시 아름다운 머리 타래가 되어 있었다. 마지막에 이르러 병이 위중해진 무렵에는 그렇게 머리카락을 빠뜨린 치료조차 내려지지 않았기 때문이다. 병에 육신을 갉아먹히고 얼굴이 투명한 밀랍 가면처럼 수척해진 채 어머니는 죽음을 맞았다. 머리 타래 속에 질식할 듯 묻혀 있던 어머니의 너무도 여리고 해쓱한 얼굴을 아이는 기억했다. 밤이 되자 아이는 방에 누워 있는 어머니의 시신 곁으로 와 그 머리카락을 잘랐다. 어머니의 머리카락은 모두 그의 것이었다. 그만의 것이었다. 그것을 죽음과 나누어 갖지는 않을 것이었다. 그는 죽음에게서 어머니의 머리카락을 훔쳐냈다. 그런 뒤 매일 밤 끊임없이 이 머리 타래를 땋았다 풀었다 빗었다 입을 맞추었다 하면서 그 속에서 잠이 들곤 했다.

아이는 기억하고 있었다. 그랬기에, 기억해야 했기에 울었다. 아이들의 기억은 지나간 일을 떠올리기 위한 것이 아니기 때문이다. 과거를 돌아보며 그 자세로 굳어버리기 위한 것이 아니기 때문이다. 그들의 과거는 아직 너무 보잘것없고, 너무 짧고, 너무 뜨겁게 타오른다. 그들의 기억은 미래를 향해 활짝 열린, 꿈틀대는 힘이다. 아이들의 기억은 하루하루 돌차기놀이를 하듯 예상치 못한 사건들 속에서 뛰기 위한 것이다. 결국 상드르의 시간은 마비 상태에 이르게 되었다. 너무 어린 나이에, 난데없이 기억의 작동을 멈추지 않을 수 없었던 까닭이었다.

죽은 어머니의 무수한 금빛 흔적인 이 머리카락들 한복판에서 몸을 웅크린 채 그는 울고 있었다. 죽음이 그 냄새도 소리도 앗아간 머리 타래들의 둥근 원 안에서 그는 혼자 흐느껴 울었다. 부서지고 파열한 기억 한가운데에서 신음하듯 울먹였다.

상드르, 로슬랭, 테레즈, 세 사람이 뒤섞여 서로를 불러댔다. 그 순간 호박색 밤 불의 바람은 자신은 그저 기착지이자 공명체共鳴體에 불과함을 느꼈다. 그는 아들의 침대 가장자리에 앉아 아들 쪽으로 몸을 기울였다. 아이의 머리 위로 쳐들린 그의 손이 한참 동안이나 허공에 멈춰 있다가 천천히 그 머리에 내려앉았다. 상드르는 소스라치듯 놀랐지만 자신의 머리카락을 부드럽게 쓰다듬는 손을 밀어내지는 않았다. 손은 저녁마다 그가 더 쉬이 잠들 수 있도록 불을 끄기 전에 침대로 와 그를 안아주던 어머니의 손처럼 부드러웠다. 어머니의 손을 닮은 손이었다. 그는 서서히 울음을 그치고 슬픔과 함께 갑작스레 밀려오는 미칠 듯한 희망에 몸을 떨면서 희미한 음성으로 중얼댔다. “엄마야?……” 호박색 밤 불의 바람은 죽은 자와 산 자 사이에 던져진 이 부름의 교차로에서 그저 이렇게 대답했다. “내가 여기 있단다.”

그가 거기 있었다. 절대적으로 아들과 함께하며, 아들을 사랑하며, 그곳에 있었다. 아버지이자 어머니인 그가 거기 있었다. 그리고 상드르이자 로슬랭인 아이가 거기 있었다. 그는 아이 곁에 길게 누워 아이를 품에 끌어안고 되풀이해 말했다. “내가 여기 있단다. 이제 자거라. 자라, 내 아가야.” 그러고서 그 자신도 아들과 몸을 꼭 맞댄 채 함께 잠이 들었다. 아침에 눈을 떴을 때 그는 침대 위 그의 곁에 책상다리로 앉아 있는 상드르를 발견했다. 머리 타래들은 그의 무릎 안쪽에 짚단처럼 한데 모여 있었다. 아이는 그를 바라보고 있었다. 시선은 편안하고 담백했다. 아이가 처음으로 그의 눈을 피하지도, 저항하지도 않았다. 호박색 밤 불의 바람이 미소를 짓자 아이도 미소를 보내왔다. 이 역시 처음 있는 일이었다. 로슬랭의 미소처럼 다소 수줍음이 묻어 있는 이 미소로 아이의 회색 눈은 환한 광채를 띠며 은빛이 되었다.

이 은빛 광채를 상드르는 영원히 잃지 않을 것이었다. 그리하여 얼마 안 가 그 역시 페니엘가의 다른 사람들처럼 별명을 갖게 되었다. ‘은빛 밤’이라는 별명이었다. 그렇게 페니엘가 사람들의 삶에 밤이 미끄러져 들어왔고, 그들의 이름도 이 밤을 따라 굴절했다. 밤은 밀랍처럼 흘러들어와 페니엘가 사람들에게 차례로 그 발자국과 심장의 흔적을 남겼다. 밤은 자신의 이름을 양각과 음각으로 동시에 새겨넣었다. 인간들과 신에 의해 동시에 읽히는 이름. 죽음과 삶이 동시에 호소해오는 이름이기도 했다. 여전히 심장을 해독해야 했고, 발자국의 수를 헤아려야 했다.

밤이 미끄러져 들어왔다. 밤은 어두운 물처럼, 검은 잉크처럼 발라딘의 마음속으로 흘러들었다. 이 잉크에 꿈 하나가 쓰이고, 얼음덩어리들로부터 벗어난 제이슨의 긴 여정이 그려지고, 그의 방황과 해방이 묘사되었다. 발라딘은 자신이 그토록 사랑했고 여전히 사랑하는 남자의 아이를 영원히 가질 수 없을 것이었다. 물처럼 흐르는 이 잉크색 꿈을 따라 제이슨 자신이 그녀의 아이가 되었다. '제이슨러브레이크'. 꿈이 모든 걸 뒤섞어놓았다. 과거를 현재에, 미래를 과거에, 강을 바다에, 바다를 큰 호수들에, 현실을 상상에, 기다림을 기억에, 아이를 연인에, 기쁨을 고통에. 꿈이 모든 걸 녹여 하나되게 했다. 욕망과 사랑을, 사랑과 기억을, 부재와 현존을, 죽은 몸과 살아 있는 몸을. 꿈이 모든 것을 진정시켰다. 한 호수가 바다 맨 깊숙한 곳에 열려 있었다.

어느 날 발라딘은 이 꿈의 끝에 이르게 되었다. 제이슨은 더이상 그녀에게 짐이 아니었고, 그녀의 마음을 억누르지도 않았다. 그는 가벼운 존재가, 그녀 안에서 부드럽고 가벼운 존재가 되었다. 그녀의 마음을 비추는 투명한 빛이었다. 제이슨이 어디에 있는가 하는 질문도 더이상 그녀를 따라다니며 들쑤셔대지 않았다. 제이슨은 발라딘의 사랑 속에 고스란히 자리했다. 기억이 된 그녀의 사랑 속에. 그녀의 생생한 기억 속에. 환히 빛나는 이 광대한 기억으로 활짝 열린 공간 속에서 제이슨은 움직이고, 숨쉬고, 세상과 삶에 다시 동참했다. 그녀 안의 사랑이 부재와 상실보다 더 고집스러웠고, 절망보다 더 질겼기 때문이다. 사랑은 기억을 우울한 생각에서 돌려놓았고, 그녀를 회한과 슬픔에서 건져내 기쁨을 향해 돌려세웠다. 기쁨은 그 밑바닥에 눈물에 덴 자국과 그 맛이 있을지언정 굴복을 거부했다. 그토록 큰 욕망과 무사태평함으로, 넘치도록 사랑을 했다는 기쁨. 그런 기쁨은 파괴되거나 상실될 수 없었다. 꿈은 그녀 안에 그렇게 기록해두었다. 꿈은 '사랑하다'라는 동사의 깊이를 쟀다. 강의 하상이나 구렁, 지하의 깊이를 재듯이, 병이나 상처의 깊이를, 그 범위와 양상과 위중함을 측정하듯이. 그 강도와 규모와 힘을 시험하기 위하여, 꿈은 '사랑하다'라는 동사 안을 사방으로 걸어다니고, 모든 형태와 목소리를 탐구했으며, 그것을 모든 시제에 연결지었다. 그러고서 꿈은 말해주었다. '사랑했다'는 말은 단지 과거에 속하는 게 아니며, 현재와 미래를 포함한 모든 시제와 관련된다고.

발라딘은 잠에서 깨어났지만 꿈은 그녀 안에서 끊임없이 이어지며 변모된 기억의 밑바닥에서 불침번을 섰다. 매 순간 상실되고 동시에 되찾아지는, 언제나 제이슨을 향해 걷고 있는 기억 속에서. 시간은 다시 시작되고 세월의 무자비한 흐름이 다시 이어질 수도 있었다. 언젠가 나중에 또다른 사랑이 그녀에게 닥칠지도, 더 나중에는 노화가 덮쳐 그녀를 훼손하고 마멸시킬지도 몰랐다. 그렇더라도 제이슨을 향한 그녀의 사랑은 변질될 수 없었다. 그 무엇도 그를 망각과 상실의 손에 넘길 수 없을 것이고, 지나간 과거 속에 묻어둘 수 없을 것이었다. 제이슨은 언제까지나 그녀에게 속한, 보이지 않는 놀라운 아이였다. 세월과 죽음 모두로부터 해방된, 영원한 아이였다.

밤이 미끄러져 들어왔다. 밤은 타데의 눈 속으로 끝없이 미끄러져 들어와 별들의 알파벳으로 쓰인 움직이는 책처럼 그를 위해 활짝 피어났다. 인간들의 역사 이상을 이야기하는 책. 매 순간 새로운 세계가 창조되는, 영원한 문자의 책. 매 순간 그 세계들이 사라지는, 지속적으로 타오르는 책이었다.

움직이는 이 무한한 책 속에 네사가 한 줄을 적어넣었다. 몇 단어로 이루어진 짤막한 문장이었다. 몇 개의 단어. 몇 개의 별.

그녀의 열일곱번째 생일을 맞아 타데와 치펠레는 파티를 마련했다. 어느 봄날 저녁이었다. 치펠레는 마당 한쪽, 꽃이 핀 라일락나무 곁에 식탁을 차렸다. 식사가 끝날 무렵 그녀는 초를 꽂은 생일케이크를 날라왔다. 타데가 불을 붙인 열일곱 개의 가느다란 상앗빛 초였다. 바람에 초가 꺼지지 않도록 보호하려는 듯 네사가 촛불 앞에 두 손을 활짝 펼치자, 반투명해진 손가락들마저 가느다란 장밋빛 불꽃처럼 보였다. 그녀는 들릴 듯 말 듯 지글대며 타오르는 초들이 꽂힌 케이크 쪽으로 얼굴을 기울였다. 꿀과 아몬드로 덮인 케이크 냄새와 설탕과 밀랍 냄새에 라일락 향기가 섞여들었다. 불빛에 환히 빛나는 네사의 투명한 분홍빛 얼굴이 눈부셨다. 그녀는 양손을 벌리고 열일곱 개의 촛불을 한꺼번에 불었다. 그녀의 숨결이 열일곱 개 불꽃을 데려갔지만 그것들을 꺼뜨린 것은 아니었다. 그 숨결은 초의 불꽃을 걷어내 어둠 속으로 쏘아올렸다. 불꽃들은 푸르스름한 날개가 달린 노랑과 주홍의 곤충떼처럼, 향기와 열에 취한 매미들의 날카로운 소리를 내지르며 하늘로 곧장 날아올랐다. 낮과 태양보다는 밤과 별들의 광채에 취한 매미들이었다. 불꽃들은 광막한 하늘을 가로질러 긴 울음소리를 내지르며 판유리 같은 고요한 밤의 끝에서 끝까지 질주하더니 하늘 한구석에 가 꽂히면서 그곳에 새로운 별자리를 그려넣었다. 저 위에서 희미하게 떨리며 섬광을 발하는 열일곱 개의 불꽃 별이었다.

그들은 꿀과 아몬드로 만든 케이크를 먹었다. 케이크 맛이 그들의 입안에 한참 동안 머물렀다. 불꽃이 뚫고 지나간 밤, 라일락이 가득 핀 이 밤의 맛과 뒤섞인 채. 네사의 손바닥과 손톱과 눈, 그리고 입술에는 촛불에서 야기된 눈부신 투명함이 남아 영영 떠나지 않았다. 시선과 몸짓과 미소도 한층 부드럽고 진지해졌으며 감탄할 만한 은총이 배어 있어, 누구든 그녀를 보는 사람들은 놀라움과 동요를 금치 못하며 눈을 내리깔았다. 그때마다 그들의 마음은 한순간의 순수한 기쁨을 맛보았다.

그런데 네사 안에 깃든 이 은총은 너무도 크고 신비로워 때로는 그녀에게 폭력이 되기도 했다. 그녀 안의 은총은 예전에 비올레트오노린에게 찾아들었던 무한한 경쾌함과는 전혀 달랐다. 비올레트오노린, 장미의 아이, 사랑으로 완전히 소진되어 전쟁이 진행되던 내내 관자놀이에서 찢긴 상처처럼 자비가 피가 되어 흐르던 그 아이와는 달랐다. 네사 안의 은총은 너무도 강렬해 그녀의 마음과 육신을 불붙게 하거나 무겁게 짓누르곤 했다. 불가사의한 굶주림의 불, 엄청난 욕구의 중압이었다. 그럴 때면 그녀는 집 계단이나 길가에 앉아 깊게 파인 젖가슴에 양손을 포갠 채 노래를 부르기 시작했다. 가슴을 흔들며, 양어깨 위로 머리를 번갈아 기울이면서. 쉰 듯하면서 낮고 아주 따뜻한 그 목소리는 마음속 깊숙한 곳 세월의 밑바닥에서 솟아올라 리듬을 맞추는 것만 같았다. 폭력을 행사하고 육신을 붉게 달구는, 눈부시게 아름다운 노래였다. 낭랑한 이 노랫소리를 듣는 이들은 모두 욕망에 사로잡히는 느낌을 받았다. 알 수 없는 힘과 격정에 사로잡히듯 욕망에 사로잡혔다. 열일곱 살이 되던 그 밤 이후로 네사는 세상의 불에 숨결을 불어대는 것 같았다. 그 숨결에 하늘과 밤의 불들이 타올랐다. 땅과 인간들의 육신 속에 숨어 있는 불들이 활활 타올랐다.

밤이 미끄러져 들어왔다. 끝없이 미끄러져 들어오며 날들을 가로질렀다. 밤은 흐르는 주석처럼 낮의 이면에서 일렁이며 낮을 도금하여, 낮이 더 생생하고 열렬하게 하늘의 빛을 반사하게 했다. 밤은 인간들의 핏속을 흘렀다. 밤은 인간들의 마음에 주석 박箔을 입히며 그들 마음속을 맴돌아, 마음이 보다 명철하고 신랄하고 힘차게 일체의 이미지와 감정과 느낌을 곱씹어보게 했다. 밤은 살아 있는 자들의 마음과 육신에 잉크를 묻혀 그곳에 욕망의 노선들을 한층 또렷이 그려넣었으며, 사랑하는 대상들의 이름과 절규를 한층 생생하게 써넣었다. 밤은 끊임없이 열리고 깊어지고 나팔 모양으로 벌어졌다. 잉크병처럼. 돌과 나무껍질과 소금과 유리를 담은 잉크병처럼. 기억을 담은 잉크병처럼.

밤이 인간들의 기억에 그 잉크병을 끊임없이 엎질러, 기억은 희미한 속삭임으로 계속 바스락댔다. 기록되는 시간이, 그리고 현재와 얽히면서 미래를 향해 돌진하는 과거가 만들어내는 속삭임이었다. 밤은 끈질기게 인간들에게 기억 속 이야기들을, 그들 자신의 기억을 받아 적게 했다. 늘 기억에서 달아나며 기억을 침묵시키거나 부정하려는 인간들에게, 밤은 집요하게 기억하기를 강요했다. 불모의 사막 같은 망각 속에서까지 기억하도록 했다. 잉크 같은 이 밤은 망각인 동시에 기억이기도 했으니까.

실제로 기억은 세월을 따라 각자의 마음속에서 늘 더 빠르게, 더 멀리 달려가고 있었다. 발라딘의 마음속에서도 그랬다. 그녀는 제이슨에게 닥친 죽음의 슬픔에서 벗어났다. 상실감의 끝까지 가서 정신을 되찾고, 깊은 꿈으로 무르익은 갑작스러운 몸짓을 통해 산 자에 대한 죽은 자의 지배력을 전도시켜놓게 되었다. 애끓는 심정도 마찬가지였다. 한 아이에 대한 기억을 역사의 망각으로부터 건져내고, 그 기억을 새로운 아이 안에 내려놓으며 그 역시 자신의 광기에서 해방되었다. 기억은 그들 안에서 자신의 권리를 온전히 되찾았고, 두려움과 고통과 치욕의 한계 너머로 자신의 경계를 밀어냈다. 그들 안의 기억은 풍성함과 활기를 되찾았으며 수태능력을 갖게 되었다. 기억은 타인들에 대한 회상 이상의, 더 많은 것을 내포했다. 기억은 그들의 흔적을, 형태를 넘어서는 힘인 생생한 흔적을 간직했다. 꿈틀대는 흔적을.

호박색 밤 불의 바람에게도 같은 일이 일어났다. 그의 안에 밤이 무겁고 사나운 물처럼 미끄러져 들어왔다. 소용돌이치며 둑을 쳐대는 어두운 물처럼 그의 안에서 밤이 투쟁했다. 밤은 그의 안에서 기억의 검은 파도가 으르렁대는 소리를 희미하게 굴려댔다. 흑요석 같은 반투명의 검은 잉크. 삼십 년의 세월. 그동안 호박색 밤 불의 바람은 끊임없이 저항하며 아니라고 외쳤고, 쇄도해오는 이 기억의 파도에 절규의 암초들로 맞섰다. 그는 기억의 아우성보다 더 큰 소리로 외쳤으며, 과거로부터 밀어닥치는 이 파도들보다 더 빨리 달렸다. 자신의 이름으로 메아리를 모두 절단하고, 뿌리를 모두 뽑아냈다. 그는 관계나 역사와도 무관한 자가 되고 싶었다. 과거가 없는 자가 되고 싶었다. 그는 단호히 밤에 등을 돌리고 자신을 위해 그림자 한 점 없는 낮을 지어냈다. 그는 밤의 사면에, 커다란 해가 꼼짝 않고 떠 있는 인위적인 눈부신 낮을 그리고자 했다. 그는 자신의 모습을 그렇게 묘사하려 했다. 이 낮 속에 밤이, 밤의 그림자와 메아리가 녹아들게 하고 싶었다. 애무하는 그림자들, 호소하는 메아리들이. 삼십 년의 세월. 벽의 얼룩과 금간 곳을 가리기 위해 낡은 벽지 위에 덧칠을 하듯, 그는 밤의 사면에 낮을 그렸다. 그러다 결국 아직 아이에 불과한 한 젊은이에게서 훔친 피와 눈물로 칠을 했다. 온갖 구멍과 균열을 더 잘 막기 위해, 작열하는 망각의 해를 더한층 자극해 활활 타오르게 하기 위해. 그러나 밤은 벽처럼 고르지도 편편하지도 않았고, 희생자의 피와 눈물은 전혀 시큼하지 않았다. 밤은 움푹 파인 심연이었다. 호박색 밤 불의 바람은 장막 하나를 그려넣었을 뿐이었다. 아니, 장막의 환상을 스케치했을 뿐이었다. 피는 설탕이요 눈물은 소금이었다. 그가 그린 것은 강렬한 빛이 아니었다. 어떤 빛도 아니었다. 밤이라기보다 암흑으로 빚어진 병적인 미광 하나를 아무렇게나 칠해놓았을 뿐이었다. 산화되어 삐걱거리는 빛. 설탕과 소금의 응결체, 피딱지였다. 구역질이 나고 숨이 막히고 현기증이 일 만큼 부드러운, 그러나 무엇에 물리거나 찔린 것처럼 들쑤셔대는 미광이었다. 그는 밤을 배경으로 암흑의 빛을 발하는 암종과도 같은 해를 그렸을 뿐이었다. 깊이를 알 수 없는 밤을 배경으로.

암종과도 같은 그의 가짜 해는 자꾸 벌어지며 피를 쏟고 메마른 소리를 내고 땀을 흘렸다. 상처는 거듭 변하며 달아올랐다. 오랫동안 부어오르고 일그러져 있던 상처. 그러다 어느 낯선 자가 와서 그와 몸을 맞대고 싸우며 다시 치고 간 상처. 그날 이후 상처는 또 한차례 변화를, 질적인 변모를 일으켰다. 상처는 벌어지고 피를 흘리고 화끈거렸지만 전과는 달랐다. 피라기보다 피눈물을 흘렸고, 땀 역시 눈물이었다. 가짜 해 대신 얼굴 하나가 모습을 드러냈다. 상처는 수의가 되었다.

밤은 수의가 되었다. 광대한 기억이 여기저기 찢어놓은 커다란 가죽 수의였다. 광대하고 무서운, 광대하고 황홀한 기억, 너무도 멀고 깊은 곳에서 솟아난 이 기억은 더이상 한줄기 물결이라 할 수 없었다. 그것은 이제 어떤 암초도 맥을 못 추는, 순식간에 밀려오는 거대한 파도였다.

밤은 수의가 되었다. 거기에 천천히, 무자비하게, 한 얼굴이 떠올랐다. 아직 말도 시선도 없는 얼굴이었다. 그것은 먼 곳에, 모호하고 흐릿하게 머물렀다.

그렇게 호박색 밤 불의 바람도 머물렀다. 자신이 스스로에게서 멀리 추방된 사람인 듯 느껴졌다. 예전의 시선을 잃어버린 채 자신 밖으로 추방된 자. 자신의 분노와 증오와 질투를 박탈당한 자. 마음과 생각 속에 아가리를 벌린 전대미문의 공허 한복판에서, 자신 안에서, 그는 둥둥 떠다니는 것 같았다. 이 새로운 내면의 사막을 끝없이 헤맸다. 추방당한 자, 그 이상의 느낌이었다. 자신이 은신처로 삼았던 땅에서 갑자기 몰려나 외부의 힘에 넘겨진 자. 하지만 그를 움켜쥔 이 외부의 힘에 대해 그는 아무것도 이해하지 못했다. 그 힘을 파악할 만한 지표도 없었다. 그 힘은 형태나 한계도, 이름조차 없었다. 그 자신보다 더 헐벗고 쉽게 상처 입을 것 같았다. 그는 마치 미지의 땅으로, 존재하지조차 않는 땅으로 인도된 기분이었다. 절대적이고도 철저히, 아무데도 아닌 곳으로. 그는 낯선 밤의 한복판으로 인도되었다. 수의가 된 밤, 얼굴을 지닌 밤으로. 눈을 감고 입을 다문, 낯선 자의 얼굴을 지닌 밤으로.

한데 그 낯선 밤의 정적에 금을 낸 이 목소리는 어디에서 온 것일까? 어떤 입에서 나온 목소리일까? 실제로 한 목소리가 들렸다. 잠든 아이의 한숨보다 더 가느다란 노랫소리였다. 그러나 노래를 부르는 이는 전혀 잠들어 있지 않았다. 그는 맑은 정신으로 기다렸으며, 무언가를 탐색하고 귀기울였다. 오래전부터 자아를 망각한 채 애원하고 있었다. 노래를 부르는 자는 물음으로, 하나의 물음으로 평생 동안 고통을 당한 이였다. 물음이, 언제나 똑같은 물음, 너무도 단순하고 적나라한 물음이, 날이면 날마다 밤이면 밤마다 녹이 슬듯이 그를 갉아먹었다.

언제나 같은 물음이 그의 생명과 마음을 골자까지 닳게 했다. 연장의 날을 무디게 하듯 그의 몸을 소진시켰다. 목소리마저 소진시켰다. 제대로 나오지 않는 목소리로 그는 더듬더듬 말할 뿐이었다. 그의 마음을 몹시 괴롭혀대는 이 끈질긴 질문에 대답하기 두려워 숨이 막히고, 말도 의심과 망설임으로 드문드문 끊기는 듯했다. 단순하다못해 하찮아 보이는 질문, 하찮아 보이면서도 무서운 질문이었다.

"너는 나를 사랑하느냐?"라는 질문. 하찮아 보이는 세 마디. 그것은 누구의 입에서도 나올 수 있는, 모든 사람의 언어였다. 연인들이나 노인들의 언어이자 어린아이들의 언어이기도 했다.

"너는 나를 사랑하느냐?" 숨과 말문을 막아버리는 세 마디. 사도 베드로에게 연거푸 세 차례나 던져졌던 질문. 스승이 적의 손에 넘겨지던 밤 사람들이 그에게 "자네도 저이의 제자들 중 한 명이 아닌가?"라고 물었을 때 그는 세 번이나 "아니요"라고 대답했다. 베드로가 두려움 때문에 자신의 스승이 아니라고 부인한 남자는 절망에 싸여 죽고, 무덤에 묻히고, 사라져야 했다. 그런 다음 그가 다시 죽음을 통과해 돌아오고 나서야 베드로는 세 차례의 부인이라는 무거운 짐에서 벗어날 수 있었다. 세 차례나 같은 질문을 하는 그를 두고 베드로는 그가 자신의 대답을 듣고 있지 않거나 믿지 않는다고 생각해 슬픔에 잠겼고, 그런 다음에야 결국 정신을 차리고 이렇게 말하게 된다. "주님, 당신은 모든 것을 아십니다. 내가 당신을 사랑한다는 것을 잘 알고 계십니다." 마치 베드로 자신의 모든 것이, 사랑의 고백조차, 상대에게로 넘어간 듯이. 상대에게 완전히 포섭된 채, 그는 이 사랑의 신비를 쥐고 있는 자에게 넘어가고 만 것이다. 그러자 상대는, 헐

벗어 미쳐버린 전대미문의 이 엄청난 사랑을 미리부터 헤아리며 그에게 말했다. "네가 두 손을 내밀면 다른 이가 네 허리에 띠를 묶어 네가 원치 않는 곳으로 데려갈 것이다."

"너는 나를 사랑하느냐?" 일찍이 이 질문이 들롱브르 신부의 삶을 갉아먹었다. 교구 신자들의 불평을 돋우고 고위 성직자들을 실망시키기만 했던 말더듬이 신부. 그 질문이 그를 소진시켰으니, 그 역시 두 손을 허공에 내민 채 자신의 확실한 대답을 기다렸다. 그에게 끊임없이 대답을 구걸하는 바로 그분의 확답을.

허공에 두 손을 내밀고, 허리에 공허를 두르고, 그는 장님처럼, 죄수처럼, 자신에게서 벗어난 채 이끌려갔다. 그는 자신이 맡고 있던 교구를 떠났고 다른 신부가 그 자리를 채웠다. 그는 이제 직분도 임무도 없는 자가 되었다. 사랑이라는 직분과 사랑한다는 임무가 그에게 남겨진 전부였다. 그는 모든 것을 떠나 그 옛날 사막의 교부들처럼 고독 속으로 칩거했다. 하지만 그가 찾아간 사막은 모래가 아닌 나무와 가시덤불로 이루어진 사막이었다. 그는 이제 사랑 구멍 숲에서 은둔생활을 하고 있었다. 나뭇가지와 흙과 덤불로 만든 사냥꾼들의 낡은 오두막에서. 삼십 년 전, 개를 데리고 다니던 사냥꾼들이 사냥감을 다시 추격하러 나서기 전에 비를 피해 쉬어가던 장소였다. 그날, 잠시 날이 개자 그들은 다시 오두막을 나왔다. 그러나 어슴푸레한 빛과 물이 뚝뚝 듣는 이파리들 사이로 보이는 사물들의 형태를 제대로 분간할 수 없었다. 그들은 셋이었고, 그중 하나가 노루 새끼 한 마리를 얼핏 보았다고 생각했다. 그래서 사냥꾼들은 방아쇠를 당겼다. 비명소리가 들려왔다. 크게 놀란 듯한 이 외마디 소리는 곧 잠잠해졌다. 짐승의 울음소리는 아니었다. 잇달아 몸이 천천히 무너져내리는 소리가 들렸다. 짐승의 몸은 아니었다. 사냥개들이 짖으며 달려나갔지만 사냥꾼들은 잠시 침묵을 지키며 꼼짝 않고 서 있었다. 방아쇠가 일으킨 두 차례의 메아리를 계속 듣고 있었다. 만물이 잠잠해지고 사냥개들의 소리만 들릴 때까지 그대로 귀기울이고 있었다. 총 개머리판 위에 놓인 손이 얼어붙었고 심장이 멎는 듯했다. 그들이 귀기울이는 침묵은 도살된 짐승으로 말미암은 것이 아니었다.

한 어린아이, 여덟 살 난 어린 소년이었다. 늘 숲속을 즐겁게 뛰어다니던 이 아이가 갑작스레 비를 만나 소사나무 가지 밑에 몸을 피하고 있었던 것이다. 비가 다시 내리기 시작했다. 사냥꾼들은 아이의 시신을 수습해 아이 부모의 집으로 데려갔다. 거기, 높은 농장으로. 그날 이후 이곳을 다시 찾는 사냥꾼은 아무도 없었다. 지금 이곳에는 조제프 들롱브르 신부만 살고 있었고, 아무도 거기까지 가보겠다는 생각을 하지 않았다. 사실 그가 어디로 은둔했는지 아는 사람도, 관심을 갖는 사람도 없었다.

"너는 나를 사랑하느냐?" 그는 이제 이 질문에 대답할 필요조차 없었으니, 그의 몸 전체가 대답이 되어버린 터였다. 그의 몸은 이미 늙고, 단식으로 여윈 그의 몸에는 가난과 잠 못 이루는 밤과 추위의 흔적이 뚜렷이 새겨져 있었다. 하지만 이제까지의 의심과 불안과 굴욕에서 마침내 해방된 사람의 몸이기도 했다. 사랑의 광기에 철저히 넘겨진 몸. 투명해진 몸. 부동의 자세 자체가 순수한 도약이 되어버린 몸. 늙은 들롱브르는 이제 이해하고 있었다. 그렇게나 오래 자신을 사랑하느냐는 질문을 던진 그분은 그럴 수밖에 없었다는 것을. 그분 자신이 구걸하는 자, 애원하는 자에 불과했으니 말이다. 인간은 분노나 무분별한 희망으로 신을 향해 끝없이 부르짖지만, 신 역시 인간을 향해 부르짖는다는 걸 그는 이해했다. 신이 인간들에게 구걸하는 것이다. 인간들의 가장 큰 겸손은 마음 밑바닥에 웅크리고 있는 이 신을 향해, 피와 땀과 때와 그들의 눈물로 더럽혀진 신을 향해 몸을 기울이는 것임을 그는 느꼈다.

이제 그는 노래를 불렀다. 늙은 들롱브르는 노래를 불렀다. 사랑 구멍 숲의 덤불 속 흙과 나뭇가지로 만든 외딴 오두막에서. 가만가만 떨려오는 작고 가는 그의 목소리는 가시덤불 속에 묻혀버리곤 했다.

근방의 누구도 듣거나 짐작할 수 없는, 풀과 가시덤불과 나무껍질 뒤 땅바닥에 웅크리고 숨은, 너무도 가냘픈 소리였다.

그럼에도 불구하고 목소리는 바람에 실려갔다. 너무 가벼워 마치 이슬비나 꽃가루 같은 목소리. 가시덤불 사이에서 빠져나온 목소리는 풀 사이를 달리고 언덕을 내려와, 저녁이 천천히 스며드는 땅에서 희미하게 들리는 바스락대거나 속살거리는 무수한 소리들과 뒤섞였다. 목소리는 저 아래 흐르는 강까지 미끄러져 내려왔다. 바로 그곳 강가에서, 누군가가 이 목소리를 감지했다.

호박색 밤 불의 바람은 강을 따라 걷고 있었다. 그는 몽르루아에서 돌아오는 길이었다. 강변길을 따라 돌아오고 있었다. 그 길은 가장 멀리 돌아가는 에움길이었지만 그래도 호박색 밤 불의 바람은 묵묵히 흐르는 회색 강물을 따라 이 조용한 강가를 걷는 걸 좋아했다. 바람은 물위를 스치며 달릴 때 한결 빠르고 생기가 넘쳤으며, 주변 땅은 더한층 짙은 향내를 발산했다. 특히 그곳에서는 빛의 느낌이 달랐다. 마치 강물이 반짝임을 더하며 강기슭의 풀과 나뭇잎들 사이로 수많은 뉘앙스의 빛을 반사하는 듯했다. 저녁이 내리자 잿빛 어둠 또한 연보랏빛, 초록빛, 푸른빛으로 물들었다. 호박색 밤 불의 바람은 더이상 색깔을 구별할 수 없었음에도 이 다양한 색조와 그림자들의 유희를 놀라울 만큼 예리하게 감지했다.

또한 강가에서는 소리도 달라져 둔하고 묘한 울림이 곁들여졌다. 마치 잿빛 강물의 습기와 냉기가 소리를 탁하게 만들고 금색, 은색의 칙칙한 안감을 대어놓은 것 같았다. 손으로 만져질 듯한 소리였다.

그날 저녁, 그 일이 일어났다. 호박색 밤 불의 바람은 갑자기 어떤 소리가 스쳐지나가는 걸 느꼈다. 귀에 들린다기보다 목덜미에 와닿는 숨결 같았다. 가볍디가벼운 숨결이 목에 감기더니 양팔을 타고 내려와 손목 오목한 곳, 여리고 섬세한 살갗 밑 파란 핏줄이 비쳐 보이는 곳에 내려앉았다. 목소리였다. 노래를 부르는 소리. 노랫말이 차츰 그의 맥 속에서 뛰고, 살갗 아래서 구르고, 심장까지 올라오기 시작했다. 몹시 단순하고 헐벗은 말. 성무일도 때 부르는 짧은 기도문. '아뉴스데이'*.

노래하는 그 목소리는 한마디 한마디에 주의와 열정을 다해 가락을 붙였다. 기쁨과 간구, 고통과 희망이 뒤섞인 각각의 말들은 의미가 무한정 부풀어오르고 생각지도 못한 무게를 갖게 되었다. 고요한 수면에 조약돌을 던질 때 생기는 꽃모양의 파문처럼,

---

* 하느님의 어린양.

한마디 한마디의 의미와 음색이 활짝 피어났다. 말들은 단절 없이 이어지며 움푹 파이거나, 꽃처럼 피어나거나, 빙글빙글 돌거나 일직선으로 돌진했다. 그 접선을 따라 은총의 빛이 달려갔다.

목소리가 미끄러져 내려와 호박색 밤 불의 바람의 핏속에서 물결쳤다. 그의 살을 뚫고 들어와 심장을 마구 뛰게 했으며 그 안에 담긴 말들을 자갈처럼 굴렸다. 얼음이자 불이며 청동이자 유리인 자갈, 검고도 희게 빛나는 자갈. 아뉴스데이, 쿠이 톨리스 페카타 문디, 미세레레 노비스.* 목소리는 놀랄 만큼 오래 모음들에 머물다가 나팔처럼 확대되며 애원하는 듯한 억양을 띠었다. 이처럼 활짝 펼쳐지는 목소리에는 피어나는 미소와도 같은 무언가가 들어 있었다.

목소리는 자신 안에 담긴 문장을 끝없이 펼쳐 보였다. 느릿하고 언제나 더 광막한 문장을. 말들은 빛과 그림자 사이에서 물결치며 어둠과 밝음을 품었다. 말들이 절망과 희망, 눈물과 미소 사이에서 헤엄을 쳤다. 은총을 담은 말들이었다. 은총에 실린 말들. 이어 목소리가 다시 자신의 문장을 노래했다. 아뉴스데이, 쿠이 톨리스 페카타 문디, 미세레레 노비스. 이제 모음들은 아가리를 벌리고 무한한 공간을, 끝없이 펼쳐진 벌판처럼 보이는 공간을

---

* 하느님의 어린양, 세상의 죄를 없애시는 분, 우리를 불쌍히 여기소서.

열어 보였다. 호박색 밤 불의 바람은 걸음을 거의 멈추었다. 양 손을 허공에 늘어뜨린 채 천천히 발을 떼었다. 몸안 구석구석 노래를 퍼뜨리는 이 목소리의 비밀을 손바닥 안에서 찾으려는 듯, 그는 자신의 두 손을 들여다보았다. 하지만 아무런 비밀도 읽어낼 수 없었다. 그저 흘려보내야 하는 한순간의 신비에 불과했다.

완전히 어둠이 내려 있었다. 지평선은 어슴푸레한 빛 속에 용해되어 하늘과 땅의 경계가 모호해졌다. 강기슭도 사라져 물과 땅이 뒤섞였다. 어렴풋한 예의 웅성임이 계속 들려왔다. 생생하고 강렬한 예의 향기가 전해져왔다. 세번째로 목소리가 자신의 노래를 부르기 시작했다. 아뉴스데이, 쿠이 톨리스 페카타 문디, 도나 노비스 파쳄*. 세번째 들리는 이 목소리는 '페카타'라는 말을 내뱉을 때 마지막 모음에 고통과 부드러움과 광기를 실으며 부풀어올랐다. 참담할 정도의 고통과 부드러움이었다. 그 순간 말들이 메꽃처럼 서로 연결되며 얽혀들었다. 소용돌이치는 말들, 메꽃 말들, 하얗게 피어난 메꽃들. 도나 노비스 파쳄.

칠흑 같은 밤에 아름다움이 형성된 메꽃. 그 소용돌이는 우선 뒤틀림이었고, 그 뿌리는 가시덤불이었다.

페카타. 파쳄.** 눈에 띄지 않게 천천히 피어나는 메꽃 말들. 너

---

* 우리에게 평화를 주소서.

무도 놀라운 개화였다.

페카타/파쳄. 절대로 양립할 수 없는 두 단어. 한 문장 안의 정신 나간 두 단어. 은총만이 줄표로 이어줄 수 있는, 철저히 반목하는 두 단어. 이 가느다란 줄표를, 인내와 다정함이 가득한 늙은 들롱브르의 목소리가 지나갔다.

페카타-파쳄. 하나면서 둘인 이 꽃은 밤낮없이 분발하여 일어서려고 몸을 비틀었다. 목소리가 줄표를 지나갔고, 절반은 밤 절반은 낮인 단어를 지나갔다.

페카타-파쳄. 공허한 죄에 구멍을 내고 악의 무리에서 탈출한 자비. 칠흑 같은 밤을 가르는 자비.

페카타-미세레레*** -파쳄. 노래로 불릴 수 있는 가장 구슬픈 탄식의 세 단어를 목소리가 지나갔다. 경이로울 만큼 고통스러울 수 있는, 기나긴 간구의 세 단어.

** 죄. 평화.

*** 불쌍히 여기소서.

L'autre nuit

또다른 밤

또다른 밤

호박색 밤 불의 바람은 강둑에서 멀어져 아들이 기다리는 농장 쪽으로 발을 옮겼다. 저녁은 어느새 밤으로 바뀌어가고 있었다. 강가에서 들리던 목소리도 서서히 침묵 속으로 내려앉았다. 목소리는 점점 작아져 사라져가는 듯했다. 그러나 실은 사라진 것이 아니었다. 사라질 수 없었다. 자신의 노래로 열린 무한한 공간을 더 견고히 하기 위해, 그 말들의 힘을 한껏 풀어놓기 위해 침묵으로 돌아갔을 뿐이었다. 미친 사랑의 순간들이 지나가듯, 순수한 은총의 순간도 지나갔다. 다시 밤이 닥친다. 그러나 예전과 같은 밤이 아니다. 더이상 전과 같지 않으리라. 이제는 밤의 거대한 옆구리 어딘가에 구멍이 하나 뚫려 있다. 이 구멍으로 매 순간 동이 트고 빛이 들어 반짝일 것이다. 은총은 섬광처럼 번쩍이는 찰나의 균열에 불과하다. 하지만 그 무엇도 이 균열을 봉합할 수는 없다. 미세한 균열로 주변의 모든 것이 달라진다. 미화되지 않고, 변모한다. 모든 것이 얼굴을 갖게 되는 것이다. 힘차고 영광스러운 얼굴이 아닌, 가난한 자들의 옆얼굴. 이 무수한 옆얼굴, 밤을 거슬러 달아나는 옆얼굴들을 헤아리고 이름을 부를 수 있어야 한다. 둘도 없는 이름이요 얼굴들. 은총이란 시간이 영원을 스치며 돌아서는 일시적 정지에 불과하다. 그 다음엔 다시 시작하고, 다시 일을 하고, 다시 견뎌야 한다. 은총이란 세상을 쓸고 지나가며 발가벗기고 그 생살을 드러내는 낫이니, 은총이 지나가면 우리는 더이상 걸을 수도 바라볼 수도, 만질 수도 없게 된다. 살가죽이 벗겨져나간 세상이 얼마나 다치기 쉬운 것인지 조심하지 않고는 말이다. 은총은 오감의 생살을 드러내 피를 쏟게 한다. 이 피에서 여섯번째 감각이 흘러나온다. 자비의 감각. 페카타-미세레레-파쳄. 은총은 그런 것, 한마디 말을 전달하는 것이다. 모든 말 중에서 가장 엄청난 말. 자비.

호박색 밤 불의 바람은 농장을 향해 올라가고 있었다. 그는 더이상 송환자가 아니었고, 추방당한 자도 아니었다. 그는 그저 방랑자였다. 자신의 땅에서 방랑하는 사람. 신을 어깨에 짊어진 방랑자. 신 안에는 끝없이 새로워지며 보살핌을 요구하는 유년의 일부가 존재하니 말이다.

그는 걸었다. 이제 어둠이 완전히 내려 있었다. 밤은 더이상 물도, 땅도, 장미도, 피도, 재도 아니었다. 나무나 바람이나 돌도 아니었다. 밤은 그 모두가 뒤섞인 것이었고, 모든 게 묘한 과일 맛처럼 입안에 녹아들어 있었다. 무수한 절규로 타버린 입안에, 그저 들릴락 말락 한 노래가 되어버린 절규들. 밤은 이제 자연의 요소도, 육신도 아니었다. 무언가 다른 것이었다. 밤은 이동이었다.

밤은 다른 것이었다. 밤은 걷고 있는 자, 전달하는 자, 나르는 자였다. 신을 품은 밤.

호박색 밤 불의 바람은 집으로 돌아왔다. 이미 밤이 깊은 시각이었다.

그 어느 때보다 책은 덮일 기미를 보이지 않았다. 그렇다고 뒤돌아 다시 시작하지도 않을 터였다. 말문은 닫히고 말았다. 몹시 부드럽고도 난폭하게. 그러더니 다시 열릴 줄 몰랐다. 이제 일체의 말이 달아나고 있었다. 말은 또다른 말로부터 기습당하고, 추월당했다. 굉음도, 그렇다고 침묵도 아닌, 작디작은 속삭임 같은 무엇.

책은 사방으로 찢겨 너덜댔다. 밤을 거슬러 한참을 걸어온 책은 맨 끝자락에 이르자 밤의 저편으로 기우뚱 넘어졌다. 그러자 말들이 새어나와 전속력으로 달려나갔다. 길을 잃을지, 목적지에 닿을지 염려하지 않고, 곧장 앞으로 돌진했다. 책은 책장이 한 장 한 장 떨어져 완전히 할일을 잃고 말았다. 더이상 할 이야기가 없었다. 책은 사라지고 대신 밤이 들어섰다. 말과 이름과 절규와 노래와 목소리의 균열 속에 자리한 밤이었다.

책은 파괴되었다. 철저히 파괴되었다. 말은 완전히 상실되고 말았다. 오직 밤만이 존재했다. 말을 초월한 밤.

“이제부터 이 페이지엔 아무것도 기록되지 않는다.”

생존 페르스

「눈雪」, Ⅳ

옮긴이의 말

실비 제르맹이 1987년에 발표한 『호박색 밤*Nuit-d'ambre*』은 작가의 첫 소설인 『밤의 책』 후편에 해당하는 작품이다. 소설 제목인 '호박색 밤'은 주인공 샤를빅토르 페니엘의 별명이기도 한데, 『밤의 책』에서처럼 이 소설 속 등장인물들은(심지어 장소나 집마저도) 대부분 별명으로 호명된다.

전후(제2차세계대전) 세대인 페니엘가 사람들을 중심으로 전개되는 이 이야기는 구체적인 시간과 공간을 배경으로 삼고 있지만, 제르맹의 독특한 언어와 문체로 인해 독자는 마치 초시간적 공간에 들어선 듯한 묘한 느낌을 받는다. 하나같이 뚜렷한 개성을 지닌 등장인물들 모두가 주인공이라 할 만한 소설, 그 중심에 샤를빅토르, 즉 호박색 밤이 자리한다. 『밤의 책』 서두와 끝에서 이미 언급된 그가 전면에 등장해, 그의 성장 과정을 따라가며 스토리가 진행된다. 여러 사건을 통해 주인공이 정신적 진화를 겪는 공간은 사방이 숲으로 둘러싸인 외진 장소 '검은 땅'과 대도시 파리이며, 이야기는 역사적·시대적 배경이나 프랑스의 정치 상황과 몹시 밀착되어 있다. 예를 들면 호박색 밤의 할아버지 '황금의 밤 늑대 낯짝'과 삼촌 타데가 체험한 제2차세계대전, '애끓는 심정'처럼 프랑스에서 파병된 젊은이들이 겪은 알제리전쟁, 그리고 파리 한복판에서 벌어진 알제리인 탄압과 1968년 5월혁명 등. 호박색 밤이 1962년 10월 파리에 도착했을 때의 나이가 열일곱이니, 그는 전쟁 직후에 태어난 세대임을 알 수 있다. 검은 땅을 떠난 그는 유년기의 절망을 떨치고 파리의 지식인 대학생으로서 정신적 방만함을 구가한다. 과거에서 해방된 자, 과거를 기억하지 않는 자, 고통 없는 자가 되어 오직 순간의 무도덕적·무시간적 자유와 행복을 누리기를 꿈꾼다. 그러나 결국 그는 배신과 범죄의 구렁텅이에 빠져 모든 것을 잃은 채 귀향한다.

호박색 밤을 비롯해 이 소설에 등장하는 기이하고도 원초적인 인물들은 어린 시절에 겪은 배신을 비롯해 삶과 역사가 가해온 상처, 잃어버린 낙원에 대한 그리움에 사로잡혀 산산조각이 나 있다. 그들은 현대사회에 고분고분하게 적응하여 개성을 상실한 인간 군상이 아니라, 마치 신화의 신들처럼 감정의 극을 향해 치달리다 파멸하는 비극적인 인간들이기도 하다. 그런데 문명화되지도 길들여지지도 않은 이들 각자에게는 어김없이 사랑의 대상이 존재한다. 구체적인 인물, 혹은 노스탤지어의 시공인 그곳là-bas. 그 사랑은 너무도 집착이 강한 만큼 부서지기 쉬운 여린 것이어서 시시각각 질식당할 위협에 노출되어 있다. 그들의 구원은 오직 은총에만 기대할 수 있을 듯하다. 실제로 그들은 악의 횡포나 불행과 상실에 맹목적으로 저항하며 불가능한 삶을 살고 있는 것처럼 보인다. 요컨대 이 책에 수없이 등장하는 '절규cri'라는 단어와 침묵이 그들의 정신 상태를 표현해준다. 잊을 수 없는 기억과 노스탤지어에 사로잡혀 과거를 부인하고 말살하려 하거나(호박색 밤), 기억 속에 침잠해 헤어날 줄 모르는(황금의 밤 늑대 낯짝, 마오, 폴린, 그녀에게 미친 놈, 애끓는 심정, 발라딘……) 이들 모두가 전쟁이나 범죄, 상실로 말미암은 배신당한 삶의 기억에 갇힌 노예들인 셈이다. 제이슨이 읽는 『마음은 외로운 사냥꾼』이라는 책의 제목처럼 이들의 마음은 한없이 고독하며, 그로 말미암은 침묵은 이상하리만치 신성한 성격을 띤다.

등장인물들의 정신세계가 발전해가는 과정은 사건이나 심리묘사를 통해 사실적으로 드러나기보다 우화적으로 처리되는데, 호박색 밤이 배신으로 얼룩진 과거와 범죄의 끔찍한 기억에서 마침내 해방되는 과정도 그려하다. 그리고 이 영혼의 긴 여정 끝에는 제르맹의 작품들에서 자주 마주치는 '구원'의 문제가 제기된다. 난데없이 한 아이가 찾아오고, 과거에 어머니의 고해성사를 담당한 신부였던 어느 은둔자의 기도 소리가 바람결에 전달되어 호박색 밤의 절망과 한데 만난다. 그러면서 예기치 못한 신의 은총이 주어지고 인간이 도달하는 평화의 정경이 그려진다.

실비 제르맹은 현재 프랑스 문단에서 매우 색다른 글쓰기를 하는 작가로서, 보기 드문 광범한 서사와 비길 데 없는 문체로 불가해하고도 몽환적인 분위기를 만들어낸다. 『호박색 밤』 역시, 분명 일정한 시공에서 벌어지는 현실적인 이야기임에도 불구하고 마치 영원 속에서 일어나는 일들처럼 환상적인 톤을 지닌다. 전통적인 소설 기법에 들어맞는 연대기 소설처럼 보이다가도 어느 순간에 이르면 고삐 풀린 상상력의 지배를 받으며 사실주의 소설과는 전혀 다른 초현실적인 분위기를 띤다. 악의 수수께끼에 맞닥뜨린 인간의 좌절이 처절하도록 리얼하게 묘사된 장면들에서조차도 예외가 아니다.

제르맹의 다른 작품들에서도 경험할 수 있듯이 『호박색 밤』은 내용과 문체가 분리될 수 없는 소설로서, 줄거리 속에 현실과 상상과 꿈의 공간이 교차하며 무엇이 현실이고 꿈인지 알 수 없는 상황이 연출되기도 한다. 언덕에서 걸어내려와 죽은 아이의 묘에 뿌리를 내리는 나무, 땅속에서 전차를 달리며 고함치는 아이, 주인공이 노파를 좇아 폐허 속을 헤매는 장면, 장과의 회오리바람에 휩싸여 춤을 추다가 새가 되어버리는 여자, 죽음이라는 극한 상황에서 카페 주인의 얼굴에 달려드는 죽은 아내의 환한 불길, 천사와 벌이는 싸움 등, 이 소설은 신비롭고도 이상한 에피소드들로 넘쳐난다. 이처럼 현실의 사건들이 신화나 우화, 성서의 묵시문학을 닮은 구절들과 뒤섞여 기이한 혼돈의 세계를 만들어내고, 거기에 그림과도 같은 이미지와 함축과 반향이 가미되어 단선적이지도 손에 잡히지도 않는 내면의 진실이 이야기된다.

"글을 쓴다는 것은 프롬프터박스로 내려가, 단어들 사이 혹은 주위에서, 때로는 단어들 한복판에서, 언어가 침묵하며 숨쉬는 소리에 귀기울이는 법을 배우는 것이다."(『마그누스』, 문학동네) 실비 제르맹의 고백처럼, 독자는 이 책의 다양한 웅성임 속에서 침묵이 만들어내는 묘한 협화음을 느낄 수 있을 것이다. 손에 들고 거리를 둔 채 읽어나가기가 불가능한 책, 범람하는 이미지들이 불바람처럼 독자의 마음을 사로잡는 책이다.

이창실

페니엘가(家) 가계도

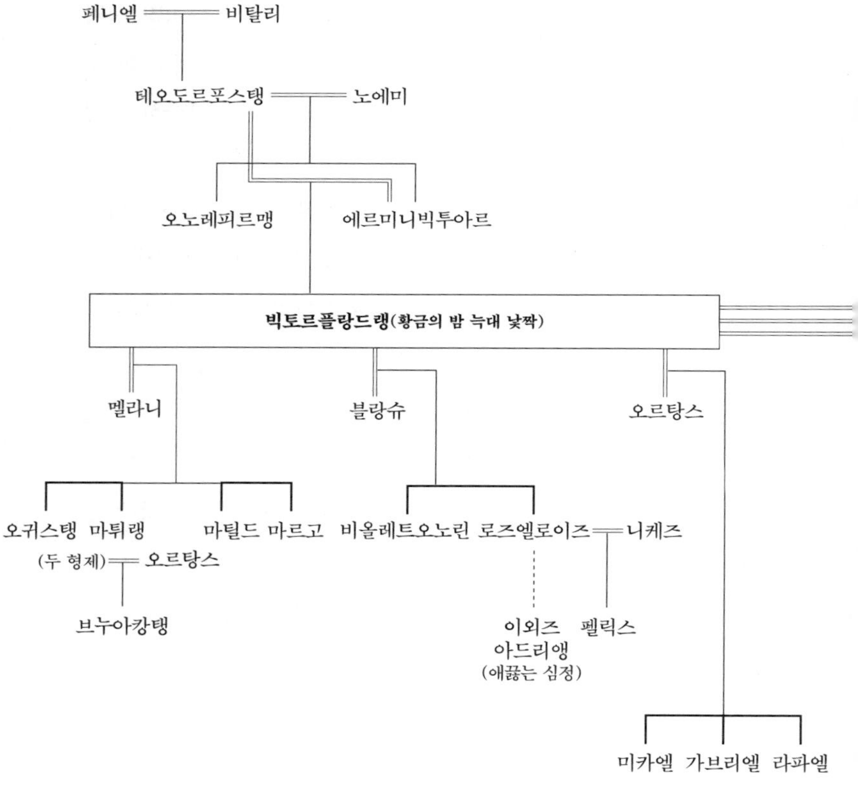
페니엘
비탈리
테오도르포스탱
노에미
오노레피르맹
에르미니빅투아르
빅토르플랑드랭(황금의 밤 늑대 낮짝)
멜라니
블랑슈
오르탕스
오귀스탱 마튀랭
(두 형제)
오르탕스
브누아캉탱
마틸드 마르고
비올레트오노린
로즈엘로이즈
니케즈
이외즈
아드리앵
(애끓는 심정)
펠릭스
미카엘 가브리엘 라파엘

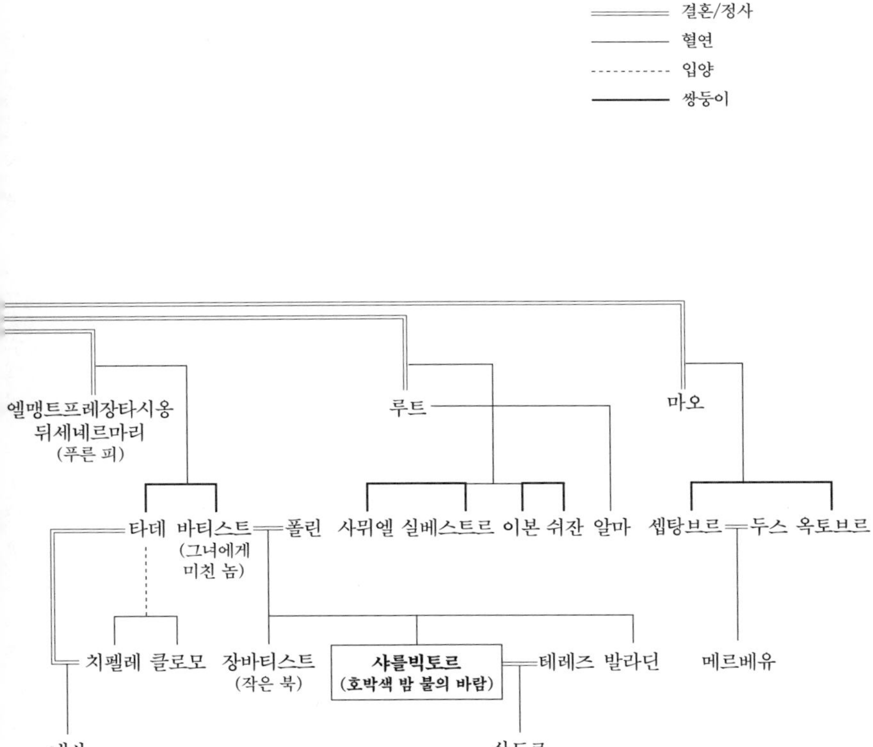
결혼/정사
혈연
입양
쌍둥이
엘맹트프레장타시옹
뒤세네르마리
(푸른 피)
루트
마오
타데 바티스트
(그녀에게
미친 놈)
폴린
사뮈엘 실베스트르
이본 쉬잔
알마
셉탕브르
두스 옥토브르
치펠레 클로모
장바티스트
(작은 북)
샤를빅토르
(호박색 밤 불의 바람)
테레즈 발라딘
메르베유
네사
상드르

지은이 **실비 제르맹**

1954년 프랑스 샤토루 출생. 소르본대학교에서 철학을 전공했다. 첫 장편소설 『밤의 책』(1985)을 시작으로 역사에 뿌리를 둔 상상력 가득한 작품세계를 창조해왔다. 『분노의 날들』(1989)로 페미나상을, 『마그누스』(2005)로 '고등학생들이 선정하는 공쿠르상'을 수상했다. 『호박색 밤』 『프라하 거리에서 울고 다니는 여자』 『숨겨진 삶』 등을 발표했다.

옮긴이 **이창실**

이화여자대학교 영어영문학과를 졸업하고, 프랑스 스트라스부르대학교 응용언어학 과정을 이수한 뒤, 이화여자대학교 통번역대학원 한불과를 졸업했다. 이스마일 카다레의 『돌의 연대기』 『죽은 군대의 장군』 『누가 후계자를 죽였는가』 『광기의 풍토』와 실비 제르맹의 『마그누스』 『숨겨진 삶』 등을 비롯하여 『너무 시끄러운 고독』 『세 여인』 『아시시의 프란체스코』 『빈센트 반 고흐』 등을 우리말로 옮겼다.

문학동네 세계문학

호박색 밤

초판 인쇄 2021년 2월 23일 | 초판 발행 2021년 3월 15일

지은이 실비 제르맹 | 옮긴이 이창실
책임편집 김미혜 | 편집 홍상희 오동규
디자인 강혜림 이원경 | 저작권 한문숙 김지영 이영은
마케팅 정민호 정진아 김혜연 정유선
홍보 김희숙 김상만 함유지 김현지 이소정 이미희 박지원
제작 강신은 김동욱 임현식 | 제작처 상지사

펴낸곳 (주)문학동네 | 펴낸이 염현숙
출판등록 1993년 10월 22일 제406-2003-000045호
주소 10881 경기도 파주시 회동길 210
전자우편 editor@munhak.com | 대표전화 031) 955-8888 | 팩스 031) 955-8855
문의전화 031) 955-8896(마케팅) 031) 955-8860(편집)
문학동네카페 http://cafe.naver.com/mhdn | 트위터 @munhakdongne
북클럽문학동네 http://bookclubmunhak.com

ISBN 978-89-546-7554-3 03860

잘못된 책은 구입하신 서점에서 교환해드립니다.
기타 교환 문의 031) 955-2661, 3580

www.munhak.com